Robert Bruck

Friedrich der Weise als Förderer der Kunst

Robert Bruck

Friedrich der Weise als Förderer der Kunst

Unveränderter Nachdruck der Originalausgabe von 1903.

1. Auflage 2022 | ISBN: 978-3-36840-355-3

Verlag: Outlook Verlag GmbH, Zeilweg 44, 60439 Frankfurt, Deutschland
Vertretungsberechtigt: E. Roepke, Zeilweg 44, 60439 Frankfurt, Deutschland
Druck: Books on Demand GmbH, In de Tarpen 42, 22848 Norderstedt, Deutschland

FRIEDRICH DER WEISE
ALS FÖRDERER DER KUNST

INHALTSVERZEICHNIS.

VERZEICHNIS DER ABBILDUNGEN.

VORWORT.

Die Anregung zu dieser Arbeit verdanke ich Herrn Hofrat Prof. Dr. Cornelius Gurlitt in Dresden. Er hat in seinen «Archivalischen Forschungen» Heft II, Dresden 1897 «Die Kunst unter Kurfürst Friedrich dem Weisen», auf die ich in meiner Arbeit auch da, wo es nicht ausdrücklich bemerkt ist, Bezug nehme, aus den Haushaltungsrechnungen des Kurfürsten im Weimarer Staatsarchiv ein reiches urkundliches Material geboten. Ergänzend nahm ich sämtliche Amtsrechnungen und die Korrespondenz des Kurfürsten Friedrich im Weimarer Staatsarchive, sowie die Kämmereirechnungen im Ratsarchiv zu Wittenberg durch.

Im Anhange meiner Arbeit gebe ich die auf den Text bezüglichen Aktenexzerpte, der Vollständigkeit wegen auch diejenigen, welche bereits bei Gurlitt in seinen «Archivalischen Forschungen» gedruckt sind.

Beim Beginn meiner Arbeit leitete mich der Wunsch, alles was ich zu schreiben gedachte, durch urkundliche Nachweise zu belegen. Dennoch ist es leider nicht ganz ohne «möglich» und «vielleicht» abgegangen.

Allen den Herren, die durch bereitwilligste Erlaubnis-
erteilung zum Arbeiten in den Archiven, Bibliotheken und
Museen meine Arbeit förderten, sage ich ergebensten Dank,
besonders aber Herrn Geheimrat Dr. C. Burckhardt, Gross-
herzoglicher Archivdirektor in Weimar.

Auch an dieser Stelle sei herzlichster Dank abgestattet
Herrn Hofrat Prof. Dr. Cornelius Gurlitt, der mit regstem
Interesse den Fortschritt meiner Arbeiten verfolgte und
dessen anregenden Verkehre ich viel verdanke.

D r e s d e n , Sommer 1903.

R o b e r t   B r u c k .

EINLEITUNG.

 etrachtet man die
Kulturzustände
des ausgehenden
XV. und des be-
ginnenden XVI.
Jahrhunderts, so
erschrickt man
vor den häufigen
Zeugnissen einer
tiefen morali-
schen Verkom-
menheit; eine
Zeit, die keinen
Trost und keinen
Halt mehr am Glauben an Gott, keine Furcht und keine
Achtung vor den kirchlichen und weltlichen Gesetzen hatte.
Aus der Literatur dieser Zeit und aus den Strafakten sehen
wir, wie die Menschen dem Saufen und Spielen ergeben
waren, wie sehr gewöhnlich Raub und Ueberfall mit Mord
und Totschlag erachtet wurden, nicht vereinzelt nur vom
niederen Volke verübt, sondern allerwärts von Hoch und
Niedrig. Und daran änderten auch nichts die im Vergleich
zu den heutigen humanen Verhältnissen so äusserst schweren

Strafen. Hatte doch der Galgen und das Rad oder der
Schandpfahl schon lange sein Entsetzen für die Bevölkerung
verloren, gingen doch die Bürger mit Frau und Kind hinaus zum Anger, um einer «Henkung» beizuwohnen, wie
wir hinaus auf die Festwiese wandern, um einen Ballon
aufsteigen zu sehen oder ein Radrennen zu verfolgen.
«Es war was los» und brachte eine nervenkitzelnde Abwechslung in des Tages Einerlei. Die Religion war in eine
völlig aus egoistischen Gründen bestehende Werkheiligkeit
ausgeartet, in eine oberflächliche Götzendienerei vor allerlei
Reliquien, die allerdings durch das Beisteuern der sogenannten
Gläubigen in prachtvollen und kostbaren Behältern aufbewahrt wurden. Unsummen schwer und hart erworbenen
oder am Munde abgesparten Geldes wurden den Mönchen
gespendet, um Ablass für die begangenen Sünden zu erhalten, oder man kaufte bei passender Gelegenheit sich die
Vergebung der erst projektierten Schandtat im voraus.
Einen tiefen Abscheu empfinden wir vor der Stumpfheit,
dem Unwissen und der Lasterhaftigkeit der Menschen dieser
Zeit. Nicht hatte die katholische Religion die Macht, das
entartete Volk zum Glauben und zur Tugend zurückzuführen,
denn diejenigen, welche zu allererst nach den Geboten der
Kirche leben sollten, höhere Geistliche, Mönche und Nonnen,
gerade sie gaben die schlechtesten und verderbendsten Beispiele.
Die Reformation allein hat eine gründliche und tief ein-
greifende Aenderung geschaffen. Luthers Kampf gegen die
Werkheiligkeit hat in Verbindung mit seinem und seiner
getreuen Anhänger Beispiel der Menschheit wieder den
Glauben gegeben und das Vertrauen auf die immerwährende
Gnade Gottes. Und neben der Vertiefung des geistigen
Lebens ist der läuternde Einfluss der Reformation auf die
Sitten der Zeit ein unermesslich fruchtbringender gewesen
und geblieben. Wenn auch noch am Ende des XVI. Jahrhunderts Erscheinungen auftreten, die uns den ganzen
moralischen Verderb, die gleichen Laster, die gleiche Stumpfheit und Gleichgültigkeit der Menschen des XV. Jahrhunderts
zeigen — man lese nur die Lebensbeschreibung des Ritters
von Schweinichen —, so ist trotz aller kirchlichen Streite-

reien und Auswüchse Luthers Saat dennoch herrlich gereift.
Der von ihm und seinen Getreuen beschrittene Weg, auf
den sie unser Volk gewiesen hatten, war zwar durch die
Stürme des dreissigjährigen Krieges verschüttet und auf Jahre
hinaus ungangbar gemacht worden, aber das deutsche Volk,
in diesem grauenvollen Blutbade völlig zusammengebrochen,
erhob sich dennoch in unbesiegbarer Kraft von neuem.
Langsam, aber desto bestimmter, durch Feuer und Schwert
erhärtet, trat die Reaktion zum Besseren und Edlen ein,
und der nun wieder beschreitbare Weg führte die Menschheit mühelos ihren neuen ethischen Zielen zu.

Wenn wir den Abschnitt von circa 1480—1550 als eine
Zeit des gährenden Ueberganges auf allen Gebieten erkennen,
wenn wir zurückgestossen werden von den Anschauungen
in moralischer Beziehung, so sehen wir in allen Zeiten des
Verfalles und des Anbruches einer neuen Zeit auch gerade
die Gegensätze markant hervortreten. So auch hier. Einzelne
hehre Gestalten ragen aus der Menge hervor, den Anbruch
einer neuen Zeit verkündend und ihre lebensfrischen Anschauungen auf viele übertragend. Ein herzliches Sehnen
nach Gott füllte unbewusst das Herz der Besseren bereits
im XV. Jahrhundert, bis ein Luther durch seine Taten den
Menschen wieder Selbstbewusstsein einflösste und ihnen gab,
nach was sie sich sehnten und woran sie Stütze, Trost und
Halt fanden: «Es ringen die Geister auf allen Gebieten nach
Befreiung aus den Banden, in die das Mittelalter Denken
und Leben gelegt».[1] Das Studium des klassischen Alter-
tums trug dazu bei, Aufklärung zu bringen, dem Volke
einen Gelehrtenstand zu schaffen, der wieder zur Verbreitung
einer Bildung in die tieferen Schichten des Volkes verhalf.
Mit dem Humanismus drang die eingehendere Erkenntnis
der Natur und aller Lebewesen immer mehr vor. Der
Mensch, das Tier, alle Gebilde Gottes gewannen an innerem
Werte und damit auf Anspruch einer grösseren Würdigung
von aussen. Wenn unser Dürer seine Madonna als bürger-
liche Mutter, die, auf der Bank im Garten sitzend, ihr Kind

---

[1] Robert Dohme. Geschichte der deutschen Baukunst S. 283.

nährt, darstellt, wenn er mit gleicher Liebe das Pferd, den
Hund, das Veilchen und den Grashalm bildet, so zeigt er
uns, dass seine Anschauung dahin ging, dass vor Gott alle
Wesen gleich seien und was der Herr geschaffen, seinem
Herzen auch gleich nahe stehe. Und in Luthers Denkungs-
art hat er geschaffen und nach Luthers Wort: «Wir alle
sind Heilige, denn wir tragen unseren Heiland in uns».

Hatte Italien den Vorzug, eine Welt von Schönheit
wieder zu entdecken, Unsterbliches auf den Gebieten der
Kunst und Literatur hervorzubringen, so gebührt uns Deutschen das Verdienst, «zu den letzten Quellen geistigen Lebens
hinabsteigend zu neuer Auffassung des religiösen Glaubens
und damit zur Umgestaltung des ganzen Daseins durch-
gedrungen zu sein». Hier entsprang die Quelle unserer modernen Wissenschaft und mit ihr die Läuterung des sittlichen
Lebens zu ernster Moral, zur Ausbildung von Selbstzucht
und Strenge gegen sich selbst, Milde und Liebe zum Nächsten.

Zu dieser Wandlung zum Besseren trugen nicht unwesent-
lich die einzelnen Städte durch ihr in jeder Beziehung ge-
sundes Bürgertum bei. Die Bürger, die, einer für alle und
alle für einen, zum Besten des Gemeinwesens zusammen-
wirkten, denen Arbeit und Handel einen gewissen Wohlstand verliehen und die durch zum Teil selbst gegebene
Gesetze zu Innungen zusammengeschlossen waren, wachten
auch eifersüchtig auf deren strenge Einhaltung. Sie bildeten
demnach an sich schon einen Stand, der die Heiligkeit der
Gesetze erkannte und achtete.

Auch die kleinen Residenzen einzelner Fürsten waren
Mittelpunkte, wo nicht allein Gesetz und Recht herrschten,
sondern in denen auch die Herrscher mit der Bürgerschaft
wetteiferten, die Stadt zu einem Zentrum geistiger Interessen
zu machen. Nicht waren wie in Italien die Fürsten Deutschlands die Hauptträger der humanistischen Ideen und des
humanistischen Wirkens, aber bei ihnen fanden die bürgerlichen Humanisten reiche Förderung und Unterstützung
und dadurch die neuen Gedankenkreise Ausbreitung und
Ausreifung. Hierin lag das unsterbliche Verdienst dieser
Männer, an ihrer Spitze des Kurfürsten von Sachsen.

Friedrich der Weise von Sachsen wurde am 17. Januar
1463 geboren und starb am 5. Mai 1525. Von vortrefflichen Lehrern zuerst an der Schule in Grimma, dann vor
allem in den alten Sprachen und Naturwissenschaften von
M. Ulrich Kämmerlin, Dechant zu Aschaffenburg und von
Dr. Pollich von Mellerstadt unterrichtet, füllte sich 'des
jungen Fürsten Geist und Gemüt mit allen jenen Schätzen,
die ein sorgfältiger Unterricht gewährt und die seinem ganzen
späteren Leben Kraft und Inhalt verliehen. Besonders liebte
er die vaterländische Geschichte und während seines ganzen
Lebens die Musik.

Spalatin, sein Geheimsekretär und Biograph, sagt:[1]
«Dieser Churfürst zu Sachsen, Herzog Friedrich, hat auch so
grosse Lust und Willen zur Musica gehabt, dass er viel
Jahre und lange Zeit ein ehrliche, grosse Singerei gehalten
und dieselbe oftmals auf die kaiserliche Reichstäge mit-
genommen, gnädiglich und wol gehalten und besoldet, den
Knaben einen eignen Schulmeister, sie zur Lehre und Zucht
zu erziehen, gehalten. Der Capellen Meister ist gewest Herr
Conrad von Ruppich. Hat auch sonderlich einen Altisten
gehabt, einen Märker, dergleichen röm. kais. Mat. und andre
Fürsten und Herren weit und breit nicht gehabt. Dieselbige
Singerei hat er auch bis zu seinem tödtlichen Abgang behalten.»

In allen ritterlichen Uebungen leistete der Kurfürst Her-
vorragendes; seine Ruhe und Sicherheit beim Stechen und
Rennen, bei den Turnieren wie bei der Jagd wurden von
seinen Zeitgenossen hoch gepriesen. Der Hofmarschall Ritter
von Mistelbach erzählte: «Dass ihm seine Tage nie kein
Renner zukommen wär, der härter getroffen hätt». In seinen
Mussestunden beschäftigte sich der Kurfürst gern mit der
Drechslerei.[2] Er hatte zeitweise zwei oder drei Drechsler
an seinem Hofe, die er jedoch alle an Meisterschaft in die-

---

[1] Friedrichs des Weisen Leben und Zeitgeschichte von Georg
Spalatin. Herausgegeben von Neudecker und Preller. Jena 1851. S. 53.
[2] Noch im Jahre 1516 lässt er sich durch seinen Goldschmied
Paul Möller in Nürnberg Werkzeug zur Drechslerarbeit besorgen.
(Haushaltrechg. Bb. 4258.)

sem Handwerke übertraf. Auch dieses wieder ein deutlicher Hinweis auf des Fürsten energisches Wollen, sobald
er ein Ziel erfasst, diesem nachstrebte, um sich Wissen und
Können von Grund aus zu gewinnen. Ein Lieblingssprich-
wort des Fürsten war: «Wenn man urteilen will, so soll
man den Grund der Sachen von Anfang wissen».

Am Hofe des Kurfürsten von Mainz, Diether von Eisenberg, eignete sich Friedrich die Kenntnis der französischen
Sprache in Wort und Schrift an. Bedeutungsvoll für sein
ganzes späteres Leben wurde die Zeit, die er mit seinem
Bruder Johann gemeinsam am Kaiserhofe, wo er das Amt
eines Hofmeisters bekleidete, verbrachte, sowie die Reisen
im Gefolge des Kaisers, welche nicht wenig dazu beitrugen,
den Gesichtskreis des jungen Fürsten zu erweitern und ihm
nützliche Kenntnisse und eine vorzügliche Menschenkenntnis
verschafften. Nach seines Vaters, des Kurfürsten Ernst (re-
giert seit 7. September 1464) Tode übernahm der 23jährige
Friedrich am 6. August 1486 gemeinsam mit seinem jüngeren
Bruder Johann die Regierung des Kurfürstentums und für
sich die Würde der Kur. Wichtig für die Bereicherung
seiner Kenntnisse und Erfahrung und zugleich als Ausdruck
seines frommen Sehnens, die Plätze und Stätten zu sehen,
wo der Heiland gewandelt und gewirkt, war die vom Kurfürsten am 19. März 1493 begonnene Fahrt nach Jerusalem,
die ihn über Venedig, Zara, Ragusa, Kandia, wo der Kurfürst am Fieber erkrankte und von dem ihn begleitenden
Dr. Pollich behandelt wurde, Rhodos, Cypern und Jaffa
führte. Seine Begleitung bestand (sein Bruder Johann war
nur bis Venedig mitgereist) aus einer Reihe deutscher Herzöge, Grafen und Adligen, einigen Geistlichen, Gelehrten
und Künstlern.

Die Zeit der Regierung der Kurfürsten bedeutete für
sein Land eine Zeit des Friedens, und er war unermüdlich
tätig, sein grosses Ansehen und seinen gewaltigen Einfluss
zum Besten und zum Wohle seines weiteren und engeren
Vaterlandes geltend zu machen. Was er in der Politik, was
er für die Reformation, was für Verbreitung der Wissenschaften durch Gründung der Universität und durch Unter-

stützung der Schulen geleistet hat, ist bekannt. Welch grosser Förderer und Schützer der Künste Friedrich der Weise war, versuche ich in der nachstehenden Arbeit zusammenfassend vor Augen zu führen. Am 5. Mai 1525 verschied der Kurfürst auf seinem Lieblingsaufenthalte Lochau und wurde am 11. Mai in seiner Stiftskirche zu Wittenberg bestattet.

Auffallend berührt uns die Tatsache, dass Friedrich der Weise und Luther, zwei Menschen, die im Fühlen und Denken so innig mit einander verbunden waren, im Leben sich niemals persönlich aussprachen, obwohl ihr Verkehr durch Dritte und Briefe ein reger und inniger war. Und als Friedrich auf seinem Sterbelager nach Luther verlangte, war der Reformator wegen der Bauernunruhen am Harze von Wittenberg abwesend. Spalatin sagt (a. a. O., S. 34): «Will schweigen wie treulich und gnädiglich ers mit dem Herrn Doctor Martinus Luther meinete. Denn wie wol er nichts mit ihm jemals umging, noch hatt er ihn gewisslich gnädiglich lieb und werth.»

Eine vorzügliche Biographie Friedrichs besitzen wir von Tutzschmann, und dieser fasst das Urteil über diesen Fürsten zusammen, indem er von ihm sagt: [1] «Betrachten wir Alles zusammen, seine Anlagen, seinen Eifer, die Sorgfalt der Aeltern, die mannigfaltige Gelegenheit zur Bildung, sehen wir, wie redlich er dies Alles benützte: so können wir es uns erklären, wie Friedrich ein Fürst wurde, von dem so Grosses und Gutes theils ausging, theils gefördert wurde, dass die allgemeine Achtung seiner Zeitgenossen mit Aufrichtigkeit, nicht mit Schmeichelei, ihn schon bei seinem Leben den Weisen nannte. Werfen wir einen Blick auf seinen Charakter, so finden wir bald an ihm alle Eigenschaften eines tüchtigen Landesherren; eine geistige Gewandtheit, einen schnellen Ueberblick über die Verhältnisse, wodurch er leicht das Rechte fand und auch unter den schwierigsten Umständen sein Ziel erreichte; eine grosse Gewissenhaftig-

---

[1] Friedrich der Weise von Max Moritz Tutzschmann. Grimma 1848. S. 13.

keit, die ihn veranlasste, eine wichtige Sache immer wieder zu berathen, ein wichtiges Schreiben zwanzig und mehr Mal zu lesen und zu ändern, bevor er den letzten Beschluss fasste; während er anderwärts eben so besonnen die Berathungen möglichst ins Kurze zog, allen Weitläufigkeiten entschieden abgeneigt; gleichfalls zeigt er einen unermüdeten Fleiss wie eine nicht minder unerschütterliche, grossmüthige Festigkeit, die er, allen Partheien und Anfechtungen und Verlockungen gegenüber, sich in jeder ehrbaren, guten Sache treu bewährte. Wenn wir in Verbindung mit diesen Fürstentugenden noch die Vorzüge eines trefflichen Menschen sein ganzes Leben hindurch ihn bewähren sehen, eine innige Menschen- und Geschwisterliebe, einen freundlichen und verträglichen Sinn, eine ungeheuchelte Frömmigkeit, die eben so in wahrer Andacht und Fleiss zu Gottes Wort als in Werken christlicher Milde und Barmherzigkeit, wie in der Sorge für das allgemeine Beste, wie für Gottesdienst und Kirche sich mit fürstlicher Freigebigkeit, ja selbst mit Opfern, äusserte; endlich eine gewissenhafte Wahrheitsliebe, die ihre Abneigung schnell und entschieden gegen jeden kund gab, der mit Lügen umging: so erkennen wir in Friedrich leicht einen der edelsten und ruhmwürdigsten Fürsten unseres Vaterlandes, ja seiner Zeit überhaupt; wir müssen aber vorzüglich das hohe Verdienst anerkennen, welches sich Vater Ernst um Sachsens Volk erwarb, dem er einen solchen Fürsten erzog, und die Wege der Vorsehung müssen wir preisen, die solch ein redliches Streben so herrlich gelingen liess zu einer Zeit, wo über nächtlicher Finsternis die Morgenröthe einer wahren Bildung erst in schwachen Strahlen zu leuchten begann.»

Der Kurfürst pflegte mit wahrer Liebe, gemeinsam mit seinem Bruder Herzog Johann von Sachsen (geb. 30. Juni 1468, gest. 16. August 1532) alle Zweige der Kunst und förderte sie, wie kein anderer Fürst seiner Zeit. Er erkannte mit sicherem Blick die Bedeutung der einzelnen Künstler und wusste sie durch Aufträge zu unterstützen. Ist doch Friedrich der Weise der einzige Fürst Deutschlands, von dem unser Albrecht Dürer grössere Aufträge erhielt. Diesem

Fürsten genügte es nicht, sich im Besitze von Kunstwerken zu wissen. In allen Zweigen der Kunst und des Kunsthandwerks sehen wir ihn mit grösstem Verständnis und feinstem Gefühle fördernd selbständig eingreifen. Seine grosse politische Begabung, die seinem Lande einen langandauernden Frieden bereitete, seine umfassende gründliche Bildung, die er einer vortrefflichen Erziehung verdankte, befähigten ihn, der Kunst an seinem glänzenden Hofe eine wahre Heimstätte zu gründen. Sein ausgedehnter Briefwechsel zeigt uns, wie der Kurfürst an allen bedeutenden Kunstzentren seine eigenen Faktoren und Korrespondenten besass, die einen regen Verkehr zwischen dem Fürsten und den Künstlern und Kunsthandwerkern der betreffenden Städte vermittelten. Gerade durch ihn und an seinem Hofe wurde die Kunst in einem Umfange gepflegt, wie es bisher kaum bekannt gewesen war.

Um die deutsche Kunst dieser Zeit richtig zu würdigen, muss man mehr als nur die Künstlergestalten und deren Wirken genau kennen und erforschen. Zu allen Zeiten bestand das wahre Wesen der Kunst nicht allein in der äusseren Erscheinung der Werke, wie sie sich unserem prüfenden Auge darbieten, sondern auch im Innerlichen, d. h. dem Geiste, aus dem sie erschaffen wurden, dem inneren Drange, der Gefühls- und Ideenwelt des Künstlers, welcher die Werke zur Erscheinung kommen liess. Durch diese Betrachtung gewinnen wir rückschliessend ein Bild über die Ideen und Geistesrichtung einer bestimmten Zeit im allgemeinen, und die Welt der Erscheinungen redet oft in einer Zeitepoche eine deutlichere Sprache, als die Ueberlieferungen der Geschichte. «Was ihr den Geist der Zeiten heisst, das ist im Grund der Herren eigner Geist.»

Aber nicht der schaffende Künstler allein bringt mit seinen Werken die Klarheit über Gedanken und Anschauungen seiner Zeit, auch der Besteller und Besitzer der Kunstwerke tritt für unsere Betrachtung in den gleichen Kreis, denselben erweiternd. So liegt nicht nur die Bedeutung eines Menschen in seiner Begabung, durch die er vortreffliche Werke hervorzubringen vermag, sondern auch darin, dass er das wahrhaft Gute und Grosse erkennt und mit seiner Kraft und seinem Können, unbeirrt von Gegnern, dafür eintritt, dasselbe fördert und schützt. Wie Luthers Grösse darin besteht, der Menschheit Unvergängliches geschenkt zu haben, so besteht ein Teil der Grösse des Kurfürsten Friedrich eben darin, das gewaltige Werk des Mannes erkannt und mit seiner ganzen Macht geschützt und gefördert zu haben. Das Gleiche gilt für den Kurfürsten auch in künstlerischer Beziehung.

1. Architektur.

Es war dem Kurfürsten vergönnt, in den andauernden Friedensjahren seiner Regierung eine rege Bautätigkeit in seinen Landen zu entfalten. Hören wir, was Spalatin darüber berichtet. [1]

«Was dieser Churfürst für Gebäude gethan hat.

Was grossen Willens dieser Churfürst zu Bauen gehabt, ist noch vor Augen hin und wieder in Sachsen, Meissen, Duringen, Voitland und Franken. Denn zu Wittenberg haben seine Churfürstl. Gnaden Schloss, Allerheiligenstift und Universität von Grund auf erbauet, den Stift mit grossem Einkommen, auch merklicher Anzahl der Personen gebessert etc. So strich dieser Churfürst diesen Stift mit Heilthum, gülden Stücken, Heilthum Kleinatern von Gold und Silber, auch sammeten und andern seiden Ornaten also herauss, dass gewisslich dazumal wenig Stiftkirchen in allen deutschen Landen also, bevor mit solcher Ordnung und Vergleichung geziert gewest.

S. Churf. G. haben auch das Schloss Eilenburg gebauet, die Lochau, da s. Churf. G. wunder gern waren, ihr Leben auf Erden auch daselbst beschlossen, die Neu Lochau, zu Liebenwerda, zu Coburg ein herrliche Kemnaten, zu Grimm schier das ganze Schloss, Weimar, Colditz und

---

[1] a. a. O., pag. 41.

Altenburg alle drey Schlösser, wahrlich herrliche schöne
Häuser, deren sich auch ein römischer Kaiser gewisslich
nicht schämen durft. Und also, dass s. Churf. G. zuweilen
wol an dreien oder vier Enden auf einmal bauet.
Denn er war ein friedlicher Fürst und der es dafür hielt,
dass man viel armen Leuten damit dienet, wenn man bauet.»[1]

Torgau.

Beginnen wir mit dem Bauwerke — die Stätte der Geburt des Kurfürsten Friedrich — Schloss Hartenfels
in Torgau. Sagen aus dem frühen Mittelalter knüpfen
sich an den am hohen linken Elbufer des östlichen Teiles
der Stadt Torgau errichteten Prachtbau, an dem ändernd
und umbauend viele Fürsten im Laufe der Jahrhunderte
tätig waren. Schon im Jahre 1267 wird das Schloss als
castrum Torgowe in den Urkunden erwähnt, im 14. Jahrhundert war es oft auf längere Zeit die Residenz der Markgrafen von Meissen und Thüringen, und Wilhelm der Ein-
äugige residierte daselbst ständig. Als 1422 nach Erlöschen
der kurfürstlichen Linie des Hauses Askanien die Kur
Sachsen an Friedrich den Streitbaren kam, wurde das alte
burgartige Haus zur fürstlichen Wohnung umgestaltet und
diente von da ab den Kurfürsten zum zeitweiligen oder regel-
mässigen Aufenthalt. So dem Kurfürsten Ernst, dem hier
mehrere Kinder, darunter Friedrich, geboren wurden.
Das Schloss Hartenfels in Torgau zeigt schon durch
seine Lage und seine ursprünglichen Bauformen, dass es
wie eine Reihe anderer Schlösser dieser Zeit, z. B. Wittenberg und Meissen, bestimmt war, ein befestigtes Bollwerk
zur Verteidigung und zum Schutze der wichtigsten Verkehrs-
strassen zu sein, auf denen Handel und Verkehr fluteten
und auf welchen am ehesten ein feindlicher Angriff zu er-

---

[1] Am Rande des ersten Entwurfs von Spalatins Handschrift sind
folgende Gebäude verzeichnet : 1. Wittenberg, Schloss, Stift, Universität. 2. Belzig. 3. Lochau. 4. Eilenburg. 5. Altenburg. 6. Neu-Lochau.
7. Grimm. 8. Colditz. 9. Weimar. 10. Hirtzberg. 11. Liebenwerd. Wein-
berge.

warten war. Eine erste Aufgabe war es daher, den Fluss
als die wichtigste Verkehrsader durch die fortifikatorische
Anlage des Schlosses zu beherrschen, den Flussübergang,
die Brücke, zu decken. Die massigen mächtigen Rundtürme
ragen drohend hinaus in die Landschaft, und niemand, der

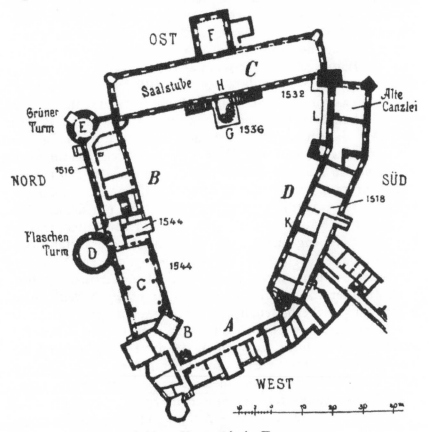

Schloss Hartenfels in Torgau.
Nach Lübke, Geschichte der Renaissance.

von dieser Seite sich der Stadt nähert, wird das wundervolle Bild vergessen, wenn die scheidende Sonne mit den
letzten goldroten Strahlen die Türme und die Mauern grüsst,
die Fenster des Schlosses wie leuchtendes Feuer erglühen
lässt, wenn abendliches Dunkel die Silhouette des Baues ins
gespensterhaft Gewaltige vergrössert oder der Mond Fluss

und Schloss mit seinem silbernen Zauberlicht bekleidet. Die Stadtbewohner mögen wohl vertrauend auf das Schloss wie auf den Wächter für ihre Sicherheit und Ruhe geblickt haben. Aber gerade die feste Lage dieses Bauwerks war für dieses selbst verhängnisvoll, da der Angreifer immer zuerst sich des Schlosses zu bemächtigen trachtete, wohl wissend, dass, wer im Besitze dieses Bollwerks war, auch die Stadt und die umliegende Landschaft sein nennen durfte. Die im Laufe der Jahrhunderte so wechselreichen Schicksale des Baues geben klare Kunde, welchen Wert und welche Bedeutung das Schloss für den Verteidiger hatte, und wie erstrebenswert sein Besitz von den Belagerern erachtet wurde.

Die Schlösser um die Wende des XV. und zu Beginn des XVI. Jahrhunderts unterscheiden sich nur wenig von der mittelalterlichen Burg. Hatten sie die gleiche Bestimmung wie diese, so bestand auch ihr Bau, wie bei der Burg meist aus mehreren, verschiedenen Zwecken dienenden Gebäulichkeiten. Den eigentlichen Unterschied bildete nur die grössere Anzahl von Räumen, die zum Teil ausgedehnter waren, mit ihren Nebengelassen sich zu festlichen Veranstaltungen eigneten oder zur bequemeren und behaglicheren Wohnung der Fürsten und ihrer Familie dienten. Hinzu kamen noch Zimmer für fürstlichen Besuch und dessen Begleitung. Sieht man die erhaltenen alten Schlossinventare durch, so überrascht es, wie einfach oft, nach unseren heutigen Begriffen sogar ärmlich zu nennen, die innere Ausstattung der Schlosszimmer war. Erst zum Beginn der Renaissance, d. h. der Zeit, wo bei uns in Deutschland mit der Kenntnis und Verbreitung der italienischen Schmuckformen auch nach und nach eine andere Auffassung von der Bauweise sich einbürgerte, zu der Zeit also, wo wir in Deutschland begannen «auf welsche Art» zu bauen, wird auch bei uns mehr und mehr bei den Schlossbauten die mittelalterliche Enge und Genügsamkeit verlassen. Es kommen mehr, reicher und kunstvoller ausgestattete Räume zur Ausführung, grosse Säle, die allein der Repräsentation, dem Prunke dienen. Wie jedes Kunstwerk gewissermassen ein Spiegel der betreffenden Kulturzustände seiner Zeit und seines Landes ist, so reden auch die Schlossbauten eine deutlich verständliche Sprache. Der alte Pallas des Mittelalters war grossartig, ebenso die Schlösser bis ins XIII. Jahrhundert. Die Aermlichkeit bricht in Sachsen um 1280 an und dauert etwa bis 1480. Für den Anfang des XVI. Jahrhunderts bleibt die typische Einrichtung der Schlösser dergestalt, dass wir ein Konglomerat verschiedenartiger Baulichkeiten, wie das Backhaus, Brauhaus, Badhaus, die Stallungen und als Hauptbau das Herrenhaus haben, und dass dieses, was die Verteilung der Räume nach ihrem Zwecke betrifft, fast in allen Schlössern dieser Zeit übereinstimmend eingerichtet ist.

Mächtige überwölbte Keller dienten zur Aufbewahrung der grossen Weinvorräte. Der Bedarf an Wein im XVI. Jahrhundert und dem was Fürsten, Adlige, Herren, auch wohl die Bürger im Vergleich zu heute täglich konsumierten, war enorm. (Vergl. die Lebensbeschreibung des Ritters von Schweinichen.) Im Erdgeschosse befanden sich die Küche mit ihren Vorratskammern und die Räume für die Mägde, im ersten Stockwerk zählen die Inventare gewöhnlich auf: die Herrenkammer mit einem Stüblein daneben, den Betsaal oder die Kapelle, dann die sogenannte «Hofstube» mit einem Neben- oder Vorzimmer. Es war dies fast immer ein grosser Saal, der zu Festlichkeiten, Beratungen und Empfängen diente und dementsprechend mit Vertäfelung, gemalter Holzdecke und sonstigem Schmucke, wie Gemälde, Prunkrüstungen, Wappen und dergleichen auch am reichsten und glänzendsten ausgestattet war. Hieran schloss sich vielfach noch die Rüst- oder Harnischkammer des fürstlichen Bewohners. Die fast ausnahmslos mit Betten belegten Zimmer des oberen Stockwerkes, boten dem fürstlichen Hofstaate oder den jeweiligen Gästen Platz zu Wohn- und Schlafräumen. Die Räume unter dem Dache, die Bodenkammern, dienten vielfach zum Aufschütten des Getreides, denn bei Schriftstücken, in denen sich nötig erweisende Dachreparaturen erwähnt werden, lesen wir oft den Nachsatz «damit das Getreide nicht ganz durchnässt werde und verfaule». Im Erdgeschoss der die meiste Sicherheit bietenden Türme lag das mit einer eisernen Tür verschliessbare

Amtszimmer des Schössers. Die kunstvollen Türschlösser jener Zeit erregen heute noch durch ihre Konstruktion unsere Bewunderung. In diesem Zimmer stand zumeist die eiserne oder mit Eisen beschlagene Truhe für Aufbewahrung von Urkunden und Geld. Im Turme war auch vielfach die Wohnung des Schössers, sowie die Kammer für den Schreiber und darüber in gleicher Stockhöhe mit des Herren Wohnung die ebenfalls mit Fenstergitter und eiserner Tür gesicherte Silberkammer. In dem gewöhnlich dem Schlosse sich anschliessenden Garten befand sich eine Anzahl kleinerer Bauten, wie Schiesshaus, Vogelhaus und kleinere Lusthäuser, die aber nur in leichtem Materiale errichtet, den sommerlichen Vergnügungen und nur kurzem stundenweisen Aufenthalte dienten. Der einfache Betsaal schwand allmählich und an seiner Statt wurde dem Schlosse eine eigene Kapelle angebaut, die, ein Teil desselben, mit ihm von gleicher Mauer umschlossen war, und in deren Inneres ein Gang oder mehrere Gänge von den Schlosszimmern aus führten.

Eine Hauptsorge der Fürsten bestand darin, geeignete Persönlichkeiten zum Entwerfen «Visieren» und zur dauernden Oberleitung der betreffenden Bauten für sich zu gewinnen. Oft musste der Baumeister aus weiterer Ferne, aus irgend einer Provinz Deutschlands verschrieben oder ein befreundeter Fürst um zeitweise Ueberlassung seines Baumeisters gebeten werden. War eine tüchtige Kraft jedoch vorhanden, so versäumten die Fürsten meist nicht, durch reichliche Besoldung, Wohlwollen und gelegentliche Schenkungen sie dauernd an ihren Hof zu fesseln. Bei der grossen Güte Kurfürst Friedrichs, bei seiner Fürsorge für seine Landeskinder, bei der allgemeinen Verehrung, die ihm von allen entgegengebracht wurde, war es für ihn nicht schwer, seine Beamten auf lange Zeit in seinen Diensten zu erhalten, umsomehr er auch in Bausachen viel Kenntnis und auch in technischer Hinsicht ein grosses Interesse bekundete. Eine Reihe von schriftlichen Zeugnissen liefert dafür den Beweis. War es ja auch Kurfürst Friedrich, der den Grund zu jener Sammlung von Plänen, Modellen und Büchern

über das Bauwesen anlegte, aus welcher später, aus dem
Nachlasse des verstorbenen Kurfürsten, Herzog Albrecht
von Preussen eine «abgerissen Gepeu-Kunst» für sich erwarb.
Es war dies vielleicht ein Buch über Architektur, das, leider
nicht mehr erhalten, heute zur Beurteilung der alten deutschen Baukunst von dem grössten Werte wäre. So war der
Kurfürst nicht nur Bauherr, sondern mit seinem jeweiligen
Baumeister beratend, vielfach auch bauleitend tätig und wie
seine Briefe beweisen und seine häufigen Besuche der Orte,
wo für ihn gebaut wurde, dartun, verfolgte er das Fortschreiten der Bauten mit höchstem Interesse. Die Stellung
des fürstlichen Bau- oder besser gesagt Oberlandbaumeisters
war angesehen, aber auch sehr aufreibend.[1] Ihm unterstanden
alle fürstlichen Bauten des Landes, über die er die Ober-
aufsicht zu führen und für die er Pläne und Kostenan-
schläge zu entwerfen hatte. Für die jeweiligen Bauten hatte
er wiederum die einzelnen Meister zur Bauausführung zu
wählen und mit ihnen die Lohnverhältnisse zu regeln. Auch
Berechnungen und Beratungen mit den Amtleuten und
Schössern nahmen ihn in Anspruch, denn diese beaufsich-
tigten gleichsam in Vertretung des Fürsten den Fortschritt
der Bauten, über welchen sie an den Hof berichten mussten;
sie sorgten für prompte und genügende Zufuhr der Baumaterialien und zahlten die Löhne. Während so die Amtleute an einem bestimmten Orte sesshaft waren, sehen wir
den Baumeister, da oft an verschiedenen Plätzen des Landes
zu gleicher Zeit gebaut wurde, ab und zu reiten, überall
zu gleicher Zeit begehrt, mit dem Fürsten, den Amtleuten
und Schössern rechnend und beratend und um alles, oft
selbst um die geringfügigsten Dinge sich kümmernd. Architekten im heutigen Sinne gab es nicht, wir finden den Baumeister des XV. und in der ersten Hälfte des XVI. Jahrhunderts Steinmetz oder auch Zimmermann genannt, das

---

[1] Ueber die Tätigkeit und den Wirkungskreis der fürstlichen
Baumeister d. Z. sind wir für das albertin. Sachsen durch Gurlitt
(«Sächsische Herrensitze und Schlösser») unterrichtet, die Analogie
für das Sachsen ernestin. Linie ergibt sich aus den Urkunden im Weimarer Archive.

erstere bei weitem vorwiegend und hiermit die Herkunft
aus den alten Steinmetzbruderschaften, den «Hütten» doku-
mentierend. Ausser seiner Besoldung und seinem Wochenlohn erhielt der Baumeister für seine Person freie Verpflegung, er wurde, selbst wenn er sich an seinem Wohn-
orte aufhielt, aus der Hofküche verköstigt. Auch standen
ihm 1—2 Pferde zu freier Verfügung, deren Futter und
Hufschlag ebenfalls aus seines Herrn Kasse bezahlt wurden.
Wie alle Hofbeamten erhielt er jährlich aus der Hof-
schneiderei ein, bezw. zwei, Sommer- und Winter-Hof-
gewand geliefert. Vielfach war auch die Besoldung und
Verpflegung seines Dieners und ein Pferd für denselben im
Kontrakte des Baumeisters mitbedingt. Der zunächst am
höchsten Besoldete war der in den Urkunden oft ebenfalls
Baumeister genannte Leiter des einzelnen Baues, der aber
dem eigentlichen Baumeister oder Oberlandbaumeister völlig
untergeordnet blieb. Dann kommt der Polier, dessen Gesellen und zuletzt die Tagelöhner. Die einzelnen Handwerk-
meister mit ihren Gesellen standen dagegen den Baumeistern
ziemlich selbständig gegenüber, ihnen war die spezielle
Arbeit am Baue verdingt.[1] Auch kam es sehr häufig vor,
dass einzelne Arbeiten, deren Gewerbe nicht oder nicht hin-
reichend am Platze des Baues vertreten war, auswärtigen
Meistern vergeben wurden, oder dass man Gesellen und
jüngere Meister dieser fehlenden Gewerbe zur Uebersiedelung
und dauernden Niederlassung zu bewegen suchte. Dadurch
wurde vermieden, Geld ausser Landes zu geben. Es gelang
dem Kurfürsten indessen nur in beschränktem Masse, einzelne Handwerke nach Sachsen zu verpflanzen; er war, wie
wir später sehen werden, doch grösstenteils angewiesen,
wollte er hervorragende Kunstgegenstände erwerben oder
anfertigen lassen, sich an Künstler und Handwerker in
aussersächsischen Städten zu wenden.

Anders war es mit den Baumeistern des Kurfürsten

---

[1] Ueber den Steinmetzen Hüttentag zu Torgau siehe: Cornelius
Gurlitt, «Kunst und Künstler am Vorabend der Reformation, Halle
1890, S. 41 ff». Daselbst auch weitere Literaturangabe.

Friedrich. Hier standen ihm Männer zur Seite, welche den weitgehenden Plänen des Fürsten folgen und diese auch vollkommen zur Ausführung bringen konnten. Besonders war es der Baumeister Conrad Pflüger, dem wir bei den Bauten in Wittenberg begegnen werden und der, im weiteren Sinne genommen, ein Schüler Arnolds von Westphalen, unser volles Interesse in Anspruch nimmt. Um seine Art und seine Richtung von Grund aus verstehen und würdigen zu können, müssen wir einen Augenblick bei der Kunst seines Lehrers verweilen, umsomehr auch dieser aufs engste mit der Baugeschichte des Schlosses in Torgau verknüpft ist. Nach Gurlitt hat Arnold von Westphalen (gest. 1480) als Oberlandbaumeister den Bau des Torgauer Schlosses zu überwachen gehabt, der bereits 1471 begonnen worden war und an dem 1471—1472 auch ein Meister Ditterich arbeitet. Bestimmt können wir Arnolds Tätigkeit in Sachsen nur von 1470 bis zu seinem Tode 4. Mai 1480 feststellen. Ausser seinen Werken haben wir schriftliche Ueberlieferungen, die uns zeigen, welch' angesehene und hochgeachtete Stellung Arnold in seiner Zeit einnahm, und dass wir es nicht mit einem gewöhnlichen Handwerksmeister, sondern mit einem Baukünstler, einem Baumeister fast im heutigen Sinne zu tun haben. Am bezeichnendsten dafür ist die Stelle aus einem Briefe eines Herrn von Schleinitz an den Rat der Stadt Mittweida, in dem es heisst: «er habe der Fürsten obersten Werkmeister, Meister Ornald, zum Kriebenstein bei sich, den tauglichsten und behendesten Werkmeister auf Steinwerk und Mauern zu machen, den er je erkannt habe, der nicht allein in der Kunst und Arbeit, sondern auch im Rate tauglich und gut sei».

Am klarsten und markantesten tritt uns Arnolds Bild vor Augen, wenn man eingehend seine Werke studiert, vor allem sein Hauptwerk, die Albrechtsburg in Meissen, deren Grundrissanlage das Vorbild für den Schlossbau in Wittenberg abgab. Bei dem Werke in Meissen erkennt man, dass der Meister zwar noch auf der in langen Jahrhunderten geübten gotischen Bauweise fusste, aber auch, wie er überall sich davon frei zu machen strebte und seine eigene kraftvolle Persönlichkeit zum Ausdruck brachte. Oft mutet es uns an wie ein Jubelschrei der Befreiung aus dem zünftlerischen Zwange und der Gebundenheit überlieferter Regeln. Schon bei der Grundrisseinteilung hat Arnold in geistvoller Art, obwohl an die örtlichen Verhältnisse gebunden, allen Ansprüchen an die Zahl, Lage und Grösse der Räume genügt. Die gotischen Rippengewölbe sind fast ganz geschwunden und sind durch reiche Gratgewölbe in mannigfachstem Wechsel der Formen ersetzt. Die nach innen gezogenen und in den oberen Geschossen des Druckes der Gewölbe wegen verstärkten Strebepfeiler bilden tiefe Nischen, die in den Sälen fast kleinen Zimmern gleichen. Die freistehenden Pfeiler entbehren der Kapitäle, wogegen die Basen wieder ganz eigenartig gebildet sind. Die grossen Fenster lassen, da das gotische Masswerk fast völlig an ihnen fehlt, eine Flut von Licht einströmen. Auch dieses ein direkter Gegensatz zu dem durch Masswerk und gemalte Scheiben beschränkten Lichtvermittler der mittelalterlichen Bauart. Der Spitzbogen ist verschwunden und der von Arnold gebildete sogenannte Vorhangbogen ist ein typisches Charakteristikum an seinen und seiner Schüler Werken. Verschwunden ist alle gotische Ornamentik, nur die höchsten Spitzen der Dachgiebel schmücken bescheidene Kreuzblumen, als sollten sie ein kleines Erinnerungszeichen an die vergangene Zeit sein. Verschwunden ist alles, was an das mit Vorliebe und leider immer falsch gedeutete Himmelaufstreben der Gotik gemahnt, keine Fiale, keine Wimperge, ein kräftiges mannhaftes Betonen des Horizontalen, das die Geschosse in gleicher Höhe durchlaufen lässt und sie an der Hoffassade durch kräftige Gesimse trennt. Die Treppe im Hofturm ist als ein Meisterstück grossartigster geistvollster Arbeit bekannt. Alle Profile an Fenster, Gesimsen und Türen sind nur durch eine verschiedene Aneinanderreihung von Hohlkehlen gebildet, und vergebens sucht man in der Formbildung nach dem Altbekannten aus gotischer Kunst. Wo wir hinschauen, nichts Ueberliefertes, sondern überall Meister Arnolds ureigenstes Werk. Man kann es sich leicht in Gedanken ausmalen, wie die in den

Zunftregeln und den alten Traditionen befangenen Meister
das Werk Arnolds betrachtet und wie sie dem Neuerer
entgegengetreten sein werden.

«Mein, was ist das? Ist er von Sinnen?
Woher möcht er solche Gedanken gewinnen?»

Was aus der von Arnold angedeuteten Richtung hätte
werden können, lässt sich heute nur ahnen. Vielleicht —
ein neuer deutscher Stil, der, unabhängig von römischen
Formen, aus deutschem Geiste geboren, sich den deutschen
Lebensauffassungen und Gewohnheiten angepasst hätte.
Aber Arnolds Schüler waren keine so kraftvollen Individualitäten wie ihr Meister, die bald in Deutschland bekannt
gewordene italienische Zierkunst wirkte als Vorbild zu
mächtig, und so kleidete sich Deutschland willig in ein
fremdes Gewand. Immer aber muss betont werden, dass
Arnolds Wirken wie die Morgenröte eines neuen Tages
erscheint und dass, wenn auch die Formen verändert, wir
in ihm den Schöpfer einer neuen Baukunst zu erblicken
haben, mit der die mittelalterliche Art beendet und der
Geist einer jungen Zeit in Sachsen seinen Einzug gehalten hat.
Abgesehen von kleineren unbedeutenden Arbeiten an
Wirtschaftsgebäuden in dem Zeitraum von 1478—1480 und
der im Jahre 1500 sich nötig erweisenden Reparaturen am
Hauptgebäude, beginnt vom Jahre 1514 ab für das Schloss
Hartenfels unter Kurfürst Friedrich eine Bauperiode, der
wesentliche Teile des Schlosses ihre Entstehung verdanken.
In der Hauptsache handelt es sich um den Neubau des mit
D bezeichneten Flügels, sowie des östlichen Teiles des
Flügels B. Am Verbindungsbau dieser beiden Bauteile, am
Flügel C, scheint der Kurfürst Friedrich keine Verände-
rungen getroffen, sondern ihn in seiner alten Gestalt belassen
zu haben. Dieser Teil wurde erst unter Kurfürst Johann
Friedrich dem Grossmütigen im Jahre 1532 in seiner noch
heute Bewunderung erregenden Pracht errichtet.
Zuerst erfahren wir, dass unter Leitung von Hans dem
Baumeister im Jahre 1514 die sogenannte alte Kanzlei (öst-
licher Teil des Flügels D) mit neuen Giebeln versehen und

zwei sich anschliessende Treppentürme errichtet wurden.
Ich glaube, dass es sich bei diesem Baue hauptsächlich um
die Erhöhung der Kanzlei um ein Stockwerk, neuen Giebeln
und um das Höherführen der beiden Türme handelt, und
die Arbeit so vor sich gegangen sein mag, dass zuerst der
eine Turm, dann der Teil des Baues zwischen den beiden
Türmen mit seinem Giebelaufbau und zuletzt erst der zweite
Turm in Angriff genommen und vollendet wurden. Die
Akten geben für diese Annahme einen gewissen Anhalt, denn
Sonntag Exaudi hat der Dachdeckermeister Heinrich bereits
das Gerüst zu dem einen Turme und dem grossen Giebel
zwischen den beiden Türmen abgetragen, der andere Turm
dagegen wird von vier Zimmergesellen gerüstet und ein Zug
gemacht, womit Ziegel und Kalk hinaufgezogen werden kann.
Aus den Lohnlisten der Baurechnungen ersieht man, dass
der Bau dieses Teiles sich noch in das Jahr 1515 hinein-
zieht. Im folgenden Jahre 1516 wird das Gebäude, welches
der Kanzlei gegenüber liegt, also der östliche Teil des Flügels
B, in Angriff genommen. Hier ist es der Zimmermann
Lorenz Löffler aus Prettin, welcher dem Baue vorsteht.
Er arbeitet kurze Zeit vorher in Wittenberg, denn in dem
Anschlag für den Torgauer Bau, welchen er seinem Herrn,
dem Kurfürsten, einreicht, reklamiert er gleichzeitig sein
bedingtes und versprochenes «Kleyd vom Baw zu Wittenberg». In den Einnahme- und Ausgabeverzeichnissen, die
Sonntag Quasimodogeniti beginnen und Sonntag nach Catharine 1517 endigen, wird ziemlich genau ausgesprochen,
welcher Bau gemeint ist «vber den bav des neven havses
vfm Schloss gegen der elben vber gelegen». Es finden sich
auch hier die Namen von zwei Zimmerleuten, welche später
noch lange Jahre für den Kurfürsten arbeiteten, Clemen Walter
und Hans Döring. Sie waren mit dem Abbruch des alten
Hauses beauftragt und bauten dann auf dem Böttcherhause
Kammern und ein heimliches Gemach. Die Maurerarbeiten
am Neubaue leitete ein Meister Heinrich. Obwohl man verhältnismässig grösseren Summen für Steinmetzarbeiten an
Thomas Ziegler aufgeführt begegnet, so sind damit nur
Fenster, Türumrahmungen und Kragsteine bezahlt worden,

dagegen keine dekorative Steinmetzarbeit. Bereits Sonntag nach Michaeli war das Haus unter Dach. was im Verhältnis zur Ausdehnung des Gebäudes — es mass nach Löfflers Bericht 86 Ellen in der Länge und 16 Ellen in der Weite — eine tüchtige Leistung genannt werden muss.

Im Jahre 1518 baut der Kurfürst an verschiedenen Orten seines Landes gleichzeitig; Wolf Metzsch, der Geleitsmann zu Torgau quittiert, dass er durch den Kanzleischreiber Hans Feyl 600 Gulden für den Torgauer und 400 Gulden für den Lochauer Schlossbau erhalten habe. Was in diesem Jahre am Torgauer Schlosse gebaut wurde, ersehen wir aus einem Vertrage, der am Mittwoch nach Sebastianstag 1518 mit Lorenz Löffler geschlossen wird. Darin heisst es: «von wegen des paves den seyn churf. ge Im Schlos zv Torgaw vom Thurme an bissherfur an das Thorhavs zupaven fur hat». Auch sollte ein Gang vom Schloss bis an den Kirchhof, hinter Hondorfs Haus, bis Pfingsten vom Zimmermann fertiggestellt sein, welchen er mit Steinfarbe zu malen vorschlägt. Unter dem Bau vom Turme bis ans Torhaus kann ich nur den westlichen Teil des Flügels D, der an die Kanzlei anschliesst, verstehen, den Gang zum Kirchhof denke ich mir von diesem neuerbauten Teile aus nach dem in späterer Zeit errichteten Flügel A zu führend.

Die Berechtigung zu Klagen über schlechte oder nicht dauerhafte Arbeit hatten auch bereits die Bauherren des XVI. Jahrhunderts, denn in einem Schreiben berichtet Wolf Metzsch an den Kurfürsten, dass in dem Saale im neuen Hause «das gemeele» abgefallen sei und bittet «da zu Torgau eben kein Maler sei, der solche Gemälde wieder fertigen könnte, dass Meister Lucas einen Gesellen dahin senden möge, dessen Arbeit daran er auf ungefähr acht Tage schätze». Die Nachweise einer recht ausgedehnten Freskomalerei auch in Deutschland im XVI. Jahrhundert mehren sich in letzter Zeit ungemein, in unserem Falle haben wir es ebenfalls mit Freskomalereien in einem Saale des Torgauer Schlosses zu tun, die scheinbar von einem Künstler ausgeführt wurden, der sich nur vorübergehend in Torgau aufgehalten hat. Zugleich aber erhält man durch diese Notiz einen Hinweis, dass sich auch in der Cranach'schen Werkstatt Leute befanden, welche die Technik der Freskomalerei beherrschten.

Metzsch spricht in seinem Schreiben an den Kurfürsten gleichzeitig auch die Bitte aus, dass er vorläufig nicht mehr nach Torgau zur Besichtigung müsse und auf dem Schlosse Schweinitz bleiben könne, denn in Torgau habe sich wieder das Sterben erhoben, und er meldet dem Kurfürsten eine Anzahl von Erkrankungen und Sterbefällen. Hierin wird wohl auch die Ursache zu suchen sein, dass uns keine Baurechnungen vom Jahre 1519 vorliegen. War auch die Epidemie in den folgenden Jahren 1520 und 1521 noch nicht erloschen, so wurden doch in dieser Zeit die Bauarbeiten wieder aufgenommen, wenn es sich nunmehr auch nur um kleinere Bauten in den Gärten und der Umgebung des Schlosses handelte, denn der eigentliche Schlossbau war mit dem Jahre 1518 vollendet. Der Zimmermann Clemen baut im Schiessgarten ein hohes, grosses Sommerhaus, auch eine Zielwand wird errichtet. Aber kaum waren zwei Jahre vergangen, so machen sich wieder eine ganze Reihe Reparaturarbeiten nötig, über welche der Schösser zu Torgau Georg Kohlhammer Freitag nach Kiliani 1523 dem Kurfürsten berichtet. In diesem Berichte wird auch zum erstenmal der Baumeister Hans Zingkeisen erwähnt, der später noch eine ausgedehnte Tätigkeit als fürstlicher Baumeister entfaltete.

Nach dem Tode des Kurfürsten Friedrich hat sein Bruder Kurfürst Johann nur Geringfügiges am Schlosse ändern lassen, seine Hauptsorge wandte er der Erhaltung dessen zu, was sein verstorbener Bruder errichtet hatte. So hören wir unter seiner Regierung nur von Ausbesserungen im Schlosse Hartenfels, 1526 am Stalle und dem Schiesshause, 1527 werden zwei neue Harnischkammern nach Angabe der Harnischmeister Heintz und Sigmundt eingerichtet, und aus dem Jahre 1529 erfahren wir ausser einer Reparatur der Frauengemächer auch, dass die beiden «neuerbauten Thermlein vfm schloss» bereits schadhaft geworden waren.

Die einzige grössere Bauänderung war die Herstellung eines Ganges von der Kanzlei die Mauer entlang bis in das Kloster. 5oo Gulden waren dem Schösser dieses Jahr für die Bauten am Schlosse verordnet worden. Aber der Aermste hatte mit diesem Gelde nicht geringe Sorgen. Diese 5oo fl. waren ihm von Nickel vom Endt in «soviel schlechte Münz, eitel pfennig» gegeben worden, dass die Werkleute das Geld nicht als Zahlung nehmen wollten und er alle Mühe hatte, es anzubringen.

Vom Jahre 1532 beginnt dann für Schloss Hartenfels jene Zeit, in welcher es als ein Prachtbau allerersten Ranges erstehen sollte, für uns Nachkommen eines der glänzendsten Beispiele der Renaissancebaukunst in deutschen Landen.

Sind wir somit über die chronologische Entstehung der einzelnen Bauteile des Schlosses Hartenfels unter Kurfürst Friedrich unterrichtet, so erübrigt es, noch einiges über die Ausstattung der Bauten und Innenräume zu sagen. Selten wohl besitzen wir über die Anfertigung, Lieferung und Bezahlung aller Einzelteile eines Bauwerkes und über die Meister der einzelnen Gewerbe so genaue archivalische Aufzeichnungen, wie in der besprochenen Bauperiode beim Schlossbau in Torgau. Von jedem Schlüssel, Eisenstab, Ring, jeder Treppenstufe, jedem Brett für die Vertäfelungen können wir angeben, wer die Dinge gefertigt, was der betreffende Meister dafür erhalten und wann die Ablieferung oder Befestigung am Baue stattfand. Die Rechnungsbücher sind in musterhafter Ordnung geführt, die einzelnen Baumaterialien und Utensilien genau von einander getrennt, dann die Löhne nach den einzelnen Gewerben aufgeführt. Zuerst kommt immer der Baumeister, dann der Zimmermann mit seinen Gesellen, die Steinmetzen, Tischler u. s. w., zuletzt die Tagelöhner. Interessant ist es, wie sich der Rechnungsführer bei der Verbuchung der Löhne derjenigen Tagelöhner half, welche vielleicht nur vorübergehend auf kurze Zeit beschäftigt worden waren, die er nicht dem Namen nach kannte, welche er aber, da alle am Bau beschäftigten Personen namentlich zu verzeichnen waren, ebenfalls nennen sollte. Da finden wir u. a. den Eintrag: «weiss

Kittel, blau Hütlein haben in der Floss geholfen vnd die Kalckstein eyngefurth».

Da Torgau sowohl wie Wittenberg kein Steinmaterial zum bauen besass, so war der Kurfürst auf die Zufuhr der oberen Elbe angewiesen. Die Steine kamen daher, wie in vielen Fällen nachzuweisen ist, bereits behauen oder fertig zugerichtet auf der Elbe nach Torgau und Wittenberg. Wir sehen die Transporte mit Geleitsbriefen des Herzogs Georg von Sachsen ankommen und kennen die Hauptlieferanten in Dresden und Pirna.

Bei den Bauten in Torgau sind ständig eine grössere Anzahl Steinmetzen beschäftigt, deren Namensverzeichnis uns die Tatsache bestätigt, dass die Wanderungen unter den Handwerkern viel beträchtlicher gewesen sein müssen, als wir bisher immer annehmen. Bei einer einzigen Eintragung finden wir Steinmetzen folgender Herkunft: «von prijn (Brünn), Gräfenthal, Gelnhausen, Koburg, Heltpurgk, Hildberghausen, Neustetten, Rottach, Böhm, Krumnau, Altenstein, Dresden, Rochlitz, Bautzen, Goslar, Meiningen, Würzburg, Speier u. a. m. Dieser Umstand, der ja anderwärts wohl auch schon beobachtet worden sein mag, auf den aber meines Erachtens nach noch nicht der berechtigte Wert gelegt wurde, ist bemerkenswert. Denn könnten wir mehr derartige Namensverzeichnisse von Steinmetzen und Bildhauern mit ihren Herkunftsorten und Wirkungsplätzen zusammenstellen und miteinander vergleichen, so glaube ich, dass wir hierdurch manchen Aufschluss über die Tätigkeit von Künstlern finden würden, in deren Lebenswerk so oft grosse zeitliche Lücken bis jetzt unausfüllbar sind, auch würden in unserer fast namenlosen deutschen Plastik eine Reihe von Künstlernamen eingeführt. Hierdurch liessen sich wieder einzelne Gruppierungen leicht zusammenstellen und Aufklärungen aller Art daraus folgern.

Dass wir uns die äussere Erscheinung des Torgauer Schlosses in schöner, dem Auge des Beschauers wohltuender Farbigkeit zu denken haben, ist wohl überflüssig, eigens hervorgehoben zu werden, denn alle grösseren Bauten dieser Zeit zeichneten sich, im Gegensatze zu dem heute meistens üblichen langweiligen uniformen Anstriche, vorteilhaft aus. Die Giebel des Schlosses waren mit Metall gedeckt, die 22 kleinen Erkerlein, jedenfalls Dachausbauten krönten Bleiknöpfe, die vom Maler Franz mit blauer Oelfarbe angestrichen worden waren. Das Gitter eines Ganges, der wahrscheinlich balkonartig von Herzog Johanns Gemach nach den beiden Türmen führte, war in Abwechselung rot und gelb. Die höchsten Spitzen der Türme zierten vergoldete Engel aus Holz, ein Werk des Bildhauers und Bildschnitzers Meister Hans. Hinzu kamen noch die bemalten Wappen über den Türen und den Hauptportalen, wahrscheinlich auch noch einzelne bemalte kleinere Flächen, und die dunklen Balken des Fachwerks stachen, geometrische Muster bildend, von dem hellen Bewurfe ab.

Der gediegenen Prachtliebe des Kurfürsten entsprach auch das Innere des Schlosses, dessen Haupträume, besonders die zwei Turmzimmer und Säle, mit Freskomalerei geschmückt, während andere Zimmer mit bunten Tapeten bekleidet waren. Um die Fensterwände hatte Meister Merten ein breites Band aus verschiedenfarbigen Ornamenten gemalt. Die Fenster selbst bestanden aus «Venedischen» Butzenscheiben, von Feierabend aus Leipzig geliefert, welche einzelne gemalte Wappenscheiben, sogenannte Schweizerscheiben, einfassten. An den vertäfelten Wänden, in denen wohl so manches Meisterstück der Malerei, das uns jetzt leider verloren gegangen ist, eingelassen gewesen sein mag, befanden sich einzelne Bänke, auch waren Truhen aufgestellt, und wir erfahren sogar von einer solchen, welche zur Aufbewahrung der Pelze diente. Kachelöfen aus grünen und «gemalten», also bunten Kacheln, sorgten im Winter für behagliche Erwärmung der Zimmer. Rechnen wir hinzu die gemalte oder mit gemalter Leinwand überzogene Holzdecke, die bunten Wappen in den Ecken, die reichverzierten Türen, die niederländischen Gobelins, die Teppiche, die aufgestellten Prunkgefässe, die reichen prächtigen Prunkharnische, die geschnitzten Kredenzen und sonstige kleinere Möbelstücke, so kann sich die ausgestaltende Phantasie unschwer ein Bild dieses wahrhaft fürstlichen Glanzes machen, der den Lebensgewohnheiten dieses Fürsten entsprechend dennoch niemals in Aufdringlichkeit ausgeartet, sondern immer der behaglichsten Wohnlichkeit der Räume zu gute gekommen sein mag.

War das Schloss mit seinen mächtigen Mauern und Türmen eine Festung und ein Schutz für die Stadt, so ist es erklärlich, dass der Kurfürst auch für einen sicheren Flussübergang Sorge trug und die bestehende Holzbrücke, die fast regelmässig im Winter durch Eisgang oder auch sonst bei hohem Wasserstande Schaden litt, durch eine standhafte steinerne zu ersetzen gedachte. Der Bau einer neuen steinernen Brücke begann daher 1494, scheint aber mit Unterbrechungen erst im Jahre 1517 vollendet gewesen zu sein. Baute auch der Kurfürst in der Hauptsache aus seinen eigenen Mitteln, so ist gerade der Torgauer Brückenbau dafür von Interesse, auf welche Weise auch die Bürgerschaft, der ja der Bau in erster Linie zunutze kam, Geldmittel zur Errichtung dieses Bauwerks zusteuerte. Im Weimarer Archive befinden sich drei päpstliche Bullen, von Innocenz VIII. vom Jahre 1490, von Alexander VI. vom Jahre 1495 und von Julius II. vom Jahre 1512. Mit diesen päpstlichen Erlassen erhält jeder chursächsische Untertan, welcher zwanzig Jahre lang jährlich den zwanzigsten Teil eines Rheinischen Gulden zum Brückenbau erlegt, die Erlaubnis, in der heiligen Fastenzeit «Milchwerk und Butter» zu essen, «darunter», wie eine Bemerkung lautet, «kese nach babstlich erklerung begriffen». Es würde berechtigte Verwunderung erregen, dass sich die Päpste gerade den Torgauer Brückenbau so angelegen sein liessen, wenn wir nicht wüssten, dass auf der Brücke eine kleine Kapelle der heiligen Anna zu stehen kommen sollte und daher das sogenannte «Buttergeld» dem Namen nach für die Kapelle, in Wirklichkeit aber für den Brückenbau im allgemeinen gegeben wurde. Wie klein und bescheiden jedenfalls das Kapellchen auf der Brücke war, ersieht man daraus, dass im Jahre 1498 der geringe Betrag von nur 7 Groschen für das in die Kapelle bestimmte St. Annabild bezahlt wurde. Die Einnahme an Buttergeld in diesem Jahre allein dagegen betrug 658 Schock 33 gl. 5 pf. 1 Heller.

Der Bau der Brücke ging nur sehr langsam von statten, zumeist wohl dadurch verzögert, dass es dem Kurfürsten an einer sachkundigen Persönlichkeit, die den Bau leiten und demselben vorstehen konnte, mangelte. So wendet sich denn auch Sonnabend nach Kantate 1494 Friedrich mit der Bitte an den Rat in Nürnberg um Uebersendung eines verständigen Werkmannes. Der Rat empfiehlt ihm Meister Hans Behaim, und kurz darauf meldet in einem Briefe Behaim dem Kurfürsten, dass er in einigen Tagen in Torgau eintreffen würde. Jedenfalls handelt es sich bei Hans Behaims Berufung nur um Anfertigung eines Planes und Entwurfs, sowie um die Anleitung und Unterweisung geeigneter Personen, denn 1496 bereits wird Paul Dolenstein als Baumeister der Brücke genannt. Ueber Behaim sagt Gurlitt:[1] «unzweifelhaft der bekannte Meister, welcher 1494—95 das Kornhaus zu Nürnberg, 1498 die Wage baute und 1538 starb». Dem Paul Dolenstein tritt später als Brückenbaumeister noch Ulrich Görber zur Seite, trotzdem finden wir 1499 erst einen Pfeiler vollendet und einem Briefe Dolensteins entnehmen wir, dass Geldmangel eine Ursache der Verzögerung war. Die Stelle lautet: «falls er kein Geld erhalte, könne er nicht weiterbauen und müsse befürchten, das bis jetzt Errichtete ginge dann zugrunde». Auch im Jahre 1502 war das Baugeld knapp, weshalb der Kurfürst den Spitalmeister zu Torgau mahnt, dass er das Buttergeld an allen Orten zum Brückenbau dringlichst einfordern soll. So fehlte es einmal an geeigneten Brückenbaumeistern, ein anderesmal waren die Geldmittel zum Bau erschöpft, und kaum war der Kurfürst von der einen Sorge befreit, wurde er wieder durch die andere beunruhigt. Friedrich musste sich im Jahre 1504 bereits wieder grosse Mühe geben, einen Brückenbaumeister aufzutreiben. Zuerst wendet er sich diesmal an Bischof Lorenz von Würzburg mit der Bitte um Uebersendung des Zimmermanns Georg Eichhorn

---

[1] Wankel und Gurlitt. Die Albrechtsburg zu Meissen. Dresden 1895. S. 24.

und eines Steinmetzen, welche die Brücke zu Würzburg
über den Main und die Pfeiler vergründet hätten, erhält
aber die für ihn recht betrübende Nachricht, dass «Eichhorn bereits etzliche Jahre nicht in Würzburg gewesen
und sich zu Giessen aufhalten soll, die anderen Steinmetzen
und Werkleute seien zum Teil verschieden; es sei eben
niemand vorhanden, der sich einen solchen Bau zutraue».
Hierauf versucht Friedrich in Magdeburg zu seinem Ziel zu
gelangen, und auf seine Erkundigung schreibt ihm der Marschall Dietrich von Beulwitz, dass er mit Meister Hannsen
von Magdeburg zwar gesprochen habe, derselbe sei aber
für den Rat in Magdeburg beschäftigt und könne höchstens
auf 10—14 Tage abkommen, einige sachkundige Arbeiter
wolle er ihm dagegen schicken. Später hören wir, dass
Meister Hannsen Trusnitz, der Steinmetz, derselbe, der
Hans von Schneeberg oder Hans von Torgau genannt wird,
ein Gutachten über den Brückenbau abgegeben, und dass
der am Schlossbau bereits bewährte Zimmermann Brosius
den Bau der jetzt nicht mehr vorhandenen Brücke bis zur
Fertigstellung leitete.

Dem sehnsuchtsvollen Zuge seines Herzens folgend, die
Plätze und Stellen zu besuchen, wo der Heiland gewandelt,
gewirkt, gelitten und gestorben, sahen wir Kurfürst Friedrich im Jahre 1493 mit einem Gefolge seine Wallfahrt
nach Jerusalem vollführen. Nach neunmonatlicher Abwesenheit in sein Land zurückgekehrt, entsprach es ganz der
wahren Frömmigkeit dieses Fürsten, aus Dank für die
glückliche Heimkehr und zugleich als Stätte der Verehrung
für den Erlöser, bei seinem Schlosse einen kleinen Bau in
Nachahmung des heiligen Grabes in Jerusalem zu errichten.
Einen sicheren Anhalt über das Aussehen des «heiligen
Grabes» in Torgau besitzen wir nicht. Wir wissen nur,
dass sein Bestand ein sehr kurzer, nicht ganz 40 Jahre langer
war, denn im Jahre 1533 wurde es beim Umbau und der
Erweiterung des Schlosses abgebrochen, als auch die Ringmauer, innerhalb derer es sich befunden hatte, schwinden
musste. Einen Hinweis dagegen auf den Erbauer des
heiligen Grabes erhalten wir durch die Kenntnis der Bau-

geschichte des heiligen Grabes in Görlitz.[1] Dieses liess der Grosskaufmann, spätere Bürgermeister Georg Emmerich, nachdem er das heilige Land zweimal, im Jahre 1465 und 1476, das letzte Mal in dem Gefolge des Herzogs Albrecht von Sachsen, besucht hatte, in Görlitz errichten. Das Görlitzer Grab ist deshalb kunstgeschichtlich von höchstem Interesse, weil es, wie Otte[2] sagt: «Die einzige wirklich getreue Kopie der heiligen Grabkapelle in Jerusalem nach ihrem damaligen Zustande ist, die sich in Deutschland befindet, während die übrigen sämtlich mehr oder weniger frei sind oder die über der eigentlichen Grabkapelle befindliche grosse Kuppel der heiligen Grabeskirche nachahmen.» Nach Lutsch[3] war das heilige Grab in Görlitz, wenigstens der eine Teil desselben, die Kreuzkapelle, ursprünglich aus Holz erbaut und wurde erst später als auch die anderen dazugehörigen Baulichkeiten aufgeführt wurden, in Stein errichtet, was auch den verhältnismässig langen Zeitraum, in dem daran gebaut wurde, 1487—1498 erklärlich macht. Als Erbauer gilt allgemein der Werkmeister Blasius Börer aus Leipzig, der in Görlitz auch als Polier an St. Peter und Paul arbeitete. Nun wissen wir aber, dass im Jahre 1490 Konrad Pflüger Werkmeister der Stadt Görlitz war, eine Stellung, die ihn in fachmännischer Hinsicht in dieser Stadt den ersten Rang einnehmen liess. Er besichtigte in diesem Jahre die Peter- und Paulskirche[4] im Auftrage des Rates, der dann veranlasste, dass die Verweser der Kirche mit Blasius Börer und Urban Laubanisch einen Vertrag über verschiedene Bauarbeiten an der Kirche abschlossen. Auch kennen wir aus gleichem Jahre einen Vertrag mit Konrad Pflüger, der den Fall vorsieht, wenn er an der heiligen Kreuzkapelle bauen würde.[5] Blasius Börer war demnach ganz ersichtlich Konrad Pflüger gegenüber in Görlitz in untergeordneter Stellung. Konrad Pflüger

---

[1] Hans Lutsch, Verzeichnis der Kunstdenkmäler der Provinz Schlesien. Bd. III. Regierungs-Bezirk Liegnitz. Breslau 1891, S. 675 ff.
[2] H. Otte, Kunstarchäologie. Leipzig 1883. Bd. I, S. 23, Anmerk. 4.
[3] Lutsch, a. a. O., S. 677.
[4] Lutsch, a. a. O., S. 638.
[5] Lutsch, a. a. O., S. 677.

aber hatte bereits 1488 in Wittenberg die Leitung des Bau-
wesens in Händen, war demnach dem fürstlichen Brüder-
paare wohl bekannt, als sie im Jahre 1496 mit dem Görlitzer
Rate Briefe wechselten und mit diesem übereinkamen, dass
Konrad Pflüger in Görlitz und in ihren Landen zugleich
die Leitung von Bauten übernehmen könne und «dass er
ab und zu reite von Ort zu Ort».[1] Kurfürst Friedrich baute
im Jahre 1496 an dem Schlosse in Eilenburg, wogegen für
den Wittenberger Bau in diesem Jahre nur wenig Ausgaben
gemacht wurden. Vielleicht ist daher die Annahme nicht zu
gewagt, dass der Kurfürst nach seiner Jerusalemfahrt, erst
im Jahre 1496, denn die Bautätigkeit im Jahre 1494 und
1495 hatte die Kasse des Fürsten sehr in Anspruch genommen,
und nachdem er die Arbeiten in Wittenberg einschränken
konnte, Mittel erhielt, um seinem Wunsche zur Errichtung
eines heiligen Grabes nachkommen zu können. Nahe liegt
es auch, die Berufung Konrad Pflügers, der sicher dem
Baue des heiligen Grabes in Görlitz einige Jahre als Leiter
vorgestanden hatte, damit in Zusammenhang zu bringen
und diesen Meister auch als den Erbauer des heiligen Grabes
in Torgau anzusprechen. Diese Behauptung würde noch an
Wahrscheinlichkeit gewinnen, wenn sich Gurlitts Vermutung
beweisen liesse, dass Konrad Pflüger, der freilich als «Maler»
bezeichnete «Meister Kunz» gewesen, der im Gefolge Kurfürst Friedrichs die Fahrt ins heilige Land mitmachte. Da
dessen Tätigkeit dort nicht im Bauen, sondern nur im Ab-
messen und Aufzeichnen bestanden, er daher nur dafür
Material und Gerät mit auf die Reise genommen haben
wird, so könnte leicht bei der im XV. und noch im XVI.
Jahrhundert sehr oft schwankenden Bezeichnung diese Verwechslung zwischen Maler und Baumeister, was er ja auf
seiner Reise nicht war, eingetreten sein. Damit würde dann
auch die Inschrift übereinstimmen, welche Konrad Pflüger
an dem von ihm errichteten Bauteile der Peter- und Pauls-
kirche anbrachte:

---

[1] Wankel und Gurlitt, a. a. O., S. 19.

«Vidi civitatem sanctam atque novam descendentem de
celo a deo paratam et ornatam Appo.» XXI.[1]

Dringend war der Wunsch des Kurfürsten im Jahre
1496, den Baumeister in Görlitz, also Konrad Pflüger, für
seine Bauten zu erhalten, denn er sandte sogar den Schösser
von Schweinitz persönlich nach Görlitz zu ihm. Nach allem
oben gesagten können wir uns denken, dass das Torgauer
«heilige Grab» dem in Görlitz errichteten gleich oder sehr
ähnlich gestaltet ausgesehen haben mag.

Wittenberg.

Die erste urkundliche Erwähnung des Namens der Stadt
geschieht im Jahre 1180, als Bernhard von Askanien mit
Sachsen bezw. dem Kurkreise belehnt wurde. Niederländische Einwanderer siedelten sich an der bestehenden Burg-
ward, dem festen Hause der Askanier, an, in dem sie in
Zeiten der Gefahr ihren Schutz wussten, war já Wittenberg
gleichsam ein Grenzposten gegen die umwohnenden Slaven,
welche durch Albrecht den Bär († 1170) aus dieser Gegend
zurückgedrängt worden waren. Diese Askanierburg stand
noch im wesentlichen, wenn auch nicht in gutem baulichen
Zustande, als unter Kurfürst Friedrich, wie an anderen
Orten seines Landes, auch für Wittenberg eine neue Zeit
des Glanzes kommen sollte. Er war es, «unter dessen be-
sonnener und charaktervoller Regierung Sachsen gar bald
als das lebendig schlagende Herz des Reichs erscheinen
sollte» und «er trat gar bald zu der Stadt Wittenberg in
ein engeres Verhältnis; er hat ihr den Stempel seines eigenen Wesens aufgedrückt und die eigentlich klassische Zeit
der Stadt, in der sich die Augen der ganzen Welt auf sie
richteten, auf das glücklichste eingeleitet».

Schon sehr bald nach Friedrichs Regierungsantritt sehen
wir in Wittenberg sich eine rege Bautätigkeit entfalten. Die
alte Askanierburg wurde abgebrochen, und die Bausteine
derselben fanden beim Neubau eines grossen stattlichen

---

[1] Wankel und Gurlitt, a. a. O., S. 20. Lutsch, a. a. O., S. 647.

Schlosses Verwendung, welches Friedrich sich vom Jahre
1490 ab errichten lässt. Die Erinnerung an die verschwundene
Burg der Askanier lebte im Volke weiter, denn das Schloss

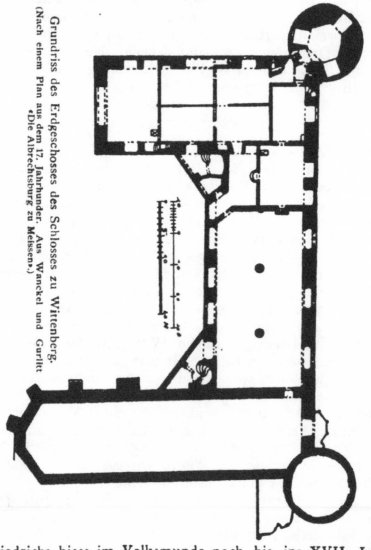

Grundriss des Erdgeschosses des Schlosses zu Wittenberg.
(Nach einem Plan aus dem 17. Jahrhundert. Aus Wanckel und Gurlitt
«Die Albrechtsburg zu Meissen».)

Friedrichs hiess im Volksmunde noch bis ins XVII. Jahrhundert die Wittenburg im Gegensatz zu Wittenberg, der
Stadt. Wie in Torgau, so war auch hier in Wittenberg
die Errichtung einer festen Brücke geradezu Bedingung, an

der im Jahre 1494 Meister Hans Wayner, der Zimmermann, arbeitete. Sie ward auf steinernen Pfeilern mit Holzoberbau errichtet.

Was aber Wittenbergs Namen in der ganzen Welt bekannt machte, war die Tat Luthers, die wiederum mit einem Bauwerke Friedrichs, der prächtigen Schlosskirche, aufs engste verknüpft ist. Die Schlosskirche wurde im Jahre 1499 vollendet. Auch sie trat anstelle eines Baues der Askanier, nämlich der von Rudolf I. um 1353 errichteten Stiftskirche Allerheiligen. Einen anderen Bau, der ebenfalls ein goldnes Blatt in dem Ruhmeskranze dieses Fürsten bedeutet, kann man heute in baulicher Beziehung nicht mehr würdigen. Es ist das Kollegium, die Universität, erbaut 1503, der Bau, in den 1508 Luther einzog, welcher ihn dann 1526 von Johann dem Beständigen zum Geschenk erhielt und der 1564 von der Universität zurückgekauft wurde. Der verhängnisvolle Irrweg, auf dem sich viele Architekten um die Mitte des XIX. Jahrhunderts befanden und der auch von anderen Seiten nicht oder nur ahnend als solcher erkannt wurde, führte in den Jahren 1844—1853 leider auch bei der Universität in Wittenberg zu einer «stilgerechten Verschönerung», die uns heute einen halb lächerlichen, halb widerlichen Eindruck macht, welcher erst schwindet, wenn wir in die Lutherstube eingetreten sind und der Geist des einzigen Mannes uns umfängt.

Betrachtet man den Grundriss des Schlosses in Wittenberg, so wird man unschwer die Uebereinstimmung mit dem der Moritzburg in Halle, vollendet 1503 und wie bei dieser die direkte Anlehnung an den Meissner Bau gewahren. Der mächtige, 74 Meter lange Westflügel wird von zwei gewaltigen Rundtürmen flankiert, an die sich im Süden ein weiterer Flügel, im Norden die Kirche anschliessen. Wirkte an der Moritzburg ein Schüler Arnolds, «der seine Aufgabe künstlerisch minder tief fasste, der den aus dem Kirchenbau entlehnten Erfahrungen im Profanbau freieres Spiel liess, die Räume aneinanderreihte, statt sie unter sich zu verbinden»,[1] so sehen wir am Wittenberger Schlossbau die

---

[1] Wankel und Gurlitt, S. 17.

Hand eines Meisters, der viel eher den Gedanken seines
Lehrmeisters Arnold zu folgen vermochte. Auch die Treppen
der Hoffront können Meissen als ihr Vorbild nicht verleugnen, hier wie dort die geschwungenen Stufen, die in gleicher
Weise so geistreich konstruierten Podeste, das ähnliche an-
steigende Gratgewölbe, nur fehlt ihnen die offene Spille des
Meissner Baues, welche der Treppe beim Betrachten und
auch während des Beschreitens eine so schöne Linie ver-
leiht und viel zum Empfinden beiträgt, als sei die Stein-
architektur in wohllautenden Rhythmus übersetzt.

Ausser der Verwandtschaft im Grundriss und der durch
ihn vorgeschriebenen Anordnung und Verteilung der Räume
stossen wir auch bei einzelnen Details, wie die Bildung der
Fenster und Gesimse, auf den Hinweis der Herkunft aus
der Meissner Schule. Es erhält dieses noch mehr Bestätigung durch die Kenntnisse der Werke des ausführenden
Baumeisters Konrad Pflüger, den man wohl ohne weiteres
als den talentvollsten Schüler Arnolds von Westphalen ansprechen kann. Ihm verdanken wir im wesentlichen Schloss
und Schlosskirche in Wittenberg, er war es, der jene Tür
in den Bauplan einfügte, durch die eine neue Welt in das
Herz und den Geist Deutschlands einziehen sollte, an deren
1760 abgebrannten Holzflügel Luther seine Thesen anschlug.
Die neuen, durch die Anregung König Friedrich Wilhelm IV.
heute in Erz gegossenen Türflügel, auf denen Luthers
Thesen verzeichnet stehen, werden noch von dem von
Pflüger entworfenen Türgewände umrahmt. Konrad Pflüger,
dessen reiches und fruchtbares Wirken wir von 1477—1506
verfolgen können, war auch der Erbauer des Kollegium
und mancher Privatbau Wittenbergs mag nach Einholung
seines Rates, vielleicht nach seinem Plane enstanden sein.

Haben wir für die Wittenberger Bauten Friedrichs in
Konrad Pflüger eine höchst bedeutsame Persönlichkeit, über
deren Leben, Kunstrichtung und Anschauung[1] wir verhältnismässig gut unterrichtet sind, so fliessen leider die Quellen

---

[1] Wankel und Gurlitt. Die Albrechtsburg in Meissen. Text S. 19 ff.
Vergl. auch Gurlitt, Kunst und Künstler am Vorabend der Reformation.

über die Baugeschichte selbst für die Zeit unter Kurfürst Friedrich nur recht spärlich.

Die Vorarbeiten, Abbruch der alten Burg, Ausschachten des Grundes und dergleichen nahmen eine ziemlich lange Zeit in Anspruch. Der Beginn der Bauarbeit fällt in das Jahr 1490, im Jahre 1491 wird zum ersten Male die Beschaffung und Bearbeitung von Bauholz erwähnt, zu welchem Zwecke in der Diebenischen Heide Stämme gefällt werden. Wie bei den Torgauer Bauten, so hören wir auch in Wittenberg über Frondienste, welche die umwohnenden Bauern bei der Bauarbeit zu leisten hatten. Reste der aus dem früheren Mittelalter übrig gebliebenen Fronhofswirtschaft, in welcher der Bauer seinen Besitz dem Herrenhof unterstellte, was ihn zur Leistung gewisser Dienste verpflichtete, wofür er aber in Zeiten der Not Schutz und Unterstützung fand. Von einer Weigerung der Landbevölkerung, ihrem Herrn zu fronden, habe ich in den Urkunden zu Kurfürst Friedrichs Zeit nirgends eine Spur gefunden. Sie kommt aber späterhin, wenn auch vereinzelt vor.

Stein- und Maurerarbeit am Schlosse beginnt erst im Jahre 1492. Ein Schreiben des Kurfürsten an die Amtleute und Räte der Städte Zwickau, Altenburg, Jena, Pössneck befiehlt ihnen, eine Anzahl Maurer nach Wittenberg zu schicken, welche an dem angefangenen Schlossbaue arbeiten sollten. Ausser einer Geldsendung zum Baue werden dem Wittenberger Schösser aus dem kurfürstlichen Stalle auch Wagen und Karrenpferde zugeschickt. Er hatte bereits früher Werkstücke und Kalksteine in Copitz und Pirna bestellt, welche auf der Elbe unter Geleitsbrief Herzog Georgs nach Wittenberg transportiert wurden. Im Jahre 1509 war der Bau im wesentlichen vollendet und aus den im Rechnungsbuche von diesem Jahre aufgezeichneten Ausgaben ersieht man, dass der Schlossbau gewaltige Gelder verschlungen hatte. Als Summe des von 1490—1509 verbrauchten Geldes für den Schlossbau wird dort angegeben 1163 s 9 gl. 9 pf. «Thut in Golde»: 32466 Gulden 13 Groschen 9 Pfennige.

Neue Bauarbeiten beginnen wiederum im Jahre 1515,

die sich bis in das Jahr 15:7 hinziehen und wohl in der Hauptsache die bauliche Ausgestaltung und Fertigstellung der an die Kirche anstossenden Räume, also die Nordwestecke des Schlosses, betreffen. Sonnabend nach Johannis Baptista 1517 berichtet der Wittenberger Schösser dem Kurfürsten über den Fortschritt der Bauten und meldet, «dass der unterste Saal über dem Tore gemacht, aber der Boden noch nicht zugerichtet sei, wogegen Meister Adolf den anderen Saal und die zwei Gemächer über dem grossen Saale gelegt habe, letztere aber seien noch nicht getüncht; der Gang in die Kirche sei fertig, zugerichtet und getüncht.»

Bevor man zu diesen eben erwähnten Bauausführungen schritt, hatte 1515 eine Beratung stattgefunden, in welcher der Anschlag «des neuen fürhabenden Baves des Schlosses Wittenberg» festgestellt werden sollte und «der Bav wie der vorzunehmen zuberatschlagen» sei. Die Teilnehmer an diesen Beratungen sind uns bekannt, und wir erfahren dadurch einzelne Namen der am Bau beschäftigten Handwerker. Es werden aufgezählt: Ritter Sebastian von Mistelbach, Hofmarschall, Hans von Delzick, Hans Blumberg Amptmann zur Schweinitz, der Schösser zu Wittenberg Anthonius Niemeck, «Meister Hans Melthewetz vonn Thorgaw dem der bav als ein Meister zuversorgen anngedingt», Oswald Beuthen, Meister Hans Döring (der uns vom Torgauer Bau bereits bekannt), Claus (Heffner?) Bildenschnitzer zu Wittenberg und der Tischler Meister Hanns. Später, 1516, werden noch als am Baue tätig an hervorragender Stelle erwähnt der uns bekannte Zimmermann Meister Lorentz, sowie die Steinmetzen Hans Bischoff und Paul Hoffmann.

Wie sehr dem Fürsten sein Schloss in Wittenberg am Herzen lag, können wir aus den häufigen Berichten ersehen, die er, war er von Wittenberg abwesend, über das Schloss und seinen baulichen Zustand einforderte. Dass in diesen Meldungen ausser dem Baubefund dem Fürsten auch andere, ihn interessierende Neuigkeiten übermittelt wurden, war in dieser Zeit der mangelhaften Verkehrsverhältnisse begründet. So schreibt einmal Dienstag nach Conversionis Pauli der Schösser von Wittenberg, es sei die Bedachung des Schlosses, besonders auf dem neuen (1515—1517 errichteten) Torhause und auf dem Heiligtumhause schadhaft; ein andermal Pfingsttag 1523 wird von Gregor Bürger über das Schloss berichtet und dem Kurfürsten mit dem Berichte gleichzeitig die Zeitung, es seien viele Edelleute, Doktoren und über hundert Studenten nach Wittenberg gekommen, um das Evangelium von Martino anzuhören.

Ueber das Aussehen der inneren Ausstattung des Schlosses sind wir ebenfalls nicht so unterrichtet, wie wir es wünschen möchten. Hören wir auch von geschnitzten Stuben und dergleichen, so ist damit doch kein Bild des Inneren zu gewinnen. Es ist das Fehlen der urkundlichen Ueberlieferung gerade von diesem Bauwerk schon deshalb sehr zu beklagen, weil während dieser Bauperiode Albrecht Dürer in Wittenberg für den Kurfürsten tätig war, worauf ich später noch ausführlich zu sprechen komme.

Ueber die Innenausstattung besitzen wir urkundliche Nachrichten im Weimarer Staatsarchiv, und ausserdem können wir einem Inventarium, das im Staatsarchiv zu Magdeburg aufbewahrt wird, mancherlei Aufklärungen entnehmen.[1] Das genannte Inventarium wurde auf Befehl des Kurfürsten Christian II. aufgenommen und stammt aus dem Jahre 1611. Darnach scheint besonders eines von drei Gemächern, das über dem Torhause lag, reich ausgestattet gewesen zu sein. Dieser Raum hatte an den Wänden ringsum eine aus verschiedenen Holzarten zusammengesetzte Täfelung; aus solchen bestanden auch die Gesimse. An den Wänden waren Sitzbänke angebracht. Ueber den Gesimsen gewahrte man «Historien gelb in blau gemahlet», die zusammen mit der leinwandüberzogenen Decke, auf der sich das gemalte grosse Kurwappen, umgeben von Agnatenwappen, befand, sicherlich für den ganzen Raum ein prächtiger Schmuck und eine herrliche Zierde war. Neben diesem Zimmer befand sich eines, dessen Leinwanddecke mit «Laubwerk und Historien» bemalt war, bei einem dritten finden wir die «Chur vnd Fürstenwapen» und «35 Schilde oben

---

[1] Näheres noch im Kapitel Malerei.

herumb weiss und silberfarbe». Auch eine «schwebende»,
wahrscheinlich eine «Kassettendecke» ist erwähnt, deren
Entstehung wohl erst nach Kurfürst Friedrich anzunehmen
ist, und aus diesem Saale kam man wiederum in ein Zimmer,
dessen Decke das Kurwappen schmückte. In einigen Zimmern waren oben an den Wänden entlang Latten angenagelt,
«daran man Tapezerei henget». Die Supraporte der Tür
nach der Hofgerichtsstube bestand aus einem von Friedrich
Brunner in Stein gehauenen Kurwappen, woraus wir
schliessen können, dass auch die Gewände dieser Tür aus
Stein hergestellt waren. Diese Stube, die im Inventarium
sogar kurzweg «Stainstube» genannt wird, hatte noch eine
Tür nach einer kleinen Kammer, in welcher ein heiliges
Grab aus Holz geschnitzt stand. Es wird folgendermassen
beschrieben: «Ein Geheusse, so man das heilige Grab
nennet, Ist von Tischer arbeit gemacht mit Zehn grunierd
Seulen, Ihre Postamente vndt Capitelen vergüldet, Oben
eine runde Decke mit vier runde ecken, grosse gülden Knöpfe
gezieret, daran das Sächsische und Jülliche wapen gemahlet,
zwischen der Seulen innen Durchsichtig geschweifftn gitter
vergüldett». Wahrscheinlich ursprünglich ein Werk Claus
Heffners, des Hofbildschnitzers des Kurfürsten.

Die Oefen bestanden wie in Torgau aus «glasnete» und
Kacheln mit Bildern, und die Fenster schlossen venedische
Butzenscheiben. Alles zusammen betrachtet gewinnen wir
auch hier durchaus den Eindruck einer prächtigen, farben-
frohen Zimmerausstattung, die sicher der in Torgau nichts
an Glanz und Reichtum nachgegeben haben wird.

Den nördlichen Flügel des Schlosses bildet die ehr-
würdige Schlosskirche, deren wechselvolle hochbedeutsame
Schicksale jedem Geschichtskundigen bekannt sind. Kurfürst Friedrich liess sie in den Jahren 1493—1499 hauptsächlich durch den Baumeister Konrad Pflüger erbauen.
Die Jahreszahl 1499 befindet sich an der gegen Süden gelegenen Haupttür. Der jetzige Grundriss bezw. der heutige
Umfang der Kirche stimmt jedoch nicht mit der im Jahre
1499 vollendeten Bauanlage überein. Ursprünglich hatte die
Kirche nicht die ganze Längenausdehnung von der dreiseitig

geschlossenen Ostfront bis zum massigen Nordwest-Rundturm, sondern der Raum, den die zwei westlichen Joche einnehmen, gehörte noch zum Schlosse. Adler,[1] der den Wiederaufbau der Kirche (1892 vollendet) leitete, sagt über die ursprüngliche Anlage:[2] «Die Umfassungsmauern des 1499 vollendeten Baues sind diejenigen der heutigen Kirche; doch hatte die ursprüngliche Anlage nicht die volle Längenausdehnung der letzteren, sondern reichte nur bis zur inneren Schlossfront, wie dies die Anordnung der nördlichen Emporentreppe noch deutlich erkennen lässt. Die zwei westlichen Joche, welche innerhalb des Schlosses liegen, sind zu der Kirche erst hinzugezogen worden, nachdem diese der Universität überwiesen worden war und einer Erweiterung bedurfte.»

Der Universität wurde die Kirche im Jahre 1503 übergeben und nach Faber[3] in demselben Jahre durch den päpstlichen General-Legat Raymund Bischof von Gurk geweiht.

Im Wittenberger Heiligtumsbuche von 1509 gewahrt man die Ansicht der Kirche nach einem Holzschnitte Cranachs, bei der man über den zwei westlichen Jochen noch den alten Dachgiebelausbau des Schlosses sieht. Auch noch bei Faber (a. a. O., Stich von Schreiber) erkennt man, wenn auch verändert, an gleicher Stelle einen Giebel. Was Adler durch die Untersuchung der Fundamentmauern nachgewiesen hat, die Zugehörigkeit der beiden westlichen Joche zum Schlosse und dass diese ursprünglich von der Kirche getrennt waren, wird aber auch meines Erachtens nach durch die äussere Ansicht der Kirche auf beiden oben genannten Abbildungen noch bestätigt. Bei Cranach sieht man eine Tür, zu der ein eigener Gang hinleitet, in diesen westlichen Teil führen; auch bei Faber erkennt man diese Tür, doch fehlt der Gang. Links von dieser Tür ist der letzte Strebepfeiler sichtbar, wie solche von Osten nach

---

[1] Geh. Oberbaurat Fr. Adler in Berlin.
[2] Deutsche Bauzeitung XXVII. Jahrg. 1893. S. 1.
[3] Kurzgefasste historische Nachricht von der Schloss und Akademischen Stiftskirche zu Aller Heiligen etc. Matthaeus Faber. Wittenberg 1717. S. 18.

Westen zwischen je zwei Fenstern aufgeführt sind. Bei beiden Abbildungen fehlt der Strebepfeiler zwischen den beiden westlichen Fenstern. Links von dem westlichsten Strebepfeiler sehen wir eine Anzahl kleiner Fenster übereinander, es ging also an diesem schmalen Teile eine Rundtreppe in die Höhe. Bei Cranachs Abbildung ist der Zugang zu dieser Treppe nicht ersichtlich, wogegen bei Faber eine Tür von aussen den Zutritt dazu gestattet. Es ist die 1503 erbaute «kleine Schnecke», welche zur «kleinen Porkirche» führte. Zum Schlusse sei noch — bei beiden Abbildungen ersichtlich — auf die Form der Fenster aufmerksam gemacht, welche von der an dem ursprünglichen Kirchenbau abweicht.

Das Aeussere der Kirche war ganz im Gegensatze zu der prächtigen Ausstattung des Inneren fast ganz ohne Schmuck. Ein schlanker Dachreiter enthielt die Glocken und nur über der in der Mitte der Nordfront liegenden Haupttür befanden sich vier Statuen. Es waren nach Faber[1] zwei anbetende Frauengestalten (wahrscheinlich Engel) und zwei männliche Figuren, eine mit Krummstab und Bischofsmütze, die andere mit Zepter oder Schwert und Krone. Ueber sie sagt Faber: «Beide halten in den Händen ein in Stein gehauenes Schnürkelwerk, darauf etwas erhabene Mönchsschrift zu lesen, welche aber fast ganz verblichen ist.»

Der Grundriss und vor allem die Betonung der Emporenanlage reiht diese Kirche in die Bauwerke der sächsisch-erzgebirgischen Schule ein. Wir wissen, dass die Strebepfeiler bei diesem Bauwerke zum Teil nach innen gezogen und dass sie durch eine umlaufende Empore unter einander verbunden waren; auch dass sich im Westen später zwei Emporen über einander befanden. Gurlitt[2] weist auf den Zusammenhang der Wolfsgangskapelle in Meissen, der Kirchenanlage in Halle, Ruppertsgrün, 1513 begonnen und anderen dieser Schule mit Wittenberg hin und führt daselbst aus, dass sich eine ganz auffallende Volksäusserung und unbewusste Ideenrichtung im Emporenbau ausdrückt, welcher

---

[1] Faber, a. a. O., S. 103.
[2] Gurlitt, Kunst und Künstler am Vorabend der Reformation.

geradezu der Vorläufer zur protestantischen Predigtkirche im Gegensatze zur katholischen Prozessionskirche geworden ist. Von weiteren urkundlichen Nachrichten über den Bau besitzen wir nur weniges. Wir erfahren, dass im Jahre 1501 die beiden Knöpfe auf die Kirchspitzen, sechs Zentner schwer, von Peter Kannengiesser in Leipzig verfertigt, abgeliefert werden, 1503 ist eine Zahlung verbucht, welche die Steinmetzen, die das Gewölbe der Kirche machen, erhalten, der Zimmermann Lorenz Löffler, der Ziegeldecker Hennings werden genannt, Hans Fischer macht die Fussböden, Claus Heffner «der Bildesnitzer» verfertigt das Chorgestühl.

Ueber die wertvolle innere Einrichtung der Kirche werde ich später zu sprechen haben, doch sei hier eine Notiz vorausgenommen, die sich auf unseren Albrecht Dürer bezieht: «14 Schock Albrecht Maler vor der gesnitzten Stube und m. g. G. gemach zu malen» und ferner: «8 Schock Albrecht Maler uff die Erbeit am gewelbe und cleine porkirche gethan».

Für die Bauarbeit an der Schlosskirche erhielt Meister Conrat im ganzen 380 Gulden, wofür er die verschiedenartigsten Arbeiten, wie Gewölbe, Simse über den Wappen zu fertigen, Wappen zu versetzen, Emporen zu pflastern, Pfosten und Formen in den Fenstern zu versetzen, Bogen hinter der Orgel, Türen, Tritte vor alle Altäre u. a. m. zu leisten hatte. 1505 betreibt der Kurfürst eifrig die Fertigstellung des Turmes, das Turmgewölbe ist jedoch erst 1534 fertig. Aus dem Jahre 1514 hören wir noch, dass in den «porkirchen» gebaut oder gebessert werden musste, denn der Schösser von Wittenberg berichtet an den Kurfürsten, dass er mit dem Meister Lucas und Hansen Tischler die Besichtigung Sonntag nach Lätare vorgenommen, es könne aber jetzt des Herannahens der heiligen Zeit wegen nicht daran gearbeitet werden.

Im Jahre 1503 wird ein neues «Gedinge» mit Meister Conrat aufgestellt, der in diesem Jahre für den Bau des Kollegium eine Visierung anfertigt und der Bauarbeit vorsteht. Für den Kollegienbau beanspruchte Meister Conrad

Pflüger «60 Schock und die Kost von die Mauern bis an das Dach zu verfertigen oder 2 Gulden und die Kost von 1 ruten».

Weimar.

Auch in Weimar war Conrad Pflüger in diesem Jahre für den Kurfürsten tätig. Sonntag nach Martini 1503 ist die Bestallung des «Cunzen meissner Steinmetzen zu einem Wergkmeister» für die Gebäude zu Weimar etc. datiert. Kurfürst Friedrich und Herzog Johann hatten sich wegen der Bauten in Weimar bereits im vorhergehenden Jahre 1502 an den Amtmann zu Weida gewandt, dass er in Gemeinschaft eines guten verständigen Zimmermanns und Meisters nach Weimar kommen und die Mauern besichtigen solle. Vor allem war zu überschlagen, wieviel Bauholz benötigt sei, damit dieses in dem Blankenhainer Walde geschlagen und sobald als möglich nach Weimar geführt werden könne. Die weiteren Verhandlungen mit dem Weidaer Amtmann, Ritter Heinrich Münnich, waren aber entschieden dazu angetan, des Fürsten Unwillen zu erregen, denn es hat ganz den Anschein, als ob sich Münnich der Sorge über den Weimarer Bau auf jede Weise entziehen wollte. Immer sucht er neue Ausflüchte. Einmal schreibt er, er wüsste keinen geschickten Zimmermann, dann, das Holz aus dem Blankenhainer Walde sei ungeeignet, zu kurz und zu spitzig, und als schliesslich dem Fürsten die Geduld ausging und er ihm den bestimmtesten Befehl erteilte, sich sofort nach Ostern nach Weimar zur Besichtigung des Baues zu begeben, trifft wieder ein Brief beim Fürsten ein, dessen Inhalt diesen sicherlich sehr verstimmt haben musste, nämlich, dass er in Weimar angekommen und nach Besichtigung des Baues denselben ganz falsch befunden habe, der Steinmetz «Meyster Joerge»,[1] der die Anweisung vom Kurfürsten erhalten hätte, wie der Bau mit Fenstern, Toren und anderem zu versehen wäre, sei nicht dagewesen, auch sei «Cuntz Stein-

---

[1] «Jörge von Lobedo»? oder «Jörge mijsner» wird 1489 und 1490 als «pallir» des Baumeisters beim Bau in Wittenberg genannt.

metze» (Conrad Pflüger) zu sehr am Kirchenbau von St. Peter (in Görlitz) beschäftigt, sodass er sich nur wenig um den Schlossbau hätte kümmern können, vier Wochen sei er nicht dagewesen. Es mangele an Zimmerleuten und Tagelöhnern und nur fünf Steinmetzen seien mit dem Herstellen von Pfeilern, Schwibbogen und etlichen Fenstern beschäftigt. Es werden dabei die vorzunehmenden und angeordneten Bauarbeiten erwähnt: das Backhaus musste abgebrochen und neu aufgeführt werden, und eine Ecke am Zwinger «gegen den Thorm im Hofe» wurde gebessert. Aus den Jahren 1519/1522 hören wir von der Anlage eines neuen Rohrbrunnens, von Garten- und Lustgebäuden, und dem Steinmetz «Hans Trusnitz von Erfurt» wird der neue Wendelstein verdingt.

Es handelte sich um Bauten an der alten «Burg», deren Stelle das jetzige Residenzschloss einnimmt. Kurfürst Friedrich residierte vorübergehend in Weimar, sein Bruder Johann aber hielt sich oft und gern dort auf. Auf die innere Ausschmückung des Schlosses haben die beiden Fürsten viel Sorgfalt verwandt. Sie selbst liessen sich Muster von allerlei Holzarten, die sich zur Täfelung eigneten, schicken und trafen selbst die Auswahl. Eschenholz wurde aus dem Forste zwischen Berka und Gerstungen, Birken und Ahorn von Eisenach her beschafft und beim Auftrage besonders darauf aufmerksam gemacht, dass das Holz möglichst «massricht und krauss» sein sollte. 1514 wurde die Tafelstube mit schönen Glasbildern geschmückt, 1515 wurde am Hauptturm eine grosse Christophfigur angemalt, welche 40 Jahre später durch Peter Gothland erneuert wurde. [1] Für den Platz am Eingange zum Hauptturm eignete sich das Bild der Riesengestalt des Christophorus schon seiner übermenschlichen Grösse wegen vortrefflich. Zugleich lag mit der Anbringung des Christophorusbildes gerade am Haupteingange zum Schlosse noch eine bestimmte Absicht zugrunde: «Wer des Morgens Christophs Bild sah, hatte einen glücklichen Tag

---

[1] Bau- und Kunstdenkmäler Thüringens. Prof. Dr. P. Lehfeldt. Heft XVI, S. 372.

und blieb von plötzlichem Tode verschont, nach den
Versen:

> Christophore sancte, virtutes sunt tibi tantae:
> Qui te mane vident, nocturno tempore rident.
> Christophori sancti speciem quicunque tuetur,
> Ista nempe die non morte mala morietur.»[1]

Auch den Kirchenbau in Weimar förderten die Fürsten
sehr. Wie unter ihrer Regierung 1498 am Tage Johannes
des Täufers der Grundstein zu der 74 Jahre lang in Trüm-
mern sich befundenen Haupt-, Pfarr- und Stadtkirche gelegt
wurde, so waren sie eifrig bestrebt, die Kirche am Schlosse zu
vergrössern und auf jede Weise im Inneren auszuschmücken.
1492 wurde bei Hieronymus Keylholtz eine neue Orgel
«gleich dem Werk zu Torgau» für 110 Gulden bestellt,
welche später, im Jahre 1543 Meister Blasius, der Orgelmacher zu Zwickau, repariert.

Mit Hans dem Steinmetzen, Hans von Schneeberg,
wurde wegen des Baues an der Kirche im Jahre 1520 unter-
handelt, der dann auch im Jahre 1521 in Weimar beim
Kirchenbau aufgeführt wird und den wir auch bereits vom
Baue der Torgauer Brücke her kennen. Dieser Meister ist
jedenfalls identisch mit Meister Hans von Torgau, dem Erbauer der Wolfgangskirche in Schneeberg. [2]

Im gleichen Jahre 1521 war ein Maler damit beschäftigt, die Knöpfe hinten auf dem Chore zu vergolden, Wappen zu malen, und aussen am Chore wurde eine Sonnen-
uhr angebracht, die der Maler mit einem Kreuze, einem
Stern und einem Monde zierte. Meister Conrad Winschle-
leube zu Erfurt erhält 15 Gulden für den Guss eines Sa-
kramentshäuschens. Es wird wohl auch dies der Meister
sein, der das Bronzestandbild des heiligen Martin mit dem
Bettler verfertigt hat, [3] welches 1520 über der neuen Tür
der Kirche angebracht worden war.

Ein für die fürstliche Residenz Weimar, in deren Mauern
zu dieser Zeit ein sehr lebhafter Verkehr geherrscht haben

---

[1] H. Otte, Kunst-Archäologie. Bd. I, S. 565.
[2] Wankel und Gurlitt. Meissen. S. 24.
[3] Lehfeldt, a. a. O., S. 372.

musste, höchst wichtiger Bau war der des Stadthauses (Eck-
haus am Markt Nr. 9), begonnen 1524. Um die Bürgerschaft für die Kosten des Baues zu gewinnen bezw. mit
heranzuziehen, hatte ihr Kurfürst Friedrich die Zahlung
aller rückständigen Steuern erlassen. Dieses Haus enthielt
in seinen unteren Räumen die Fleischbänke, die Verkaufs-
plätze für die Bäcker und sonstige Marktstände, eine für die
damalige Zeit ganz hervorragende Anlage, wenn man die
Verkaufs- und Einkaufseinrichtungen dieser Zeit in anderen
Städten vergleicht. Das uns heute, wenn auch wesentlich
verändert, noch erhaltene Stadthaus zeigt sich als in Erdgeschoss, zwei Obergeschosse und dem baulich interessanten
Stufengiebel gegliedert. Ich kann Lehfeldt[1] nicht beipflich-
ten, wenn er in der den Giebel überziehenden Blendarchitektur, deren Füllbögen er mit «Kaninchenohren» vergleicht,
«eine merkwürdige Unkenntnis mittelalterlicher Formensprache» sieht. Gewiss besitzt Thüringen in den von ihm
erwähnten Rathäusern von Neustadt a. O., Pössneck und
Saalfeld schönere Bauten. Man muss sich aber einmal das
Stadthaus in seiner früheren ursprünglichen «stattlichen Front-
Entwickelung» mit dem auf beiden Seiten symmetrischen
«Staffelgiebel mit Rundbögen als Abschlüssen der drei Stufen
zu jeder Seite und halben Rundbögen als Fusseinfassungen
des obersten Absatzes» auf dem Papiere rekonstruieren und
die Blendarchitektur einzeichnen. Dazu sich das früher bestandene Dachtürmchen, unter dem in einem Felde die
überaus kunstvolle und «künstlerisch ausgezierte», von Hans
von Pössneck 1526 gefertigte[2] Uhr denken und ferner berücksichtigen, dass das Stadthaus nicht wie jetzt diesen
schmutzig grauen Anstrich besass, sondern, wie der heute
noch bunte Wappenstein, der einst über der Haupttür sass,
jetzt im Obergeschoss eingelassen ist, zeigt, damals sicher
durch verschiedenfarbigen Anstrich, vielleicht auch durch
Malereien an der Fassade sich viel gefälliger und dem Auge
des Beschauers anmutiger präsentierte. Folgt man dann den

---

[1] Lehfeldt, a. a. O., S. 417.
[2] Lehfeldt, a. a. O.

4

Linien der Blendarchitektur, die sich durch die Farbe von der Fläche der Fassade abhoben, so wird man in der «auf das Mannigfachste wechselnden Durchschneidung von Schweifbögen» schon eine bestimmte künstlerische Absicht voraussetzen dürfen.

Wir haben es in dieser Zeit allerdings mit den letzten Atemzügen der Gotik zu tun, in der sie an allen Orten vielfach zu einem Uebermass von Formengebung gelangt. Betrachtet man aber andere spätgotische Bauten dieser Zeit, bei denen die Konstruktion hinter spielendem Beiwerk völlig zurücktritt, so halte ich gerade das Stadthaus in Weimar für das Werk eines konstruktivisch tüchtigen und ernsten Baumeisters.

Auf dem bereits oben erwähnten, am Stadthause noch befindlichen Wappensteine sind auf zwei Schilden die Kurschwerter, der Rautenkranz und die Inschriften ANNO DNI. MDXXVI und V. D. M. I. Æ (Verbum Domini manet in aeternum) angebracht.

Grimma.

Zur wesentlichen Ausgestaltung des Schlosses in Grimma trug der Kurfürst dadurch bei, dass er im Jahre 1509 den Ostflügel ausbauen liess.[1] «Der Bau erhielt ein Obergeschoss im Vorhangbogen und den reich verzierten Giebel gegen Norden. Nicht minder reich scheint die Südfront ausgestaltet gewesen zu sein, in deren Mauer man die Spuren zweier stattlicher Erker im Obergeschoss erkennt.» «In gleicher Weise wurde das Obergeschoss des Westbaues 1518 ausgestaltet. Auch dieser erhielt Vorhangbogen und im Innern dieser Fenstersitze, die teilweise noch vorhanden sind.»

Begonnen hatte der Kurfürst am Schlossbaue bereits im Jahre 1497, wenn es sich auch in diesem Jahre mehr um nötig gewordene Reparaturen handelte, wozu an einige nächstwohnende Adlige das Ansuchen erging, durch Stellung von Geschirren zum Bau förderlich und behülflich zu sein.

---

[1] Gurlitt, Bau- u. Kunstdenkm. d. Kgr. Sachsen. Grimma. S. 116.

Von Fronden der Adligen kann nicht gesprochen werden, in wie weit aber deren Hülfe vom Kurfürsten in Anspruch genommen werden konnte, ob die Leistungen gegen Geldvergütung geschahen oder wie die Arbeitsverrichtungen ge-

Schloss Treffurt. Nach einer Zeichnung im Weimarer Archive.

lohnt wurden, hierüber konnte ich keine urkundlichen Ausweise finden. Aus einem Bericht vom Jahre 1504 ersieht man, «dass der Komthur des deutschen Hauses zu Altenburg sieben Wochen lang zum Baue Grimma gedienet» hat.

Ein anderer Teil des Schlosses, das sogenannte Kornhaus wurde, wie aus einem Briefe des Amtmanns zu Grimma,
Ritter Sebastian von Miselbach an den Kanzler Johann
Flehinger hervorgeht, 1498 erbaut. Diese Bauzeit erklärt
auch vollständig die geraden Stürze über Türen und Fenster,[1]
über deren bisher angenommene Entstehungszeit, um 1400,
Gurlitt bereits a. a. O. Zweifel ausgedrückt, da diese Formen
ihm «aus so früher Zeit sonst nicht bekannt» geworden
seien.

Es überschritte den Rahmen dieser Arbeit, wollte ich
die Bauten, welche Kurfürst Friedrich errichten liess oder
welche auf seine Initiative hin während seiner Regierungszeit entstanden und ihre spezielle Geschichte ausführlich
beschreiben, da ich nur im allgemeinen ein Bild der künstlerischen Betätigung des Fürsten und seiner aussergewöhn-
lichen Bestrebungen auf allen Gebieten der Kunst darstellen
will. Vielfach handelte es sich naturgemäss nur um Reparaturen und Um- oder Anbauten an bereits bestehenden
Gebäuden, wie in Rosla im Jahre 1488, Voitsberg 1493,
Plauen 1498 und 1510, Treffurt 1499, Friedebach 1518,
Grimmenstein, Weissenburg 1518. Wir hören von Aus-
besserungsbauten an der Wartburg aus den Jahren 1499,
1504, 1508, 1511, 1516, 1521, 1526, 1529 und 1533, bis
dann unter Kurfürst Johann Friedrich der Baumeister
Conrad Krebs auch dort, wie an anderen Bauten seines
Herrn, mit seiner machtvollen Künstlerpersönlichkeit ein-
greift. Conrad Krebs, der ohne allen Zweifel wohl einer
unserer hervorragendsten Baumeister Deutschlands genannt
werden kann, ist auf dem alten Friedhofe der Stadt- oder
Marienkirche zu Torgau beerdigt. An der Stadtkirche
befand sich bis vor kurzem sein Grabstein, der von dort
mit beispielloser Pietätlosigkeit entfernt und der Garnison-
verwaltung in Torgau übergeben wurde. Statt diesen Stein
im Schlosse Hartenfels, das in seiner glänzenden Gestalt
von Conrad Krebs erbaut ist, an hervorragender Stelle als
Denkmal aufzustellen, geht der Stein, der jetzt zerbrochen

---

[1] Gurlitt, a. a. O., Abb. 155 und 156.

im Kohlenkeller der Kaserne liegt, verwitternd seinem
baldigen Untergange entgegen. So dankt Deutschland dem
Manne, der uns im Schlosse Hartenfels eines der bewunde-
rungswürdigsten Kunstdenkmäler geschenkt hat.

. In Eisenach wird 1516 und 1518—1520 der gewaltige
Zollhof errichtet, zu welchem Zwecke einige Häuser hinzu-
gekauft wurden. Senior, Dechant und Kapitel von Naumburg erhielten das Geld zum Wiederaufbau ihres eingerissenen Kapitelhauses im Jahre 1515 von den beiden
Fürsten zugestellt, «um das Haus vff der Freiheit, etvann
von den Innwonern der Stadt Naumburg frevelich eingerissen, wider, In masses es zuvor gestanden auff bauven
zulassen.»

. Am Schlosse zu Colditz wird 1486 und 1491 gebaut.
Dann wird dem uns bekannten Meister Lorentz, Zimmermann
aus Prettin, der Bau vom Colditzer Schlosse verdingt, der
aber erst 1523 als fertig bezeichnet wird. Meister Lorenz
gab der Kirche am Schlosse einen neuen Dachstuhl und
zierte den Teil des Schlosses, in welchem die Hofstube sich
befand, mit neuen Giebeln. Dabei musste er allerlei Gänge
und Wände herstellen, Treppen mit «Handhaben», «auch
ein klein stüblein und heimlich gemach.» Im Jahre 1519
wurden allein in Colditz am Schlosse 169 β 57 gl. 7 pf.
verbaut.

Der Anbau am Coburger Schlosse war einesteils 1501
bereits vollendet, in welchem Jahre die Ziegeldecker angefangen hatten, das Dach zu decken, andererseits muss
aber im Jahre 1502 vielleicht ein neuer Anbau geplant gewesen sein. Der Kurfürst hatte einen Meister zur Besichtigung behufs Kostenanschlags nach Coburg geschickt, während unterdessen der Pfleger zu Coburg, Bodo, Graf zu
Stolberg und Werningerode, an «Meister Hansen den Steinmetzen zu Nürenberg» (Hans Behaim) geschrieben hatte,
nach Coburg zu kommen, um in Gemeinschaft mit dem vom
Kurfürsten abgesandten Meister einen Anschlag zu machen.
Dieser Anschlag wurde dem Kurfürsten durch den Meister
Jörgen überschickt, der die näheren Erläuterungen des Planes
etc. mündlich ausrichten und bestellen sollte.

Ferner seien noch die Bauten in Eilenburg erwähnt,
woselbst Kurfürst Friedrich 1496 den ersten Eck- und Grundstein zum Turme der den Heiligen Andreas und Nikolaus
geweihten Stadtkirche legte und am Schlosse 1491, 1496
und 1497 grössere Ausbesserungsarbeiten vornehmen liess.

Unter den Schlössern, die Spalatin nennt, «deren sich
auch ein römischer Kaiser gewisslich nicht schämen durft»,
und von denen er sagt: «wahrlich herrliche schöne Häuser»,
führt er neben Weimar und Colditz auch Altenburg auf.

Altenburg.

Altenburg war erst kurz vor Friedrichs Regierungsantritt durch die Landesteilung im Jahre 1485 an die Ernestiner gekommen, von welchem Zeitpunkte ab es getreulich
über 100 Jahre lang die Schicksale der thüringischen Lande
in Freud und Leid teilte. Da Friedrich während seiner
Regierungszeit in Altenburg gern und oft Hof hielt, so war
es nur natürlich, dass auch diese Stadt manche Zeugnisse
der Sorge des Fürsten für das Wohl ihrer Bewohner aufweisen kann. Die Anwesenheit des Fürsten wirkte allein
schon wohltätig auf Handel und Verkehr. Für Altenburg
trifft diese Zeit mit einer Epoche zusammen, in der durch
die Gedankenfreiheit der Reformation, für deren Ausbreitung
ein Gabriel Link und Georg Spalatin in Altenburg wirkten,
auch ein regerer Handelsverkehr in seinen Mauern eingezogen
war. Durch diesen wieder gelangten viele Bürger zum Wohlstande. Durch Reisen angeregt, erweiterte sich ihr Gesichtskreis und damit wieder die Neigung zur Einrichtung eines
behaglicheren Daseins. Neue Strassenzüge wurden errichtet,
neue geräumigere Häuser traten an vielen Plätzen an die Stelle
von kleinen, die nun nicht mehr dem wachsenden Wohlstande
der Einwohner genügten. Auch das städtische Selbstbewusstsein und das Vertrauen zur selbstgewählten städtischen Ober-
behörde wusste Friedrich zu stärken und zu befestigen. Es
wirft ein helles Licht auf des Kurfürsten vorsorgenden, klugen
Charakter, dass er im Jahre 1507 die Erbgerichtsbarkeit,
welche bis dahin eine Familie Kaufmann genannt Richter,

als Reichslehen besessen hatte, kaufte und dieses Lehn im Jahre 1508 der Stadt überliess.

Der bürgerlichen Privatbautätigkeit reihen sich eine Anzahl Bauten an, die zum Teil unter Friedrich des Weisen Regierung ausgeführt wurden, wie 1501 die Franziskanerkirche und 1510 das Jakobshospital, oder aber vom Kurfürsten und seinem Bruder selbst als Bauherren errichtet wurden. Es sind dieses Anbauten an der Schlosskirche und der Bau des Schlosses, der einen grossen Teil des jetzt bestehenden eingenommen hat.

Die Schlosskirche, deren Unterbauten wahrscheinlich bereits im XII. Jahrhundert entstanden sind und deren wesentliche Gestaltung dem XV. Jahrhundert angehört, besitzt heute nur noch wenige Reste, die wir als Erinnerungszeichen der Bauzeit unter Kurfürst Friedrich ansprechen können. Es sind vor allem ein Fenster neben dem Langhaus-Südportal, das als oberen Abschluss einen ganz charakteristischen Vorhangbogen aufweist, ferner einige rechteckige Fenster in den steinernen Ausbauten der Emporentreppen, deren Profile auf jene Zeit hinweisen, und dann sind es die Eingangstüren an der nach Norden zu gelegenen Chorwand des Langhauses und eine steinerne Herrschaftsempore, welch letztere ich aber für etwas später, etwa um 1530 entstanden halte. Diese wenigen Reste aus dieser Zeit, die man sich am Baue mühsam zusammensuchen muss, geben allerdings kein Bild dessen, was unter Friedrich an der Kirche gebaut wurde, sondern nur eine Bestätigung der Nachrichten, dass der Kurfürst an der Kirche gebaut hat.

Noch schlimmer geht es uns beim Schlosse selbst. Die «Burg» war im Jahre 1516 einem Brande zum Opfer gefallen, und Kurfürst Friedrich liess mit einem Neubaue, welcher besonders die Teile des Schlosses, welche die eigentlichen Wohnräume einschliessen sollten, nebst der Schlosskirche, im Jahre 1518 beginnen. Es ist der westliche Teil der heutigen Anlage. Im Dezember 1518 war das Schloss teilweise schon bewohnbar, denn zu dieser Zeit empfing Friedrich daselbst den Besuch des päpstlichen Gesandten v. Miltitz, der, wie bekannt, wegen Luther mit dem Kur-

fürsten Unterredung pflog. Ueber Friedrichs Bau am
Schlosse sagt Lehfeldt:[1] «Friedrich der Weise liess seit 1518
ein neues Schloss bauen, das sein Nachfolger Johann vollendete. Dasselbe legt sich an die Nordseite und Westseite
der Kirche an, und dürften diese beiden Flügel, der nord-
östliche und der südliche, mit noch zwei anderen Flügeln
zusammen einen unregelmässigen Hof eingeschlossen haben.
Wie weit sich die Flügel erstreckten, ist nicht genau zu
bestimmen, da auch dies kurfürstliche Schloss seit 1606
umgebaut und 1706 zum weitaus grössten Teile abgebrochen
wurde. Der Nordostflügel dürfte nicht ganz bis zum Nord-
flügel des jetzigen Schlosses gereicht haben; der in neuerer
Zeit beim Legen von Leitungsrohren aufgegrabene Unter-
bau eines anderen Schlossteiles reicht bis nahe zum jetzigen
Mittelflügel, der Südflügel ist in den jetzigen Südflügel verbaut». Lehfeldt weist nun besonders auf die prachtvolle
Hofgalerie zwischen der Kirche und dem Fürstenhause hin.
Diese bringt es allerdings jetzt noch in ihrem verkümmerten
Restbestande zuwege, diesem ganzen Teile des Schlosses
die Stimmung zu geben. Unwillkürlich wird der Beschauer
veranlasst, an vergleichende Bauten der wenigen Deutschlands und denen Italiens zu denken, und in eiligem Fluge
zieht eine lange Reihe wechselvoller Bilder an unserem
geistigen Auge vorüber, Zeit und Raum überbrückend. Aber
dieser Zusammenhang mit den durch den Vergleich uns so
lebhaft ins Gedächtnis kommenden Bauten Oberitaliens macht
es auch zur Gewissheit, dass diese schöne Galerie nicht bei
Lebzeiten Friedrichs, der ja schon 1525 starb, entstanden
sein kann, sondern dass sie unter seinem Bruder Johann
und zwar um 1530 erbaut worden sein muss. Es lässt sich
dies nach unserer bisherigen Kenntnis des Auftretens der
deutschen Renaissance nicht anders annehmen, denn Friedrich baute überall in seinen Landen noch gotisch, und selbst
für die Zeit um 1530 ist dieses Bauwerk noch eines der
frühesten und charakteristischesten Beispiele unserer deutschen Frührenaissance. Ich kann nicht mit dem Urteil,

---

[1] Lehfeldt, a. a. O., S. 114.

welches Lübke[1] über dieses Bauwerk, das er als «eine Arbeit der Zeit um 1600» bezeichnet, übereinstimmen. Für die Zeit um 1600 würde seine abfällige Kritik gerechtfertigt sein, für die Zeit um 1530 dagegen muss sie, nach dem Stande unserer heutigen Kenntnisse der Bauten, sich in das gerade Gegenteil verwandeln.

Zum Schlusse sei noch des Lieblingsaufenthaltes Kurfürst Friedrichs gedacht, des Schlosses Lochau. Das Schloss brannte unter Albrecht III. von Askanien 1422 völlig ab und wurde von den Wettinischen Fürsten als Jagdschloss neu und glänzend wieder aufgebaut. Friedrich weilte viel in seinen Mauern, und eine grosse Anzahl Briefe und Schreiben von ihm ist «von der Lochau» signiert. Am 5. Mai 1525 empfing in Lochau der sterbende Fürst das heilige Abendmahl in beiderlei Gestalt.

Das Schloss wich in den Jahren 1572 und 1573 einem Neubaue, den Kurfürst August und Kurfürstin Anna zum Teil auf seinen alten Grundmauern durch den Baumeister Christoph Tendler errichten liessen. Auch der alte Name «Lochau» machte dem neuen «Annaburg» Platz.

Die im Anhange beigegebene Tabelle über die Bauten des Fürsten macht durchaus keinen Anspruch auf Vollständigkeit und liesse sich wahrscheinlich bei detaillierten Forschungen über das Bauwesen in dieser Zeit noch ergänzen. Sie erfüllt aber immerhin den beabsichtigten Zweck, durch ihre kurze Uebersichtlichkeit ein Bild aussergewöhnlicher und reicher Tätigkeitsentfaltung zu gewähren. Denn ausser den wenigen Jahren, in welchen die Pest die Oberherrschaft in diesen blühenden Landstrichen führte, können wir jedes Jahr das Entstehen von zum Teil recht bedeutsamen Bauten unter der Regierung Kurfürst Friedrichs konstatieren, während sein Bruder Johann, abgesehen von Altenburg und einigen anderen, mehr erhaltend als gestaltend in das Bauwesen seiner Zeit eingriff.

Vieles ist im Laufe der Jahrhunderte durch Alter und Krieg vernichtet, vieles, ja das meiste durch spätere Neu-

---

[1] Lübke, Gesch. d. Renaiss. in Deutschl. Bd. II, S. 354.

bauten völlig verändert worden, aber aus allem dem, was noch aus Friedrichs Zeit erhalten ist oder was trotz der späteren Neubauten aus dieser Zeit stammend erkenntlich ist, schaut der praktische Blick des fürstlichen Bauherrn, der jeden Bau den örtlichen Verhältnissen und seinem Zwecke entsprechend, an dem Platze errichten liess, wo allein er die an ihn gestellte Anforderung erfüllen konnte. Dabei lag es in der Natur des Kurfürsten Friedrich begründet, für die Bauten nur diejenigen Meister zu berufen, in deren Können er die Gewähr fand, das möglichst Beste und Vollkommenste zu erhalten. Seine vornehme Prachtliebe, die jeder Prunksucht fern lag, stattete die Bauten reich und glänzend aus, und auch hier wieder wirkten, selbst für geringe Ausstattungsobjekte, die bedeutendsten Künstler ihrer Zeit zusammen.

Findet man auch bei allen Bauten des Kurfürsten, ja bei jeder Baugruppe, grössere Besonderheiten, durch die sie sich von einander unterscheiden, so beherrscht sie doch, wie alle Bauten aus diesen Zeiten ein gemeinsamer Zug, der besonders in den Schlossbauten markant in die Erscheinung tritt. Die deutschen Fürsten jener Zeit kannten keine Prachtpaläste im Sinne der Italiener, sondern sie verwandelten, worauf ich im Eingange schon hinwies, die Burgen durch Ausbau und Vergrösserung in Schlösser. Dabei ist die Bezeichnung «Schloss» für manches fürstliche Wohnhaus angewendet worden, das wir nach heutigen Begriffen als grösseres Bauerngut bezeichnen würden. Die bei den Akten in Weimar befindliche Zeichnung des Schlosses zu Treffurt illustriert dieses wohl am klarsten.

Ein wichtiges Moment beim Studium alter Bauten, mit welchem immer bei der künstlerischen Beurteilung derselben gerechnet werden muss, war das dem deutschen Handwerker eigene zähe Festhalten an den alten Traditionen. Handelte es sich um blosse Veränderungen oder Anbauten einzelner Teile des Gesamtbaues, so sehen wir, wie die Gestaltung dieses besonderen Teiles wieder davon abhängig ist, welchem Gewerbe der betreffende Baumeister angehört hat, denn diese erfüllten ihre Aufgaben in den ihnen geläufigen Formen, und man erkennt sofort den Unterschied, ob der Baumeister ein gelernter Zimmermann oder ein Steinmetz war. Die Künstler und Handwerker dieser Zeit, die durch ihre Zunftvorschriften eine bis ins kleinste geregelte Arbeitsgliederung beobachteten, standen sich schon aus diesem Grunde mit grosser Selbständigkeit gegenüber und übten mit berechtigtem Stolze ihr in langen Jahren erlerntes Handwerk, wobei sie ihre besondere Begabung glänzend entfalteten, was bei den Bauten wie ein freudiges Dokument ihres Könnens zur Erscheinung kommt.

Das Schloss vereinigte, wie bereits gesagt, eine Reihe ganz verschiedenartiger Bauten in sich. Jeder Einzelbau ist den mittelalterlichen Traditionen gemäss nach Zweck und Bestimmung gebaut, und dieses äussert sich in deutlicher Sprache in der äusseren Erscheinung. Wir sehen jedem Gebäude sofort von aussen an, welchem Zwecke es dient. Wir unterscheiden mühelos, dass dieses das Backhaus, jenes das Haus für Geräte, dieses das Badehaus ist.

Als gemeinsamen Zug aller Schlossbauten dieser Zeit müssen wir daher betonen, dass sie als Gruppenbauten erscheinen und als weiteres Moment, dass allein auf die Hofarchitektur künstlerisch Wert gelegt wurde, wie in den kurfürstlichen Landen, so auch ausserhalb.

Die ganze äussere Architektur ist höchst einfach und schmucklos, die dicken massigen Rundtürme, die höchstens durch einfache Gesimse gegliederten Mauermassen, die vorspringenden, für die Ewigkeit erbaut erscheinenden Pfeiler erinnern immer mehr an die Burg, als an das, was wir unter dem Begriffe eines Schlosses verstehen. Nur das Portal hat meist auch nach aussen einen reichen Schmuck. Dicke Säulen, auf denen Löwen oder andere Schildhalter stehen, bilden die Einfassung des Tores, über dessen oberen Teil das grosse Wappen des Fürsten den Eintretenden grüsst. Die Front der Baulichkeiten ist jedoch stets dem Hofe zugewandt und erst, wenn man diesen betritt, erhält man den Eindruck einer frohen fürstlichen Wohnung. Der Hof allein ist der Mittelpunkt der ganzen Bauanlage, in dem uns auch in der Architektur der Glanz des fürstlichen Bewohners entgegenleuchtet. Schon durch die verschiedenartigen Einzelbauten aber gewähren die Fürstensitze dieser Zeit einen malerischen Anblick der reizvollsten Art.

Konnten wir bei den Bauten Friedrichs einen starken Einfluss der von Arnold von Westphalen auf seine Schüler übertragenen Kunstweise konstatieren, die eine besonders kräftige einfache Architektur bildete, so steht diese Bauart in gewissem Gegensatze zu der in jener Zeit an anderen Orten gebräuchlichen, die ihren Hauptreiz in spielenden Verzierungen suchte. Hielt man auch in Deutschland im allgemeinen an den überkommenen gotischen Formen fest, die durch einen sehr langen Zeitraum den Baumeistern als die selbstverständlich richtigen und die passendsten erschienen sein mögen, so hat sich doch auch in diesem Stile, wie ja bekannt, Umformung an Umformung gereiht. Zuletzt, gerade in der Zeit, die mit der Regierungszeit Friedrichs zusammenfällt, war aber den Baumeistern das rechte Gefühl für die konstruktiven Bedingungen des gotischen Stiles immer mehr abhanden gekommen, und wir sehen an vielen Orten den Stil in ein Uebermass von Zierkunst ausarten. Betrachtet man das Masswerk der Fenster, so staunt man über die gestaltende Phantasie der Meister, die immer wieder neue Formen der Fischblasen, neue Gebilde der eigenartigsten Verschlingungen finden und sich nicht genug tun können, das an und für sich geometrische Ornament in ein feines Stabwerk, das den Verästelungen eines Baumes gleicht, umzuwandeln. Und dieser Schritt geschieht in Wirklichkeit an den Rippen der Gewölbe und den Profilen der Türen. Rein naturalistisches Astwerk umzieht die Decke, die Rippengewölbe verdeckend, die Konstruktion verneinend; Aeste schlingen sich im Spitzbogen um das Portal und sind, um noch mehr die Wirklichkeit vorzutäuschen, am unteren Teile des aufstrebenden Stammes abgeschnitten, um den durch das Portal Eintretenden nicht zu belästigen. Also ein Beleben der an sich nüchternen, vom westlichen Nachbar übernommenen Formen durch ein Uebermass der reich gestaltenden Phantasie des Deutschen. Es ist dieselbe deutsche Art, die uns bewundernd vor dem Reichtum von phan-

tastischen Verschlingungen der Initialen deutscher Minia-
turisten, vor dem kräftigen gesunden Naturalismus der deutschen Ornamente stehen lässt. So war die in die phan-
tastischeste Zierkunst ausgeartete Gotik bereits in ihrem
Wesen dahin, bevor noch der Weg zu einem neuen Stile,
zu neuer Kunst gefunden war. Er wurde in diesem Falle
nicht von den Baumeistern gewiesen.

Hatten bislang alle anderen Künste sich übereinstimmend
die Verzierungs- und Gestaltungsformen von der gotischen
Architektur entlehnt oder sich, wie die Plastik, völlig ihr
angepasst und untergeordnet, so beschritt die neue Kunstrichtung einen anderen Weg.

Italien besass bereits seit Giotto eine neue Kunst, die
aus den veränderten Lebensbedingungen und Geistesrich-
tungen des Volkes erwachsen war; die Ausbildung der sogenannten Renaissance ist in Italien nur die folgerichtige
Erscheinung der allgemeinen, das ganze Volk durchdringen-
den Anschauungen. Anders in Deutschland. Uns war und
blieb das innere Wesen der italienischen Renaissance ver-
schlossen. Wir konnten in kein intimes Verhältnis zu ihr
treten, weil die nötigen Voraussetzungen fehlten. Hier ein
Mangel des tiefen, den Grund der Wesenheit erfassenden
Verständnisses und die völlig anderartigen Vorbedingungen
des anders gearteten und anderen Lebensgewohnheiten hul-
digenden Landes. Als unsere Künstler damals von ihren
italienischen Reisen zurückkehrten, hatten sie begeistert die
italienische Ornamentik aufgenommen und gern in ihre Werke
verpflanzt, für das Wesen und die Bedingungen der italienischen Renaissance fehlte ihnen aber alles Verständnis. Und
immer wieder können wir, auch hierbei, beobachten, wie
der Deutsche das Fremde, das ihm gefällt, aufnimmt, sofort
aber daran geht, es dergestalt nach seiner Art und meist
übertreibend umzubilden, dass man die fremde Form wohl
noch gewahrt, im Dinge selbst uns aber der deutsche Künstler entgegentritt. Und je grösser der Künstler, desto eher
wird es ihm gelingen, aus dem Entlehnten etwas ganz Neues,
Eigenes zu bilden. Dafür ist unser Dürer das beste Beispiel.

So waren denn immer mehr — zuerst bei Burgkmair

und Holbein d. Aelt. — einzelne italienische Ornamente in
deutsche Werke geraten, die allmählich einen immer grösseren
Raum in den Arbeiten der deutschen Meister einnahmen.
Wir können daher von Renaissancewerken in der Plastik,
Malerei und vor allem im Kunstgewerbe sprechen in einer
Zeit, in welcher die Architektur noch rein im gotischen
Stile ihre Werke entstehen liess. So kam es, dass gotische
Kirchen gefüllt wurden mit Werken der Plastik, Malerei
und des Kunsthandwerks, deren Stil durchaus nicht dem der
Bauwerke entsprach und in einer gotischen Kirche die Kanzel
(z. B. die frühe in Annaberg), das Taufbecken, die Geräte,
die Bilder, die Figuren der Renaissance angehörten. Und
zuerst sind es die Steinmetzen, denen die neuen schönen
Zierformen auffielen und die einzelne Ornamente des neuen
Stiles in die gotischen Gewände ihrer Portale einflochten. .
Als dann einzelne Bauherren und Baumeister versuchten,
im Stile der italienischen Renaissance zu bauen, sehen
wir an ihren Werken das Missverstehen des Wesens und
die Vorliebe für das überreiche Anbringen der italienischen
Ornamente. Deutsche Frührenaissance besteht in ihrer
Hauptwesenheit aus dem Verpflanzen italienischer Schmuck-
und Formenelemente in und an deutsche Werke. Und da
diese Erscheinung zuerst bei der Malerei und dem Kunstgewerbe auftritt, bezog die Architektur von diesen ihre neuen
Formen, die sie den architektonischen Gesetzen entsprechend
sich umzubilden versuchte.

Diese Stilwandlung in der Architektur musste ich hier
besonders hervorheben, da uns in den folgenden Kapiteln,
Plastik, Malerei und Kunstgewerbe, der neue Stil meist voll
ausgebildet entgegentreten wird, während wir die Architektur
dieser Zeit noch ganz in gotischen Formen verlassen haben.

2. Plastik.

Von plastischen Werken, welche ihre Entstehung den
Aufträgen Kurfürst Friedrichs verdanken, ist uns verhältnismässig wenig erhalten geblieben. Die meisten archivalischen

Nachrichten beziehen sich auf Holzschnitzer. Eine gleiche Erscheinung können wir auch in aussersächsischen Landen beobachten. Denn überblickt man die aus dem hier behandelten Zeitraume erhaltenen plastischen Werke ganz Deutschlands, so fällt uns die überwiegende Anzahl von Werken der Holzplastik im Vergleiche zu den erhaltenen Arbeiten der Steinskulptur auf. Es ist das umsomehr zu verwundern, als sich hierbei der vergänglichere Stoff, das Holz, als der dauerhaftere zu erweisen scheint.

Die Steinskulptur dieser Zeit ist fast ausschliesslich auf die Grabplastik beschränkt, wenn wir die meist mehr handwerklichen, rein dekorativen Arbeiten an den Bauwerken ausser acht lassen. Und selbst bei den Grabdenkmälern tritt neben der Steinplastik noch die glänzendere und vornehmere Bronze als Mitbewerberin auf, die beim Grabmal der Fürsten aus diesen Zeiten fast ausnahmslos Anwendung fand.

Die Tatsache, dass uns mehr Holzschnitzwerke als Steinskulpturen erhalten sind, hat ihren Grund, der in dem Entwicklungsgange, den die Plastik genommen hatte, seine Erklärung findet und der uns klar vor Augen stehen muss, wollen wir das Wirken der Kunstströmungen jener Tage richtig verstehen.

In der frühgotischen Zeit sehen wir die Plastik innig mit der Architektur verbunden, sie war fast zum Bauglied geworden, das wie die Fialen, Wimperge und Krabben zum Schmucke des Bauwerkes diente und sich ebenso wie diese den gegebenen Formen des Baues eingliederte. Ja nicht unberechtigt erscheint daher die uns manchmal entgegentretende Behauptung, dass selbst die Schlankheit der Gestalten und die Biegung der Körper mit der feinen Architekturumrahmung und der schwungvollen Bogenlinie der Gotik zusammenhängen. Dem Drange des Aufstrebens der Architekturformen war bei der Plastik der Faltenwurf der Gewänder an den Gestalten wiederum auf das Innigste verwandt. Langgezogene, oft den Kanneluren von Säulen gleichende, rillenartige Längsfalten finden wir an den Gewändern der Figuren, die nur andeutungsweise und spärlich

von kleinen Querfältchen belebt werden. Diese Falten-
gebung war für die Steinplastik die gegebene und für die
Werkzeuge der Steinmetzen die passende. Betrachten wir
die Bewegungsmotive der gotischen Gestalten, so finden wir
auch sie wie gezwungen und eingeengt von der sie umgebenden Architektur. Der Kopf ist leise zur Seite geneigt,
und der Arm macht gewöhnlich eine sehr ungelenke Bewegung, als fürchte er anzustossen oder zu weit mit dem
Ellbogen aus dem ihm vorgeschriebenen Rahmen heraus-
zukommen.

Diese Formenbildung aber konnte nicht mehr genügen,
als einerseits die Gotik in ein Uebermass von Bewegung
ausartete und ferner das Studium der Natur, das durch den
Humanismus den denkenden Künstler auf den Menschen
selbst und seine organische Erscheinung hingewiesen hatte,
hinzutrat. Die Menschen fanden sich selbst wieder und
sahen, dass sie anders gestaltet waren, anders sich bewegten,
dass die Kleidung anders in Falten fiel, wie die Plastiker
es bisher gebildet hatten. Gleichzeitig war, von eben diesen
Ursachen gefördert, die Malerei um die Wende des XV.
Jahrhunderts bei uns in Deutschland zu hoher Blüte gelangt.
«Dieselben gewaltig sich bewegenden und feurig schauenden,
von mächtigen, bald sich aufbäumenden, bald sich brüchig
stauenden Gewändern umbrandeten Heiligenfiguren, dieselben in holdem Unbewusstsein und doch mit feierlicher
Würde ihrer Mutterpflicht waltenden Madonnen, dieselben
mit der heiteren Anmut kindlicher Unbeholfenheit dem
Christusknaben sich gesellenden buntbeflügelten Engel, dieselben Handlungen dicht gedrängter, heftig gestikulierender
Gestalten», wie Thode[1] sagt, welche wir in der Malerei
dieser Zeit finden, diese auch sollten von den Bildhauern
dargestellt werden. Der Plastiker suchte mit der Malerei zu
wetteifern und wurde ganz von selbst dazu gedrängt, für seine
Werke einen Stoff zu wählen, der leichter wie der Stein
zu bearbeiten und grössere und der Malerei ähnlichere
Gestaltungsmöglichkeiten zuliess. Er griff zum Schnitzmesser

---

[1] Henry Thode, Deutsche Kunst in Meyers deutschem Volkstum.

als Werkzeug und zum Holze als Material. Ein weiteres
Moment trat hinzu, welches ungemein fördernd auf diese
Entwicklung wirkte. Die bereits in der Einleitung erwähnte
Werkheiligkeit veranlasste eine ungeheure Anzahl von Stiftungen, meist Altäre, so dass deren Zahl in manchen Kirchen
eine geradezu erstaunliche Höhe angenommen hatte. Vor
jedem Pfeiler, in jeder Nische stand ein Altar, jede Zunft,
jede Brüderschaft, jede reichere Familie wollte an ihrem
Altare ihre Spezialheiligen verehren können, vor denen
wieder die Geistlichen, von eben diesen Stiftungen besoldet,
Messe lasen. Diese Massenanfertigung aber von Altären,
an denen meist Malerei und Plastik verbunden waren und
die in den meisten Fällen den Malern bestellt wurden, musste
die Plastik immer mehr von der zu dieser Zeit die führende
Stellung in der Kunst einnehmenden Malerei in Abhängigkeit
bringen. Nur in Holz war im Einklang mit der Malerei
eine harmonische Gesamtwirkung des Altarwerkes hervorzubringen. In Stein konnte unmöglich bei den architektonischen Umrahmungen eine solche Schlankheit, Durch-
brochenheit und Dünngliedrigkeit erreicht werden, wie beim
geschnitzten Holze. Bei Steinarbeiten wäre eine Verbindung
mit Gemälden auch nicht in der gleichen Weise, wie sie
sich für die Holztechnik eignete, möglich gewesen. Der
knitterige, scharfgebrochene Stil der Gewänder bei den
Holzfiguren war darauf berechnet, die meist vollen gesättigten
Farben durch tiefe Lasuren in den Falten erst zur rechten
Geltung und Wirkung, den mit ihnen verbundenen Gemälden
gegenüber, zu bringen. Mit Vorliebe brachte man an den
Altären Holzreliefs in Anwendung, und hierbei erkennt man
noch deutlicher die Beeinflussung von seiten der Malerei,
denn die Darstellungen auf ihnen sind durchaus malerisch
geschildert.

So übertraf die Verfertigung von Holzschnitzereien bei
weitem diejenige der Steinarbeiten an Zahl, und daraus er-
klärt sich leicht das Ueberwiegen der auf uns gekommenen
Werke der Holz- gegenüber der Steinskulptur. Mit der
Reformation, durch welche die Verehrung der Heiligen ein
Ende erreichte, hörte auch die Stiftung und Anfertigung

von Altären zum grössten Teile auf. Der Holzschnitzer musste sich für seine Kunst ein anderes Betätigungsgebiet suchen und wenn ihm auch noch vereinzelt Holzfiguren, meist der gekreuzigte Heiland, bestellt wurden, so verwandte er doch im allgemeinen nunmehr seine Kunst für eine mehr weltliche Arbeit, indem er Möbel, Einrichtungsgegenstände und Wandvertäfelungen herstellte. Dadurch aber trat der Bildschnitzer wieder in die Werkstatt des Tischlers zurück, aus der er ursprünglich hervorgekommen war.

Die Bauernunruhen und die Bilderstürmerei mögen manches Kunstwerk seinem Untergange zugeführt haben, denn gerade in den uns hier näher interessierenden Landen, dem Quellande der fruchtbringenden Reformation, musste auch ganz folgerichtig der Kampf der im tiefsten Innern erregten Gemüter sich abspielen. Missverständnisse, Uebertreibungen aller Art und daraus resultierende Ausschreitungen waren für eine solche Zeit des gährenden Wechsels nur naturgemässe Folgeerscheinungen, ehe die Klärung des Neuen die Gemüter beruhigt, die Früchte gezeitigt hatte. Hieraus erklärt sich auch der Umstand, dass sich in den vorerst katholisch gebliebenen Landen Sachsens eine bei weitem grössere Anzahl von Altären und Schnitzfiguren erhalten hat, als in dem der Reformation sofort zugewandten Kursachsen.

Eine Anzahl Meisternamen der von Kurfürst Friedrich beschäftigten Holzbildhauer lernen wir aus urkundlichen Notizen kennen. Wir gewinnen auch einigen Einblick in ihr Schaffen, es ist aber, bis auf ein Werk, dem Chorgestühl in der Schlosskirche zu Altenburg, nicht möglich, erhaltene Schnitzwerke bestimmt einem dieser Meister zuweisen zu können. Ein Schnitzer scheint ständig gegen Jahressold im Dienste des Fürsten gestanden und demnach die Stellung eines Hofbildschnitzers bekleidet zu haben, denn im Jahre 1492 erhält der Schnitzer Nickel Francke seinen Jahressold von drei Schock und zwar zum letzten Male. Wir erfahren aus den Akten, dass Nickel Francke bei seiner Arbeit vom Turme gefallen war. Wenn auch in der Notiz über ihn bemerkt wird, dass er von dem «barbierer Kurth» behandelt und geheilt worden sei, so ist es doch wahrscheinlich, dass er seinem Berufe nicht mehr in vollem Umfange hatte nachgehen können und dauernden Schaden durch diesen Sturz erlitten haben mag, denn er wird in der Folgezeit nicht mehr als Bildschnitzer des Kurfürsten genannt, und an seine Stelle tritt der vielseitige und am meisten beschäftigte Bildschnitzer des Kurfürsten, Meister Claus. Seinen vollständigen Namen Claus Heffner ersieht man aus den Wittenberger Kämmereirechnungen, wo er bei den Schossabgaben regelmässig erwähnt wird. Sein Wirken kann man bis 1510 in Wittenberg verfolgen. Er erhält im Jahre 1493 eine Jahresbesoldung von drei Schock, die ihm 1494 auf das Doppelte erhöht wird. Jedenfalls stand Claus Heffner beim Kurfürsten in gutem Ansehen und muss auch anderweitig, ausser für den Hof, viel beschäftigt gewesen und dadurch zu einigem Vermögen gelangt sein, denn bereits im Jahre 1494 kaufte er sich in Wittenberg ein Haus, wozu er 35 Schock, die er nach und nach abarbeiten sollte, aus der fürstlichen Kasse vorgeschossen bekam. 40 Gulden hatte ihm Friedrich selbst dazu geschenkt. Claus Heffner wurde neben der Holzschnitzerei auch häufig für Steinmetzarbeiten zu Hilfe genommen, in welcher Technik er ebenfalls bewandert gewesen sein muss. Er reiste 1492 nach Magdeburg, um zwei Steine für Wappen zu kaufen, und im Jahre 1501 erhält er einmal eine Bezahlung von 30 gl. «für Steine zu machen». Wir sehen den Meister die verschiedensten Werke ausführen, geschnitzte Tafeln für den Kurfürsten (1492/93), ein Schnitzaltar wird erwähnt, «mit Leden», also ein Flügelaltar, in dessen Mittelstück Heffner «Etzlich gesnitze» gemacht hat. Dem Kurfürsten Friedrich machte er eine Tartsche, die mit Leder überzogen wurde und — zu welchem Zwecke ist nicht ersichtlich — zwei Pferde aus Holz, welche Veit Schmidt und Valentin Gross aus dem Gröbsten gehauen hatten, an dessen künstlerischer Gestaltung aber Claus Heffner allein arbeitete.[1] 1495/96 werden von ihm zwei geschnitzte Engel und eine Figur des

---

[1] Vielleicht dienten die Holzpferde zur Aufstellung von Rüstungen.

Johannes genannt, Arbeiten für seinen Herrn, die nach Torgau bestimmt waren. Dann schnitzt er (1501) zwei Brustbilder, welche an zwei grosse Kirchenleuchter befestigt
werden sollten, im Jahre 1503 erhält er 14 Schock für die
Kirchengestühle in Wittenberg, eine Arbeit, deren Verlust
recht zu beklagen ist, da sie uns ein klares Bild seines Könnens
gegeben haben würde. 1509 wird in Verbindung mit Claus
Heffner noch eine Zahlung erwähnt für Bretter aus Lindenholz, das in Niedersachsen hauptsächlich für feinere Holzschnitzwerke verarbeitet wurde, entgegen anderen Landstrichen, wo oft Eiche Verwendung fand. Auch eine nicht
für den Fürsten bestimmte Arbeit lernen wir aus dem Jahre
1509 kennen, ein geschnitztes Kruzifix, das mit einem gemalten Altare, wahrscheinlich im Mittelschrein angebracht,
.verbunden war. Diesen Altar hatte ein Hans von Berge
gelobt, und der Meister erhielt für das Kruzifix 42 Groschen.
Ein anderes, bemaltes Kruzifix fand in Wittenberg neben
dem «Boldisberge» (?) Aufstellung.

Ob der seit 1510 genannte Hans Bildenschnitzer der
im Jahre 1496 erwähnte Bruder des Claus war, welcher in
diesem Jahre nach Pirna zog und Steine zu Wappen ver-
dingte, konnte ich aus den Kämmereirechnungen nicht ersehen. Er wird nur noch in Verbindung mit dem Schlossbau in Torgau genannt, woselbst er 1517 achtundzwanzig
Knöpfe auf die Pulvertürme fertigt und für die zwei in dem
Jahre 1514 erhöhten Schlosstürme die beiden grossen ver-
goldeten Engel geschnitzt hatte, die, auf Knöpfen stehend,
von weither schon sichtbar gewesen sein mögen. Sonst
hören wir nur noch von kleinen geschnitzten Leuchtern für
die «Selmesslichte», die er in die Torgauer Kapelle lieferte.
Wir können annehmen, dass er ebenso wie Claus damit beauftragt war, die «gesnittzten Stuben» in Torgau und
Wittenberg durch seine Kunst zu verschönen, von Claus
Heffner wenigstens haben wir dafür die bestimmten Be-
lege.

Bei den Lebensbeschreibungen unserer deutschen Künstler treffen wir häufig auf die Tatsache, dass ein Maler zugleich auch Schnitzer war. Oefter wird es noch der Fall

gewesen sein, dass in den Malerwerkstätten Schnitzer arbeiteten, welche, z. B. bei den Altären, die Holzschnitzereien herstellten, während der Meister oder andere Gesellen die gemalten Teile verfertigten. Dieses Zusammenarbeiten in einer Werkstatt erklärt auch die Erscheinung, dass vielfach der Stil der Schnitzarbeit mit dem der Malerei übereinstimmt, dass wir dieselben Farben und Farbenmischungen bei den Gemälden wie bei den plastischen Arbeiten des Altares antreffen. Man darf sich jedoch nicht durch solche Aehnlichkeiten oder gleiche Stileigentümlichkeiten verleiten lassen, die Holzschnitzereien an einem Altare immer dem Meister zuzuschreiben, der die Malereien daran gefertigt hat. Ich nenne z. B. den Altar in Neustadt a. d. Orla, dessen Gemälde und Schnitzereien aus Cranachs Werkstatt stammen. Die beiden, in den Gesichtszügen Kurfürst Friedrich und seinem Bruder Johann ähnlich gebildeten Holzfiguren sind aber trotz aller Stilverwandtschaft mit den Gemälden von anderer Hand als diese.

Hans von Amberg wird in den Urkunden einmal «der Maler», ein anderesmal «der Schnitzer» genannt. Da ich jedoch glaube, dass wir es bei diesem Meister mehr mit einem Maler zu tun haben, der nur Schnitzer zur Fertigstellung der bestellten Altäre beschäftigte, so behandele ich Meister Hans von Amberg im Kapitel Malerei.

Ein Meister, dessen Name Simon Koralis auf niederländische Herkunft deutet, hatte den Auftrag, im Jahre 1508 eine Tafel auf den neuen Altar «zu unsrer lieben Frau» in Torgau aufzurichten. Der Stifter dieser Tafel war Herzog Johann, denn Simon Koralis reist nach Lochau, um dem Herzog zu erklären, «wie die (Tafel) erhaben solt werden». Wie beschränkt und dürftig unsere Ueberlieferungen betreff der Kunstwerke im allgemeinen sind, ersieht man recht deutlich hieraus. Der Herzog bestellt einen neuen Altar bei einem ihm wohl sicher nicht ganz unbekannten Meister. Hätte sich nun dieser Künstler auf seiner kleinen Reise von Wittenberg nach Lochau selbst verpflegt und wäre daher der eine Groschen für die ihm gezahlte Zehrung nicht verbucht worden, so wüssten wir weder etwas von seiner Exi-

stenz noch von dieser Stiftung Herzog Johanns, die allerdings leider auch nicht mehr nachzuweisen ist.

Ein Zeugnis, wie es dem Kurfürsten darum zu tun
war, das möglichst Beste und Kunstvollste zu erlangen,
besitzen wir in der Nachricht, dass er im Jahre 1505 den
Bildschnitzer mit einem Auftrage bedachte, dessen künstlerischer Ruf ihn weit über die Grenzen seines Wohnortes
bekannt machte. Bei den Zahlungen an den Bildschnitzer
zu Würzburg kann nur Tilmann Riemenschneider,
geb. 1468, gest. 1531, gemeint sein. Einzelne Namen von
Würzburger Bildschnitzern, die gleichzeitig mit Riemenschneider gearbeitet haben, sind uns zwar bekannt, so
Michael Weiss und der 1520 verstorbene Ulrich Hagenfurter,
aber sie nahmen Riemenschneiders Kunst gegenüber eine
nur ganz untergeordnete Stellung ein. Der Kurfürst hatte
bei dem Würzburger Bildschnitzer ein grosses Bildwerk,
den gekreuzigten Heiland, bestellt, das nach Wittenberg,
jedenfalls in die Schlosskirche, gekommen ist und für welches
samt Fuhrlohn der stattliche Preis von 34 Gulden 10 Groschen
6 Pfennige bezahlt wurde. Noch 1717 erwähnt Mattheus
Faber[1] in seiner Beschreibung der Schlosskirche zu Wittenberg ein grosses Kruzifix, welches an ganz bevorzugter
Stelle über dem Altare oben auf dem Chore stand und von
dem er sagt: «sehr künstlich und subtil ausgearbeitet».

Ein grosses und gerade in seiner Stilentwicklung be-
deutsames Werk der Holzschnitzkunst, das Kurfürst Friedrich
errichten liess, ist uns fast unversehrt erhalten und — ein
seltener Umstand — mit den Namen seiner Verfertiger bezeichnet. Es ist das Chorgestühl in der Schlosskirche zu
Altenburg.

Die Chorstühle an beiden Seiten des Langchors enthalten je elf Sitze; vor den je sechs ersten Plätzen ist noch
eine Vorderreihe von Stühlen angebracht. Die korrespon-
dierenden vier übrigen Wandsitze auf beiden Seiten sind

---

[1] Mattheus Faber, Kurzgefasste historische Nachricht von der
Schloss- und Akademischen Stifftskirche zu Aller-Heiligen in Wittenberg. Wittenberg 1717 S. 197.

von einer Brüstung nach vorn abgeschlossen. Jeder Wand-
sitz ist durch eine aus durchbrochenem Schnitzwerk hergestellte Scheidewand getrennt und mit einem baldachin-
artigen Vorbau gekrönt. Dieser selbst läuft in einen spätgotischen Spitzbogen aus, der jedesmal durch eine schlanke
Fiale von seinem Nachbar gesondert wird. Jeder der mit sehr
belebten Krabben besetzten Spitzbogen wird durch Blendmasswerk ausgefüllt und ebensolches schmückt auch die Rücklehnen. Die hohen Wangen, welche die Zugänge flankieren,
sind gleichfalls durchbrochen gearbeitet und das sie zierende
Laubrankenwerk wird von einem glatten Streifen, einem
Rahmen ähnlich, eingefasst, der an seinem oberen Teile
in Tierköpfe ausgeht und von ganz hervorragend schönen
Bekrönungen geschmückt wird. Diese letzteren bestehen zum
Teil aus sehr reizvollen und schon der Renaissance verwandten Verschlingungen von gotischem Laub, zum Teil
aus Tiergestalten, wie kämpfender Löwe und Bär oder
zwei Affen ; ferner findet man das burggräfliche Wappen,
die Rose, mit sehr schön heraldisch gestaltetem, als Helm-
decke gedachtem Laube. Sonst finden sich nur an den Rücklehnen noch Wappen und zwar ein leeres (früher bemaltes)
Schild, ein Schild mit einem von einem Pfeile durchbohrten
Herzen und ein solches mit den Kurschwertern, einer Rose,
einem Löwen, dem Rautenkranz und einem Adler. Von
eigentlichen Drolerien, wie sie sonst an den Chorstühlen
aus spätgotischer Zeit vielfach angebracht worden sind und
deren derbster Humor sich meist an den Unterseiten der
aufzuklappenden Sitzbretter ausdrückt, ist hier nichts zu
finden.

An Künstlerinschriften treten uns nicht nur ein oder
zwei Namen entgegen, sondern eine kleine Anzahl, und da
die Verfertiger diesmal, ganz gegen mittelalterlich deutsche
Künstlergewohnheit, sogar das Jahr der Vollendung ein-
gezeichnet haben, so erfahren wir, dass das Gestühl ursprünglich im Jahre 1503 verfertigt und 1516 entweder
umgebaut oder vergrössert worden war. An der Nordbrüstung
steht: nicolaus und $\frac{iohes}{ambfs}$ eilbg., an der Südbrüstung: hein-
ricus Geins. m. v. vnd. iii.

Im oberen Brett der nördlichen Vorbrüstung: Joachim
B. 1516. Johannes.

Es waren demnach im Jahre 1503 an diesen Chorstühlen beschäftigt ein Meister Nicolaus, ferner Johannes
von Eilenburg, Ambrosius von Eilenburg und ein Meister
Heinrich Geins; im Jahre 1516 zwei Meister, Joachim B.
und Johannes.

Von diesen sechs Namen sind uns zwei bekannt und
dürfte es nicht zu gewagt erscheinen, in dem Johannes den
oben behandelten Hans Bildenschnitzer zu vermuten, umsomehr dieser Name in den Masswerkschrägungen sich findet,
eine Arbeit, wie sie wohl ähnlich in den geschnitzten Stuben
des Schlosses zu Torgau von ihm verfertigt worden sein
mag. In Ambrosius von Eilenburg können wir sicher den
beim Torgauer Schlossbau und auch anderwärts viel beschäftigten Zimmermann oder Tischler Ambrosius annehmen,
wie es z. B. einmal beim Torgauer Schlossbau heisst:
«Meister Brosius Zimmermann hat Holz ausgearbeitet zu
den «gebogen» oder «Ambrosius Tischer zum täfeln vf die
andern seyten» (der Stube).

Ihre ursprüngliche Bemalung, von der man noch die
Farben Blau, Rot, Gold und Silber feststellen kann, büssten
die Chorstühle bei der im Jahre 1645 erfolgten Neuaus-
stattung der Kirche ein, bei welcher Gelegenheit ihr glänzendes Gewand unter einem leider sehr dick aufgetragenen
weiss- und braunen Anstrich verschwand.

In künstlerischer Beziehung steht dieses Werk den
gleichen Gegenständen im Münster in Konstanz von Nicolaus
Gerhaert von Leyden 1466/67 und dem im Münster in
Ulm von Georg Syrlin 1469—1474 ausgeführten, entschieden
nach, gehört aber immerhin unter die besseren Deutschlands
und ist vor allem durch seinen mannigfaltigen spätgotischen
Motivenschatz höchst interessant. Jede Füllung und jedes
Einzelteil ist durch eine andere Verzierung ausgezeichnet,
ohne dass sich dieselben, wie so oft bei gotischen Werken,
wiederholen. Dadurch ist wohltuende Abwechslung erreicht,
und doch stimmt alles wie aus einem Gusse überein. Die
durchbrochene Schnitzerei ist meisterhaft fein durchgearbeitet,

und das mehr malerisch komponierte Flachschnitzwerk an den Vorderbrüstungen zeugt von einer geradezu staunenswerten Phantasie. Schon das Einflechten der fabelhaften Tiergestalten, ein uralt deutsches Schmückungsmotiv, ist hier von einer Grazie und bei aller Symmetrie von einer Freiheit, die uns an die Renaissance erinnert, wie sie ausgebildet z. B. in den Goldschmiedewerken dieser und der späteren Zeit auftritt. Auch die Ranke hat sich in diesen Brüstungen schon weit von ihren gotischen Schwestern entfernt und entfaltet sich spielend in reicher Fülle. Andere Laubranken erinnern noch sehr an die, welche Martin Schongauer in seinen späteren Stichen entworfen hat und die ja auch nur als Vorlagen für Schnitzer oder Goldschmiede gelten sollten. Das Blendmasswerk der Rücklehnen und Baldachine ist, den architektonischen Formen sich anpassend, wiederum auch strenger architektonisch gehalten. Am freiesten sind die Bekrönungen der Wangen, nur die Rahmenköpfe und Tiergestalten daran sind etwas plump, während sonst eine ernste und fein durchdachte Stilisierung vorherrscht. So kann man, betrachtet man das Werk in seinen Einzelheiten und diese wieder zusammenfassend als Ganzes, nur das Urteil fällen, in dem Chorgestühl eine für den Ausgang der Gotik höchst bezeichnende und charakteristische Schöpfung zu besitzen, die wohl durchdacht bis in ihre kleinsten Teile von Meistern fertiggestellt wurde, denen man bei der ganzen Arbeit anmerkt, dass sie die Technik in vollendeter Weise beherrschten und eine Arbeit lieferten, die, wüsste man nicht, dass mehrere Meister daran tätig waren, von einem Kopfe entworfen, von einer Hand gefertigt zu sein scheint.

Eine ganz eigene Gattung plastischer Arbeiten, welche meines Wissens nach nur in dem kurzen Zeitraum von circa 1500—1550 etwa nachzuweisen sind, waren Porträtreliefs aus Papiermasse. Als Beispiele führe ich ausser Bildnissen der sächsischen Fürsten Friedrich, Johann und Johann Friedrich zwei Porträts Luthers, in der Stadtkirche zu Torgau und im Rathaus in Wittenberg befindlich, an. Die Herstellung geschah auf folgende Weise. Das Porträt wurde, wie beim Stempelschneiden, vertieft in einen Holzkern (Eiche) hineingeschnitten, so dass alle Teile, die erhaben erscheinen sollten, im Holze selbst vertieft waren. Die gewöhnliche Grösse dieser Holzmatrizen, wovon ich ein Exemplar vor Jahren bei einem sächsischen Antiquitätenhändler sah, war 5o—6o × 7o—8o cm. Zur Bereitung der Masse wurde Papier in kleine Schnitzel zerrissen, in ein Gefäss mit Wasser geworfen, aufgeweicht und mit einer Besenrute geschlagen und gerührt, bis es, sich auflösend, einem dünnen Breie glich, dem man dann eine dünne Leimlösung zusetzte. In die mit Oel ausgestrichene Holzform drückte man diese Papierbreimasse hinein, die so lange darin gelassen wurde, bis sie getrocknet und erhärtet war, worauf sie vorsichtig vom Holze gelöst und, die Vertiefungen der Form wiedergebend, als Relief erschien. Die Masse überstrich man dann wie bei den Holzfiguren mit einem dünnen Kreidegrund, auf den die Farben aufgetragen wurden.

Woher diese Technik stammt, warum sie sich nicht länger erhalten hat, konnte ich trotz eifrigen Bemühens nicht ergründen. Der Annahme, dass ihr Erlöschen höchstwahrscheinlich mit dem Aufkommen und der Verbreitung der Medaillen zusammenhing, die, weil kleiner und aus edlem Metalle, sich viel eher zu Geschenken eigneten, steht die Ansicht entgegen, dass diese Art von Papierreliefs nur eine Folgeerscheinung der Medaille war, die sie ins Grössere, Monumentalere zu übertragen beabsichtigte und die noch den Vorzug einer naturwahren Bemalung besass. Jedenfalls war die Herstellung eines solchen Porträts nur von einem tüchtigen Bildschnitzer möglich, und ich glaube eine verbuchte Ausgabe in des Kurfürsten Haushaltungsrechnungen vom Jahre 15o6 (Ostermarkt) mit dieser Art von Papierreliefs in Verbindung bringen zu müssen. Es werden auf schriftlichen Befehl 16 Gulden «Ciprian dem schnitzer» bezahlt, wofür er sich «bappir vnd anders kaufft». Dieser Meister Ciprian wird nochmals «bildschnitzer zcu Torgaw» genannt und ihm 5 Gulden für eine gemalte Tafel «ausswendig am Closter» gezahlt.

Aus der Geschichte der fürstlichen Bauten sind uns bereits eine Reihe Namen bekannt geworden, die wir als

Steinbildhauer bezeichnen können. An keinem Bauwerke aber ist es möglich, jetzt noch künstlerische Arbeiten dieser Meister festzustellen, mit Ausnahme des Wappenfrieses im Wittenberger Schlosse. Dieser ist zwischen 1489—1494 entstanden und jedenfalls ein Werk des Steinmetzen Meister Claus (Roder?). Derselbe arbeitete in diesem Jahre für den Kurfürsten, von dem er einen Jahressold von 38 Gulden bezog. Sein «Pallier» Jörgen Meisner wird unter den Steinmetzen immer an hervorragender Stelle bis 1498 genannt, in welchem Jahre er starb. Sonntag nach dionisij 1498 erhält er zum letztenmal seinen Wochenlohn von 31 gl. 6 pf., wobei bemerkt ist: «In der woch ist er gestorben und alle seine Kinder an der Pestilenz». Die Simse über dem Wappenfries und die Zubereitung der Steine zu dem Friese selbst werden dem Steinmetzen Friedrich Brunner bezahlt.

Der Wappenfries ist über dem Hofeingang zur linken Treppe des Hauptflügels eingelassen. Am meisten fesseln die als Wappenhalter angebrachten jugendlichen Frauengestalten, die noch in gotischer Weise die Hüfte ausbiegen, schon aber viel belebter und naturwahrer gebildet sind, als ähnliche aus früherer Zeit. Es liegt in diesen Figuren bereits ein feines Empfinden für die natürliche Grazie, auch sind die Details im Gesicht, den Händen und der Gewandung äusserst zart und doch naturwahr ausgeführt. Auf dem schlanken Halse sitzt frei der anmutige Kopf, dessen Verbindung mit dem Halse und wieder dessen Verbindung mit dem Körper ganz vorzüglich auf die Untersicht berechnet ist, so dass keinerlei falsche Proportionen erscheinen. Der flüssige Faltenwurf der Gewänder, die den Körper wohl verdecken, seine Formen aber schon zur Geltung und Wirkung kommen lassen, ist hier in reizvoller Weise benutzt, um einen anmutigen Zusammenhang zwischen den Wappen und den sie haltenden Figuren herzustellen. Gerade dieses ist von jeher ein schweres Problem sowohl für den Maler, wie noch mehr für den Bildhauer gewesen, und erst Dürer brachte, wie in so vielem, auch hierin die erste harmonische Lösung.

Leider sind diese Wappen sehr verwittert und verfallen

immer mehr, da nichts zu ihrer Erhaltung getan wird. Wenn wir auch viel reichere Wappenfriese aus späterer Epoche besitzen, so sind doch gerade die seltenen Werke aus den Uebergangsperioden zur Beurteilung und Würdigung der Kunst und ihrer Entwicklung bei weitem wichtiger, und hierfür bietet uns gerade dieses Werk ein selten gutes Beispiel.

Von weiteren Steinmetzen kennen wir die uns schon als Baumeister bekannten Konrad Pflüger, und den Nürnberger Hans Behaim, sowie Hans Trusnitz der Steinmetz von Erfurt, der als Baumeister auch Hans von Torgau oder Hans von Schneeberg genannt wird.

Der hauptsächliche Platz, an dem sich die Steinbildhauerei dieser Zeiten entfalten konnte, war das Bauwerk. Durch die späteren Umbauten aber sind die plastischen Werke für uns verloren gegangen und eine Würdigung derselben dadurch nicht mehr möglich. Aus dem einen Rest, dem oben erwähnten Friese erkennt man aber leicht das Hinausschreiten aus den gotischen Bahnen und das Betreten eines neuen Weges, der zur Erkenntnis der Natur und ihrer Welt der Erscheinungen führen sollte und auf dem fortschreitend der Meister nicht nur die Nachbildung der Natur sich zu eigen zu machen suchte, sondern auch, tief eindringend in das Studium des natürlichen Zusammenhanges der Wesenserscheinungen, die Natur in seinen Werken wieder zu gestalten erstrebte.

Ein solches Streben zeigt sich auch bei den beiden im Chore der Schlosskirche zu Wittenberg aufgestellten Porträtstatuen des Kurfürsten Friedrich und seines Bruders Johann. Beide Fürsten sind in anbetender Stellung, knieend, mit zum Beten zusammengelegten erhobenen, mit Handschuhen bekleideten Händen, dargestellt. Der Kopf ist von der Drahthaube, wie auf den gleichzeitigen Medaillen, bedeckt, während der Helm mit weitgeöffnetem Visier und hochaufragenden Straussenfedern vor die Kniee gestellt ist. Das Material, (Oolith?) eine Art Alabaster, [1]

---

[1] Alabaster findet sich am Südabhange des Harzes, in Thüringen, Reinhardsbronn. Otto Buchner, Die mittelalterliche Grabplastik in

gestattete dem Bildhauer alle Feinheiten und die schärfsten
Kanten an der die Fürsten bekleidenden Rüstung auszuar-
beiten, da der Stein seiner Weicheit wegen auch mit dem
Messer und mit dem Schaber behandelt werden kann. Die
unter dem Bruststücke hervorkommenden Mäntel der beiden Fürsten sind jetzt grünlichblau, hatten aber ursprünglich, wie noch Faber 1717 sie sah, andere Farben. Er
sagt a. a. O. S. 202 bei Friedrichs Statue, «ein goldfär-
biger Rock» und bei der Johannes S. 204 «roth und weissen
Krieges-Habit.» Als wahrscheinlich ist daher anzunehmen,
dass die Figuren beim Brande von 1700 beschädigt
und neu bemalt worden sind. Nach Schadow [1] sind die
Helmbüsche und Schwerter aus Holz (?), wie er sagt,
«kürzlich erst zur Vervollständigung beigefügt worden».
Sein Urteil über diese Statuen: «Als Kunstwerke haben sie
keinen Wert, in den Gesichtern ist nicht die entfernteste
Aehnlichkeit» klingt hart und ist m. E. nur aus der Anschauung seiner Zeit zu erklären. Meisterwerke sind es
allerdings nicht, immerhin ist das Bemühen des Bildhauers
wohl ersichtlich, den Gesichtszügen der Fürsten nicht nur
Aehnlichkeit, sondern auch Ausdruck zu verleihen. Und
dieses Bestreben ist ihm, vergleichen wir die Bildnisse der
Fürsten mit denen anderer Meister, bei der Statue Friedrichs wenigstens, wohl gelungen. Das Antlitz des Kurfürsten
erhält durch die vorgeschobene Mund- und Kinnpartie,
noch verstärkt durch den rundgeschnittenen Vollbart und
die ausrasierte Oberlippe, meistens, besonders auf fast
allen Bildern Cranachs einen etwas phlegmatischen und be-
häbigen Ausdruck. Bei der Alabasterstatue, die wohl um
1520 entstanden sein mag, gerade Jahre, in denen der Fürst
sehr durch sein Uebel zu leiden hatte, gehen tiefe Falten
von der Nase zu den Mundwinkeln, die Jochbeine treten
stark hervor, und die Wangen sind nicht ausgefüllt, sondern in ihren Vertiefungen liegen starke Schatten. Das treue,

---

Nord-Thüringen. Strassburg 1902, erwähnt S. 66 und S. 115, Alabaster
und Marmor Thüringischer Herkunft.
[1] Joh. Gottfr. Schadow, Wittenbergs Denkmäler der Bildnerei,
Baukunst und Malerei. Wittenberg 1825. S. 115.

gutmütige Auge des Fürsten liegt tiefer wie bei seinen sonstigen Porträts, die Augenbrauen sind schärfer betont. So
brachte der Meister, höchstwahrscheinlich sehr lebenswahr
beobachtet, einen leidenden Zug in das Antlitz, das dadurch
an Momentanität im Ausdruck bedeutend gewann. Weniger
gut scheint Herzog Johann, der seinem Bruder Friedrich
sehr ähnlich sah, dem Meister gelungen zu sein, was wohl
auch zu der irrigen Annahme Veranlassung gab, dass diese
Statue später als die des Kurfürsten Friedrich entstanden
sei. Wer der Verfertiger dieser Figuren war, ist nicht zu
ermitteln. Da wir Arbeiten aus ähnlichem Material in diesen Gegenden nachweisen können, muss man wohl annehmen,
dass es ein einheimischer Meister war, der sich in Wittenberg
aufhielt, vielleicht berufen, vielleicht dauernd dort ansässig.
Eine Beeinflussung von seiten Cranachs, der immer einige
Schnitzer in seiner Werkstatt beschäftigt hat, halte ich bei diesen Alabasterstatuen nicht für ausgeschlossen. Wir besitzen
Urkunden über plastische Arbeiten, die aus der Werkstatt
Cranachs hervorgegangen sind, der sich bei den ihm bestellten Altären wohl auch nicht die Aufträge auf Holzfiguren wird entgehen haben lassen. Auch ein Einfluss
Cranachs auf die Medaillen, die Friedrich ausserhalb seiner
Lande herstellen liess, ist erwiesen, denn Cranach lieferte
hierzu vielfach Zeichnungen oder Wachs- und Holzmodelle.
Aber eine eigentliche plastische Werkstatt Cranachs, die
auch Steinbildwerke lieferte, war wohl nicht vorhanden, da
wir sonst mehr darüber wüssten. Und dann kennen wir
eine Anzahl durchaus tüchtiger und ganz und gar selbständiger Bildhauer, die anhaltend für Kurfürst Friedrich
tätig waren. [1]

Die Werkstatt Cranachs benutzte als Arbeitsraum einer
unserer hervorragendsten Bildhauer zu Anfang des XVI. Jahrhunderts; Conrad Meit von Worms, den Bode [2] in einem Aufsatze der Jahrbücher behandelt. Von der Tätigkeit

---

[1] Vgl. dagegen H. Michaelson im Jahrbuch der Königl. Preuss.
Kunstsammlungen. Bd. XXI. S. 271 ff.
[2] W. Bode, 22. Band des Jahrb. der Königl. Preuss. Kunsts. Berlin
1901. S. 4 ff.

des Conrad Meit von Worms am Hofe Kurfürst Friedrichs in Wittenberg haben wir ein glaubwürdiges Zeugnis aus dem Jahre 1511. In seinem in diesem Jahre erschienenen Buche «Libellus de Sacerdotum» beschreibt Dr. Scheurl[1] ein Kunstwerk in der Schlosskirche zu Wittenberg, das er als von der Hand «Conradi Vangionis» kunstvoll verfertigt bezeichnet. Vangionis bedeutet der Vangione, ein Name, der für den Stamm bezeichnend war, welcher in der Gegend des heutigen Worms seine Niederlassungen hatte.[2]

Für Meit, der sich auf der Alabasterstatuette der Judith im Bayrischen Nationalmuseum zu München selbst als Conrad Meit von Worms inschriftlich bezeichnete, war demnach die bei Dr. Scheurl angeführte, die richtige und zutreffende Herkunftsbezeichnung. Scheurl sagt über das Wittenberger Kunstwerk: «Et ut cetera taceam in medio basilice optimorum principum jussu et impensis columna marmorea tante pulchritudinis ut enea putetur nuper erecta | erecte simulachrum deipare virginis | et utraque parte quippe duplicatum est | filiolum et sceptrum gestandis impositum conspicitur. Virgini herent angeli servientes ad quadraginta: duo illam coronant | quattuordecim candelabra lucentia tenent: alii dominam laudant in timpano | in cythara alii | Opus in officiana Chronachia arte et ingenio Conradi Vangionis sculptum et pictorum opera ita suis locis deauratum exisit ut preter spiritum parum deesse putes Ut qui mores hominum multorum viderunt et urbes | affirment longe lateque tam egregium non extare.

Regina celi tota pulchra | tota amabilis | facie oblonga, vultu sereno et delectabili | crinibus expansis | oculis demissis. Hinc puero uvis alludit | illinc ave angelus applaudit. Quam die in noctem vergente, clerici ordine circumstant, alta voce reverentur consalutantes. . . . .»

Wir erfahren also hieraus, dass das Werk des Conrad Meit eine Doppelmadonna, auf einer Marmorsäule stehend,

---

[1] Sacerdotum defensiorum Christophori Scheurli J. U. Doctoris, libellus de Sacerdotum . . . . Landesutensi 1511.
[2] Vgl. H. Boos, «Quellen zur Geschichte der Stadt Worms». 1886—1895. H. Michaelson a. a. O.

auf Bestellung der beiden Fürsten, des Kurfürsten Friedrich
und seines Bruders Johann verfertigt und auf ihre Kosten
inmitten der Schlosskirche zu Wittenberg aufgestellt, war.
Von solchen Doppelmadonnen aus Holz ist uns noch eine
grössere Anzahl, besonders in Westfalen, erhalten. Nach
Scheurls Beschreibung können wir uns die Madonna der
einen Seite in mehr mütterlicher, schlichter Auffassung vorstellen, wie sie das Kind auf ihrem Arme hält, das in echt
kindlichem Begehr nach der Weintraube greift. Es war
dies bei den Bildschnitzern zu Anfang des XVI. Jahrhunderts ein sehr beliebtes Motiv, das in allen Bildschnitzer-
schulen Deutschlands dieser Zeit gleich oft angetroffen wird.
Ich mache als Beispiel auf die wundervolle Holzmadonna
im Münster zu Thann im Elsass aufmerksam. Die Gegen-
seite der Wittenberger Doppelmadonna stellte Maria als
Fürstin mit Zepter und Krone dar, im Gegensatz zur Maria
als Mutter, als ernste hoheitsvolle Himmelskönigin. Sie
umgaben oder umspielten gleichsam vierzig musizierende
und sie krönende kleine Engelsgestalten. Wollte man sich
das Bildwerk als zweiseitiges Relief, einem Schnitzaltare
ähnlich, vorstellen, so könnte man den schönen Altar in
Alt-Breisach als ein prächtiges Vergleichsobjekt heranziehen,
die Beschreibung Scheurls passt aber ungleich besser auf
eine Doppelmadonna als Freiplastik. Schwerer zu entscheiden ist die Frage, wie die vierzig «der Madonna anhaften-
den» Engel angebracht waren. Entweder standen sie mit
einer die Himmelskönigin umgebenden Mandorla in Verbindung oder sie befanden sich alle, mit Ausnahme der zwei
die Jungfrau krönenden Engel, zu Füssen Marias und des
Kindes, die beiden krönenden kleinen Gestalten aber müsste
man sich dann freischwebend von der Decke hängend vorstellen, wie bei den Engeln in der Sakristei des Münsters
in Thann im Elsass.

Nach Scheurls Beschreibung mag das die Bewunderung
der Gläubigen auf sich ziehende Werk ziemlich umfangreich
gewesen sein, und die Gottesmutter, in aller Herrlichkeit,
den Ausdruck liebreizender Unschuld und Demut darbietend,
war wohl recht dazu angetan, dass ihr Hoch und Niedrig

mit inbrünstigem Gebete und mit ihren tiefsten Herzens-
bitten nahten. Wiederum war schwerlich ein anderer Plastiker dieser Zeit in Deutschland fähiger als Conrad Meit,
das Kindliche im kleinen Heiland und die mit kindlichem
Humor gepaarte hingebende Frömmigkeit in den kleinen
Engelsgestalten so überzeugend zum Ausdruck zu bringen.
Liest man Scheurls Beschreibung des Meit'schen Werkes,
so muss man unwillkürlich an Dürers und auch wohl an
Cranachs Madonnen denken, die gleichfalls von ihr aufwar-
tenden und sie anbetenden Engeln und Putten umgeben
sind. So weit bei der grossen Selbständigkeit und Meisterschaft Meits davon gesprochen werden kann, war bei seiner
Wittenberger Doppelmadonna der Einfluss der Malerei unverkennbar. Scheurl sagt, dass Meit das Werk in der
Cranach'schen Werkstatt vollendet hätte, demnach hat er
eine selbständige eigene Werkstatt damals in Wittenberg
nicht besessen. Es will dies aber durchaus nicht sagen,
dass er zu Cranach in einem Abhängigkeitsverhältnis, etwa
als Geselle, gestanden haben muss. Die Beispiele, wo
Künstler, die sich nur zeitweise an einem bestimmten Orte
aufhielten und nicht Meister in der betreffenden Stadt waren,
in der Werkstatt eines ansässigen Meisters gearbeitet haben,
sind nicht selten. Ein solches Verhältnis gereicht unserem
Wissen heute zum Nachteil, da über diese Künstler, bei
dem im ganzen so spärlichen Urkundenmaterial, meistens
nur sehr wenig schriftlich überliefert ist. Cranach wurde
1505 nach Wittenberg berufen, Dr. Scheurl schrieb sein
Buch, in dem er das Werk Meits beschreibt, im Jahre 1511,
demnach musste Meits leider nicht mehr nachzuweisende
Doppelmadonna zwischen 1505 und 1511 entstanden sein.
Das Arbeiten in der Cranach'schen Werkstatt hätte für
eine minder starke Künstlerpersönlichkeit als Meit, sicherlich beeinflussend auf einen Künstler wirken müssen. Bei
Meits Werken findet sich aber von Cranachs Art und Kunst
keinerlei Spuren, dagegen konnte er sich ebensowenig wie
alle die anderen in seiner Zeit dem Einflusse des genialsten
deutschen Meisters, Albrecht Dürer, verschliessen, mit dem
er lange Jahre befreundet bleiben sollte. Ob Dürer und

Conrad Meit in Wittenberg sich kennen und schätzen
lernten, dafür fehlen uns zwar urkundliche Nachweise; nach
Dürers Tagebuchnotizen von der niederländischen Reise
aber könnte man es fast vermuten.

Wie Meit die Kunst Dürers aufnahm, zeigen die beiden
bewunderungswürdigen Holzstatuetten Adam und Eva im
Museum zu Gotha. Bode[1] setzt die Entstehung dieser Figuren in die Zeit um 1510. indem er darauf hinweist, dass
sie vor 1504 nicht gearbeitet sein können, da Dürers be-
rühmter Stich von Adam und Eva, den Meit der überaus
grossen Verwandtschaft mit diesen Statuetten wegen gekannt
haben muss, im Jahre 1504 entstanden ist. Dieser nahen
Verwandtschaft in Bewegung und Formengebung halber,
wurde Meits Adam und Eva auch früher als Werk Dürers
bezeichnet, bis Bode die Urheberschaft Conrad Meits nach-
wies. Dürers Stich von 1504 bildet auf seinem künstlerischen Werdegang einen wichtigen Markstein. Mit dem
stolzen Gefühl, damit ein Meisterwerk hinauszugeben, wodurch er sich den Leistungen eines Mantegna und Pollajuolo
durchaus würdig zur Seite stellen durfte, mag er den Stich
Adam und Eva damals im Jahre 1504 seinen Freunden in
Wittenberg geschenkt haben. Dass Dürer mit italienischen
Werken genau und gründlich zuerst durch Jacopo de Barbari bekannt geworden ist, unterliegt heute keinem Zweifel
mehr. Dieser Italiener aber, der von 1503 bis 1505 dauernd
in Wittenberg als Hofmaler Kurfürst Friedrichs nachzuweisen ist, hat vielleicht durch persönliche Bekanntschaft,
sicher aber schon durch seine für den Kurfürsten ausgeführten Arbeiten in Wittenberg, die Meit sah, seinen Einfluss auch auf diesen geltend gemacht. Denn das, was die
Renaissancekünstler Italiens leisteten, konnte von unseren
deutschen Meistern nicht unbemerkt bleiben, zumal aber
von einem Meister wie Conrad Meit, der freudigen Herzens
die Erkenntnis der Natur aufnahm, die ihm aus dem Studium der italienischen Werke erwuchs.

Die überraschende Tatsache, dass Dürers Stich Adam

---

[1] Bode, a. a. O., S. 10.

und Eva vom Jahre 1504 das Wittenberger Wasserzeichen, den Ochsenkopf, zeigt, macht es uns fast zur Gewissheit, dass Dürer den Stich in Wittenberg anfertigte und Meit denselben dort sah.[1] In Wittenberg lernen die deutschen Künstler den Akt kennen, hier wurden Adam und Eva von Dürer, Meit und Cranach geschaffen, das intensive Studium des Nackten aber durch den Italiener Jacopo de Barbari vermittelt. Mir scheint dieser Zusammenhang für unsere deutsche Kunstgeschichte von höchster Bedeutung. Er lässt uns Wittenberg als die Geburtsstätte unserer deutschen Renaissance und das Jahr 1504 als das Geburtsjahr derselben erkennen. Was bedeutet für die deutsche Renaissance die oberflächliche Verpflanzung einiger italienischer Renaissance-motive in die Werke Holbeins und in die frühen Burgk-mairs gegenüber dem Erfassen des wahren Wesens der Renaissance in der naturalistischen Bildung des nackten Menschen bei Dürers Adam und Eva von 1504 und einem ähnlichen Werke Meits.

Conrad Meit stand später, von etwa 1514—1530 im Dienste der Statthalterin Margarete von Oesterreich und als Dürer auf seiner Reise 1520—21 nach den Niederlanden kam, verkehrt er viel und freundschaftlich mit Meit, eine Freundschaft, die, wie aus den Aufzeichnungen in seinem Tagebuche hervorgeht, schon eine ältere, nicht erst in den Niederlanden geschlossene gewesen sein musste. Er schenkte Meit eine Anzahl seiner gestochenen Blätter «S. Hieronymus im Gehais, die Melancholie, die drei neuen Marien, den Antonium und die Veronicam», die er ihm von Antorff aus schickt. An anderer Stelle schreibt Dürer in sein Tagebuch:[2] «Item am Sonntag nach Bartholomaei (28. Aug. 1520) bin ich von Antorff mit Herrn Tomasin gen Mechel gefahren, da logen wir über Nacht, da lud ich Meister Conrad und ein Maler mit ihm zu Nachtessen. Und dieser Meister Conrad ist der gut Schnitzer, den Frau Margareth hat.»

---

[1] Blatt in der Kupferstich-Sammlung weil. S. M. König Friedrich Augusts II. in Dresden.
[2] Dr. K. Lange und Dr. F. Fuhse, Dürers Schriftlicher Nachlass Halle 1893. S. 121.

Ausser den kleineren Arbeiten, die Bode im Jahrbuch
a. a. O. behandelt, ist Meit besonders durch seine grossen
Marmormonumente in Notre Dame de Brou in Bourg en
Bresse, unweit Lyon, bekannt. Es sind die zwischen
1526—1532 errichteten Monumente des Philibert von Sa-
voyen und seiner Gemahlin Margarete, sowie das der
Margarete von Burgund, der Mutter Philiberts. Dann arbeitete Meit 1532—34 an den Denkmälern in Long-le-Sau-
mier, die Philibert von Luxemburg errichten liess und
zwischen 1538—1549 an dem Tabernakel der Abteikirche
in Tongerloo.[1]

An den Grabmonumenten in Brou war Meits Bruder
Thomas mit tätig. Ob der in der Jahresrechnung von
Wittenberg mit Zahna und Wörlitz 1508—1509 unter den
Steinmetzen genannte «Jacof Meitz» in irgend einem ver-
wandtschaftlichen Verhältnis zu Conrad Meit stand, konnte
ich nicht feststellen.

Würdig schliesst sich die Bronzeplastik den bisher betrachteten Bildhauerarbeiten an. Die von Kurfürst Friedrich
und seinem Bruder Johann zumeist beschäftigte Werkstatt
war die Vischersche Giesshütte in Nürnberg. Die Beziehung
der ernestinischen Fürsten zu ihr ist eine alte. Wittenberg
besitzt in seiner Stadt- oder Marienkirche einen bronzenen
Taufstein, das einzige Werk, welches die volle Bezeichnung
seines Verfertigers, Hermann Vischer, des Begründers der
Vischerschen Werkstatt in Nürnberg, trägt. Die auf dem
Rande der achteckigen getriebenen Taufschale stehende
Inschrift lautet: do. man zalt von cristi. gepurt. M: cccc
vnd dar. nach Im LVII. Jar. an. sanc. michaelis. tag do
ward. diss. werk. volbracht. von meister. herman. vischer.
zu nurbeg. Der bronzene Taufstein ist achteckig, eine runde
Säule stützt das Becken, das noch an vier Seiten von fialen-
geschmückten Eckpfeilern getragen wird. Diese sind mit-

---

[1] A. Chavoet, «Les Edifices de Brou», Paris; Ph. Baux, «Histoire
de l'Eglise de Brou», Lyon 1854—1891; Jules Gauthier, «Conrad Meyt
et les sculpteurs de Brou» in Réunion des Sociétés des Beaux-Arts
des Départements, 1889, S. 250 ff.; Ch. Jarrin, Brou, Bourg 1888,
S. 73 ff.

einander durch Wimperge ähnliche Bogenführungen, die in der Mitte der Säule zusammentreffend ein Gesims bilden und gleichmässig nach oben und unten gewandt sind, verbunden. Am Fusse der vier Eckpfeiler sitzt je ein wappenhaltender Löwe, vier kleinere Löwen am Fusse der Mittelsäule und kleinere Tiergestalten, ihres chamäleonartigen Aussehens wegen jedoch schwer bestimmbar, sind auf den Wimpergbogen angebracht. Den Hauptschmuck bilden die zwölf Apostelgestalten. In der Mitte des Beckens vor den vier Eckpfeilern auf schlanken Säulen mit breiten und hohen Kapitälen stehend, Andreas, Petrus, Paulus und Johannes Evang., die acht übrigen Apostel umstehen den oberen Rand, je zwei von einer Fiale getrennt. Dieser obere Teil ist mit einem wundervollen Granatapfelmuster geschmückt, das gleiche Muster, welches sich noch längere Zeit in der Werkstatt der Vischer erhält. Weder der Guss noch die Ziselierung kommen in Vollendung den Werken gleich, die später von den Vischers geliefert wurden, auch sind die sehr untersetzten Gestalten der zwölf Apostel ziemlich derb und roh, weisen aber immerhin bereits deutlich auf ein sehr bestimmtes Streben nach Naturalismus.

Manche Stileigentümlichkeiten könnten dazu verleiten die getriebene Bronzeplatte in der Paulinerkirche zu Leipzig, das Grabmal der Herzogin Elisabet von Sachsen, gest. 1484, Gemahlin des Kurfürsten Ernst und Tochter des Herzogs Albrecht III. von Bayern, als ein Vischersches Werk zu erklären. Anklänge an solche der Vischer finden sich im gotischen Laubwerk, in der Schrift, im Faltenwurf und in den Figuren der Rundmedaillons. Die Grabplatte ist jedoch sichtlich «getrieben», während die Vischerschen Arbeiten «gegossen» sind. Auch ist die Behandlung weitaus roher als uns bekannte Arbeiten aus der Nürnberger Giesshütte. Obwohl ich keine archivalischen Nachrichten über die Entstehung und Herkunft dieser Grabplatte auffinden konnte und da uns keine so tüchtige lokale Werkstatt bezeugt ist, halte ich es für ein Werk aus den Niederlanden, woher, wie urkundlich nachgewiesen, eine grössere Anzahl ähnlicher Platten in Deutschland stammt. Es ist nicht unwahrscheinlich, dass Kurfürst Friedrich, der, wie wir noch sehen werden, mit Künstlern in den Niederlanden in regem Verkehre stand, das Grabmal für seine Mutter dort bestellt haben wird, wo er wohl die grössten Garantien für gute und schöne Ausführung zu besitzen glaubte. Das Denkmal,[1] 2,015 m hoch und 1,135 m breit, besteht aus sechs zusammengesetzten getriebenen Teilen und stellt die Fürstin auf einem Erdhügel stehend, mit zum Beten gefalteten Händen, von denen ein langer Rosenkranz herabhängt, dar. An ihrer linken Seite befindet sich, die schlanke Einfassungssäule überschneidend, ihr Wappen. Die Fürstin ist mit einem langen, pelzverbrämten Mantel, der besonders an den Aermeln durch viele kleine Querfalten belebt wird und am Halse und Fusse das Untergewand hervorsehen lässt, bekleidet. Ihr Kopf wird, nur das Gesicht freilassend, von einem Kopftuche umhüllt, dessen Enden vorn lang herabfallen. Wie die stehende Figur der Fürstin beweist, ist das Grabdenkmal als aufrechtes Wanddenkmal, nicht als liegende Platte, gedacht, das zeigen auch die, die Gestalt der Fürstin gleichsam als Mittelbild einrahmenden, zu beiden Seiten aufsteigenden Säulen, von deren Kapitälen aus sich baldachinartig gotisches Laubwerk nach der Mitte zu schlingt. Den äusseren Abschluss der Platte bildet ein Inschriftband, an dessen vier Ecken die Evangelistensymbole in Rundmedaillons ausgespart sind, mit folgender Inschrift:

«Sanctus Matthaeus, St. Johannes evangelista, St. Lucas evangelista, Sanctus Marcus evangelista.»

Die Randinschrift lautet:

«Ano dni m°ccc°Lxxxiiii am Freitag nach estomi. zu mittñacht vschid die hochgeporne Fürstin frav elizabeth geporn vo beirn herzogi zu sachse lantgfi zu dornge vn margfi zu meichse hie begbn leit der got gnedig seii. ame.»

Als Hermann Vischer 1487 starb, war sein Sohn Peter, welcher die Werkstatt seines Vaters nun übernahm, 27 Jahre alt. Er wurde in diesem Jahre als Meister in die

---

[1] Vgl. Bau- und Kunstdenkmäler des Königreichs Sachsen. XVII. Heft. Leipzig. S. 103.

Rotgiesserzunft aufgenommen. Dieser, Peter Vischer der
Aeltere (gest. 1529) wie auch sein genialer Sohn, Peter der
Jüngere (geb. 1487, gest. 1528) waren für Kurfürst Friedrich und seinen Bruder Johann vielfach beschäftigt. Die
erste Nachricht über ein Werk dieser Vischer, das im
Zusammenhange mit Friedrich steht, besitzen wir aus des
Kurfürsten Haushaltungsrechnungen vom Jahre 1495. Es
werden «42 Schock = 120 Gulden dem Capittel in Meissen
gezahlt auf Befehl Kurfürst Friedrichs zu einer ewigen gedechnus m. gt. Hern Hertzog Ernnst.» Gurlitt (a. a. O.,
S. 64) nimmt an, dass damit wahrscheinlich die in Nürnberg bei Vischer bestellte Grabplatte für Herzog Ernst gemeint war, wozu Friedrich als Sohn, Herzog Albrecht als
Bruder des Verstorbenen je die Hälfte der Kosten getragen
hätten. Der Ausdruck «Gedechtnus» für Grabmal oder Epi-
taph ist sehr häufig, auch würde der gezahlte Preis von
zusammen 240 Gulden für das Grabmal Ernsts in Meissen
nicht zu hoch sein. Allerdings haben gerade die Vischer
in Nürnberg bekannterweise, wenigstens in späteren Jahren,
trotz ihrer tadellosen und künstlerisch vollendeten Arbeiten,
sich durch grosse Billigkeit vor anderen Giesshütten ausgezeichnet. Kaiser Maximilian sagte am 16. April 1513
in bezug auf die Bronzestatuen in der Innsbrucker Hof-
kirche, für deren zwei, König Arthur und König Theo-
derich, zusammen 1000 fl. an Peter Vischer bezahlt wurden,
wohl etwas übertreibend, «dass man für die 3000 fl., auf
welche das bis dahin gegossene einzige Bild Sesselschreibers
zu stehen komme, in Nürnberg sechs Bilder hätte giessen
lassen können». Die Inschrift der Grabplatte des Kurfürsten
Ernst in Meissen lautet: «Ano dm 1486 die. 26. augusti Ob.
illustrisim' princeps et dns Dns Enestus dux saxonie sacri
Röm imperi archimascale et princeps electo' lantgraphe du-
ringie. ac. marchio misne cui ania in pace quiescat.»
Die Schriftzeichen wie auch die Ornamentik zeigen
das langsame allmähliche Verlassen des gotischen Stiles,
während die Anordnung der Grabfigur in ihrer architektonischen Umgebung und ihrer ganzen Auffassung noch rein
gotisch ist und sich, abgesehen von der vollendeteren Tech-

nik, nur wenig von Werken unterscheidet, die des Meisters
Vater, Hermann Vischer, ausgeführt hatte. Obwohl vielleicht gleich als Liegeplatte bestimmt, ist die Gestalt des
Kurfürsten stehend dargestellt. Alter Sitte gemäss steht der
Fürst auf einem liegenden Löwen, der noch weit von Naturalismus entfernt, mit seinen wappenhaltenden Brüdern am
Taufbecken in Wittenberg die grösste Aehnlichkeit in der
zu sehr ins Breite gezerrten Nasen- und Maulpartie, mit
der stilisierten Mähne, den falsch angebrachten Tatzen-
klauen und dergl. mehr aufweist. Der Fürst, den porträt-
ähnlich darzustellen, wohl von vornherein nicht beabsichtigt
war, ist mit dem Kurhabit bekleidet und hält mit beiden
Händen das grosse Kurschwert. Dünne Säulen mit hohen
eckigen Basen und schlanken Kapitälen stützen über der
Figur ein spätgotisches Netzgewölbe, einen kirchenartigen
Raum andeutend, in dem der Fürst anscheinend stehen
soll. Das Gewölbe, mit nebenbei bemerkt völlig falschen
Perspektiven, ist nur in seinem obersten Teile sichtbar, da
ein Vorhang mit Granatapfelmuster hinter dem Fürsten, an
Ringen befestigt, von einer Stange herabhängt, welche in
Kopfhöhe die beiden Säulen zu seiten der Figur verbindet.
Ueber dem Haupte ist das sächsische Wappen, zu beiden
Seiten an den Säulen sind zwölf Agnatenwappen angebracht.
Eingefasst wird dieses Bild von einem schmalen Bande gotischen Laubwerks, dann kommt das breitere Schriftband
und zuletzt, als äusserster Abschluss, wiederum ein schma-
ler Streifen mit gotischem Laube. Die Schrift ist an den
vier Ecken von Blumen unterbrochen, und hier ist besonders
die rechte untere Ecke bemerkenswert, die eine vielblättrige
stilisierte Rose zeigt, welche fast bei allen Werken des
älteren Peter Vischer vorkommt und daher ähnlich einem
Meisterzeichen zu betrachten ist, umsomehr eine grosse
Zahl seiner Werke, wie auch dies Grabmal, nicht von ihm
bezeichnet sind. Interessant ist bei den Blumen in den
drei übrigen Ecken die Metamorphose aus der alten Kreuz-
blume in eine Nelke mit Staubfäden, wie wir diese kleiner
gebildet auch in dem äusseren Rande gewahren, wo sie mit
ganz natürlich geformten Rosen und gotischem Laube ab-

wechselt. Das Granatapfelmuster des Vorhanges, auch das, welches das Untergewand des Kurfürsten schmückt, kann, betrachtet man das Muster am Taufbecken, ebenfalls nicht die Herkunft aus der Vischerschen Giesshütte in Nürnberg verleugnen.

In ganz ähnlicher Weise und Ausführung kann man sich das jetzt nicht mehr vorhandene Grabmal der 1462 gestorbenen Gemahlin Herzogs Wilhelm, Anna von Habsburg, im Kloster Reinhardsbrunn bei Friedrichsroda vorstellen. Es werden 1497 «für ein Messingrabe meine gnedigen Fraven Hertzog Wilhelm seligen gein Reynersborn 106 Gulden 17 gl. bezahlt und 3 Gulden für Fuhrlohn von Nürnberg bis Leipzig, ferner noch 1 Gulden für Stricke und sonstige Unkosten».

Wenige Jahre nur später 1504 erhielt Peter Vischer der Aeltere 117 Goldgulden für eine Platte, welche das Grabmal der Herzogin Sophie, der Gemahlin Herzog Johanns, schmücken sollte. Die Tafel wog 5 Ctr. 55 Pfd. und kam in einer Kiste verpackt nach Torgau, wo in der Stadtkirche die Fürstin beigesetzt ist. Ursprünglich bestand das Grab aus einem behauenen Steine, den Georg Petzsch aus Pirna lieferte und der auf sechs vom Steinmetz Meister Claus gefertigten, steinernen Säulen ruhte. Auf dem Steine war die Messingplatte eingelassen und mit Blei vergossen. Auch Malerei befand sich am Steine, wahrscheinlich eine Reihe von Wappen; Jacopo de Barbari, «Maister Jacob dem weylischen Maler» wurden für seine Arbeit daran 10 Gulden bezahlt. Jacopo de Barbari mag den Entwurf für das Grabmal geliefert, vielleicht auch einiges daran bemalt haben. Jetzt ist die Grabplatte, die auch heute noch in einen Sandstein eingelassen ist, versetzt, sie liegt ohne Säulen, flach auf dem Boden, vor dem an der Wand aufgerichteten Grabsteine der am 20. Dezember 1552 gestorbenen Catharina Bora, der Gemahlin unseres Reformators. Der Grabstein der Fürstin ist mit einem Gitter umgeben, an dem sich eine Anzahl bemalter Wappen befinden. Die Platte trägt die Inschrift:

Anno M° D°. III°. am obent. Margarethe. ist. verscheide.

die dvrchlevchte. hochgeporn. fvrstin. fraw. Sophia geporn.
von. Mechelbvrg. Herzogin. zv. Sachsen. der. Got. genedig.
und barmherzig sey.

Auch hier das fast gleiche Granatapfelmuster, wie an
den uns bereits bekannten Werken des älteren Vischer,
auch hier das gleiche gotische Laubornament. Ein Unterschied ist aber besonders bemerkenswert. Die Fürstin, in
die Tracht ihrer Zeit gekleidet, steht zwar gleichfalls vor
einem Vorhang, der von Kopfeshöhe ab herabhängt, aber zu
ihren Seiten befinden sich laubumrankte Stämme, deren
Aeste über ihrem Haupte sich zu einem Baldachin zusam-
menwölben. Die Blätter der Ranken beginnen sich natürlich zu kräuseln, mit einer gewissen Naturbeobachtung sind
sie der Wirklichkeit nahe gebildet. Was aber unsere volle
Bewunderung erregt, ist neben der feinen Arbeit und Ziselierung der grossartige Faltenwurf der Gewänder, der die
schwere Stofflichkeit des Mantels sehr gut von den dünne-
ren, feineren Gewändern unterscheiden lässt und in einer
wundervollen Grosszügigkeit zur Geltung kommt.

Auch kleinere Arbeiten, wie gegossene Messingleuchter,
darunter wohl auch kandelaberartige Standleuchter, bezog
der Kurfürst von Nürnberg. So werden die unter anderen
im Jahre 1504 erwähnten «4 messenleuchter Ins stifft gein
Witt. Zcur begencknniss» jedenfalls grössere Kandelaber
oder Standleuchter gewesen sein, die bei Leichenbegäng-
nissen am Sarge aufgestellt wurden. Der dafür gezahlte
Preis von 27 Gulden 5 Groschen 4 Pf. und das Gewicht,
sie wogen 3 Centner 8 ℔., deuten daraufhin.

Mit Peter Vischer dem Jüngeren,[1] geb. 1487 gest. 1528,
zog ein neuer Geist in die Werkstatt der Nürnberger Giesshütte, der überaus befruchtend wirkte und dem es zu danken
ist, dass Werke der Vischer aus dieser Periode mit Recht
als erhabene Schöpfungen der deutschen Kunst beurteilt

---

[1] Dr. Georg Seeger, Peter Vischer der Jüngere. Leipzig 1897.
Cfr. auch Heinrich Weizsäcker, Repertorium für Kunstwissenschaft.
XXIII. Bd. 1900. S. 299 und Ludwig Justi, Vischerstudien. Reper-
torium für Kunstwissenschaft. XXIV. Bd. 1901. S. 36.

werden und sich würdig den bedeutenden Werken der Kunst
aller Zeiten und aller Länder einreihen. Das Verdienst des
älteren Peter Vischer soll damit nicht geschmälert werden,
denn er gibt das seltene Beispiel, dass der alte Meister
nicht zähe am Hergebrachten und Ueberlieferten hängt,
sondern sich willig dem Neuen, das ihm seine Söhne zu-
führten, zuwendet. Peter der Jüngere hatte in der Werkstatt seines Vaters in jeder Beziehung eine vollendete Ausbildung genossen; ausserdem wissen wir von ihm, dass er
schon von früher Jugend an eifrig sich mühte, in seiner
freien Zeit an seiner wissenschaftlichen Ausbildung zu arbeiten,
mit Eifer trieb er Latein und las die humanistischen Schriften.
Kein Wunder, dass es ihn als jungen Künstler mit aller
Macht nach Italien zog, das er auch, wenigstens Oberitalien, in dem Zeitraume von 1507—1508 durchwanderte.
Welche Gedanken mögen den Sinn des jungen deutschen
Handwerksgesellen eingenommen haben als er den Bau von
S. Maria de' Miracoli in Venedig, die Certosa in Pavia
besichtigte, vor dem Dome in Mailand, vor dem Ospedale
grande stand. Wie mag sich sein Skizzenbuch gefüllt haben
und wie schwer war oft sicherlich die Wahl, aus der so
reichen Fülle das Wenige wählen zu müssen, da die Zeit
des Aufenthaltes beschränkt war. So ist es denn auch nicht
schwer, in den Vischer'schen Werken von 1508 an für alle
die vielerlei Motive der italienischen Frührenaissance, die
in ihnen zur Erscheinung kommen, die Vorwürfe und
Gegenstücke, nach denen sie entstanden sind, in den ober-
italienischen Arbeiten der Plastiker nachzuweisen. Ich sage
damit nicht, dass Peter Vischer sklavisch kopiert habe, dazu
war er ein zu selbständig denkender Künstler, aber die
Putten, die Seekentauern, die Pilaster und die Renaissance-
kapitäle, die Medaillons, die ganze Anordnung und Verteilung seiner Ornamentik, alles dies hat seine Wurzeln in
Italien und ist von ihm dort gesehen und studiert worden.
Sein nur um etwas älterer Bruder Hermann war 1514—1515
in Rom und brachte dann noch die sogenannte römische
Renaissance mit, und auch diese kommt in den Vischer'schen
Werken zur Geltung. Da Hermann jedoch bereits 1516 starb,

so ist es in der Hauptsache der jüngere Bruder Peter, dem mit seinem Vater zusammen der Ruhm gebührt, Deutschland so vollendete Kunstwerke geschenkt zu haben.

Peter Vischer der Jüngere hat für Kurfürst Friedrich, den er, wie wir wissen, aussergewöhnlich verehrte, nur ein erhaltenes Werk geschaffen, die Grabplatte für den Fürsten. Sie ist auf der Nordseite im Chor der Schlosskirche zu Wittenberg aufgestellt. Ein viel besprochenes und viel gerühmtes Werk. In derselben Kirche befindet sich von ihm die Erztafel für den 1509 verstorbenen Ritter und Landvogt Hans Hundt, den wir aus den Rechnungen und Briefen des Kurfürsten so gut kennen und das Bronzeepitaph für den berühmten Rechtsgelehrten Henning Göden † 1521.

Das Grabmal für Kurfürst Friedrich hatte Peter Vischer der Jüngere den Meistern des Rotschmiedhandwerks als Meisterstück vorgelegt, um dadurch das Meisterrecht zu erwerben, wurde aber, wie schon bei einem früheren 1525 verfertigten Werke, dem Grabmal des Kardinals Albrecht von Mainz in der Stiftskirche zu Aschaffenburg, von der Rotschmiedsinnung zurückgewiesen, obwohl wie wir von Bader[1] erfahren, der Rat Nürnbergs für Peter der Innung gegenüber eintrat. Aber Peter hatte dadurch dass er heiratete, bevor er Meister geworden war, gegen die starren Zunftbestimmungen gefehlt, und so musste der grösste deutsche Künstler im Erzguss Meister bei den — Fingerhutern — werden, die mit den Rotgiessern in einer Zunft vereinigt waren.

Das Wittenberger Grabmal ist mit dem Namen Peters als Verfertiger bezeichnet und zwar: opvs. M. Petri. Fischer. norimbergensis. 1527. Dieses prächtige Werk deutscher Frührenaissance zeichnet sich durch seine liebevolle Durcharbeitung bis in das kleinste Detail aus, dabei durch eine grossartige Porträtwiedergabe und Auffassung der Person des Fürsten, dessen Bildnis nur noch Dürer in gleicher Vollendung uns überliefert hat. Der Fürst steht in einer

---

[1] Bader, Beiträge zur Kunstgeschichte Nürnbergs. I, 25.

Nische, die von zwei schlanken korinthischen Säulen flankiert und oben durch einen mit reicher Ornamentik geschmückten Rundbogen abgeschlossen ist. Den Hintergrund ziert ein bis zur Hüfthöhe herabhängender Vorhang mit Granatapfelmuster, während die untere Hälfte in wohl berechnetem Gegensatze glatt gelassen ist. Das Granatmuster ist auch hier dem alten Vischerschen ähnlich in seiner Verbindung von Granatapfel und den an Stielen daraus hervorwachsenden Nelken. Der Fürst, bekleidet mit Kurhut und Kurmantel mit Hermelinkragen, hält in beiden behandschuhten Händen das lange Kurschwert. Die grosszügigen Falten, das feste Umfassen des Schwertgriffes drücken allein schon deutlich die beabsichtigte Auffassung des Fürsten aus, die aber noch erhöht wird durch die wundervolle Durchbildung des Gesichts, das von einem wohlgepflegten und fein ausgearbeiteten Barte umrahmt ist. Auch das Beiwerk und die anderen Teile des Werkes sind mit gleicher Sorgfalt und exaktester Durcharbeitung ausgeführt. Die Nische wird zu beiden Seiten von Gebälk tragenden Pilastern eingerahmt, neben diesen auf der eigentlichen Umrahmung, die von zwei zurücktretenden Pfeilern gebildet wird, befinden sich 16 Agnatenwappen. Den Sockel ziert ein prächtiges Renaissancemotiv, Putten, die sich mit Stieren, deren Hinterteile in Ranken auslaufen, zu schaffen machen. Auch in den Zwickeln der Nische gewahren wir ein ähnliches Motiv, in Rankenwerk sich auflösende Menschengestalten. Beim Ornament der Pilasterfüllung erkennt man deutlich die italienischen Vorbilder, hier wechseln das zusammengebundene Lorbeerblatt, die alte griechische Doppelranke, die Muschel und der langgezogene Akanthus, wie er am korinthischen Kapitäl vorkommt, miteinander ab. Die Mitte der beiden Pilaster schmückt je eine Scheibe, von der uns die alte Vischersche Rose, allerdings in neuer Weise umgebildet,. grüsst. Die Mitte des Grabmals wird oben durch einen Aufsatz gekrönt. Vor der Mitte des Gebälks sehen wir das grosse Wappen des Fürsten, mit seinem unteren Teile noch über den Rundbogen in die Nische hineinragend. Ueber dem Wappen halten zwei sitzende Engelgestalten einen Lorbeerkranz, in dem der Lieblingsspruch der Ernestiner «Verbum domini manet in aeternum» zu lesen ist.

Dieses Meisterwerk war nicht zu übertreffen, und wenn im Jahre 1534 Peters Bruder Hans Vischer das Grabmal für Kurfürst Johann den Beständigen, das gegenüber demjenigen Kurfürst Friedrichs an der südlichen Chorwand der Wittenberger Schlosskirche steht, dem seines Bruders nachbildete, so erkennt man dennoch den gewaltigen Unterschied in Auffassung und Ausführung. Auch hier ein lehrhaftes Beispiel, dass es einem Meister, der nicht aus eigener Originalität schafft, nie gelingen wird, sich so in den Geist eines anderen zu versetzen, dass er jenem gleiche Werke hervorbringen wird.

Als Besteller für das Grabmal Friedrichs haben wir seinen Bruder Johann anzunehmen, welcher dem jüngeren Peter Vischer sehr zugetan gewesen und ihm zugetraut haben muss, ein vollendetes Kunstwerk liefern zu können. Sonst gingen die Bestellungen an den Altmeister Peter den Aelteren und wurden von ihm mit seinem Namen versehen, bei diesem Werk aber zeichnet sich mit Stolz als Verfertiger Peter M. (minoris ?). Es war ein günstiger Umstand, dass zu dieser Zeit ein Meister wie Peter Vischer der Jüngere lebte, der befähigt war, einem Herrscher von der Bedeutung und Grösse Friedrichs, ein diesem Fürsten würdiges Grabdenkmal zu vollenden. Wir empfinden es heute gleichsam wie die Abstattung des Dankes von seiten der Künstler, das Grab Friedrichs, der so unendlich viel in seinem Leben zur Förderung der Kunst beigetragen hat, mit einem so hervorragenden Werke deutscher Kunst geschmückt zu sehen, das uns den grossen Mann in Auffassung und Ausführung im körperlichen Bilde erhalten hat, wie er im geistigen uns vor Augen steht.

Kann man wohl auch annehmen, dass Kurfürst Johann den jüngeren Peter Vischer entweder von seinen Werken her oder durch Empfehlung seiner Nürnberger Agenten gekannt haben mag, so wird ein Werk dieses Künstlers, vom Jahre 1524, das vielleicht als Vorzeichnung für eine auszuführende Reliefplatte zu denken ist, ihm die Zuneigung des fürstlichen Brüderpaares sicher besonders erworben haben. Es ist die sogenannte «Allegorie auf die Reformation», jetzt im Goethe-Nationalmuseum in Weimar.

Das Blatt ist 320 mm hoch, 434 mm breit und mit Petr. Vish. Facieb. †. und M.D. xxiiii. bezeichnet.[1]

Der allegorische Inhalt des Blattes ist leicht zu deuten.[2] Die Hauptfigur ist die grosse schöne nackte Männergestalt, die auch in der Mitte des Blattes angebracht ist und zu der das beschauende Auge schon von selbst durch die Anordnung der übrigen Figuren hingeleitet wird. Es ist, wie die Beischrift sagt, Luther. Mit Heldenmut und unwiderstehlicher Kraft hat er den Palast des römischen Papstes «Sedes Apostolica Romana» vernichtet, der nur noch rauchende Trümmer zeigt. Die Laster, die darin geherrscht «Superbia, Luxuria, Avaritia» entfliehen gebeugt eilenden Schrittes. Der päpstliche Koloss liegt zerschmettert an der Erde und hat im Sturze noch eine Frauengestalt «Confessio» mitgerissen, auf der sein Körper lastet. Die Tiara und der Rosenkranz «Ceremonie» sind ihm entfallen, das Schwert und der Schild «Decreta Pontificum» sind zerbrochen. Luther aber mit dem «Scutum fidei» auf dem Rücken leitet die von den eisernen Banden befreite «Consciencia», das Volk «plebes» und die Jugend «juventus» von der Stätte der apostolischen Macht hinweg und deutet auf den, bei dem allein alle Zuversicht und alle Liebe waltet. Durch Wolken hervor, aus einem Portale gleichsam schwebend, sieht man den Heiland mit der Glaubensfahne. Die linke Seite zeigt einen gerüsteten Mann mit Schwert und Reichsapfel (ohne Kreuz) als Richter auf einem Throne sitzend, dem Justitia, eine hinter ihm stehende nackte Frauengestalt, die Augen verbunden hält und der nur nach dem urteilt, was die Gerechtigkeit ihm zuflüstert. Und wie beim Papste die Laster versammelt waren, so stehen hier am Throne der Gerechtigkeit die Tugenden «Fides, Spes und Charitas». Der Richter aber thront vor einem Renaissancepalaste, dessen

---

[1] Für gütige Ueberlassung einer Abbildung statte ich Herrn Geheimrat Dr. C. Ruland in Weimar meinen ergebensten Dank ab.
[2] Vgl. Seeger, a. a. O., S. 36 ff.

Portal mit einem geheimnisvollen Vorhang verhüllt ist. An dem Gesimse dieses Bauwerks ist die Inschrift des Meisters angebracht.

Es ist nur natürlich, dass ein solches Werk zu den verschiedensten Vermutungen reizte und besonders die männliche Gestalt auf dem Throne gern als Friedrich der Weise gedeutet wurde, dem nach dem Tode Maximilians am 2. Januar 1519 die deutsche Kaiserkrone angetragen worden war. Er lehnte ab und entschied so die für uns Deutsche so verhängnisvolle Wahl Karls V. von Spanien, Sizilien und Burgund. Aber in tausenden von deutschen Herzen glühte die Liebe zu Kurfürst Friedrich. Von ihm wünschte man, trotz der stattgefundenen Wahl, dass er die deutsche Kaiserkrone angenommen und getragen hätte. Diese Auslegung ist von allen wohl die am meisten begründete. Ob die Zeichnung nur als solche gelten sollte oder als Vorzeichnung für eine Reliefplatte, wage ich nicht zu entscheiden. Jedenfalls galt sie als Huldigung auf Luther und die Reformation und ehrte damit auch Kurfürst Friedrich. Und liest man Hans Sachsens Gedicht «Die Wittenbergische Nachtigall, die man jetzt höret überall», vom Jahre 1523, so kann man fast für jede Figur auf Peter Vischers Zeichnung eine Stelle im Gedichte des Hans Sachs finden, die diese erklären könnte.

So haben beide Meister ihre Begeisterung für Luther und die Reformation in ihren Werken zum Ausdruck gebracht, der — Schuster — und der — Fingerhuter —.

Ein Oheim des jüngeren Peter Vischer war Peter Mühlich. Er war mit der 1522 gestorbenen Martha, der Tochter des alten Hermann Vischer, verheiratet.

Nach den Haushaltungsrechnungen von 1501—1502 erhielt ein Rotgiesser von Nürnberg auf Befehl Degenhard Pfeffingers, des kurfürstlichen Rates, eine Zahlung «zu Zerung gen Wittenberg» und eine solche der «messingslacher von Nüremberg zu Zcerung gein der Schweynitz». Derselbe hatte den Auftrag, in der Gegend bei Schmidburg in der Provinz Sachsen, die Erde zu untersuchen, ob sie zum Brennen von Tiegeln tauglich sei, wie man solche bei Be-

reitung von Messinggussarbeiten gebrauchte. Der Kurfürst
hat demnach einen Rotgiesser von Nürnberg zu diesem
Zwecke nach Sachsen berufen. An einen andern Nürnberger
Rotgiesser ausserhalb der Vischerschen Giesshütte zu denken,
ist wohl ausgeschlossen, da, wie wir oben betrachtet, die
Vischer in langem Zeitraume für die Fürsten tätig waren
und gerade zwei Jahre nach der Reise des Nürnberger
Rotgiessers, 1504, Peter Vischer der Aeltere die Grabplatte
für die Herzogin Sophie ablieferte. Der Leiter der Hütte,
Peter der Aeltere, wird die Reise nach Sachsen wohl nicht
gemacht haben, da er schwerlich bei der Häufung mit
Arbeiten zu dieser Zeit, für die Dauer einer solchen Reise
die Werkstatt verlassen konnte. Hermann der Jüngere
war 1501 ungefähr 15 Jahre alt, Peter der Jüngere 14
Jahre. Es kommt demnach nur ein Mitglied der Familie
in Betracht und zwar der Schwager des alten Peter Vischer:
Peter Mühlich. Diese Vermutung gewinnt an Wahrscheinlichkeit, wenn man berücksichtigt, dass Peter Mühlich späterhin dauernd in Sachsen wohnte und es wohl die Berufung
zur Prüfung der Erde im Jahre 1501 war, welche Veranlassung bot, dass der Kurfürst Peter Mühlich persönlich
kennen lernte und ihn als tüchtigen brauchbaren Meister
erprobte. Vom Jahre 1523 (4. Oktober) ist die Dienstverschreibung der Fürsten an Peter Mühlich als Büchsengiesser auf Lebenszeit datiert. 1522 starb Mühlichs Frau
Martha, die Aufträge für die Vischer'sche Giesshütte begannen
allmählich spärlicher einzugehen, da die aus Italien zu uns
gekommene Sitte, dem Verstorbenen prächtig geschmückte
Steindenkmäler als Wandgräber mit Säulen und reicher
Skulpturarbeit zu setzen, sich langsam auch in Deutschland
einbürgerte. Ferner mag es für den älteren Mann nicht
leicht gewesen sein, neben dem ganz anders gearteten und
rein künstlerisch denkenden und fühlenden Peter Vischer
dem Jüngeren zu arbeiten, oder besser gesagt, sich diesem
unterzuordnen. So mag er denn gern dem Rufe des Fürsten
im Jahre 1523 gefolgt sein. Mühlich nahm seinen dauernden
Wohnsitz in Zwickau und erhielt 50 Gulden Landeswährung
und ein Winterhofkleid als Jahresgehalt, ausserdem bekam

7

er bei Arbeiten für den Kurfürsten für den halben Zentner
Guss einen halben Gulden, wozu ihm das Rohmaterial «die
Speisse» geliefert wurde. Peter Mühlich diente seinem
Fürstenhause 34 Jahre hindurch, an allen freudigen und
traurigen Ereignissen, die seine Herren betrafen, treuen
Anteil nehmend. Besonderes Verdienst erwarb er sich durch
das Giessen von Büchsen kleineren und grösseren Kalibers.
So erhielt er 245 Gulden im Jahre 1525 für eine neue Büchse
«basiliscus» genannt, welche 70 Zentner wog, aber auch «aller-
ley Messing und Kupferzeug, sowie Grabplatten und Glocken»
gingen aus seiner Werkstatt hervor. Unter seine besten
Werke gehört das Grabmal für die Herzogin Margarete (gest.
1535) eine Arbeit, die sich in jeder Beziehung den von Peter
Vischer dem Aelteren gelieferten an die Seite stellen kann
und das für Herzog Johann Ernst († 1553), beide in der
Stadtkirche zu Weimar. Herzog Johann Friedrich der
Mittlere entliess mit Dekret vom 4. Juli 1557 den alten
Meister, ihn für die seinem Hause so treu geleisteten lang-
jährigen Dienste reich belohnend. Mühlich bezog die Jahresbesoldung von 40 Gulden und das Sommer- und Winterhofkleid weiter, ferner an Stelle der früher ihm gewährten
Unterhaltung für zwei Perde, nunmehr zwei Erfurter Malter
Korn und ein Erfurter Malter Gersten. Ausserdem aber
verschrieb ihm der Herzog das Gut Thanneck samt dem
«Ackerbau und Wiesenwachs und anderem, wie er das biss.
daher inne gehabt», welches Gut aber nach seinem und
seines Weibes Tode wieder an das herzogliche Amt Eisenberg zurückfallen sollte. Durch diese Urkunde erfahren
wir gleichzeitig, dass Mühlich zum zweitenmal geheiratet
hatte; sein Sohn Peter stammt vermutlich aus erster Ehe.
Dieser Peter Mühlich setzte die Werkstatt seines Vaters
fort und bis in die siebziger Jahre des XVI. Jahrhunderts
scheint er ein vielbeschäftigter Glockengiesser gewesen zu
sein. Gleichzeitig war die Familie Hilliger in Freiberg,
besonders Merten, Oswald und Wolf Hilliger — letzterer
war Bürgermeister der Stadt Freiberg, — als Büchsengiesser
für die sächsischen Fürsten tätig. Auch sie haben recht
schöne Bronzegrabdenkmäler geliefert.

Kurfürst Friedrich gebührt das grosse Verdienst, durch die Berufung von Peter Mühlich nach Sachsen, ein Gewerbe dahin verpflanzt zu haben, das lange Jahre in Sachsen blühte, und durch welches das Land eine Reihe tüchtiger, auch über die Grenzen hinaus bekannter Meister erhielt, die uns eine grosse Anzahl schöner und interessanter Kunstwerke hinterliessen.

Im XVII. Jahrhundert scheint der Bronzeguss, ausser für Glocken, in Sachsen nicht mehr heimisch gewesen zu sein, denn Hans Wurzelbauer aus Nürnberg wurde mit der Lieferung für Bronzegrabdenkmäler nach Weimar betraut.

Von einem weniger bedeutenden Giesser in Erfurt erhalten wir Kenntnis durch die Kirchenbaurechnung vom Schlosse zu Weimar im Jahre 1521. Für die Schlosskirche fertigte ein jetzt nicht mehr erhaltenes Sakramentshäuschen der Meister Conrad Winschleube zu Erfurt, der hierfür 15 Gulden erhielt.

Unter den ausländischen Meistern, die für Kurfürst Friedrich arbeiteten, begegnet uns auch ein italienischer Bildhauer, von dem ein Werk, die Bronzebüste Friedrich des Weisen, sich jetzt in der königlichen Skulpturensammlung (Albertinum) zu Dresden befindet.[1] Die Büste stammt angeblich aus dem Schlosse zu Torgau und trägt aussen die Inschriften wie folgt:

am unteren Ende des Mantelaufschlags: Ann. Salut. Mcccclxxxxviii und am Sokel: «Fridericvs. Dvx. Saxoniae. Sacri. Ro. Imperii. Elector.» im Innern die Bezeichnung: Hadrianus Florentinus me faciebat. Cornelius v. Fabriczy verdanken wir die Erforschung des vollständigen Namens des Meisters «Adrianus de' Maestri» und die Zusammenstellung von Lebensdaten, sowie den Nachweis weiterer Werke desselben.[2] Nach v. Fabriczy befand sich Adriano, der wohl zwischen 1440—1450 in Florenz geboren war,

---

[1] Für die freundliche Ueberlassung einer Photographie der Bronzebüste bin ich Herrn Geh. Hofrat Prof. Georg Treu zu Danke verpflichtet.
[2] Jahrbuch der Königlich Preussischen Kunstsammlungen. Bd. XXIV. Heft 1. S. 71 ff.

von 1486—1488 als Stückgiesser in Diensten des Condottiere
Virginio Orsini, mit dem er 1448 nach Neapel ging und wo
Adriano noch 1494 am Königshofe beschäftigt war. (Büste
Ferdinands I. im Nationalmuseum in Neapel). Neapel ver-
liess er im Anfange des Jahres 1495 und wandte sich für
kurze Zeit nach Urbino. 1498 ist die Büste des Kurfürsten
Friedrich datiert. Am 24. Mai 1499 gibt Adriano eine
Zeugenaussage in seiner Vaterstadt Florenz ab und einige
Wochen darauf «A dì 12 di giugno» wird er daselbst als
verstorben in dem Totenregister verzeichnet.

Wie Hans Unbehau der Agent Friedrichs in Nürnberg,
Peter Stolz (Bestolz) derjenige in den Niederlanden war,
so hat der Kurfürst bei den ausserordentlich regen Bezieh-
ungen von Venedig, Padua, überhaupt des ganzen Oberitaliens zu Nürnberg, Augsburg und Leipzig in jener Zeit,
auch in Italien seine Agenten gehabt, von denen einer ihm
wohl den Adriano Fiorentino als tüchtigen Meister empfohlen haben wird. Möglich auch, dass Fabriczy mit seiner
Vermutung recht hat, nämlich : «Adriano könnte infolge einer
Empfehlung des Markgrafen von Mantua an Kaiser Maximilian
in dessen Dienste getreten sein und die Büste Friedrichs
während eines der häufigen Aufenthalte des letzteren am
kaiserlichen Hoflager und bei den Reichstagen modelliert
haben». Da der Kurfürst und sein Bruder, den Urkunden
nach, vom Ende des Jahres 1497 bis Ende 1498 von Kursachsen abwesend waren «als sie dem König nachzogen»,
so erscheint Fabriczy «die Annahme am plausibelsten, die
Büste sei von Adriano auswärts modelliert und sodann
ohne sein Zutun in Sachsen abgegossen worden».

Der Unterschied der italienischen und der deutschen
Auffassung, betrachtet man vergleichend das Bild, das uns
Peter Vischer der Jüngere von Kurfürst Friedrich hinterlas-
sen hat, ist leicht ersichtlich. Adriano de Maestri hat den
Fürsten «idealisiert», wie man das gemeinhin bezeichnet, er
war bestrebt, selbst auf Kosten der aufrichtigen Naturwahr-
heit Friedrich als schönen Menschen, mit langen, wallenden
Locken zu bilden. Unter der sein Haupt bedeckenden
Klappmütze kommen einzelne Stirnlocken hervor, die in

Deutschland nicht so getragen wurden. Die in des Fürsten
Antlitz unschön vortretende untere Partie wird von dem
italienischen Meister gemildert, wodurch der Gesichtswinkel
ein bedeutend geraderer geworden ist. Die Augen sind
grösser gebildet, und der Blick scheint ernst geradeaus, wie
träumend, in die Zukunft gerichtet zu sein. Vischer und
Dürer haben beide ihren verehrten Fürsten besser gekannt,
und wir heute finden in den Bildnissen dieser Meister ungleich mehr von der edlen Fürstengestalt, als in dem etwas
geistlosen Werke des Italieners. Was uns aber bei der
Büste fesselt, ist besonders die Behandlung der Haare. Die
einzelnen Strähne fallen in zartem geschmeidigem Flusse,
mit einer samtartigen Weichheit, auf die Schultern herab.
Weniger gut ist der schematisch behandelte Bart, wie auch
die gleichmässigen Striche an den Augen, die kleinen Fält-
chen «Krähenfüsse» nicht vorteilhaft wirken und uns so
recht auf die etwas schweren wulstigen Augenlider hinweisen. «Auch in materieller Hinsicht, sagt Fabriczy, ist der
aus messinggelbem Glockengut hergestellte Guss — wie
solches bei Bronzebüsten italienischer Herkunft nie Anwendung gefunden hat — nichts weniger als tadellos. Am Kinn
ist ein ganzes Stück eingeflickt; vorn an der Brust sowie
an der Kappe sind grössere Risse darin vorhanden; mannigfache kleinere Fehler, unganze Stellen, Löcher über die
ganze Oberfläche verstreut. Die Ziselierung ist nur am
Gesicht, der Kappe und stellenweise am Gewande durchge-
führt». Ob der Kurfürst selbst mit der Leistung des Italieners zufrieden war? Die Büste ist von 1498 datiert und
doch wohl, wie anzunehmen von Adriano in Sachsen, bezw.
in Deutschland, verfertigt. 1499 aber befand sich der Meister
bereits wieder in Florenz.

Medaillen.

Gegen Ende des ersten Jahrzehnts des XVI. Jahrhunderts hat zuerst die italienische Sitte der Medaillenanfer-
tigung bei uns in Deutschland Boden gefasst, um von diesem Zeitpunkte ab sich immer mehr einzubürgern. Wie

bekannt, war die Medaille ein Zeichen der in Italien während der Renaissance so stark ausgebildeten Ruhmessucht. Die verschenkte Medaille sollte gleichsam, weil in Erz gegossen, ein ewiges Leben des auf dem Stücke Abgebildeten bewirken.

Gleich die frühesten und frühen italienischen Medaillen zeigen uns eine eben nur für die Medaille eigene Technik, sodass deren Anfertigung als selbständiger Kunstzweig in Italien dasteht. Anders bei uns im Norden. Die früheste bis jetzt bekannte Medaille vom Jahre 1507, auf der ein Hermann Vischer dargestellt, stammt ebenso wie diejenige vom Jahre 1509, auf der Peter Vischer sich selbst nennt, von der Hand des bei der Bronzeplastik behandelten Peter Vischer des Jüngeren aus Nürnberg. [1] Die zeitlich folgenden Stücke sind als Augsburger Herkunft nachgewiesen. Dass gerade diese beiden deutschen Städte die italienische Sitte zuerst aufgriffen, lag in den so regen Handelsbeziehungen und Verkehr derselben mit Italien begründet, sodann wissen wir, dass Peter Vischer der Jüngere gerade im Jahre 1507 in Italien war. Betrachten wir die ersten deutschen Medaillen, so sehen wir, dass keinerlei Nachahmung italienischer Kunst dabei zu konstatieren ist, sondern dass die Porträts, die Art des Reliefs, wie auch die ganze Ausführung rein deutsch gedacht und vollendet ist. Etwas fällt uns sofort auf und hierin liegt der grosse Unterschied mit der italienischen Kunst: die frühen deutschen Medaillen erzeigen sich als ganz und gar abhängig von der Bildschnitzerei, so dass sie nicht als selbständige Kunstwerke erscheinen, sondern nur gleichsam die Abgüsse des geschnitzten Holz- oder des geschnittenen Steinmodells sind. Die frühen Medaillen waren auch meist einseitig und erst später, als auch die Rückseite künstlerisch ausgestattet wurde, trennt sich die Medaillentechnik von der Bildschnitzerei und wird ein eigener Kunstzweig.

[1] Adolf Erman, Deutsche Medailleure des XVI. und XVII. Jahrhunderts. Berlin 1884.

Es würde nach allem, was wir über das Wesen Kurfürst Friedrichs wissen, überraschen, wenn dieser Fürst die Anfertigung von Medaillen nicht sehr gefördert haben sollte, und in der Tat verhält es sich auch so. Spalatin sagt a. a. O. Seite 32 : «So weiss ich, dass er seiner herrlichen gulden und silbern contrafeiten Münz hin und wieder unter und ausser den Reichstägen nur viel verschenkt, gelahrten Leuten auch über Land zu viel Gulden schickte und schankte» und Seite 22 : «Dieser Churfürst hat auch oben bemelten seinen Lehrmeister Magister Ulrich Kemmerlin, Dechant zu Aschaffenburg, allezeit so lieb und wert gehalten, dass er sein allweg zum ehrlichsten auch gegen mir Spalatino gedacht, auch kaumet in dem Jahr da gedachter Magister gestorben, nehmlich im 1519 Jahr, ihm seiner contrafeiten gulden Münz etlich Stück durch Doctor Heinrich Stromer von Aurbach den Aelteren zugeschickt hat, ihm auch darneben durch mich Spalatinum nur fast gnädiglich schreiben lassen, welches dem Mann so wol gethan hat, dass er vor Freuden geweint hat». Es erhellt daraus, dass sich das Verschenken der Medaille schon zu Friedrichs Zeiten so eingebürgert hatte, dass es dem Schenken von Photographien der heutigen Zeit zu vergleichen ist, mit der Beschränkung des geringeren Umfanges natürlich, schon wegen des Wertes der Stücke.

Die ersten Porträtmedaillen lässt Kurfürst Friedrich in Nürnberg fertigen und zwar durch die Vermittlung des Anton Tucher, von dem sich noch heute ein ausgedehnter Briefwechsel politischen und geschäftlichen Inhalts mit dem Fürsten erhalten hat. Nachdem bereits vor 1506 Silber in Nürnberg für Friedrich gemünzt worden war, ist dort seit 1508 bis 1510 Hans Krug der Jüngere, gest. 1519, für den Fürsten beschäftigt und von 1510—1523 Hans Kraft. Ausserdem versucht es der Kurfürst, um recht schöne Medaillen zu erhalten, 1510 mit einem niederländischen Meister, mit dessen Arbeit er aber nicht zufriedengestellt wurde, da die Stempel, wie er sich äusserte, «sich gantz nicht schickten noch angingen», sowie in Augsburg und Anfang 1512 bei dem Eisenschneider des Kaisers in Innsbruck.[1] Von 1522 ab werden des Kurfürsten Medaillen in Sachsen angefertigt. Torgauer und Wittenberger Goldschmiede wurden wohl damit betraut, wie aus Notizen über Münzen bei den Aufzeichnungen über die Goldschmiede verschiedentlich hervorgeht. Es unterliegt nun keinem Zweifel, dass Modelle zu den Medaillen von einem Bildschnitzer aus der Cranach'schen Werkstatt hergestellt und dem Krug sowohl wie dem Kraft nach Nürnberg übersandt wurden. Albrecht Dürer, der von seinem Aufenthalt in Wittenberg her den Fürsten ja so gut persönlich kannte, hätte dem Hans Krug des Fürsten «Contrafet» allerdings vollendeter geliefert; leider scheint Dürer für diese Kunstart keine Neigung gehabt zu haben. Dass Dürer, wie früher angenommen wurde, selbst Medaillen gefertigt habe, ist heute als unbeweisbar von den Dürerforschern zurückgewiesen. Dass er schon durch die als Goldschmiedslehrling bei seinem Vater durchgemachte Lehrzeit dazu befähigt war, ist sicher anzunehmen. Das mit Recht dem Albrecht Dürer zugeschriebene kleine Flachrelief in Silberguss, eine nackte Frau von rückwärts gesehen darstellend, vom Jahre 1509, im Besitz der Familie Imhof,[2] gibt Zeugnis von Dürers Begabung als Plastiker. Dieses Frauenbildnis wird es wohl gewesen sein, welches Dürer im Jahre 1509 an Kurfürst Friedrich sandte. Friedrich hatte nur das leere Kästchen erhalten, da das darin verpackte Werk Dürers auf dem Wege nach Sachsen verloren gegangen war, und als der Fürst dieses dem Meister durch Tucher schreiben liess, fertigte Dürer sofort für den Kurfürsten einen zweiten Abguss an. Mit diesem Schreiben an Tucher hatte der Kurfürst auch zwei Münzen (Medaillen?) gesandt, deren eine Dürer vorgelegt wurde, damit er seinen Rat erteile, wie diese gegossen werden sollten, damit sie «bestendig» werden. Dürer aber antwortete «er pflege mit solchen Dingen nicht

---

[1] S. Karl Domanig im Jahrbuch der kunsthistor. Sammlungen des Allerhöchsten Kaiserhauses. Bd. XIV. (1893) S. 11 ff.

[2] Thausing, Albrecht Dürer. S. 320.

umzugehn und könne somit dem Churfürsten keinen genug-
samen Bericht geben».[1]

Die ersten urkundlichen Nachrichten über Goldmünzen
für Kurfürst Friedrich, die den Anspruch auf künstlerische
Arbeit machen können, besitzen wir aus den Jahren 1489
bis circa 1500, in welcher Zeit ein später in Torgau ansäs-
siger Dresdner Goldschmied Lorenz (Werder?), für Friedrich arbeitete. Noch im Jahre 1509 werden «gegossene
Gulden» von «Meister lorentz goltschmit» erwähnt. Dass
dieser auch die Form oder den Stempel mit dem Bildnis
des Kurfürsten dazu angefertigt, geht aus einer anderen
Notiz hervor, in der seine Tätigkeit des Grabens eines
Siegels für Herzog Johann erwähnt wird. Abgesehen aber
von einzelnen Stücken und der sogenannten geläufigen Münze,
war es in der Hauptsache Nürnberg, wo die künstlerisch
ausgeführten Medaillen für Friedrich hergestellt wurden.
Von der damals gewaltigen Ausbeute der sächsischen Silber-
bergwerke wanderte ein grosser Teil nach den beiden grössten deutschen Handelsplätzen, Augsburg und Nürnberg,
um von da in die verschiedensten Länder verschickt zu
werden. Dies mag wohl der Grund gewesen sein, dass gerade Nürnberg als Münzstätte eine so bedeutende Stellung einnahm. In Nürnberg tritt uns von 1508—1510
zuerst Hans Krug der Jüngere entgegen, der bereits 1519
starb.[2]

Teils sind es geprägte Stücke, zum Teil aber auch ge-
gossene Medaillen, die wir als vermutliche Werke Hans
Krugs bei Tentzel LE. Taf. 1. Nº I—IV; 2 Nº I. II. V.
Taf. 3. I—III abgebildet finden. Denn von den oben er-
wähnten «Pfennigen», die der Kurfürst nach Nürnberg an
Tucher sandte und über deren Guss Dürers Rat eingeholt

---

[1] Joseph Baader, Beiträge zur Kunstgeschichte Nürnbergs. Nördlingen 1860. II. S. 35.

[2] Den Briefwechsel über Münzstempel Anton Tuchers d. Aelt.
mit Hans Krug bei Schuchardt. I. S. 62. — Der Briefwechsel Tuchers
mit Hans Kraft in Mitteilungen der Bayrischen Numismatischen Gesellschaft. VIII. Jahrg. 1889. «Nachricht über Nürnberger Münz- und
Medaillen-Prägungen im Auftrage Friedrichs des Weisen von Sachsen».
Von Dr. R. Ehrenberg, Hamburg.

wurde, erhielt auch Hans Krug ein Stück als Probe und sagt, dass er sie «reiner und werthlicher» giessen wolle.

Der Nürnberger Medailleur für Friedrich von 1510—1523 ist dann Hans Kraft, von dessen Werken uns die Abbildungen bei Tentzel LE. Taf. 2. III. IV; 3. IV—VII; 4. I und III ein Bild geben.

Als Arbeiten des nach 1522 tätigen sächsischen Medeilleurs lassen sich wohl die Stücke bei Tentzel Taf. 4. II. IV. betrachten.

Das Bildnis des Kurfürsten Friedrich tritt uns auf seinen Medaillen in dreierlei verschiedenen Darstellungen entgegen. Bei allen ist es ein sogenanntes Kopfbild, Kopf und Hals bis zum Schulteransatz und stets nach rechts gewandt. Wir unterscheiden ausser der einen Münze, auf welcher der Kurfürst ohne Kopfbedeckung dargestellt ist, Tentzel I. III. solche mit der Drahthaube und in Rüstung und solche mit Klappmütze und Schaube; würden diese demnach in den modernen Sprachgebrauch übersetzt mit «in Uniform» und «in Zivil» bezeichnen. Bei dem Stücke ohne Kopfbedeckung sehen wir nur eine äusserst mangelhafte Porträtähnlichkeit, wie auch die Haartracht, lange, die Ohren bedeckende Locken, die niedrige Stirn und der zierlich gedrehte Schnurrbart nicht zu dem Bilde passen wollen, das wir aus dieser Zeit vom Kurfürsten Friedrich kennen und das ungleich besser auf der Münze der gleichen Zeit, zu welcher auch der gleiche Revers verwendet worden ist, dargestellt ist, abgebildet neben der ersten bei Tentzel Taf. 1. IV. Sie stellt wie die Abbildung bei Tentzel auf Taf. 2. 1—VI., 3. I. und II., 4. VI. und VII. den Kurfürst mit der Drahthaube und in Rüstung dar. Doch hier sehen wir bei einem Vergleich sofort, dass diese Stücke und wohl auch die Vorlagen hierzu nicht von ein und derselben Hand gefertigt wurden, das Gleiche beobachten wir bei den Bildnissen mit Klappmütze und Schaube, Tentzel 3. V. VI. VII. 4. I.—IV. Ja man kann fast nicht zwei Medaillenbildnisse finden, bei denen sich in der Wiedergabe der Persönlichkeit des Kurfürsten nicht ganz beträchtliche Unterschiede und Abweichungen von einander konstatieren lassen. Aehnliche Variationen sehen wir

auch bei den Wappen, der Schrift, dem Adler der Rückseite, der Perlschnurumrahmung und dem Ornament.
Nicht nur, dass der Fürst selbst häufig Aenderungen anordnet,
wie z. B. «damit derselb adler etwas erhohet» oder «dass
das kreutz etwas erhabener were, wie an dem überschickten
muster, und dass die zeuge auch nit in die jarzall gemacht,
sondern dass die platten neben der Schrift glatt weren etc.»
oder der Meister soll nach neuen Modellen arbeiten, «darauf das angesicht nieder (er) ist, dann auf der müntz, die
ir. sr. f. g. in gold und silber nevlich geschickt habt» und
a. m., kam noch hinzu, dass die Stempel sehr leicht zersprangen
und oft zu einer Medaille drei und mehr Stempel geschnitten
werden mussten. Es ist daher sehr fraglich, ob Tentzel LE.
S. 19/20 mit seiner Annahme, dass die grösseren Medaillen
zuerst alle ohne Jahreszahl angefertigt, später aber zu den
verschiedenen Reichstagen 1512, 1514, 1518 und 1519 nach-
träglich mit der betreffenden Jahreszahl versehen worden
seien, recht haben kann, umsomehr die Medaillen aus den
verschiedenen Jahren auch in ihrer ganzen Ausführung von
einander abweichen.

Die erste Medaille mit dem Adler ist vermutlich nach
dem Kostnitzer Reichstage 1507 geprägt worden, auf dem
Friedrich zum Generalstatthalter des Römischen Reiches er-
nannt und daher zur Führung des Reichsadlers berechtigt
war.[1] Auf den Reichstagen war es auch, wo der gegenseitige
Austausch von Medaillen oder das Verschenken derselben am
meisten stattfand. So schreibt Erasmus an Spalatin, «dass der
Churfürst vom Wahltage zu Frankfurth ihm eine güldene
und silberne Medaille übersendet, dagegen er ihm die seine
in Erz überschickt habe». Bemerkenswert ist, wie auch die

---

[1] Tentzel, Sächs. Medaillen-Kabinett, I. Teil der Ernestin. Linie.
Tab. I und S. 13. Die so frühe Jahreszahl «1507» bei einer Medaille
gibt wiederum einen Hinweis auf des Kurfürsten künstlerisches Verständnis und Empfinden. Karl Domanig im Jahrbuch der kunsthistor.
Sammlungen des Allerhöchsten Kaiserhauses, XIV. Bd. (1893), S. 11 ff.
schreibt Bernhard Beham d. Aelt., 1435/36 geb., die früheste Medaille
in unserem Sinne zu. (Medaille auf Herzog Sigismund von Tirol). Die
zeitlich folgenden von Benedict Burkart 1507 auf Herzog Albert von
Bayern und seine Gemahlin Kunigunde, einzige Schwester Kaiser Maximilians.

Ansicht im Glauben des Fürsten ihren Ausdruck auf
den Medaillen gefunden hat. Auf der Medaille Tentzel
3. I. sehen wir noch auf dem Halsblatt der Rüstung «IHS
MARIA.», späterhin aber, bei den Stücken von 1517 ab,
finden wir die Buchstaben C C N S («Crux Christi nostra
salus»), die meist mit dem Wahlspruche V. D. M. I. Æ.
(Verbum Domini manet in aeternum) verbunden sind. Diese
Anfangsbuchstaben des Wahlspruches sollen auch nach Tentzel
S. 31 im Jahre 1522 zuerst auf den Aermeln der Hofkleidung
aufgeheftet worden sein.

So haben wir bei Betrachtung der Plastik unter Kurfürst Friedrich gesehen, dass er die Meister in allen Arten
dieser Kunst durch seine Aufträge unterstützte. Wie in der
Holz- und Steinplastik, so entfaltete sich in der Bronze-
und Medaillenkunst eine rege Tätigkeit, zu der auch Aus-
länder, wie wir sahen, ihren Anteil beitrugen. Fliessen
auch die Nachrichten über eine Art der plastischen Kunst
spärlicher, so können wir doch von einer anderen auch auf
diese Rückschlüsse ziehen und dergestalt uns das Bild der
Kunstbestrebungen des Fürsten vervollständigen. Die Medaillen gaben uns sogar durch ihre Inschriften einen direkten
Hinweis auf des Kurfürsten Gesinnung in religiöser Beziehung. Bei allen Nachrichten aber über die plastischen
Werke dieser Zeit erkennt man deutlich das rege Bestreben
des Fürsten, die besten Künstler für sich zu beschäftigen
und dadurch das erreichbar Beste herstellen zu lassen.
Dass dieses auch in dem Zweige der Kunst, der zu dieser
Zeit die vornehmste Stellung einnahm, der Malerei, der Fall
war, werden wir im folgenden Kapitel zu betrachten haben.

3. Malerei.

In dem hier behandelten Zeitraum ist es bei keinem
Zweige der Kunst deutlicher ersichtlich wie bei der Malerei,
dass alle Kunstäusserung ein reines Produkt ihrer Zeit und
aller Strömungen derselben, politischer und sozialer Art,

ist. Vergleichbar der Frucht eines Baumes, dessen Wurzeln sich weithin ausgedehnt haben und tief in den Nährboden
eingedrungen sind, vereinigt sie in sich die verschiedenartigsten
aufgenommenen Stoffe zu etwas ganz Neuem, Eigenem. Eine
grosse Umwandlung und Umgestaltung erfuhr gegen Mitte des
XV. Jahrhunderts die deutsche Malerei durch den Einfluss,
den die gleichen Stammes entsprossenen flandrischen Maler
auf sie ausübten. Die Anerkennung und Bewunderung,
welche den Brüdern van Eyck und den Werken ihrer Schüler
entgegengebracht wurde, war so gross, dass Flandern für
den deutschen Maler jener Zeit wie ein Märchenland wirkte
und bei allen strebsamen jungen Malern der Wunsch rege
wurde, dort in Flandern die neue Technik und die «moderne»
Kunst an der Quelle zu erlernen und zu studieren. Vor
allem waren es die naturalistischen Bestrebungen und die
Vervollkommnung in technischer Beziehung, besonders in
der Zusammensetzung, Mischung und Bereitung der Farben,
was die flandrischen Maler auszeichnete, ich nenne hier nur
einen Petrus Cristus, Geraert van der Meire, Dirk Bouts
und Rogier van der Weyden. Ein Schwarz, wie es Dirk
Bouts gemalt hat, ist bis heute noch nicht erreicht worden.
Hierin kam ihm vielleicht nur van Dyk und Velasquez nahe,
doch erweist sich bei diesen jene Farbe nicht so haltbar
leuchtend wie das Dirks Bouts'sche Schwarz. Mit bewunderungswürdiger Feinheit verstand es dieser Meister den
Lüstre der schwarzen Seide von dem Glanze des schwarzen
Samts abzuheben, ja bei schwarzen Gewändern die Nuancen
der Falten, schwarz in schwarz, ohne Aufhöhung von weissen
Lichtern und ohne graue Schatten zu geben, kräftig hervorzuheben. Vom Jahre 1450 ab etwa beginnen die Wanderungen der deutschen Maler nach den Niederlanden. Sie
zogen hinaus, die meisten «die Pfaffenstrasse» rheinabwärts
um zu lernen, und wenn sie zurückkehrten, arbeiteten und
lehrten sie selbst ähnlich jener Weise und erfüllten wiederum
die Herzen der Jungen mit gleicher Sehnsucht, das alles selbst
mit eigenen Augen zu schauen. Um 1460 finden wir deutsche
Maler tätig, bei deren Werken man im Zweifel sein könnte,
ob sie deutschen oder ob sie flandrischen Ursprungs sind.

Aber allmählich sondern sich die deutschen Künstler immer mehr nicht nur von den flandrischen Meistern, was durch die anders gestaltete geschichtliche Vergangenheit der beiden Völker und der daraus abweichenden Volksart begründet ist, sondern auch unter sich in den einzelnen Schulen und in diesen wieder in ganz bestimmte eigenartige Individualitäten. Durch die Fruchtbarkeit des Bodens und durch den so reichen Gewinn bringenden Handel hatte ein leicht erworbener Reichtum das niederländische Volk auf einen ruhigen behaglichen Lebensgenuss hingewiesen, der sich wie in der Sinnesart auch in den niederländischen Werken der Malerei abspiegelt. Dabei hatte der Handel eine reife Weltklugheit ausgebildet. Die gut fundierten geordneten Verhältnisse des Landes reden gleichsam zu uns, betrachten wir die heiteren und natürlich wahren Gestalten auf den altniederländischen Bildern, die den alltäglichen Erscheinungen des Lebens nachgebildet, sich in den Räumen bewegen, wie sie der Künstler täglich vor Augen hatte, in der Tracht ihrer Zeit stellen sie uns die mild und ruhig blickenden Gestalten der Heiligen entgegen, mit dem festtäglichen Schmucke und dem Geschmeide der reichen Bürger jener Zeit angetan. Dieses Streben nach Naturalismus musste den deutschen Meister mächtig anziehen und fesseln, denn in seiner Seele war schon lange das Gefühl dafür wach geworden, nachdem ihm das Schaffen nach und aus der Natur heraus für eine Zeit verloren gegangen war. Das was er im Innern fühlte, vernahm er in den niederländischen Werken jener Zeit deutlich ausgesprochen. Aber der Deutsche, der schon durch seine politische Stellung an ein Leben harter Kämpfe gewöhnt, seinem Boden unter ganz anderen Bedingungen den Lebensunterhalt abringen musste und nach ganz anderen Richtungen seine Lebensgewohnheiten zu regeln hatte, musste auch auf andere Ausdrucksgestaltung hingeleitet werden. Hinzu kam seine lebhafte und leicht erregte Phantasie, die ihn von Urzeiten auszeichnete und die er sich zum Vorteil seiner Kunst zu allen Zeiten treu bewahrt hat. In Deutschland sprach auch das bei weitem stärkere Hervortreten von Gegensätzen, nicht nur von Arm und Reich, sondern auch der einzelnen Volksklassen unter sich und das starre Abschliessen der Zünfte mit. Dass der Deutsche sich so willig den Niederländern in die Lehre gab, ist nicht zu verwundern, da beide Länder eines Stammes von alters her durch die regsten Handelsbeziehungen auf das Innigste verknüpft waren. Hatte der Niederländer bei seinen Werken der Malerei das intensive Bestreben, genau die Natur wiederzugeben, das Kleinste beobachtend, jedes Hautfältchen, jedes Aederchen, ja jedes Haar am Körper so zu bilden, wie er es gesehen, so zeichnet sich seiner ganzen naturellen Beanlagung nach, doch sein Werk durch eine gewisse Gehaltenheit aus. Besonders kann man das bei der Wiedergabe von Personen am deutlichsten erkennen, und hierbei zeigt sich auch am markantesten der grosse Unterschied, der die deutschen Werke von denen der Niederländer trennt. Dem Deutschen war es nicht genug, die Natur in allen ihren Erscheinungen darzustellen, ihn drängte es zu allen Zeiten auch das zur äusseren Gestaltung zu bringen, was ihn in seinem inneren Gemüt bewegte und erregte. Der Drang nach Ausdrucksgestaltung seiner Seelenerregungen ist es auch, der ihn immer und immer wieder in unendlichen Variationen den Kreuzestod des Heilands und die Passion des Herrn bilden lässt. Dieser innere Drang nach Ausdruck zeitigte aber bei den deutschen Meistern, die hierüber oft alles andere vergassen, nur zu leicht ein Zuviel, ja oft Uebertreibungen aller Art. Besät mit Wunden musste der entsetzlich verhärmte und abgemagerte Leib Christi dargestellt werden, um recht deutlich damit das eigene weinende Herz, das ganz erfüllt von tiefstem Mitleiden nach Erlösung rang, sprechen zu lassen. Der Deutsche, stets gewohnt die schärfsten Unterscheidungen von Gut und Böse zu machen, dem hierin der grösste und entscheidenste Gegensatz sich verkörperte, konnte nicht anders, als die Schächer und Peiniger des Heilands so darzustellen, wie nie scheusslichere und widerwärtigere Geschöpfe in Menschengestalt gebildet wurden, fast Karikaturen, bei denen wir oft fragen, ob hier Absicht, ob Zufall den Pinsel des Meisters geleitet hat. Nur so können wir es verstehen, wenn wir z. B. auf einem Bilde in der Karlsruher Galerie (Multscher?) den einen der Peiniger des

Herrn bei der Dornenkrönung mit zwei linken Beinen abgebildet finden, die scheusslichen fratzenhaften Gestalten auf
Bildern Isenmanns betrachten und immer und immer
wieder beobachten, wie es dem deutschen Meister um
starke gegensätzliche Wirkungen zu tun ist, wie sie bei der
Kreuztragung das Entsetzliche zu steigern wissen, indem sie
kleine Kinder an der Hand der Mutter mit hinaus vor das
Tor ziehen lassen, um den Gemarterten unter der Last des
Kreuzes zusammenbrechen zu sehen oder seiner Annagelung
und Kreuzigung gaffend oder spottend beizuwohnen. Nicht
mangelte es der deutschen Kunst, auch eine gewisse Schönheit darzustellen, wenn es der deutsche Meister für den besonderen Fall als das Gegebene erachtete. Es ist nicht schwer,
unter den Werken eine grosse Anzahl recht anmutiger Gestalten, besonders Madonnen und weibliche Heilige, heraus-
zusuchen. Das Charakteristische jedoch der deutschen Kunst
liegt zumeist in dem zu starken Gestalten der inneren Em-
pfindung. Nicht ein Nichtkönnen, ein Nichtwollen liegt
hier vor, das tief im deutschen Wesen begründet, seit Urzeiten so und immer auf gleiche Weise zum Ausdruck kam.
Es ist das Gleiche, wenn der alte Miniaturist in immer
neuen Variationen seine Bandverschlingungen zog, wobei
ihn seine lebhafte Phantasie noch zwang, Tierleiber und
Tierköpfe mit einzuflechten, derselbe Drang, der die fran-
zösische Gotik bei uns jeglicher Horizontale beraubte und
das Auge immer höher, von Wimperg zu Fiale und von
den Krabben geleitet, zu neuen aufsteigenden Spitzen mit
neuen Fialen und so fort hinaufführte, dass es sich in die
Unendlichkeit zu verlieren glaubt. Derjenige der die deutsche Kunst nur nach ihrer formalen Seite betrachtet, wird
oft allerdings wenig Genuss und Befriedigung finden, er
wird sie aber auch nicht verstehen lernen und können.
Wer aber tiefer schaut, dem kann der alte deutsche Meister
viel sagen und er wird derbe, aber deutsche wahre Sprache
vernehmen.

Mühsam und ganz allmählich öffnen sich den deutschen
Malern des ausgehenden XV. Jahrhunderts die Augen für
die Natur, deren Studium erst intensiver durch die neuen

humanistischen Bestrebungen befördert, betrieben wird. Der goldene Himmel im Hintergrunde der Bilder weicht nur zögernd der Darstellung einer Landschaft. Zuerst ist es nur ein Blick hinaus ins Freie, durch kleine Fenster, während im übrigen die goldene Luft noch gebraucht wird, um die lebhaften Farben, die vielfach noch unvermittelt nebeneinander gesetzt werden, einheitlich wirken zu lassen. Immer mehr aber breitet sich die Landschaft aus, weite Fernblicke auf Täler und Berge, baumbewachsene Hügel, Felder und Fluren mit Herden und Wanderern gewährend, bei einzelnen Meistern hat sich der Fluss sogar zur Seelandschaft erweitert. Auch die Innenräume werden naturgemässer gebildet. Wenn sich hier auch den Meistern, selbst noch Dürer, unüberwindbare Schwierigkeiten entgegenstellten, so wissen viele diese Mängel doch durch künstlich aufgebaute Treppenstufen oder dergleichen geschickt für den nicht tiefer prüfenden Beschauer zu verbergen. Aber die Proportionen der Menschen zum Raum werden richtiger, und die Stube wird mit all dem kleinen und grossen Hausrat angefüllt, welcher der Ausstattung der Räume jener Zeit entsprach. Der eichene Tisch mit dem frischgewaschenen Linnen, bei dem man deutlich die Liegefalten erkennt, die Truhe mit ihrer Schnitzerei, den Sesseln und Stühlen. An der Wand sind die blankgescheuerten Zinngeräte auf Brettern aufgestellt oder aufgehängt, und am geräumigen Kachelofen liegt die Katze, deren Schnurren man in der trauten Stille zu vernehmen glaubt. In der Wiege ist der Kleine eingeschlafen und die dabeisitzende Mutter in die Lektüre einer frommen Schrift vertieft. Dass es Maria und der kleine Heiland sind, sagen uns die Heiligenscheine, die dann bei Dürer vielfach fehlen, der uns im Bilde reinster Muttersorge und -liebe das Göttliche im Menschlichen vor Augen stellen konnte. Was den deutschen Meistern bis auf Dürer fehlte und was wir in den Werken stets störend empfinden, ist der Mangel der Kenntnis und des Verständnisses für die Körperproportionen und den Bau des Menschen. Viel zu sehr hatten die Künstler damit zu tun, den Gestalten ihr inneres Erlebnis oder ihr Empfinden aussprechen zu lassen ; dazu kam, dass es nicht

8

Sitte war, nach lebenden Modellen zu bilden und dass die Kleidung jener Zeit den Körper fast bis zur völligen Unkenntlichkeit verdeckte. Erst mit dem Einfluss italienischer Kunst, die wir gewohnt sind mit dem Begriffe der Renaissance zu bezeichnen, wird dem Menschen in dieser Beziehung mehr Aufmerksamkeit zugewendet. Ein typisches Beispiel ausser Dürer bleibt für jene Zeit der oben erwähnte Bildhauer Conrad Meit. Wie der Mensch als solcher in der italienischen Renaissance nicht nur eine bedeutende, sondern die Hauptrolle spielte, so hat sich ein gewisser Hang nach anatomischer Richtigkeit, wenn auch abgeschwächt in Deutschland verbreitet. Noch ein wichtiger Faktor ist zu berücksichtigen. Während in Italien und auch zum Teil bei den Niederländern es schon früh die Fürsten und ihr Hof waren, welche in recht ausgiebiger Weise die Künstler beschäftigten und unterstützten und dadurch die Kunst in allen ihren Zweigen förderten, blieb die deutsche Kunst bis zur Reformation fast ausschliesslich eine rein kirchliche und arbeitete nur für die Ausschmückung der Kirche und für Stiftungen und Geschenke an dieselbe. Die Besteller der deutschen Werke der Malerei waren meist Geistliche oder wohlhabendere Bürger, die damit ihr Gelübde erfüllen wollten oder ein frommes Werk zur Förderung ihres Seelenheiles zu tun glaubten. Ihnen kam es meist auf den äusseren Glanz durch Gold und leuchtende Farben an, ohne auf künstlerische Vollendung und Ausführung viel Aufmerksamkeit zu verwenden. Ein trauriges, leider aber sehr beredtes Zeugnis bleibt es hierfür, wenn man in der Lebensgeschichte unseres grössten deutschen Meisters, Albrecht Dürer, liest, wie wenig der doch sonst so feinfühlige und edelgesinnte Kaiser Maximilian, noch weniger, wie der Rat seiner Vaterstadt einen Meister von solcher Genialität nur annähernd verstehen und schätzen haben können. Wie mit ihm um den Preis seiner Werke gefeilscht wird, wie einem Manne von Dürers Können zugemutet wird, dass er sich im Kontrakt verpflichtet, «ungestalt» ausgefallene Werke zurückzunehmen. Ausser Kaiser Maximilian und Kardinal Albrecht kann man schwerlich aus jenen Zeiten noch Fürsten nennen, welche ausgedehntere Aufträge auf

Kunstwerke gaben und die man aus diesen Gründen als Förderer der Künste bezeichnen könnte. Desto heller strahlt in dieser Beziehung der grosse Kunstsinn des Kurfürsten Friedrich des Weisen uns entgegen. Wenn auch die urkundlichen Nachrichten oft davon sprechen, dass bei seinen Aufträgen mit den Künstlern häufig am Preis der Werke abgehandelt wurde, so genügt doch schon die Menge der Aufträge und die Persönlichkeiten der von ihm beschäftigten Meister, um uns ein Bild ganz besonderer Art von jenem Fürsten zu gestalten.

Es ist gerade die Zeit von Kurfürst Friedrichs Regierung eine für die Entwicklung der deutschen Malerei hochbedeutsame und vielleicht die wichtigste Epoche. Hätten sich mehr Werke jener Zeit erhalten, könnten wir die erhaltenen Werke mit grösserer Sicherheit den Meistern zuschreiben, die für Friedrich arbeiteten, so würde sich vor unseren Augen des Bild einer Entwicklungsphase der deutschen Malerei entfalten, wie es interessanter und lehrreicher wohl kaum zu denken ist. So heisst es leider mit urkundlichen Nachrichten arbeiten, die nur bedingten Wert besitzen, indem sie allerdings des Kurfürsten Kunstbestrebungen in ein glänzendes Licht rücken, aber vielfach keine sicheren Zuweisungen zulassen. Der Wunsch nach möglichster Klarheit muss demnach auch hier manche ausgesprochene Vermutung entschuldigen, die nur den Zweck verfolgt, die Konturen schärfer hervorzuheben.

Schon bei Friedrichs Regierungsantritt finden wir zwei Maler in Wittenberg tätig, welche beide bis um 1500 vielfach beschäftigt sind. Der eine von ihnen, Meister Kunz, scheint der derzeitige Hofmaler gewesen zu sein, denn er erhält 1487 sein Hofgewand. Zuerst wird er 1486 gelegentlich der Beisetzungsfeierlichkeiten des am 26. August 1486 verstorbenen und im Meissner Dom zur Ruhe bestatteten Kurfürsten Ernst genannt. Er erhält eine Zahlung für von ihm gemalte «fannen und panner auff das begencknuss gein Meissen», wo er scheinbar auch die Dekorationen und Ausschmückung des Dominnern anordnete. Verschiedentlich werden von ihm Renn- und Stechzeuge für die Turniere bemalt, so 1487, ferner 1488 für Rennen zu Leipzig, Erfurt und Plauen und für ein Gesellenstechen. Es sind auch Fahnen darunter, die mit Oelfarbe bemalt und reich in Gold und Silber verziert waren. Er malt Wappen aus, die von dem später noch zu erwähnenden Melcher Kartenmaler gedruckt worden waren, arbeitet 1494 in Lochau und malte des Kurfürsten Bildnis 1499 auf einer Reise in Freiburg i. Br. Wir erfahren, dass er auch noch als Illuminist beschäftigt war, denn 1488 wird von ihm ein Gebetbuch mit zehn Martyrien und 27 Buchstaben illuminiert, vermutlich war sogar seine Frau hierin mittätig; ein Zweig der Kunst, in dem sich im Mittelalter vielfach Frauen beschäftigten, wofür wir eine grosse Anzahl von Ueberlieferungen und Namen geschickter Illuministinnen in den Niederlanden und Deutschland (Nürnberg) besitzen. Im Jahre 1500 werden 26 Gulden «der Cuntz Malerin» für zwei Bücher und ein Tuch gezahlt, das nach Augsburg gesandt wurde und im gleichen Jahre 6 gr. für ein Passionsbüchlein, das nach Torgau kam. Nicht unberechtigt erscheint die Annahme, dass Kunz vielfach den Fürsten auf seinen Reisen im Gefolge begleitete, meist wohl, wenn es zu Turnier und Stechen ging. So finden wir Meister Kunz vielfach ausserhalb der Kurlande erwähnt, 1488 in Nürnberg, 1492 reitet er «gein tressen» (Dresden), woselbst er «ettlich gemalt besehenn solt», 1495 ist er in Worms, 1499 fanden wir ihn, wie bereits oben erwähnt, in Freiburg i. Br., ferner wird er in Homelshayn und Leipzig genannt. Auf des Kurfürsten Jerusalemfahrt 1493 wird ein Maler Contz in dessen Gefolge erwähnt, in dem wir, wie ich im Kapitel Architektur ausführte, wohl eher Conrad Pflüger anzunehmen haben, der mit dem Kurfürsten in das heilige Land zog, als den eben betrachteten, mehr mittelmässigeren Meister. Bei Meister Kunz dem Maler haben wir allerdings aus dem Jahre 1493 die Notiz «4 β 12 gl. Contz Malers Weibe of Rechnung geben In sein abwesen von wegen mens g. Hern Hertzog Hannsen nach Margarethe», doch kann darunter auch nur eine kürzere Abwesenheit Meister Kunzens bei einer seiner kleinen Reisen in Deutschland gemeint gewesen sein. Als Kurfürst Friedrich auf seiner Reise ins heilige Land nach Venedig kam, kann man sich leicht denken, wie Venedigs Kunst seine Sinne gefangen nahm, wie ihn die Werke der Bellinis, Carpaccio, Cima da Conegliano und anderer gefesselt haben mögen. Dass er seinen Venetianer Aufenthalt nicht ohne eine bleibende Erinnerung daran verstreichen liess, war beim Kunstsinne Friedrichs selbstverständlich. Er liess sich in Venedig porträtieren, und der Maler arbeitete acht Wochen an dem Bilde. Die Bezahlung dafür erhielt der Meister durch des Kurfürsten damaligen Agenten in Venedig Peter Stolz. Leider erfahren wir nicht, wer der Künstler war, und mehr noch zu bedauern ist es, dass wir bis jetzt das venetianische Bildnis des Kurfürsten nicht mehr nachweisen können. Doch kehren wir zu Meister Kunz zurück, dessen Leistungen wohl schwerlich mit denen seiner venetianischen Kollegen zu vergleichen waren, die aber seinen Fürsten wohl auch in ihrer Art befriedigt haben mögen. Ein Hauptwerk Meister Kunzens scheint ausser der Ausmalung der Stube im Schlosse zur Lochau ein Kruzifix gewesen zu sein, das er 1497 für Torgau lieferte und wofür er den ansehnlichen Preis von 42 Gulden erhielt; gleichzeitig wurden ihm noch 20 Gulden für 11 «gekuntervet antlitz'» demnach kleine Porträts in Miniaturformat bezahlt. Gurlitt[1] folgert daraus, dass Meister Kunz nie als Schnitzer genannt ist und ferner aus dem gezahlten Preise von 42 Gulden, dass wir es hier mit einem Werke der Malerei zu tun haben und macht auf das Altarwerk in der Sakristei der Stadtkirche zu Torgau aufmerksam. Der Altar enthält in seinem Mittelbilde den gekreuzigten Heiland zwischen den beiden Schächern. Die Kreuze umsteht eine lebhaft gestikulierende Volksmenge, Reiter, Kriegsknechte, Männer und Weiber mit Kindern, die mit hinausgezogen waren, dem Schauspiele beizuwohnen. Unter dem Getümmel ist nur schwer die Gruppe von Maria, Johannes und den Frauen zu erkennen. Magdalena, eine für einen deutschen Maler überraschend schön gebildete Frauengestalt mit blonden wundervollen Haaren, kniet am Kreuzes-

---

[1] C. Gurlitt, Archival. Forschungen. II. S. 11.

stamm des Herrn, ihn mit ihren Armen umfassend. Eine
duftige, phantastisch reiche Landschaft schliesst den Hintergrund des Bildes. Alle Personen sind in überaus lebhaft
hellfarbige Gewänder gekleidet, besonders sticht ein Zitronen-
gelb hervor, das mit dem Blau der Landschaft scharf kon-
trastiert. Am linken Bildrande fällt eine männliche Figur,
in einfachen braunen Mantel und schwarzer Kappe gekleidet, auf, deren scharf charakteristisches Gesicht sich voll
dem Beschauer zuwendet. Es ist ein prächtiger Porträt-
kopf, in dem wir wohl berechtigt sind, den Meister des
Werkes zu erkennen, der sich selbst hier ein bescheidenes
Denkmal gesetzt hat. Auf den Innenseiten der Flügel sind
links die Kreuzannagelung und die Kreuztragung, rechts die
Kreuzaufrichtung und die Kreuzabnahme dargestellt, auf
den Aussenseiten links die Verspottung und die Dornenkrönung, rechts Ecce homo und die Geisselung. Die Rückwand des Altares schmückt ein braun in braun gemaltes
Schweisstuch Christi, darüber ein Wappen (weisse Pflug-
schar in rotem Felde), wobei die Buchstaben L. R. und
die Inschrift crat kepfe 1509 zu lesen sind. Gurlitt, a. a.
O., S. 11 erkennt in den gemalten Buchstaben, die sich auf
den Einfassungen der Kleidungsstücke der Kriegsknechte
befinden, Hinweise auf den Namen des Meisters «Konrad»
oder «Kunrad».

Nach Jacobs [1] Aufsatz über dieses Altarwerk stand es
früher in der Kapelle zum heiligen Kreuz in Torgau und
der Name Kepfe deute auf eine Stiftung eines Mitglieds
der in Torgau ansässigen Familie Koppe oder Köppe.

Die Komposition, die weit über Martin Schongauer
hinausgeht, die reiche Ausbildung der Landschaft, die Zeit-
tracht und die Farben zeigen, dass dieses Werk nicht vor
1509 entstanden sein kann. Vieles erinnert an Dürers grosse
Holzschnittpassion; die Entstehung des Christuskopfes auf
der Rückseite ist ohne die Kenntnis Dürer'scher Werke
vorauszusetzen undenkbar. Einen Zusammenhang dieser

---

[1] C. Jacob, Archiv für Sächs. Geschichte und Altertumskunde. Bd.
VIII. S. 145 ff.

Malereien mit Meister Kunz nachzuweisen, ist auch mir nicht gelungen. Gurlitt macht a. a. O., S. 12 noch auf verschiedene, in Sachsen befindliche Werke aufmerksam und glaubt, «dass bei genauer Durchsicht der thüringischen Sammlungen die Persönlichkeit des Künstlers schärfer erkannt werden kann», doch ist es unmöglich, nur zwei Werke des gleichen Meisters zusammenzustellen. Eine Anzahl Bilder, welche eine ebenso reiche und eigenartige Komposition und fast die gleichen Farben, besonders das Gelb, Rot und Blau aufweisen, befindet sich in der heiligen Leichnamskapelle in Wittenberg. Diese Bilder stammen aber von einem Meister H. L. aus der zweiten Hälfte des XVI. Jahrhunderts.

Der andere der beiden Maler, die schon kurz nach Antritt der Regierung des Kurfürsten für ihn arbeiteten, im Hofdienste demnach Vorläufer Lucas Cranachs genannt werden können, war Meister Ludwig von Leipzig. Gurlitt hat seinen Lebensdaten nachgeforscht und kommt zu dem Schlusse, dass Meister Ludwig oder auch wie er in den Weimarer Akten genannt wird «Juncker Ludewig» mit dem 1470 in einer Dresdner Urkunde genannten «Juncker Ludewig der Maler» identisch ist. Diese Notiz befindet sich im Hauptstaatsarchiv zu Dresden, Acta: «Auszcog aller inname vnd vssgabe etlicher ampte Sachsen vnd Meissen» (Loc. 4337. Bl. LII), wonach dieser Maler 30 Groschen aus der Rentkammer des Herzogs Albrecht des Beherzten erhält. Vielleicht ist der von Wustmann (Leipziger Künstler) nachgewiesene «Ludwig Kesser Pictor von Zeitz», welcher 1486 Bürger von Leipzig wurde und 1500 in einem Zunftstreite als Ludwig Keyser vorkommt, mit unserem Meister «ludwig maler von liptzk» identisch. Dass er einmal Maler von Leipzig, ein anderes Mal von Zeitz genannt wurde, kann ja nicht verwundern, da es vielfach Sitte war, dass sich die Künstler entweder nach ihrem Geburtsorte oder der Stadt, in welcher sie zuletzt längere Zeit tätig waren, nannten. In den Rechnungsbüchern findet man meistens die Meister nach ihrem letzten Aufenthaltsorte benannt, da der Rechnungsführer schon wegen der Buchung der Zehrungs- und Transportkosten mehr Wert auf den Ort ihrer Herkunft legte. So finden wir auch bei Meister Ludwig eine Rechnungsnotiz für den Transport «vonn seinem gerethe» von Dresden nach Torgau. Von seinen Arbeiten erfahren wir wenig. 1488 erhält er eine Zahlung für 5 «vorgulte Kertzenn», er malt Renndecken und Stechdecken für ein Gesellenstechen in Stendal. 1499 erhält er Sold vom Kurfürsten, zählte also von da ab sicher zu den Hofbeamten und scheint, da sein Name nach 1502 in den Urkunden nicht mehr vorkommt, wogegen 1502 seine Frau «Ludwig Malerynne» erwähnt ist, in diesem Jahre gestorben zu sein.

Ausser bedeutenden Künstlern der Zeit finden wir in den Akten eine grosse Anzahl Meister genannt, deren Schaffensart uns unbekannt geblieben ist und die vielfach nur ganz vorübergehend für Friedrich beschäftigt waren. Ich führe sie hier der Vollständigkeit wegen auf.

1503 wird Friedrich der Maler mit seinen zwei Knechten genannt, der bereits 1505 wieder von Wittenberg weggezogen ist, 1511 kommt ein Steffan Maler zu Wittenberg vor. Ein Erfurter Maler hatte 1494 Renndecken zu malen und ein Maler von Stendal fertigte 1501 Decken für ein Gesellenstechen. Aus Köln a. Rh. wird 1505 von einem Maler eine «Tafel» an den Kurfürsten abgeliefert und 1513 war ein Maler von Mühldorf in Wittenberg. Derselbe erhielt eine Zahlung von zwei Gulden «vor ein gemaltes tüchlinn ssant Johans des Zwelfpot» und drei Gulden für Zehrung auf seiner Reise nach seinem Geburtsorte «hilpurgk», welche er aber dem Kurfürsten zurückzuerstatten hatte, indem er dafür «meym gn. Hern Etcwes gutes machen will».

Unter einer Anzahl von Malern unbekannter Herkunft wird 1487 ein «Benedictus maler» genannt, 1505 von einem Meister eine Tafel mit der heiligen Barbara für das Kloster in Oschatz abgeliefert und 1517 ein «Jacoff Coch der Maler, Hermann tartzmachers Son seligen» erwähnt. Unter dem Maler Hans von Landshut, der im Jahre 1503 30 Gulden für zwei Tafeln erhält und 1508 nochmals 44 Gulden für eine Tafel, die von Landshut über Nürnberg transportiert wurde, kann man mit Recht Hans Wertinger vermuten.

Wertinger, der in Landshut von 1494—1526 als Hofmaler nachweisbar ist, hat neben seinen Altarwerken hauptsächlich Bildnisse gemalt, welche durch den Glanz ihrer emailartigen Farbe und die minutiöse Ausführung der Details zuerst sehr bestechen, die aber durch den Mangel geistigen Ausdrucks bald an Interesse für den Beschauer verlieren. Den Preisen nach zu schliessen, werden die beiden 1503 gelieferten Bilder wohl Porträts gewesen sein, während die 1508 gefertigte Tafel, welche allein zwei Gulden Fuhrlohn von Landshut nach Nürnberg kostete, jedenfalls ein grösseres Altarwerk war. Einen anderen Maler Ambrosius, der 1490 vier Bilder entworfen und 1492 Renndecken malte, dürfen wir vielleicht nicht mit einem Maler gleichen Namens, der in Halle und Leipzig einige Zeit gelebt hat, verwechseln. Diesen Meister «Ambrosio», auch abgekürzt «Brose» genannt, kennen wir hauptsächlich aus einer Streitsache, in der er gegen einen von Wulffen klagte und die jahrelang, von 1491—1496 die Gerichte beschäftigte. Ob dieser Meister Ambrosio ein Italiener gewesen und mit den beiden Bildern der Leipziger Universitätsbibliothek, auf die Gurlitt,[1] a. a. O., S. 49 hinweist, und welche deutlich mailändische Schule verraten, in Verbindung gebracht werden kann, dafür konnte ich keine Anhaltspunkte in den mir bekannt gewordenen Akten finden.

Hans von Amberg war von 1489—1494 als Maler sowohl wie als Schnitzer mehrfach für Kurfürst Friedrich beschäftigt. Schon 1489 lieferte er eine Tafel und drei Bilder (Statuen) für die Kirche zu unserer lieben Frau in Torgau und malt 1492 eine Stube im Schlosse zu Wittenberg aus. Hieran war er mit drei Gesellen, von denen zwei ein Jahr lang, der dritte zwei Jahre daran arbeiteten, tätig. Die Zahlung geschieht 1494 und zwar wird sie seiner Frau verabfolgt. Die Arbeit hatte im Jahre 1492 begonnen, doch scheint der Meister immer nur auf einige Zeit nach Wittenberg gekommen zu sein, um das Fortschreiten des Werkes

---

[1] Vgl. C. Gurlitt, Beschreibende Darstellung der Bau- und Kunstdenkmäler im Königreich Sachsen. Heft 17/18. S. 258.

zu beobachten und seine Anordnungen zu treffen, falls seine
Gesellen im Zweifel über eine Sache waren. So finden wir,
dass 1493 ein Bote nach Amberg zu ihm ausgesandt wird,
um ihn nach Wittenberg zu bitten. Vielfach wird er wie
seine Gesellen «Tischler» genannt, wie er denn auch 1493
eine Zahlung für zwei Kasten (Truhen) und einen Tisch,
die er nach Wittenberg fertigte, erhielt. Hans von Amberg hat demnach, wie nach den Notizen anzunehmen ist,
eine Stube im Wittenberger Schlosse mit geschnitzten und
auch von ihm bemalten Vertäfelungen geschmückt.

Es ist aus den Akten nicht ersichtlich, ob Hans von
Amberg mit dem nach Janitschek[1] gegen Beginn des 16.
Jahrhunderts geborenen Christoph Amberger, der nach
Vischer[2] 1530 in Augsburg das Bürgerrecht erhielt, in Zusammenhang stand. Hans von Amberg, der sich auch 1491
in Nürnberg aufhielt, stand sicher in seinen Werken der
süddeutschen Schulrichtung Augsburg und Franken nahe.
Ein sicherer Nachweis, wie er gemalt und wie er geschnitzt
hat, ist leider nicht mehr zu erbringen.

In den Jahren 1488 und 1489 wird ein Nürnberger
Maler in den Urkunden erwähnt, der sich 1489 zu Zwickau
vorübergehend aufhielt und daselbst den Kurfürst porträ-
tierte. Ein Maler von Ruf kann es aber nicht gewesen
sein, denn ein solcher hätte sich wohl nicht mit zwei Gulden
Zahlung für das von ihm gefertigte Bildnis des Fürsten zufrieden erklärt.

Ausser diesen mehr unbekannten und untergeordneten
Meistern treten uns aber auch eine Reihe Namen entgegen,
die in der Geschichte der deutschen Malerei jener Zeit nicht
nur einen guten Klang haben, sondern, vor allen anderen
Albrecht Dürer, das Vollendetste leisteten und somit als
die grössten Meister ihrer Zeit bezeichnet werden können.

Im Chor der kleinen Kirche von Schweinitz (7 km süd-

---

[1] H. Janitschek, Geschichte der deutschen Malerei. Berlin 1890.
S. 431.

[2] Robert Vischer, Studien zur Kunstgeschichte. Stuttgart 1886.
S. 520.

südöstlich von Kahla) hat sich ein Altarwerk erhalten, für
dessen Entstehung und Lieferung ich zwar keine archivalischen Nachrichten finden konnte, das aber doch wohl
sicher auf Bestellung des Kurfürsten Friedrich zurückgeht.
Friedrich weilte oft in Schweinitz, wo er ein Jagdgut besass. Der Chor der Kirche ist während seiner Regierungszeit erbaut bezw. neu gewölbt worden. Die Schlusssteine
zeigen u. a. die Wappen der Kur und Sachsen. Lehfeldt [1]
setzt die Entstehung des Altares um 1500. Der geöffnete
Schrein enthält Holzschnitzfiguren und zwar in der Mitte
Maria als Königin mit Krone und Zepter auf der Mondsichel stehend, mit dem Kind auf dem Arme, zu ihren
Seiten je zwei weibliche, in den Flügeln je drei männliche
Heilige ; im Sockel, auf dem die Jungfrau steht, die Brustbilder von Jeremias, Jesaias und Daniel, zu Häupten Mariä
je ein Brustbild eines Engels, in der Predella die Verkündigung, Geburt und Anbetung der Könige. Die Heiligenfiguren stehen unter einem fein geschnitzten Baldachin. An
zwei Abschlussschildern des gotischen Hängewerks über
Maria ist links IĒS und rechts das Zeichen V in Gold gemalt. Sehr fein ist das gotische vergoldete Flachornament
auf der Einfassungsbordüre des Altares. Die Holzschnitzereien hält Lehfeldt für Saalfelder Arbeit und sagt betreffs
der Gemälde auf den Aussenflügeln des Altares: «Der Stil
der Gemälde weicht von dem der Holzfiguren ab und weist
auf Wolgemut unter unmittelbarem Einfluss des Rogier
van der Weyden; fein, etwas befangen, bei liebevoller
Durchführung». Auf dem linken Flügel sehen wir die Verkündigung, auf dem rechten die Anbetung des Kindes, im
Hintergrunde die Verkündigung an den Hirten.

Die Verkündigung findet in einem Gemache statt, durch
dessen offene Tür der in ein weisses Gewand gekleidete
goldgeflügelte Engel auf die an einem Betpulte kniende
Maria herangeschwebt kam. Der Engel, dessen Flügelinnen-
seiten blau und weiss gefärbt sind, hält in der Linken einen

---

[1] Prof. Dr. P. Lehfeldt, Bau- und Kunstdenkmäler Thüringens.
Altenburg. Bd. II. S. 161.

Lilienstengel; von seiner Hand geht ein Spruchband mit den bekannten Worten aus. Maria ist in ein grünes, heliotropfarbig gefüttertes Gewand gekleidet. Der über dem Betpult ausgebreitete Teppich ist rot mit goldenem Granatmuster. Durch ein an der Rückwand des Zimmers befindliches kleines romanisches gekuppeltes Säulenfenster hat man einen Ausblick auf die Landschaft mit einem Turmbau, und hier gewahren wir auf Wolken die in ein rotes Gewand gekleidete Halbfigur Gott Vaters. Von ihm gehen die goldenen Strahlen aus, in denen die weisse Taube und dahinter die kleine nackte Gestalt des Heilandes auf Maria herabschweben.

Bei der Anbetung des Kindes ist Maria ebenso gekleidet, der kniende, die brennende Kerze haltende Joseph trägt ein heliotropfarbenes Untergewand und einen roten, grüngefütterten Mantel. An dem die Szene umgebenden Gemäuer sehen wir links Ochs und Esel an der Krippe, und rechts schauen die drei herbeigeeilten Hirten der frommen Handlung, über die Mauer gelehnt, zu. In der Hügellandschaft des Hintergrundes sieht ein burgähnlicher Bau mit starkem Rundturm an der rechten Seite hervor, links auf dem Berge ist zu dem seine Schafe weidenden Hirten ein Engel mit roten Flügeln, in ein gelblich rosaliches Gewand gekleidet, vom Himmel herabgekommen, um ihm die Nachricht zu bringen.

Wenn Lehfeldt hier «unmittelbaren Einfluss des Rogier van der Weyden» erkennt, so hat er vollständig recht. Unerklärlich ist es aber, diese Gemälde mit Wolgemut in Verbindung zu bringen. Wenn diese wohl auch nicht direkt von Rogiers Schüler Martin Schongauer stammen mögen, so sind sie sicher unter seinen Augen, in seiner Werkstatt entstanden. Alle Stilkriterien, die Lehfeldt angibt, passen auf den Stil des Altmeisters unserer deutschen Kunst, Martin Schongauer, wie wir ihn aus seinen wenigen Gemälden und aus seinen Kupferstichen kennen. «Die Köpfe sind kugelig, die Augenbrauen rund gezogen, das Kinn unter dem zu kleinen Mund knopfartig vortretend, der Halsmuskel durch Schattierung stark modelliert. Die

Hände sind klein und mager (ähnlich denen Rogiers), die Gewandungen mit Knickfalten. Die Komposition ist einfach und gut, die vorderen Hauptfiguren noch nach mittelalterlicher Weise ganz gross gegen die Nebenfiguren des Hintergrundes. Die goldenen Heiligenscheine sind noch unperspektivisch. Besonders fein ist die sorgfältige Hintergrunds-Landschaft und gut in der Färbung bei zartem Himmelston». Zum Vergleich mit den Abbildungen mache ich besonders auf die beiden Stiche Schongauers B 4 und B 5 aufmerksam. Man beachte bei den Gemälden, wie das Haar der Maria über die Ohren gekämmt ist, die Bildung der Augen, der Nase, des knospenden Mundes und des Kinns, die überaus schlanken Finger, die Gewandfalten und wie das Kind auf den Zipfel des Mantels gelegt ist. Wären die Farben besser erhalten — vielfach kommt die graugrüne Untermalung beim Inkarnat durch und das Blau hat sich stark verändert — so wäre es nicht sehr gewagt, auf Schongauer selbst als Verfertiger dieser Gemälde zu schliessen, da es doch recht schwer ist, einen Schüler oder Gesellen sich zu denken, der sich so bis in alle Details in den Stil seines Meisters versenkt hat. Es hindert nichts, die Entstehung des Altarwerkes um das Jahr 1485—90 anzusetzen, also vor den im Jahre 1491 erfolgten Tode Schongauers.

Michel Wolgemut wird in den Urkunden 1503 genannt, in welchem Jahre er eine «Tafel» für den Kurfürsten nach Wittenberg liefert, die dem Preise von 74 Gulden nach zu urteilen, wohl ein Altarwerk gewesen sein wird. Michel Wolgemut, der 1434 in Nürnberg geboren ist und 1519 starb, stand im Jahre 1503 nicht mehr in der Vollkraft seiner Jahre und wird nach allem, was wir von ihm und seinem Schaffen wissen, das Altarwerk für den Kurfürsten auch nicht selbst gemalt, sondern in seiner Werkstatt von einem oder mehreren seiner Gehülfen angefertigt haben lassen.[1] Nach Thode bietet allein der noch erhaltene Zwik-

---

[1] Vgl. über ihn: Henry Thode, Die Malerschule von Nürnberg. Frankfurt a. M. 1891. S. 124.

kauer Altar «als das einzig von Wolgemut selbst in allen
wesentlichen Teilen ausgeführte unter den nachweislich
bei ihm bestellten Werken» einen Anhalt, uns über das
Können und das künstlerische Gestalten Wolgemuts ein
richtiges Bild zu verschaffen, da dieser Meister immer eine
grössere Anzahl Gesellen und Gehülfen in seiner Werkstatt
beschäftigte und weniges eigenhändig ausführte. Trotzdem
aber war sein Name in Deutschland sowohl als auch über
die Grenzen seines Vaterlandes hinaus ein gut gekannter,
und Wolgemut galt als einer der besten Maler seiner Zeit.
Bis in die neueste Zeit wurden ihm trotz der so auffälligen
Stilverschiedenheiten eine sehr bedeutende Anzahl Gemälde
und Altarwerke zugeschrieben, bis erst Thode a. a. O. die
Werke der einzelnen Nürnberger Meister sonderte und uns
das Bild Wolgemuts klar gezeichnet vor Augen stellte. Seinen
Hauptruhm verdankt Michel Wolgemut dem Umstand, dass
der junge Albrecht Dürer zu ihm, bezw. in seine Werkstatt
als Lehrling eintrat, ein Beweis mehr, dass diese Werkstatt
damals auch in Nürnberg wohl für die bedeutendste geachtet wurde. Dürer hat allezeit seinem Lehrmeister, wie
er ihn nannte, aufrichtige Dankbarkeit entgegengebracht,
und seinem Porträt Wolgemuts vom Jahre 1516 (in der
Pinakothek zu München Nr. 243) verdanken wir die Haupt-
lebensdaten des alten Meisters, da Dürer dieses Bild mit
den Worten bezeichnete: «Das hat albrecht durer abconter-
fet noch seine Lermeister michel wolgemut im jor 1516
und er was 82 jor.» Eine spätere Hinzufügung lautet:
und hat gelebt pis das man zelet 1519 jor do ist er ferschie-
den an sant endres tag fru ee dy sun awff gyng.»

Die Augsburger Kunst war bei Kurfürst Friedrichs Aufträgen durch Hans Burgkmair vertreten. Auch er lieferte
und zwar im Jahre 1506 einen Altar für 81 Gulden nach
Wittenberg, worauf St. Veit und St. Sebastian, sowie andere nicht näher bezeichnete Märtyrer oder Martyriendar-
stellungen gemalt waren. Burgkmair wurde 1473 geboren
und starb 1531. In ihm besitzt die deutsche Kunst eine
ganz anders geartete und bei weitem bedeutendere Persönlichkeit als in Michel Wolgemut. Seine Gestaltungskraft

war eine recht bedeutende und umfassende. Wenn seine Werke auch nicht die erschütternde Tiefe besassen, wie diejenigen eines Dürer, so fesselt Burgkmair doch ungemein durch seine liebenswürdige Art zu erzählen, sowie durch seine Weise, die einzelnen Farben abzustimmen. Jung, vielleicht zwischen 1490—1498 scheint Burgkmair in Italien gewesen zu sein, und er ist es neben dem älteren Holbein, in dessen Werken wir zuerst in Deutschland Ornamentmotive der italienischen Renaissance gewahren. Sein ungemein ausgebildeter Sinn für Wohllaut der Linien musste stark von den Schmuckformen und der Auffassung der italienischen Kunst ergriffen werden. Es ist nicht ganz richtig, wenn es oft leichthin in den Lehrbüchern oder sonstigen Schriften heisst, dass Burgkmair die italienischen Renaissanceformen nur oberflächlich nachgeahmt habe. Es geschieht dies meistens im Vergleich zu dem «unvergleichlichen» Dürer, und man vergisst die Tatsache, dass auch Burgkmair sich aus dem deutschen gotischen Stil, aus seiner Martin Schongauerschen Lehrzeit mit seinem so überaus beschränkten Naturalismus zu einer ganz anders gearteten und anders gestaltenden Kunst durchringun musste und dass er in seinen späteren und späten Werken an naturalistischer Wiedergabe der Personen und Landschaft ganz und gar auf dem Boden der neuen Kunst des XVI. Jahrhunderts steht. Am besten zeigt sich dies darin, das Burgkmair einer der gesuchtesten Künstler dafür war, die Häuserfassaden seiner Heimatstadt nach der aus Oberitalien eingebürgerten Sitte, mit Malereien zu schmücken. Aber auch seine zahlreichen Vorlagen für den Holzschnitt zeigen, welch' grosse Entwicklung sich im Schaffen dieses Meisters vollzogen hat und geben zugleich ein klares Bild seiner Vielseitigkeit. Rechnet man noch hinzu, dass er eine grosse Anzahl Zierdrucke entworfen, dass er unausgesetzt für Schriften weltlichen und religiösen Inhalts als Bücherillustrator tätig war, so kann man sich, lässt man die Reihe seiner Werke am geistigen Auge vorbeiziehen, wohl ein Bild seiner liebenswürdigen Künstlerpersönlichkeit machen, bei der die grosse erfinderische Kraft des Meisters volle Bewunderung erregt.

Wenn wir auch kein Gemälde Burgkmairs, das er für den Kurfürsten Friedrich angefertigt hatte, mehr nachweisen können, so glaube ich doch ein Werk gefunden zu haben, das bei Vergleichung mit seinen für Kaiser Maximilian gefertigten Holzschnitten, besonders im «Weisskönig» viele und grosse Uebereinstimmungen zeigt, sowohl in der Wiedergabe der Personen und der Landschaft, wie auch in einer ganzen Anzahl kleiner Details, woran man die gleiche Künstlerhand erkennt. Es ist dieses eine illustrierte Chronik, die sich im Weimarer Archive befindet und von Spalatin geschrieben ist. Eine Anzahl Blätter bilde ich hier ab. Der Titel der Chronik lautet: «Auszug Nahmhaffter Mann und Weibes Personen, Geist und Weltlicher in das Edle Hauss Der Herzoge in Thüringen, und Markgrafen zu Meissen gehörig, Durch Georginn Spalatinum Zu sammen getragen, 1513.» Der Titel war urkundlich von Spalatin selbst geschrieben, aber, weil verdorben, abgeschrieben worden.

Ausser den Darstellungen von sächsischen Fürsten und Grafen und ihren Frauen, sowie vielfach eine Art Stammbaum derselben, finden wir auch Persönlichkeiten, die eine Rolle in der sächsischen Geschichte spielten. Vor allem aber sind es die Begebenheiten der Geschichte, Schlachten, Eroberungen, Plünderungen, Ueberbringen von Fehdebriefen, Uebergabe von Städten, Stiftungen und Gründungen von Propsteien, Klöstern und Kirchen, Empfang von fremden Gesandten, Königswahl und anderes mehr, was auf echt Burgkmair'sche Weise erzählt bezw. dargestellt ist. Der letzte Teil der Chronik zahlt willig seinen Zoll an die Anschauungen seiner Zeit, indem er uns eine Reihe geschehener Wunder vor Augen führt. Von diesen bilde ich die Darstellung von Seite 220 der Chronik ab. Wir sehen eine hügelige Landschaft mit Bäumen und einem schlossartigen Gebäude im Hintergrunde und erblicken im Vordergrund fünf dicke pausbäckige Putten, die sich an der Hand gefasst einen Kindertanz auszuführen scheinen. Der eine dieser nackten kleinen Kerle hat ein Kränzlein von abwechselnd weissen und roten Blumen auf dem Kopfe. Es sind keine schönheitatmenden italienische Putten, sondern echt deutsche drollige und dralle Kindergestalten, die durch ihre ungraziösen Bewegungen deutlich den Humor erkennen lassen, mit dem sie der Künstler so und nicht anders gestalten wollte. Die Beischriften erklären uns die Wundergeschichte. Sie lauten: «Von ainem seltzamen Kindertantz von Erffurdt gein Arnstadt». «Vil kynnder vnd mer dann tansent Zu Erffurdt aus hymmelischen einflus bewegt danntzten an aynem Reijen Zwomaÿl wegs bis gein Arnstet».

Erkennt man auch in der Ausführung der Illustrationen deutlich zwei verschiedene Hände und findet man auch eine Reihe der Bilder im Vergleiche zu anderen minderwertiger, so ist doch klar ersichtlich, dass der Entwurf für alle Bilder und die Vorzeichnungen von ein und demselben Künstler herstammen. Das leichte Aufhöhen mit Weiss in ganz feinen Strichen, die von meisterhafter Sicherheit der Hand zeugen, ist eine Technik, wie wir sie von Burgkmair nur allzugut kennen.

Es würde den Rahmen meiner Arbeit zu sehr überschreiten, wollte ich detaillierter auf die Bilder in dieser Spalatin'schen Chronik eingehen oder wollte ich mehr derselben abbilden, es ist aber ein Werk, das sehr verdiente ganz ausführlich behandelt und reproduziert zu werden, da sich in kultureller wie auch in kunstgeschichtlicher Beziehung viel des Interessanten und Wissenswürdigen darin verbirgt.

In den Rechnungsnotizen vom Jahre 1491 bis inkl. 1506 kommt unter den für Kurfürst Friedrich beschäftigten Malern vielfach der Name «Hans» vor und zwar, wie das zumeist in jener Zeit der Fall war, ohne Nennung des Nachnamens. Diese Aktennotizen für unsere Kunstgeschichte brauchbar zu machen, wird aber dadurch erheblich erschwert, dass für diesen Meister Hans auch die Bezeichnungen wie: Johann, Hansen, Hans von Speier, Jhan der niederländische Meister, Hans Molner, Hansen dem Maler zu Torgau vorkommen, ferner dass diesen «Hansen» — denn die urkundlichen Notizen bezeichnen sicherlich mehrere dieses Namens — Zahlungen in Nürnberg, Torgau, Weimar und in Antwerpen

gemacht werden, schliesslich, dass an Meister Hans Gelder
für dessen Reisen nach Krakau und Venedig gezahlt werden
und dass wir sichere Kenntnis darüber besitzen, dass ein
Meister Hans den Kurfürsten 1493 auf seiner Jerusalemfahrt, 1494 auf seiner Reise nach Mecheln und Antwerpen
begleitete.

Beim Versuche, die einzelnen Persönlichkeiten zu sondern, ist es vorteilhaft, diejenigen Aktennotizen auszu-
scheiden, die uns über nur untergeordnete Arbeiten unter-
richten, womit die Anzahl der Notizen verringert, an
Uebersichtlichkeit gewinnt. Es bleiben sodann zwei Persönlichkeiten übrig, ein Niederländer Meister Jhan und ein
Meister Hans, der auch Hans von Speier genannt ist.

Letzterer ist uns aber aus Nürnberger Urkunden eine
bekannte Persönlichkeit.[1] Nach Thode erhält Hans von
Speier in Nürnberg in den Jahren 1488—1495 den Auftrag,
den errichteten Anbau an der neuen Abtei in Heilsbronn mit
Wandgemälden, wahrscheinlich Szenen aus der Legende des
heiligen Bernhard, sowie mit Schnitzwerk zu schmücken.
Er erhielt: «216 talenta pro pictura S. Bernhardi; 3 fl.
pro ymaginibus vitae S. Bernhardi; 6 fl. pro imagine beatae
virginis et clipeo fontis salutis in fenestris capellae». Für
die Nikolauskapelle, ebenfalls in Heilsbronn, malte er im
Auftrage des Abtes Haunolt eine Tafel mit dem heiligen
Nikolaus und ferner das Votivbild des Abtes von 1494.
Wir finden demnach in Hans von Speier einen Meister,
der Wandmaler, Tafelmaler und Bildschnitzer in einer
Person war. Von Hans von Speier sagt Neudörffer, dass
er den «Kreuzgang zu den Augustinern gemalet und darin
viel erbare Herren conterfeyet» habe. Er wird in den Nürnberger Bürgerverzeichnissen 1477 und 1486 als auf der
Sebalder Seite wohnend erwähnt. Am 6. August 1505 bekannte er «Veit Stossen 18 fl. für Arbeit zu bezahlen, auf
sein gut Vertrauen, da er denn nicht länger entrathen wolle,
mit Zeugniss von Wolf Pömer und Wolf Löffelholz». Aus
einer Urkunde vom 29. August 1547 erfahren wir, dass

---

[1] Vgl. H. Thode, a. a. O., S. 39, 68, 102, 217, 218, 261, 268, 272.

Hans von Speier, der kurz nach 1505 wohl gestorben sein mag, in der Bindergasse in Nürnberg wohnte.[1]

Die erste urkundliche Nachricht über Hans von Speiers Verhältnis zu Friedrich dem Weisen findet sich in den «kassierten Rechnungen» des Landrentmeisters Hans Leimbach von 1491—1493 in Weimar. Hiernach erhielt Hansen von Speier Maler 20 Gulden von Hans Unbehau, dem kurfürstlichen Agenten in Nürnberg gezahlt.

Im Jahre 1495 scheint Hans von Speier in Leipzig sich aufgehalten zu haben, denn es werden verbucht: «11 β 12 gl. Meister Johann Maler vf Rechnung geben zu Leiptzk . . . nemlich Im selbs 20 gulden vnd dem goltslager 12 gulden». Im folgenden Jahre 1496 erhält er weitere 42 gl. und ferner 35 β . . . «hab ich vf beuelh m. g. h. Meister Johann zu Nurinberg zcallt.» . . . . Gleichzeitig aber findet sich die höchst wichtige Nachricht: «VII. β x l iii gl. für ein gewelb zu leiptzk In Sant pauls kirchen vnd für ein wapen hat IX ℔. Kupfer, zumalen vnd zu uergulden». Hans von Speier hätte demnach eine Arbeit an einem Gewölbe in der Dominikanerkirche zu St. Paul in Leipzig ausgeführt und ebenda ein Wappen gemalt und vergoldet. In der beschreibenden Darstellung der Bau- und Kunstdenkmäler im Königreiche Sachsen Heft XVII, S. 103 und S. 221. ff. lesen wir, wie Kurfürst Friedrich der Weise Anteil an der Ausschmückung der St. Paulskirche in Leipzig genommen hat. Seine Mutter, die Gemahlin Kurfürst Ernsts, Elisabeth von Bayern, gest. am 5. März 1484, war daselbst beigesetzt worden. Friedrich liess ihr dort, wie wir sahen, ein Grabmal errichten. Wie die oben zitierte Urkunde beweist, liess der Kurfürst ebenda auch sein in Kupfer gegossenes Wappen anbringen, das Meister Hans bemalte und vergoldete und für das 12 Gulden dem Goldschläger für dazu geliefertes Blattgold gezahlt wurden. Wichtiger wäre es, könnten wir Malereien des Meisters Hans von Speier nachweisen, von dem wir ja wissen, dass er in Heilsbronn und im Nürnberger Augustinerkreuzgange

---

[1] Aus H. Thodes Nürnberger Malerschule.

Wandmalereien ausgeführt hat, demnach als Wandmaler besonderen Ruf genoss. Da bereits 1540 das Innere der St. Paulskirche in Leipzig mit einem weissen Kalkanstrich bedeckt wurde, so konnten bis jetzt keine Wandmalereien dort nachgewiesen werden. Dagegen erhielten sich bis vor kurzem eine grosse Anzahl Malereien in einem Gange des Klosters, die deutlich zwei verschiedene Künstlerhände erkennen lassen und von denen die eine Serie mit der Jahreszahl 1486 bezeichnet ist.[1] Die Bilder auf den östlichen Feldern X—XVIII aber, welche sich in dem mit dem Winterrefektorium zusammengehörigen Bauteile befinden, zeigen eine etwas vorgeschrittenere Malweise und zeichnen sich besonders durch die reiche Komposition aus. Dies veranlasste Gurlitt,[2] den Zweifel auszusprechen, dass diese Bilder gleichzeitig mit denen von 1486 datierten entstanden sein könnten und spricht die Vermutung aus, dass sie ihrem Charakter nach nicht von einem deutschen Meister, sondern von dem später zu behandelnden niederländischen Meister Jhan, der gleichzeitig für Kurfürst Friedrich in Sachsen tätig war, ausgeführt worden seien. Bei Hans von Speier aber ist eine so reiche Komposition wohl anzunehmen, der ein Zeitgenosse Wilhelm Pleydenwurffs und Wolgemuts war und in seinen späteren Werken sicherlich nicht ohne Beeinflussung von seiten Dürers geblieben sein wird. Kennen wir somit Hans von Speiers Leben und Wirken etwas genauer, so ist auch das von Gurlitt wahrgenommene Niederländische erklärt, das wie Pleydenwurff und Wolgemut auch Hans von Speier in sich aufgenommen hatte. Die Daten, die wir über diesen Meister aus älteren Schriftstellen und aus den Weimarer Urkunden besitzen, kollidieren in keiner Weise. Zwischen 1488 bis circa 1491 finden wir ihn in Heilsbronn, dann vorübergehend in Sachsen tätig, 1494 malt er eine Tafel für Abt Haunolt in Heilsbronn, 1495 ist er wiederum in Leipzig beschäftigt. Seinen

---

[1] Vgl. C. Gurlitt, Beschreibende Darstellung der Bau- und Kunstdenkmäler im Königreich Sachsen. Heft 17/18. S. 221 ff.
[2] C. Gurlitt, Archival. Forschungen. II. S. 25.

Wohnsitz hatte er ständig in Nürnberg, wo er, wie wir sahen, bei den Augustinern den Kreuzgang malte. Es ist wahrscheinlich, dass der in Leimbachs Rechnung von St. Thoma d. h. Zwölfboten 1496 bis Exaudi 1497 genannte Maler Johann identisch mit unserem Hans von Speier ist, der hiernach auch Arbeiten in Weimar und Torgau ausführte und für das Turnier in Leipzig, welches bei der Vermählungsfeier Herzog Georg des Bärtigen mit Barbara, der Tochter Königs Kasimir von Polen 1496 stattfand, Renndecken malte und nach Leipzig überbrachte. Die eigentliche Abrechnung geschah erst im Jahre 1497. Ein Meister Johann Maler war in der Zeit von 1499 bis 1501 scheinbar im Schlosse zu Lochau tätig, denn er erhält 1499 und 1500 Zahlungen und 1501 wird 1 fl. für Farbe notiert, welche «Johan Molers Knab» mit nach der Lochau trug. Es sei dahingestellt, ob hier etwa noch Meister Hans von Speier bei der Ausmalung des Schlosses mit Wandmalereien beauftragt war.

Bestimmt nicht Hans von Speier ist der von 1491—1505 verschiedentlich erwähnte «Meister Hansen der Maler zu Leiptzk», sondern, wie er auch 1505 in einer Rechnungsnotiz genannt wird, ist hierunter Hans Molner der Maler zu Leipzig gemeint. Derselbe malte «menlin» oder «Mendlen» für die Hofgewänder. Die Ankäufe für Tuche zu den Hofgewändern geschahen meist auf den Leipziger Märkten. Die Tuche aber wechselten häufig in Farben und gewebten Musterung und hiernach mögen sich auch die Aenderungen in den Moden der Hofgewänder gerichtet haben. Der Modewechsel bezog sich nicht allein auf Besatz von Litzen und Stickereien — es ist früher schon erwähnt worden, dass z. B. 1522 der Kurfürst die Anfangsbuchstaben des Spruches Crux Christi nostra salus auf die Aermel der Hofgewänder anbringen liess —, sondern auch auf den Schnitt der Aermel und des ganzen Gewandes. Solche Proben, Entwürfe bezw. Zeichnungen für die jeweilige neue Hoftracht lieferten bestimmte Leipziger Maler, unter ihnen Hans Molner. Diese bunten Trachtenbilder wurden dann den Amtleuten zugeschickt, wonach dieselben sich bei der Anfertigung der Hof-

gewänder zu richten hatten. So sagt die Rechnung Leimbachs von 1494—1495: «XVIII gl. meister Hansen dem
Maler zu Leiptzk zalt von VIII menlenn zu malenn die man
den Ambtleuten sich vf den Winter darnach zu cleiden zugeschickt hat, Donnerstag nach Elizabeth.» Es soll damit
durchaus nicht die Ansicht vertreten werden, als seien solche
Modebilder für die Hoftracht immer und überall von mehr
untergeordneten Malern entworfen worden, hat doch selbst
kein Geringerer als unser Albrecht Dürer ebenfalls solche
Entwürfe geliefert, wie sie uns in den Blättern der Albertina
Nr. 197 und 198 vorliegen. Die Sitte, das Modell von
ganzen Hoftrachten oder einzelnen dazugehörigen Kleidungs-
stücken den Interessenten bekannt zu geben, ist heute noch
im Gebrauch, wie eine Notiz des Dresdner Anzeigers vom
21. Dezember 1902 beweist.[1]

Hans Molner von Leipzig, der Fertiger von Entwürfen
für die Hoftrachten muss hierin sich guten Rufes erfreut
haben, denn auch für die Anfertigung von Maskeraden zur
Fastnachtszeit 1504 wurde er nach Leimbachs Rechnung von
Martini 1503 bis Trinitatis 1504 nach Torgau berufen, wo
er einige Tage weilte und 2 fl. XVIII «zcu Zcerung vnd
zcu uortrincken» erhielt.

Zu Kurfürst Friedrichs Zeiten waren die Fastnachts-
und Mummenscherze noch sehr beliebt und Friedrich, der
mit und in seinem Volke lebte, vergleichbar dem Vater
einer Familie, der alles kennt und sieht, für alles sorgte
und sich kümmerte, nahm häufig an den Lustbarkeiten der
Bürger teil. Aus den Wittenberger Kämmereirechnungen
1491—1496 erfahren wir, dass der Kurfürst in dieser Zeit
auch in Wittenberg und zwar im Ratssaale einen «Tanz»
abhielt, wozu die Jungfrauen und Frauen Wittenbergs ge-

---

[1] Wie das Oberhofmarschallamt bekannt gibt, kann fortan mit
Genehmigung Sr. Majestät des Königs von denjenigen Hof- und Staats-
beamten u. s. w., welche Hofrang haben, sowie von denjenigen am
königlichen Hofe vorgestellten Personen, welche das Hofkleid tragen,
zur Uniform beziehentlich zum Uniformfrack (Chiffrefrack) ein Uniform Mantel (Havelock) von schwarzem Stoff mit schwarzem Sammet-
kragen getragen werden etc. . . . . . Abbildungen dieses Mantels sind in
der Königl. Hofbuchhandlung H. Burdach Schlossstr. 32 zu haben.

laden waren und die der Rat von Wittenberg mit Bier be-
wirtete. «Item iij gl. den Frawen vnd Jungfraven bier geschanckt als sie vnserm g. H. zcu gefallen zcum tantze
sint gebeten.»

Wichtiger aber für unsere Geschichte der Kunst wäre
es, könnten wir aus den archivalischen Quellen etwas Näheres über die Person des niederländischen Meisters Jhan
oder Johann erfahren. Die verschiedene Schreibweise des
Namens — es heisst einmal «Jhan dem niderlendischen
Maler», dann Johan dem Niderlendischen Maler» und ferner
«Hansen dem niederlendischen Maler» — ist darauf zurückzuführen, ob er selbst Quittungen unterschrieb, auf denen
er sich wohl «Jhan» nannte, oder ob es sich nur um einen
Eintrag des Rechnungsführers handelte, der sodann in seiner
deutschen Sprachweise «Johann» oder «Hansen» verzeichnete.

Aus den archivalischen Nachrichten erfahren wir, dass
im Jahre 1491 ein niederländischer Meister Jhan an den
Hof des Kurfürsten Friedrich kommt und zwar voraussicht-
lich nicht auf kurze Zeit, denn er lässt seine Frau aus den
Niederlanden nachkommen. Er ist vier Jahre lang von
1491—1495 für festbestimmten Sold kurfürstlicher Hofmaler.
In dieser Eigenschaft begleitet er seinen Herrn 1493 auf
dessen Reise nach Jerusalem, 1494 nach Mecheln und Antwerpen, wo er, wie Gurlitt[1] sagt «Renn- und Stechdecken
malte, für Bogen und Pferde u. a. sorgte, kurz alle Oblie-
genheiten eines Hofmalers versah». Als kurfürstlicher Hofmaler auch ward er 1494 nach Krakau geschickt, wahrscheinlich in vertraulicher Mission, die vielleicht mit der
späteren Heirat (1496) der Prinzessin Barbara, der Tochter
des Königs Kasimir von Polen mit Herzog Georg dem
Bärtigen von Sachsen in Verbindung stand.[2] Im gleichen
Jahre unternimmt Jhan noch eine Reise nach Venedig im
Auftrage des Kurfürsten. Es ist weiter ersichtlich, dass

---

[1] C. Gurlitt. Archival. Forschungen. II. S. 22. Vgl. auch Schuchardt,
Luc. Cranach, S. 42.

[2] Bekannt ist die frühere Sitte, Bräute für den Bräutigam malen
zu lassen, wenn er sie nicht persönlich kannte. Ich erinnere an diese
Gepflogenheit bei König Heinrich VIII. von England.

Meister Jhan ausser seiner jährlichen Besoldung als Hofmaler bedeutende Summen für gelieferte Arbeiten erhielt,
für die er «auf Rechnung» gewöhnlich kleinere Summen im
Laufe des Jahres empfing, die aber zu bestimmten Terminen
jährlich mit ihm verrechnet wurden. Auch im Jahre
1505/1506, als er wiederum in Antwerpen war, scheint er
noch für Kurfürst Friedrich einen Auftrag ausgeführt zu
haben, wofür er 26 Gulden 5 gl. empfing.

Von seinen Arbeiten werden genannt:[1] 1493, fünf gemalte Tücher (also fünf Bilder auf Leinwand). 1493, eine
Tafel (ein Bild auf Holz). 1494, eine Darstellung der heiligen drei Könige, eine Tafel «darauf der printz und der
printzen Konterfeit», eine Verkündigung, ein Bild mit St.
Anna und Christoph, eine Madonna, ein heiliger Georg,
eine Darstellung mit der Gefangennahme Christi, ein Bankett
(Christus speist bei den Pharisäern?), ein Bild worauf ein
Bad dargestellt war (Batseba im Bade?).

Von diesen Werken glaube ich eins mit Bestimmtheit
noch nachweisen zu können und zwar die Gefangennahme
Christi vom Jahre 1494. Matthäus Faber[2] beschreibt es
folgendermassen: 30) Ein Nacht-Stuck. «Ohnweit dieser
Tafel, an der Mauer gegen Mittag, neben der Sacristey-Thüre,
präsentiret sich ein Nacht-Stück mit 2 Flügeln, welches den
Garten Gedsemane vorstellet, wie Christus in demselben von
Juda durch einen Kuss verrathen, und von denen Bedienten
der Jüden, welche brennende Fackeln in ihren Händen
tragen, gefangen worden. Ingleichen wie Petrus dem Malcho,
des Hohenpriesters Knechte, das Ohr abgehauen und wie
der allerliebste Heyland ihm solches wieder geheilet; auf
den beyden Flügeln aber tragen die Engel die Zeichen des
Leidens Christi. Es ist alles so künstlich gemahlet, dass
die, so der Mahlerey kundig, es vor was sonderliches halten,
welches nicht leicht nachzuthun. Denn, weil Christus in
der Nacht gefangen worden: so hat der Meister dieses Ge-

---

[1] Hans Hunds Rechnung von 1494. Vgl. Chr. Schuchardt, Luc.
Cranach, S. 42.
[2] Matth. Faber, a. a. O., S. 235.

mähldes, welcher Albertus Durerus gewesen seyn soll, auch die Nacht selbst mit seinem Pinsel abgeschildert, dergestalt, dass, wer das Bild gerade von fornen ansiehet, nichts gewahr wird, als schwartze Dunkelheit, und einige Menschen, welche im finstern herumgehen, und vor Dunkelheit fast nicht zu erkennen sind. Wenn mans aber von der rechten Seite betrachtet, so geben die brennenden Fackeln derer Knechte so viel Glantz, dass man das Angesicht Christi, Judä, Petri und anderer, welche mit denen Fackeln beleuchtet werden, deutlich erkennen kan. Das Werk ist in Wahrheit mit Verwunderung anzusehen, und wird niemand, weder in Italien, noch auch sonst in Deutschland dergleichen leicht finden.»

Nach dieser Beschreibung erkennen wir das Gemälde in dem jetzt unter Nr. 841 in der Königl. Gemäldegalerie zu Dresden befindlichen Bilde wieder. Es ist ein Flügelaltar, Eichenholz h. 1,73; br. Mittelbild 1,11; die Flügel je 0,48 und kam 1687 unter der Bezeichnung die «Verrätherei Judae» aus der Schlosskirche zu Wittenberg in die Kunstkammer zu Dresden. Der Wörmannsche Katalog sagt: «Wir begnügen uns, eine Schulverwandtschaft mit Ger. David festzustellen, der aus Holland stammte, aber seit 1484 in Brügge ansässig war, wo er den 13. August 1523 starb. So auch Friedländer».

Die beiden Aussenseiten der Flügel, die heilige Katharina (linker Flügel) und die heilige Barbara (rechter Flügel) sind nicht von dem gleichen Meister wie die Innenseiten der Flügel und das Mittelbild, sondern völlig und schlecht übermalte Bilder eines deutschen Meisters des XVI. Jahrhunderts.

Das vor allem anderen Beachtenswerte sind die merkwürdigen Beleuchtungs- und Lichtprobleme, die uns der Meister dieses Bildes zeigt. Das Mittelstück enthält zwei Darstellungen, wie eine solche Vereinigung mehrerer Szenen auf einem Bilde in den mittelalterlichen Gemälden vielfach üblich war. Hier ist im Vordergrunde die Gefangennahme Christi gegeben, während im Hintergrunde in kleineren Verhältnissen Christus im Garten Gethsemane gemalt ist.

Die Felsen wie die Landschaft bilden für beide Darstellungen die gemeinsame Szenerie. Es ist die Nacht geschildert, die nur von der mit oblongem Lichthofe umgebenen Mondsichel erhellt wird und die uns nur undeutlich die Felsen gewahren lässt, an denen der Herr sein inbrünstiges Gebet verrichtet, bei denen gelagert die Jünger in Schlaf versunken waren. Matt im fahlen Lichte des bläulich silbernen Mondes sind einzelne Blumen und Grasbüschel, ist der dürftige blattlose Baum am linken Bildrande beleuchtet. Da nahen durch einen Felsenhohlweg die Häscher mit Fackeln in den Händen, mit Schwertern und Lanzen bewaffnet, angeführt von Judas und Malchus, der ihnen mit einer grossen Laterne voranleuchtet. «Welchen ich küssen werde, der ist's, den greifet.» So sehen wir den entsetzlichen Moment dargestellt, in welchem Judas den Heiland mit dem Kusse verrät, die Häscher und Knechte roh zupacken und einer derselben in ein Horn stösst, um den Nachfolgenden das Zeichen zu geben, dass sie ihren Zweck bereits erreicht haben. Von Christi Jüngern gewahrt man nur Petrus, der noch ein breites Krummschwert schwingt, mit dem er dem zu Boden gefallenen Malchus das Ohr abgeschlagen hat, das Christus in seiner unendlichen Liebe heilt. Auf dem im Hintergrunde dargestellten Gebet in Gethsemane sehen wir den Herrn vor dem Felsen knieen. Auf einem Felsvorsprunge steht der Kelch mit der Hostie, von der ein geheimnisvolles Licht ausgeht. Vom Himmel schwebt auf Christus eine Engelsgestalt, die vom Mondlicht umflossen und zugleich von dem Licht der Hostie bestrahlt wird.

Wichtig für die Bestimmung des Meisters sind die Farben. Da aber alles wie in Nacht getaucht erscheint und nur durch die verschiedenen einzelnen Lichtzentren gewisse Teile erhellt sind, so ist es schwerer wie bei anderen Bildern hier bestimmte Bezeichnungen für die einzelnen Farben zu finden. Der Himmel ist ein Gemisch von Grün, Blau und Grau; auf dem schwärzlich grünen Boden ragen unheimlich starr die braunen Felsen empor. Christus ist in einen blaugrauen Mantel gekleidet, während Judas einen roten Mantel über seinem braunen Untergewande trägt. Der eine Kriegsknecht, der den Herrn an der linken Schulter packt, hält in der linken Hand eine Fackel, durch die seine Figur verhältnismässig stark beleuchtet wird. Er trägt ein rotes Wams, dessen Aermel in Rauten gesteppt sind. Auch Petrus und Malchus werden vom Scheine der Laterne erhellt. Petrus ist mit einem grünen Untergewande und einem grauen, weiss gefütterten Mantel bekleidet, während Malchus einen ziegelroten Mantel, ein grünes Wams mit Granatmuster und gelbbraun gestreifte Hosen trägt. Unheimlich und gespenstisch spielt das Licht auf den Rüstungsstücken der Kriegsknechte, hier eine Lanzenspitze, dort einen Schwertknauf aufblitzen lassend oder sich breit mit gelbrötlichem Glanze auf einen Teil der Kleidung legend. Von den mitausgezogenen Juden trägt einer auf dem spitzen Hute einen Edelsteinbesatz, auf dem einige gotische Buchstaben T E H V (?) zu lesen sind. Je fünf Engel in rote oder grüne Gewänder gehüllt, mit Flügeln, an denen rote, grüne und weisse Federn beleuchtet sind, erblickt man auf jedem Flügel des Altares, der vorderste von ihnen eine brennende Fackel haltend, von der das Licht auf die Genossen fällt, die anderen die Marterwerkzeuge des Herrn tragend. Links sehen wir die Säule, die Dornenkrone, die Stauprute, die Lanze und den Stab, rechts das Kreuz, die Geissel, die drei Nägel. Auf der rechten Flügelseite ist am fernen Hintergrunde ein schlossartiges Gebäude mit starken Rundtürmen sichtbar. Wie auf dem Mittelbilde ist auch hier der Boden mit allerlei Kräutern und Gräsern besetzt, wie Klee, Fingerkraut, Bärlapp u. a. m.

Gehen wir die Namen der uns bekannten niederländischen Maler durch, die in jener Zeit ihre Werke schufen und welche ähnliche Beleuchtungs- und Lichtprobleme sich in ihren Arbeiten stellten, so könnte das Bild nur mit einem Namen in Verbindung gebracht werden, nämlich dem oben schon erwähnten Gerard David. Aber nur ähnlich sind dessen Versuche, und seine Palette ist eine andere. Vielleicht war es ein Schüler Gerard Davids, von dem wir wissen, dass er seit 1484 in Brügge ansässig war? Dies wird wohl auch jetzt allgemein angenommen. Thode in seinem Kolleg über niederländische Malerei hat denn auch dieses Bild von Gerard David getrennt und dem Meister desselben wegen seiner ihm so eigentümlichen Nachtmalerei den bezeichnenden Namen «Meister der Nachtbeleuchtung» gegeben. [1] Nun befindet sich in der Königlichen Gemäldegalerie in Berlin ein Bild, das Christus am Oelberg darstellt. Es zeigt den gleichen Maler, nur fortgeschrittener, wie das Dresdner Bild, die Beleuchtungen bezw. das Licht besser, richtiger verteilt, den Wolkenhimmel, die Stadtarchitektur mit den mächtig emporragenden Türmen schärfer durch Aufhöhung von feinen Glanzlichtern gesondert. Fein durchleuchtet ist das Bart- und Haupthaar der schlafenden Jünger, besonders die blonden Locken des Johannes. Aber in den Typen, dem Faltenwurf der Gewänder und vor allem in den Farben erkennen wir in dem Berliner Bilde den gleichen Meister wie in dem Dresdner Flügelaltar. Auch auf dem Berliner Bilde trägt Christus einen blaugrauen Mantel, die gleiche Farbe hat auch das Gewand des einen schlafend ausgestreckten Jüngers links; Johannes hat über ein grünes Untergewand einen ziegelroten Mantel umgenommen, dessen Farbe genau wiederholt auf dem Dresdner Bilde gegeben ist. Der rechts schlafende, in ein grünblaues Untergewand und einen roten Mantel gekleidete Petrus hat sein breites, merkwürdig geformtes Krummschwert neben sich liegen, dasselbe Atelierrequisit, das wir vom Dresdner Bilde kennen. Den vom Mondlicht beleuchteten Engel schmücken die gleichen graugrünen Flügel, wie sie seine Genossen in Dresden tragen, auch hier die obersten Ränder mit den grossen Schwungfedern wie umgeschlagen erscheinend und an einzelnen Stellen die roten und weissen Federn beleuchtet. Auch der vor Christus am Felsvorsprunge stehende Kelch mit der lichtspendenden Hostie hat auf beiden Bildern die gleiche Form. Leider konnte ich die Inschrift, die auf dem Kleidsaume Christi in Goldlettern verzeichnet ist, nur zum Teile lesen (. . . . . Spera . . . sine. Deus. quot.

---

[1] Vgl. H. Thodes Aufsatz im Jahrbuch der Königl. Preuss. Kunstsammlungen. 1891. XII. S. 6 unten den Schlusssatz.

fiet (?) Salu. meum. superius. ita. (?) . . . Sie enthält aber keinerlei Meisterbezeichnung.

Von den Typen stimmen zwei wenigstens auf beiden Bildern völlig überein. Der auf dem Berliner Bilde vom Himmel schwebende Engel mit dem fackeltragenden Engel auf dem linken Seitenflügel in Dresden, der in seiner linken Hand die Dornenkrone hält. Nicht nur die weichen Locken, wie sie auch beim Johannes auf dem Berliner Bilde gemalt sind, sondern auch die Haartrachten mit dem in die Mitte der Stirn herabfallenden Haarbüschel sind dieselben; ferner erkennen wir den einen Häscher auf dem Bilde in Berlin, der mit einem Turban bekleidet hinter dem ganz gerüsteten Krieger einherschreitet, unschwer wieder auf dem Dresdner Bilde. Es ist zweifellos, dass, besonders durch die gleichen Nachtbeleuchtungsversuche und die gleichen Farben, von der Uebereinstimmung in einzelnen Typen, im Faltenwurf und kleineren Nebendingen abgesehen, diese beiden Bilder nur von ein und demselben Maler, wenn auch in etwas auseinanderliegendem Zeitraume, geschaffen sein können.

Das Berliner Bild wurde wegen seiner Uebereinstimmung mit einer «Anbetung der Könige» im Besitze des Lord Carlisle in London (National Gallery), das die Inschrift Malbodius pinxit — wie sich meist Jan Gossaert gen. Mabuse bezeichnete — trägt, ebenfalls diesem Meister zugeschrieben. Nicht zu bezweifeln ist die Berliner Bestimmung des Bildes auf Jan Gossaert, Mabuse, wegen der geradezu schlagenden Uebereinstimmung mit dem von ihm bezeichneten Bilde, der Anbetung der Könige des Lord Carlisle in London. Somit erscheint es sich als ganz natürliches Resultat unserer Untersuchung zu ergeben, dass auch das Dresdner, aus der Wittenberger Kirche stammende Bild von Jan Gossaert gemalt ist.

Wie die oben angeführten urkundlichen Notizen erweisen, hat ein von 1491—95 im Dienste des Kurfürsten angestellter niederländischer Maler Jhan ein solches Bild «des Herrn Gefengknus» für Friedrich den Weisen gemalt. In dem Dresdner Bilde erblicken wir nunmehr ein Werk

Jan Gossaerts, und die archivalischen Nachrichten bekommen dadurch, dass wir die Persönlichkeit Jhans erkannt haben, für unsere Geschichte der Kunst jener Zeit eine grosse Bedeutung.

Jan Gossaert, der nach seinem Geburtsorte Maubeuge im Hennegau auch Mabuse genannt wird — er selbst zeichnet auf seinen Bildern wie schon erwähnt meistens Malbodius — wurde gegen 1465 geboren. Aus der Schule Gerard Davids hervorgegangen, wird er 1491 von dem niederländischen Agenten Friedrichs des Weisen von Sachsen, Peter Bestoltz, als kurfürstlicher Hofmaler und zwar auf die Dauer von vier Jahren verpflichtet. Er reist 1491 mit seiner jungen Frau nach Wittenberg an den Hof Friedrichs, woselbst er in hohem Ansehen stand, da ihm ausser seinem Jahressold, seine Werke mit recht bedeutenden Summen bezahlt werden. 1493 begleitet er den Kurfürsten nach Jerusalem, 1494 nach den Niederlanden, in welch letztem Jahre er auch nach Krakau an den Hof König Kasimirs von Polen gesandt wurde. Seine Stellung als kurfürstlich sächsischer Hofmaler endet mit Ablauf des Jahres 1495. Erst aus dem Jahre 1503 haben wir wieder bestimmte Nachricht von ihm. In diesem Jahre lässt er sich in Antwerpen nieder, und fünf Jahre später 1508 finden wir ihn als Hofmaler Philipps des Bastard von Burgund in dessen Gefolge in Italien, in dessen Diensten und denen der Statthalterin Margarete er, nach den Niederlanden zurückgekehrt, noch im Jahre 1513 steht und zwar gemeinsam mit dem ebenfalls aus kurfürstlich sächsischen Diensten nach den Niederlanden gekommenen Jacopo de Barbari. Später siedelt Jan Gossaert wieder nach Antwerpen über, wo er 1541 starb.

Jan Gossaert war ein Künstler, der den mannigfachsten Einflüssen und Beeinflussungen fremder Kunstarten sehr leicht zugänglich war, so dass seine Jugendwerke, vergleicht man sie mit den Werken seiner späteren Schaffensperiode, nur schwer als von dem gleichen Künstler gemalt erkannt werden können. In seinem Schaffen lassen sich leicht einzelne Phasen unterscheiden. Die erste Periode, in der er noch ganz auf dem Können der altniederländischen Schule

steht, wird von seinen Jugendwerken ausgefüllt, in denen
er einerseits die Schule Memlings und Gerard Davids, andererseits den Einfluss Quentin Massys zeigt. Ueber seine
Frühwerke urteilen Woltmann und Woermann:[1] «Sie
gehören technisch zu den gediegensten Arbeiten der altniederländischen Schule: ihre Färbung ist noch warm und
blühend, ihre Zeichnung durchdacht und präzis, ihr malerischer Vortrag von ausserordentlich eingehender Durchbildung. Zu alledem steht eine gewisse Leere der Empfin-
dung jedoch in erkältendem Widerspruche». Als das bezeichnete Hauptbild dieser Frühzeit führen Woltmann und
Woermann das bereits oben erwähnte Gemälde «die Anbetung der Könige» im Besitze Lord Carlisles an, dem wir
nunmehr das Berliner Gemälde «Christi Gebet im Garten
Gethsemane» und das Dresdner Werk, den Flügelaltar von
1494 «die Gefangennahme des Herrn» oder den «Verrat des
Judas mit den die Marterwerkzeuge tragenden Engeln» auf
den Seitenflügeln hinzufügen können.

Die zweite Periode von Gossaerts Schaffen lässt sich
in den Zeitraum von 1495 bis 1508 verlegen. Es ist die
Zeit seines wechselnden Aufenthaltes, seiner Reisen. Wir
wissen von Gossaert, dass er lange Jahre seiner Heimat fern
war. Auf seinen Reisen mag sich seine niederländische
Kunstweise durch die in der Fremde empfangenen Eindrücke
wohl auch sicherlich in mancher Art umgebildet haben, bis
dann in seiner dritten Schaffenszeit nach 1508 durch den
längeren Aufenthalt in Italien die Formensprache der italienischen Renaissance so stark auf ihn einwirkte, dass die
Werke dieser seiner letzten Periode uns fast nicht mehr
den Gossaert von früher erkennen lassen. Jan Gossaert ist
einer der frühesten der sogenannten italienisierenden Niederländer Meister, welche mit ihrer altheimischen Kunstart die
Formen Italiens zu verschmelzen suchen. Den Beifall, den auch
Jan Gossaert dadurch bei seinen Zeitgenossen fand, ersehen
wir aus der Nachahmung dieser Kunstrichtung bei einer

---

[1] H. Woltmann und K. Woermann, Geschichte der Malerei. Leipzig
1882. II. S. 517.

grossen Anzahl niederländischer Künstler, bei denen es von
da ab geradezu als Bedingung erschien, nach Italien zu
pilgern, um dort die Kunst der Schönheit zu erlernen. Zu
diesen Wallfahrten nach dem Süden hat Jan Gossaert gewissermassen die Parole ausgegeben. Wenn auch Vasari von
Johann von Mabuse rühmt, dass er fast der erste war, welcher die wahre Methode, unbekleidete Figuren und Poesien
im Bilde darzustellen von Italien nach Flandern brachte, so
ist Meister Jan auch gerade deshalb an erster Stelle mit
verantwortlich für den bedauerlichen Manierismus, der eine
Folge der Verquickung nordischer Kunst mit den Formen-
elementen des Südens war.

Man kann wohl annehmen, dass Albrecht Dürer als
er von seiner Wanderschaft im Mai des Jahres 1494 in seine
Vaterstadt Nürnberg zurückkehrte, zuerst seine Schritte
nach dem Hause und der Werkstatt seines alten Lehrmeisters Michel Wolgemut lenkte, ihn und die noch aus seiner
früheren Lehrzeit dort beschäftigten Werkstattgenossen zu
begrüssen, die neu in Wolgemuts Atelier Eingetretenen
kennen zu lernen. Viel war zu erzählen und zu berichten
von den Eindrücken der Reise und den fremden Landen
und Städten, in denen sich Dürer vorübergehend aufgehalten
hatte. Man kann sich denken, wie er seinem Lehrmeister
davon erzählte, als er im Jahre 1492 nach Colmar kam, den
Altmeister Martin Schongauer nicht mehr am Leben antraf,
aber von dessen Brüdern Kaspar und Paul und dem Maler
Ludwig so freundlich aufgenommen wurde. Wie ihn dann
besondere Freundschaft mit Georg Schongauer, dem tüchtigen Goldschmied verband, bei dem er in Basel, wo Georg
sich niedergelässen hatte, freundschaftlich verkehrte, wie er
bei diesem und dessen Frau Apollonia, der Tochter des
berühmten Strassburger Bildhauers Nikolaus Gerhaert von
Leyen, stets eine echte Gastfreundschaft genoss. Und weiter
mag Dürer erzählt haben, wie er durch Tirol gezogen,
die wundervolle Gottesnatur schildernd, die auf ihn einen so
gewaltigen Eindruck gemacht. Zur Erläuterung seiner Schil-
derungen wird er dann seiner Mappe eine Anzahl Zeich-

nungen entnommen haben, Blätter, die jetzt zum Teil in
der Sammlung der Albertina befindlich, noch unser Ent-
zücken erregen und Innsbruck schildert er und die Berg-
vesten von Welschtirol.

Aber nicht lange sollte Dürer in Nürnberg weilen. Sei
es, dass der Kurfürst Friedrich der Weise ihn selbst in
Nürnberg im Jahre 1494 sah und auf ihn aufmerksam
wurde, sei es, dass Dürer dem Fürsten von dessen Nürnberger Agenten oder durch Wolgemut selbst, der ja mit
Kurfürst Friedrich, wie wir sahen, in Verbindung stand,
empfohlen wurde, kurz im Jahre 1494, dem Jahre seiner
Heirat mit Jungfrau Agnes, der Tochter des Hans Frei,
oder Anfang 1495 finden wir Albrecht Dürer in Wittenberg
für Kurfürst Friedrich beschäftigt. Möglich, dass ihm nach
all den vielen Eindrücken in der Fremde, die engen Nürnberger Verhältnisse noch nicht gefallen wollten, standen ihm
doch auch bei Kurfürst Friedrich nicht nur ehrenvolle Aufträge in Aussicht, sondern Dürer wusste wohl auch, dass er in
Friedrich einen gütigen, edel und grossdenkenden Auftrag-
geber und Herrn erhalten würde und, nunmehr verheiratet,
mag ihm ein so lohnender Auftrag sehr gelegen gekommen sein.

In Wittenberg herrschte zu dieser Zeit eine reiche Bautätigkeit am Schlosse, und in den Ausgabeverzeichnissen
für das neue Gebäude auf dem Schlosse ist es auch, wo
wir die erste Nachricht über Dürers Tätigkeit für Friedrich
den Weisen finden. In den Amtsrechnungen Wittenberg
1494—1495 steht: «Item ij β xl gl. Albrecht maler von
der ussladung tzu malen».

Friedrich der Weise sollte von dieser Zeit an unserem
Grossmeister der deutschen Kunst für sein ganzes Leben
ein Gönner und Förderer werden, der Dürer viele und
grosse Aufträge erteilte und dem wir es fast ausschliesslich
zu verdanken haben, dass der Meister ohne grosse Sorgen
um den Lebensunterhalt einzige Werke schaffen konnte,
welche die Zeiten überdauernd die Bewunderung aller folgenden Generationen hervorrufen werden.

In Wittenberg traf Dürer den grossen Kreis Künstler

10

und Handwerker, die wir im Verlauf unserer Betrachtungen bereits kennen gelernt haben. Vorzüglich aber mag er sich an Jan Gossaert, Mabuse, den Hofmaler des Kurfürsten angeschlossen haben, der, wie wir sahen, vier Jahre lang von 1491—1495 in Friedrichs Diensten stand.

Dürer war seit 1495 in Nürnberg ansässig. Als Kurfürst Friedrich in Begleitung seines Bruders Johann vom 14.—18. April 1496 in Nürnberg weilte, erhielt Dürer vom Kurfürsten den Auftrag auf einen Altar, und Friedrich sass dem Meister in diesen Tagen zur Anfertigung seines Porträts. Der bestellte Altar, der, wie wir später sehen werden, mit dem jetzt in Dresden sich befindlichen identisch ist, wurde von Dürer noch gegen Ende des Jahres (November-Dezember) abgeliefert. Ueber den dafür gezahlten Preis, sowie über die Kosten und den Weg des Transportes sind wir durch des Rentmeisters Hans Leimbach Rechnung vom Dienstag nach Omnium Sanctorum bis Dienstag nach S. Lucas 1496 unterrichtet. Sie lautet:

xxxv β an 100 Gulden eym Maler von Nürnberg für ein Neve tafel, die meyn gt. her H. Frid. zu machen bestellt hat.

1 β 3 gl. furlon von derselben tafel von Nürnberg gein leiptzk.

1 β furlon von derselben tafel von Leiptzk gein Wymar.

Die nächsten urkundlichen Nachrichten, die wir über die Verbindung Kurfürst Friedrichs mit Dürer besitzen, stammen aus dem Jahre 1501, da Leimbachs Rechnungen wiederum einen Betrag für den Transport einer Tafel von Nürnberg nach Torgau verzeichnen und zwar in Verbindung mit der interessanten Nachricht, dass Friedrich der Weise einen Knaben, namens Friedrich, Dürer für circa drei Jahre in die Lehre gibt von 1501—1503. Es steht: «26 gulden Vnbehaven zcallt, die Er Albrecht Dürer vf schriff meins gnedigsten Hern geben vom Knaben, den er lernt vf beuelh seiner gnaden». Aus den Akten ist ersichtlich, dass Dürer hierfür Lehr- und Kostgeld erhielt. Hans Unbehau empfing Geld, damit Kleider für den Lehrling Dürers angeschafft wurden, wie überhaupt der Kurfürst in geradezu väterlicher Fürsorge für den Knaben sich interessierte.

Wie sehr der Kurfürst die Kinder liebte, erzählt Spalatin an verschiedenen Stellen seiner Lebensbeschreibung des Fürsten. Eine grosse Anzahl Knaben armer Eltern verdankte der Güte Friedrichs eine tüchtige Erziehung und Lehre.

Leider erfahren wir nichts über den Namen des «Malerknaben» noch über sein ferneres Leben. Dürer verwendete ihn gern, wenn er seinem hohen Gönner kleinere Werke wie Kupferstiche, Holzschnitte oder dergl. als Geschenke überreichte, so 1502 einen «Sebastian, ein tryumpff (?) vnd ein welsche Karten». Wie oft hat Dürer Werke verschenkt, wo es ihm nicht gelohnt wurde, wir brauchen nur an seine Briefe von der niederländischen Reise zu denken und speziell an die Statthalterin Margarete. Dem Kurfürsten Friedrich gegenüber war es mehr das Gefühl der Verehrung und Dankbarkeit für die häufigen Aufträge, die Dürer bewog, Geschenke zu übersenden, als dass er sich dadurch in grössere Gunst oder in Erinnerung zu bringen suchte. Im Jahre 1509 übersandte Dürer dem Kurfürsten den «Abguss einer Frau» (vergl. auch den Abschnitt über Peter Vischer) und noch im Jahre 1513 führt die Rechnung Pfeffingers auf :

«5 gl. Albrecht Dyrers Knaben tranckelt, by deme er mir etzlich Neve In kopffer gestochen stücklin, geschickt die von seintwegen meyn gn. Herrn zu bringen vnd schenken.»

Wie wir bei der Geschichte des Schlossbaues in Wittenberg sahen, war das Jahr 1503 dasjenige, in dem hauptsächlich an seiner inneren Ausschmückung gearbeitet wurde. Wir wissen nach den alten Inventarien, dass eine Anzahl teils getäfelter Räume ausgemalt waren und zwar die Wände und die Decken.

Einen höchst interessanten Nachweis über «den Bilderschmuck des kurfürstlichen Schlosses in Wittenberg» veröffentlichte Prof. Dr. G. Bauch in Breslau in einem Aufsatze im Repertorium für Kunstwissenschaft Bd. 17 (1894) S. 425, dem ich nachfolgende Beschreibung entnehme und worauf ich im übrigen verweise.

Die Beschreibung der Gemälde befindet sich in einem

auf Veranlassung des Martin Polich von Mellerstadt von Magister Andreas Meinhard verfassten Buches folgenden Titels: «Dialogus illustrate ac Augustissime urbis Albiorene vulgo Vittenberg dicte Situm Amenitatem ac Illustrationem docens Tirocinia nobilium artium iacentibus Editus. Impressum Lips per Baccalaureum Martinum Herbipolensem Anno a reconciliata diuinitate Millesimoquingentesimo octauo». Im sogenannten «Aestuarium commune, quod vulgo curiale dicitur aestuarium» befanden sich folgende gemalte Darstellungen.

1. Römische Jünglinge ehren Greise.

2. Publius Cornelius Scipio lässt alles was der Lust und dem Vergnügen dient aus seinem Lager entfernen.

3. T. Manlius Torquatus lässt seinen Sohn enthaupten.

4. Der Dictator Papirius verlangt die Bestrafung des magister equitum Fabius Rutilius.

5/6. Szenen aus dem Leben des Tullus Hostilius.

7/8. Tarquinius Priscus und Servius Tullius.

9. Szenen aus dem Leben des Terentius Varro.

10. Der Sklave des Marcus Antonius auf der Folter.

11. Tod des Gracchus und seines Sklaven Philocrates.

12. Der Sklave des Pampinio erleidet für seinen geächteten Herrn «in der hier abgebildeten Reatinischen Villa» den Tod.

«An der Tür, die in das Aestuarium maius dominorum führt, ist ein Mann mit einem Schlosse vor dem Munde gemalt, der die Sekretäre und Vertrauten des Fürsten zur Verschwiegenheit mahnen soll. Das Bild trägt die Unterschrift: Tutissimum administrandarum rerum vinculum taciturnitas».

Im «Aestuarium maius» werden zuerst in 19 Bildern die Taten des Herkules und Begebenheiten aus seinem Leben erwähnt, dann drei Geschichten aus dem römischen Altertum, Horatius Cocles Kampf gegen die Etrusker, Porsena und Cloelia, Mucius Scävola.

Das Gemach Kurfürst Friedrichs. «Dieses ist mit kostbarem Holze getäfelt und die Wände tragen die Bilder der Herzöge und Kurfürsten von Sachsen. Wer ein jeder war, und welche rühmenswerten Taten er ausgeführt hat, ist in kurzen deutschen Reimen unter den Porträts vermerkt.» Es folgt die Aufzählung der Porträts von 24 Fürsten, begonnen mit Leupoldus (Liudolf? † 866) bis Friedrich III. «Die Schrifttafel unter seinem Bilde ist leer».

Das Schlafzimmer Kurfürst Friedrichs:

1. Die Befreiung der Andromeda.
2. «Herkules bringt, nachdem er den wachsamen Drachen getötet, den hesperischen Jungfrauen die Aepfel.»
3. Szenen aus dem Argonautenzuge.
4. «Das Wappen des alten thüringischen Reiches.»
5. «Das Wappen des alten sächsischen Reiches.»
6. «Hier ist das Glück nach verschiedenen Seiten (cum variis dispositionibus) dargestellt.»
7. «Hier ist die Unparteilichkeit des Rechtes, jedoch wie es schlecht verstanden und falsch gebraucht wird, erläutert, indem hier einer eine Sichel gerade macht, ein anderer aber eine gerade krümmt.»

Das Schlafgemach des Herzogs Johann:

1. Darstellung der Geschichte von Pyramus und Thisbe.
2. Von Räubern überfallene Kaufleute.
3. Absalon.
4. David und Bathseba im Bade.
5. «Hier wird ein greiser Liebhaber von einem Narren verspottet.»
6. «Jener Jüngling aber wird von einem Freunde hintergangen.»

«Man steigt auf einer Wendeltreppe (per cocleam) in das Aestuarium des Herzogs hinab»:

1. Herkules und Cacus.
2. Kentauren und Lapithenkampf.
3. Herkules tötet die stymphalischen Vögel.
4. Herkules tötet Nessus.

Im «Consistorium» 4 Gerechtigkeitsbilder:

1. Jerusalem wird wegen der ungerechten Verurteilung des Heilandes zerstört.
2. «Das Urteil des ersten römischen Consuls gegen seine Söhne.»

3. Aulus Fulvius spricht über seinen Sohn das Todesurteil.

4. Die Geschichte des ungerechten Richters Sisamnes und seine Bestrafung durch König Kambyses.

«In den Zimmern (refectoriis) der verstorbenen ersten Gemahlin Herzog Johanns Sophia von Mecklenburg, und in ihren Schlafzimmern (dormitoriis) befinden sich fast unzählige Geschichten von ehelicher Liebe, von der Treue der Frauen gegen die Männer, von Sittsamkeit (verecundia), von Keuschheit und, um mit wenig Worten alles zusammenzufassen, von fast allen Tugenden und Lastern überall in bildlicher Darstellung gebracht.»

Nach Meinhard ist das Schloss «die Burg, arx Jovis Albiorena» noch nicht fertig ausgebaut, den zwei Westtürmen sollten noch zwei Osttürme gegenübergestellt werden. «Die Ausschmückung der schon vorhandenen Teile soll noch weiter durch Gemälde geplant und dazu Künstler aus Italien, aber auch aus anderen Ländern berufen sein.» —

Auch der Schmuck der Schlosskirche wurde in diesem Jahre noch vermehrt. Dass Dürer von Kurfürst Friedrich dazu berufen ward, um in Wittenberg auch seinerseits zur Vollendung der für ihre Zeit glänzenden Ausstattung beizutragen, kann uns, nach allem, was wir über das Verhältnis des Kurfürsten zu seinem Nürnberger Maler wissen, nicht wundern. So lesen wir denn auch in der Rechnung über den Schlossbau zu Wittenberg 1503:

«14 β Albrecht Maler von der gesnitzten Stube vnd m. g. H. gemach zu malen.»

«8 β Albrecht Maler uff die Erbeit am gewelbe vnd cleine porkirchen gethan.»

Wir hören also aus dieser Notiz «wo» Dürer im Jahre 1503 in Wittenberg gearbeitet hat, nämlich in der geschnitzten Stube des Kurfürsten Friedrich und in seinem Gemach. Nach Bauch, a. a. O., erfahren wir auch «was» Dürer in dem «mit kostbarem Holze getäfelten» Gemache gemalt hat: Die Herzöge und Kurfürsten von Sachsen, mit unter den Porträts in deutschen Reimen verzeichneten Namen und

der Aufführung ihrer Ruhmestaten. Das nachfolgende Verzeichnis, wie es Bauch angibt, erinnert auf das lebhafteste
an die Bilder und den dazugehörigen Text in der Spalatin'-
schen Chronik, z. B. S. 152ᵃ «Wie dieser Groshertzog Otto
ist zu Romischen König erwelt vnd wie er das Raich nit
wollen annemen». Ja es erweckt ganz den Eindruck, als
haben dem Meister, der die Spalatin'sche Chronik illustrierte,
diese Malereien im Fürstenzimmer zum Vorbilde gedient,
der Text aber ging, wie in der späteren Chronik auch bei
den Dürer'schen Gemälden sicher auf Spalatin, als Verfasser
zurück. Im Fürstenzimmer waren dargestellt:

1. «Der erste Herzog von Sachsen und «Kurfürst des
heiligen römischen Reiches» (!) Leupoldus (Liudolf? † 866),
der von dem Könige der Römer und von Deutschland,
Ludwig, auf göttliche Eingebung zum Herzog von Sachsen
und Kurfürsten des Reiches erhoben worden ist (!).

2. Herzog Bruno (Liudolfs Vater), der Braunschweig
von Grund auf erbaute!

3. Herzog Otto (der Erlauchte), der zum Verweser des
«römischen» Reiches erwählt wurde.

4. König Heinrich I.

5. Herzog Hermann aus dem edlen Hause Stubelkorn
(Hermann Billung 961—973), den Otto wegen seiner Tugenden einsetzte.

6. Herzog Benno (Bernhard I. † 1011), der (973) die
Slaven friedlich regierte.

7. Herzog Bernhard (II.), der durch seine Habsucht
die Slaven zum Abfall vom Christentum veranlasste und
sich selbst gegen den Kaiser empörte.

8. Herzog Oltolpus. (Ordulph † 1071.)

9. Dux Magnus, unter dessen Regierung die Slaven
aufstanden.

10. Kaiser Lothar von Supplingenburg.

11. Heinrich der Stolze.

12. Heinrich der Löwe.

13. Herzog Bernhard aus dem Hause Anhalt.

14. Herzog Albertus (Albrecht I. † 1261), der seine
Residenz in Wittenberg nahm.

15. Herzog Adalbert (Albrecht II. von Sachsen-Wittenberg, † 1298).

16. Rudolf I.

17. Rudolf II., dem Kaiser Ruprecht die Pfalzgrafenwürde verlieh. («Kurfürst» Rudolf II.)

18. Herzog Wenzel.

19. Rudolf III.

20. Herzog Albertus. (Kurfürst Albrecht III. † 1422, mit dem die sächsische Linie der Askanier erlosch.)

21. Herzog Friedrich I., der erste Wettiner.

22. Friedrich II.

23. Herzog Ernst, der Stammvater der Ernestiner.

24. Friedrich III. selbst. Die Schrifttafel unter seinem Bilde ist leer».

Auch bei manchen Malereien im Schlafzimmer des Kurfürsten könnte man an Dürer denken, wie bei den Wappen des thüringischen und sächsischen Reiches oder wie bei «Hier ist das Glück nach verschiedenen Seiten dargestellt» an Dürers «grosse Fortuna» von 1503. Vermutungen, die uns um so schwerer den Verlust dieser kostbaren Schätze empfinden lassen.

Dürer aber war 1503 nicht allein gekommen, mit ihm kam Jacopo de Barbari, der von 1503 bis 1505 eine höchst angesehene Stellung am Hofe des Kurfürsten einnahm und, wie wir später sehen werden, ziemlich beträchtliche Summen für Arbeiten vom Kurfürsten erhielt.

In zwei Fällen demnach haben wir bestimmte Beweise für einen Aufenthalt Dürers in Wittenberg. Einmal Ende 1494/95 und ein zweites Mal im Jahre 1503. Es ist dieses für seine Beurteilung seiner Werke, besonders für diejenigen seiner frühen Schaffenszeit, von höchter Bedeutung, da es uns manche aufgestellte Vermutungen als richtig erweisen lässt, wohingegen anderes, das als feststehend galt, irrtümlich erscheint.

Uns interessieren hier nur die Werke Dürers, die er für Kurfürst Friedrich geschaffen. Es würde den Raum meiner Arbeit bedeutend überschreiten, wollte ich eingehender auf Stilkritik und dergleichen hier Bezug nehmen, umsomehr ich die allerdings höchst umfangreiche Literatur über Dürer wenigstens als zum Teil bekannt voraussetzen kann.

Am wichtigsten wäre es für Dürers künstlerische Beurteilung, könnte man ein Werk finden, das er bei seinem ersten Aufenthalt in Wittenberg in der Zeit 1494/95 gefertigt hat. Schloss und Schlosskirche sind, wie wir wissen, allzubald in Zustände geraten, die den Verlust so vieler Kunstwerke herbeiführten. Manches aber hat sich doch auf unsere Zeit herübergerettet.

Da möchte ich als erstes Werk auf «die sieben Schmerzen der Maria» aufmerksam machen, sieben Bilder auf Fichtenholz, h. 0,63, br. $46^1/_2$, 46, 45 $^1/_2$ und 45, welche sich in der Königlichen Gemäldegalerie in Dresden befinden und 1. die Beschneidung, 2. Flucht nach Aegypten, 3. Christus im Tempel, 4. die Kreuztragung, 5. die Annagelung ans Kreuz, 6. der Gekreuzigte, 7. die Beweinung Christi darstellen. Diese Bilder (Katalog 1875—1881) sollen aus einer Dresdner Kirche stammen und sich bereits 1640, sicher aber 1741 in der Kunstkammer in Dresden befunden haben. In sehr früher Zeit sind diese Bilder für Werke Dürers gehalten worden, wie die spätere Anbringung des Monogramms auf dem Bilde der Flucht nach Aegypten zeigt. 1892 versuchte Ulrich Thieme in seinem Werke über Schäufelein[1] diese sieben Schmerzen der Maria als Werke Schäufeleins festzustellen. Der Dresdner Katalog vom Jahre 1899 sagt darüber: «In der vorigen Auflage schlossen wir uns dieser Ansicht an. Nachdem der Verfasser jedoch 1898 die wichtigsten Gemälde Schäufeleins daraufhin nochmals aufgesucht und verglichen, hält er es für richtiger, zu seiner ursprünglichen Ansicht zurückzukehren.» Die Ansicht drückt der Katalog in den Worten aus: «Vielmehr gehören die Bilder sicher der Schule, ja der Werkstatt Dürers, und zwar den ersten Jahren des XVI. Jahrhunderts an.»

Werkstattbilder könnten es allerdings sein, wenn man annehmen wollte, dass sie kurz nach 1500, vielleicht im Jahre 1503 bei Dürer gemalt worden seien. Dieses Jahr

---

[1] Ulrich Thieme, Schäufeleins malerische Thätigkeit. Leipzig 1892.

als Entstehungszeit der Gemälde nimmt auch Gurlitt [1] an, der Dürers Aufenthalt in diesem Jahre und den Nachweis, dass er an der kleinen Empore der Wittenberger Schlosskirche gearbeitet hat, mit diesen sieben Bildern in Verbindung bringt und die Frage aufstellt, ob sie nicht eine Folge der gemalten Brüstungsfelder gewesen sein können. Thode [2] hat in einem Aufsatze der Jahrhücher auf das Ueberzeugendste nachgewiesen, dass wir in diesen sieben Bildern unzweifelhaft Werke Dürers aus seiner frühesten Schaffensperiode besitzen, dass es in keinem Falle die Arbeit eines Schülers sein kann, da wie er sagt: «erstens alles, was wir von Schülerarbeiten aus jener Zeit kennen, eine ganz andere, entwickeltere Formensprache, malerische Technik und Stil zeigt, zweitens, dass es undenkbar wäre, ein Schüler habe, von den gewaltigen Fortschritten der Kunst des Meisters absehend, die vollendeteren Kompositionen desselben gleichsam wieder auf viel primitivere Elemente zurückgeführt, und drittens, dass es ebenso unbegreiflich bliebe, wie der Nachahmer sich in den Formen mit einer unbeirrbaren Sicherheit an den Stil der Apokalypse und der früheren Blätter der Grossen Passion gehalten habe.» Ich schliesse mich voll und ganz den Ausführungen Thodes in diesem Aufsatze, auf den ich im übrigen verweise, an, wenn er am Schlusse sagt: «Soweit eine künstlerische Tatsache aus Kriterien des Stiles und des geistigen Gehaltes dargelegt werden kann, dürfte die Behauptung, Dürer und kein anderer sei der Schöpfer der «Sieben Schmerzen der Maria» in Dresden, bewiesen worden sein, freilich aber nur für den, welcher die Argumente b i s i n s e i n z e l n s t e hinein nachprüft. Formensprache und Komposition deuten in gleicher Weise auf Dürer hin.»

Ich glaube, dass diese Bilder nicht in den Jahren 1498 oder 1499 entstanden sind, sondern dass Dürer dieselben

---

[1] Cornelius Gurlitt im Repertorium für Kunstwissenschaft. Bd. 18. 2. Heft.

[2] Henry Thode, Jahrbuch der Königl. Preuss. Kunstsammlungen 1901. Bd. 22. S. 90 ff.

während seines ersten Aufenthaltes in Wittenberg 1494/95 geschaffen hat.

Gurlitts Vermutung, dass sie aus der Schlosskirche zu Wittenberg stammen, wird durch eine alte Schriftquelle, derer Verfasser diese Bilder noch in Wittenberg gesehen und beschrieben hat, gestützt. Der mehrerwähnte Matthäus Faber, der auf Menzius (monument. Wittenberg) zurückgeht, beschreibt als Zierate der Schloss- und Stiftskirche zu Wittenberg S. 239 die sieben Freuden der Maria und auf der folgenden Seite 240 als um ein Bild der Maria «welcher ein Schwert durch die Brust gestochen befindlich: die sieben Dolores oder schmertzliche Betrübnisse, ebenfalls jedwede a parte, entworffen.» «Die erste ist 1. die Beschneidung Jesu. 2. Die Flucht in Egypten. 3. Die Verliehrung Jesu im Tempel. 4. Jesu schmertzlicher Leidens-Gang, da er sein Creutz selbst tragen muste. 5. Die schmähliche Creutzigung Christi. 6. Dessen Abnehmung vom Creutze. Und 7. die Versenkung ins Grab.» Es stimmt diese Beschreibung bis auf Bild 6, wo sich auf dem Gemälde die Lieben am Kreuzesstamme versammelt haben, also der Moment vor der Abnahme dargestellt ist. Auf die falsche Bezeichnung beim letzten, siebenten Bilde, Grablegung anstatt Beweinung, ist weniger Gewicht zu legen, da sie bei alten Schriftstellern häufig nachweisbar ist. Ueber und unter den sieben Freuden und den sieben Schmerzen war eine Schrift angebracht. Während bei den sieben Freuden sich die Worte auf Friedrich beziehen:

«Te septem propter deposco gaudia virgo
Princeps exhilarans ut Fridericus orat»

wird bei den Zeilen oberhalb der sieben Schmerzen des Kurfürsten Bruder Johann genannt:

«Te septem propter deposco Virgo dolores
Joannem fugiant tristia fata Ducem.»

Unten aber standen diese Verse:

«Te septem doloribus.»
Testatur circumcisum, fit plena doloris
Niliacas quando pergit inire domus.

Quaesitum luget infantem, tristissima tunc est
Cum Deus e Solyma bajulat urbe Crucem.
Pendentem dolet immensum, dolet inde sedentem
Sub cruce, postrémo membra sepulta dolet.∙

Die einzelnen Bilder, die mit einem jetzt verschollenen
oder verlorenen Mittelstück vereinigt waren und zwar in
ähnlicher Weise wie Cranachs Altar am Lettner des Domes
zu Meissen, nahm man, als sie aus der Schlosskirche entfernt wurden, gewaltsam aus ihrer umrahmenden Einfassung
heraus.   Hierdurch erklärt sich auch leicht der Unterschied
in den Breitenmassen, die von 45—46$^1/_2$ cm differieren.
Wenn sie auch nicht die Brüstungsfelder der Empore füll-
ten, wie Gurlitt glaubte annehmen zu müssen, so trifft doch
seine Vermutung das Richtige, dass sie einst als Jugendwerk
unseres Albrecht Dürer die Schlosskirche in Wittenberg
schmückten, und sie dienen uns heute dazu, uns ein Bild
vom Schaffen unseres Meisters in einer Zeitepoche zu vergegenwärtigen, für die wir nur auf ganz wenige Werke und
meist nur solcher der Griffelkunst angewiesen sind.[1]
Wenn es auch durch eben Gesagtes nicht direkt bewiesen werden kann, dass Dürers sieben Schmerzen der
Maria in Dresden gerade die sind, welche von dem alten
Schriftsteller als in der Schlosskirche in Wittenberg befindlich beschrieben werden, so glaube ich dennoch nicht, dass
die Aufstellung meiner Hypothese zu gewagt erscheinen
könnte. Dürer ist in Wittenberg 1494/95 nachzuweisen,
von Faber werden als in Wittenberg befindlich die sieben
Schmerzen der Maria beschrieben, und ein frühes Jugendwerk Dürers, das die sieben Schmerzen der Maria darstellt,
ist in Dresden vorhanden, wo, wie wir sehen werden, sich
noch ein Altarwerk Dürers befindet, das gleichfalls, wie
auch die Gefangennahme Christi von Jan Gossaert, in Wittenberg war und gleich dieser ebenfalls bei Faber beschrieben wird. Es ist jenes Altarwerk, für das Dürer, wie wir

---

[1] Die von den sonstigen Jugendwerken Dürers, die meist in
Tempera gemalt sind, abweichende Technik bei den «sieben Schmerzen
Mariae» kann man vielleicht einer Beeinflussung des Niederländers Jan
Gossaert zuschreiben.

aus den oben angeführten archivalischen Nachrichten wissen, im Jahre 1496 hundert Gulden von Friedrich dem Weisen erhielt, das er bei Dürer im April 1496 in Nürnberg bestellt hatte und das gegen Ende des Jahres noch nach Kursachsen abgeliefert wurde. Erwähnt ist das Altarwerk als in der Schlosskirche in Wittenberg befindlich bereits bei Chr. Scheurl,[1] Balth. Mentzius[2] und Matth. Faber.[3] Dieser beschreibt es Seite 236 folgendermassen: «Ueber der Sacristey-Thüre stehet noch ein ander Gemählde, von eben gedachtem Alberto Dürrern verfertiget, welches in zwey Thüren eingeschlossen. Inwendig in dem rechten Flügel ist Joseph, Mariä Mann, abgemahlet, in Gestalt eines alten Greisses, der ein gross Buch in der Hand hat. Die Lineamenten des Hauptes und der Hände eines Alten sind dergestalt naturell getroffen, dass mans nicht genug bewundern kan. Mitten in der Tafel kniet die Jungfrau Maria, mit vielen Engeln umgeben, als ob sie mit zusammen gefasseten Händen betete, vor ihr liegt das Kind Jesus nackend, auf einem Küssen. Zu seinem Haupte stehet ein Engel, der einen Fliegenwedel in der Hand hat. Zur Linken Mariä stehet ein Pulpet, darauf ein Buch lieget, welches aufgeschlagen. Hinter dem linken Flügel ist ein gantz nackender Jüngling gemahlet, welcher ohne Zweiffel Johannem, den Vorläuffer Christi, abbildet. Er ist so künstlich getroffen, dass es der geschickteste Maitre wird admiriren müssen! Vor ihm stehet ein Glas mit Wasser, darinnen ein Stengel Isop, daneben aber ein halber Apffel und etwas Johannis-Brod lieget.» Sind auch hier die Persönlichkeiten auf beiden Flügeln falsch gedeutet, auf dem linken Flügel anstatt des hl. Antonius Joseph genannt und auf dem rechten anstelle des hl. Sebastian Johannes der Täufer, so wird dennoch niemand daran zweifeln, dass wir nach Fabers Beschreibung im Dresdner Altar (Katalog Nr. 1869) dieses Gemälde besitzen.

---

1 Chr. Scheurl, Libellus de laudibus Germaniae. 2. Aufl. Leipzig 1508.

2 Balth. Mentzius, Syntagma epitaphiorum Lib. I, pag. 57. Magdeburg 1604.

3 Matthäus Faber a. a. O.

Wie bereits oben bei der Beschreibung der sieben Schmerzen der Maria hervorgehoben, muss man häufig in alten Schriftquellen falsche Benennungen oder Bezeichnungen nachsehen und darauf Rücksicht nehmen.

Der Altar ist in Temperafarben auf Leinwand gemalt, das Mittelbild misst Br. 1,05$^1/_2$, H. 0,95, die Flügel H. 1,12, Br. 0,43$^1/_2$. Der Dresdner Katalog macht auf den Einfluss der Richtung Mantegnas aufmerksam. Er zeigt sich hauptsächlich im Mittelbilde, dem Dürer mit Absicht hier gefolgt sein muss, denn sowohl das Christkind wie die Putten sind rein mantegnesk, ganz abweichend von allen früheren sowie späteren Kindergestalten Dürers und so sehr hat sich dieser nach Mantegnaschen Vorbildern gerichtet, dass er seinen Putten sogar die kurzen Gewänder anzog, die uns von des Italieners Werken her so wohl bekannt sind. Dass es gerade Mantegna war, an den sich Dürer hier anschloss, würde die bekannte Annahme wohl bekräftigen, dass Dürer, wenn auch nur kurze Zeit in Italien und zwar, wie auch Scherer[1] aus der Ornamentik bei Dürers Werken nachzuweisen versucht, in Padua gewesen wäre, wo er Werke von Squarcione und Mantegna, besonders aber die Fresken in der Erimitanikapelle studiert hätte. Die bekannte Briefstelle vom Jahre 1506 aus Venedig «das ding was mir vor 11 Jahren so gut gefiel, gefällt mir jetzt gar nicht mehr», auf die allein fast Dürers Reise nach Italien im Jahre 1494 konstruiert wird, ist meines Ermessens nach durchaus nicht gewichtig. Unter dem «Ding» kann alles mögliche gemeint gewesen sein, so z. B. die ganze Art der italienischen Renaissanceornamentik, die Dürer bereits aus italienischen Blättern bekannt gewesen sein muss. Nürnberg stand mit Oberitalien und Venedig in regstem Verkehr, Stiche und Zeichnungen italienischer Meister, vor allen Mantegnas, waren durchaus keine seltenen Gegenstände in Nürnberg. Und solange wir über die persönlichen Erlebnisse des Meisters in diesem Zeitraum nicht ganz unzweifel-

---

[1] Valentin Scherer, Die Ornamentik bei Albrecht Dürer. Strassburg 1902.

haft durch gefundene Urkunden oder dergleichen unterrichtet sind und nach der Kenntnis der Werke des Meisters und seines frühen Arbeitsverhältnisses, in dem er zu Kurfürst Friedrich stand, halte ich eine Reise Dürers nach Italien vor 1505 anzunehmen für nicht möglich.

Besitzen wir im Dresdner Altar ein gesichertes Werk Dürers aus dem Jahre 1496, so können wir noch eine andere Arbeit des Meisters ebenfalls in dieses Jahr verlegen. Es ist das Porträt des Fürsten, das sich jetzt in der Kgl. Gemäldegalerie in Berlin befindet.[1] Auch dieses Bild ist wie der Dresdner Altar mit Temperafarbe auf Leinwand ausgeführt. Bode setzt die Entstehung dieses Bildes in das Jahr 1496, in die Zeit, als Kurfürst Friedrich in Nürnberg den jetzt in Dresden befindlichen Altar mit dem hl. Antonius und Sebastian bei Dürer bestellte. Bode sagt gegen Schluss seines Aufsatzes: «Und sollte nicht der Maler damals, aus Dankbarkeit für den stattlichen Auftrag um die Ehre gebeten haben, seinen Gönner porträtieren zu dürfen und ihm dieses «Tüchlein» dann als Geschenk überreicht haben? Es würde dies durchaus Dürers Charakter und Gewohnheiten entsprechen». Bode vergleicht in seiner Beweisführung das Berliner Bildnis mit dem oben erwähnten Altar in Dresden und hebt als charakteristisch für beide Bilder «die präzise, etwas scharfe Zeichnung, die Stellung und Verkürzung der Köpfe, die Zeichnung der Hände, die Behandlung der Gewänder, endlich die Färbung: den kühlen Ton und die schwärzlichen Schatten» hervor. Auch auf «eine gewisse Grösse und Monumentalität in der Auffassung der menschlichen Gestalt» macht Bode aufmerksam, die in den Werken der deutschen Meister nicht in dem Masse zu finden ist und wir sie nur so bei Dürer, besonders in seinen späteren Werken antreffen.

Die von Dürer für Friedrich den Weisen nach 1500 gelieferten Werke sind zum Teil durch Stellen aus Dürers Briefen, zum Teil durch andere bestimmte Nachrichten da-

---

[1] Vgl. W. Bodes Aufsatz im Jahrbuch der Königl. Preuss. Kunstsammlungen. 1884. Bd. V. S. 57 ff.

tiert und beschränke ich mich hier darauf die Werke kurz aufzuführen.

Mit «Albertus Dürer 1502» ist eine Handzeichnung im Museum zu Basel bezeichnet, in der wir die Vorzeichnung für den jetzt in Ober-St. Veit bei Wien befindlichen Altar erkennen und den wir dadurch ebenfalls datieren können. Dass er für Kurfürst Friedrich geschaffen wurde, beweisen die auf den Aussenseiten der Flügel angebrachten Wappenschilde mit den Kurschwertern und dem Rautenkranz. In seinem Mittelbilde ist eine sehr belebte Kreuzigung dargestellt, im Hintergrunde Jerusalem am Ufer einer Meerlandschaft. Das Kreuz Christi umsteht eine Menge, gegen sechzig Personen, unter denen wir allein zwölf Reiter zählen. Der linke innere Seitenflügel zeigt, wie Christus zur Richtstätte geführt wird, im rechten Flügel: Jesus erscheint Magdalena am Ostermorgen. Die Aussenseiten, an denen sich wie bemerkt die Wappen befinden, zeigen die lebensgrossen Gestalten der Heiligen Sebastian und Rochus.

Auf die Frage betreffs des Anteils Schäuffeleins an diesem Altarwerke kann ich nicht eingehen, da es mich hier zu weit führen würde.

Ganz mit eigener Hand bis in die kleinsten feinen Details von Dürer ausgeführt, ist das wundervolle Altarwerk «die Anbetung der Könige», das gleichfalls einem Auftrage Kurfürst Friedrichs seine Entstehung verdankt. Das grossartige Werk sollte leider nicht der Heimat erhalten bleiben; es kam 1603 als Geschenk Christian II. an Kaiser Rudolf und als Austausch für Fra Bartolomeos «Darbietung im Tempel» aus der Kaiserlichen Galerie in Wien in die Sammlung der Uffizien nach Florenz. Jedem Deutschen aber, der diese Sammlung besucht, wird der Anblick gerade dieses Bildes unvergesslich bleiben. Wie ein inniger Gruss aus der deutschen Heimat spricht das Bild zu uns, erfrischend wirkt es nach all dem Schauen so vieler italienischer Werke, die unsere Sinne fast ganz gebannt hatten. Thausing[1] beschreibt dieses Gemälde mit den Worten: «Wie die seligste

---

[1] Moriz Thausing, Dürer. Leipzig 1876. S. 227.

deutsche Mutter sitzt Maria links mit dem reizend naiven
Kindlein auf ihren Knieen; tief erregt und mit den verschiedensten Gefühlen nahen ihm die drei prächtig gekleideten,
goldstrahlenden Weisen aus dem Morgenlande, und die
ganze Kreatur ringsum scheint ihre feierliche Stimmung zu
teilen, bis herab zu den Blumen und Kräutern und zu dem
grossen Hirschkäfer mit den zwei weissen Schmetterlingen,
die noch in Wolgemuts Art angebracht sind. Das sonnige
Grün an Busch und Bergen hebt die Gruppe besser heraus,
als es Heiligenscheine vermöchten. Die hellblonde Madonna,
ganz in Blau mit weissem Schleier, erinnert stark an jene
im Paumgärtnerschen Altar». «Als ein Juwel deutscher
Kunst glänzt es gegenwärtig auch in der hochansehnlichen
Versammlung, die sich dort in der Tribuna zusammenfindet.»

Bald nach Dürers Rückkehr aus Italien, wo er von
1505—1507 weilte, erhielt er von Friedrich den Auftrag
auf ein Gemälde, woran er, wie er selbst schrieb, fast ein
ganzes Jahr gearbeitet hat. Es ist die figurenreiche Darstellung «der Marter der Zehntausend» (Hinrichtung per-
sischer Christen unter König Sapor II.), die sich jetzt in der
kaiserlichen Galerie zu Wien befindet. Dürer schreibt am
19. März 1508 an Jakob Heller: «Dass er in vierzehn
Tagen mit Herzog Friedrichs Arbeit fertig wird» und: «Ich
wollte, dass Ihr meines gnädigen Herrn Tafel sähet! ich
bin der Meinung, sie würde Euch wohlgefallen. Ich habe
schier ein ganzes Jahr daran gearbeitet und wenig Gewinn
daran; denn ich erhalte nicht mehr als 280 Gulden Rheinisch
dafür. Es verzehrt's einer schier dabei.»

Der grausige Gegenstand der Darstellung wird durch
Dürers Genie für unsere Betrachtung sehr gemildert, indem
er durch die mannigfachsten Bewegungsmotive, durch die
verschiedensten Gruppierungen und die immerfort abwech-
selnde Art, in der er uns die Gestalten vorführt, uns eigentlich fast nicht zur Erkenntnis der scheusslichen Einzelheiten
kommen lässt. Dem Meister gab dieses Bild Gelegenheit,
den nackten Körper, dessen Proportionen ihm nach seinem
italienischen Aufenthalte nun völlig bekannt waren, in allen
möglichen Stellungen zu bilden. Als stiller Zuschauer hat

11

sich Dürer fast auf der Mitte des Bildes selbst «abkonterfeit» und zwar neben seinem Freunde Pirkheimer. Er trägt an einem Stabe ein Papier, einer Fahne gleich, worauf zu lesen ist: «Iste faciebet anno domini 1508 Albertus Dürer Alemanus».

Aus dem Jahre 1509 wissen wir von der bereits erwähnten Uebersendung der Plakette einer nackten Frau an Kurfürst Friedrich und haben dann erst wieder aus dem Jahre 1520 Nachrichten über den Verkehr des Fürsten mit Dürer. Der Künstler schickt dem Kurfürsten drei Abdrücke von einem Kupferstich, Porträt des Kurfürsten Albrecht von Mainz, dem sogenannten «kleinen Kardinal» und schreibt darüber in einem Briefe an Spalatin zu Beginn des Jahres 1520: «Zugleich schicke ich meinem gnädigsten Herrn hiermit drei Abdrücke von einem Kupferstiche, den ich von meinem gnädigsten Herrn von Mainz und auf dessen Wunsch gestochen habe». Kurfürst Albrecht zahlte Dürer für die Kupferplatte und 200 Abdrücke 200 Gulden in Gold und sandte überdies dem Meister noch 20 Ellen Damast zum Geschenk. «Das habe ich denn mit Freuden und Dankbarkeit angenommen und insbesondere zu der Zeit, da ich dessen bedürftig war.»

Am 12. Januar 1519 war Kaiser Maximilian gestorben, der Dürer von 1515 ab einen aus der Stadtsteuer von Nürnberg zu zahlenden Jahresgehalt von 100 Gulden und überdies im Jahre 1518 eine Begnadung von 200 Gulden ausgesetzt hatte. Erst am 12. November 1520 erlangte Dürer von Maximilians Nachfolger Karl V. und auch nur für die Zahlung der 100 Gulden Jahresgehalt die kaiserliche Bestätigung «mit grosser Mühe und Arbeit», wie Dürer sagte. Um diesen Zweck zu erreichen, hatte er die niederländische Reise angetreten und vom Kaiser, dem er auf seinem Zuge folgte, endlich in Köln das Gewünschte erlangt. Der Meister hat von da ab regelmässig seinen Jahresgehalt aus der Stadtsteuerkasse Nürnbergs bezogen, die Quittungen hierüber aus den Jahren 1521—1527 sind uns erhalten. Auch als Kaiser Max den Ertrag der Nürnberger Stadtsteuer an Kurfürst Friedrich auf sechs Jahre verpfändet hatte,

kam Dürer nicht zu kurz, denn Friedrich schätzte seinen
Künstler viel zu hoch, als dass er ihn durch diese Verpfän-
dung hätte schädigen lassen. Er liess ihm auch während
dieser Zeit jährlich die 100 Gulden in Nürnberg zahlen.
Wir haben eine Bestätigung Dürers hierüber in einem Briefe
an Spalatin vom Jahre 1520 und im Weimarer Archive
diesbezügliche Briefe des Kurfürsten an Tucher in Nürnberg
und dessen Antwortschreiben. So heisst es in einem Briefe
des Kurfürsten Dienstag dem heiligen 1100 Jungfraventag
1521, «dass sel. Maj. 200 Gulden für Albrecht Thürer mit
der Stadtsteuer verrechnet habe und der Kurfürst die 100
Gulden zahlen will». Ferner in einem Briefe Tuchers von
Samstag nach Dionisii (12. Oktober 1521): «Ever Churf.
gnad hab auch dagegen zugelassen und bewilligt das von
solcher jerlich statstever Sixten Oelhafen 200 fl. vnd albrechten Thurer zu Nurmberg hundert gulden, die sy bey
keyser Maximilian umb Ire getrev Dienst vnd vilfeltige
vnbelonte arbeit erlangt vnd von yetziger Kr. Mj. genugsam
bestetigung darüber empfangen haben, alle Jar volgen vnd
gereicht werden sollen.»

Aber auch gerade aus dieser Zeit ist uns ein Zeugnis
erhalten, in wie freundlichem Verkehr der beste Fürst mit
dem besten Künstler jener Zeit stand. Dürer erinnert in
einem Briefe an Spalatin vom Jahre 1520 den Kurfürsten
an sein Versprechen, ihm eines jener prächtigen Hirsch-
geweihe, das sich später unter des Künstlers Nachlass befand,
zu übersenden und schreibt «er wolle zwei Leuchter daraus
machen».

Noch einmal besuchte Kurfürst Friedrich seinen Maler in
Nürnberg, bei Gelegenheit des Nürnberger Reichstags im Jahre
1523. Er sass dem Künstler zu einem Porträt, das uns durch
den grossartigen Kupferstich vom Jahre 1524 so gut bekannt
ist. Wir können hier unserer Phantasie wohl schwerlich
Zügel anlegen, wenn wir uns vorstellen, wie glücklich Dürer
seinem alten Gönner gegenüber gesessen haben mag, dem
Fürsten, dem er so vieles verdankte, den er so hoch verehrte und mit dem er auch in Sachen des Glaubens sich
ganz und gar eins fühlte.

«Christo. Sacrum.
Jlle Dei verbo magna Pietate Facebat
Perpetua Dignus. Posteritate Coli.»

«Christo geweiht.» «Dieser hat Gottes Wort mit der
grössten Ergebung gefördert; Ewigen Nachruhms ist würdig
darum er fürwahr.»

Diese Worte befinden sich am unteren Rande des Blattes,
wo der Titel des Fürsten und noch die weiteren Worte:
«gemacht von Albrecht Dürer aus Nürnberg B. M. F. V. V.
1524» zu lesen sind. Sie drücken in kurzen Silben das ganze
Verhältnis aus, in dem Dürer zu den Fragen jener Zeit und
zu Kurfürst Friedrich gestanden, den er, wie bekannt, nur
um drei Jahre überleben sollte.

Ueber Jacopo de Barbaris wechselreiches Leben sind
wir verhältnismässig gut unterrichtet, ist uns auch die Zeit
seiner Geburt — er mag gegen Mitte des XV. Jahrhunderts
in Venedig geboren sein — unbekannt. Aus seinen Werken
hat man erkannt, dass er wohl ständig bis zum Jahre 1500
in Venedig weilte. Der grosse Holzschnitt, die perspektivische
Ansicht Venedigs darstellend, Venedig 1500 (Venetie MD)
datiert, wird von den meisten als ein Werk Jacopo de Barbaris bezeichnet. Dieser Holzschnitt enthält oben in der
Mitte in einer Wolke Merkur mit dem Schlangenstab, das
Bild des Schutzgottes von Jacopos Vaterstadt. Das Attribut
Merkurs, den Schlangenstab führte Jacopo auch später als
sein Meisterzeichen und nach diesem wird er in den Werken
der Kupferstichkunde auch der Meister mit dem Caduceus
(maître au Caducée) genannt. Nach 1500 hat Jacopo für
immer Venedig verlassen und sich nach Deutschland, wahrscheinlich nach Nürnberg gewandt. Ein für die italienischen
Kunstverhältnisse mittelmässiger Künstler, hatte er wohl ein-
sehen gelernt, dass er in Venedig mit den Arbeiten der
gleichzeitigen Meister nicht wohl wetteifern konnte und war
klug genug zu erkennen, dass er in Deutschland eher und
leichter zu Ansehen und Stellung gelangen würde. Wusste
er doch, dass Mantegnas Kupferstiche in Deutschland wegen
der für dieses Land neuen Kunst, der italienischen Renais-

sance, stark begehrt und eifrig gekauft wurden. Auch hatte
er gerade wegen «der antikischen Art», die in seinen Arbeiten erschien, einen Rückhalt an den Humanisten Nürnbergs, in deren Gedankenkreis seine Stiche nur allzu gut
passten. In Deutschland und in Flandern, wohin er später
seine Schritte lenkte, ist Jacopo unter dem Namen Jakob
Walch d. h. Jakob der Welsche ein zu seiner Zeit wohl-
bekannter Meister gewesen, der sich im Norden eines sehr
guten Rufes erfreute und der besonders auf den jugendlichen
Dürer eben durch die direkte persönliche Vermittlung der
italienischen Renaissance einen bedeutenden Einfluss ausübte.
Von 1500—1503 wird Jakob der Welsche wohl in Nürnberg
gearbeitet haben, was bis jetzt wenigstens allgemein angenommen wird.

Kurfürst Friedrich stand auch mit diesem Künstler,
dem ein solcher Ruf in Deutschland vorausging, in näherer
Verbindung. Ich sagte oben bereits, dass, als Albrecht Dürer
im Jahre 1503 wiederum nach Wittenberg zog, auch Jacopo
de Barbari mit ihm dahin wanderte. Aus den Urkunden
des Weimarer Archives nun können wir den Aufenthalt des
welschen Malers in Wittenberg von 1503 bis 1505 nachweisen und zwar als besoldeten Hofmaler Kurfürst Friedrichs,
für den er dort, in Torgau und im Schlosse zur Lochau
arbeitet.[1] Vorübergehend, wohl immer nur auf kurze Zeit,
war Jacopo auch während dieser Jahre in Nürnberg. Von
seinen späteren Lebensdaten wissen wir, dass er im Jahre
1508 mit Joachim I. von Brandenburg in Frankfurt a. O.
war, dass er seit 1510 Hofmaler der Statthalterin Margarete
von Oesterreich in Brüssel wurde und 1511 von dieser
Fürstin in überaus ehrenvoller Weise pensioniert ward. «In
Rücksicht auf seine Gebrechlichkeit wie sein Alter und da-

---

[1] Von dem an der Universität in Wittenberg angestellten italienischen Juristen und Humanisten Vincentius de Thomais aus Ravenna,
dem Sohne des berühmten Petrus Ravennas wird Jacopo de Barbari
1505 in einer Rede als für Kurfürst Friedrich den Weisen beschäftigt,
erwähnt. (Vincencii Ravennatis Juris utriusque doctoris floride Aca-
demiae studii Vuittenburgensis in Jure Cesareo ordinarii Oracio publice
habita ad felicissimum gloriosissimumque Principem Federicum etc.)
Vgl. auch Bauch im Repertorium a. a. O.

mit er besser leben könne und für den Rest seiner Tage unserem Dienste erhalten bleibe.» Im Juli 1516 wird Jacopo als verstorben erwähnt.

Einigen Einblick wie der Italiener am kurfürstlichen Hofe in Sachsen gehalten wurde und welche Ausnahmestellung er im Vergleich zu den deutschen Meistern eingenommen haben mag, gewährt das «Cüchen Register des wellischen malers So montags nach Jacobj biss vf martinj Anno 1504» (29. Juli bis 11. November 1504), welches in den Amtsrechnungen Wittenbergs geführt worden ist. Diese Küchenrechnungen wurden wöchentlich abgeschlossen, und wir erfahren daraus das für uns Wichtige, dass der italienische Maler Jakob auf Kosten des Kurfürsten verpflegt wurde und zwar aus der kurfürstlichen Schlossküche, mithin also Hofbeamter oder wie wir als sicher seine Stellung bezeichnen können «Hofmaler» war und dieses bereits im Jahre 1504. Weniger wichtig für unsere Betrachtung, doch immerhin einiges Interesse bietend ist der Speisezettel für Sr. kurfürstl. Gnaden Hofmaler, der zeigt, dass die Verpflegung eine recht gute war und dass auch reichlich für Abwechslung in den «Speissen» gesorgt wurde, obwohl der Posten «Schweinebraten» verdächtig oft vorkommt; doch sei die Hypothese gestattet, es sei dies eine Lieblingsspeise des Malers gewesen, die, wenn er vornehmen Besuch zum Essen hatte, was sehr häufig vorkam, aufgetischt wurde. Sonst wechselt das Menu sehr viel, und es werden Rindfleisch, Rindsfüsse, Schweinebraten oder Schweineklauen mit Kraut, Vögel mit Weisskraut, Schöps, Hühner, Gekröse, Hecht, Eier, Rüben und Birnen aufgeführt. Unser deutsches Schwarzbrot scheint der Italiener weniger bevorzugt zu haben, da bei jeder Wochenrechnung nur Semmeln verbucht werden. 14. gr. werden einmal für zwei grosse Zinnkannen bezahlt, deren Anschaffung ich mir erklären konnte, als ich den Weinkonsum verzeichnet fand, wobei ein Eintrag für 10 Eimer Weins vorkommt. Es erklärt sich der etwas grosse Weinverbrauch daraus, dass keine Woche verging, in der Jacopo nicht Gäste bei sich sah. Und gerade wer bei ihm zu Gaste war, ist recht bezeichnend für seine hochangesehene Stellung in Wittenberg: Es sind

Professoren der Universität, allein oder oft mit ihren
Famulen Gäste des Malers; am meisten kommen die Namen
des Doktor Marschalk und der Doktoren Ravenas der ältere
und der jüngere vor.[1] Ferner der Propst und der Rektor
der Universität, dann Magister und Studenten und einmal,
in der Woche Sonntag nach Laurentij, «hat er viher
Studenten vmd den Moler meister Albrecht mit dem weybe
1 molzeit zv gast Gehabt». Albrecht Dürer war also in
der Woche vom 10. bis 17. August 1504 in Wittenberg,
wenn auch nur vielleicht für kürzere Zeit und hatte seine
Frau Agnes als Reisebegleiterin mit. Ob er ein Werk für
den Fürsten ablieferte, dessen Aufstellung er vielleicht persönlich überwachen wollte, um etwaige beim Transport
entstandene kleine Schäden gleich an Ort und Stelle aus-
zubessern, oder ob diese Reise mit dem Vertriebe seiner
Stiche in Zusammenhang steht, ob es der Abschiedsschmaus
des mit seinem Weibe nach Nürnberg zurückwandernden
Meisters war, das kann man nicht entscheiden. Er genoss
die Gastfreundschaft des Italieners, mit dem er ja von Nürnberg her und durch sein Zusammenarbeiten in Wittenberg
so gut bekannt war. Die Humanisten der Wittenberger
Universität haben den Verkehr mit dem venetianischen
Renaissancemaler gern gesucht und gepflogen, und man
kann sich leicht die Themen denken, mit denen sich die
Unterhaltung am meisten beschäftigt haben mag, Themen,
die erst später in Wittenberg und Leipzig eingehender und
gründlicher behandelt wurden, als der Humanismus daselbst
weitere Verbreitung gefunden hatte. An die Leipziger Universität war kurze Zeit darauf von Kurfürst Friedrich auch
der Humanist Riccardo Sbroglio aus Udine direkt berufen
worden.

Von Arbeiten Jacopo de Barbaris, die er während seines Aufenthaltes in Wittenberg 1503 bis 1505 ausgeführt
hat, können wir nur weniges nachweisen. Seine Haupttätig-
keit mag wohl im Ausmalen von Räumen in den kurfürstlichen Schlössern, besonders des Schlosses Wittenberg und

---

[1] Sicher der in letzter Anmerkung genannte Humanist Dr. jur.
Vincentius de Thomais aus Ravenna.

der Lochau, bestanden haben. Hier auch hatten Albrecht Dürer, der Hofmaler Jan Gossaert und später auch Lucas Cranach gearbeitet. Die Vernichtung der Schlösser bedeutet somit für unsere Geschichte der Malerei einen äusserst empfindlichen Verlust. Barbaris Tafelgemälde sind in sehr geringer Anzahl überhaupt vorhanden, doch können wir immerhin drei Bilder datieren und diese mit seinem Wittenberger Aufenthalt in Verbindung bringen. Es sind der segnende Heiland in der Kgl. Gemäldegalerie zu Dresden vom Jahre 1503, ein Brustbild Christi im Grossherzogl. Museum zu Weimar und das Stilleben in der Kgl. Gemäldegalerie zu Augsburg vom Jahre 1504.

Jacopos Bild in Dresden, von Lindenholz auf Leinwand übertragen, 0,61 h. 0,48 br., Katalog Nr. 57, ist durch einen Holzschnitt Lucas Cranachs des Jüngeren vom Jahre 1553, den Lionel Cust im British Museum auffand,[1] zu datieren. Auf dem Holzschnitte befindet sich die Inschrift:

«Effigies Salvatoris Nostri Jesu Christi Ante L Annos Picta A Praestantissimo Artifice Jacobo De Barbaris Italo.»

Da der Holzschnitt eine getreue Wiedergabe des Dresdner Bildes ist, kann somit die Datierung Cranachs als gesichert angenommen werden. Auf diesem Holzschnitte sieht man auch eine äusserst interessante Ansicht des Schlosses zu Wittenberg.

Der segnende Heiland in Dresden — Brustbild nach rechts — steht vor einem schwarzen Grunde. Die Linke hält ein kleines dünnes Holzkreuz, die Rechte ist segnend erhoben. Das in der Mitte gescheitelte blonde Haupthaar ist fein mit dünnen Strichen aufgehöht und fällt in weichen lockigen Wellen auf die Schultern. Weich und wellig ist auch der blonde Backen- und Schnurrbart. Ueber ein rosarotes Untergewand trägt der Heiland einen blauen Mantel. Am Halsausschnitt des Untergewandes sind hebräische Schriftzüge mit schwarzer Farbe aufgemalt.

Das Weimarer Brustbild, ganz von vorn gesehen, ohne Hände, (Katalog III. 3) ist nur 0,31 hoch und 0,35 breit.

---

[1] Vgl. Jahrbuch der Königl. Preuss. Kunstsammlungen. XIII. S. 142.

Auch hier hebt sich die Figur von einem dunklen Hintergrunde ab, hervorgehoben noch durch das lackrote Untergewand
und den blauen Mantel des Heilands. Die Haarbehandlung
ist hier gezierter, in längeren Ringellocken gegeben, das blonde
Haar fast noch weicher, seidenartiger durchgebildet. Ein
dreistrahliger Nimbus ist ganz schwach angegeben. Das
Bild ist mit dem Merkurstabe und J. A. D. B. bezeichnet.

Das interessanteste Bild Barbaris ist das Stilleben in
Augsburg 0,49 h. 0,42 br., Katalog 288. Als Hintergrund ist
eine Holzwand gemalt, in die ein Nagel geschlagen ist. An
diesem hängen ein totes Rebhuhn und zwei Ringelpanzer-
handschuhe, durch welche ein Armbrustbolzen gesteckt ist;
an der rechten unteren Bildseite ist ein Zettel gemalt, auf
dem der Merkurstab und die Inschrift: Jac. de barbarj P.
1504 verzeichnet sind.

Ob dieses miniaturartig feine Bild, «wohl das älteste
aller Stilleben», auf unseren Albrecht Dürer einen ganz besonderen Eindruck gemacht haben mag und hierauf seine
in Tempera und Aquarell ausgeführten Naturstudien hinweisen,[1] oder ob Barbari hierzu durch Dürer beeinflusst
wurde, darauf komme ich noch später zu sprechen.

Die Hauptbedeutung Jacopos für uns liegt aber unzweifelhaft jetzt im Kupferstich, da uns seine Wandmalereien
in Deutschland und auch in Flandern verloren gegangen
sind. Von Graf Philipp dem Bastard von Burgund war der
in seinen Diensten stehende Jacopo de Barbari gleichzeitig
mit Jan Gossaert beauftragt, Zuytborch, das Schloss des
Grafen, mit Wandmalereien zu schmücken.

Da Lermolieff[2] dem Jacopo auch noch als Frühwerke
Fresken in der Kirche di San Niccolò zu Treviso am
Grabmal des Senators Agostino Onigo zuweist, so würde
Barbari als Freskomaler vielleicht einen bedeutenderen
Platz in der Kunstgeschichte angewiesen erhalten, wären

---

[1] Ueber Dürers Wettstreit mit Jacopo de Barbari siehe M. Thausing,
a. a. O., S. 216 ff. Ludwig Justi im Repertorium für Kunstwissenschaft.
Bd. XXI. 5. u. 6. Heft. S. 346 ff. u. S. 439 ff.
[2] Ivan Lermolieff, Die Werke italienischer Meister in den Galerien
von München, Dresden und Berlin. Leipzig 1880. S. 173.

nicht die deutschen und flandrischen Arbeiten dieser Art
für immer verloren und wir nur auf die Kupferstiche und
die wenigen Tafelgemälde des Meisters hingewiesen. Als
direkter Vermittler der italienischen Renaissance nach
Deutschland und Flandern, besonders aber durch sein Verhältnis mit Albrecht Dürer, wird er immer einen wichtigen
Platz in der Geschichte der Kunst einnehmen.

Jacopo de Barbari war der einzige Meister, der auf unseren Dürer, abgesehen natürlich von dessen Lehrzeit als
Goldschmiedslehrling in der Werkstatt seines Vaters und als
Malerlehrling in der Michel Wolgemuts und Wilhelm
Pleydenwurffs, einen grossen nachhaltenden Einfluss aus-
geübt hat, jedoch nicht ohne dass auch das Genie Dürers
auf den Italiener in ganz bestimmter Weise wirkte. Genau
in den Weiken dieser beiden Meister zu forschen, wie die gegenseitige Einwirkung stattfand und sich äussert, ist von grösstem Reize und bietet eine Fülle des Lehrreichen und Interessanten. Ludwig Justi hat im Repertorium[1] diese Untersuchung mit grösster Ausführlichkeit und Genauigkeit geführt
und mich ihm anschliessend, gebe ich in Nachfolgendem
noch einige ergänzende Beiträge, indem ich im übrigen auf
Justis Aufsätze verweise.

Was ich oben bei Dürer und Jacopo de Barbari durch
archivalische Urkunden bewies, ein Zusammenarbeiten dieser
beiden Meister in Wittenberg in dem Zeitraume von 1503—
1505, zu diesem Resultate gelangte Justi durch eingehende
Vergleichung der Stiltechnik (S. 362), nämlich, dass die
Technik des Venetianers mit der Dürers in dieser Zeit identisch (cum grano salis!) ist. Es wird besonders ausser auf
Jacopos Judith (K. 1. B. 1. G. 2.) auch auf dessen Stich
Apoll und Diana (K. 14. B. 16. G. 16.) aufmerksam gemacht und der Betrachtung und Vergleichung dieses letzten
Stiches mit dem ähnlichen Dürers (Heft 6. S. 447) ein eig-
nes Kapitel gewidmet. Ergänzend sei von mir bemerkt,
dass, wie ich mich im Königlichen Kupferstichkabinett in

---

[1] Ludwig Justi im Repertorium für Kunstwissenschaft. XXI. Bd.
5. u. 6. Heft. S. 346 ff. u. S. 439 ff.

Dresden überzeugen konnte, beide Stiche das Wittenberger
Wasserzeichen, die von mir abgebildete Krone, enthalten.
Wie Barbari in seinen Stichen und wohl auch in gewisser
Beziehung in seinen Malereien (Stilleben in Augsburg) von
Dürer beeinflusst wurde, hierauf kann man, ausser auf
Justis Aufsätze, auf alle Schriftsteller, die sich mit Jacopo
de Barbari beschäftigt haben, verweisen, denn von allen
wurde als besonderes Charakteristikum seiner Werke die
Mischung deutscher und italienischer Elemente hervorge-
hoben, und die Tatsache, dass er zu Dürer in künstlerischer
Beziehung gestanden, ist aus seinen Arbeiten klar ersichtlich.
Ich habe oben bereits hervorgehoben, dass Jacopo nach dem
wenigen, was wir von ihm noch besitzen, künstlerisch
schwer zu beurteilen ist und dass man doch vielleicht in
der mehr oder weniger abfälligen Kritik über sein Schaffen
nicht ganz gerecht ist. Die «Historien» aus der römischen
Geschichte im «Aestuarium» des Wittenberger Schlosses,
die Szenen aus dem Leben des Herkules in dem «Aestuarium maius» und die Gemälde aus dem römischen Altertum
ebenda sind höchstwahrscheinlich von Jacopo de Barbari
gemalt gewesen. Ein Bild wird beschrieben: «Das hier ist
die Stadt Rom, das der Tiberfluss, dies die Brücke, durch
welche der Fluss gleitet. Den auf dieser Seite in die Stadt
einbrechenden Etruskern tritt Horatius Cocles am äussersten
Teile der Brücke entgegen und hält, bis hinter seinem
Rücken die Brücke abgebrochen ist, die ganze Schar der
Feinde in unermüdlichem Kampfe auf. Als er das Vater-
land von der drohenden Gefahr befreit sieht, stürzt er sich
in den Tiber und schwimmt unverletzt zu den Seinen hin-
über.» Kann man sich auch aus dieser Beschreibung eine
nur ungenaue Vorstellung der Malereien machen, ähnlich
wie bei der Beschreibung des Pausanias von Polygnotos'
Gemälden, so ist es doch ersichtlich, dass nur ein Italiener
und zwar ein mit der Lage und den Bauten Roms bekannter
Maler diese Malereien ausgeführt haben konnte, daher in
Wittenberg nach allem bis jetzt Bekannten nur Jacopo de
Barbari. Bei der Beschreibung «das hier ist die Stadt Rom,
das der Tiberfluss, dies die Brücke etc.» wird man unwill-

kürlich an die als Werk Barbaris bezeichnete grosse perspektivische Ansicht Venedigs erinnert. Der Italiener hat, wie man durch die Urkunden annehmen muss, eine sehr reiche Tätigkeit am kurfürstlichen Hofe entfaltet. Er war ausser in Wittenberg, wie wir sahen, auch in Lochau und anderen Orten als Wandmaler beschäftigt, er vollendete Tafelgemälde und Stiche. Dass er sich bei seiner Kunstbetätigung vielleicht nur ganz nebenbei mit dem Kupferstich befasste und er hierbei von Dürer auf das beste angeleitet und gefördert wurde, können wir annehmen, ohne ihm in seiner fleissigen und von seiner Umgebung höchst anerkannten Tätigkeit Abbruch zu tun. Denn Jacopo hat sich die Anerkennung seiner Fürsten, für die er arbeitete, in ausgedehntester Weise erworben, sonst wäre er nicht an den Höfen Deutschlands und in Holland gewissermassen «herumgereicht» worden. Dass er im Vergleich zu seinen italienischen Kollegen weniger begabt und befähigt war, kann man ihm nicht zum Vorwurfe machen. Er gab was er hatte und konnte, und das war für unsere deutschen Kunstverhältnisse ausserordentlich viel. Es erscheint dies erst recht im hellsten Licht durch seinen Einfluss auf Dürer. Denn bei Dürers Werken tritt vom Jahre 1503 ab ein Umschwung ein, der, wenn auch vorher allmählich vorbereitet, doch erst von dieser Zeit ab nicht nur in Aeusserlichkeiten, z. B. im Ornament, sondern auch aus tief im Schaffen begründeten Ursachen klar ersichtlich wird. «1503 beginnt Dürer seine Stiche zu datieren, setzt ferner eine grosse Zahl datierter Zeichnungen ein, es äussert sich darin ein gesteigertes künstlerisches Selbstbewusstsein.» Dürer sah, wie der italienische Maler in Wittenberg geehrt und geachtet war, wie er als «Zentilom» mit den angesehenen dortigen Humanisten freundschaftlich verkehrte, in Wittenberg aber traten sich der Deutsche und der Italiener näher und lernten sich gegenseitig kennen und schätzen, als Mensch und als Künstler. Wenn Dürer 1504 in missverstandener «barbarischer» Weise in der Geisselung der grünen Passion eine Renaissancesäule und in den Holzschnitten andere mannigfache Motive der Renaissance ebenso oder in ähnlicher Weise aufnimmt, so sind es neben den ihm bekannten Stichen Mantegnas die Vorbilder Barbaris gewesen. Die geringfügigen einzelnen, zum grössten Teil ganz missverstandenen Renaissanceornamente, die in Dürerschen Arbeiten bis 1504 vorkommen, kann Dürer alle, ohne Ausnahme, aus Stichen Mantegnas oder aus Arbeiten und Zeichnungen Barbaris kennen gelernt haben. Hierauf eine Reise Dürers nach Padua zu begründen, geht nicht an, noch weniger sie als «Erinnerungen an Venedig» zu erklären. Ich kann mir nicht gut denken, dass ein Dürer, wenn er im Jahre 1494 in Italien gewesen sein sollte, so wenig von der italienischen Renaissance gesehen und gelernt haben sollte, dass sie ihm erst elf Jahre später bei einem wiederholten Sehen klar und verständlich geworden wäre. Justi sagt Seite 360 Anmerkung: «Die Aufzeichnungen Dürers sagen nichts pro et contra. Jedenfalls wäre die italienische Reise Ende 94 und 95 zu setzen, wenn man nicht «wie Janitzschek den Begriff der Reiseerinnerungen» einführen will: das Christkind ist datiert 1495, Anfang 1494 ist Dürer in Strassburg; 11 von 1506 gibt 1495, wie schon Grimm 1865 bemerkte. «Für 1494 müsste Dürer «12» sagen; wenn Grimm nun vorschlägt, einen Irrtum Dürers anzunehmen, da man Anfang 1494 in Venedig noch «1493» geschrieben hätte, so finde ich das nicht überzeugend, denn 1493 von 1506 gibt doch 13. Wie Dürers Reise sofort nach Hochzeit und Etablierung, bei seiner gedrückten Lage, möglich war, das wäre dann eine weitere Frage.» Ende 1494 bezw. Anfang 1495 ist Dürer, wie wir sahen, urkundlich in Wittenberg tätig nachgewiesen, und so können wir wohl nunmehr auch mit Bestimmtheit annehmen, dass Dürer, wie es auch aus seinen Werken hervorgeht, erst vom Jahre 1503 ab und zwar direkt durch Barbari vermittelt, genauer mit der italienischen Renaissance und mit der Antike bekannt wird. Die Zeichnung Dürers nach dem Apoll vom Belvedere geht sicher auf eine der Zeichnungen aus der Studienmappe oder dem Skizzenbuche des Italieners zurück. Thode[1] erkennt auch

---

[1] Henry Thode, Dürers «antikische Art». Jahrbuch der Königl. Preuss. Kunstsammlungen. III. 1882. S. 113.

in der Studie zur Eva des Kupferstichs und den weiblichen
Figuren dieser Zeit antike Vorbilder, bei der Eva die medi-
ceische Venus. Dürer kannte das Skizzenbuch des Jakob
Walch, das er später in reifen Jahren auf seiner niederländischen Reise sich von der Statthalterin Margarete erbat,
aber nicht erhielt, sehr gut. Es wäre ihm gewiss eine liebe
Erinnerung gewesen an seine Jugendzeit und der Zeit des
stürmischen Dranges nach Forschung und Erkenntnis, der
Tage gemeinschaftlicher Arbeit mit Jacopo, von dem er
damals glaubte, «dass er ihm den Grund klärlich anzeigen
könnte». «Ganz sicher endlich ist die Anregung zu Propor-
tionsstudien, die Dürer dem Italiener verdankt.»

Dass Dürer schon früh mit grösstem Interesse auf die
Bildung des menschlichen Körpers bedacht war, ist aus
seinen Werken ersichtlich. Man sehe sich aber seine Bil-
dungen des nackten Körpers bis zum Jahre 1503 an, noch
seine grosse Fortuna und die Venus auf dem Delphin. Und
nun bedenke man, was Dürer in den Gemälden Jacopos,
die dieser Italiener in den Schlössern des Kurfürsten vollendete, sah, was er während des persönlichen Verkehrs mit
dem pittore italiano von ihm gezeigt erhielt, Zeichnungen
nach der Antike, Schönheit atmende Menschengestalten,
deren Ebenmass einen Geist wie Dürer machtvoll gepackt
haben müssen.[1]

Und sofort regt sich bei dem Deutschen aufs heftigste

---

[1] «Idoch so ich keinen find, der do Etwas beschrieben hätt van
menschlicher Mass zu machen, dann einen Mann, Jacobus genennt,
van Venedig geborn, ein lieblicher Moler. Der wies mir Mann und
Weib, die er aus der Mass gemacht hätt, und dass ich auf diese Zeit
liebr sehen wollt, was sein Meinung wär gewest dann ein neu kunig-
reich, und wenn ichs hätt, so wollt ich ihms zu Ehren in Druck
bringen, gemeinen Nutz zu gut. Aber ich was zu derselben Zeit noch
jung und hätt nie van sölchem Ding gehört. Und die Kunst ward mir
fast lieben, und nahm die Ding zu Sinn, wie man solche Ding möcht
zu Wegen bringen. Dann mir wollt dieser vorgemeldt Jacobus seinen
Grund nit klärlich anzeigen, das merket ich wol an ihm. Doch nahm
ich mein eigen Ding für mich und las den Fitrufium, der beschreibt
ein Wenig van der Gliedmass eines Manns. Also van oder aus den
zweien obgenannten Mannen hab ich meinen Anfang genummen, und
hab dornoch aus meinem Fürnehmen gesucht von Tag zu Tag.» (Lange
und Fuhse, Dürers schriftlicher Nachlass. Halle 1893. S. 342.)

der Drang nach Forschung und Ergründung. Warum diese
Wirkung, wie stehen die Proportionen zu einander, unter
welchen Verhältnissen wirken sie so? Aber Jacopo wollte
oder konnte ihm nicht den gewünschten Aufschluss geben,
er hatte ihm nur die Augen dafür geöffnet und das Ver-
langen nach Forschung erregt. Dürer sagt in der Einleitung
zur Proportionslehre: «so ich selb nye gelernt hab oder von
yemand anders undervisen pin worden».

Jacopo konnte ihm nur zeigen «Mann und Weib die
er aus der Maass gemacht hätte», aber den Grund der Dinge
konnte er Dürer nicht erklären. So nahm sich Dürer «den
Fitrufium» vor, der wohl im Humanistenkreis in Wittenberg
nicht schwer zu erhalten war, und Adam und Eva entstehen
im Jahre 1504 in Wittenberg. Dieser Stich Dürers zeigt
das Wittenberger Wasserzeichen, den Ochsenkopf! Mit
welcher Mühe und welch' emsigem Fleisse er gearbeitet ist,
ersieht man klar. Und stolz war Dürer auf seine Leistung:
«Albertus Durer Noricus faciebat 1504» steht darauf. Dürers
Adam und Eva von 1504 aber bedeutet für unsere deutsche
Kunst ungeheuer viel, gleichsam die Entdeckung des Menschen,
ein gewaltiger Schritt in die neue Zeit und damit eine Ab·
wendung von der kirchlichen Kunst in die Kunstgestaltung
der Renaissance, ein Werk, welches für die ganze Folgezeit
von der weitgehendsten Bedeutung wurde, das erste Menschen·
paar als die ersten Menschen der deutschen Kunst, bei
denen ein Meister es versuchte, «sie aus der Maass zu
machen». Dann entstehen die Proportionszeichnungen und
-studien, und 1505 finden wir Dürer in Venedig. Was er
dort erschaut, was er erfahren und gelernt hat, erzählen
seine Werke, selbst wenn wir keine schriftlichen Zeugnisse
seines italienischen Aufenthaltes besässen. «Deshalb ist fast
nütz dem der mit solchem umbget das er mancherley guter
bild sech | und offt die von den berümbten guten meystern
gemacht sind worden und das man auch dieselbigen dar-
von hör reden | Aber jedoch das du allweg irer fel war-
nembst | und der besserung nachdenckst | und lass dich nit
wie ob gered allein zu einer art raden die ein meister fürt.»
Es liegt nur allzu nahe sich auszumalen, dass auch Jacopo

es war, der durch seine Mitteilungen und Erzählungen
Dürers Sehnsucht nach Italiens Kunst nährte und den Ent-
schluss zu seiner venetianischen Reise zur Reife brachte.
Wie Dürer von Jacopo mehr zu künstlerischen Taten angeregt als von ihm beeinflusst wurde, so auch blieb sich
Dürer in Italien und nach seiner Heimkehr treu. Aber gerade die Anregungen wirkten so fruchtbringend auf den
deutschen Meister, dass mit ihm die deutsche Kunst eine
völlige Umwandlung erfuhr, mit ihm zum ersten Male der
Künstler aus dem Stande des Handwerks hinaus trat in
eine freie Atmosphäre, dass mit ihm begann die Individualität
als Künstlerpersönlichkeit eine ganz andere Bedeutung zu
gewinnen. In Wittenberg ward der körperliche Mensch in
der Kunst durch Dürer entdeckt und in Wittenberg gewann
der einzelne Mensch kurze Zeit darauf durch Luther seine
geistige Stellung und Würdigung. Beide sprachen — jeder
in seiner Weise — aus, was sich längst vorbereitet und
entwickelt hatte, beide Männer bilden, alles Vorhergegangene
zusammenfassend, den Höhepunkt einer Entwicklung, zu-
sammengesetzt und geschaffen gleichsam aus der Kultur-
entwicklung des deutschen Volkes heraus und beide aufs
eifrigste gefördert und unterstützt von einem Fürsten, der
sich würdig mit ihnen zum Dreigestirn vereint.

Im Frühjahr 1505 wurde von Kurfürst Friedrich Meister
Lucas Cranach als Hofmaler angenommen, der Künstler,
der von da ab fast ein halbes Jahrhundert seinem Fürstenhause in allen seinen Schicksalen treu gedient hat. Er war
für Kurfürst Friedrich, Kurfürst Johann und Kurfürst Johann Friedrich in gleicher Weise rastlos tätig. Und als
nach der unglücklichen Schlacht bei Mühlberg am 24. April
1547 Johann Friedrich mit der Kurwürde auch seine Freiheit verlor, folgte der alte Meister willig dem Rufe seines
ihm fast befreundeten Fürsten nach Augsburg, um ihm dort
durch seine Unterhaltung und seine Kunst das schwere
Geschick der Gefangenschaft zu erleichtern, bis er 1552 mit
seinem Herrn wieder in die sächsische Heimat zurückziehen
konnte.

Cranach soll 1472 im fränkischen Cronach geboren sein, nach welchem Städtchen er sich nannte. Sowohl über seinen eigentlichen Familiennamen, wie über seine Jugendzeit, seinen Bildungsweg und seine künstlerische Lehrzeit sind wir noch mangelhaft unterrichtet.[1] Sein wundervolles Frühwerk in der Galerie in Berlin «die Ruhe auf der Flucht» vom Jahre 1504, weist Cranach unbestritten nach Dürer und Holbein einen ersten Platz unter den deutschen Künstlern an. In ihm und einer Reihe anderer eigenhändiger Werke Cranachs weht der Zauber der deutschen Märchenerzählung gleich stark, wie aus den ihnen verwandten Werken des Regensburger Malers Albrecht Altdorffer, wodurch man auf den Hinweis vielleicht einer gemeinsamen Ausbildung dieser beiden Meister kam. Cranachs grösste Bedeutung aber liegt doch darin, dass er uns die Menschen jener grossen Zeit im Bilde treu überliefert hat und dass er durch seine Kunst den regsten Anteil an der Durchführung der grossen reformatorischen Tat genommen hat. Wenn von jener Zeit gesprochen und geschrieben wird, Friedrich der Weise, Luther, Melanchthon, Bugenhagen, Spalatin und die anderen grossen Männer genannt werden, muss auch Cranachs Name erklingen. Er war mit Luther und den meisten Grossen jener Tage innig befreundet, was auf seine gute umfassende Bildung schliessen lässt. Er stand 1537 und später nochmals 1540—1544 als Bürgermeister von Wittenberg einem Gemeinwesen vor, das mit Recht das geistige Zentrum Deutschlands in jener Zeit zu nennen ist und nicht mit einem öden Provinzialstädtchen, wo die stumpfsinnigen engherzigen Bewohner über die Misthaufen vor den armseligen Häusern stolpern, zu verwechseln ist. Ueber die Einwohnerzahl unserer mittelalterlichen Städte sind noch vielfach recht irrige Ansichten verbreitet.[2]

---

1 Vgl. Max. J. Friedländer, Jahrbuch der Königl. Preuss. Kunstsammlungen. Bd. XXIII. S. 228 ff. und H. Michaelson, Repertorium für Kunstwissenschaft. Bd. XXII. S. 474 ff.

2 Dresden hatte nach O. Richter, Geschichte der Stadt Dresden, 1885, S. 194, im Jahre 1546 etwa 6500, im Jahre 1588 ungefähr 11500 Einwohner und ähnlich geringe Zahlen hat Prof. K. Bücher, «Entwicklung der Volkswirtschaft», für andere Grossstädte Deutschlands nachgewiesen.

Cranach war, als er 1505 in Friedrichs Dienste trat, mit der Tochter eines Gothaer Bürgers Barbara Brengbier, verheiratet, welche ihrem Gatten im Jahre 1541 im Tode voranging. Von Cranachs Kindern — er hatte vier Töchter und zwei Söhne — hat der eine Sohn, der 1515 geborene Lucas seines Vaters Künstlererbe angetreten und weitergebildet, während der ältere 1503 geborene Johann Lucas bereits in jugendlichem Alter 1536 gestorben ist. Seinen frühen Tod betrauert der Freund seines Vaters, der Professor der lateinischen Sprache in Wittenberg Johann Stiegel in einem lateinischen Gedicht. Cranachs Tochter Barbara war die Frau des kurfürstlichen Kanzlers Christian Bruck, in dessen Hause in Weimar der alte Meister, als er 1552 mit seinem Fürsten nach Sachsen zurückgekehrt war, bis zu seinem am 16. Oktober 1553 erfolgten Tode wohnte. Cranachs Grab befindet sich auf dem St. Jakobfriedhofe in Weimar.

Er war ein Mann, der nur in unermüdlichem rastlosem Schaffen und Wirken sein Genügen fand. Abgesehen von seiner eigenhändigen Betätigung in seiner Kunst, Malerei, Holzschnitt und Kupferstich, hielt er stets eine grössere Anzahl Schüler und Gesellen in seiner Werkstatt, aus der Massen von Werken hervorgingen. Malereien religiösen und mythologischen Inhalts, Porträts, Jagdstücke, Wappen, Renndecken für Turniere, wir erfahren aus den Rechnungen vom Ausmalen von Zimmern in den Schlössern von Torgau, Weimar, der Lochau,[1] von Cranachs Leuten werden Häuser, Zäune und Schlitten angestrichen, Cranachs Rat wird bei allen künstlerischen Unternehmungen der Fürsten eingeholt, bei Schlossbauten, Zimmerausstattungen, bei Anfertigung von Medaillen und Prägung neuer Geldsorten, beim Entwurf von Hofgewändern, der Ausschmückung von Plätzen und Räumen, bei Gelegenheit von Festen.

Bereits 1506 soll Cranach in Gemeinschaft mit dem

---

[1] Auch das Brautbett bezw. das Brautgemach Margaretas von Anhalt, der Gemahlin Herzog Johanns von Sachsen, wurde von Cranach ausgemalt. Vgl. Bauch im Repertorium, a. a. O., S. 424.

Wittenberger Goldschmied Christian Döring eine Druckerei
eingerichtet haben, für die er später von Kurfürst Johann
ein Privilegium erhielt. Von Kurfürst Friedrich hatte er
ein solches Privilegium im Jahre 1520 für eine Apotheke
bekommen, die er durch einen Angestellten verwalten liess.
Mit der Apotheke war in jener Zeit auch der Verkauf der
ausländischen Weine verbunden, und so wird mancher
Wittenberger Studio Cranach nicht nur nach seiner künstlerischen Seite hin gewürdigt haben.

Friedrich der Weise schenkte dem Meister das grösste
Vertrauen. Neben seiner Besoldung als Hofmaler, jährlich
100 Gulden, erhielt er alle seine gelieferten Arbeiten, wie
das ja bei Hofmalern üblich war, extra bezahlt. Er bediente
sich aber auch Cranachs Person zu einer wahrscheinlich
politischen Sendung nach den Niederlanden im Jahre 1508
an den Hof des zur Zeit in Flandern weilenden Kaisers
Maximilian. Gerade aus dem Jahre 1508 ist uns auch ein
Zeugnis erhalten, wie hoch Cranach bei seinen Zeitgenossen
in künstlerischer Beziehung in Ansehen stand. Der Rechts-
gelehrte Christoph Scheurl, der zwischen 1507—1512 Lehrer
an der Universität Wittenberg war, sagt in einer akademischen Rede vom Jahre 1508 : «Wahrlich, wenn man
den einzigen Albrecht Dürer ausnimmt, mit dem sich niemand messen kann, so räumt, nach meiner Meinung, unser
Jahrhundert nur Dir in der Malerei den ersten Platz ein.»
Müssen wir auch Scheurls überschwängliches Lob heute
etwas einschränken, so ist Cranach dennoch eine grosse
Anerkennung in seinen Leistungen zu zollen, schält man
erst wie es Woermann [1] und Flechsig [2] in ihren Arbeiten über
Cranach getan haben, die eigenhändigen Werke des Meisters
aus dem Wust von Werkstatt- und Schularbeiten heraus,
wenn wir auch unter diesen Arbeiten begegnen, die durchaus nicht als minderwertig zu bezeichnen sind, wie z. B.

---

[1] Karl Woermann, Die Dresdner Cranach-Ausstellung. Zeitschrift
für bildende Kunst. N. F. XI. Jahrgang. 1900. S. 25, 55 und 78. Cranach-Ausstellung, Dresden 1899. Katalog.

[2] Eduard Flechsig, Cranachstudien. Leipzig 1900.

die seiner Söhne oder des interessanten Veit Thiem, den
ich an anderer Stelle behandeln werde.

Dürers Einfluss konnte sich kein deutscher Maler entziehen, und schon in einigen Holzschnitten Cranachs vom
Jahre 1505 und 1506 gewahren wir Dürers Einwirkung.
Von seiner niederländischen Reise 1508 hat Cranach eigentlich gar keine Beeinflussung auf seine Kunst erfahren. Die
schweren Laub- und Fruchtgehänge, die seit 1509 als
oberer Abschluss seiner Blätter vorkommen, können wir
nicht als eigentliches niederländisches Element bezeichnen.
Cranach nahm sie auf, wie er sie in niederländischen Werken gesehen haben mag, die ihm aber ebensogut durch in
Deutschland befindliche Werke zu Gesicht gekommen sein
können, z. B. bei den von Niederland bezogenen ausge-
malten Büchern, Missalien und dergleichen im Besitze seines
Herrn oder auch von italienischen Blättern und Werken.
Cranach bediente sich der Guirlande als passende und schöne
Einfassung, ein besonders feines Gefühl für die Ornamentik,
wie es in so hohem Masse Dürer besass, suchen wir bei
ihm vergeblich.

Für die grosse Anzahl Werke, die Cranach für Friedrich den Weisen gearbeitet hat, verweise ich auf die Spe-
zialliteratur von Woermann, Schuchardt, Flechsig und Lipp-
mann. [1] Bedeutendes leistete er für den Farbenholzschnitt,
den er wohl als erster künstlerisch verwertete. Flechsig bezeichnet als Vorstufe für den eigentlichen Farbenholzschnitt
den interessanten Golddruck Cranachs, der heilige Georg
zu Pferde vom Jahre 1507. Ueber diese Gold- und Silber-
drucke sind uns Briefe Dr. Konrad Peutingers in Augsburg,
dem gelehrten Berater Kaiser Maximilians, an Kurfürst Friedrich erhalten. Aus den Briefen geht hervor, dass Peutinger
im Jahre 1507 durch Degenhard Pfeffingers Vermittlung
«Kurisser von gold und silber mit dem truck gefertiget» und
von «euer fürstlich gnad maler» hergestellt erhalten hatte.
Flechsig wies nach, dass hierunter nur Blätter, Golddrucke

---

[1] Woermann und Flechsig, a. a. O. Christian Schuchardt, Lucas
Cranach des Aelteren Leben und Werke. Leipzig 1871. Friedr. Lipp-
mann, Die Holzschnitte und Kupferstiche Cranachs. Berlin 1895.

des heiligen Georg von Cranach vom Jahre 1507 verstanden werden können und dass Peutinger «sich durch die ihm zugeschickten Proben Cranach'scher Kunst bewogen fühlte» «solliche Kunst alhie auch zuwegen zupringen». Und zwar dieses im Jahre 1508, wie wir aus dem Briefe Peutingers an den Kurfürsten Friedrich ersehen, indem er den so kunsterfahrenen Fürsten auch um die Begutachtung der von ihm übersandten Blätter bittet. «Und wiewol ich des ain costen getragen, so hab ich doch von gold und silber auf pirment getruckt kürisser zuwegen gebracht, wie euer fürstlich gnad ich hiemit ain prob zuschicke, euer fürstlich durchleuchtigkait underthäniglich bittende, wöllen die aus gnaden besichtigen und mir zu erkennen geben, ob die also gut getruckt seien oder nit.»

Aus dem Jahre 1509 besitzen wir von Cranach das bekannte Wittenberger Heiligtumsbuch, das durch Hirths so verdienstvolle Publikation weiten Kreisen bekannt und zugänglich geworden ist. Ich komme auf dieses Buch später bei den Zeichnungen für die Gold- und Silberarbeiten, den Reliquiarien, nochmals zu sprechen. Cranach gibt uns keine getreuen Abbilder der vorhanden gewesenen Gegenstände, sondern nur immer ein ungefähres Bild, das uns jedes kostbare Gefäss, jede Statuette in Cranachs ureignem derben aber gesunden männlichen Stile zeigt. Ist es auf der einen Seite zur Beurteilung dieser Goldschmiedearbeiten zu bedauern, dass sich Cranach nicht genau an das Aussehen und die Details der Gegenstände gehalten hat, so erfreut uns andererseits wiederum der Besitz so vieler liebenswürdiger Blätter des Meisters, der alle die Dinge in seinen malerischen Stil umgesetzt hat. Das Wittenberger Heiligtumbuch übertrifft das Wiener vom Jahre 1503 und auch das Hallesche von 1520 unbedingt an Schönheit in Ausstattung und Darstellungen.

Besonderen Dank schulden wir Cranach, dass er uns das Bild Luthers in den verschiedensten Phasen seines Lebens überliefert hat, einen um so grösseren Dank, als uns das Geschick ein Porträt des Reformators von der Hand Dürers zu besitzen, versagt hat.

Cranachs Freundschaft für Luther äussert sich sowohl in seinem persönlichen Verkehr mit ihm, wie auch in einer Anzahl seiner Werke. So wie er als einflussreiches Rats-mitglied wohl oft im Wittenberger Rate den Beschluss her-beigeführt haben mag, dass seinem Freunde, dem Doktor Martinus von Rats wegen Holz oder Wein ins Haus ge-sandt wurden, wie man es häufig in den Wittenberger Stadtrechnungen verzeichnet findet, so sehen wir ihn schon frühzeitig bestrebt, auch nach aussen hin durch seine Kunst für den Fortschritt von Luthers Werk einzutreten. Ich sehe hier von den Gemälden ab, die in jener Zeit doch mehr lokalen Wert hatten, aber voll und mit seiner ganzen Per-sönlichkeit trat Cranach an Luthers Seite durch ein Werk vom Jahre 1521. Damals erschien eine Holzschnittfolge des Passionals Christi und Antichristi. Es waren die Szenen aus dem Leben und Aussprüche Christi, die dem Tun des Papstes gegenübergestellt wurden. Auch für eine Reihe anderer reformatorischer Schriften hat Cranach Titelver-zierungen und Buchillustrationen geliefert, und eine pracht-volle von ihm ausgemalte Bibel befindet sich in der Jenaer Universitätsbibliothek.

Die Werke Cranachs sind ausser mit den Initialen L C mit dem bekannten Zeichen der geflügelten gekrönten Schlange, die einen Ring im Maule hält, signiert. Dieses war ursprünglich seine sogenannte Hausmarke und wurde ihm im Jahre 1508 vom Kurfürsten als persönliches Wappen verliehen. Als kurfürstlich sächsischer Hofmaler brachte er auch auf den meisten seiner Blätter die Wappen mit den Kurschwertern und der Raute an.

Treue, männliche Wahrhaftigkeit und Fleiss waren die hervorstechendsten Charaktereigenschaften Cranachs; Treue, Wahrhaftigkeit und unermüdliche Schaffenslust lehren uns auch Cranachs Werke. Scheurl sagte in der oben erwähn-ten Rede von 1508 schon zu dem damals noch aufstrebenden Meister: «So viel ich sehe, bist Du auch, ich will nicht sagen keinen Tag, nein vielmehr nicht eine einzige Stunde müssig, immer ist der Pinsel zur Hand.»

In einem kurzen Zeitraume nur weniger Jahre, von 1491 bis 1505, sahen wir eine kleine Zahl bedeutender Maler am Hofe des kunstsinnigen Friedrich beschäftigt, Jan Gossaert, Albrecht Dürer, Jacopo de Barbari und Lucas Cranach, deren Schaffen unmöglich ohne Beeinflussung geblieben sein kann. Waren auch die Meister nicht immer gleichzeitig in Wittenberg tätig, so waren für die später Kommenden die Werke der früher Dagewesenen vorhanden, die zum Studium aufforderten. Wir können in Gossaert den Vermittler der niederländischen, in Barbari denjenigen der italienischen Kunstweise erblicken. Es würde einen grossen Reiz bieten, bis in die kleinsten Details in den Werken dieser Meister zu suchen, was der eine von dem anderen gelernt oder aufgenommen hat. Das Wirken dieser Künstler am Wittenberger Hofe ist ohne Zweifel für die Kunstgeschichte jener Zeit von weitgehender Bedeutung, und diese Erkenntnis wird vielleicht dazu beitragen, uns noch mancherlei bis jetzt unbeantwortete Fragen in Zukunft zu lösen.

Buchillustrationen.

Eine untergeordnetere Stellung in der Malerei und von vielen zu den Meistern des Kunstgewerbes gerechnet, nehmen die Brief- und Kartenmaler ein. Leute, die meist ohne viel eigene Erfindung nach einmal ihnen geläufigen Vorlagen Briefe (Wappenbriefe) schrieben und mit Initialen, Randleisten und Vignetten versahen oder die von ihnen geschriebenen Gebetbücher mit ihrer Kunst verzierten. Friedrich hat für diesen Zweig der Kunst viel Geld ausgegeben und suchte sich auch hierbei von den mehr handwerklichen Meistern frei zu machen, um guten tüchtigen Künstlern seine Aufträge zuzuwenden. Aus den uns erhaltenen Büchern, die früher im Besitze des Kurfürsten waren, sowie aus den uns in den Urkunden genannten Namen geht Friedrichs Verständnis, die besten Illuministen für sich zu gewinnen, zur Evidenz hervor. Auch die Einbände der Bücher waren künstlerisch ausgestattet, wie ja der Begriff

des Handwerkers mit dem des Kunsthandwerkers in jenen
glücklichen Zeiten noch zusammenfiel und jeder noch so
geringe Gebrauchsgegenstand eine seinem Zwecke entspre-
chende ornamentale Ausschmückung an sich trug, die es
zuwege brachte, dass der Mensch seine ihm dienenden Ob-
jekte mit Wohlgefallen betrachten konnte und sie ihm dadurch im Gebrauche lieb wurden.

Ausser einem Melcher Kartenmaler zu Leipzig, werden
uns zwei deutsche Künstler als Illuministen genannt, Georg
Glockendon und Jakob Elsner aus Nürnberg. Für Georg
Glockendon werden im Jahre 1509 56 Gulden 6 β 8 pf.
bezahlt, wobei ihm 5 Gulden 15 Schilling für ein Hofkleid
abgezogen werden. Er hat demnach mit dem kurfürstlichen
Hofe in einem bestimmten festen Dienstverhältnis gestanden.
Georg Glockendon, der 1515 starb, ist in der Geschichte
der deutschen Kunst als Miniaturmaler kein Unbekannter,
da uns von ihm eine kleine Anzahl wertvoller Arbeiten erhalten sind. Seine Frau Kunigunde schenkte ihm zwei
Söhne, die später berühmten Illuministen Nikolaus und
Albrecht, sowie vier Töchter, Ursula, Veronika, Ottilia und
Agnes. Von Georg Glockendon sagt Neudörfer[1] : «Derselbe
hatte Söhne und Töchter, «die hielt er dazu, dass sie täglich dem Illuminiren und Briefmalen hart mussten obsitzen.»

Arbeiten Georg Glockendons für Kurfürst Friedrich
konnte ich nicht auffinden, dagegen ist es möglich solche
von dem Nürnberger Illuministen Jakob Elsner nachzuweisen, den ich, weil derselbe in unserer Kunstgeschichte bis
jetzt ziemlich unbekannt geblieben war, im Nachstehenden
eingehender behandeln werde.

Jakob Elsner wird zuerst bei Neudörfer[2] genannt, welcher von ihm sagt: «Dieser Elssner war ein sehr angenehmer
Mann bei den erbarn Burgern, des Lautenschlagens verständig, derhalben ihm auch die grossen Künstler im Orgel-

---

[1] Des Johann Neudörfer Schreib- und Rechenmeisters zu Nürnberg Nachrichten von Künstlern und Werkleuten daselbst: Aus dem
Jahre 1547. Quellenschriften für Kunstgeschichte. Bd. X. Dr. G. W.
K. Lochners Ausgabe. Wien 1875. S. 47 und 48.
[2] Neudörfer, a. a. O., S. 139.

schlagen, welche waren Sebastian Imhof, Wilhelm Haller und Lorenz Staiber, sehr lieb haben, waren mit anderen ihrer Gesellen täglich um und bei ihm. Er conterfetet sie auch und illuminiret ihnen schöne Bücher und machet ihnen ihre Wappen und Kleinot, damit sie vom Kaisern und Königen begabt waren, in ihre Wappenbrief. Dieser Zeit war keiner hier, der das gemalte Gold so rein machet wie er.»

Nach einer alten Tradition wurde bis jetzt ein Werk als von der Hand Jakob Elsners ausgeführt bezeichnet, die Malereien im sogenannten «Gänsebuch», das sich noch heute in der Sakristei der Lorenzkirche in Nürnberg befindet. Rettberg [1] berichtet, dass Jakob Elsner im Jahre 1546 gestorben sei und sagt über das Gänsebuch: «vermutlich von Jakob Elsner gemalt, dessen Auftrag des Goldes namentlich gerühmt wird.» Zu dieser Zuschreibung an Elsner wurde Rettberg durch einen Vergleich mit einem Messbuche in klein Folio vom Jahre 1513 veranlasst, das als Werk Jakob Elsners inschriftlich bezeichnet, von Dr. Anton Kress in die St. Lorenzkirche in Nürnberg gestiftet worden war. Dieses Messbuch wurde im Jahre 1617 der Familie Kress wieder ausgehändigt und befindet sich seither im Besitze derselben. Wie seit langen Jahren bewahrt es auch heute der Senior der Familie. Dieser, Herr Justizrat Freiherr von Kress zu Kressenstein in Nürnberg gab mir die gütige Erlaubnis, das Buch eingehend zu besichtigen und photographische Aufnahmen daraus zu machen, wofür ich ihm auch an dieser Stelle nochmals ergebenst danke.

Von diesem Missale der Familie von Kress [2] als dem gesicherten Werke Elsners wäre demnach auszugehen, um, hiermit vergleichend, andere Werke als solche Elsners zu bestimmen. Das Buch enthält auf einem Blatte zum Beginn des zweiten Teiles in Goldlettern die Inschrift: «Jacobus Elsner, civis Nurenbergensis, hunc librum illuminavit anno domini 1513.»

---

[1] Nürnbergs Kunstleben in seinen Denkmalen dargestellt von R. von Rettberg. Stuttgart 1854. S. 144.
[2] Mitteilungen des Vereins für Geschichte der Stadt Nürnberg. IX. Heft. 1892. S. 213 ff.

Der Stifter des Buches war der Propst an St. Lorenz
Dr. Anton Kress, er war auch der Besteller des sogenannten
«Gänsebuches». Dr. Kress starb am 7. September 1513 und
in seinem Testamente traf er die Bestimmung, dass das
Buch mit einem ihm würdigen Einbande versehen werde.
Sie lautet:

«Item ich will auch, das mein pergamenes messpuch,
das (ich) hab schreiben lassen, soll bei sant Laurentzenkirchen
pleiben, dazu schick ich fünfzik gulden, das man es damit
beschlachen lassen soll.» Dieser testamentarischen Bestimmung
entspricht der prachtvolle Einband des Buches, dessen Deckel
mit rotem Samt überzogen sind und auf denen sich silberver-
goldete Ecken, Buckeln und Schliessen, sowie fünf Rundmedaillons und das Wappenschild der Familie von Kress
befinden. Die fünf Medaillons des Vorderdeckels enthalten
in erhabener Arbeit «das Lamm Gottes» in der Mitte, an
den vier Ecken «die vier Evangelistensymbole»; auf der
Mitte des anderen Buchdeckels sehen wir das Kressische
Wappenschild mit einem Spruchbande, worauf die Jahreszahl 1513 steht.

Das Buch hat 240 Pergamentblätter, 36 cm hoch und
25 cm breit, von denen 202 beschrieben sind und enthält im ganzen 4 Vollbilder, 8 Initialen und eine Schlussvignette, die von der Hand Jakob Elsners ausgeführt, unsere
Bewunderung hervorrufen. Die Farben und der ausserordentlich feine Goldauftrag leuchten uns in voller Frische,
ohne merklichen Einfluss der Jahrhunderte entgegen.

Die Rückseite des ersten Blattes enthält das erste Bild,
die Dreieinigkeit Gottes. Gott Vater, Gott Sohn und Gott
Heiliger Geist sitzen als drei völlig gleichgebildete Männer-
gestalten mit lang herabwallenden Locken und weichen
blonden Vollbärten, das Haupt mit einer gotischen Bügel-
krone bedeckt, auf einer mit Kissen belegten Bank. Die
Rechte ist segnend erhoben, die Linke hält die mit dem
Kreuze gezierte Weltkugel. Eine Verschiedenheit ist nur
durch die Stellung der Körper und durch eine leise
Farbennuancierung der roten Mäntel erzielt. Hinter dem
Rücken der drei Gestalten ist ein Teppich mit gotischem

Granatmuster gespannt, der oben in einen Baldachin ausgeht und unter der Bank als Fussteppich vorgezogen ist. Liebliche Engelsgestalten sind zur Anbetung herbeigeeilt und lassen sich mit gefalteten Händen auf die Knie nieder. Elsner malte, um den Eindruck der Engelschar beim Beschauer zu vermehren, im Hintergrunde eine Anzahl Flügel, die aber, da man die dazugehörigen Körper nicht sieht, ganz unmotiviert erscheinen. Weiter rückwärts aus den mit feinen Goldlinien geränderten Wolkenballen schaut eine Anzahl Seraphim. Den oberen Abschluss des Bildes ziert eine Renaissanceguirlande, in deren Mitte eine Frucht- und Traubenranke, ganz nach Dürerscher Ornamentik gebildet, herabhängt. Das Bild wird als Mittelstück von einer gotischen Blattranke und Streublümchen eingerahmt, in die einzelne kleinere Vögel, u. a. eine Schnepfe gemalt sind. Der untere Rand des Rahmens enthält ein anmutiges Genrebildchen. Ein Fuchs zieht einen Schlitten, in dem zwei kleine weisse Häschen sitzen, über eine mit Blumen und Gräsern aller Art bestandene grüne Wiese. Der kleine Hase auf dem Vordersitze hält in der rechten Pfote die Peitsche, mit der linken führt er die Zügel, die vorn am Schellenkummet des Fuchses befestigt sind.

Auf dem zweiten Blatte, dem ersten Bilde gegenüber, ist in einer Renaissancearchitektur der Stifter des Buches Dr. Anton Kress in seinem Propsthabit vor einem Betpulte kniend dargestellt. Der hinter ihm stehende St. Laurentius, in der Linken den Rost, das Marterwerkzeug seines Martyriums haltend, hat seine Rechte schützend auf die Schulter des vor ihm knieenden Stifters gelegt, dessen Gebet gleichsam der Erhörung des ihnen gegenüber befindlichen dreieinigen Gottes empfehlend. Zur Seite des knieenden Stifters blicken wir durch ein offenes Fenster auf eine Flusslandschaft, an deren ansteigenden Ufern wir Häuser, Bäume und Sträucher gewahren. Wie das erste Bild ist auch dieses oben durch eine Renaissanceguirlande mit Traubengehänge abgeschlossen und durch einen Rahmen von gotischen Blattranken und Streublümchen eingefasst. In der Mitte des unteren Rahmenteiles umschliesst ein dicker, von zwei Greifen gehaltener Lorbeerkranz das Kressische Wappen. Demnach auch in diesem Bilde eine innige Verquickung alter gotischer Formenelemente mit Renaissancemotiven.

Ausserdem sind im ersten Teile des Buches noch drei Initialen ausgemalt, ein D auf Seite VII mit der Anbetung des Kindes und der Verkündigung an den Hirten im Hintergrund, ein R mit dem auferstandenen Heiland und ein B auf Seite XLII.

Das zweite Blatt enthält den geschriebenen Titel folgenden Inhalts: «Anno salutis christiane quingentesimo decimo tercio supra millesimum Antonius Kress, juris utriusque doctor, ecclesie sancti Laurentii Nurenberge prepositus, hunc librum pro decore cultus divini et ad laudem dei, beatissime virginis Marie atque beati Laurentii, martyris, prefate ecclesie contulit.»

Die Darstellungen im zweiten Teile des Buches sind: Der Gekreuzigte zwischen Maria und Johannes und in einer grossen Initiale T die Opferung Isaaks. Bei der Kreuzigung hat sich Elsner, ohne direkt zu kopieren, stark an Dürer angelehnt. Während Christus durch sein unschön geformtes Antlitz, die falschen Körperproportionen ·und Perspektiven keinen befriedigenden Eindruck macht, sind dagegen die schönen Gestalten von Maria und Johannes mit dem reichen Fluss der Gewänder und den virtuos bis ins feinste durchgeführten Köpfen äusserst wirksam. Auch die Bildung der Landschaft mit der Stadt im Hintergrunde, ihren Kuppelbauten und dem burgartigen Baue auf einem Berge beweisen Elsners ernste Studien zur Lösung der perspektivischen Schwierigkeiten. In der Umrahmung sind Engel, das Schweisstuch und die Marterwerkzeuge Christi haltend, dargestellt.

Im unteren Teile des zweiten Bildes befindet sich das Kressische Wappen mit der Inschrift: «Antonius Kres juris utriusque doctor anno salutis 1513.»

Das Wappen wird von zwei Flügelwesen mit Schmetterlingsflügeln, deren Leiber in Ornament ausgehen, gehalten. Es sind die bekannten Gestalten, wie sie uns so oft in der Ornamentation der Renaissance, besonders in den Grotesken begegnen.

An gemalten Initialen finden sich noch: ein S auch C, ein C auf Seite CXV mit der Darstellung zweier die Monstranz haltenden Engel, wobei man die Inschrift liest: «Ecce panis angelorum», ein T auf Seite CXXII; die Speisung der Kranken und Armen ist auf Seite CXXIX in der Initiale C und in einem G auf Seite CXXXI eine Madonna mit Kind.

In der reizenden Schlussvignette ist das Lammopfer dargestellt. Ein weisses Lamm, aus dessen Brust das Blut in den davor stehenden Kelch strömt, hält die Glaubensfahne.

Das «Gänsebuch» besteht aus zwei Teilen, «Winter- und Sommerteil», welche die Festtagslektionen für das ganze Jahr enthalten und mit auf die Hauptfeste des Jahres bezüglichen Darstellungen in den Initialen illustriert sind. Die starken Einbände dieser beiden Missalien sind mit durchbrochen gearbeiteten schweren Messingecken und -schliessen verziert, die Pergamentblätter sind $66\frac{1}{2}$ cm hoch zu 45 bezw. 46 cm breit. Am unteren Rande der Blätter und an deren Seiten ziehen sich Blatt- und Blumenranken hin, in die launige und genrehafte kleine Darstellungen oder einzelne Tiere eingeflochten sind.

Aus den Inschriften auf den ersten Blättern der Bücher ersehen wir die Zeit der Entstehung. Als Schreiber der Bücher nennt sich der Vikarius Friedrich Rosendorn, während der Name des Malers nicht genannt ist. Die Inschriften lauten :   ·

1. «Iste liber pertinet ad ecclesiam Sancti Laurentij in Nurenberga: quem scripsit Fridericus Rosendorn eiusdem ecclesie vicarius Anno salutis 1507. quo tempore Antonius Kress Juris utriusque doctor prepositus. hieronimus Schurstab prefectus. Andreas de Watt magister fabrice eiusdem ecclesie extitit.» und

2. «Ad ecclesiam Sancti Laurentij in Nurenberga pertinet iste liber: cui ultima manus imposita fuit anno salutis 1510: quo tempore Antonius Kress juris utriusque doctor prepositus: Jacobus Groland prefectus. Andreas de Watt mgr. fabrice eiusdem ecclesie extitit.»

Nachstehend führe ich die hauptsächlichsten Darstellungen in den beiden Büchern auf.

1. In einem A auf der ersten Seite erblickt man den segnenden Heiland.

2. In einem P, am Beginn des Chorgesanges zum Weihnachtsfest, ist die Geburt Christi dargestellt, in der Ranke am unteren Blattrande sehen wir, wie ein Fuchs einen Hahn und eine Henne beschleicht.

3. Das Einreiten des Herrn in Jerusalem in einem D, in der Ranke unten ein Pfau.

4. In bezug auf das Dreikönigsfest die Anbetung der Weisen.

5. Ein R enthält in Beziehung auf das Osterfest den auferstandenen Heiland mit der Glaubensfahne.

6. Ein Blatt mit aus den Blumenkelchen der Ranke hervorschauenden Halbfiguren von Engeln, welche die Marterwerkzeuge Christi in Händen halten.

7. Dieses Blatt, in seiner Initiale die Himmelfahrt Christi, enthält an seinem unteren Teile noch eine Malerei, die von jeher besonders gefiel und deren humorvolle Darstellung den beiden Chorbüchern den Namen «Gänsebuch» eintrug. Sieben mit weit geöffnetem Schnabel und erhobenen Köpfen singende Gänse stehen vor einem Betpulte, auf dem ein aufgeschlagenes Missale mit Noten und Text liegt. Als Leiter des frommen Gesanges aber steht ein Wolf im grauen Kantorhabit dabei und wird noch von einem hinter den Gänsen stehenden Fuchs als Chorgehülfen unterstützt, «die Gänse nach Noten singen zu lehren».

8. In einem S ist das Pfingstfest dargestellt.

9. Die Initiale B umschliesst die Dreifaltigkeit und das untere Rankenwerk einen wilden Mann mit Bogen und Pfeil auf einen ruhenden Hirsch zielend.

10. Den Buchstaben C füllen zwei die Monstranz haltende Engel, während musizierende Engel als Halbfiguren in der Blumenranke abgebildet sind.

Der Sammler für Kunst und Altertum in Nürnberg (Nürnberg 1825, S. 21) bemerkt bei der Monstranz die Inschrift: «Ecce panis angelorum». Es liegt hier eine Verwechslung mit der ganz gleichen Darstellung in dem Missale der Familie Kress vor, bei dem wir die Inschrift fanden. Im Gänsebuch ist sie nicht vorhanden.

11. Mit einem T beginnen die Gesänge zum Kirchweihfest, und in diesem Buchstaben ist die Ansicht einer Kirche (Lorenzkirche?) abgebildet. Die humoristische Darstellung im unteren Teile des Blattes bezieht sich auf den nichtkirchlichen Teil des Festes. Das Gehaben und der Ausdruck der drei dort dargestellten zechenden Bauern legen von vorzüglicher Naturbeobachtung Zeugnis ab.

12. Zum Beginn des Gesanges für den Allerseelentag steht der Tod, als Gerippe gebildet, in einem R requiem aeternam.

Der zweite Teil enthält folgende Malereien:

1. Der Fischzug Petri.

2. In bezug auf das Fest der Empfängnis die Begegnung Joachims und Elisabeths.

3. Die Beschneidung.

4. In einem R die Verkündigung zum Feste der Lichtmesse.

5. Die Heimsuchung.

6. Zum Patronsfest der Kirche ist der heilige Laurentius dargestellt.

7. Krönung Mariä.

8. Als Schlussvignette von Renaissanceblattguirlanden eingefasst die Geburt Mariä.

9. Auf dem Blatt der Gesänge zum Allerheiligenfest ist der Kampf einer Waldfrau mit einem monströsen Fabeltier, welches das Kind der Frau in seinem Maule davon trägt, dargestellt.

10. Christus und die Apostel.

11. Madonna mit Kind. Am unteren Blattrande ein Genrebildchen, wie sich ein Raubvogel vergeblich bemüht, an die durch eine Stürze gesicherten jungen Hühner heranzukommen. Beachtenswert ist die Randleiste. Sie zeigt uns, wie es Elsner verstand, das von Dürer Uebernommene in seiner Weise umzugestalten. Eine aus Dürers Formenschatz entlehnte Renaissancesäule macht Elsner zum Brunnen,

dessen Becken durch zwei Löwenköpfe gespeist wird und an dessen Rande zwei kleine Vögel stehen, sich am kühlen Nass erquickend.

Die archivalischen, sich im Weimarer Staatsarchiv befindlichen Nachrichten über Jakob Elsner machten es mir möglich, zwei weitere von Elsner illuminierte Bücher nachzuweisen, durch deren Vergleich mit dem Missale der Familie von Kress und dem Gänsebuch wir nunmehr in der Lage sind, letzteres nicht mehr «vermutungsweise», sondern «bestimmt» als Werk Elsners bezeichnen zu können.

Die urkundlichen Aufzeichnungen sind folgende:

In den Haushaltungsrechnungen des Kurfürsten Friedrich von 1505:

«X fl. Vlssner Illuminat zcu nornberg geschickt bey paulen goltschmidt auf rechnu. vom m. g. Hern bet buch zcu illuminieren.» Ebenda Leimbachs Rechnung Bartolome bis Galli 1507:

«XV gulden vnbehawen zcalt, die er Ölssnern von einem buch zuschreiben, zu Illuminieren vnd pergamen» und:

«XV gulden vnbehawen Zcalt, die er Ölssner von einem buch zuschreiben zu Illuminiren vnd pgamen geben.»

Unter Aa 2299 pag. 35 liegt ein Brief Anton Tuchers des Aelteren zu Nürnberg an Kurfürst Friedrich mit folgendem Wortlaute: «Gnedigster Herr Die Illuminatur des pedepuchleins So ewer F. G. bey dem Elssner alhie zu Nurmberg Zumachen bestelt haben, ist Aller Ding vnd biss Zum ennde verfertigt das ich gesehen, vnd sovil ich diesser Arbait verstand hab wirdet die ewren fürstlichen Gnaden nit mispellig Erscheinen.» 28. September 1509 (7?).

Hieraus erfahren wir, dass Elsner im Jahre 1507 zwei Bücher für den Kurfürsten illuminierte, für die er den ansehnlichen Preis von je 15 Gulden erhielt und im Jahre 1507 oder 1509 — die Jahreszahl ist undeutlich — ein Gebetbuch. Der Meister wird im Jahre 1505 in Verbindung mit dem berühmten Nürnberger Goldschmied Paul Möller genannt, welcher der von Friedrich bevorzugte Goldschmied war und, wie wir später sehen werden, eine Anzahl der «Heiligtümer» für die Wittenberger Schlosskirche lieferte.

Bei der Nachforschung über den Verbleib der Bücherei des Kurfürsten traf ich in der Universitätsbibliothek in Jena auf zwei prächtig illuminierte Bücher, zwei Bände Perikopen, ein Band Evangelien und ein Band Episteln, die aus dem kurfürstlichen Besitze stammen und beide 1507 datiert sind.

Die Bücher, deren Pergamentblätter 35 cm hoch zu 25 cm breit sind, enthalten — die Evangelien 26, die Episteln 25 — beschriebene und illuminierte Blätter. Die aus vergoldetem Silber und Emaillearbeit bestehenden Ecken und Schliessen können wir wohl, nach obiger Aktennotiz, als Werke des Nürnberger Goldschmieds Paul Möller bezeichnen. Von ihm sind dann auch die völlig gleich gearbeiteten Beschläge an dem Missale der Familie von Kress.

Auf den Vorderdeckeln der beiden Bücher ist je eine Miniatur unter ˚Glas angebracht. Bei den Evangelien ist es ein Bild des segnenden Heilands, welches Kurfürst Friedrich einst von Papst Leo X. zum Geschenk erhielt, bei den Episteln ist der heilige Paulus von Jakob Elsner dargestellt. An den vier Ecken des Einbanddeckels befinden sich vier Rundmedaillons, bei den Evangelien die Evangelistensymbole, bei den Episteln die vier Kirchenväter, auf den Mittelteilen des Randes vier emaillierte sächsiche und kurfürstliche Wappen, und auf den Schliessenbeschlägen sind die Bildnisse des Kurfürsten und seines Bruders graviert.

Die zweiten Seiten der Bücher zeigen das Wappen mit den gekreuzten Kurschwertern, die dritten Seiten das grosse Wappen des Kurfürsten Friedrich mit der Jahreszahl 1507 auf dem unteren Balken des Wappenrahmens. Darunter steht der volle Titel des Kurfürsten: «Fridericus dei gratia dux saxonie sacri romani imperii archimarscalcus et princeps elector romanorum regie maiestatis imperii que regiminis locum tenens. 1507.» (In den Evangelien fehlt bei diesem Datum die letzte Zahl «7»).

Je ein Vollbild schmückt die vierten Seiten. In den Evangelien ist der Heiland am Kreuzesstamme abgebildet,

13

zu dessen Seiten Maria und Johannes, in stummem Schmerze und stiller Ergebung vor sich hinschauend, stehen. Am Stamme selbst, ihn mit ihren Armen umfassend, ist Magdalena auf die Knie gesunken, fromm und schmerzergriffen ihren Blick zum Heiland hinaufrichtend. Der Hintergrund des Bildes wird durch den Kreuzesstamm in zwei Hälften geteilt. Links erblicken wir eine Flusslandschaft, deren ferner Horizont von einer Kette schneebedeckter Berge abgeschlossen wird. Eine Holzbrücke führt zu einer mit Mauern und Türmen befestigten Stadt, in deren Innern die Giebel und Dächer deutscher Fachwerkhäuser zu sehen sind. Mehr im Vordergrunde steht hinter Maria ein ganz dürrer blattloser Baum. Haben wir so auf dieser Seite die deutsche Stadt, so scheint auf der rechten Seite, hinter Johannes, Jerusalem mit einer Anzahl Rund- und Kuppelbauten von phantastischen Formen dargestellt zu sein. Dazu passt auch die südlich reiche Vegetation, und reichbelaubte Bäume bedecken die sanften Hügel vor der Stadt. Dieser Miniatur Elsners lag der Kupferstich Martin Schongauers B 25 zugrunde, dem die Figuren von Maria und Johannes direkt entnommen sind und die mit den gleichen Gestalten auf Schongauers Stich in Typen, Stellung, Handhaltung, Fussstellung und Faltenwurf übereinstimmen. Auch der Kreuzesstamm mit der an seinem unteren Teile abgeschälten Rinde, der dürre Baum, sowie noch weitere Details des Hintergrundes sind Schongauers Stich entlehnt. Hätten wir nicht die anderen Miniaturen Elsners, besonders die kleinen genrehaften Darstellungen im Rankenwerk, so erhielten wir nach dieser Anlehnung an Schongauers Stich keine grosse Meinung von der Erfindungsgabe des Meisters. Es ist aber dabei zu berücksichtigen, ob nicht die häufige Tatsache, dass ein Meister das Werk eines anderen teilweise oder völlig kopierte, oder einzelne Figuren und Gegenstände daraus in sein eigenes Werk verpflanzte, auf den ausdrücklichen Wünschen der Besteller, denen diese oder jene Darstellung besonders gefiel und passend erschien, beruhte. Bei der ausserordentlichen Verbreitung Schongauers und Dürers Stiche wenigstens können wir dieses sicher annehmen.

Die Ecken der mit bunten Streublümchen und kleinen Vögeln bemalten Bildumrahmung zieren, analog dem Einbanddeckel, die Symbole der Evangelisten. Während an der unteren Seite des Einfassungsstreifens sechs Engel die Marterwerkzeuge des Herrn tragen, halten in jeder Mitte der Längsstreifen nackte Knabenengel die Wappen des Kurfürsten. Der eine kleine Putto in der rechten Mitte aber hat nur mit einer Hand beim Tragen des Wappens zugefasst und hält mit der linken noch sein Spielzeug, die Windfahne, als sei er eben rasch zur Unterstützung seiner Genossen herbeigeeilt. Die kleinen dicken Kerlchen, die uns mit dem gleichen Spielzeug noch auf anderen Blättern dieser Bücher begegnen, sind ebenfalls als Kinder Dürers zu bezeichnen. Sie haben die auffallendste Aehnlichkeit mit den kleinen «Heinzelmännchen», welche sich auf Dürers dreiteiligem Altar mit den Heiligen Antonius und Sebastian in der Dresdner Galerie oder auf dem Holzschnitte aus Dürers Marienleben «Rast der heiligen Familie in Aegypten» (B. 90 P. 90 c.) mit den Holzspähnen Josephs zu schaffen machen.

Die Abbildungen erweisen deutlich, ohne dass auf alle Einzelheiten aufmerksam zu machen nötig sei, dass bei diesen Malereien eine sehr grosse Beeinflussung von seiten Dürers auf unseren Maler zu konstatieren ist.[1]

Bei den Episteln zeigt das vierte Blatt die Grablegung Christi nach Dürers Blatt aus der Holzschnittpassion (B. 13 I. P. 13 a.) In die Gebirgslandschaft des Hintergrundes sind in kleinen Verhältnissen Golgatha und die Grabtragung eingemalt. Der Einfassungsstreifen des Bildes hat, ebenfalls dem Buchdeckel entsprechend, in seinen vier Ecken die Kirchenväter, in den Mitten die sächsischen und kurfürstlichen Wappen und hier bekleidete Engel halten die Marterwerkzeuge. Blumen und Vögel fehlen. Bei den Personen des Mittelbildes gewahren wir im Kopftypus und beim Faltenwurf der Gewänder, ebenso wie bei der Landschaft,

---

[1] Die Bilder auf Seite 4 dieser Bücher werden von Lehfeldt als — «wohl von Dürer meisterlich gemalt» — bezeichnet. Prof. Dr. P. Lehfeldt, Bau- und Kunstdenkmäler Thüringens. Apolda. S. 142.

dass Dürer als Vorbild gedient hat. Auf ihn geht auch der dargestellte Naturalismus beim Leichnam des Heilands, bei dem die Todesstarre so wahr und überzeugend zum Ausdruck gebracht ist, zurück.

Die anderen Blätter dieser Bücher sind mit prachtvollen, in herrlich frischen Farben gemalten Randleisten verziert, bei denen uns das reichlich angewandte Gold entgegenglänzt, als seien die Bücher heute erst aus der Werkstatt des Meisters abgeliefert worden. Die Initialen zieren kleine Darstellungen aus dem Marienleben, dem Leben und der Passion Christi, ganz nach Dürerscher Komposition und ganz in seiner Weise ausgeführt. Hervorstechend ist des Meisters Vorliebe für genreartige und humoristische Darstellungen und Szenen, in denen er seine echt deutsche Künstlerphantasie zum Ausdruck brachte.

In beiden Büchern ist eine Anzahl Blätter nur mit Rankenornament geschmückt. Ich führe hier die wichtigsten Blätter mit figürlichen Darstellungen auf.

Bei den Evangelien sehen wir auf Blatt 5 in der Initiale J die fromme Darstellung der Geburt des Herrn, auf einer Blattranke zur Seite aber sitzt ein Affe, der sein Bild in einem Spiegel betrachtet.

Die Randleiste von Blatt 6 wird durch den Kampf eines wilden Mannes mit einem Bären, mit einem Uhu, Vögeln und einem Putto belebt, welcher seinen «Lutscher» einem bunten fliegenden Vögelchen hinhält.

Blatt 8 ein Fuchs, der einem Hahn nachstellt.

Die Verkündigung in der Initiale J auf Blatt 9 steht mit der unteren Darstellung in Beziehung. Zwei mit Schwert, Lanze und Hifthorn bewaffneten Puttenengeln springt eine Meute Hunde voraus, die ein Einhorn, das Tier der Keuschheit verfolgen und bereits angefallen haben. Das Tier aber rettet sich in den Schoss einer Jungfrau.

Blatt 11 die Vertreibung der Wechsler, im Rankenwerk Puttenengel, Vögel und kleine Tiere.

Blatt 12 in der Initiale die Frauen am Grabe, in den Ranken Christus und Magdalena am Ostermorgen und Simson mit den Toren Gasas.

Batt 17 die Heimsuchung, in den Blumenranken ein Pfau, Biene und Vögel.

Blatt 20 enthält die Darstellung der Wurzel Jesse. Aus der obersten Rankenblume sieht das Brustbild des Kurfürsten hervor. Nicht sehr ähnlich und wenig charakteristisch, während unter den anderen Halbfiguren sich hervorragend interessante typische Köpfe befinden. Die Geburt Christi nach der Dürerschen Komposition ist in der Initiale dargegestellt.

Bei den Episteln erblicken wir auf Seite 7 den Kampf eines Mannes mit einem Bären, auf Seite 8 einen Schwan, ein Eichhörnchen und eine Biene, auf Seite 11 spielende Putten. Von diesen reitet der eine, seine Windfahne einer Turnierlanze gleich gefasst haltend, auf einem Steckenpferd und erscheint wie direkt aus Dürers obenerwähntem Triptychon herausgenommen. An einem Blatte der Ranke wiegt sich ein Schmetterling.

Auf Blatt 13 sehen wir, wie ein Vogel einer Fliege nachstellt und ein Löwe versucht, einer wilden Frau ihr Kind zu rauben,

Blatt 15 bringt einen Uhu mit Vögeln und einen ruhenden Hirsch,

Blatt 17 einen Raubvogel, der einen jungen Hasen zerhackt,

Blatt 19 einen Strauss und einen kleineren Vogel,

Blatt 23 Pfauen und Bienen.

Die beiden Bücher in Jena sind, wie wir sahen, 1507 datiert, und da in den Rechnungen des Kurfürsten kein anderer Illuminist in diesen Jahren genannt wird, so kann wohl kein Zweifel darüber entstehen, dass wir in den Perikopen authentische Werke Jakob Elsners besitzen. Dies wird noch durch einen Vergleich mit dem Gänsebuch und dem Kress'schen Missale bestätigt.

In allen Büchern sind die Darstellungen, sowie die einzelnen Tiere äusserst geschickt in die Blumenranken verflochten, ohne dadurch an Deutlichkeit zu verlieren, wie man das häufig bei anderen Miniaturen findet. Ebensowenig

sind sie als Ornament behandelt oder zu sehr stilisiert,
sondern bei allen zeugt eine tüchtige Naturbehandlung für
den gesunden naturalistischen Sinn des Meisters. Die in
der spätgotischen Kunstweise ausgeführten Blumen- und Blattranken, welche in lebhaften Farben mit reichlicher Anwendung von Gold gemalt sind, füllen, wenn auch weit
entfernt von Dürers Sinn für Ornamentik, doch in wohl-
tuendem Linienschwunge den Rand der Buchblätter. Elsner
hält sich nicht immer frei von Ueberladung, doch versteht
er es, die Ranken in stets neuen und andersgestalteten Variationen ihre Blüten und Blätter entfalten zu lassen.

Von den Farben sind hauptsächlich, ausser dem prächtig
erglänzenden und dem wundervoll zart aufgetragenen matten
Golde, ein herrlich leuchtendes Blau, ein kräftiges Rot und ein
saftiges Grün hervorzuheben, während das Gelb scheinbar
von der Zeit gelitten hat. Das Weiss ist, besonders bei
den Gewändern, in seiner ganzen Reinheit erhalten, nur an
manchen Stellen ist eine graue Untermalung sichtbar geworden.

Auch das Gegenständliche der Malereien all dieser
Bücher ist derart übereinstimmend, dass man schon bei
ganz flüchtigem Vergleiche dieselbe Künstlerhand konstatieren kann. Abgesehen von genau den gleichen Blumen-
und Blattranken, sind einige Male, nur durch geringe
Kleinigkeiten verschieden, die völlig gleichen Darstellungen
gegeben. Ich mache besonders auf die Miniaturen mit der
Wurzel Jesse, welche ihrerseits die nächste Verwandtschaft
mit ähnlichen Darstellungen in der Schedel'schen Weltchronik
Pleydenwurffs und Wolgemuts besitzen und auf die musi-
zierenden und die Marterwerkzeuge tragenden Engel aufmerksam. Was uns aber den gleichen Meister ferner leicht
erkennen lässt, ist die gleiche Stimmung, aus der heraus
alle diese Miniaturen gemalt sind und die Uebereinstimmung
in der Wiedergabe der Tiere und der etwas untersetzten
Menschen. Wir gewahren den gleichen gesunden Naturalismus gepaart mit feinem, satyrischen Humor, dieselbe
fein beobachtete Wiedergabe der Bewegungen bei den Tieren,
die in jener Zeit, abgesehen von Dürer, wohl schwerlich

so natürlich und charakteristisch anderweitig wiedergegeben sind.

In Elsners Werken kommt deutlich zuerst die Richtung der Kunst vor Dürer, diejenige Pleydenwurffs und Wolgemuts zum Ausdruck. Es ist aber durchaus ersichtlich, dass Jakob Elsner späterhin stark von Dürers Einfluss beherrscht wird, obwohl er selbständig genug ist, um mit eigen erfundenen und gestalteten recht anmutigen Werken die Bahnen zu wandeln, die von Dürer geebnet waren. Seine Malereien fesseln zumeist dadurch, dass man in ihnen das Streben des Meisters erkennt, in treuer Wiedergabe des in der Natur Erschauten ein erstes erstrebenswertes Ziel zu erblicken.

Dieses Streben zeigt sich auch in einem Porträt in der Gemäldegalerie zu Augsburg, (Kab. III, Nr. 139) das mit seinem Namen bezeichnet, bislang als einziges grösseres Gemälde Elsners bekannt war. Dass Elsner zu seiner Zeit als Porträtist beliebt war, erfuhren wir durch Neudörfer, der bei Erwähnung des Verkehrs Elsners mit den Nürnberger Patriziern sagt: «er conterfetet sie auch».

Diese Nürnberger Vornehmen Sebastian Imhof, Wilhelm Haller und Lorenz Staiber sind uns wohlbekannte Persönlichkeiten, von denen wir wissen, dass sie es verstanden, dem Leben die angenehmen Seiten abzugewinnen. Besonders Lorenz Staiber war wegen seiner noblen Passionen bekannt, wie er auch seines vornehmen Benehmens und Auftretens wegen auf einer Reise nach England im Jahre 1527 von König Heinrich VIII. zum Ritter geschlagen worden war. Dass solcher Leute Freund kein gewöhnlicher Handwerker gewesen sein konnte, ist klar und können wir uns Elsner nur als einen für seine Zeit feingebildeten und jedenfalls hervorragend liebenswürdigen Künstler vorstellen. Dass er des Lautenschlagens sehr verständig, dass er demnach ausser einem guten Maler auch ein guter Musikant war, lässt vielleicht, überblickt man die wenigen erhaltenen Beispiele seiner Malkunst, sogar den Schluss zu, dass er mehr Musikant als Maler war.

Das Augsburger Gemälde, Brustbild nach halb links

gewandt, ist ein Portrait des Jörg Ketzler aus Nürnberg. Der blonde junge Mann, mit blauen Augen, eine schwarze Mütze auf dem lang herabwallenden Haare tragend, ist in ein rotes Unterkleid und einen braunen ärmellosen Ueberwurf, aus dem karminfarbene Aermel hervorschauen, gekleidet. Er hält mit beiden Händen einen Rosenkranz. Oben links und rechts stehen in Schreibschrift die Buchstaben J und K. Auf der Rückseite des auf Lindenholz gemalten Bildes liest man folgende Inschrift, die ich nach dem Wortlaute des Katalogs der Sammlung vom Jahre 1899, Seite 29, hier anführe: «Auf d. 10. maio Im 1471 Jar pin ich Jorg Ketzler d. Elter von meiner mutter selige genant Katharina vnd mein vatter Seliger genant petter Ketzler vnd das Nebenbildt ist von Jacob Elsner noch mir abgemolt worden auf den 10 luijo Im 99 Jar also das ich eben auff die Zeyt alt gewesen bin 28 Jar vnd 9 wochen ich Jörg Ketzler bürger zu Nuremberg kost 7 fl. 2 d.»

Die fleissige, sorgfältige und durch allzu minutiöse Detailmalerei in ihrer nassgestrichelten Manier etwas unfrei wirkende Arbeit des Meisters gemahnt in Ausdruck, Faltenwurf und Inkarnat auffallend an die Figuren in den Miniaturen der Bücher und beweist, dass dem Meister die Kunst des Illuminierens in kleinen Verhältnissen bedeutend besser von Hand ging, als die monumentalere Kunst einer grösseren Porträtdarstellung.

Thode [1] erkennt die Art Elsners wieder in einem Klappaltärchen des Münchner Nationalmuseum (Saal 17 des Erdgeschosses in der Fensternische 10), das auf dem einen Flügel das Porträt des Conrad Imhof, mit der Inschrift «Conrat Im Hof XXIII jar 1486» und auf dem anderen das Imhof'sche Wappen und eine halbnackte allegorische Frauenfigur zeigt.

Hierbei möchte ich auf das Bildnis eines jungen Mannes im germanischen Museum zu Nürnberg (Katalog 1893 Nr. 204) aufmerksam machen, das daselbst «vermutungsweise»

---

[1] Henry Thode, Die Malerschule von Nürnberg. Frankfurt a. M. 1891. S. 195.

als ein Werk Dürers aus seiner Lehrzeit bezeichnet ist. Mir scheint der Dargestellte dieselbe Persönlichkeit, wie auf dem Münchner Bilde, also Conrad Imhof zu sein. Die Farben, Auffassung und Technik stimmen nicht mit denen bei Dürers Jugendwerken, sondern auffallend mit Elsners Kunstart überein, weshalb ich nicht anstehe, dieses Nürnberger Porträt der Hand Jakob Elsners zuzuschreiben. Imhof ist als junger Mann mit langen blonden Locken, ein Vergissmeinnicht in der Rechten haltend, Brustbild nach rechts gewandt, dargestellt. Er trägt ein blaues Wams mit geschlitzten Aermeln und gesticktem Vorstoss und ein braunes, schwarzbesetztes Uebergewand. Sein Kopf trägt eine rote Mütze. Das Bild, Pergament! auf Holz ist 0,25 m hoch und 0,20 m breit.

Ein Gemälde Jakob Elsners befindet sich auch in der Kgl. Gemäldegalerie zu Dresden, (Kat. Nr. 842) das daselbst als von einem «unbestimmten holländischen Meister gegen 1500» herrührend, aufgeführt wird. Bei meiner Zuteilung an Jakob Elsner berufe ich mich auch auf die Autorität von Seidlitz, der dieses Gemälde für ein Werk Elsners erklärt hat. Es ist das Brustbild eines Mannes, nach halb links gewandt, mit langen blonden welligen Locken und rötlich blondem Vollbarte, welches sich von einem olivgrünen Hintergrunde abhebt. Der Mann trägt einen schwarzen Mantel mit braunem Pelzbesatz. Auf der Brust, auf die eine dreifache Ringkette herabhängt, ist im Ausschnitt des schwarzen Untergewandes das weisse, mit einer rotbestickter Goldborte besetzte Hemd sichtbar. Eine schwarze Klappmütze mit silberner Agraffe, die wie aus verschlungenem Bande hergestellt erscheint, bedeckt den Kopf. Die Agraffe ist mit roten Edelsteinen, in der Mitte mit einem grünblauen besetzt. Aus dem Mantel, ungefähr auf der Brustmitte, kommt ein Schwert- oder Dolchknauf hervor, der zum Teil aber von den drei langen Pfeilen, welche der Dargestellte mit beiden Händen hält und deren Spitzen bis über die linke Schulter reichen, bedeckt wird. An der linken Hand trägt «der Mann mit den Pfeilen» ein doppeltes Armband, das aus gleichen Ringen wie die Halskette gebildet

ist und am Zeigefinger einen goldnen Ring mit rotem Stein.
Ein gleicher Ring mit grünem Steine schmückt den kleinen
Finger der rechten Hand. Links oben stehen auf dem
Hintergrunde in Schreibschrift, wie wir sie ebenso ausgeführt und verschlungen vom Augsburger Bilde kennen und
ganz genau in den illuminierten Büchern Elsners wieder-
finden, die Buchstaben K. L. Wie bei Jörg Ketzler in
Augsburg werden auch dieses wohl die Anfangsbuchstaben
des Namens des auf dem Bilde Dargestellten sein (vielleicht
ein Mitglied der Familie Löffelholz), sonst könnten wir von
den Pfeilen auf den Vornamen Sebastian schliessen. Der
Dresdner Katalog vergleicht dieses Bild allein mit dem
Augsburger und kommt dabei zu dem Resultat, dass das
Augsburger Bild «ohne feiner zu sein, fester, kräftiger, ziel-
bewusster» sei; seine Zuweisung an einen Meister der älteren holländischen Schule stellt der Katalog als «mit Recht»
zweifelhaft hin. Vergleichen wir den «Dresdner Mann mit
den drei Pfeilen» nicht nur mit dem Augsburger Bilde,
sondern auch mit den anderen uns bekannt gewordenen
Werken Elsners, so kann nicht gut ein Zweifel mehr bestehen, dass Elsner der Maler dieses Porträts war, bei dem
ebenfalls deutlich ersichtlich ist, dass ein Miniaturist hier
den Pinsel geführt hat. Ich mache hierbei besonders auf
die Bildung der Fingerglieder und der Nägel aufmerksam,
ferner wie die Linien der Nase in die Augenbrauen über-
gehen, wie die Augen selbst mit den weissen Pupillenpunkten
gebildet sind und zuletzt noch auf die Strichelung bei Haar
und Bart. Das aus einem sechsblätterigen, von einem Mittelstück zusammengefassten Muster bestehende Granatornament
auf dem schwarzen Mantel findet sich wiederholt genau so
gebildet in Elsners Miniaturen. Es ist schwer anzunehmen,
dass ein anderer Meister ein bei Elsner so beliebtes und
vielfach angewandtes Ornament ganz übereinstimmend so
gebildet hätte, obschon es immerhin nicht ausgeschlossen
bleibt, dass ein und derselbe Brokatstoff mit derselben
Musterung in verschiedenen Malerwerkstätten als Vorbild
gedient haben kann.

Bei Durchsicht der Thüringischen Sammlungen fand

ich noch ein Bild, das ich nach eingehendster Vergleichung für ein Werk Elsners halte. Es ist ein Gemälde auf Fichtenholz, 0,68 hoch und 0,79 breit, das sich unter Nr. 312 in der Herzoglichen Gemäldegalerie in Gotha befindet und Jerusalem und die heiligen Stätten darstellt. Der Katalog sagt: «zur Erinnerung an die Pilgerfahrt Friedrichs des Weisen 1493.» Das Bild ist eine Miniatur und zeigt uns fast im Stile Joachim Patinirs † 1524, doch kleinlicher und befangener, eine sogenannte «Weltdarstellung». Der hohe Augenpunkt ermöglichte dem Meister die Ausbreitung einer uns ausserordentlich weit erscheinenden Landschaft, in der jedoch die Figuren am fernen Horizont ebenso gross gebildet und gleich deutlich erkennbar sind, wie die ganz im Vordergrunde. Rechts vorn ist das Meer abgebildet, an dessen Ufer eben der Segler Anker geworfen hat, mit dem der Kurfürst Friedrich und sein Gefolge an die kleinasiatische Küste überfuhr. Matrosen sind mit dem Raffen der Segel beschäftigt. Der Kurfürst, grösser als die übrigen Personen des Bildes dargestellt, ist ans Ufer getreten und kniet betend beim Betreten des heiligen Landes nieder. Vor ihm steht der Helm mit dem hohen Federbusch, darunter die Inschrift: «Friderich Von gottes gnaden Hertzog Zu Sachsen vnd churfürst Zug Zum heylige Grab 1493.» In der linken Bildecke ist das grosse Wappen des Kurfürsten gemalt. Eine weite Landschaft dehnt sich vor uns aus mit Hügeln und Bergen, von Flüssen durchzogen, ummauerte Städte mit Häusern, Palästen und Tempeln, einzelne Felsen und Gebäude, Baumgruppen und Felder und das alles belebt von einer Menge Reiter und kleiner Figuren, die einzeln oder in Gruppen einherschreiten oder zusammenstehen. Wir können trotz der Kleinheit deutlich die Frauen von den Männern, die Trachten der Juden von denen der Anhänger des Heilandes unterscheiden. Bei jeder Stätte liest man eine Inschrift, so den Garten Gethsemane, Golgatha, Bethlehem u. s. w., wir sehen wie bei Memlings sieben Freuden und sieben Schmerzen Mariä die Häuser in Jerusalem offen und erkennen die Szenen, die sich einst in ihnen oder auf den Plätzen und Strassen der Stadt abspielten. Links oben ist die

Himmelfahrt dargestellt. Es sind auf diesem Gemälde alle Plätze abgebildet, die der fromme Pilger wohl einst besuchte und zugleich die Vorgänge dargestellt, die sich dort zutrugen.

Nur der spitze Pinsel eines Illuministen war zu einem solchen Bilde befähigt.

Auf der Rückseite des Gemäldes ist in Oelfarbe ein breiter weisser Streifen gemalt, der in acht gleichmässige Felder eingeteilt ist, in denen in der Art einer Federzeichnung je ein kniend betender Mann in Rüstung, hinter ihm ein Wappen und darüber je eine Inschrift zu sehen sind. Wie die Wappen und die Inschriften anzeigen, gehören alle Dargestellten zu der Familie Ketzel und zwar werden als Wallfahrer in das heilige Land genannt:

Heinrich Ketzel 1389, Jörg Ketzel 1453, Erich Ketzel 1462, Martin Ketzel 1468, Wolff Ketzel, der in Kurfürst Friedrichs Gefolge war, 1493, Jörg Ketzel 1498, Sebalt Ketzel 1498 und Michel Ketzel 1503.

Schuchardt[1] glaubt, dass dieses Bild «wahrscheinlich von einem der beiden Maler herrührte, die den Kurfürsten auf seiner Jerusalemfahrt begleitet hatten» und stellt als möglich hin, dass es mit dem Gemälde gleichen Inhalts identisch sei, welches für Kurfürst Friedrich gemalt, sich einstmals in der Wittenberger Schlosskirche befand. Ich halte dies deshalb für ausgeschlossen, weil das Bild durch seine Rückseite ganz deutlich den Beweis liefert, dass es für ein Mitglied der Familie Ketzel gemalt wurde, auch spricht der Umstand dagegen, dass Faber[2] von einer grossen Tafel mit zwei Flügeln spricht, das verloren gegangene Erinnerungsbild Friedrichs des Weisen demnach ein Flügelaltar war. Dass der Kurfürst Friedrich und sein Wappen an so hervorragender Stelle auf der Vorderseite abgebildet ist, deutet mit ziemlicher Bestimmtheit darauf, dass der Begleiter des Kurfürsten Wolff Ketzel der Besteller des Bildes war. Die Rückseite wird erst später entstanden sein,

---

[1] Christian Schuchardt, Lucas Cranach d. Aelt. Leben und Werke. Leipzig 1851. I. S. 44.
[2] Faber, a. a. O., S. 201.

als 1503 Michel Ketzel, von seiner Jerusalemfahrt zurückgekehrt, sich und seinen Ahnen mit dem Verzeichnis auf
der Rückseite des Bildes ein Gedächtnis für die Nachkommen
stiften wollte.

Der Brief eines Conrat Höss meldet am 11. März 1521
dem Kurfürsten, dass ihm durch den Diener des verstorbenen
Bischofs von Utrecht drei illuminierte Bücher überbracht
würden. Hierdurch ist, glaube ich, die Herkunft der mit
niederländischen Miniaturen geschmückten Bücher aus dem
Besitze des Kurfürsten stammend, jetzt gleichfalls in der
Universitätsbibliothek in Jena sich befindlich, nachgewiesen.
Dass sich Friedrich nach Utrecht gewandt hatte, ist erklärlich, bestand doch dort von jeher ein bedeutendes Zentrum
für die niederländische Buchmalerei, soll ja schon St. Willi-
brord die ersten geschriebenen Bücher aus Irland dorthin
gebracht und irische Mönche die Kunst des Illuminierens
dort ausgebildet haben.

Aus den Büchern bilde ich einige Miniaturen ab, den
Verfertiger dieser Malereien zu ermitteln war mir nicht
möglich; irgend eine Bezeichnung oder einen Hinweis darauf
konnte ich nicht finden.

Die einzelnen Miniaturen sind in hellen leuchtenden
Farben mit ungewöhnlicher Schärfe und seltener Sicherheit
gezeichnet. Mit künstlerischer Anmut sind die Randleisten
mit Blumenranken, Vögeln, Schmetterlingen, Käfern und
den reizenden niederländischen Streublümchen geziert.

In zwei Büchern sehen wir den betenden Kurfürsten
mit Hermelin und Drahthaube bekleidet abgebildet, bei dem
einen hinter ihm ein Engel, der ihm, schützend und zur
Erhörung des Gebetes empfehlend, die Hände auf die
Schultern legt.

Besonders reizvoll ist das eine Bild, bei dem hinter
Friedrich die heilige Katharina steht und das Betpult des
Fürsten dicht an eine Fensterbrüstung gerückt ist. Durch
das offene Fenster wird uns ein prachtvolles Stück Landschaft
mit im Wasser sich spiegelnden Bäumen und einem Zuge
Vögel in der Luft gezeigt.

Den Porträts des Fürsten lagen unverkennbar Vorlagen seines Malers Lucas zugrunde, von dem auch das Muster für das Wappen des Fürsten herrühren mochte.

Dass in den Büchern verschiedene Hände tätig waren, beweisen am besten die Madonnentypen, bei denen wir unter anderem auch an Memling erinnert werden.

Von unerschöpflicher Erfindungsgabe zeugen die Initialen, in denen stilisiertes Astwerk, Renaissancesäulenelemente, Grotesken und jene Spukgestalten vereinigt werden, die uns von Werken des Hieronymus van Aken gen. Bosch († 1516) bekannt sind, und wie sie später der in der Miniaturschule seiner Grossmutter gebildete Jan Breughel, gestorben 1620, weiter ausgebildet hat.

Der ganze Schatz der einzelnen niederländischen Arten der Malerei, Landschaft, Genre, Porträt, religiöse Darstellungen, Blumenstücke und Stilleben, ist in diesen Büchern vertreten, und sie üben auf den Beschauer gerade durch diese Vermischung und die so wundervoll feine Behandlung einen eigenartigen Reiz aus.

---

4. Kunstgewerbe.

Bei der Betrachtung des kunstgewerblichen Stoffes ergibt sich die Scheidung in einzelne Zweige von selbst und zwar in Goldschmiedearbeiten, Arbeiten der Münzschneider, Plattner, Messerschmiede, Kandelgiesser, Tischler, Stückgiesser, Gobelins und Stickereien.

Der wichtigste Zweig des Kunstgewerbes, welcher aufs innigste mit der sogenannten grossen Kunst in jenem von uns zu betrachtenden Zeitraume verknüpft ist, war die Goldschmiedekunst. Bei den Werken derselben muss aber aus wichtigen Gründen eine Scheidung gemacht werden in solche, welche zur Ausstattung und Ausschmückung von Räumen dienend in diesen aufgestellt oder angebracht wurden, also Dinge, welche dem Hausrate angehören und in diejenigen, welche der Mensch an seiner Person trug, «das Geschmeide».

Das üppige Leben, der allgemein und gern zur Schau
gestellte Glanz und Prunk hatten im Anfang des XVI. Jahrhunderts einen Luxus in Lebensbedürfnissen, Kleidung und
Schmuck herausgebildet, den zu beschränken alle erlassenen
Luxusgesetze sich als hinfällig erwiesen. Betrachtet man
jene phantastischen Kostümbilder dieser Zeit, so sehen wir,
wie Männer und Frauen mit Geschmeide behängt waren.
Kronen, Gürtel, Ketten mit allen möglichen Kleinodien der
kostbarsten Art wurden getragen, alle Finger, auch die
Daumen sind mit Ringen besteckt. Gegen Ende des XV.
Jahrhunderts hatte sich auch bereits der Ordensschmuck
ausgebildet, und die Vornehmen, sowie reichere Bürger taten
sich in Gesellschaften zusammen und erwählten einen Patron
oder Schutzheiligen, dessen Bildnis sie dann an einer Kette
um den Hals trugen. Selbst der Hut der Männer wurde
zur Anbringung von Schmuck ausersehen, besonders für die
medaillenartigen Kleinodien, welche sich in gleicher Weise
durch die Kunst des Goldschmiedes, wie durch die des
Juweliers auszeichneten.

Das Anwachsen der Städte, deren Bürger durch den
regen Handel zur See und zu Land zu Wohlstand gelangt
waren und der ausgedehnte Fremdenverkehr bewirkten,
dass das Kunsthandwerk glänzend gedieh. Muster und
Stücke aus fremden Ländern wurden eingeführt und dienten
als Vorbilder zur Nacheiferung. Dieses kam der heimat-
lichen Industrie zugute. Die obrigkeitlichen Verordnungen
sorgten dafür, dass niemand zu teuer kaufte oder schlechte
Waren erhielt. Genau war derjenige Feingehalt des Silbers
bestimmt, unter welchem niemand arbeiten durfte und es
auch nicht wagte, da eigne Kommissionen darüber wachten,
auch waren bereits seit dem XV. Jahrhundert Merkzeichen,
Stempel und das Beschauzeichen eingeführt.

Leider begegnen wir auch im Kunstgewerbe der Tatsache, dass wir einerseits eine ganze Reihe urkundlicher
Nachrichten über Meister besitzen ohne bestimmte Hinweise
auf jetzt vielleicht noch erhaltene Werke derselben, andererseits aber will es nicht gelingen, auf uns gekommene Arbeiten mit Meisternamen in Verbindung zu bringen. Aus

den archivalischen Notizen ist aber wiederum auf das **Deut-**
lichste ersichtlich, dass auch das Kunstgewerbe in ganz
hervorragender Weise für Kurfürst Friedrich beschäftigt
war. Er hatte eine einzig dastehende Sammlung von **Gold-**
schmiedewerken zusammengebracht, die, wäre sie uns erhalten geblieben, ein prächtiges Bild dieses Kunstzweiges
bieten würde. Es sind die sogenannten Heiligtümer der
Schlosskirche zu Wittenberg, von Kurfürst Friedrich ge-
sammelte Reliquien, welche in kostbaren Behältern aufbewahrt wurden und jährlich am Sonntage Misericordias
dem Volke in feierlicher Aufstellung gezeigt wurden. Im
Jahre 1509 bestand die Sammlung aus 5005 Stücken, welche,
in einzelne Partien vereinigt, in acht Gänge geteilt waren.
Der erste bis fünfte Gang enthielt je 15, der sechste 16, der
siebente 12, der achte 11 solcher Unterabteilungen. Für
jede war ein besonders kostbares Gefäss aus Gold oder
Silber angefertigt worden, welches teilweise noch mit Email
und Edelsteinen verziert war. Wir erfahren von Monstranzen
bezw. Ostensorien, von Reliquienschreinen oder Figuren
der zwölf Apostel, Kreuzen, kostbar gefassten Hörnern aus
Elfenbein, Strausseneiern, silbernen Totenköpfen, Brust-
bildreliquiarien u. a. m. Nach Spalatins Verzeichnissen und
Rechnungen war die Zahl der heiligen Partikel im Jahre
1520 auf 19013 Stücke gestiegen und statt wie früher in
acht nunmehr in zwölf Gängen verteilt. Allein im Jahre
1519 waren 361 neue Reliquien hinzugekommen.

Die Beschreibung dieser Heiligtümer geschah im Jahre
1509 in einem Buche mit 116 in Holz geschnittenen Abbildungen von der Hand Lucas Cranachs des Aelteren unter
dem Titel «die zaigung des hochlob virdigen hailigthums
der Stifft kirchen aller hailigen zu Wittenburg». In dem
für den Fürsten hergestellten Drucke auf Pergamentpapier
hat die Vorderseite des Titelblattes einen leeren Raum, der
bei den uns erhaltenen Papierdruckexemplaren durch den
das fürstliche Brüderpaar Friedrich und Johann in Brustbild
darstellenden Kupferstich Cranachs ausgefüllt ist. Die Rückseite des Titelblattes bei allen Exemplaren zeigt in Holzschnitt die Ansicht der Stiftskirche, das letzte Blatt das kur-

fürstliche Wappen, das von zwei Baumstämmen flankiert ist, deren Zweige sich oben im Rund baldachinartig über das Wappen zusammenschliessen. Um das Wappen wie in den Baumzweigen spielen eine Anzahl echt Cranach'scher Putten. Kletternd, musizierend, miteinander spielend und raufend, geben sie ein reizend anmutendes Bild deutschen Humors, zugleich ein beredtes Zeugnis, wie vorzüglich Cranach die possierlichen Bewegungen des kleinen Kindes belauscht und studiert hat, um sie in so meisterhafter Naturnachbildung wiedergeben zu können. Der Schlussvermerk des Buches besagt: «Gedruckt in der Churfürstlichen Stat Wittenbergk anno Tausent funffhundert vnd neun».

Unermüdlich war Kurfürst Friedrich bestrebt, die Anzahl der Reliquien zu vermehren, indem er trachtete, nach dem Namen der Kirche, von allen Heiligen solche zu erhalten. Eine Reihe Briefe gibt davon Zeugnis, wie er auch von Vertrauten oder seinen Agenten im Auslande sammeln und kaufen liess. So war ein Freiherr von Schenk, der in Venedig als Mönch lebte, damit beauftragt, ferner sein vertrauter Agent Degenhardt Peffinger in Nürnberg. Beim Reichstage in Konstanz im Jahre 1507 erwirkte er von Papst Julius II. ein Schreiben an alle Erzbischöfe, Bischöfe, Aebte und Prälaten des ganzen heiligen römischen Reiches, wonach diese von den Reliquien an den betreffenden Orten «Ihren fürstlichen Gnaden Etwas mittheilen und folgen lassen wollen». Auch des Kurfürsten Reisen trugen dazu bei, die Sammlung der Heiltümer zu vermehren, so die Wallfahrt nach Palästina im Jahre 1493 und die Reise nach den Niederlanden 1494, wo er besonders mit dem Bischof von Utrecht wegen Ueberlassung von Reliquien unterhandelte. Noch im Jahre 1518 erwarb der Kurfürst den Arm eines einstigen Bischofs in Utrecht, der seit 700 Jahren daselbst begraben lag. Ein Brief eines Utrechter Domherrn an Spalatin gibt uns einen Bericht über die Zeremonien beim Oeffnen des Grabes, in dem die Gebeine des Bischofs Friedrich von Utrecht «noch wunderbar unversehrt» zu sehen waren, und dem Grabe selbst soll ein «süsser Geruch» entquollen sein. Der Arm wurde abgelöst. Aber Kurfürst

14

Friedrich konnte nur dadurch, dass er Reliquien der Heiligen Bonifacius und Willibrod nach Utrecht sandte, die Bürgerschaft, welche sich ob der Versendung des Armes an den Kurfürsten aufgelehnt hatte, beruhigen und beschwichtigen.

Mit dem Besuche der Heiligtümer von seiten der Gläubigen war ein hoher Ablass verbunden, so 100 Tage Ablass für eine jede einzelne Partikel und überdies für jeden einzelnen Gang noch ausserdem 100 Tage und ein Caren, welches den Ablass für Strafen bedeutete, der sonst nur durch eine verschärfte Fastenzeit von 40 Tagen erworben werden konnte. Die Kirche und ihre Altäre waren auch ausserdem noch durch ganz besonderen Ablass, wie er nur in Assisi und wenigen anderen Orten gespendet wurde, begnadet, und 1516 erhöhte ihn Leo X. auf einen solchen für 100 Jahre. Es war die Abstattung des Dankes von Rom gewissermassen für den frommen Fürsten, der so eifrig die Ausstattung seiner Kirche mit Gnadenmitteln betrieb, der auch in der Verleihung der goldenen Rose und im Erteilen eines Ablasses für die Gebete, die man für den Fürsten an Gott richte, zum besonderen Ausdruck kam.

Man mag über die Reliquiensammlung des Kurfürsten denken wie man will, es zeigt sich für denjenigen, der sich in das Studium des Charakters Friedrichs vertieft hat, dass es der Ausfluss reinster aufrichtigster Frömmigkeit war. Es war das Ringen seiner Seele nach dem Teilhaftigwerden der Seligkeit. Wir ersehen gleichzeitig, wie die Angst der Herzen, die in Sehnsucht nach dem Heile strebten, in eine beispiellose Werkheiligkeit ausgeartet war. In einem Briefe, den er vor der Abreise zur Kaiserkrönung Karl V. an seinen Bruder Johann schrieb, gibt sich die Liebe und Verehrung für die Heiligen in den Worten kund: «Morgen will ich, ob Gott will, nach Wittenberg ziehn und meinen Urlaub von allen lieben Heiligen nehmen».

Erst vom Jahre 1522 kann man verfolgen, wie das Interesse für die Reliquien beim Kurfürsten in langsamer aber steter Abnahme begriffen ist. Auch hierbei zeigt sich der prüfende und abwägende Sinn des Fürsten, der die

Entwicklung der Dinge beobachtend abwartet, ohne durch eigne Initativen einzugreifen. Die Stiftsherren hatten ihm am 24. April 1522 den Bericht einer Abstimmung übersandt, durch die sie beschlossen hatten, zwar die Ausstellung der Reliquien auch fernerhin zu bewirken, den Ablass aber für Besuch derselben als nichtig erklärten. Einige Mitglieder, die Luther besonders nahe standen, unter ihnen Propst Jonas und Amsdorf, wollten, dass die Ausstellung der Reliquien überhaupt unterbleibe. Der Kurfürst berief sich auf das Verhalten in Nürnberg in betreff der Reliquien und billigte den Beschluss der Stiftsherren, dass die Reliquien ohne Ablassgewährung ausgestellt würden. Es hatte sich aber bereits die Notwendigkeit ergeben, bei der Ausstellung einige Gewappnete aufzustellen, da allgemein das Entstehen von Tumulten dabei befürchtet wurde. Luthers Ansicht über die Reliquien ist bekannt, und in einem Briefe an den Kurfürsten vom 28 März, in welchem er für einen Notleidenden bittet, schreibt er: «Denn ich wollt dennoch von Euer kurfürstl. Gnaden ungehänget sein, wenn ich schon allen Heiligen ein Kleinod raubete in solcher Not». Auch als Freiherr von Schenk in Venedig schrieb, dass er wiederum kostbare Reliquien für den Kurfürsten erworben hätte, erhielt er sie mit einem Briefe Spalatins zurückgesandt (28. Juli) des Inhalts, der Kurfürst bitte von Schenk zu versuchen, die Reliquien dort zu verkaufen, wo sie höher im Werte ständen als jetzt in Deutschland, wo man an Glauben und Vertrauen zu Gott und an die Liebe zum Nächsten zu glauben gelernt hätte. Im Jahre 1523 befahl Friedrich, dass die Reliquien zwar bei den höchsten kirchlichen Festen aufgestellt, jene grosse Ausstellung mit ihrer Feier aber fortan unterbleiben solle.

Dass Kurfürst Friedrich erst im Jahre 1523 mit der Reliquienausstellung und -verehrung völlig aufhörte, wird ihm von manchen vorwurfsvoll als Unentschlossenheit ausgelegt. Diese aber bedenken nicht, wie gross die Seelenkämpfe des Fürsten gewesen sein müssen, der durch die Stiftungen in seine Allerheiligenkirche, die für die Ewigkeit geschaffen waren «Das nu forder ierlich vnd in ewigkeit»

wie es in den Akten (O. 158 Weimarer Archiv) heisst, in
den grössten Konflikt mit seinem religiösen Pflichtgefühl
gekommen war. Dass er sich der Sache Luthers dennoch
in so überaus charakterstarker Art angenommen, dieselbe
gegen alle Welt verteidigt und geschützt hat, wird ihm für
ewige Zeiten die höchste Anerkennung, Bewunderung und
Verehrung eintragen.

In dem oben angeführten Aktenstück im Weimarer
Archive (O. 158) ist auch eine kirchliche Feier beschrieben,
die uns recht deutlich noch einen Rest der alten kirchlichen
Schauspiele des Mittelalters beschreibt. Es wurden die
Zeremonien der Kreuzabnahme dargestellt. Die Ueberschrift
lautet: «Die Stifftung der abnemung des bildnus vnsers liebn
herrn vnd Seligmachers vom Creutz vnd wie die besuchung
des grabs von den viertzehn mannsperssonen ztu Wittenberg in aller heyligen kirchen bescheen soll. 1517».

Auf Befehl des Kurfürsten werden 14 Männer vom
Wittenberger Amtmann oder Schösser, dem Rektor der
Universität, dem Propst oder Dechant «aller lieben Heiligen», dem Dechant «unserer lieben Frauen» und dem Bürgermeister gewählt und denselben befohlen, am Sonnabend
vor Lätare um 12 Uhr nach Mittag auf dem Schlosse zu erscheinen. Die 14 Gewählten mussten «haussarme leuth», arme
Studenten oder bedürftige Schüler sein. Es wurden aber
nur solche ausgesucht, die sich eines guten Lebenswandels
rühmen konnten, einen tadellosen Leumund hatten und
nicht zu schwächlich waren, um die ihnen zukommenden
Verrichtungen zu vollführen. Die vierzehn erhalten auf
Kosten des Kurfürsten jeder eine neue vollständige Kleidung, das Tuch von schwarzer Farbe, ferner Bad- Beicht-
und Opfer-Geld. Es war befohlen, dass die Kleidungsstücke, bestehend aus Rock, Hose, Wams, «Kogel oder
Kappen», Hemd, Gürtel, Schuhe, «Nesteln oder Senkeln»,
so frühzeitig fertiggestellt seien, dass sie Mittwoch vor
Gründonnerstag angezogen werden konnten. Am Palm-
sonntag wurde von allen Kanzeln verkündet, dass wer eines
Almosen bedürftig sei, sich kommenden Dienstag nach 8
Uhr früh auf dem Schlosse zum Empfange desselben ein-

finden möge; als Spende wurden ausgeteilt ein Hering, ein Brot und ein Pfennig. Mittwoch nach Palmarum war für die vierzehn Erwählten gewissermassen «Appell mit Löhnung». Sie erschienen vor dem Dechant, der die Kleidung nachsah und ihnen das Geld zum Bade, für die Beichte und zum Opfern aushändigte. Am Gründonnerstag versammelten sich die vierzehn in ihrer neuen Kleidung und zwar, wie vorgeschrieben, über die Röcke gegürtet und «unvorkugelt», am «allerheiligsten Wachsleichnam». Brennende Lichter in den Händen haltend, beten sie knieend und ein jeglicher opfert einen Pfennig. Am Abend des Gründonnerstag wird von ihnen das Kreuz mit dem Bildnis des Herrn in das ausgehauene Loch vor dem heiligen Kreuzaltar gesetzt. Am heiligen Karfreitag «bald nach der heiligen Passion» begeben sich die vierzehn «in begleitung von vier Capellan» in die Sakristei, um sich zur Kreuzabnahme vorzubereiten. «Daselbst die vier Capellan die judencleyder anthun vnd die viertzehn mannspersson ir kappen in clag weyss an die helsse tziehen vnd ihr liecht mit den wapen in die hende nemen». Während die vierzehn in der Sakristei ihr Gewand zur Trauerkleidung vorbereiten und «die vier Capellan» die Judenkleider anziehen, legte der Küster zwei zu diesem Zwecke gefertigte Leitern an das Kreuz. Beim Beginne der Vesper verlassen die vierzehn in feierlichem Zuge, zu je zwei nebeneinander, die Sakristei, gefolgt von den als Juden verkleideten 4 Kaplänen. Vor dem Kreuze angelangt, knien die 14 Männer, brennende Lichter mit daran befestigten Wappen haltend, je 7 auf einer Seite des Kreuzes nieder, das Angesicht nach dem Bildnis gewandt. Darauf steigen die vier Kapläne die Leitern hinauf, nehmen das Bildnis ab, legen es in eine Bahre und bedecken es, nur das Angesicht freilassend, mit seidenen Tüchern, um darauf mit den 14 in feierlicher Prozession durch die Kirche zu wandern. Dann wird das Bildnis «mit dem hochwürdigen Sakrament» in das Grab gelegt und nach längeren Gebeten stecken die 14 Leute ihre Lichter auf messingene Leuchter, die am Grabe aufgestellt waren und verlassen als letzte die Kirche.

Heute sind leider die Reliquienbehälter, welche wahre
Prachtstücke der Goldschmiedekunst gewesen sein müssen,
spurlos verschwunden. Sie wurden verschenkt, in den
Tumulten und Kriegsstürmen vernichtet und geraubt, in
Zeiten der Geldnot vielleicht teilweise eingeschmolzen, wir
können uns nur noch aus erhaltenen Abbildungen eine gewisse Vorstellung davon machen. Ich erwähnte oben bereits
das Heiligtumbuch vom Jahre 1509 mit den Holzschnitten
Cranachs geziert, ferner befindet sich im Weimarer Archiv
ein Band Federzeichnungen, von denen ich eine Reihe ab-
bilde. Diese Federzeichnungen waren Entwürfe für die zu
fertigenden Reliquiarien, während die Holzschnitte Cranachs
nach den fertigen Arbeiten gemacht sind. Die Holzschnitte
tragen alle die Zeichen der Cranach'schen Kunst an sich,
und alle abgebildeten Goldschmiedewerke erscheinen uns
daher wie von ein und derselben Hand verfertigt. Dabei
glaube ich annehmen zu können, dass manches sich unter
der zeichnenden Hand Cranachs änderte, dass er besonders
das Ornáment freier behandelte und in seiner Art und
seinem Stil umbildete, was in Wirklichkeit strenger und
noch gotischer ausgeführt vor ihm stand. Ein Vergleich
der Weimarer Zeichnungen mit den Holzschnitten Cranachs
stützt diese Annahme ausserordentlich. Zur Beurteilung
der Heiligtümer in künstlerischer Beziehung sind daher die
von mir zum ersten Male veröffentlichten Federzeichnungen
ungleich wertvoller. Aus diesen Zeichnungen geht erstens
hervor, dass die Arbeiten von ganz verschiedenen Händen
verfertigt worden sind, ferner, dass sie dem Stile nach aus
verschiedenen Ländern und verschiedenen Kunstepochen
stammen. Hierbei abgebildete Wasserzeichen beweisen,
dass ein grosser Teil der Zeichnungen in Wittenberg entstanden ist, dass es demnach vor und zu Cranachs Zeit
eine Reihe recht wackerer Meister daselbst gab. Manche
Zeichnungen legen Zeugnis von grösster Freiheit und Fertig-
keit ab. Ein anderer Teil der Zeichnungen war als Entwürfe
von auswärtigen Meistern dem Kurfürsten zur Begutachtung
eingesandt worden, nach denen dann die Bestellungen folgten.
Diese Zeichnungen sammelte Bruder Berthold, der Beicht-

vater des Kurfürsten und notierte genau bei jedem Bilde, welche Reliquien in den Gefässen enthalten waren und wie hoch der Ablass dementsprechend bemessen wurde. Wir besitzen im Weimarer Archiv ein Verzeichnis, welches genau mit den Abbildungen, der Seitenzahl und der Einteilung in acht Gängen übereinstimmt.[1]

Neben der grossen Anzahl von silbernen Statuetten der Apostel und anderer Heiligen nehmen vor allem die schönen Monstranzen und Ostensorien, besonders auch die in Form von Kreuzen, unsere Aufmerksamkeit in Anspruch. Wie bei den Figuren kann man gleichfalls an diesen Geräten die Wandlung des Geschmackes verfolgen, der dem Zuge nach Naturbildung folgend, immer malerischer, fast könnte man sagen, erzählerischer wird.

Der so überaus gewaltige Einfluss der gotischen Architektur hatte es bewirkt, dass dieselben Formenelemente auch bei allen Geräten angewandt wurden. Etwas, das sich nur rein aus der berechnenden strengen Konstruktion ergab, das auch nur in das Gewaltige der Bauten übertragen wirken konnte, musste naturgemäss in einem kleinen Gerät einen nur nüchternen und kleinlichen Eindruck machen. Meist bestehen die Monstranzen aus einem sechspassartigen Fuss mit Ständer und Knauf. Wie der Querschnitt einer gotischen Kirche besitzt der Hauptteil eine drei- oder fünf-schiffige Anlage, die nach oben in schlanke Türme endet. Bis in die kleinsten Details sind alle Formenelemente der gotischen Architektur hierbei in die Goldschmiedekunst über-tragen, Strebepfeiler mit Strebebogen, spitzbogige Fenster und Portale mit Masswerk, Wasserschrägen und Wasser-speier, Wimperge und Fialen mit Krabben und Kreuz-blume. In den Nischen stehen, wie an den gotischen Domen, kleine Heiligenfiguren, und um noch mehr die Unmöglichkeit dieses für die Goldschmiedekunst so unpassen-den Stiles hervorzuheben, krönen die höchsten Spitzen noch die Figuren des gekreuzigten Heilandes mit Maria und Johannes. Es herrscht hier dieselbe Gleichgültigkeit gegen

---

[1] Siehe Anhang.

die Stilgesetze, welche sich auch die Glasmalerei dieser Zeit ganz in gleichem Falle zuschulden kommen liess. Aber bald ward es den besseren Meistern klar, dass sie mit ihrem Materiale nicht so streng an die Formen gebunden waren, wie die bauenden Architekten, dass sie mit Runden, Biegen, Zwicken und Schweifen der Metalle ganz andere Wirkungen erzielen konnten. Und war der Weg einmal betreten, so sehen wir, wie schnell die deutsche Phantasie auch hier wieder einsetzt, wie das gebogene Laub immer freier, immer willkürlicher gestaltet wird, und wenn auch oft noch der gotische Aufbau deutlich erkennbar bleibt, so werden von der Goldschmiedekunst doch bald die kühnsten Formen daran angebracht, die unmöglich in Stein hätten ausgeführt werden können. Der Hauptteil des Werkes bleibt aber immer das Mittelstück, in dem meistens in einem Glascylinder die lunula genannte halbmondförmige Scheibe zur Aufnahme der Hostie sich befindet oder bei Ostensorien an ihrer Stelle eine Reliquie. Wie in dieser Zeit zu Trinkgefässen oder als Tafelschmuck bei Gastereien die aus Silber gefertigte Burg mit ihren Bewohnern oder Verteidigern und Angreifern, oder Segelschiffe mit ihrer Ausrüstung, mit Segeln, Takelage u. s. w. bis aufs kleinste Detail von Goldschmieden zierlich nachgebildet wurden und als Prunkstücke allgemein beliebt waren, so finden wir unter den Heiligtümern eine dreischiffige Kirche, zu deren Seiten Engel mit Spruchbändern, in deren Mitte die Dreifaltigkeit mit Engeln zu beiden Seiten angebracht sind und deren Türme, wie oben bemerkt, Christus mit Maria und Johannes krönen. Im Mittelschiff kniet der betende Kurfürst mit seinem Wappen zur Seite. Im Mittelfriese ist Christus mit den zwölf Aposteln in Relief dargestellt gewesen, und gleiche Reliefs aus dem Marienleben, wie die Geburt Mariä, Sposalizio, Verkündigung an die Hirten und Heimsuchung, zierten den Sockel, der auf liegenden Löwen als Füsse ruhte. Auch kniende heilige Bischöfe in vollem Ornat, das Modell der Kirche in den Händen haltend, trifft man unter den Heiligtümern in mehreren Exemplaren.

Wenn auch die deutsche Goldschmiedekunst im Gegen-

satze zur italienischen weniger farbigen Schmuck bevorzugte,
so war ihr doch durch das translucide Email auf Silber-
oder Goldgrund, das «Email de basse taille», ein Mittel an
die Hand gegeben, um ihre Werke glänzend und reich, dabei auf mannigfaltigste Weise zu schmücken. Hinzu trat
noch eine Schmückungsart, die zwar mehr beim Geschmeide
angewendet, von der aber auch beim Gerät ein ziemlich
ausgiebiger Gebrauch gemacht wurde und wodurch die
Arbeit des Goldschmiedes mit der des Juweliers sich vereinigte. Es war die Bearbeitung und Verwendung von
Edelsteinen. Beim Facettenschliff wurde der Edelstein erst
durch sein Feuer und die ihm innewohnende Strahlung zur
rechten Geltung und Schätzung gebracht.

Einem Goldschmied von Brügge, Louis de Berguen,
wird um das Jahr 1467 die Erfindung, den Diamanten
schneiden und schleifen zu können, zugeschrieben, und
schnell verbreitete und vervollkommnete man diese Erfindung,
indem sich die Juwelierkunst immer mehr ausbildete. Späterhin trat noch die Verwendung von opalen Schmelzfarben
hinzu, die bei erhaben gearbeiteten Gegenständen angewendet
wurden und den Werken ein noch reicheres und vielfarbi-
geres Aussehen und grösseren Glanz verliehen.

Betrachtet man die Zeichnungen für die Statuetten der
Heiligen und Apostel, so wird man finden, dass es äusserst
schwierig ist, dem Stile nach mehrere in Gruppen zusam-
menzuschliessen. Einzelne Stücke erweisen ja die gleiche
Hand des Zeichners, damit ist aber dennoch kein Hinweis
dafür gegeben, dass auch derselbe Goldschmied die Stücke
verfertigt hat.

Aus den Haushaltungsrechnungen des Kurfürsten haben
wir bestimmte Nachricht über Anfertigung einiger Heiligen-
statuetten, als deren Verfertiger ein Goldschmied genannt
ist. Sieht man aber die Zeichnungen, welche diese Heiligen
vorstellen, so erkennt man sofort, dass sie von verschiedenen
Händen gefertigt sind und demnach ein Hinweis, wie einzelne Meister, z. B. Paulus Möller gearbeitet haben, dadurch
nicht gegeben werden kann.

Ist dieses negative Resultat auch betrübend, so bleibt

es doch nicht ausgeschlossen, dass durch die Kenntnis der Zeichnungen ein oder das andere Werk, das einst die Stiftskirche zierte, doch noch wieder gefunden wird.

Zum Schlusse sei noch der mannigfachen Formen von Reliquiarien gedacht, unter denen sich ganz hervorragend schöne Stücke finden, z. B. die pokalartige Form eines Heiltums auf hohem Fusse, eine Muschel, welche als Deckelverzierung einen Löwen trägt; ferner einfachere pokalartige Geräte, Pulte und Kästchen, auf Tierfüssen ruhende Hörner, auf deren Deckel Heiligenfiguren stehen; andere in Form von kleinen Klappaltären, einfache Tafeln mit Reliefs und Edelsteinen geziert, ein Stück der Hirnschale eines Heiligen enthaltende Totenschädel aus Silber oder Arme aus Gold und Silber mit Armpartikeln des heiligen Heinrich oder Wenzel, silberne Tiere z. B. ein Hahn mit abnehmbarem, durch ein Charnier am Halse befestigten Deckel. (Dergleichen Tiere aus Silber fertigte man noch bis ins XVIII. Jahrhundert gern als Schmuckstücke für die Tische und Kredenzen.)

Ein abwechslungsreiches Bild gewähren uns heute noch die Zeichnungen für die Heiligtümer der Stiftskirche; man kann sich leicht im Geiste ausmalen, welch' prächtigen, die Sinne berauschenden Anblick die fertigen, zur Schau gestellten Werke selbst gewährt haben mussten. Aus den Zeichnungen aber ist, was nach Cranachs Holzschnitten im Heiligtumbuche nicht möglich war, zu ersehen, wie sich auch in der Goldschmiedekunst dieser Zeit Altes und Neues kreuzten und wie sich das Alte immer mehr umbildet, bis der neuaufstrebende Stil siegreich zum Durchbruch kam.

Unter den Beträgen, die für Arbeiten der Goldschmiede in den Haushaltungsrechnungen des Kurfürsten verbucht sind, mögen sich wohl eine Reihe von Zahlungen auch auf Arbeiten zu den Heiligtümern beziehen. Näher benannt findet man aber solche nur bei zwei Meistern.

So enthält eine Rechnung vom Jahre 1506 den Posten: «5 fl. 7 gl. 3 pf. dem Goltschmid maister Hanssen von thorgaw für goldene und silberne Zcaichen vfs Heyltum». Der Torgauer Meister Hans war Hofbediensteter, da er nach Gurlitt schon 1487 Stiefelgeld erhielt.

Am meisten für die Schätze der Wittenberger Stiftskirche beschäftigt war der Nürnberger Goldschmied Paul Möller. Vielleicht ist dieser Meister identisch mit dem von Stockbauer[1] in seinem Verzeichnis Nürnberger Goldschmiede unter dem Jahre 1514 aufgeführten Paullus Mülner «Goltarbeiter» und nach Gurlitt[2] mit dem nach den «libri litterarum» des Nürnberger Stadtarchivs genannten Paulus Müllner, der 1498 ein Haus vor dem Laufertor von Hans Egerer kaufte.

Paul Möller erhält 1496 Zahlung für ein St. Annabild, vielleicht die «grössere» Anna selbdritt der Zeichnungen. Im Cranach'schen Heiligtumsbuche sind nur zwei Bilder der heiligen Anna zu finden, das oben erwähnte und ein kleineres Brustbild. Nach dem gezahlten Betrage von 46 Schock 3 gl. 9 pf. und dem Gewichte 9 Pfund 1 Lot 2 qu kann es aber nur das grössere in ganzer Figur gewesen sein. Möller erhielt die Zahlung dafür durch Unbehau in Nürnberg ausgezahlt, befand sich demnach zu dieser Zeit dort, wo er auch als Vermittler für andere Käufe des Kurfürsten häufig Verwendung findet.

1501 liefert Möller ein goldenes Kreuz nach Wittenberg. 1501/02 drei silberne Figuren, St. Maria, St. Peter und St. Paul, ferner ein silbernes Rauchfass. Im Jahre 1502/03 drei silberne Figuren, St. Johannes, St. Markus und St. Judä. Bei diesen drei Bildern handelt es sich jedenfalls des geringen Betrages wegen wohl nicht um Anfertigung, sondern vielleicht um Ausbesserung oder Umänderungen an denselben. 1505 wird von Möller erwähnt: Ein Bild von St. Wolfgang, eins von Sta. Catharina und eins von St. Pancratius und 1514 ein silbernes Bild von St. Andreas. Diese silberne Figur von St. Andreas wurde vom Kurfürsten in das Kloster «zu Bemsche (?) Inn Beyerlandt gelegen» geschenkt, wird demnach schwerlich mit dem im Heiligtumbuche und unter den Zeichnungen befindlichen St. Andreas identisch gewesen sein. Im Jahre 1515 werden 70 fl. 7 gl.

---

[1] Bayrische Gewerbezeitung 1893. Beil. S. 3 Nr. 127.
[2] C. Gurlitt, Archival. Forschungen. II. S. 73.

9 pf. Möller für einen silbernen Kopf bezahlt. Dem Gewichte 4 margk 9 loth 1 qu nach vielleicht ein grösseres Reliquiar.

Paul Möller war den schriftlichen urkundlichen Ueberlieferungen nach sicher der für den Kurfürsten am meisten beschäftigte und wohl auch bevorzugteste Goldschmied. Wir hören, dass er 1502 in Torgau war und auf dieser Reise Käufe in Erfurt für Kurfürst Friedrich bewirkte. Er lieferte im Jahre 1491 und 1500 silberne Figuren nach Magdeburg an den Erzbischof Herzog Ernst, welche ihm durch die Vermittlung des kurfürstlichen Agenten in Nürnberg gezahlt wurden. Wenn man die Posten der Haushaltungsrechnungen, die sich auf Möller beziehen, mustert, gewinnt man ein Bild von staunenerregender Mannigfaltigkeit der Arbeiten Möllers, wonach nur angenommen werden kann, dass er ständig eine grössere Anzahl Gesellen in seiner Werkstatt beschäftigt haben muss. Seine Arbeiten müssen sich auch in bezug auf die Juwelierkunst ausgezeichnet haben, da die Anbringung von Diamanten, Smaragden, Rubinen und Rubinherzen erwähnt wird. Silbergeschirr und Schüsseln, Becher und Pokale, Kelche und Patenen, Kleinodien, silberne Becken, wahrscheinlich dem Preise von 53 Gulden per Stück nach zu urteilen, jene in damaliger Zeit so beliebten getriebenen Stücke, silberne Leuchter, Zepter, Ringe, Paternoster und Kreuzlein und Medaillen hierzu, geschnittene und in Silber gefasste Achatsteine, Gehänge, Ketten werden von ihm für Kurfürst Friedrich angefertigt. Und gebrauchte der Fürst besonders schöne Arbeiten zu Geschenken, so wird Möllers Kunst in Anspruch genommen. So für ein Hochzeitsgeschenk an Herzog Johann oder zum Beilager des Königs von Dänemark 1515, welches Geschenk, ein kostbares Kleinod, durch Hans von der Planitz und Philipp von Feilitzsch nach Dänemark überbracht wurde. Gleichzeitig besorgte Möller in Nürnberg vier Messingleuchter für die Stiftskirche und 1516 einen messingnen Lichtschirm, wie er auch, was bereits in der Einleitung erwähnt ward, im gleichen Jahre dem Kurfürsten Friedrich in Nürnberg Werkzeug für die Drechslerei besorgte, das durch Ketzel übersandt worden war.

Von anderen Goldschmieden arbeiteten für Kurfürst Friedrich in Nürnberg :

1493 Christoph Schürlin,

ein Meister Marx, der 1502 in Verbindung mit Wolf Fechter, [1] Goldschmied zu Nürnberg, erwähnt wird. Wolf Fechter liefert von 1502 bis 1527 silberne Sporen und Ringe, aber auch Kannen, Messer, Siegelringe für Kurfürst Friedrich und Kleinodien.

Andreas Wolfauer 1501—1519 Diamantringe, Ketten, Pfeifen, Ohrlöffel, Ringe mit in Gold gefassten Elenklauen und wahrscheinlich auch für die Stiftskirche die Figur des heiligen Christophorus im Jahre 1516. Dass Wolfauer stark für den kurfürstlichen Hof beschäftigt war, geht auch daraus hervor, dass er im Jahre 1512 dem Kurfürsten einen silbervergoldeten Kelch zum Geschenk macht.

Benedict Braunskern wird zwar «goltschmidt von Nornbergk» genannt, liefert aber 1518 messingne Röhren zu dem neuen Rohrbrunnen des Wittenberger Schlosses.

Augsburg ist durch Meister Volcker vertreten, der 1493 eine goldene Kette fertigt,

Leipzig durch Lucas Stofmel 1493 und Nördlingen durch Meister Lukas, dem Hofgoldschmied des Kaisers Maximilian. Die Rechnung wurde von Hans Hundt während der Reise des Kurfürsten nach Worms und im Lager zu Koburg 1495—1496 geführt. Der Meister erhielt eine Anzahl Gold- und Silbermünzen, woraus er für den Kurfürsten eine goldene Kette fertigte. Vielleicht ist Meister Lukas identisch mit Meister «Lukas Kathen (?) goldsmid», welcher das silberne Bild von St. Antonius herstellte.

Ausser einigen Meistern, deren Aufenthaltsort aus den Rechnungen nicht zu ersehen ist, wie «Burckhardt goltsmide», ferner die beiden Juweliere Jobst Yssig (?) und Tyssen Jorian, beide wahrscheinlich Niederländer, welche Kleinodien, eine Kusstafel und Edelsteine lieferten, findet man nur noch sächsische Goldschmiede erwähnt, ein Be-

---

[1] Vgl. auch Stockbauer, a. a. O., Nr. 117, 214, 237.

weis, wie gut dieses Gewerbe zu jener Zeit auch in Sachsen vertreten war.

In Torgau macht Meister Andreas, dessen Tätigkeit man zwischen 1501—1516 verfolgen kann, Messkannen, silberne Becher, auch Eierbecher, in Wittenberg ist es 1489—1495 Meister Peter, welcher einen goldenen Kelch für den Altar zu unserer lieben Frauen macht, auch vergoldete er einen ihm vom Kaplan der Stiftskirche Wolfgang übergebenen Kelch. Wir hören, dass er ein Marienbild in einen Schwertknopf gemacht und Degenköpfe vergoldet hat.

Der berühmteste und auch im Reformatorenkreise angesehenste Goldschmied Wittenbergs aber war Christian Düring, der nachweisbar zwischen 1511 und 1517 Lieferungen für den Fürstenhof hatte und u. a. Ketten, sowie Goldgulden hierzu, demnach höchstwahrscheinlich Medaillen, herstellte.

In Koburg vergoldete «Jorg goltschmit» 1506 dem Kurfürsten niederländisches Trinkgeschirr, und Hans Spies lieferte in den Jahren 1522 und 1523 Arbeiten.

Der Weimarer Goldschmied Claus bessert 1492 Deckel und Giessbecken und montiert einen Ring mit zwei spitzen Diamanten, während Thomas Goldschmied zu Weimar 1515—1518 ohne bezug auf bestimmte Arbeiten genannt wird.

In Zwickau scheint Meister Georg sowohl ein guter Goldschmied als vortrefflicher Juwelier gewesen zu sein. Zahlungen an ihn werden von 1487 bis 1495 geleistet. Er beschlägt ein Messer, macht goldene Ketten, ein Armband, 1492 eine Monstranz und erhält 28 Gulden für zwei Ringe, der eine mit einer Lilie von Diamanten, der andere mit einem spitzigen (gemeint ist facettgeschliffenen) Diamant und Rubin.

Auch Curt, der Goldschmied von Zwickau war Juwelier und fasste 1500 in ein Kästchen einen Diamanten und einen Rubin. Ferner wird in Zwickau 1517—18 ein Meister Hans genannt.

Die Kunst zweier Dresdner Goldschmiede wurde von Kurfürst Friedrich ausgiebig in Anspruch genommen. Mat-

thes Goldschmied liefert eine Anzahl Arbeiten 1487 nach
Torgau und Weimar «vf des frewihenns wegkfertigung vnnd
ander arbeyt», also für die Hochzeit der Herzogin Margarete, der Schwester des Kurfürsten, mit Herzog Heinrich
von Braunschweig. Matthes ist auch in Dresden als tüchtiger Meister sehr geschätzt gewesen, er lieferte im Jahre
1500 für das Dresdner Brückenamt das Siegel.[1]

Der andere Dresdner Goldschmied war Lorenz (Werder?). Er war später in Torgau tätig und ist von 1489 bis
1518 nachweisbar. Neben den Arbeiten, wie goldene Löffel,
goldene Ketten, Anhänger für Halsketten, goldene und silberne Kettenbänder, schneidet er auch 1492 für Herzog
Johann ein Siegel und 1509 werden von ihm gegossene
Gulden erwähnt, war also auch für die Münze beschäftigt.
Im Jahre 1494 werden von ihm Rüstungsstücke für Kurfürst Friedrich, welche Hans Eryngk der Plattner zu Wittenberg in Arbeit hatte, vergoldet. Meister Lorenz war
also von grosser Vielseitigkeit und jedenfalls hoch geschätzt.
Lorenz Werder (?) geschah auch bereits oben bei der Betrachtung der Medaillen Erwähnung. Von einem anderen
Münzschneider gibt eine Haushaltungsrechnung vom Jahre
1512 Auskunft. Kurfürst Friedrich liess damals Stempel
für zwei neue Sorten Guldengroschen in Innsbruck «von kays.
Mt. eisen schneider» Wenzel Itzhoffer anfertigen, wofür
demselben durch Jorgen Watzler daselbst 70 Gulden bezahlt
wurden.[2] Man sieht, Sr. Majestät Eisenschneider liess sich
seine Arbeit recht gut bezahlen, denn der Preis ist im Vergleiche zu der Bezahlung, die Krafft und Krug in Nürnberg
für die Stempel zu den Medaillen erhielten, ein aussarge-
wöhnlich hoher.

Im einleitenden Teile habe ich bereits erwähnt, wie
vortrefflich Kurfürst Friedrichs Ausbildung auch in bezug

---

[1] O. Richter, Verfassungs- und Verwaltungsgeschichte Dresdens.
II. S. 267, Anm. 2. «1500. 1 β 21 gr. hab ich Mattes Goltsmidt gegebenn für eyn sigil dem Heiligen Creutz. hat gewegenn 3 lott und 1
quent, das lott für 9 gr. und 2 fl. von sigil zu schneydenn».
[2] S. auch Karl Domanig, a. a. O.

auf körperliche Leibesübungen war. Dem Zeitgeschmacke
entsprechend waren es die Ritterspiele und Turniere, die
bei Fürsten und Herren sich der allgemeinsten Beliebtheit
erfreuten. Gurlitts [1] Buch über die Turniere und Rüstungen gibt an Hand archivalischer Quellen eine fesselnde Schil-
derung über das Turnierwesen von 1550 bis zum dreissigjährigen Kriege. Er schildert, wie durch die Anwendung
des Feuergewehrs die ganze Wehrverfassung eine neue
Grundlage erhielt, «wie aber die Ritterschaft selbst nicht so
schnell jene Zeit vergessen konnte, in welcher der eisenum-
panzerte Mann die Entscheidung im Kampfe gab und der
gerüstete Reiter das Gefecht zu einem erweiterten nach
Gesetzen der Ritterlichkeit geregelten Tournier machte».

Das Rittertum, das seine Bedeutung in der Schlacht
den Fähnlein und Rotten der geworbenen Landsknechte ab-
treten musste, suchte Ersatz in den Ritterspielen und Turnieren, die allerorten eifrig gepflegt wurden. Es ergingen
gegenseitige Einladungen hierzu, und wenn der friedliche
Strauss ausgefochten war, vereinigten Tafel, Tanz und Trunk
die Teilnehmer. Spalatin schreibt über des Kurfürsten Lust
an Ritterspielen und sagt, dass er schon «sehr jung und
zeitlich» damit angefangen habe. «Dass ich Spalatinus einst selbs
aus seinem Mund gehört, wie er des ersten mals zu Dresden
über die Brücken war gezogen zu stechen, fast jung, wär
ein alt Weib gestanden, das aus gutem Mitleiden ungefähr-
lich gesagt hätt: «Ach was zeihen sie das jung Kind.» Wol
zornig, sagt der frumm Churfürst, war ich in meinem
Sinn, dass mich das alt Weib ein jung Kind hiess. Nahm
auch mit dem Rennen also zu, dass er nicht allein mit
Grafen, Rittern, Fürsten, sondern auch zuvielmalen mit
röm. Kais. Mat. Kaiser Maximilian selbs gerannt hat.» [2]

Es wäre überflüssig, beweisen zu wollen, wie den ganzen
Verhältnissen nach die Fürsten und Herren wetteiferten, bei
den Stechen und Turnieren nicht nur in möglichst glänzender und schmucker Ausrüstung und Ausstattung zu erscheinen,

---

[1] Cornelius Gurlitt, Deutsche Turniere, Rüstungen und Plattner
des XVI. Jahrhunderts. Archival. Forschungen. Dresden 1889.
[2] Spalatin, a. a. O., S. 52.

sondern auch eine grosse Sorgfalt und Mühe darauf verwandten, ausser gut geschultem Pferdematerial auch Rüstungen und Rüstungsstücke zu besitzen, die einerseits eine
grosse Beweglichkeit zuliessen, andererseits aber möglichsten
Schutz gegen Verwundungen oder Verletzungen beim Sturze
vom Pferde boten. Die Plattner waren demgemäss für
die Fürsten wichtige Meister, die ausgiebig und dauernd
beschäftigt wurden, und es ist wohl als sicher anzunehmen,
dass sich bei Reisen der Fürsten jener Zeit ein Plattner
immer im Gefolge befunden haben mag

Dass Kurfürst Friedrich nicht weniger, ja vielleicht
noch mehr als andere Fürsten zu seiner Zeit Wert auf
das Erhalten von guten und dabei möglichst prächtigen
Rüstungen legte, ist nach dem, was wir von ihm wissen,
klar erkennbar. Die archivalischen Urkunden bestätigen es,
durch die uns seine Bestellungen bei einer grossen Anzahl
von Meistern des Plattnerhandwerks überliefert sind, wobei man erkennt, dass er eifrig suchte, das Beste zu erhalten und deutsche, sowie ausserdeutsche Meister beschäftigte.

Kurfürst Friedrich richtete in Torgau eine grosse Harnischkammer ein, der vom Jahre 1488 bis 1523 der Harnischmeister Ewalt Heseler, vorstand. Ein Mann, der mithin fast während der ganzen Regierungszeit Friedrichs bei
seinem Fürsten in treuen Diensten ein wichtiges Amt bekleidete und dementsprechend im Jahre 1523 mit 40 Gulden
Jahreszins «auf Leben lang» besoldet wurde. Die Harnischkammer, welche der späteren Bedeutung eines Arsenals in
ihrer Eigenschaft ungefähr gleichkam, ist auch bei den Nach-
folgern Kurfürst Friedrichs, besonders unter Johann Friedrich,
stetig vergrössert und in bester Ordnung gehalten worden.
Aus der Harnischkammer, die für den Fall einer kriege-
rischen Zeit Rüstungen und Stücke zur Bewaffnung der
Bürger enthielt, die aber auch die Rüstungen der Fürsten
wenigstens zum Teile in sich barg, wurden vom Kurfürsten
auch Stücke an Fürsten und Ritter verliehen und verschenkt.
Solchen Schenkungen von Rüstungen begegnen wir häufig
in den archivalischen Urkunden. So erhielt «der junge

prinss in Denemarck» im Jahre 1505 einen Harnisch durch
Heintz den Harnischmeister zugeschickt. Wahrscheinlich
war dies Prinz Hans von Dänemark † 1513, der im Jahre
1478 des Kurfürsten älteste Schwester Christine gest. 1521
geheiratet hatte.

Der Harnischmeister Ewald Heseler erhielt 1492 den
Betrag von 102 Gulden für ein Rennzeug, das Kurfürst
Friedrich seinem Bruder Herzog Ernst, der seit 1476 Erzbischof von Magdeburg war und 1513 starb, zum Geschenk
machte. Es muss eine vollständige Turnierausrüstung gewesen
sein, denn es wird in einer Rechnung von 1492—93 ausdrücklich hervorgehoben, dass Hans Eryngk, der Plattner von
Wittenberg,[1] den Harnisch für Herzog Ernst gefertigt, oder was
mir nach dem geringen Betrage der Zahlung von 3 Gulden wahr-
scheinlicher vorkommt, für Herzog Ernst passend gemacht
hat. Die Masse des Körpers wurden den Plattnern überschickt,
wonach sie arbeiteten, wenn sie nicht selbst zu den Fürsten
berufen wurden, um die Masse zu nehmen. Man begegnet
häufig in den Rechnungen den Posten «Zehrung für den
Plattner auf seiner Reise» etc.

Hans Eryngk hatte das Rennzeug angefertigt, das Kur-
fürst Friedrich im Jahre 1514 dem Markgrafen Kasimir von
Brandenburg zum Geschenk sandte. Herzog Heinrich von
Braunschweig, seit 1487 mit der Schwester des Kurfürsten,
Margarete, vermählt, erhielt 1517 ein Rennzeug, das Meister
Wolf, der Plattner von Weimar, gearbeitet hatte.

So ausgiebig die archivalischen Aufzeichnungen auch
verhältnismässig sind, so ist es doch schwer, den bekannten
Meistern einzelne erhaltene Rüstungen bestimmt als von ihnen
verfertigt zuweisen zu können. Gurlitt hat es in seinem oben
erwähnten Buche mit bestem Erfolge versucht und hat den
dazu berufen erscheinenden Spezialisten den Weg gebahnt.

Besonders sind aber die wenigen Notizen, die wir in
den archivalischen Urkunden aus des Kurfürst Friedrichs

---

[1] Ueber Hans Eryngk siehe M. von Ehrenthal, «Eine sächsische
Plattnerwerkstätte zu Wittenberg», Neues Archiv für sächsische Geschichte und Altertumskunde. XV. S. 299 ff.

Zeiten in technischer Hinsicht besitzen, von höchster Bedeutung. Es handelt sich um die Ausschmückungsart der Rüstungen. Der «Krebs», wie man die den Mann umschliessende Rüstung nannte, konnte, was die geschmiedete Arbeit betrifft, nicht vollendeter hergestellt werden. Die die Schmiedetechnik vollständig beherrschenden Meister suchten nun um die Wende des XV. und zu Anfang des XVI. Jahrhunderts ihre Arbeiten auch künstlerisch immer mehr auszustatten, um im Wetteifer miteinander den Ruhm ihres Namens zu bewahren oder zu vermehren. Sie waren sich nebenbei wohl bewusst, dass sie damit dem Zuge der Zeit nach Glanz und Prunk nur entgegenkamen und dass sie die Aufträge für ihre Werkstätten dadurch vermehrten.

Den Plattnern standen zu Anfang des XVI. Jahrhunderts fünf Arten von Verzierung ausser der wenig dauerhaften älteren Weise der Vergoldung zu Gebote. Es sind zwei neue Arten von Vergoldung, die, dauerhafter als die alte Manier, sich bei weitem geeigneter zur wirklich künstlerischen Verzierung erwies. Beide Arten kamen, wie so viele technische Künste, aus dem Orient zu uns nach Westen. Die türkischen Waffenstücke gaben die Vorbilder ab. Es ist zuerst die «Tauschierung» oder «Damaszierung» genannte Art der Vergoldung, welche darin bestand, dass man eine Zeichnung in den Stahl oder das Eisen eingrub, die Vertiefungen mit Golddraht ausfüllte und dann diesen fest in die Vertiefungen hineinhämmerte. Betrachtet man die tauschierten Arbeiten dieser Zeit, so findet man als Ornamente nur die Arabeske verwendet, das altorientalische Ornament, das hier in Begleitung der orientalischen Technik geblieben ist. Dass die spanischen Waffenschmiede für tauschierte Arbeiten weithin berühmt waren, erklärt sich daraus, dass sie in Spanien bei den Mauren die beste Gelegenheit hatten, diese Verzierungskunst auf das Gründlichste sich anzueignen, auch standen ihnen die Arbeitsproben und zugleich das Studium der Anfertigung dieser Dinge täglich vor Augen.

Die zweite Art der Vergoldung geschah so, dass man die ganze Fläche durch Schraffierung aufrauhte und dann je

nach der Zeichnung das Gold aufschlug, das auf der rauhen
Fläche haften blieb. Ob die von Lorenz Werder, dem
Goldschmied zu Dresden bereits 1493/94 verzeichnete Vergoldung von Rüstungsstücken in einer dieser beiden Techniken bestand, ist nicht näher zu bestimmen. Dagegen
scheint die Bemerkung bei den oben erwähnten Goldschmieden, z. B. dem Meister Peter zu Wittenberg, der 1493
ein Marienbild in einen Schwertknopf für den Kurfürsten
fertigte, auf eine dritte Art der Verzierung von Waffen-
stücken hinzuweisen, nämlich auf das mühsame Eisen-
schneiden, Arbeiten, die allerdings nur meist in kleinerem
Massstabe ausgeführt wurden, wie bei Bügeln, Knöpfen,
Dolch- und Schwertgriffen, welche aber in ihren kleinen
figürlichen Darstellungen in Hochrelief von grosser künstlerischer Wirkung sind. Dass den Goldschmieden diese
Arbeiten nicht fremd bleiben konnten, sahen wir bereits, da
sie ja Siegel, z. B. Meister Matthes zu Dresden das Dresdner
Brückenamtsiegel, schnitten.

Die vierte Art der Ornamentierung von Rüstungen bestand in dem Aetzen der Flächen, die mit Arabesken und
Figuren geschmückt und wohl auch vergoldet wurden, während man die Tiefen mit Schwärze ausfüllte. Im Jahre 1505
wird in einer Haushaltungsrechnung des Kurfürsten der
Meister Jacopo de Barbari in Verbindung mit Rüstungsstücken erwähnt, die er durch den Harnischmeister erhalten
und für die dann dem Plattner zu Wittenberg Hans Eryngk,
32 Gulden 5 Groschen gezahlt werden. Dass Meister Jacopo
eine Rüstung und «streuffdartzschen» im Jahre 1505 in
Wittenberg trug, ist als selbstverständlich zu verneinen,
zumal das Waffentragen zu dieser Zeit nur bestimmten
Personen vorbehalten blieb, der italienische Maler aber,
wie wir bestimmt nach seinem Auftreten in Wittenberg
annehmen können, wohl mit Stolz die Tracht und die äussere Erscheinung des pittore italiano sich wahrte. Wenn
Jacopo de Barbari die Rüstungsstücke zu einem Bilde, vielleicht zu einem seiner Stilleben oder zu einem Porträt des
Fürsten gebraucht hätte, so wäre die Verabfolgung derselben nicht mit einer Zahlung im Zusammenhang genannt.

Jacopo, der auf dem Schlosse in Wittenberg wohnte, hat wohl auch stets Prachtrüstungen des Fürsten, die dieser in seinen Gemächern auf dem Schlosse besonders aufbewahrte, zu diesem Zwecke zur Verfügung gehabt. Wir können nach allem nur annehmen, dass es sich um eine Arbeit Meister Jacopos an den erwähnten Rüstungsstücken handelt, und diese kann nur entweder in einem Versuche zur Anbringung von Verzierungen durch Aetzen oder in der Vorzeichnung auf den Stücken bestanden haben. Jacopo de Barbari werden die italienischen Schmückungsarten für Waffen und Rüstungen wohl bekannt gewesen sein. Und selbst wenn wir nur annehmen, dass der Kurfürst Jocopos eigenartige Kunst, Grotesken, Laubwerk und Figuren zu verbinden, kurz die «antikische Art» auch auf die Rüstung übertragen zu haben wünschte, so ist für die Ornamentierung der Rüstungen durch Jacopos Kunst ein bedeutsamer Schritt geschehen, der, wie wir wissen, ja auch im Laufe des XVI. Jahrhunderts zu der fünften Verzierungsart führte, dem Treiben der Rüstungen, bei dem in flachem und höherem Relief alle jene wundervollen Formen der Renaissance zur Geltung kamen und Werke entstanden, die, von bewunderungswürdiger Schönheit, in allen Zeiten glänzende Beispiele deutschen Kunsthandwerks darbieten.

Es ist nicht ohne Bedeutung, bei der eben genannten Kunst des Aetzens auf unseren Albrecht Dürer hinzuweisen, der fast zu gleicher Zeit, wenigstens nur geringe Zeit später, mit den Versuchen der Aetztechnik bei seinen Stichen begann und in seinem Blatte von 1518 «die Kanone» (B 99.) seine letzte Eisenradierung schuf. Mit der Kanone als Sujet aber wies Dürer auf das Gebiet der Waffen und Rüstungen, was sicher einen ursächlichen Zusammenhang hatte. Dürer hat, auch hierin ein Bahnbrecher für Spätere, den sogenannten Aetzmalern, Vorlagen zum Schmücken von Rüstungen durch Aetzverfahren geliefert. Es erhielten sich drei Federzeichnungen von ihm aus dem Jahre 1517, welche Rüstungsteile darstellen, mit Verzierungen, die ihrer ganzen Art nach, in ihrer rein malerischen Gestaltung nur für die Aetztechnik ausführbar erscheinen. Es sind zwei

Zeichnungen, beide in der Albertina, die eine zeigt ein
stark ausgebauschtes Visier, die andere eine Armberge mit
der Beischrift Dürers «gardepras», die dritte Zeichnung befindet sich nach Thausing in der Sammlung Posonyi-Hullot
(Katalog Nr. 333) und scheint, wie er sagt, einen Achsel-
kamm vorzustellen. [1] Obwohl geätzte Rüstungen vor dem
Jahre 1520 nicht nachweisbar sein sollen und Dürer, wie
allgemein anerkannt, das Verdienst gebührt, die Aetzung
auf Kupferplatten als erster angewandt bezw. erfunden zu
haben, so verdient doch die Ansicht Harzens, [2] Daniel
Hopfer von Augsburg habe die Kunst des Aetzens von
lombardischen Waffenschmieden erlernt und nach Deutschland gebracht, gründliche Beachtung, da uns hier betreffs
der Aetzkunst der Hinweis auf Italien gegeben wird, mit
dessen Kunst und Techniken ein Jacopo de Barbari völlig
vertraut in Deutschland auftritt.

Wie es Kaiser Maximilian war, welcher das deutsche
Turnierwesen auf alle Arten belebte und förderte, so blühte
auch in seinen Erblanden die Plattnerkunst, und es bildete
sich neben Augsburg und Nürnberg besonders in Innsbruck
das Gewerbe der Plattner derart aus, dass die Innsbrucker
Werkstätten fast als die bedeutendsten in jener Zeit betrachtet werden können. [3] Kurfürst Friedrich sehen wir
nun bereits im Jahre 1493 auf seiner Reise in das heilige
Land mit dem Plattnermeister Lucas Gassner in Verbindung,
von dem es jedoch aus der Rechnungszahlung nicht ganz
deutlich ersichtlich ist, ob derselbe in Innsbruck oder in
Venedig ansässig war, aber 1496 wird an Meister Albrecht,
dem Harnischmeister des Kaisers Maximilian eine Zahlung
geleistet. Die berühmteste Plattnerfamilie in Innsbruck, in
der sich die Kunst vom Vater auf den Sohn vererbte, war
die der Treitz und zwar seit 1454 Christian Treitz, der ein

---

[1] Moritz Thausing, Dürer. Leipzig 1876. S. 335.
[2] E. Harzen, Ueber die Erfindung der Aetzkunst. Archiv f. z. K.
1859. S. 133.
[3] Wendelin Böheim, Meister der Waffenschmiedekunst vom XIV.
bis ins XVIII. Jahrhundert. Berlin 1897. Hier auch weitere Literatur-
angaben.

Hufeisen mit einem Nagel in der Mitte als Zeichen führt und etwa um 1500 Adrian, der Sohn des Jörg Treitz, der ausserdem ein Kleeblatt im Zeichen führt; neben ihm wird noch ein Konrad Treitz als Polierer genannt. Ueber die Familie der Treitz siehe Gurlitt.[1] Wie wir darüber unterrichtet sind, dass diese Familie für den sächsischen Hof, für Herzog Albrecht und Herzog Georg gearbeitet hat, so können wir auch annehmen, dass die nach Innsbruck erteilten Aufträge und die von dort an den Kurfürsten und seinen Bruder gesandten Rüstungen und Harnische an die Treitz bezw. von diesen geliefert worden sind.

Besonders aber scheint der Landshuter Meister Matthes Deutsch, dessen Verbindung mit dem kurfürstlichen Hofe wir von 1487—1496 nachweisen können, beschäftigt worden zu sein, wenn auch aus den Rechnungen hervorgeht, dass es sich mehr um gewöhnliche Rüstungen und keine Prunkstücke handelt. Seine Nachfolger für diese Lieferungen waren dann Nürnberger Werkstätten bis 1515, unter welchen besonders Hans Grünewalt, gestorben 1503, hervorragt.

Auch gelegentlich der Leipziger Messen werden von fremden Plattnern Stücke erworben, so 1494 von dem Plattner von München, der 1493 nach Wittenberg gekommen war, um vielleicht Mass zu nehmen oder die Bestellung persönlich zu empfangen. In Leipzig selbst war vom Rate der Stadt der aus Nürnberg stammende Meister Arnolt Hirt als Plattner seit 1504 «zu einem Panzermacher»[2] angenommen, der bis 1512 nachweisbar ist,[3] wenn es sich bei diesen letzten Nachrichten nicht um einen gleichnamigen Sohn handelt, da nach einer Ueberlieferung Meister Arnolt Hirt bereits im Jahre 1506 verstorben sein soll. In diesem Falle wäre es demnach auch der Sohn gewesen, der im Jahre 1508 für den Herzog von Mecklenburg arbeitete.[4]

---

[1] C. Gurlitt, Turniere und Rüstungen. S. 98. Vgl. auch Dr. v. Schönherr im Jahrbuch der Königl. Preuss. Kunstsammlungen. Bd. I. S. 182.

[2] Ratsbuch II, fol. 179 b.

[3] Ratsbuch IV, fol. 17.

[4] Ratsbuch III, fol. 222. Vgl. Gurlitt, Beschreibende Darstellung der Bau- und Kunstdenkmäler im Königreich Sachsen. Heft 17/18. S. 368.

Im Jahre 1509 werden Harnische von Köln gesandt; im gleichen Jahre schickt Adam monter (Monteur) verschiedenes Renn- und Stechzeug von Antwerpen, und nach Gurlitt[1] beziehen sich die Bestellungen und Lieferungen von Augsburg aus den Jahren 1522—1524 auf den berühmten Augsburger Meister Koloman Colman und Kolomans Sohn Desiderius, was besonders nach dem «for ein Kuris» gezahlten Preis von 80 Gulden in Gold angenommen werden muss.

Sonst sehen wir hauptsächlich noch die Plattner des eignen Landes vom Kurfürsten beschäftigt, so den 1547 verstorbenen Hans Eryngk von Wittenberg, von 1491 bis 1514 für den Kurfürsten tätig, einen Plattner von Erfurt 1489—1499, ferner den Panzermacher Peter Erentrich, der 1496 in ein bestimmtes Dienstverhältnis zum Kurfürsten trat, indem er sich verpflichtete, «hinter Ir gnade zu ziehen», demnach im Gefolge des Fürsten sich befand. In Weimar waren es zwei Meister, über die uns urkundlich Nachrichten überliefert sind. Von 1496—1523 Meister Wolf, Plattner zu Weimar und 1523/24 Meister Veit. Meister Wolf arbeitete auch für Herzog Philipp von Braunschweig und stellte, wie wir sahen, die Rüstung für Herzog Heinrich von Braunschweig her. Auch in Zwickau befand sich ein Plattner im Jahre 1516. Der Meister Hermann scheint nur Tartschenmacher gewesen zu sein, da er nur als solcher in den Rechnungen von 1493—1495 auftritt, während Meister Alexander Windtvogel aus Schwaben mehr Schlosser und Messerschmied gewesen zu sein scheint, 1490—1523 finden wir ihn unter verschiedenen Bezeichnungen erwähnt. Er macht Schwert- und Degenscheiden und Schwertknöpfe und besass 1523 ein Haus in der Schlossgasse in Weimar, zu dessen Kauf ihm der Kurfürst 40 Gulden lieh mit der Bedingung, dieselben allmählich abzuarbeiten.

Schufen Goldarbeiter und Plattner meist für den Schmuck der Person, so trugen die Arbeiter anderer Kunsthandwerke, von denen ich einzelne bereits in Verbindung mit den von

---

[1] Gurlitt, Archival. Forschungen. II. S. 98.

Kurfürst Friedrich ausgeführten Bauten nannte, dazu bei, die Räume zu schmücken.

Es würde zu weit führen, alle die Namen der Tischler, Schlosser, Kandelgiesser, Glaser u. a. m. hier zu nennen, umsomehr uns keine Arbeiten von ihnen erhalten sind, wir uns demnach kein Bild ihrer Leistungen vergegenwärtigen können. So verhält es sich auch mit der Glasmalerei, deren Produkte ab und zu in den Rechnungen erwähnt werden. Wir erfahren, dass 1515 und 1516 Wappenscheiben von Meister Claus, dem Fenstermacher in Leipzig geliefert werden, von denen im Jahre 1515 der Kurfürst den Barfüsserbrüdern zu Wittenberg ein Fenster mit dem kurfürstlichen Wappen stiftete.

Auch die Leistungen der Seidensticker zu dieser Zeit entziehen sich unserer Beurteilung. Es werden genannt ein Meister Krebs, Seidensticker zu Torgau, der eine Jagdszene auf einen Aermel stickte, wie ein Jäger mit einer Saufeder ein Schwein angeht. Auch Matt. Maurer, der Seidensticker zu Jena wird viel beschäftigt. Stickereien mögen es auch gewesen sein, wenn im Jahre 1505 Zahlung für das Anbringen von Marienbildern auf die grauen Messgewänder geleistet wird.

Ausser den von Niederländern 1505 auf der Leipziger Messe gekauften gemalten Tüchern und zwar vier Stück für vier Gulden, spielen aber die vielfach aus den Niederlanden bezogenen Teppiche und Gobelins eine grosse Rolle. Sie dienten hauptsächlich zum Schmuck der Wände und waren mit Darstellungen von Spielen, Liebesszenen und anderen Historien der Profangeschichte geschmückt, boten aber auch Legenden und Darstellungen religiösen Inhalts. Für den Belag von Fussböden wurden meist orientalische Teppiche verwendet, denen wir bereits auf den Bildern der van Eycks und ihrer Schüler begegnen, für die Wände aber waren es die farbenreichen Gobelins, die mit den Vertäfelungen, Malereien und Schnitzereien einheitlich den Raum schmückten; noch erhöht wurde der Eindruck behaglicher Pracht durch Glasmalereien, geschnitzte, oft bunte und vergoldete Möbel.

Das Ganze stimmte zu der malerischen Gestaltung der Räume mit Erkern, Nischen und Gesimsen harmonisch zusammen.

Schon früh blühte die Teppichweberei in den Niederlanden, die im XII. Jahrhundert schon Wandstoffe aus farbiger Wolle nach anderen Ländern ausführten. Kurfürst Friedrich bezog aus den Niederlanden wiederholt Teppiche, für die er teilweise recht bedeutende Summen verausgabte. So zahlte des Kurfürsten Agent in den Niederlanden, Peter Bestolz, auch Stolz genannt, im Jahre 1493 für einen Gobelin 75 Gulden, 1495/96 wird von dorther (Antwerpen) für 100 Gulden, 1499 für 20 Gulden und im Jahre 1500 für annähernd 800 Gulden «Tapistrey» bezogen. Gurlitt[1] sagt in bezug auf den zuletzt genannten grossen Posten: «Diese Gobelins kamen zum Beilager Herzog Johanns mit Sophie von Mecklenburg am 1. März 1500. Es dürften jene sein, welche sich heute in der Königlichen Gemäldegalerie zu Dresden befinden».

Es sind dort (Katalog 1899 S. 860) sechs Wandbehänge, vier grössere, die Kreuzigung, Kreuztragung, Anbetung der Hirten und Himmelfahrt Christi darstellend und zwei kleinere, ebenfalls als Gruppe zusammengehörig mit dem Abendmahl und nochmals einer Himmelfahrt Christi. Der mir vorliegende Katalog vom Jahre 1899 hat noch nicht auf Richters[2] Aufsatz in den Dresdner Geschichtsblättern 1893 betreffs der Herkunft dieser Wandbehänge Bezug genommen. Richter weist an Hand archivalischer Urkunden und alter schriftlicher Ueberlieferungen darauf hin, dass Kurfürst Moritz bereits im Jahre 1553 einen «niederländischen Teppichmacher» Heinrich von der Hohenmühl in Dresden besoldet und dessen Gesellen Hans Stichelmann und Hans Schlotzs von Brüssel, sowie Samson Faber von Enge (?) aus Niederland, beide Teppichmacher, im gleichen Jahre und zwar wegen verübter Prügeleien in den Ratsakten genannt sind. Richter hat wohl als sicher in seinem Aufsatze nachgewiesen, dass die vier grösseren Stücke unter Kurfürst Moritz von diesen

---

[1] C. Gurlitt, Archival. Forschungen. II. S. 56.
[2] Prof. Otto Richter, Dresdner Geschichtsblätter. 1893. Nr. 1. S. 63.

genannten Niederländern um das Jahr 1550 in Dresden für
die Schlosskapelle hergestellt worden sind, bei den zwei
kleineren, welche zu einer älteren Folge von fünfzehn Stücken
gehört haben sollen, glaubt Richter annehmen zu müssen,
dass sie von Herzog Georg dem Bärtigen aus den Niederlanden bezogen worden seien. Gurlitt wurde durch den
hohen Preis, den Kurfürst Friedrich für die Anno 1500
bezogenen Teppiche zahlte, auf die Prachtstücke der Dresdner
Galerie ganz naturgemäss hingewiesen. Ob sie ein Geschenk
des Kurfürsten Friedrich an Herzog Georg waren, ob sie
erst bei Gelegenheit des Verlustes der Kur in den Besitz
der Albertiner übergegangen sind? Solche Fragen könnten
nur durch einen zufälligen Fund einer archivalischen Notiz
einmal beantwortet werden.

Dagegen bietet uns vielleicht eine im Weimarer Archiv
befindliche Quittung vom Donnerstag nach dem Neujahr
1531 ausgestellt, einen Hinweis auf den Namen des Ant-
werpener Teppichmachers, von dem Kurfürst Friedrich
Lieferungen erhalten hatte. Sie lautet: «Ich Hanns Freydmer
Jakob gerpratz diner pekenn mit diser meiner hannd geschrifft das ich empfannen hab von dem erbarn und achbarn
pastian schade Kurfürst zu Sachsen kamer schreyber nemlich
fünff hundert gulden in mintz von wegen «wilhelm mertzen»
zu antorf umb solch 500 fl. sag ich gemelten pastian kamerschreyber jetzt ledig und los. Das zu mener sicherheit hab
ich mit disser meiner hant geschrifft gedruck mein gewonlich petzyr der geben ist zu Dorina (oder Verina?) am
Donnerstag nach dem Neu Jar Ao 1531.»

Wenn auch keine Teppiche des Kurfürsten nachweisbar
erhalten sind, so können wir uns aus einem Inventarver-
zeichnis vom Jahre 1496 in Weimar doch eine gute Vorstellung, einmal von der grossen Anzahl der Teppiche oder
Wandbehänge, die im Besitze des Kurfürsten waren, machen,
und ferner erhalten wir Kenntnis von den auf ihnen ge-
schilderten Szenen und Darstellungen. Eine kleine Auswahl
aus diesem Verzeichnis führe ich nachstehend auf:

«1 gulden debich dorynnen der kayserlich maiestat mit
dem kunig und frawenzimmer steht.

desgl.: heilige geist oben auf die Dreyfaltigkeit mit Bileam und auf beyden Seiten mit vier profeten.

desgl.: historia von Canticis des Königs vnd Konigin mit ihren Dienern vnd frawen Zimmer. Tota pulchra es am andern ort: Faciens Tua. (?)

desgl.: ein lustgarten mit mannen vnd frawen vnd sachsischer v. Churf. wappen rings umbher.

desgl.: ein mit ein turnier.

desgl.: mit dem könig Salomo in funf feldern Jung-frawen mit der musica.

desgl.: die krönung des Kaysers vom Babst mit ihre Dienern. Goldfarb. teppich wullen goldfarb darinnen der Kayser in seiner Kron, darnach ein riesen vnd kunig streit.

desgl.: Olberg mit pfengniss Christi vnd Creutztragung mit der Veronica.

desgl.: Keyser auf seine stuel vnd zwo frawen chur Im mit vielen jungfrawen.

desgl.: Konigin.

desgl.: als Imago Misael mit dem Kunig Nabuchadonosor.

desgl.: Kindbett einer Konigin, wahrscheinlich Geburt Mariä oder Christi.

Durch die Aufzählung dieser Darstellungen erkennt man deutlich, wie bedeutend der Einfluss der Malerei auf die Teppichweberei war. Zu ihrem Schaden, denn sie versuchte nicht nur in den Darstellungen und der Perspektive, sondern auch in den mannigfachen Farben und Mischfarben mit der Malerei zu wetteifern. Hierdurch verloren die Wandteppiche den Charakter der Flächenverzierung, als welche sie schon durch das Material bedingt bestimmt waren und ferner litten sehr bald die zarten Farben der Uebergänge. Heute sind fast nur noch das Rot und das Blau wirksam geblieben, wodurch wir eigentlich nicht mehr in der Lage sind, uns ein wahres Bild der einstigen prächtigen Farbenwirkung zu machen.

Springer[1] sagt in seinen Bildern aus der neueren Kunst-

---

[1] A. Springer, Bilder aus der neueren Kunstgeschichte. Bd. II. S. 171.

geschichte: «Ein alter guter Glaube lehrt uns, dass mächtige politische Ereignisse, grosse nationale Kämpfe, welche die Entwicklung der Menschheit in ungewohnte Bahnen lenken und den Völkern neue Aufgaben und Ziele zuweisen, auch auf die Phantasie einen nachhaltigen Einfluss üben, Wesen und Richtung der Kunst mitbestimmen.»

Die Wechselwirkung zwischen den Vorgängen des öffentlichen Lebens und der Kunst sind keine zufälligen, sondern stehen in tiefem inneren Zusammenhang, der uns nur meist ohne gründliches eindringendes Studium verborgen bleibt. Wenn Hellas' herrliche Siege mit der Blüte der Kunst Athens, wenn die Höhe mittelalterlicher Dichtkunst mit den Kreuzzügen zu verbinden sind, wenn dem Emporkommen des dritten Standes in Nordfrankreich des XII. Jahrhunderts die Begründung des gotischen Stiles folgt, wenn sich an unsere Befreiungskriege die romantische Malerei und Dichtkunst anschliessen, so erkennen wir auch in der Kunst während Kurfürst Friedrichs Regierung einen in sich begründeten Zusammenhang mit den grossen Ereignissen, welche sich vorbereiteten und die Welt in diesen Zeiten bewegten.

Zu bedauern ist nur immer wieder, dass wir unsere ausgestaltende Phantasie zu Hilfe nehmen müssen, um die Lücken auszufüllen, die durch den Verlust einer grossen Menge von Kunstwerken entstanden sind.

Nach Kurfürst Johanns kurzer Regierung trat Friedrichs künstlerisches Erbe sein von ihm wie ein Sohn geliebter Neffe Johann Friedrich an. Des Oheims Beispiel und Erziehung waren es, die neben religiöser auch in künstlerischer Hinsicht Johann Friedrichs unbeirrtes Fortschreiten auf dem von seinem Vorfahr ihm gewiesenen Wege bewirkten, und die Kunstbestrebungen dieser Fürsten werden immer ein goldenes Blatt in dem Ruhmeskranze ihrer Geschichte bedeuten.

Sind bei Johann Friedrich im Vergleiche zu Friedrich dem Weisen ausser der Baukunst und der mit ihr verbundenen Plastik, die Malerei und die anderen Künste weniger vielseitig und bedeutsam vertreten, so war dafür der Umstand bestimmend, dass zu Friedrich des Weisen

Zeiten Künstler lebten, die in glänzender Art die Bestrebungen des Fürsten verstanden und wie Dürer, weit über das Gewünschte hinaus Werke von grösster Vollkommenheit hervorbrachten. So ehrten sich Fürst und Künstler durch ihre Taten. Und auf Friedrich den Weisen scheinen die Worte Ulrichs von Hutten in seiner Vorrede zu Reuchlins Triumph 1518 gesprochen zu sein:

«Es erstarken die Künste, es kräftigen sich die Wissenschaften, es blühen die Geister, verbannt ist die Barbarei.»

ANHANG.

A n m e r k u n g e n. (Die mit * versehenen Notizen sind berei's bei Gurlitt Archival. Forschungen Heft II, abgedruckt.)

Bauten Kurfürst Friedrichs.

1486. Schlossbau zu Colditz angefangen, mit Unterbrechung 1523 vollendet.

1487. —

1488. Ausbesserung des Schlosses und der Amtsgebäude zu Rossla.

1489. —

1490. Wittenberg.

1491. Wittenberg, Am Schloss zu Eilenburg.

1492. Wittenberg, Kirchenbau am Schlosse zu Weimar.

1493. Wittenberg, Schlossbau zu Voitsbergk.

1494. Wittenberg.

1495. Wittenberg.

1496. Wittenberg, Heil. Grab zu Torgau. Schlossumbau in Eilenburg.

1497. Wittenberg, Bau am Schlosse in Grimma. Schlossumbau in Eilenburg vollendet.

1498. Wittenberg, Kornhaus zu Grimma.

1499. Wittenberg, Ausbesserungen am Schlosse Trefurt und an der Wartburg.

1500. Wittenberg, Torgau, Bau am Schlosse in Grimma bis 1504.

1501. Wittenberg, Bau am Schlosse zu Coburg.

1502. Wittenberg, Bau an den Schlössern zu Weimar und zu Coburg.

1503. Wittenberg, Bau am Schlosse zu Weimar.

1504. Wittenberg, Ausbesserungen an der Wartburg.

1505. Wittenberg.

1506. Wittenberg.

1507. Wittenberg.

1508. Wittenberg, Ausbesserungen an der Wartburg.

1509. Wittenberg; Grimma. (Ostbau, vergl. Bau- und Kunstdenkmäler, Königreich Sachsen 19. Heft, S. 116.)

1510. Ausbesserungen am Schlosse zu Plauen.

1511. Ausbesserungen an der Wartburg.

1512. —

1513. —

1514. Torgau.

1515. Torgau. Wittenberg, Neubau des Kapitelhauses in Naumburg.

1516. Torgau. Wittenberg, Bau des Zollhofes in Eisenach. Ausbesserungen an der Wartburg.

1517. Torgau, Bau am Schlosse zur Lochau.

1518. Torgau, Bau zu Fridebach. Grimma Obergeschoss des Westbaus. (Vergl. Bau- und Kunstdenkmäler, Königreich Sachsen, 19. Heft, S. 116).

1519. —

1520. Torgau.

1521. Torgau, Kirche am Schlosse zu Weimar. Ausbesserungen an der Wartburg. Mühlen zu Leisnig.

1522. Schlossanbau zu Weimar und neuer Wendelstein.

1523. Torgau, Schloss und Amtsgebäude zu Eisenberg. Bau am Zollhofe in Eisenach.

1524. Schloss und Amtsgebäude zu Eisenberg. Bau am Zollhofe in Eisenach.

1525. —

*Konrad Pflüger. Daten. Vergl. auch Wankel und Gurlitt «Die Albrechtsburg zu Meissen», S. 21.

1477. Arbeitet er an der Albrechtsburg zu Meissen.

1481. Steht er dort an erster Stelle.

1486. Bautätigkeit in Dresden.

1487. In festem Sold beim Kurfürsten.

1488. Lebt er in Wittenberg.

1490. Tritt er in Görlitzer Dienst; er baut «zu der Eiche».

1493. Reise nach Jerusalem?

1495. Vertrag wegen der Peter- und Pauls-Kirche in Görlitz.

1496. Berufung nach Wittenberg.

1497. Abschluss der Peter- und Pauls-Kirche in Görlitz.

1498. Gewölbebau der Kreuzkirche in Dresden; Uebersiedlung nach Meissen?

1500. Anstellung im kurfürstlichen Dienst.

1501. Wiederaufnahme des Schlossbaues in Wittenberg.

1502. Anwesenheit in Weimar, wahrscheinlich wegen des Baues der Stadtkirche.

1503. Schlosskirche und Kollegium zu Wittenberg.

1504—1505. Lebt er in Meissen.

1505. Besichtigung der Nikolaikirche zu Leipzig.

1506. Lebt er in Bautzen.

Torgau.

Torgau. Registrande. S. S. 281—300 b.

S. fol. 281 a. Nr. 1. Dem Landvogte von Sachsen wird von Herzog Johann und seinem Bruder Kurfürst Friedrich und in seinem Namen befohlen etzliche Baugebrechen am Schloss Torgau vnd andern Enden abzuschaffen und die Gebäude in Besserung zu bringen. Montag nach Vocem Jucunditatis Ao. 1500.

S. 281 a. Nr. 1a. Baurechnung zum Baue beider Türme über der Canzlei Ao. 1514.

Empfangene Gelder werden Sonnabends quittiert als von Hans von Taubenheim empfangen, ferner von Johannes Feihel Canzelschreiber.

Die Ausgaben werden wöchentlich Sonntag verzeichnet und beginnen Sonntag nach Assumptio mariae 1514. Die letzte Wochenlöhnung ist Sonntag Bartelme (mehrere Wochen von 1515).

18 gl. Meister C l e m e n Z i m m e r m a n n.

29 gr. » M a r t e n d e m T ü n c h e r· vorn Kirchthorm vfn schloss zv tünchen do sant Cristoffel in stehet.

ij β xxx gl. für xliiij stein bav Holz H e i n z H a r n i s c h m e i s t e r bezalt.

xxv gl. fur v stein bav holz M i c h e l v o n V l m betzalt.

» » » H a n n s H e s s e »

» » » G e o r g S c h r o t b e r g von der Fischergassen betzalt.

ij gl. Bade gelt warden Sonntag nach Mathei erwähnt.

31 gl. 6 pf. H a n s M a l l e r, Ziegeldecker von dem einen Thurm die Ziegel abzutragen.

2 Tagelöhner haben 2 Tage helfen Holz navpf Zeijhen erhalten vj gl.

Maurer arbeiten in des Magisters des predigers stublein.

25 Gulden für 35 hundert venedische scheiben je 1 für 1 fl. L e i n h a r t F e y h r a b e n t Glaser zu Leipzk Scheiben bley und lott dartzu gegeben mit sampt seiner Arbeit. Seyn ihm auch von Hanns von Taubenheim auch 10 gulden überantwort worden. macht also die ganze Summe 35 guld.

13 Gulden für 24 Wappen in die Fenster je eins für 12 gl.

(Fuhrlohn für die Fenster von Leipzig nach Torgau) Sonntag Judica.

Bauholz dem H a n s F i s c h e r von Altendresden.

Meister H e i n r i c h Dachdecker.

Fenster zu beschlagen mit eysern steben banden Ringen dem H a n n s S t r a v b i zu L e y p t z k.

Sonntag Exaudi: hat meister Heinrich Dachdecker das Gerüst zu dem einen Turm und den grossen Giebel zwischen den beiden Türmen abgetragen und der eine Thurm wird von 4 Zimmergesellen gerüstet. Ein Zug gemacht damit man Ziegel und Kalk hinaufziehet.

Sonntag pentecostes: 2 Tischlergesellen haben an den Wendelstein Stufn gemacht.

Sonntag nach vincula petri C a s p a r Tischler hat taffeln zu den Wengelstein geleimet und Clemen aber macht treppen. Doch wird Sonntag nach Lorentz auch der Tischler Caspar genannt, dass er Treppen zum Wendelstein gemacht habe und Meister Brosius Zimmermann hat Holz ausgearbeitet zu den «gebogen». (Den Zimmerleuten Badegelt.)

Sonntag nach nativitate marie (virg.) Caspar tischer hat Fensterkepfflein yn die genge gemacht.

Sonntag nach Mathej: v fl. v gl. H a n n s s bildenschnitzer von den ii grossen engel die obin vff den Zven thormen stehen vff den zwenen knopffen.

Sonntag nach Michaelis S i m o n P e r i s c h Maurer.

(Gitter forss VogelHauss innwendig für den stubelen.)

Caspar macht auch die Fensterrahmen und Sonntag martini etliche Thüren fertig bis zum einhenken, auch wird erwähnt T h o m a s Tüncher neben Meister M e r t e n Tüncher, M e i s t e r G r e g o r Ziegeldecker, P a u l Hufschmidt für Nägel, Meister M a t t e s Kleinschmidt für 3 Schlüssel für die oberste Stube 3 gl. folgt auch dessen Spezifikation.

Sontag nach Elizabet meister C a s p a r tischer hat ein klein bett ins Pfeffingers Haus gemacht und ein aufschlahen tisch an die selbig klein Bett und ein pult in die kirche vfs Schloss hinter dem Altar do die Priester pflegen zu stehen. Meister H a n s S c h w a b e tüncht den Gang zu dem Wendelstein.

Sontag nach Katherine Meister C a s p a r hat taffeln geleimet zum Boden in das unterst gemechlein kegen die stat zu vnd bank darin gemacht.

Sontag nach Nicolae C a s p a r Tischer legt Boden im mittelsten gemach kegen der elben vnd ein kasten gemacht darin die Pelze legen.

Sontag nach Lucie Meister Caspar tischer hat ein stuel vff die porkirchen yn vnser lieben frawe kirchen des hern pfiffingers frawhn gemacht eyn woch gearbeitet.

Sontag nach Nativitat Christi beginnt jede Wochenrechnung mit 12 gl. meist Hanns Bavmeister.

Bretter werden auch von A d o l f tischer geliefert, er wird als bretter und pfosten Lieferant auch a d o l a w p f odes a d l a w f f genannt auch adolauff.

Sonntag nach visitatio virg. Marie meister Hans tischer von Grijm (Grimma). Hat den untersten gang zwischen den zwei thorlein vertaffelt und drei thor darein verkleit auch an der orgeln gemacht.

Meister Merten tüncher (11 gl.) von dem gemele einzutünchen vber dem Fenster geringst rum darin adelavff tischer vertafelt hat.

Ein schrotfass hat die Tüncher gebraucht ij gl. Jacoff von knesen bezalt.

Ein tagelöhner hat geklebet yn dem obirsten gemach an eins vber den fenstern rum vber alle vier ortes vf bifehl adlavfs tischer.

Sonntag nach assumptio virg. marie: xxii gl. für ii pare bandt ii schloss an den Zweijen verborgen trepffe zum Thorm matte klein-schmidt bezalt.

Sontag Bartolome: 5 Gitter auf dem Gange wo man aus Herzog Hansen gemach gehet vff die beyden thorme je 1 für v gl. Ulrich Carmerkxt (?).

llliij gl. von denselbigen gittern anzustreichen in Rott vnd gel mit oll farbe f r a n z   m a l l e r.

iij Gulden! M i c h e l   t i s c h e r von dem eyn thorm zuvor-teffeln yn dem obirsten Gemag ym knopff kegen die stadt von eym eygn Holz gemacht hat ym adlaff tischer also verdingt.

lvj gl. michel tischer für viii benk zu machen yn die zwu gemalte stoben mitte yn thormen von eyn eyge Holz.

2 Tischlergesellen haben Meister adloff tischer helfen vertafeln in dem obersten gemach yn den beyden thormen haben ix wochen darin gearbeit bey m, gl, H, kost, auch adloffs Arbeit dauert darin so lange ebenfalls b. m. gl. H. kost.

H a n s   n a v e r t (?) Glaser setzt in den Gemächern etc. Scheiben ein. Auch H a n s   n a v h e r t Glaser geschrieben.

H a n s s   S c h ü l e r töpfer liefert die Kachelöfen und bessert einen ofen so die Tischer yn gearbeit haben. Auch gemalte kacheln kommen in das stüblein in dem einen thorm kegen die elben diese kacheln werden H a n s   k e y l l e r töpfer bezahlt, ferner lange grüne vnd gemalte kacheln seyn auch zu demselbigen ofen kommen.

vj gl. mahlen von demselbigen ofen.

xxiiii gl. für 1 β kortze rust bret hat merten tüncher gebraucht zu den zwei thormen ausswendigk zu rusten wann der tünch wass ein teilsch an etlicht orttern ab gessprungen von dem gebevde hat auch dasselbige mal alle fenster ausswendig vmb die Thorme reyn vor tünchet m i c h e l   m o l l e r von alden Dresen betzalt.

Summa aller Ausgabe ij C lvj β ii gl.

S. 281 b. Nr. 1c. Verzeichniss der Einnahme und Ausgabe vbr den Newen Bau des Schlosses zu Torgau ao. 1516 und 1517.

Brief Lorenz Zimmermann von prettynn schreibt (ohne Datum) an den Kurfürst, dass er gestern auf befehl in Torgau war und den Bav besichtigt und befunden, dass er 86 Elen lang und 16 Elen weit ungeverlich ist, macht den Anschlag wieviel Holz und Latten dazu nötig will den Bau bei eigener kostung vmb 26 silberne schock machen. Er reklamiert zugleich sein bedingtes und verheissenes Kleid vom Bav zu Wittenberg, das ihm noch nicht geworden ist.

Verbuchung der Einnahme und Ausgab Ewalts Hesselers und Asmus Koppchen als verordnete vom Rathe von Torgaw vber den Baw des newen hawses vfm Schloss gegen der eilben vber gelegen Im xv vnd xvj Jare Sonntags quasimogeniti angefangen vnd endet sich Sontags nach Catharine im xvij Jare.

Für Kalk und Steine etc. von denselben zu brennen:

Bezogen vom Rathe von Torgau, Jobst Kirschen, dem Probst zu Rijss, Baltzer petschen, dem Rathe zu Lochav, Steinbruch bei Ostra, Hans Ziegeldecker vfm Markt Ziegelstreicher genannt: der junge Ziegelmeister, Anthony Ziegelstreicher, Valten Kessler von Ostra und Jürgen polir. (Der junge Ziegler genannt.)

Ziegel.

Bezogen: Rath zu Torgau, kirchvetern zu Bilgern, dem Probst von molbergk, Brosy mitternacht, Probst zu Rijss, dto, Rath zu Torgau, Meister Heinrich der Ziegeldecker, Jürgen Ziegler, Probst zu Sitzenroda, Probst zu Sitzenrade, Junge Ziegeler.

Für Werkstück.

3o Werkstück Balzer petzsch und 61 von demselben.

70 Werkstück zu Rijss.

Bausteine und Steynbrecherlohn.

iij Ruthen Bausteine wurden dem Andrissen Goltschmidt bezahlt.

Bauholz.

Lieferte Baltzer Petzsch, Hanssen Vischer von Ald Dressden, Felix von neven Dresden, Nickel Reis, Kirchveter vnser lieben fraven im Aplass bezalt, Töpfer Hans Keyler.

Bretter.

Hans Vischer von Altensdresden eichene Bretter nemlich vj β bret lieferte magister Sangwe. Steffen Hennig von Alten Dresden, Baltzer Petzsch.

Schubkarren.

Paul Tilen bezahlt, Clausen vom Rein, Schwynger in Steinbach und Jacoff von knesen.

Latten.

Balzer Petzsch. Richter von Pressel. Dem Maler von grosswick Johan Verlin.

Baugeschirr.

Michel und merten weynknecht.

Ausgabe etlichen Leuten.

Zimmerleute: Michel Winkler, Anton Mutzschler, Albrecht Liebolt, Bartel Geyer, Jürge Beyer und Hans Bochan haben Bauholz in der torgischen Heide aufgehauen.

Tagelöhner: Paul Wagner, Casp. Schlesinger, Sigmundt Hilbelung halfen den Zimmerleuten im Böttcherhaus.

Zimmerleute: Meister Clemen.

Sonntag Cantate wird bei den Tagelöhnern verbucht sie hätten die ganze Woche am alden Havse helffen abbrechen.

Kalkstein und Bauholz wurden durch den Bäcker Bartholome Hanssen der zu Pirna gewest bestellt.

Meister Clemen Walter und Hans Döring haben uf dem Böttgerhauss Cammern und ein heimlich gemach gebavt Sonntag vorm Jocunditatis.

Sandfuhrlohn : Hepner und Andreas Heilhuff.

Maurerei.

Meister Heinrich Maurermeister, den Maurern: Freymund Perich, Jürge Babart, Bartel Hentzschel, Andreas Richter.

Grobschmidt Arbeit: Paul Tilenn.

Hafenbotcher Jacoff knesen Wendich.

Kleinschmidt Arbeit Meister Hanssen Kleinschmidt liefert Handhabengriffe, eiserne Bänder etc.

An Anton von Oberndorf zu Belgern wurden Pferde geliehen um Ziegelsteine zu führen, was er bezahlt erhält. Schiff zu Belgern vmladen.

Bei den Tagelöhnern die die Kalksteine halfen einführen und wahrscheinlich von auswärts und unbekannten Namens waren half sich der Rechnungsführer indem er unterm Sontag Viti, unter anderen Namen auch eintrug : «weiss Kittel, Blau Hutlein haben in der floss geholffen vnd die Kalckstein eyngefurth.»

Dann werden regelmässig verbucht dem Bawmeister Meister Heinrich Maurermeister ein Summ Steinmetzen Arbeit xx β Lix gr m pf. dem Thomas Ziegler fenster und Thüren und 5 krackstein zu hawen ist durch den Bawmeister der Gestalt verdinget worden lautter ij aussgeschnitten Zedeln.

Tüncher Thomas hat m. G. Herrn Genach getüncht d. d. Baumeister verdingt. Sonntag vor Egidi Meister Michel dem Tischler Sonntag Mathei Thüren und Fensterladen.

Den 2ten Somtag nach Michaeli werden schon Ziegeldecker erwähnt, die Blei vff die Giebel gedeckt dann Meister Heinrich und sein Junge.

Sontag nach Galli zuerst Glaserarbeit Mattes Glaser fenster.

Kannegiesser Cunert zu eim knopf vff die kleinen Erkerlein die knöpfe wurden grau und blau gefärbt in ölfarbe (Franz maler?) (22 an Zahl).

Töpfer : Hans Schüler,

Tischler Michel fensterrahmen in die Giebel, fensterkappe auch im Wendelstein Thüren. Ferner hat Valtenn winssmar der Tischler etlich Arbeit durch den Marschalck und Bawmeister verdingt ein Stub und Kammer über der new Ratstube vertefelt, er erhält ix β xxvij gl. Sontag nach Leonardi.

Von sticken und cleben.

Sontag nach Leonardi erhellt iij β Schweinichen mit seinen Gesellen vor ij stuben vnnd 1 Kamer zustick vnd kleben und das Holzwerk zuverblend.

Ausser dem Matte Glaser helfen Andreas Koler und Peter Bürgk Blei ziehen 1 β xxiiii gl. Hans Bildenschnitzer vor xxviii knopf auff die pulfferthorm Sonntag nach vime exaltatio.

xx β xxliii gl. Meister Valtin Winssheimer für Zimmertafeln Boden zwischen den Giebeln gebodent Sontag nach Mathei apl.

ebenso der Tischler Michel der auch kammern täfelte.

Sonntag crispini Dachdecker. Als Extra wird erwähnt Röthe für zum Anstrich.

Summa aller Ausgabe 1 C xxxij β xxix gl. viij pf. 1 H.

S. 281 b Nr. 1 e.

Donnerstag nach Misericordia 1518 quittiert Wolf Metzsch gleitz-mann zu Torgau dass er von Hans feyl Canzleischreiber eintausend Gulden nemlich 600 Gulden für den Torgauer und 400 Gulden für das Schloss in Lochau erhalten.

Diese Summe ist Hans von Taubenheim z. Ein- und Ausgabe verordnet desshalb diese Quittung ihm zugestellt. Aldenburg Montag in heil Pfingstf. Ao 1518.

S. 281 b. Nr. 1 c. Mitwoch Sant Sebastianstag 1518. Gedingzettel zwischen Fabian von Feylitz undt Hans von der Plannitz Amtmann zu Grym auf Befehl unsers Gn. Herrn mit Meister Lorenz dem Zimmer-mann von Prettin «von wegen des paves den seyn churf. gl. Im Schlos zv Torgau vom Thurm an bissherfur an das Thor Havs zupaven furhat, welcher sich 86 elen langk und 16 elen weit ungeverlich er-strecken wirdet». Lorentz bei eigener Verkostigung und 22 gute Schock und die Späne von dem Holz sollen Meister Lorentz bleiben. Gegeben zu Lochaw. Lorenz empfängt 1 Schock Angeld. — (Das Papier ist an der einen Seite so ≤ geschnitten und erhielt Lorenz die andere Hälfte.)

Drei Wochen nach Pfingsten 1518. Lorenz mit dem Zimmer ganz fertig desgl. Hans der Zimmermann will den Gang vom Schloss an bis an kirchhof hinter hondorfs Haus auch für Pfingsten fertigen. Der Gang vom Schloss übern Graben uff die Schösserei schlägt der Baumeister vor mit Steinfarbe zu malen.

1518 baute auch Lorentz der Zimmermann beider Borkirche zu unser lieben fraven.

S. 282. Nr. 1 f. Wolf Metzsch zu Torgau Gleitzmann berichtet am Montag St. Marien Magdalenentag 1521 an den Kurfürsten über die Gebäude im Schiessgarten zu Torgau, er spricht von dem neuen Haus und sagt:

«vnd seynt nev etliche pletze vfm salh do dass gemelle von ge-fallen ist vnd wider getüncht» «so ist zu torgaw mehr kein maller dess sulchen gemelde wider formlich kundt anstreichen wie es E. churf. G. gefellig wer dass meister lucas ein gesellen dohin schickt der hette bey acht tagen daran zuarbeitten.» Er berichtet auch dass sich erstlich zu torgau das sterben widder erhoben. Lorentz hamavchr Bauschreiber, Georg Sattlers Weib, Thomas Schneids hawssfrav krank geworden und Montag sind sie zugleich bereitet und geölt worden, dann auf Dienstag ist Lorentz hamavcher die sattlerin gestorben, aber die Schneiderin lebet noch. Hamavchers Weib mit zum Begräbnis gangen und Abents krank worden und gestorben etc.» bittet desshalb im Schlosse zu Schweinitz bleiben und die Besichtigung vorläufig unterlassen zu dürfen.

Bauregister über m. Gnsten H. Gebeude im Schyesgarten Torgau, angefangen 1520 bis 1521 Woche nach Petri Kettenfeyher 3 Maurer haben auf dem erkauften Raum an den Mauern angefangen zu mauern.

Meister Clemen Zimmermann, Meister greger. Maurer. Georg Ockel Kleber, Meister Veit und Valtin als Tischler. Glaser Michel Kirchwem auch gemalte Scheiben erwähnt. Summa des neuen Hauses, Ganges und Mauer.

ij ₵ xxxvij β liiii gl. vj pf.

Ausgabe für die newe Zyhlwandt im Schyesgarten. v β xviij gl.

Ausgabe für das hohen grossen Summerhaus im Schyesgarten. iij β viij gl. ij pf.

Ausgabe für den baumgarten. ij β lix g.

Ausgabe für rauhen Blankengarten hinter dem Finkenherde gelegen v β xxxvj g.

Summa Summarum aller Ausgab ij C ly β xliiii g. viij pf.

S. fol. 282 a. Nr. 1 g. Wolf Metzsch Gleitzmann zu Torgau an den Kurfürsten 1521. Das Gebäude im Schiessgarten ganz und gar ist verfertigt bis vff die benke die noch gemacht werden sollen und die obere stube zuverleisten und zwu stiegen zuvertefeln sampt ein gitter für die eine. Entschuldigung dass er nicht selbst bei dem Bau gewesen persönlich und die ablonung gehalten sondern Weib und Kind wegen dieser sterblichen Läufften.

S. fol. 282 b Nr. 1 b. Georg kolhammer Schösser zu Torgau thut Bericht und überschickt ein Verzeichnis der wandelbaren Gebäude und Dachungen vffm Schloss Torgau Freitag nach Kiliani 1523. (D. h. was reperaturbedürftig.)

Erstlich ist durch Hansen von Taubenheim, H a n s Z i n n k - e y s s e n Bawmeister vnnd Clemen Zimmermann zu Torgau geradtschlacht ein neu gesper vber der Vierung neben dem Thorhause und ein Dach darauf zu machen, das Gemach darunter wieder auszukleben Nässe verderbt.

2. zum andern das neu Büchsenhaus über dem Thorhaus.

3. das ander Buchsenhaus an E. Churf. g. gemach ruckend Dachung halben.

4. ferner die Dachung Ew. Churf. Gemach, 5. ferner das frawen zymmer muss neu gedeckt werden, 6. des Hausmanns Thurm innen Sparrhölzer und Dachung bessern.

7. das gross alt Haus ob der Rentherey, und kornhaus.

S. fol. 283 a. Bauregister über den Naven Alten Stall und Schiesshaus an der Elbe Johannis Angefangen und Galli beschlossen 1526. Alle Ausgaben betrugen: ij C iij gulden xviij gl. iiij pf.

S. fol. 283a. fol. 1l. Baurechnung über die 2 neue Harnischkammern sampt dem Boden im mittleren Gemach im Closter, nach Angebung Heintzen vnd Sigmundt Harnischmeistern gemacht, Montags nach omn. Sanctor. angefangen bis auf Weihnachten Anno 1527 durch den Amtschreiber Eigidi pfreundt gehalten. Aller Ausgaben: lviij guld viij gl. 1 pf.

S. fol. 283a. Nr. 1m. Besichtigung des alten Frawenzymmers zu Torgau. In Beywesens des Gestreng vnd Ehrenvesten Nickel vom Ende und andern werkleut Donerstag nach Cinerum 1529.

Der Kurfürst befiehlt mit Brief Weimar Sonnabend nach Jubilate 1529 Nickeln vom Ende die restaurirung bedürftigen Schlossgebäude in Torgau, als das Haus so Pfeffinger inne gehabt, vnd die zwei neu erbauten Thermlein vfm schloss, von denen der Schösser bericht, dass die mit der Zeit eingehen und schaden nehmen möchten, zu besichtigen und die Besserung zu derselben verfügen, auch den Gang vor der Canzley zu Torgau hinab auff oder neben der mauer am Gang biss in das Closter anzurichten, wie wir mit dir davon geredet mit Vleiss auch besichtigen, und 500 fl. dem Schösser zum Schlossbau verordnen.

Freitag nach Cantate 1529 schreibt der Schösser Nikel Demut dass ihm Nickel vom Endt von den 500 fl. soviel schlechte Münz (eitel pfennig) gegeben die die Werkleute und flossmann nicht nehmen wollten, er hätte sie angebracht bittet aber um gute Münz. Der flossmann heisst Hans Fickler von Dresden. der mit Geleitsbrief von Herzog Georg zu Sachsen 5 Ruthen Kalkstein, 60 Schock Brett, 5 Schock Bauholz, 18 Schock geschnittene Latten auf der Elbe herabflössste an Zoll und geleiten unbeschwert und unverhindert gen Torgau mögen geführt und gebracht werden.

S. 283b. 1n. Schlossbaurechnung zu Torgau 1532. ist aber innen nimer 1535! angegeben.

Amthaus Zimmermann für Arbeiten an der Badstube.

Hansen Rober für einen Gang.

Clemen Zimmermann für das grün Haus im Garten.

Lucas Kolast. Zum Kohlenhaus.

Katzmann zum Boden der Stallstuben.

Veitenstisch zum Boden der hertzogen stuben vnd kammer.

»   »   »   in der grossen stuben des fravenzimmers.

Ambrosius Tisch stuben und kammerboden, jungfravenstube, Kammer, Gang.

xxiij β Veit tisch zum sal boden.

Heinrich Winch Thurmstube.

xlij β Clemen Zimmermann im thurm zu decken.

Hans Katzmann salstuben und Bänke daselbst.

ij β zum Gerüst der Maler in der salstuben.

ij β Nägel dem Zeugkmeister daran er die Harnisch hengkt.

Thebus Lehmann Haussmannsthüren.

Bürtius lubelin zum täfeln unter dem tach.

Ambrosius Ticher zum täfeln vf die andern sejten.
Burkardt kirfelder Rahmen anzuschlagen.
Meister Clemen die Treppen.
ij β den Malern zu den tüchern (Nägel nämlich).

ı   »   »   »   »   »

Lienhart tischer zum decken über d. Cantzlei, zu Bänken.

Heinrich Winter zum Boden und bänk in der salthurm stuben.

Einnahme von verzynnte Nägel zum Kupferdach von Jacob Kolmer Nagelschmid.

xlij Centner ij stein γ ℔ zu dem Dach-Kehlen von Cunz Oestreicher Kupferschmid Summa xlv Centner xxxiij ℔ Kupfer.

Blei darunter von Bürgermeister Wiltfeuer Andres Summa Lxxxv Centner Lxvj ℔. Anderss Glaser und Bartel Glaser verarbeiteten davon.

x Bildhauer Eysen werden bezogen.

ı lang Eyssen Meister C u n z zu dem Werkstücken iiij deń Bildhauer.

Es werden Eysen für das Bildwerk? und ferner verschiedentlich solche für die Bildhauer erwähnt.

xiij Stück Leinwand zu den Tüchern.

Merthen Münth (?) Steinmetz zu Dresden liefert Steine und grossen Amboss(?) 2 Gross Wappen m. g. H. und m. g. Fürsten.

xvij wappen in stein gehauen.

Tische lieferten. einen mit gewundenen gestellen Hans Kazmann.

»   »   »   eschentisch Burtius lubilin.
»   »   »   tennen tisch   »   »
»   »   »   in der Hofstuben Heinrich Winter.
»   »   »   in den Thorm Ambrosius.
»   »   »   von michel tischler.
»   »   »   von Heinrich Cvnther (Winter).

Dieselben liefern auch Lehnbänke und Betladen (12 an Zahl) Auf der Rückseite steht: xvj Guld Meister Thoma von der Backstube auch ist ihm durch den Amptmann und Meister Cunz vberhaupt verdingt worden hat 3 Wochen selb fünfft zuweilen selbacht daran gearbeitet Cantate.

Sonntag nach Trinitate v guld xv gl dem Zinngiesser von Hall als sie das wildbadt besichtigt.

S. 283 b Nr. 10. Bittet Kurfürst im Schreiben an Herzog Georg dat Weimar Mittwoch nach Invocavit 1533 den Thomas Quas freies Geleit und Zoll für Baumaterialien die er gegen Torgau flössen soll zu gewähren.

Brief des Hans von Minkwitz dat Weimar Freitag nach Misericordias Domini 1533 das der Bau am Hause zu Torgau abgezogen und der Grund zu graben angefangen ist, hat auch den Brandschaden zu Lochaw besichtigt gottlob nitt grosser schaden und hofft es mit 40 bis 5o fl. wieder zu machen. Will auch den Bau zu Weydenhayn besichtigen das Minkwitz und der Ambtmann haben übereingekommen das.? .? Haus das auf den zweien Thürmen am alten Haus steht abzutragen, dann es musste doch der Thurm «dem newen Muster» nach geräwmbt und anders gemacht werden.

Brief des Kurfürsten an die verordent zu Coburg dass sie etzlich Steinmezen gegen Torgau zu furhabenden Bav bestellen sollen Freitags nach Cantate 1533.

Schloss torgaw eyn statlicher baw an vnd newen kamer angefangen das wir gern mit getlicher hulff wold sonderlich verfertigen lassen, Nuhn mangled Es vnsers Bawmeister Cunzen krebs an etlichen Steynmezen dhalbs ist meym begehr Ir wollet die Steymezen zu Coburg anzeigen das sie sich ohn alles saumen zu ime gegen Torgaw. Item ein jedem iii gl zu lohn woche um woche angefangen an dem tage wom Sie daheym ausgehen versichert sie dann noch der Weiterarbeit in Coburg.

Hans von Minkwitz Brief bericht an den Kurfürsten Freitag nach Margarethe 1533, berichtet die fuhren des vorerwähnten Quas der Kalkstein.

Die Capellen (Torgau) ist an den zweyen Seyten auch heraus.

Das Haus zu weydenhayn sol auch wie nr d. Zimmermann west in 14 Tage aufgericht werden. Berichtet auch das Vorgehen Herzog Georgs gegen die lutherischen Bürger, dass er vorhabe allen Lutheranern zu befehlen gelbe Kreuze an den kleidern zu tragen, damit man sie kenne. Er schreibt:

«So Sol ehr furgehabt haben Rat vnd gemeyne fur Sich hinfordern vnd zu befragen welche bekennen wurden luttisch Seyn wie ehr es nenn die sollen alle gelbe crevz an den cleydern tragen damit Man Sie kenne.

Aber es Sal Im hoch widerRat seyn vnnd doctor Meysenbach sal sundlich gesagt haben Er wust das S. g. wenigk ongezeichnet lewt In der stat haben wurd aus. des personen der vniversitet wnd Munch vnd pfaffen.

Diesen Blättern S. 283 b. Nr. 10 liegt ein Plan bei.

Torgauer Baurechnung 1533/36 Sonntag esto mihi 1533 angefangen beschluss Sonntags Esto mihi 1536 thut 3 Jahr.

An bahren gelde,

xxvj M viij c xiix gulden iij g xj pf.

nemlich xxv M ijc lij gulden iij g 1 pf. am Nawen Hawsse vfm Schlosse.

ijc gulden vj g x pf. zw widerawruhtung meines gstrn Herrn Hawses In der Stadt.

viijc xlvij gulden xviij g viij der Zw Erbawung des Jagt Hawses zw weydenhain.

20 Gulden dem Schösser von der Lochaw Joach im Bulen zum Bau des abgebrannten Thorhauses.

30 Gulden dem Schösser zu Torgau Egidien Pfundt.

es wird erwähnt für etliche Gebäude und Wiedranrichtung derselben in m. g. f. herren-gartten, vom Sommerhaus und hintersten
Garten anzurichten, vnd 1 stuck mawer aufzuzihen, und ferner lxx
gulden meister L u c a s von dem h e w s s l e i n zumalen.

Erbauung des hundestalls; jc xxx gulden xijg vij pf. an der Newen
Badestube Im Zwinger vorbawet;

xij gulden von meins gudsten herrn grossen wappen zuhawen.

viij gulden In gemein von den andern wappen zuhawen.

xij gulden von dem grossen Wappen meyner gstn frawen zuhawen.

Besoldung der Bawleute vf Jar lang vnd wochentlich.

j c gülden dem Baumeister Cunz Krebs von Koburgk.

Darüber xlviij schkern Torgischmass xx klafftern scheidt.

Veit Warberg Aufseher auf dem Bau 36 fl. 3 g jährlich und Hoffe-
cleidung Jörgen langen Bauschreiber 24 fl. 16 gl.

Meister Lorenz von Pretin wöchentlich wan er alhie gewest 30
gl. 22 gl. dem Polier des Steinmezen Sommerlohn.

es werden k e i n e Maler und nur noch drei besoldete Steinmetzen
(wahrscheinlich die Coburger) ohne Namen erwähnt.

S. 284a 1 q.

Rechenbuch des Torgauer Schlosses von Michaelis 1533 ein ganz
Jahr —1534.

Clemens Zimmermann vor alt Steinmetzenzeug auf befehl Zink-
eyssen.

Paul Thilo vor iij steinwappen ⎰ macht aber nur klupeleysen
Paul Thilo vor viij grosse stein ⎱ Steinmetz nicht genannt.

Wolf roth Röhrmeister für Pumpen um das Wasser abzuleiten.

1533 Meister Cuntz Krebs Baumeister erhält 1 C fl. Quartaliter.

Hans Zinckeyssen Baumeister jedes quartal 25 ɤ.

Ferner Veit Warbeck und Jörgen Laugen geringe Summe wöchentlich 15 und 10 gl.

Ausgaben für die Steinmetzen wöchentlich

xvij gl. Hans von greffental.

xvij gl. Jorg von prijn.

xvij gl. Wolff von prijn.

xvij gl. später auch Steffan Nauhoffer.

xvij gl. später auch Jobst vom Hoff.

Ist ihren obersten Meister Cuntzen das wochenlohn gegeben worden
auf Befehl Zinkeyssens.

xvij Jorg meister Cuntzen Diner.

Wolf ⎰ von prijn, Hans von greffentall, Jobst vom Hoff, Lorentz
Jorg ⎱ von Dalen, Jörg dem Diner.

Wolf von prijn polir in d. Hütten.

Exaudi treten auf: Wolf von prijn polirer, Fridrich schultheis,
Michel Steineick, Steffan Nauhoffer, Lorentz von Dalen, Jörge d. Diner.

Wolf von prijn erhält xiiij gl. und wöchentlich nun ij gl. mehr das Im als ein polirer meh gepurt den ein andern bevelh meister Cuntzen Krebs.

Matthes von der Naustadt, Michel von Gelhausen, Hans von Co-burg, Andreas Staud, Nickel von Heltpurgk, Linhart von Heltperg-haussen, Peter von Naustedten, Andreas von Rottach, Ulrich von böhmisch krumav, Cuntz von Altenstein, Kilian von Rompelssdorff, Christoff von Gera.

Michel Mauth steinmetzen von Dressden 40 fl. 10 gl. 6 pf. für ix fenster zu hauen bei seiner Kost vnd darlegung der Stein.

36 fl. Jörgen Veit Steinmetzen zu Dressden für 8 fenster und gleicher Bedingung.

31 fl. 10 gl. 6 pf. Hans von Rochlitz steinmetz von Dressden 7 fenster und gleicher Bedingung.

Diese 3 erhalten 1 fl. vor die zerung so die 24 fenster anher ge-bracht auss beuelh des Ampts vnd Meister Cuntzen Krebs.

Sonntag nach Laurenti.

Dann wird Friedrich Schultheis polirer.

Genannt auch Michel von Dresden Bildhaver von Sonntag nach Michaelis erhält wöchentlich den Höchstlohn xxj gl. d. ist 1 gl. mehr als der polirer, dann wechselt sein Lohn von 18 zu 17 gl.

Dann werden Steinmetzen genannt noch Simon Schlesinger, Bar-bert von Gosslar, Urban von Wittebergk, Simon von pautzen der Taube.

Hans Centzler, Hans Werther, Hans Muller, diese 3 sind be-schieden worden von der Neustadt an der Orla.

Hans von Zwickau ist beschriben worden.

Hans von Werda ist beschriben worden.

Ferner genannt Blasius von Weissenfels, Niclas von Canitz, Hans Sar v. Coburgk.

Wolff von Weymar ist beschriben word | Hans von Bibra | .

Bartel von meyningen, Andreas Staudt, Conrad von Pregnitz, Hans von Würzburgk, Michel von Speyer, Caspar Lossigk von Bussnerk?

Summa der Steinmetzen Ausgab. v C lxxxv fl. viij pf.

1533 Ausgab heylig Creutz. Ringmauer und heilig Grab abzu-brechen.

Jörgen Ochs der Glaser von den Fenstern der Kirchen auszu-nehmen inclusiv die Fenster in der Schlosskapelle, dann Kirchspitze herabzunehmen, die grundstein ausgeräumt, ferner wird das Gemäuer vom Vogel gesang von Grund aus abgebrochen. Michel Hoffmann Maurerpolir.

35 gl. Hans Katzmeyer Tischer von der Orgelngestuel, Taffeln In der Schloss Capeln sampt andern getepfeln Im fravenzimmer abzu-brechen gegeben Valentini.

Gemeine Ausgab: Steffan dem Orgelmacher zu vertrinken, als er anher kommen die Orgel abzubrechen.

iij fl. Meister Contzen Krebs von eim visir zum paw zu Coburgk.

x fl. Eodem von dem visir zum Schlos zu Torgaw.

3o fl. Egidius pfundt zu Torgaw Schösser gegeben zu der grossen büchsen Claus Narr genannt.

Ausgab Ins pfeffingers Haus zu bessern.

S. 287. Sonntag nach Egidy 1535.

28 Guldin Mstr. Lucas Maler vff Rechnug.

S. 287. Der Ambtmann bericht das Meister Lucas Maler ankommen vnnd welcher gestalt er die wende im neuen Creuzgange anzustreichen bedacht Mittwoch nach Johannis 1535.

S. 287. Item übeschickt etzliche Contrafect So der Tischer in Holz geschnitten und ferner in Silber gegossen. Sonnabend n. Nativit. Mariä 1535.

S. 288. Von Sontag Septuagesimae 1533 bis auf Sonntag nach Michaelis 1538 sind für Schloss «Torgau» andre Gebäude verbavt worden: xliij m. iiij C Lxxv fl. ij g. 1 pf.

S. 290. Einweihung der Schlosskapelle zu Torgau, 1544. Sambt einen Begriff welcher gestalt vnd mass etzliche Carmina in die neue Schlosskirche gemacht werden sollen.

S. 290a. Schreiben des Baumeisters Nikel Gromann 1544.

Schreiben des Baumeisters Nikel Gromann 1545.

S. 290b Nr. 1 z g. Brief des Baumeisters Nickel Gromann an den Kurfürsten Dienstag nach Bonifatij 1545 darin:

«Genedigster Churfurst vnd Herr. Es ist meister Lucas den Montag nach Bonifatij zu Thorgaw ankommen, vnd hatt die thucher zu den Döcken In E. Churf. Gnaden stuben gemacht vnd Zugericht, mitbracht, vnd den Dinstag in der gewelbten Thurmbstuben die rosen (roten) antzumachen, angefangen.

Brief Johann Friedrichs Sonnabend nach Barbara 1545 an Hans von Ponigkaw das Meister Lucas Maler 697 Guld. 12 gl. 1 pf., er aber noch für den Kurfürst andre Arbeit im Betrage von 130 Guld. Die erste Summe war für Arbeit am Bau.

S. 290a Nr. 1 z e befindet sich die Schrift zur Einweihung der Kirche zu Torgau 1544 und Festcarmina.

Bb. 2408. Jahrrechnung des Amtes **Torgau** von 1507 bis 1508. Sonnabend am tage Walpurgis 1508.

vj peter dem Steinmetz vfn gedinge keller thür zu hauen.

1 gl. hat Simon Koralis(?) zur Lochav verzert do er m. g. H. Herzog Hansen der taffel halben die man vf den naven altar zu Vnser liebenn fraven machen solt wie de erhaben solt werden anzeichnung geben must. War kurz vor Weihenachten.

Bl. 2413. Jahr und Vierteljahr-Rechnung des Amtes **Torgau** 1510—1511.

Ausgabe für die Kapelle auf dem Schloss.

xlii gl. Hanssen Bildenschnitzer vf die vi cleinen kertzen Zu seelmess lichten In die capellen hrt vom alten Schosser Zuvor 1 guld empfangen ist domit vergnügt.

Ausgabe für Botenlohn.

xvij g. Brav hat etzlich nav münz welch Lorenz goltschmit gemacht gen Leipzk getragen.

iij gl. iiij pf. messerschmide mit des Hirschfelds brieue (brieve) geyn Wittenbergk an lucas maler am abendt margrete vgnus.

iij gl. steinsetzer bey nacht gen Eilburgk an amptma den malmeister gen wittenbergk Zuschicken montag nach erhardij 1510.

ii gl. dito gegen Dieben ein brief an lucas maler wegen befellh hirschfeldts gleichen datum.

Elb und Schiffbrückenbau in Torgau.

S. 291b. Register über den Brückenbau 1439.

Meister Hannssen.

Bulle des Pabstes Innocenz VIII. mit erlaubung Butter zu essen gegen einlegung etzlichen geldes zum bav der brucken über die Elb zu Torgau und einer Capelle dabei Ao 1490. (Liegt unter den Urkunden.)

Register und Verzeichnis der Einnahme des Buttergeldes zum Brückenbau 1491/92. Abgesehen von anderen Kirchen wie Grimma, Leissnig, Colditz, Cölln, Borna, ylburg, Rossla wurde es in Torgau von Magister Martinus lucas, dem Schösser Kopfe und dem Bürgermeister michel Reppitz herausgeholt.

Bulle Alexander VI. 28. Decbr. 1495. pont. nri anno. Primo.

Brief Kurfürst Friedrich an Amtleute Pfarrer und Stetten, des Buttergeldes die babstliche erlaubnis und freyheit in der heyligen Vasten «milchwergk zu essen» (darunter kese nach Babstlich erklerung begriffen) freitag vigilia purificat marie virginis 1493.

Friderich vnd Johannes Dem Rat zu Nuremberg. Torgau Sonnabends nach Cantate 1494. Als wir hertzog Friderich Jungst Zu Nuremberg etlichen ewern Ratesfreunden zuerkennen geben wie wir willens ein bestentlich steynen brucken alhie zu Torgaw vber die Elben baven zu lassen. Sie sollten ihm einen verstentigen werkmann leihen und zuschicken, dass er Mittwoch in den Pfingst heiligen tagen hier ankomme.

Schreiben des Hans Beham Steinmetz zu norenberg an den Kurfürsten und seinen Bruder dass er auf ihr Schreiben von seinen Herrn zu Normberg (Rat) Urlaub erbeten und erhalten habe und sich wegen der Erbauung der Brücke nach Torgau begeben und glaube in 10/11 Tagen vor dem Kurfürsten erscheinen zu können.

Bürgermeister und Rat von Nürnberg empfehlen Freitag nach Pauli Conversionis 1495, den meister Hannssen Beheim für den Brückenbau.

Baurechnung Anfang Montag nach Galli 1496 endet Sontag nach Valentini 1498. (also 1 Jahr 17 Wochen) geführt von Paul Dolenstein Baumeister und sind der Zeit beide Pfeiler aufgeführet.

Stolleneisen zu Leipzig gekauft.

Steinmetzen haben gearbeitet Sonntags nach Simons jude.
xxxi γ vi der meister Hörgenn, die anderen erhalten nur 12 gl.
Der Parlirer, ferner Caspar von Döbeln, Jorg von Regensberg,
Peter von Weissenhals, Cuntz von Bamberg, Andres Paur, Niclas von
Duderstat, Cuntz von Nurmberg, paul moller.
Sonntag nach dionisij. 31 gl. 6 pf. meister Jorgenn In der voch
ist er gestorben und alle seine kinder an der pestilenz.
Steinmetzen noch erwähnt: Hans Barth, Adam von Cronach,
Anthonius von Bruck, Greger von Dressden.
Summa Summarum aller ausgabe nemlich: 800 schock 31 gl.
7 pf. 1 Heller.
Paul Dolenstein und Ulrich Görber beide Baumeister der Bruck
auff Galli im 1496 Jahr verordnet. Ist Ulrich Görber pliben bis vff
Sontag misericordia dann Im Selbigenn Jahre vnnd furt Paull Dolenstein pliben bis zu beschluss der rechnunge vnnd hat beide pfeiler auff
gefurt nach laute des Registers in eyen Jare.
Einnahme von Buttergeld verbucht ao 1498. von Sontag Exaudi
an: 658 β 33 gl. 25 pf. 1 Heller.
vij β dem Baumeister Jahrgeld und iiij Idem vor ij Hoffgewandt.
1498 und 1499.
vij gl. vor Sant Anna bildt Ist in der Capellen daselbst kommen.
Steinmetzen wird jetzt Meister Nickel an erster Stelle genannt.
Summa Aller Ausgaben. 612 βo 28 gl. argefangen Sontag Pente-
kostes 1498.
S. 292b. Nr. II 5. Der Baumeister Tolnstaynn bittet Sontag vigilia
Joannis Baptista 149) den Kurfürsten um Geld, wenn er nicht weiter
bauen könne sei das bisherige (1 Pfeiler) umsonst. Hans Hundt hat
ihm circa nur 70 gute Schock gegeben; in weimar sei noch Buttergeld.
S. 293. Nr. II 6. Schreiben des Kurfürsten an den Spitalmeister
zu Torgaw Thomas Moler 1502 das er das Buttergeld von allen örtern
zum Brückenbau einfordern solle.
S. fol. 293a. Nr. II 7. Schreiben des Bischofs Lorenz von Würz-
und Herzog zu Franken an die Fürsten, bestätigt den Empfang ihres
Schreibens worin sie bitten, da es ihnen an guten und brauchbaren
Werkleuten mangeln dass der Zimmermann Georg Eichhorn und ein
Steinmetz die die Brücke zu Würzburg über den Main und die pfeiler
vergrundet, ihnen zu überlassen und zuzuschicken, der Rat und Bürgermeister besprochen dass Georg Eichhorn etliche Zeit Jare hie zu wurtz-
burg nit gewest sondern sich zu Giessen (in Hessen) aufhalten soll.
Die anderen Steinmetzen und Werkleuten seien zum teil verschieden.
Also das keiner dasmals vorhannden der sich solicher pav verfing. Wenn
aber einer were, so würde er ihn gern schicken. Montag nach Corpus
christi 1504.
Sontag nach Alexi 1504 schreibt der Marschall Dietrich von Baul-
witz an den Kurfürsten dass er mit Meister Hannssen von Magdeburg
gesprochen dieser aber wegen Beschäftigung beim Rate in Magdeburg

nicht zum Brückenbau nach Torgau höchsens auf 10—14 Tage durch Verwendung des Kurfürsten abkommen könne. Er wolle aber einige sachkundige Arbeiter schicken.

S. 294a. Nr. II 8. Schreiben des Kurfürsten Dienstag nach felicis 1510.

an alle unsern prelaten erbar Mannen, stetten, Dörfern, gemeinden und sonst allen anderen in vnserem Ambt Torgaw den diess unser Brief gezaigt werdet. Besorgt dass die Eisfahrt auf der Elbe der Torgauer Brücke Schaden zufüge, an den gesatzten Eispfählen und sonstige notdürftige Arbeit zu thun, sie sollen helfen, wenn sie vom Schösser von Torgau dazu ersucht würden.

S. 294b (4 a w. 4 b) Bulle befindet sich bei den Urkunden.

Bulla Apostolica, SS Papa Julii II Leonis Decimi, nona Concessio Lacticinio in annos Viginti, jn perfectionem pont Capellae in oppido Torga. Nachlassung der Milchspeise und butter in der Chur und Fürsten zu Sachsen Landen. Davon Jeder Unterthaner, der solcher Freiheit geniessen wollen, 20 Jahre nach einander jerlichen einen zwanzigsten theil eines Reinischen gulden zum brucken und kirchbau erlegen sollen, ist datiert 1512. Dabei Schriften der Bischöfe von Meissen und Naumburg.

S. fol. 294b. Nr. II. 9 Brief des Kurfürsten an den Rat zu Torgau datiert Lochaw Freitags nach Vincenti 1517. Dass der Schösser zu Torgau Hans Eysenman ihm berichtet und verzeichnet was alles an der Brücke schadhaft sie sollen daher sich zu ihm begeben und mit ihm über Auslassung beraten, etlich gelt sei noch beim Rat zu Torgau hinterlegt, dazu verwenden.

S. fol. 296 Nr. II 11. Rechnung Brückenbau zu Torgau 1517/1518. Summa aller Ausgab. 113 β 9 gl. 2 pf.

S. fol. 300a. Nr. IV. Conrad Krebs Bericht den Mühlenbau bei Torgau betr. 1539.

S. fol. 300 b. Bawrechnung zu Torgau namentlich Wasserbauten 1540.

S. fol. 251. Ein geding Zettel so Michel vom Deinstedt Marschall und Hans Falner wegen des Chur und Fürsten zu Sachsen mit Hieronimo Keilholtz getroffen. Eine Orgel in die Schlosskirche zu Weimar dem Werk zu Torgau gleich, zu machen. Mittwoch nach Johannis Baptista 1492.

Bau des Schlosses und Vestung Wittenberg. S. 23—51.

S. fol 23. Heinrich Loser Landvoigt zu Sachsen erinnert etzlichen Städten vffzuerlegen dass in der Diebenischen Heiden gefellte Bauholz zum Bau Wittenberg, neben den Amptsuntethanen, doselbst vor Winters anfuhren zu helffen. 1491 Brief an den Kurfürst.

Kurfürst Friedrich Schreiben an Amtleute und die Räte der Städte Zwickau, Altenburg, Jena, Pesnecke eine Anzahl Maurer nach Wittenberg zu schicken zum angefangenen Bau Sonntag Palmarum 1492.

S. fol. 23 a 1. Brief des Wittenberger Schössers Johann Meisserth Dienstag nach Anunciatione Mariä 1492 an den Kurfürsten bittet um Geld zum Bau um Wagen und Karrenpferde und berichtet dann dass er bei Hansen Biberstein zu Kopitz 10 Schock Werkstück und 2 ruten Kalkstein der mit Clawsen Jacoff zu Pirn 2 ruten Kalkstein nach Wittenberg auf der Elbe her zu bringen bestellt und bittet um Geleitsbrief Herzogs Georgen Ambtleute.

S. 23 b. Wöchentliche Ausgabe vor die nave Gebeude des Schlosses 1501 4 β 2 gl. vor eym Truhe venedische Scheiben wydemann zu Leyptzck betzald vf den michelsmarkt. 9 knäuffe zur Kirchspitzen haben gevogen vj Centner Peter Kannengysser zu Leipzig bezahlt.

14 β vor Steine zu machen und zu verfertigen von je 1 iij β 30 gl. 34 β 2 gl. vor Claus Bildenschnittzer gegeben.

42 gl. erhält er vor 2 Brustbilder an die Leuchter.

Curd Bawmeister iij β 30 gl. solt von Michaelis bis Walpurgis.

42 gl. vor 2 hängende Leuchter zu beschlagen und mit Röhren zu verfertigen erhält Jacof Cleynschmidt.

Der Gang vor der geschnitzten Stuben.

10 β Orbann Glaser.

Curd Baumeister. Heinrich Oringer pallirer.

20 gl. Lorentz leffler Zimmermann, Simon Tischler.

Summa 507 β 49 gl. v pf.

S. fol. 23 b. 1503. Wöchentliche Ausgabe zum Schlossbau zu Wittenberg.

42 gl. vor ein buch geslagen golt do mit etzlich bilde vnd gemelte In der gesnitzten stube gefasset, (kommt noch einmal der gleiche Betrag zu gesnitzte Stube dem Maler).

Curth Bawmeister erhält auch dieses 2 β vor Hoffgewandt vff den Somer entricht.

10 gl. Simon tischer von 30 modil brethe zu den slosssteinen Czu machen.

1 Truhe venedisch Glas zu Leipzig.

Blech zu den Schilden an das Gewelbe.

1 gl vo Silber Czu wogen inss gewelbe.

ij β vō hofgewāt lorentz leffeler Czimermann gibt man Im jerlich 10 gl. Hennrich Ziegeldecker von Magdeburg von 1 Schornstein zu verändern und 1 blechen hut druff Czü settzen.

3 β. ci gl. Hansen tischer für Stuben tafeln Boden legen und Bänke darein incl. 14 Tage Kost. Macht betten in Johansen gemach.

Lehnhart tischer porkirchen zu tafeln und 1 gitter davor.

Das Kirchveter gestule wird in diesem Jahre gebessert und neue Bänke.

einen eysernen Dübel für an die tafel in m. gn. h. h. Hanssen gemach die tafel dō an gefast vnd gemacht.

xiiij β. Albrecht moler vō de gesnitzten stuben vnd m. gd. h. gemach Czu malen.

17

viiij ჳ Albrecht maler uff die Erbeit im gewelbe vnd Cleyin porkirchen getan.

xiiij ჳ. Clauss bildeschnittz vff gedinge der Kirche gestulen geben.
Scheiben zu versetzen an den Kirchenfenstern Urben glaser.
Jost Kirchberger war der pollir in der Steinhütte.

S. fol. 24 b 1. Der Schösser v. Wittenberg berichtet 1514 Sonntag
nach letare dass er mit Meister Lucas und Hansen tischler die porkirchen
besichtigt jetzt aber im Herannahen der heiligen Zeit nicht wohl thun-
lich zu arbeiten daran sei.

S. 24 a. Nr. 1 (1509).

Auszug was der Schlossbaw zu Wittenberg gestanden. Aus nach-
folgeden Capitalien vnnd Rechenbüchern getzogen Sontags nach Nico-
lay Anno dom. xv C xxxiij.

Nemlich.

Capitalh Anno Dm xc Beschlossen etc.

1490—1509. also zwanzig Jahre.

Summa des verbawetten geldes.

xj M iij C lxiij ჳ. ycx gl. vxx pf. 11363 ჳ. 79 gl. 9 pf.

Thut in Golde.

xxxij M iiii C xxvj fl. xiij gl. cx pf. 1 hl. 32466 fl. 13 gl. 9 pf.

S. 24 b. Nr. 1. Verzeichnis des Vorrats, Rath vnd anschlagss der
neuen furhabenden Baues des Schlosses Wittenberg anno 1515.

Den baw wie der vorZünehmen zuberatschlagen darZtu sein Er-
fordert

Sebastiann vonn Misselbach Ritter Hoff Marschalk.

Hanns vonn Delentzck.

Hanns Blumbergk Amptmann zur Schweinitz.

Der Schosser zu Wittenberg Anthonius Munck(?).

Meister Hans Melthewetz vonn Thorgaw dem der baw als ein
Meister zuversorgenn anngedingt.

Osswaldt Benthnen.

Meister Hans Dhoring.

Clauss Bildennschnitzer zu Witthenbergk.

Hans Tischer.

S. fol. 25 a. 1516. Bauregister zu Wittenberg Schloss.

Steinmetz Hans Bischoff und Paul Hoffmann.

Zimmermann Meister Lorentz.

S. fol. 25 a. 1515. Einnahm und Ausg. des Schlossbaues von
Sonntag Cantate 15 bis Sonntag nach Antonie sanctorie beschlossen.

S. 25 a. 1. (1517).

Bauregister des nawen Thor vnd priester Hawses für Wittenberg.

Sontag Judica angefangen. Anno d. 1517. Summa für PriestrHaus
14 ჳ 27 gl. 3 pf. im Uebrigen Summa für die Gebäude 64 ჳ. 49 gl. 11 pf.

S. 25 a. Nr. 1. Der Wittenberger Schösser Anthoni Neimeck berichtet am Sonnabend nach Johannis Baptista 1517 an den Kurfürsten
über den jeweil. Baufortschritt in Wittenberg und verzeichnet den Vorrat.

1. der unterst Sal über dem Thore gemacht und bis auf den Boden zugericht.

2. hat Meister Adolf den andern Sahel auch gut gefertigt.

3. auch der Gang in die Kirche getünscht und zugericht.

4. Ueber dem Sal sind die 2 Gemach gelegt aber nicht getüncht wie Meister Adolf bericht.

S. 25b. Nr. 1. 1518.

S. 26a. Nr. 1523. Dienstag nach Conversionis Pauli berichtet der Schösser zu Wittenberg Valten Förster. dass diese Dachung des Schlosses sonderlich vf dem neuen Thorhause, vnd Heiligtumbehause baufällig und unbestendig sei.

Gregor bürger an den Fürsten, Brief Pfingsttag 1523, berichtet über den Bau und bemerkt zum Schluss, dass viele Edelleute und Doctoren und über 100 Studenten von Leipzig (bei Nerten Bildenschnitzer am Schloss wohnen einige) alhiergekommen um das evangelio von Martino anzuhören.

S. 32. D. Martin Luther klagt ganz beschwerlichen Vber Hansen Metzschen Haubtmann zu Wittenbergk, seiner unzuchtigen Hurenlebens, auch der abgerissenen Stadtmauern halben, Freitag nach Viti 1531.

Beim Bau von Weida wird Nickel Gromann Steinmetz und Baumeister genannt. 1541.

S. 47b. Nr. II 1. Acta den Bau des Collegii und Kirchen zu Wittenberg betr. 1503.

Verhandlung der Steinmetzen wegen eines Gedinge mit Meister Conrat des gewelbe wegen. Der Schösser schreibt dass er sampt Meister Conrat die Visirung zum Haus des Collegium gemacht und den grund zu graben angefangen es fordert Meister Conrat 60 β und die kost von die Mauern als an das Dach zu verfrtigen oder ij guld. und die kost von 1 ruten.

S. fol. 47b. Verzeichnis des gedings am Bav ann der kirchenn.

Die sollen alles Steinwerkg zum gewelben, hawen vnnd die kirchen mit dem welben gar vffs reinlichst und werkglichst vollbringen.

Die gelehne vff allenn gengen hawen vnd fertigen, die genge vnd kirchenn vollent zubesetzen.

Denn syms ober die woppen, vff der forderen porkirchen machen vnnd die woppen zuversetzenn die selbige porkirchen zu pflasternn.

Die pfosstenn vnnd formen In die fenster Zuvorsetzen, vnd was an steinwerck daran gebricht Zuhawen.

Denn Bogenn hinder der Orgeln vnd das loch zum adem zubrechen, vnd was noth ist Zumachen.

Die thore an der porkirchenn Zum fraven zvmmer Zum kucken.

Tritte vor alle altaria Zuhavn, die Zutönchen vnd Zumachen.

Sollich arbet sollenn sie mit Fremt heltferknechten volbringe.

Sundern kalk steine vnd ander notturfft sal man In byss vff denn thorm anvurtenn, Vnd was alles In der kirchen Zuberappen, vnd Zu tönchen noth ist Sampt aller anderz arbeth die steinmetzenn ader mureren zusteth nottorfftiglichenn wie obin Begriffenn, alles vffs reinlichst Zufertigen vnnd das steinwerckg auch Züuorbinden, Von solchem gedinge Sal man In vor eyn solch gesellign iij C vnd lxxx Gulden vnd die Kost geben vnd So man siet das sie es reinlich vnd wol volbracht haben, salman In, ij hoffgewanth nach Irkeñtnis Irer Erbet zulegen.

Zu Solchen bav vil meyster Cunradt wisenn vnnd Fleyss thun das er nachdem bestenn volbracht, also das Im sein solt vnnd Lohenn wie vor bleybe.

Bb. 2751. Jahresrechnung des Amtes Wittenberg mit Zahna und Wörlitz von 1508 bis 1509. Dō. p. Kiliani bei der Verpflegung erwähnt:

oswalt baumeister. 1 nacht brochte die maler, v maler v Tage folgende Woche: v maler alle die woche.

Dō p. mauricij wird ein pauel maler, neben den bisher aufgeführten v maler, auch den folgenden Sontag pawel maler alle v tage.

ebenso Do. p. francisci paul mäler iiij tagk.

Do. p. Dionisi paul maler ij tage.

Do. p. Galli paul maler vj   »

» po. und jude paul maler.

»   •   » peter »   »

» St. Martii sind beide mgst. und gn. Herrn die ganze Woche hie gevest lucas maler mit 1 pf. (Pferd) ij nacht, Oswalt baumeister, iiij maler, paul maler.

Do. n. Catherina. iiij mahler, lucas mit 1 pf.

» n. Andree die Fürsten waren die ganze Woche hier iiij maler lucas maler mit 1 pfl.

Do. n. lucie lucas maler mit 1 Pfl., iiiij maler.

Folgenden Sontag   »   »   »   »

D. n. Enias   »   »

Folgenden Santo lucas maler 1 nacht   »

Do. n. Sebastian   »   »   iij Tage vj maler.

Folgenden Sontag   »   »   vj »

»   •   »   »   vj »

Do. n. appolonie   »   »   vj »

• Esto mihi v Buchdrucker vnde maler, iiij tischer an altarien.

Do Invocavit lucas maler mit 1 Pft. iij nacht oswalt bavmeister selband Hans mossman, iiij maler.

Do reminisc. lucas maler mit 1 Pf., oswalt bavmeist, Hans mossman, v maler, iiij tischer an Altarien.

Do. oculi lucas maler mit 1 Pft. vj maler.

» letare   •   »   »   vj »

» quasimodogeniti •   »   vj »   (4 Tischler am Kirch-

• mias do.   »   •   vj »   gestüle).

vj gl. iiij pf. 1 ᵧ losunge meister Hansen, des pfaltzgraffen bavmeister kost anno.

ı β l gl. befehl pfeffingers paues mahler zur notturfft.

viij gl. mieth m. gl. herrn briefenn gen berlyn zcu dem wellischenn maler pos visitationis mari virg. glorosissime.

viij gl. mit m. gl. herrn brifen zcu den wellischen maler ken berlyn po dice opploy (divisionis oportolorum) ı5 Juli?

iiij β xx gl. meister lorentz dem zcymermann.

Ausgabe vor der kirche.

xiiij gl. vor xx lynden breth Clawes bildenschnitzer.

Fabian tischer macht den kasten für die Ornate.

v β xxxvj gl. lohn hansenn meister vff eyne jar befehl pfeffingers (unter den Steinmetzen und Zimmerleuten wird auch ein «Jacof meytz» erwähnt).

Ausgabe vor die unjgen fohlen Hans vo berge.

xlij gl. vor j geschnitten crucifix vnnde j gemalte Taffel hat Hans vo Berge globt, Hans Eyflender bezalth.

Amtsrechnungen **Wittenberg.**

Bb. 2726. 1486—1487. Meister Cornradt beim Brückenbau mit ı Pferd verpflegt.

Item v β xv gl. meister Curde dem wergmeister vff schrifft m. g. h. gebin.

Item ij gl. von meissen gem Dresd Als meister Conradt vmb Radebergen Do lnn schreip die woche pq viti.

Item ı β iiij gl. vj pf. Jhann dem Czimermann vnnd sin gesellen vor lohnt.

Bb. 2727. 1487—1488. vj steinmetzen beim Brückenbau ix steimetzen meister Kurt mit ı Pferd.

Bb. 2728. 1488—1489. Clavs der Wergkmeister vnde Hans Zimmermann Brückenbau Clavs der Baumeister.

Doneth (mehrfach erwähnt) Zimmermann ein Hofgewand.

Bb. 2729. 1489—1490. Claws den Baumeister mit Ppd. (folgend erwähnt).

Sontag p. Mathei brose maler? hatte gegen einen «von wulffen» geklagt.

Item ı β xxxvx gl. vi pf. ı he Brose maler uff iij Reisen vo liptzk biss hēr ken vōtzert vnd vor furlouth Also er tzu den von wulffen vō hoffegerichte clagete die wochen pa michael Calixiti vnd Simon und Jude.

Ite ij gl. ken pretzsch Alss Ambrosio maler dem landfoite schreip ap er vff den gerichte tag die vō wulffe betreffend her ken witte kome welt die woch nach Calixti.

Jörge von lobedo pallir des Baumeisters claws. Item merten steinmetzin den hat meister claus bie den murern Czu eym. pallirer gehat. Item xv gl. Jörge mijsner den hat meister claws bie den steinmetzen die Woche czu eym pallir gehat.

Ite ı β l gl. valtin smideberge vō etzliche steyne tzu hauven die Im meister claws vor dinget hat.

Bb. 2730. 1491—1492. Claws baumeister mit 1 pfe. die woche It.
claus bildinsnitzer v tage beide mehrfach als verköstigt erwähnt.

Item xl gl. von eym buche speculū arnoldi denona villa genant
tzu schribū hat m. gl. A. durch doctor mellerstat befoln. —
Ite iij ꞵ lj gl. Nickel snitzer Jar solt.

Ite xviij gl. Claus bildesnitzer czu Magdeburg mit 1 pf. vötzert
Als er do ij stucke steyne czu wapū kouffte.

Ausgabe für das Gebäude des Plathners Haus und die Polliermühle.

Bb. 2731. 1492/93. ewalt harnischmeister m. gl. H.

Ite iiij gl. vō j tafeln Czu machen Czu eym gesnitze das claws
bildesnitzer m. g. h. machte.

Ite ii gl. mit des lanfts briffe ken lichtenberg Alss er lorentze
Czimermann her beschyt n. Johvs.

Ite iiij gl. mit des lantfe bol ken liptzk In sachen den meister
von lichtenberg betreffendt pq michael.

Item 1 ꞵ lviij gl. bartel schuler (Steinmetz) mit sein gesellen
haben den steynweg czu Ringe vme die mole gesatzt.

Ite xx gl. marc moller vo glben Kachel ofen hat man alde
glasnete kacheln dō czu gnon. (Plattnershaus). Es werden auch von
demselben meister Kacheln mit bildern erwähnt.

Bb. 2732. 1493—1494.

Claus bildschnitzer. Claus Baumeister und 1 Pfd.

Ite iij ꞵ lj gl. Claus snitzer Jar solt.

Itē xxxv ꞵ vo j lmss clauss bildesnitzer gekaufft dō von hat om
m. g. h. xl guld. gebn daz ander sol er sin gnad vō jar czu jar abe
erbeitin. po quasimodgti.

Ite vj gl. dren czimerluten haben j gross holtz uss gewerckt do
vō claus bildesnitz ey pfert machen sal.

Ite v gl. der Snittzer votrert Alss er czu torgo was vnde vnderichtung nam In welche stube m. g. h. das gesnitze habn wolde pq
judica.

Itē v gl. iij pf. ken liptzk Alss mā dem Rentmeistē vmb vnderichtunge schreip wie mā sich mit der kost czu gebū kegin dem snittzer
vō amborg hald suld pq leonardi.

ij gl. mit des lantf brife ken der Svinitz Alss er lorentz Czimema
her beschict pq. pasce.

Itē iiij gl. iij pf. ken torgo Alss mā hansen baumeist her czu komē
schreip. pq quasimoti.

Ausgabe vff das neue Gebewde vff dem Slosse.

Itē xj ꞵ vj gl. iiij pf. 1 h. Friedrich brunner für Steine zu Friesen
und Simse.

Darunter erwähnt: itzlichs vo xviij gl. x symss stucke obit die
wopen ij ellen lang j elle vnd j vtel breit iij vtel dicke ye 1 vo x gl.

Itē xvij ꞵ xxx gl. vor v st wergstuck Herman bruckmeister bezahlt.

Ite xviij gl. vo iiij wergstuck pettzschn von pirn apgekoufft.

Holzstämme von Matth. meltzer von pirn gekaufft.

Mauersteine in Torgau zu brechen Cuntzen Ziegeler verlohnt.

Bretter krusen von Dresden abgekauft.

Bretter pfawe vnd peter maler von Dresden abgekauft.

Nickel murer mauerte die Giebel und die Stuben und Kammer unter dem Dach und die feurmauer (4 Giebel).

Nickel Ziegeldecker den Neubau zu decken.

Fritzschen tischer von den lispen in die Hofstube czu snyden.

Bastian winther der Arbeiter Aufseher.

Michel Heideclang pollyrer.

bartel und lorentz tischer machten Fensterrahmen.

Blei vom Rentmeister und Crappen in Wttenberg erkauft, Solch bley ist czu dem grossen bogen In der grossen Hoffstuben gelene vnnd wopen Alss mā die vorsatzt.

iiij truhen fenedische scheiben, dem Rentmeiscer bezahlt fuer tafelglas Glas via Leipzig. Mathis Glaser zu Torgau versetzte die Scheiben.

Suma für die neubauten diss Jahr iiij C iij β lv gl. vj pf.

Itē x gl. vor j taffel mit leden vnnd bendichen dô an hat claws bildesnittzer m. gl. h. Etzlich gesnittze dor In gemacht.

Bb. 2733. 1494—95. claus bildesnittzer. j maler an der vssladunge.

ij maler an der vssladunge.

nickel francke der vom thorme gefallen iiij tage. Do crucis.

Itē j β xx gl. dem Snittzer von amberg kost gelt die er vor zerth ehe man vustn daz man Im kost gebñ sult uss befehl des Rentmeisters dicte schultzen gebn.

(Itē ı β xx gl. kurth barbirer Er hat nickel francken als er vom thorme gefallen was geheilt.)

Itē xxxij gl. vo adern leder vnd spen czu sniden ouch vor lym claws bildesnittzer hat er bederbet Czu eyn Ryme tartzschen die m. g. h. hertzog fridel gemacht hat uss befeel des Rentmeisterss geben.

Ite xxij gl. niêten smede vnd grosse valten sie haben ij holtze vss den grobsten gehawin dor uss claus bildesnittz ij holtzen pfert gemacht.

Itē ı β vo xxxvij senichen vff die sevlen am Hasen gehege.

Itē ıx gl. von ıx semchen czu malen Claus maler geben.

Itē vj β jar solt Claus snittzer.

(Beim Besuch der Herren Friedrich und Hansen auch ein «Hensel narren» mit ı Pfd. erwähnt, wahrscheinlich der Hofnarr.)

Itē etc. etc. «do ich ouch lorentzin leffeler den Czimēman der prittzin halben nut hat vnd funff nacht do lag (zu Torgau) pq pauli.

Itē iiij gl. iij pf. ken torgaw Alss man dem bawmeister ob man den thorm hocherbawen sult her beschyt post visitato gloss vgl.

Itē v gl. iij pf. mit des lantse brife ken liptzk Alss er dem Rentmeister schreip was ma vor wopen In die schilt So an den bilden In die milbe stobe gemacht maln sult pq Jacobi.

As Gabe vor daz nawe Gebewde vffem Slosse.

Itē ij β xl gl. Albrecht maler von der ussladung tzu malen.

Itē ι c xiij β vij pf. den tischern vnd Czimerluten nemlich lorentz leffeler, lorentz ofensteyn Jeromig Jottzen vnnd yren gesellē (14 zu zeiten 16) haben decken In stuben vnde kamer In grosse Hofestuben, boden gelegt, Fensterrahmen gemacht, bencke In den stuben Czu gericht, Tische gemacht, holtz zu thorme beslagen.

Itē xx gl. Jeromig Jottzen eyn Czymerma muste man Im aber sein lohñ gebin alz mā oen von liptzk her brochte.

Matte Glaser machte in die fenster scheiben und «ravten».

Cristoff toppher Czu Smideberg lange gemalte kacheln xlvι bilde lange grune kacheln.

Bb. 2734. 1495—1496. Claus Bildsnitzer Jarsolt.

Bb. 2735. 1496—1497. Do Jubilate beginnt Verpflegung von Kurth Bavmeister mit 1 Pfd.

Do Jubilate Ite lodewig moler iiij tage.

Itē ix gl. vo j gemalt Crucifix hat mā neben dem boldisberge gesatzt.

losung dem meister zu lichtenberg (mehrfach genannt).

kurt swaben dem Bavmeister zu torgo verzert.

Itē xl gl. Claus Bildesnittzers bruder Czu lohne vnnd tzerung als er gen pirn tzog vnnd steyne czu wapen vō dingte pq letare.

Brief an den Schösser von Sweinitz ob er czu gorlitz nach dem bavmeister gewest ader nicht.

Itē v gl. j botin er hat ij Engel vnd j Johisbilde das claus bildesnitzer gemacht m. g. h. gen torgo getragen pq leonardi.

Itē iij β ix gl. dem moler tzu torgaw von ix C preiss tzigel tzu molen.

It iiij β xxx gl. vō ix C preistzigel tzu malen Claus moler Czu witteberg vorlonth.

Wittenberg Kämmerey Rechnung 1486—1490. Vol. IX.

1486 war steinere Brücke bereits da. «zur steynbrucke ztu den swibebogen».

1488. Item Hanns moler vnnd merten gorteler sollen geben vm ccl. do vor sint borgen Clawes moler. Donat Zimmermann freoel im freyenhus geobet.

1497. Stadtrechnungen. von W i t t e n b e r g.

Streit mit den Steinmetzen denen von den Knechten (des Rats?) das Werkzeug und die Messer genommen wurde.

Zimmermann Merten verschiedentlich erwähnt, erhält auch 5 gl. dafür, dass er die Strengbrücke gerettet hatte.

1498 begleitet der Bürgermeister Ambrosius Gertitz, der Stadtschreiber und 6 Pferde den Kurfürsten zum Landtage gein der Nurmbergk.

1499 1 Bote nach Brandenburg czu uns. Gn. Herr von Brand umb die Glocke zu touffen.

item iij gl. ij pf. einer verzert der zu kemerigk hat die gehangene glock vfgestigkt.

Item ı β 36 groschen gestanden das der burgmeister mit 4 pferde selbvirte zu vns. gl. H. von Brandenburg die glocken firmeng und anders halben geschickt ist.

Item ein Boten gen Zwickau dass der Bischof die Glocken zu weihen etc.

1500. Item ij β Claws moler das er die wapen ober dem Elbthor wider mit farben gemalet vnnd vornawet hat.

1501. Der Zimmermann Meister Lorentz wird mit seinem Nachnamen immer «Pechhentzen» genannt. oder: «Pechheintzen».

Mehrfach erwähnt der Meister von Lichtenberg.(?)

Item ij grtx (Wein) haben dy Herren mit dem lantvoit getrunken vffm Rathause vnder dem spiele der passion.

Lorentz pechheintzen macht die benke den lectoribus im beichthause zu den mönchen zur nawen universitet.

Als der Cardinal Raymundo einritt, Vorbereitungen, Marktfegen und Geldgeschenk.

1501 auf dem Markte Aufführung der Passion mit Satanas und Lucifer.

Lorentz Pechheintzen macht die Bänke und die Katheder der Universität.

Die famuli der Universität und die Thorwächter seyn umbgangen den Studente ire messer vnd degen Zunehmen.

Stadtrechnungen Wittenberg.

1526. Aussgab Vor den Houbtbaw zcu befestigung der Stadt vfl Befell Unsers Gnedigsten Herrn Hern Johansen Hertzogen zu Sachssen vnnd Churfürsten etc. angefangen Am Sontage Jubilate Im Sechsundtzentzigsten Jhare.

s. C. v. Sch. Adir iii C. reynische fl. von dem gelde genomen das auss dem Sylberr adir kleynodien der kirchen erkaufft, wiewoll vnserr Gnedigster Herr der Churfürst sso solchs antzugreyffen vorbotten, sso ist es doch hernachmals von s. ch. f. g. vff das der Heuptbaw zur befestigung der Stadt als der sonderlichen seynen vortgangk haben mocht, vnnd auss eyns raths vorworungen des sich Burgermeyster Hoendorff vnnd seyn rathsfreunde vffs hochlichst beclagt, nicht gehindert wurde gnedichlichen vorganst vnnd nachgelassen, vnd durch die Gestrengen Ernfesten Ern Nickeln von Ende Obermarschalh, vnnd Hansen Metzsch Hauptman zw Wittenbergk als seyner ch. f. g. befehl haben antzugreiffen vnnd drey hundert gulden den baw domit zw vorlegen von der Sumen wegk zw nehmen bevolhen.

S. fol. 140. Schloss und Amtsgebäude zu **Rossla**.

1488 zum Ausbessern Schindeln.

Bericht des Schössers zu Rossla Andreas Kratzbelck vom Montag nach Invocavit 1538 dass dieVorwerke, Schäfereien, Backhäuser, Stellen, Scheunen vnd an die Dachungen sehr vovüst vnnd baufellig worden.

S. 158. Der Rat zu **Coburgk** Erinnern freitag nach Judica 1521. des Baues halben des Schlosses zu Salzungen zu bedenken.

S. 163. Schlossbau **Trefurt**.

Ambtmann zu Trefurt kersten kaydel Freitag nach Astensionis 1499 dass der Chur und Fürsten zu Sachsen Teil am Schlosse von Trefurt baufällig geworden, er etwas gebessert aber von den Einwohnern der Stadt und des gerichts wenig Hülfe gehabt.

Dabei eine wenig ausgeführte Bleizeichnung.

S. fol. 166a. Bau zu Weissenburgk Einnahme und etlicher Ausgabe Verzeichnis Mittwoch nach Galli 1518.

S. fol. 227a—229a. **Weimar**.

Kurfürst Friedrich und Herzog Johann wird dem Amptmann zu Weida Heinrich Münnich Ritter geschrieben dass er sich neben einem guten verständigen Zimmermann und Meister gegen Weimar verfügen die Mauern zu besichtigen wieviel Bauholz dazu nötig, überschlagen und das dazu nötige Holz in der Blankenhain Walde schlagen und sobald als möglich nach Weimar anführen lassen solle. 1502.

2. Amptmann von Weida weiss keinen geschickten Zimmermann und hält das Holz aus bes. Walde weil zu kurz und spitzig für ungeignet.

3. Befehl an den Amtmann sich nach Ostern gleich nach Weimar zu verfügen damit mit dem Bau ein Anfang gemacht werde. 1502.

4. Der Amtmann berichtet dass er zu Weimar angekommen, den Bau besichtigt und solchen ganz falsch befunden habe, der Steinmetz aber nicht dagewesen, auch dass es an Zimmerleuten und Tagelöhnern zu diesem Bau fehle 1502.

5. Gedingzettel mit 2 Steinmetzen bei dem neuen Schlossbau zu Weimar 1502.

6. Bericht vom Jahre 1503 und Verzeichnis der Ausgaben von Walpurgis bis Sontags nach Corporis Christi 1503.

7. fernerer bericht, wie der Bau von statten gehe 1503.

8. Verzeichnis der Ausgaben von Walpurgis bis Visitationes Mariä 1503. (Meister Conrad besorgt Baumaterialien.)

Zu 4) aber den bav anzufahn ganz vnrichtig befunden, dan meyster Jorge der Steinmetz der nun sulchen pav wy der mit finstern thoren vnd vnderscheiden kann E. f. g. vndricht empfangen, Ist nicht vorhanden.

Dan Cuntz Steinmetze hat mir davon kein beschickt wisse zu geben. Ist auch am kyrchenbav zu sankt peter bey 4 Wochen gewest Sich des schlossbavs wenig angenommen dan alleine das Er fünff knechte die stein haven zu pfeilern Schwibogen vnd etlichen Fenstern da vorhanden.

Er hätte Leute angestellt die Dachung über dem Backhause abgeworffen die verbrochene Ecke am Zwinger gegen den Thorm im Hofe die Mauer und Gewelbe im Backhause abbrechen, liess Sand führen und hoffe den Bau zu fordern.

Johann Osswalt Schultheiss zu Eisenach überschickt Muster von Holz zum Weimarer Schlossbau, er hat sich mit birken und ahorn versehen welches auch massricht und krauss sein sollte, das jetzt überschickte Holz ist alles eschen aus dem Forste zwischen Birka und Gerstungen, dann das Tischbrett sso ich lucas mahler gegeben.

S. 230a. Baurechnung zum Schloss Weymar durch mich Sebastian schadt cammerschreiber gehalten Angefangen Sonntags letare 1522.

Das gedinge des neuen Wendelsteins am grossen Sale ist Meister Hansen dem Steinmetzen von Erffurt vmb l gulden. (Meister Hansin Trusnitz dem Steinmetzen.)

Summa Summarum ij C lx guld. xviij β.

Der Rohrbrunn im Schloss. 1519 kostete xxj ff. xviij gl.

S. 238a. Garten und Amtsgebäude am Schloss. Weimar betr.

S. 241. Ein Geding Zettel so Michel von Dienstedt, Marschall.

S. fol. 241a. Nr. 11—14. Nr. 1—3 und 6. Kirchenbau ufm Schloss Weimar (paginiert mit Nr. 149).

Mittwochs nach Johannis Baptista ao 1492 sind wir Michel von Dienstedt Marschal und Hans Falner auf Befehl und anstat vnser gnedigsten und gnäd. Herrn mit H i e r o n y m u s K e y l h o l t z vberkommen vnd bestalt, dass er eyn orgell In yrer gnaden kirchen zu Weymar im Sloss mit 6 registern Floten Zymbeln hmdsatzt Distant vnd Tenor etc. gleich dem Werk zu Torgau. Doch in leidlichen grosse vnd form wie In sein muster zettel angezeigt zubringen vnd alles was Ime als eine orgelmacher zumachen gepürt. sollen Ime mit zweyen oder dreyen Knechten kost vnd getrenke, notturft daselbst zu weymar schaffen vnd geben lassen. Wenn das Werk ganz vollbracht ist sollen Im m gsten und gn. Herrm die alde orgel so ytzund doselbst stet lassen volgen vnnd darzu Siebentzig Reinisch gulden oder die orgel behalten das zu yer gnaden macht vnd willen sein solle vnd hundert vnd zehen gulden geben, vnd Ime domit vmb solch wergk ganz bezalt baben. Hieronymus erklärt sich einverstanden.

Die Orgel scheint nicht lange gut gewesen zu sein, denn Montags nach oculi 1543 erhält der Orgelmacher zu Zwickau Meister Blasius den Befehl sich gegen Weimar zu verfügen und die Orgel daselbst, so in allen Stimmen baufällig vnd mangelhafftig ist, wiederumb verfertigen. (Unserm lieben getrewen Meister Blasien Orgell macher I t z o (!) zu Zwickau.)

Wir haben auch mit Meyster Hannsen dem Steinmetzen von wegen des kirchenpavs zu Weymar reden lassen, der hat sich vndertheniglich erbeten sich auf Ewer lieb begeren, dahin zu fugen vnd ist willens sich etzt auf den Schneberg zubegeben, (wenn ihn Ew lieb haben will mag Ew lieb ihm das auf den Schneberg schreiben).

S. fol. 241b. Nr. 11¹⁴. Kirchenbauregister auffn Schloss zu Weimar von Sontag nach Michaelis bis auf Sontag nach Antonii.

Angefangen am Sontag Marien Reinigung 1521 (?).

Hannsen precholt Zimmermann.

Meister Hansen dem Steymetze.

ix gl. dem Maler alhyr von dreyn knopffe zuvorgulden hinden auff dem kohr.

xxiiij gl. eodem von dreyen wappen zumallen.

vj gl. vo eyn creutz eyne stern mit eyne mohn hinden auff den chor zu machen vnd malen.

Von Eynem Sacramenth Hawsse zu Gissen.

Ist Connradt wunstleube(?) zu Erfurdt vmb xv gulden verdinget (Winschleube zu Erfurt).

Summa Summarum aller Ausgab zum bav.

ij C xliiij β xlv gl. ı Hell.

An geltt.

vj ℂ xvix gulden v gl. ı Heller.

Lochau. S. fol. 4. 5 und 6.—7a. Nr. ıı.

Vorratverzeichnis von 1484.

Brief Paul von Hogenest Jägermeister an Degenhartt Pfeffinger was am Bau von Lochau verfertigt bezüglich hauptsälhl. der Finkenherd.

Matheus Wolf Schösser zu Lochau Anschlag des neuen Schütten-bavs Mittwoch nach Palmsontag 1517. was er bezahlt und was er zum Baue empfangen habe.

Ausgegeben xxix schock xxxv gl. ix pf.

Lochau war jedenfalls höchst einfach, es werden 1517 bezahlt:

xxiiij einem tüncher der baids stoblein vffim Finkenherde hat gemacht.

xxx einem Tischler Anthonio Getäfel und Bänke.

vj einem töpfer für einen Ofen.

In Summa iiij β lvj gl.

S. fol. 83/84. Acta die Schloss und Amtsgebäude zu **Eisenberg** betr. 1523/24.

Ausgab zum bav zu uns. gn. Herrn Herzog Johannsen zu Sachsen zu Havsse zv Eysennbergk angefangenn am Montag nach vocem Jocunditatis anno 1523.

vgl. dem Maurer lorentzen Scheybn zum angeding Meister Mathesen der Kleinschmid.

Auch der Zimmermann schien ein meister mattessen zu sein, denn es wird vermerkt ı β iij gl. gantzen Stumpfen meister mattessen palierern meister Jörgen Schmidtt der döpffer vff drey öfenn.

Summa 124 β 44 gl.

S. fol. 85a bis 90a im grossherzl. geh. Staatsarchive befindlich **Eisenach und Wartburg** 1499. 1504. 1508. 1511. 1511. 1516. 1521. 1521. 1526. 1529. 1529. 1533.

Exzerpt aus der Registrande: Anno 1538.

Eberhardten von der Thann wirdt befohlen, das er sich gegen Eisenach verfügen, und neben dem Baumeister Cuntzen Krebsen, den Bau an Schloss Wartburg besichtigen, vnd sich mit Ime vergleichen, und in Verzeichnis bringen solle, Wie solcher allein zur nothdurfft vorzünehmen, Wirdt auch vorwilliget, das die steine zu bemelten Bau, von dem Closterlein, so am Berge gelegen, genohmen vnd gebraucht werden sollen. Item soll berichten wie viel Holzes zu diesem bau gefallet, vnnd warumb so viel starkes Holzes hier zu vmbgeschlagen Montags nach Jubilate 1538.

Anno 1540.

Schultheiss zu Eisenach Johann Leie giebt zuerkennen, Welche gebeude vffn schloss Wartburgk nach Anweisung Cuntzen Krebsen fertig, Wieviel geldes daran vorbauet, vndt an welchen gebeuden nochmals gebrechen vnd mangel. etc. Mittwoch nach·Conversionis Pauli 1540.

Anno 1552. Gedingzettel welchermassen Nickel Gromann Bavmeister etzliche Maurer und Zimmerarbeit vfs schloss Wartburg, etzlichen Maurern und Zimmerleuten verdinget. etc. (Also von da ab Nickel Gromann als Baumeister genannt.)

S. 91 b 93. Bau des Zollhofes zu **Eisenach**. 1516.

Ausgaben für Erbauung ao. 1516. 24 β 54 gl. 6 pf.

Herzog Johann lässt 1518 einige Häuser hinzukaufen eine steinerne Küche von Grund aus mit einem gewelbten Keller, eine Kuchenstuben ein Ziergarten, vnter das Kornhaus, Eine badstube auch eine andere stube dabei. Item eine Mauer vff dreien seiten vnd Hölzer gang etc. 989 fl. 10 gl. 4 pf. gestanden. 1520.

Zwei Bauregister von 1523 und 1524. Summa 103 β 16 gl. 1 hl.

(Es wird ein Schreiner Kersten Nebelunge oder Nibelunge erwähnt.) Franz Eckhardt Glaser, Hans Betz d. Töpfer, Hans Trupeler der Maler, (Tüncher wahrscheinlich malt Oefen) streicht Knöpfe Wendelstein an. Verding mit Mster Hansen dem Steinsetzer. Bei Abmessung des Baues wird angegeben bis an Meister Hansen des Goldschmidts Haus.

S. 96 a. Bau zu **Fridebach** angef. Sontags Vincula Petri 1518. Suma der Ausgab. 37 β 30 gl. 10 pf.

Brief Nickel Groman Baumeister v. Tage martini 1548 dass er auf Befehl nach Fridebach geritten und die schadhaften Gebäude besichtigt und dessen Anschlag.

S. fol. 101. Capittelshaus zur **Naumburgk** vff der Freiheit.

Dechandt, Senior und Capittel zur Naumburgk erinnern, das Inen das geldt, welches Ir Voigt, Zu wiederaufbauung, des eingerissenen Capittel Hauses, vff der Freiheit, Welches die Herzogen zu Sachsen Churf. Friedrich vnd Hertzog Johans Gebrüdern, Inen aussen Ambt Weimar wieder vffbauen zu lassen gewilliget, den Handwergkleuthen schuldig, bezalet und zugestellt werden möge. Mittwoch nach Galli 1515. Die Baurechnung ist dabei.

Do «weil, das Haus vff vnser freyheit, etwann von den Innwonern der Stadt Naumburg, frevelich eingerissen, wider, In massen es zuvor gestanden auffbauen zulassen». Summa der Ausgaben: xlvj β x gl. und ij pf.

S. fol. 264—265 b. Den Schlossbau zu **Colditz** betr.

Einnahme und Ausgabe zum Schlossbau von 1486. Ausgab. 16 ᵦ 7 gl. 6 ½ pf.

Donnerstag nach Judica 1491 wird dem Amtmann zu Colditz befohlen das Kalkbrechen und brennen am Schonbach bei Colditz zu befördern und die Arbeiter zu schützen und sie nicht verhindern zu lassen, zu belästigen und sie zugewaltigen.

Meister Lorentzen Zimmermann zu pretin ist der pau zu Colditz vordingt wie volgt. Erstlich soll er auf die Kirche ein sparwergk vnd ain fach palgken darauf das sparwergk stet etc. Zum andern soll er auf das Haus darin die Hofstuben ist, ein sparwergk mit gibeln wie alhie zu ald auf dem Haus darzu m. glt. H. vont drei fach palgken legen, alle scheydewend zu stuben, camern vnd gengen allenthalben zum clayben, aufhauen vnd machen. Desgleichen In dem wingkl zwischen der Kirchen vnd Hofstuben, darein sol er Hölzern tropen mit Lenen handhaben pods darssu als vil von noben auch ein klein stublein, heimlich gemach etc. Dafür erhält Mstr. Lorentz 46 gutte ᵦ und die spen.

Der Schösser Balthasar Kunat zu Colditz Ausgabeverzeichnis für den Bau. Summa 169 ᵦ 57 gl. 7 pf. Ao. 1519.

1523 wird über Fertigstellungen berichtet. 1539 war die Dachung auf dem Schlosse wieder sehr schadhaft und Abhülfe bedürftig.

S. 267—268 b. Der Schlossbau zu **Eulenburgk** bel.

Der Schösser zu Eulenburgk Bernhard Dornbach erinnert etzliche mengel des Schlossbaues Eulenburgk 1491. Renovationen und Dachung. Dann bereits Anschläge für Renovationen Küche etc. de Dat. 1530.

Baw Eylburgk anno d. 1496 angehoben Sonntags vocem Jocunditatis vnd beschlossen vff die Sillaba philipp 1497 Jare.

Summa aller Ausgab 138 ᵦ 14 gl. 6 pf. 1 hllr.

S. fol. 272 a. Nr. 1. Schlossgebäude zu **Grimma** betr.

Offenes Ausschreiben an etzliche v. Adel. weil das Schloss Grimma an Dachung und anderen baufällig und notwendig wieder anzurichten. Dass sie vff ansuchung des Amtmanns daselbst mit Fuhren und anderen vor sich und mit ihren Unterthanen hiezu fürderlich und behülflich sein wollten 1497.

Dann Berichte aus den Jahren 1504 u. a. dass der Komthur des deutschen Hauses Zu Aldenburg bis in die 7 Wochen mit einem Geschirr zum Bau Grimma gedienet und fragt an welches Geschirres man sich förder bediene solle. 1504.

Auszug des Schlossbaues zu Grimma bis in das 4. Jar ungeverlich gepawet vnd bisher darauf gegangen Suma 908 ᵦ 14 gl. 9 pf.

S. fol. 273 a. Nr. II. Der Amtmann zu Grimma Sebastian von Miselbach, Ritter, schreibt dass der Kurfürst das Kornhaus zu Grimma zu bauen befohlen habe, er schreibt an Johann Flehinger, Cantzler wegen Holz und Geschirrmangel. Donnrstg. n. Dionisi. 1498.

S. fol. 273 b. Fehlte in den Akten daher Exerpt aus der Registrande:

Georgius Spalatinus thut Bericht, nachdem befohlen Vnser lieben Frauen Kirchen Zur Grimma, abzutragen vnd zum Brückenbau doselbst Zugebrauchen, auss was er ursach vnd erheblichen Bedenken solches mit nicht Zu rathenn noch Zu thun sei Mittwoch nach Jubilate 1535.

Dabei auch des Raths Bericht 1535/36.

S 274. Der Amtmann von Leissnigk Georg v. Kitzschers Anschlag zu Mühlenbauten, bern mühl, schneidemühl und des Wehrs 1521.

S. fol. 301. Schloss und Mühlenbau in **Plauen.**

1498 beschweren sich verschiedene Werk und fuhrleute dass sie am Schloss und Amtmühlen gearbeitet vnd ihren verdienten Lohn aus dem Amt nicht erlangen können.

1510 berichtet der Schösser zu Plauen Jobst Frass dass er ein Ziegeldach für das Schloss für nicht beständig halte weshalb es nötig dasselbe mit Schiefern zu decken. Daraufbezügl. Befehl liegt bei 1510.

S. fol. 303. Schlossbau zu **Voitsbergk.**

Baurechnung 1493. des Amtmanns Markhardt von Tettau.

59 ß. 23 gl. 2 pf. 1 h t·

Weitere Berichte des Amtmanns v. 1509 und 1524 hauptsächlich über die zu leistenden frondienste.

S. fol. 311. **Coburg.**

Schösser zu Coburg Conradt von Witzleben berichtet dass der Bau vfm Schloss Coburgk zugerichtet und der Ziegeldecker angefangen, solchen mit Ziegeln zu behengen. Item dass die Wiltgarn bestelt zu Bambergk und derer 2 albereit fertig. Sontags nach Allerheiligen 1501. (Bamberg).

Durchlauchten hochgeboren Fürsten, evern Fürstlichen gnaden seint meine schuldige vnd gehorsame Dienst mit vleis Zuvor bereit Gnedigster und gnediger Herr, wie mir ever fürstlich gnade, des baves halben geschriben haben Szo habe ich meister Hanssen Steinmetzen zu Nurenberg schreiben lassen, alher gen Coburg Zukomen vnd den bave mitsambt ewer gnaden geschickten besichtigen vnd den anzuschlaen, welche ever gnaden geschickten vnd Meister Hans ein anschlagk vnd ein verzeichnis gemacht haben, als ever gnade ein genanten Meister Jorgen vornemen vnd von Ime vnterricht enpfaen werden welches in evern fürstlichen gnaden zu wissen vnterdeniglich nicht habe wollen vorhalten Dat. Sonnabends nach der unschuldigen kindlein tag Anno D secondo (1502).

Both grawe Zu Stolberg vnd here zu Werningerode
Pfleger zu Coburg.

Baumeister.

(Arnold von Westphalen.)

Rr. 60. Ich meyster arnoldt der durchlawchtenn hochgebornen fursten vnde hernn hernn ernsto kurfursten vnde hernn albrechts gebruder herzogen ztu sachsenn lantgrafen yn doryngen vnde marggrafenn ztu meyssenn wergkmeyster bekenne mit dysem meynem brife vor mich meyn erbenn vnde erbnemen nach alb mir dye genanten meyn gnedigen alle jar meynb dinsts halbenn xij fl. ztu geben pflegen habm yre gnad mich als hewten dinstagk nach valentius durch hansen guntdrod yr gnad candschreyber gnediglich beztalenn lassenn vnde sage sye dess vnde aller ander solde qmdt ledigk vnde loss vnde meynn solt hebet sich wider an vf weynachtenn wen man schreybet im lxxx jaren ztu vrkunde meyn gemerck vf dysenn briff gedruckt. Gebin ztu dressd ym lxxix jarenn am tage wye oben geschriben stet.

S

16 Februar 1479.

* Baumeister.

(Konrad Pflüger).

Register vbir dy kleydumb 1487 (B. b. 4138) Meister Contz steinmetze.

Hans Leimbachs Rechnung von 1496/97 (B. b. 4147, bestätigt B. b. 4161):

iii fl. meiner gnedigsten Hern Bawmeister von görlitz geben zu wymar Zcerung widerheym, als er den Baw alda besichtiget vnd angebe hat.

Leimbachs Rechnung 1500 (B. b. 4173):

xx fl. Solt, Jar vnd Dinstgeld Meister Cunradt dem **Werkmeister** vf seinen hinderstelligen solt die Jare.

Leimbachs Rechnung 1500 bis 1501 (B. b. 4174):

xx fl. Meister Cunrad dem Steynmetzen im ostermarkt vf sein Soldt vnd habe Ime für auch xx gulden geben.

Leimbachs Rechnung 1501 (B. b. 4175):

xx fl. Meister Conradt wergkmeister Steynmetze Soldt vnd dynstgelt Im Michaelsmarkt Anno xvᵉ primo.

Leimbachs Rechnung 1501/2 (B. b. 4175):

xl fl. Conradt Steynmetzen Im Nawen Jarssmarcht Im andern Jare zalt vnd ist also iiii Jare seines solds zalt vf befelh Er Hans von Mynkwitz.

Leimbachs Rechnung 1502/3 (B. b. 4181):

lvii fl. iii gl. dem Rath zu Whymer an xx β. geben zu enthaldungen der Steynmetzen Am Abent Nicolai.

* (Claus (Roder?).

Konrad Königs Rechnung 1489 bis 1490 (B. b. 4142):

xxxviii guldin Meister Claus dem Bawmeister sein Jar sold vnd ist erst vf allexi vertagt Im xvci Jar.

Konrad Königs Rechnung 1489 bis 1490 (B. b. 4142):

xxxviii guldin Meister klauss dem Steinmetzen sein Jar solt gebenn Im mein g. Herrn alle Jar vnd ist vi̇ Corpis Cristi verfallen vnnd Im erst vff heute Dornstag nach Jacoby bzalt (In Torgau).

Konrad Königs Rechnung von 1492/93 (B. b. 4146):

xxxviii fl. Meister Clawsen dem Steinmetzen sein Jar solld ytzund vff allexi vertagt gewest.

Konrad Königs Rechnung von 1492/93 (B. b. 4146):

xiiii β xviii gl. meister claussen dem parlirer geben sein solt vss beuelh meiner gnädigen Hern geschen am Fritag nach Esto mihi . . . Vnd sein solt ist erst verfallen vff allexy schirst zu künftig, das ein Wissen zu habenn.

Hans Hunds Rechnung 1493/94 (B. b. 4250). In Torgau :

ii fl. Claus steynmetzen . . . . an seinen sold vf rechnung.

Steffan Kammersehreibers Rechnung 1505 (B. b. 4187):

xxii fl. for iiii Dartzschen Claws Steinmetzenn vf beuehl m. g. h. Heintz Harnischmeister.

(Konrad Krebs).

Rr. 1135 a. Cunzen meissner Steinmetzen Bestallung zu einem Wergkmeister 1503 Sontags nach Martini für die Gebäude zu weimar etc.

Rr. 944. Cuntzen Krebs Baumeisters Dienstverschreibung vff sein Lebenngk.

Von gots gnad Wir Jehansfriedrich Hertzog Zw Sachsen churfürst p vnd Burggraw zw magdeburg Bekennen vor vnns vnnd vann wegen der hochgebornennen forsten Heren Johans ernst Hertzog Zw Sachsen etc. unsers freundlichen lieben Bruders vnnd thun gegen meglich das wir vnserenn liebenn getrvuen Cuntzen Krebsen Steinmetzen zu vnserenn Bawmeister vnnd Diner seyn lebenlang vf vnnd angenomen habenn vnnd neme hie Ine wissentlich ann. Ime vnnd mit Crafft diezt brivffs, dergestalt das er sich zu allene vnsern Haubt vnd andern gemeinen, furfallenden, vnnd furstehenndenn, gebeuden, als ein Baumeister nach seinem besteme verstannde vnnd warnungen, vleissig vnd vndertheniglich gebrauchen lass vnnd will. Dargegen vnnd zuergetzlickeit solnhs seins Dinsts wollen wir Inem jerlichen fumffzig gulten Reinisch, je ein vnd zwantzig Zins groschenn fur einen guld gerechnet aus vnser Cammer zu dem vier Quatember Zedten vnnd zway Gotisch malter Korn, aus vnsernn Ampt Gotha auch ein Sommer vnd winther Hoffklaitt aus vnnser Schneiderey reich vnd geben lass. Vnnd wurden wir etwo Inn Vnser Landenn vnnd Forstennthumben einen Haupt(man) (muss bau heissen) an fahen vnnd gedachten Cuntzen Krebsen, Zw einem Bawmeiser dazw gebrauchen, So wollen wir doch solcher Baw anne Enden Vnsers Hofflagers nicht were das er also die Cost, zuv hoff nicht habenn konthe Ime die woche me Zwène guld, So aber derselbige Baw, ann dem ort do wir hof habenn furgenehmen wurde, do er also die Cost Zu Hof habenne mochte die wochen ainen gulden

18

raich vnd gebenne lass. Begebs sich auch, das wir, vorgenanter Cuntzen Krebsenn Zu besichtigung vnser Schlosser vnd Heuser ader sunsten zu anderen vnsernn gebruch, wie sich solchs nach gelegennheit begebenn vnd zutragenn magk wurd gebrauch Solchs soll vff unser Costen geschehenn, vnd wann er also solcher gestalt, van vnns varschickt vnnd gebraucht würde vnnd wir Inen an kainen ordentlich vnsern Haubt Baw stehenn habenn, wollen wir Ime do er ein vollyge woche lenger aussen ist, wochentlich einen guld, nebenn der Zeerung, wie obgemelt raich vnd gebenn lass. Wo ehr aber kein vollige wochenn Inn abberurtenn vnsernn geschefften aussen sein wurde, sollen wir Ime nichts mehr Zuraich schuldig sein, sondern er soll sich vun seiner ordentlichen Besoldung begnug lassen. Truge sich aber zu, das wir gemanten Cuntzen Krebssen einen ordentlich Haupt baw, vndrgebenn vnnd Inen Im andern unseren geschefften, vorschick vnnd gebrauchenn wurd, so soll Ime seine Besoldung, die wir Ime vff denn valh wie obstehett raich, nichts destorweniger furt gehen vnd solcher vorschickung halber. Daran unabbruchlich sein, wurd wir Ine aber auch mit der Zeit vff ansuchung oder sunst Inn vnsere Stede etliche furhabende gebeude der orter Zubesichtig vnnd seinen Rath darzu zugebenn wie vnd welcher gestalt, bequemlich vnnd mit bedacht gebaudt mochte werdenn varrardemenn, dorinnen soll und will er sich gehorsamlich vnd gut wiilig halten vnnd erzeigen, So soll Im auch ein vferde gehaltenn vnnd Hafern als Itenn tag ain mass des gleichenn Stro vnnd Hew auch eijssen vnnd Nagelt gegebenn werdenn, Welchs alles ehr also, mit erbietung denn allem vleissig getreulich vnnd andertheniglich nach zu kommen vnnd soll solche Meine bestallung auff Reminiscere schirstenn sich anfahenn vnd angehenn, Beuelhenn demnach hierauff vnsern Jezigen vnd kunfftigen Landrentenmeister Cammerschraybern Schossernn, Zuv Gothaw, vnnd Hofschneydernn obgedachtenn, Cuntzenn Krebssenn die funffzig guld aus vnser Cammer vf die vier quatember Zeit, vnnd die zway Gotisch malder kornn, desgleichenn die futerung der mass Habern, vff sein pferde, aus vnserrn Ampt Gothaw vnnd das Sommer vnd winther Hoff kleidt. aus vnser Hofschneiderey jerlich die Zeit seines lebenns, Zuraichenn vnd Zugebenn, das soll ever Ider Inn seiner Rechnung entnomen werd vnnd geschieht daran vnsser maynung, Zur vrkunth mit vnseren Zurugk auffgedruckt Secret besigeldt vnnd geben Zur Lochav Sonntags nach Martini Anno Donn 1538.

Holzschnitzer.

*Steffan Kammerschreibers Rechnung 1505 (B. b. 4187):

xv fl. Cuntzt artztenn, dy er dem bildschnitzer zu Wirtzpurgk vfs Crucifix geantwort, das gen Wittenberg sol.

*Rechnung von 1506 (B. b. 4193):

xix fl. x gl. vi pf. Cuntz Irtztenn, das er dem Bildschnitzer zcu Wirtzburck für den grossen Hergot hat gebenn, der gein Witt. komen ist vnd da mit par bezalt vnd vorgnügt lii(?) fl. xii gl. vi pf. mitsannt dem fuerlonn Sonntag nach Margarethe.

* Leimbachs Rechnung 1505/6 (B. b. 4193):

xvi gulden Ciprian dem schnitzer gebin im Ostermarkt 1506 vf schriftlich beuelh dafor er bappir vnd anders kaufft.

* Rechnung von 1506 (B. b. 4193):

v fl. hat pfeff. dem bilschnitzer zcu torgaw geben auf dy taffel dy ausswendig am Closter gemalt sein vnd hat for(?) auch iiii fl.

* Ostermarkt 1514 (B. b. 4239).

xvi gl. meister Hannsen Tischer zu Wittenbergk, des pfeffingers tischer, Ausslosung vff ii nacht.

* Rechnung von 1491 bis 1492 (B. b. 4144).

i β iii gr. Meister Hermans Son dem Tischer zu Stwr, das er lm Wergkzeug kawfen soll vs beuelh meins g. H. durch Hans Hundt, ge-scheen am Fritag nach Cantate.

* Rechnung von 1492 bis 1493 (B. b. 4146).

xxiiii gl. meister pawlen dem Tischler Schiwgelt vnd Machlon.

iiii β xii gl. Paul Tischer meister Hermans Sone sein Jharsolt itzund vff Martini vortagt, nach laut seiner vssgesnitten Zcediln.

Bb. 2732. 1493/94.

Itē v gl. iij pf. ken liptz Alss mā dem Rentmeistē vmb vnde Richtunge schreip wie mā sich mit der kost tzu gebū kegin dem snitttzer vo amborg. hald suld. p. leonardi.

Bb. 2733. 1494/95.

Ite. 1 β. xx gl. dem Snittzer von amberg kost gelt die er vorzerth ehe man wuste daz man lm kost gebū sult uss befehl des Rentmeisters.

B. b. 2408. Jahrrechnung des Amtes Torgau v. 1507—1508.

1 gl. hat Simon Koralis zur Lochaw verzert do er m. g. h. Her-zog Hansen der taffel halben die man vf den nawen altar zu Unser liebenn frawen machen solt wie der erhaben solt werden anzeichung geben must.

Giesser.

(Peter Vischer.)

* Hans Leimbachs Rechnung Exaudi 1495 bis Omn. Sanctorum 1495 (B. b. 4147):

xlii β dem Capittel zu Meissen Zcallt vf beuelh m. g. h. Friedrich zu einer ewigen gedechnus m. gt. Hern Hertzog Ernnst seliger vnd löblicher gedechnus.

* Hans Leimbachs Rechnung 1497 (B. b. 4147, bestätigt B. b. 4162):

i*xvi fl. xvii gl. Umbhawn zcalt für ein Messingrabe meine gne-digen Frawen Hertzog Wilhelm seligen gein Reynerssborn.

iii fl. furlon dauon von Nurmberg gein leiptzk i fl. i ort. für strick, poltzen(?) vnnd andere vncost darauf gegangen.

*Rechnung von 1501 bis 1502 (B. b. 4177):

i fl. eym Rotgiesser von Nürnberg zu Zerung gen Wittenberg vf beuelh pfeffingers.

*Leimbachs Rechnung 1502 (B. b. 4175):

ii fl. dem messing slaher von Nuremberg zu Zcerung gein der Schweynitz, der besichtigen soll zu Schmydberg, ap die Erde zu tigelne tag, darmit man den messing machen sall.

vi fl. dem messing macher geben von Nbg. herein In das lant getzogen vnd die Erden besehen hat.

xvi gl. ix pf. lurlon von Nawnbg nach Leipzig nach odalrici 1502.

*Steffan Kammerschreibers Rechnung 1504 (B. b. 4185, bestätigt B. b. 4186):

i⸱xvii gulden golt Vnbehaw Zcalt für ein messen plat vf meiner g. frawen grab wigt v C. lv ß. den C. for xx fl. vnd für truhe vnd furlon.

iiclxii gulden ii β golt vnbehaw zcalt for xxiiii leuchter wegen xxiiii C. xxxviii ß. den C. for ix fl. für schild und Ring zcu den Leuchtern wegen i C xlvi ß. den C. for x fl. dauon zu malen furlon vnd vnkost.

*Rechnung von 1506 (B. b. 4193):

xxvii fl. v gl. iii pf. für iiii messenleuchter Ins stifft gein Witt. Zcur begenckniss haben iii C viii ß. gewogen.

*Hunds Rechnung 1513 bis 1514 (B. b. 4229):

xviii fl. für ein grossen messingen Leuchter yns Frauen Zcymer zu Weymar . . . von Nornberg bestelt.

Steffan Kammerschreibers Rechnung 1503/4 (B. b. 4185), Pfingsten und Michaelis 1503.

viii fl. Gregor petzschenn für ein leichsten vf m. g. f. seligenn grab vf beuelh Dittrich Spigels.

v β dem Steinmetzen von dem Selbigen Stein zu hawen vf beuelch Dittrich Spigels.

iii fl. for lxxxiii ß. bley das Epitaphium mit zu vergissenn auf den Leichsteynn.

v β xv gl. meister Claussen Steynmetzen zu Wittb. von vi Steynern sewle zcu dem leichstein zcu hawen.

x fl. Maister Jacob dem weylischen Maler vf beuelh pfeff. Sonntag nach Visit. Marie.

(Peter Mülich).

Rr. 1220. Dienstverschreibung Herzog Johanns für sich und seine Erben an P e t e r   M ü l i c h als Büchsengiesser auf Lebenszeit, besonders in Zwickau sich zum Giessen gebrauchen zu lassen, mit jährlichem Gehalt von 50 Gulden Landeswährung und ein Winterhofkleid aus der fürstl. Schneiderei, vnd so er in vnser arbeith ist vnnd vnns giessen wird sollen vnnd wollen wir Ime alle wege vom centner Zu lohne geben wir denhalben gulden bei seiner eigen Cost Kollen Feuer Helffe vnd getzeugk doch das wir ime die speisse als kupffer tzin messing vnd was zum werk die notturfft sein wird verschaffen Zu Weymar Suntag noch michalis Anno 1523. (4 Oct.).

Die durchlauchtigen Hochgeborene Fürsten, vnnd herrn, Herr Johanns Fridrich der Mitler, Herr Johanns Wilhelm, vnnd Herr Johanns Fridrich der Jünger, gebrüdern, Herzogenn zu Sachsen und vnnsern gnedige Fürsten, vnnd herren haben Peter Mülichen, Bürgers vnnd Büchsengiessers Zu Zwickau schreiben, heren lossen vnnd Ihme dorauf anzuzeigenn bevohlenn, das er binnen Zweyen Monaten, Zu Weymar, Im Hofflager vidrumb annsuchen solte, Ihme alsdann doselbst vff solche seine suchung, bescheidt gegeben werden, Dat. Nevstadt ann der Orla, Dienstags nach Jubilate Anno liiij. (17. April 1554).

Brief Peter Mülich Bürger vnd Büchsengiesser datiert Zwickau Donnerstag nach Jubilate 1554. (19 April.)

An die Fürsten worin er schreibt, dass er von Kurfürst Friedrich und Herzog Johann auf Lebenszeit bestallt worden sei «Welcher Dinst mit püchsen vnd glocken giessen vieler schonen grosser vnd kleinen stücke, auch etlichen Zügen, vnd schiessen Ich nhun gotlob Inn die 31 Jhar auch unter Regierung des Kurfürsten Johann Friedrich E. F. G. gelibten Hern Vaters.

Schlechte schwere zeiten «ist mir nhun In sieben Jharen mein Jhar gelt vnd kleidung nit gereicht worden, er hätte zur Antwort bekommen. er möge bessere Zeiten abwarten, aber wie ich zu bequemer Zeit deshalb anregung Zuthun entschlossen, Ist sein Churfürstl. gnaden verschieden mich ein unglück dero ich doch durch treibung aus der stadt, vnd entwendung des meinen vil erlitten, auch noch kein andern hern, dann E. F. G. weiss vnd erkhenn, ist er dr zuversicht auch von ihnen die bestallung auf Lebenszeit anerkannt zu erhalten, mit grossen vnd kleynen püchsen, glocken vnd grabsteinen zugiessen vnd sonsten von allerley von messing vnd kuppfer. Er will auch persönlich kommen, auch schöne Kunst vnd muster mitzubringen vnd zuweysen, Darob E. F. G. sondern gefallen haben sollen,

Von gottes gnaden Johanns Friedrich d. Mittler Herzog zu Sachsen etc. Sontag Visitationis Mariae 1557. (4 Juli) thun kund dass wir Peter Mülich von unsern Hofdienst gnediglich verlaubt. Vnd aus sonderlich gnaden Im jehrlich die Besoldung an geld als 40 gulden und auch seinen leib die Sommer und Winterkleidung, und vor die Unterhaltung seiner zwei pferde das ehr die abgehen hat lassen 2 Erfurdische malder korn und ein erfurdischer malder gersten, und damit er sich sambt seinem weibe soviel desto besser habe zubehelffen. So haben wir hierüber ihm vnd itzigenn seinem weibe vf ihr beider lebenn langk die Thanneck sampt dem Ackerbau und wiesenwachs und anderen, wie er das biss doher inne gehabt, Vnd Ime vff vnseren befehl eingeräumt und gegeben ist worden, zuhaben, zunutzen und zugeniessen gnediglich vrschrieben gut Thanneck, er soll es in baulich wesen erhalten und darauf nichts vpfünden odr vrschreiben. Nach seines und seines Weibes Tode soll es wieder vnserm Ambte Eissenbergk wiederum heimkommen.

* Rechnung von 1522 bis 1523 (B. b. 4312).

icxxxv gulden dem buchsngisser zu Zwickau von eyner feuer-buchsn zu giessen.

* Rechnung von 1523 bis 1524 (B. b. 4324).

1 gulden peter Mulich büchchsengisser zu Zwickau Seine Jarbe-soldung, Michaelis nechst felhaffig (?) gewest, entricht zu weymer am Sambstag nach Simon et Jude anno xxiii.

xcii gulten peter Mulich buchsengisser zu Zwickau an der grossen Neuen Carthaun zugissen, hält lxxxiii Centner von jed. iiii gulden hat hiruon ym oster vnd Michelsmarckt negst unschynen iic gulden auch impfangen inhalts derselben bucher Zcalt zu Weymer am Sambstag nach Simon et Judae xxiiii.

* Ostermarkt 1524 (B. b. 4328).

ic dem buchssingisser zu Zwickau vff arbait.

* Michaelismarkt 1524 (B. b. 4323).

ic gulden dem buchssengisser zu Zwickau, hat ym Ostermarkt negst auch soul (?) empfangen.

ic gulden für viii ℔ Zcin zubuss zur Neuen büchssen.

xli gulden xvii gl. ii pf. von der grossen büchssen ym Schloss Zwickau, Zuschlagen vnd andere vnkost . . . .

vii gulden xiii gl. zulon Zweyen furleuten, welche die Neuen büchssen von Zwickau biss gen Weymar fürgespannen.

* Michaelismarkt 1524 (B. b. 4233).

ic gulden für xiii centnr Zcin Zcubuss zu der Neuen buchssen Nickel Heynel Zu zwickav zalt.

xli guld xvii gl. ii pf. von der grossen buchssen in Schlos Zwickau.

* Ostermarkt 1525 (B. b, 4336).

xxv gulden dem buchsengiesser zu Zwickav Jar Zcins vff lebenlang.

iicxlv gulden peter Mulich dem buchssengiesser zu Zwickau von der Neuen Buchssen, basiliscus gnant, helt lxx center von id. iiii gulden inhalts seiner quitanz zu gissenn.

ic guld demsselben buchssengisser von Neuem wieder vff arbait.

* Konrad Königs Rechnung von 1492/93 (B. b. 4146).

ii β xxx gl. hat Hans Böheim von Nürmberg verczert selbdritte zu anders stoltzenn mit ii pferden vff x tag vnd xi gl. hufflag.

* Hans Leimbachs Rechnung 1493 (B. b. 4150):

iᵈlxix β xlii gl. vi pf. Hannsen Beheymen dem Büchsenngiesser von Nürnberg alle Erbeyt des giessers halben zu torgaw zu Wymer In bey Wesen des Marschalcks abgerechnet.

* Hans Leimbachs Rechnung 1493/94 (B. b. 4148):

iᵈlxx β xlii gl. iii pf. Hansen Beheymen dem Büchsenn giesser vor Nürnberg an iiiic lxxxiiii gulden xviii gl. iiii pf. i h. zcalt lawt seiner Zetteln mit lm alle Erbeyt des giesens halben zu Torgaw ab-gerechnet.

*Hans Leimbachs Rechnung 1493 (B. b. 4150):

v gl. von einer laden zu machen vber das Hirsch geweyh, das der Büchsengiesser zu Nürnberg m. g. h. geschanckt hatt.

*Hans Leimbachs Rechnung 1493 (B. b. 4150):

ix fl. xxv gl. Hannsen Beheymen Rotschmid zu Nürnberg von eym wasserzwg vnd zu furlon zcallt.

*Leimbachs Rechnung 1501 bis 1502 (B. 4175):

i fl. Hans vmbhawen zalt von einem muster, wie man ein plchssen fassen sol, hat er aussgeben.

Leimbachs Rechnung 1506|7 (B. b. 4196, bestätigt B. b. 4185):

*Leimbachs Rechnung 1507 (B. b. 4198):

Bei Hansen Beheym Büchssengiesser zu Nurenberg wird für 693 fl. 15 gl. Kupfer gekauft.

Leimbachs Rechnung 1507 (B. b. 4199, bestätigt 4185):

vi gulden Peter Beheimen vff m. g. h. schrift hat Iren J. gnad. zwey schlenglin gossen.

Maler.

*Nach der Rechnung B. Hunds von 1488 (B. b. 4146) wurden gezalt:

ii gl. grobe leimath da ynn Fritz Botz die Reytdecke zum moler gein Nurinberg furt Donnerstag nach lucie.

*Nach jener von 1489 (B. b. 4140) weiter:

ii gulden dem Maler von Nuremberg zu Zwickau als er m. g. h. daselbst abcontravet Freitag nach Kiliani.

*Rentmeisters Hans Leimbachs Rechnung von Martini 1503 bis Trinitatis 1504 (B. b. 4183):

lxxiiii fl. hat mir Vnbehaw geschriebe hab er zalt Michel wolgemuth maler für ein tafell.

*In einer anderen Abschrift dieser Rechnung (B. b. 4184) heisst der Posten:

lxxxiiii fl. hat mir Vmbhawen geschriben hab er zcalt Michet Ungemuth maler für ein tafell m. g. h. futter vnd potlon gold.

Leimbachs Rechnung Simonis et Judae 1504 bis Prisce Virg. 1505 (B. b. 4183):

iii gulden vii gl. furlon Mattes schlemer xi tag, hat pauel goltschmidt mit einer tafel von Wymer gein Wittenberg vnd wider gein Wymer gefurth.

*Rechnung des Kammerschreibers Konrad König von Sonntag Exaudi 1489—1490, (B. b. 4142):

1 Rinische guldin Meister Hannssen von Amburgk geben vff ein taffel die Im mein gnedige Hern verdingt haben zu machen, sol zu vnnser lieben Frawen gen Torgaw In die Kirche kommen . . . .

xx Rinische Guldin demselbigen meister Hannsen von Amburgk vor die drei grosse Bilde, die mein gnedige Hern auch von Im gekawfft haben vnd zu vnser liben Frawen komen seindt in die kirche.

*Leimbachs Rechnung (Concept) von 1491—1493 (B. b. 4145) 1491:

1 gulden vberschult (überschickt?) vnd zalt Hansen Malern von Amberg vf beuel m. g. Hr. vf die stuben hat vor auch wie in der Rentmaisterrechnung stet auch 1 gulden von mir vnd ist durch . . . . (?) spigl vnd mich abgeredt Mitwoch nach Dini applos. zu Torgaw vnd er hat wollen iiic fl. haben vnnd vf iiic ploss (?) haben wir Im iic zugesetzt vnd so sie gemacht, was wir beide sprach . . . . das den iic gegeben soll an vnd . . . . (flüchtig geschrieben, daher unleserlich).

*Rechnung vom Jahre 1491:

1 gulden habe ich vf schrift des Rentmeisters vberschriben gen Nurb. Hansen Maler von Amberg vf die taffel zu geben.

ii gulden xvi gl. einem furmann mit der taffel gein torgaw gsent vss dem Nawen Jarssmarkt.

Idem zu furlon dauon Hans (Unbehau) von Nüg. ix gulden xviii gl.

iiii gulden hat Umbhawen demselben Maler zu N. zu zceren geben.

lxxx gulden hab ich demselben maister vf schrifft m. g. Hern geben, Sonabt nach Anthoni.

ii gulden xvii gl. zalt für farb hat mein g. h. Ludwigen s . . . (?) alhie den Maister von Ng. lassen holen und kauffen.

1 gulden zalt durch Umbhawen vf beuelh m. g. h. Hansen Maler vf die . . . .

*Ostermarktrechnung von 1492 (B. b. 4147):

x β xxx gl. Meister Hannsen dem Maler von Amberg geben vf die Stuben, die er Meyn g. Hrn. machen soll In der Fasten nach Letare.

*1493 (B. b. 4147):

xvii β. xxx gl. . . . vf die Stube zu Wittemberg dem Maler von Amberg.

*Hans Leimbachs Rechnung von 1493 (B. b. 4150) heisst es:

viii gl. Bottlon hat Vmbhaw Zcalt gein Amberg nach dem Maler gein Wittenberg zu komen.

viii β. xxiiii gl. Hannsen Maler von Amberg zcallt für ii kasten vnd ein tisch, seind zu Wittemberg, vf beuelch m. g. h. freitag nach judica (bestätigt durch die Marktrechnung von 1404 [B. b. 4147]).

*Hans Leimbachs Rechnung, welche Exaudi 1493 begonnen wurde (B. b. 4150), besagt:

xvii β. xxx gl. . . . vf die Stuben zu Wittemberg dem Maler von Amberg zcallt Nemlich xxx nach omn. sanctorum vnd XX guld. Im Nawen Jarssmarkt Im xciiii.

*In Leimbachs •Rechnung und Auszug• 1493—1494 (B. b. 4148) wird der Posten aufgeführt:

xiiii β. den Handwerklewten, dem plattner von Wittenberg vnd dem Maler von Amberg.

* In Hans Hunds Rechnung von Severi 1493 bis Margarethe 1494 (B. b. 4150) werden zu Torgau gezahlt:

iiii fl. dem Maler zu Torgaw von Er . . . . (?) wegen.

* In der Rechnung des Neujahrsmarktes zu Leipzig 1494 heisst es (B. b. 4137) weiter:

vii β. dem maler von Amberg.

Weiter 1494 (B. b. 4147 und 4150):

ii β. vi gl. dem tischer von Amberg vf die Stuben zu Wittenberg geben Im Ostermarkt im xciiii.

* Dann weiter nach Leimbachs Rechnung 1494—1495 (B. b. 4152): liii β. liiii gl. der Tischerinn vonn Amberg zcalt vf Sant Martinstag an der Stubenn arbeyt zu wittemberg So ist vorrechent In der Rechnunge Im xvii ic gulden In der Rechnunge Exaudi Im xciii lvi gulden vnd dem Kammermeister Itz Michaelis Inn sein Rechnunge geben vi gulden v gl. vnnd ist also aller arbeyt der Stuben halben vergnügt. iiic xl guldenn.

ii β. xvi gl. xi pf. den dreyen tischer gesellen die Zwen Ein Jar der andere 2 Jar zu Wittemberg an der Arbeyt gestanden zu trangeld gebenn am Tag martini.

* Der Kammermeister Konrad König zahlt endlich laut der Rechnung Exaudi 1494—1495 (B. b. 4152) aus:

xlvii gl. einem tischlergesellen von Meister Hansen von Amberg wegen, hat an der Stube zu Wittenberg gearbeitt.

i β. xxiiii gl. Eym maler gesellen von Amberg von meister Hansen frawen wegen zu Wittenberg zalt nach assumpt. marie virg. Ist man Im an der Erbeyt schuldig bliben.

* Kunz Königs Rechnung 1488 B. b. 4138.

Item iii β. xxx gl. ludwigk maler von liptzk vor v vorgulte kertzenn, hat mein gnediger Her Herzcog Ernnst gotseliger genn Colditz vordingt.

* Hans Hunds Rechnung 1489 B. b. 4140.

i fl. iiii gr. Junker Ludewig für leimat vnd anders so er zu der gemachten Rosslein, die er m. g. h. gemacht, Donerstag nach Estomihi.

* Hans Leimbachs cassirte Rechnungen 1491 B. b. 4145.

ii fl. xvii gr. zalt for farb, hat mein g. h. Ludwigen s . . . (?) allhie den Meister von Ng. lassen holen (?) vnd kauffen.

* Konrad Königs Rechnung 1492—1493 B. b. 4146.

xxi gr. Ludwig Maler geben vonn einer Rendeyke zu malenn, ist Mistelbach worden (d. h. geschenkt worden).

v gulden ludwig maler geben zu Zcerung, als er hinheim gezcogen ist, vss beuehl meins gnedigen Herrn . . . .

* Konrad Königs Rechnung 1494—1495 B. b. 4152:

xviii gl., Ludwig maler geben vonn seinem gerethe von Dressden alher (nach Torgau) zu fürenn vf beuel m. g. Herrn Herzcog Friedrichs durch denn von Wiltenfels am Sonnabint nach Corpor Chri.

xlii gl. Ludwigk maler geben zu Zcerung, als er mit mein gnedigen

Herrn vonn Luneburg hinwegk gezcogenn ist vf beuel Meines gnedigen Herrn Herczog Hannsen durch denn Reussen am Dornstag nach Francisci.

*Hans Kammerknechts Register 1495 B. b. 4156.

iiii gulden hat pfeffinger Ludwig Maler dem stogkmarn (?) geben zu Bamberg vss beuel meins gnedigen Hern Herczog Fridrichs, als sein gnaden von der Nawstat geritten ist.

*Leimbachs Rechnung Palmarum—Ulrici 1499 B. b. 4168.

viii fl. Ludwig Maler vf sein Soldt geben vf beuelch des Landtvoits durch lorentz keller.

* Rechnung Weihnachten 1501 bis Reminiscere 1502 B. b. 4177.

ii fl. Ludwig maler zcalt von einer Stechdecke zu malen m. g. h.

vi fl. Ludwig Maler zcalt von einer Stechdecke zu malen.

Beide zum Gesellenstechen in Stendal.

* Michaelismarkt 1486 B. b. 4136.

*Item v ℔ wachs i ℔ vor iiii gr. macht xvii gl. iiii pf. i h. hat Cuntz maller nach des Rentmeisters geheis am Sonnabent nach pfingsten genommen.

Item i ℔. blaw lasur vor xlii gl., das alles (nämlich vsrschiedene Arten Stoffe, seidene Borden, Leinwand etc.) hat Contz Maller zu fannen vnd panner auff das begencknus gein Meissen genommen.

*Kunz Königs Rechnung zum Herbstmarkt 1487 B. b. 4138.

xxx β. Cuntz maler geben an seiner gelt schuldt.

Vor mein gnädigen Hern Herczog Hannsen Cuntz Maler genommen: xlv gulden iiii pf. i h. (einen längeren Posten namentlich) postzcindel, Zwilich, Seidenn, leimat (in allen Farben), Tuch, pappier (etc).

* Register Vbir dy kleydumb vff dem Winter Im lxxxvii Jar 1487 B. b. 4138.

*Königs Rechnung Neujahrsmarkt 1488 B. b. 4138.

Cuntz Maler genommen:

iii β. xxxi gr. iiii pf. i h. (Leinwand, Zwillich, Stoffe) zum Hofgewand.

Cuntz Maler xiiii β. xxxvi gr. alde schult bezalt die man ym hinderstellig schuldig gewest. Ist damit der alden Rechnunge aller vergnügt vnnd geben v schog vf das nawe.

*Kunz Königs Rechnung auf dem Kaisertag zu Nürnberg 1488 B. b. 4138:

Item x gulden Cuntz Maler vf sein arbeyt, geschen zu Nuremberg am osterabindt, macht an Müntz iii schog xxx gl.

Item ii guldenn Cuntz maler geben am Dinstag nach quasimodogeniti . . . zu Nuremberg.

Item xxiii schog Cuntz maler geben an seiner gethan arbeyt vnnd geltschult zu torgaw vss geheis meyner meiner (!) gnedigenn Hernn.

*Hans Hunds Rechnung 1488 B. b. 4139.

viii gl. vor Zwei Zinern Flaschlein hat Cuntz Maler bestelt, im Markt bezcalt (bestätigt B. b. 4140).

xx gulden Contz malern vf Rechnung geben Im michelsmarkt zu Leipzk (bestätigt B. b. 4141).

*Hans Hunds Rechnung 1488 B. b. 4140.

i gulden for tuche vnd werckzeug Contz maler gekaufft Im Michaelsmarkt (bestätigt B. b. 4141).

*Hans Hunds Rechnung 1488 B. b. 4141.

ii gulden Contzen molern geben Freitags nach vocem Incunditatis.

Kunz Königs Rechnung Ostermarkt 1488 B. b. 4138.

Item ii β. ii gl. iii pf. i h. vor xlix elenn grawe zcindill Kuntz Maler, vffgenomenn Fritag nach vnser Frawen tag purificationis.

Herbstmarkt 1488 B. b. 4137.

Es liegt hier eine genaue Rechnung vor, nach welcher Kunz liefert:

. . . Eyn pett buchleyn darin geluminiret x martirgen vnd xxvii poschtaben darvon ii β.

•Eigne grosse weysse fannenn und kleynne, dye beide versilbert vnd von Oelfarbe gemacht, darvon alle peyde vii β. vnd dey gen weynmar pracht. Summa Summa Cuntz Malers Rechnung xcv β. lvi gl.

Item xlv β. lvi gl. Cuntzenn maler von Rynne vnd stechedecken zu malen nach lawt seyner Rechnunge, die Hans Leimbach vnd der Rentmeister vss beuell m. g. Hern von Im geholt haben.

xx gl. vor viii ein geln Zcindeln, ye die eln vor iiii gl. Cuntz maler genomen.

iii gr. vor ii bücher pappir alles Cuntz Maler genomen.

*Kuntz Königs Rechnung 1489—1490 B. b. 4142.

xlviii gl. vi pf. vor ettlich gerethe zu den Türgkischen schillden komen, hat Cuntz Maler vor beide meine gnedige Herrn bei Zschopperitz zu leiptzk machen lassen. . . .

i β. xxiiii gr. Cuntz maler geben vff Rechnung . . . am Dornstag nach Thomae.

*Neujahrsmarkt 1489 B. b. 4137.

Cuntzen Maler xxi schog geben vff Rechnunge.

*Königs Rechnung 1489—1490 B. b. 4142.

iiii β. Cuntzen Maler geben vt beuelh m. g. h. h. Hansen.

*Ostermarkt 1490 B. b. 4137.

Cuntzenn Maler lxv guldenn vff Rechnunge seiner Arbeit geben.

Hans Hunds Rechnung 1490 B. b. 4140 (bestätigt B. b. 4141).

i gulden Cuntz malers knechten, als m. g. H. In sein Werkstat waren, Sonabindt nach Judica.

ii gulden Cuntz Malern Dinstag nach Galli.

i gulden Contz Malern Dinstag nach Leonhardi.

* Neujahrsmarkt 1491 B. b. 4137.

iii schog Cuntzenn Maler vff beuelh m. g. h. h. Hannsen.

*Des Zehenter Hans Leimbach cassirte Rechnungen 1491 B. b. 4145.

Ussgebe für Contz Maler:

x gulden Im selber geben vnd seiner frawen laut meinem puchs.

ii gulden Im geben zu Homelsshayn (?)

vi gulden geben seiner frawen Michelssmarkt.

xxxi gulden Im geben nach dem Michelssmarkt.

vi gulden geben am Sonnabt nach dem stechen, als ich mit Im rechent.

xx gulden sol im mein fraw geben martini vnd ist also laut meiner rechnung, die ich mit im von m. g. Herrn wegen gtan habe am sonnbt. nach . . . . . zalt xi^c gulden vor vnd itzo vorrechnet ward x gulden hinach (?) geben vf bruelh m. g. Hern.

* Hans Hunds Rechnung 1492 B. b. 4140.

i gulden Cuntz malern Zcerung als er gein tressen (Dresden) reit, m. g. h. ettlich gemalt besehenn solt, Mitwoch nach dem Nawen Jar.

i gulden Contz malern auss beuelh m. g. h. Dinstags nach Erhardi.

iiii gulden Contz malern, Montag nach Judica (bestätigt B. b. 4141).

i gulden Contz malern auss beuehl Freitag nach Mathei apostoli (bestätigt B. b. 4141).

i gulden Contz malern geben zu Zcerung als In m. g. h. von Weimar hinweck geschickt Freitags nach Eilfftausend Jungfrawtag (bestätigt 4141).

* Konrad Königs Rechnung 1492/3 B. b. 4146.

x gulden Cuntz Maler vonn lipzk geben vff sein arbeyt uss beuehl meines gnäd. Hern Herzcog Fridrichs.

* Leimbachs Rechnung Exaudi 1493 B. b. 4150 (bestätigt B. b. 4147).

iiii β. xii gl. Contz Malers Weibe vf Rechnung geben In sein abwesen von wegen mens g. Hern Hertzog Hannsen nach Margarethe.

vii β. xxi Contz Maler vf Rechnung geben. Nemlich xvii gulden seiner Frawen Im Nawen Jarsmarckt vnd iiii gulden Im selbs dauor.

vii β Contz Maler vf Rechnung geben vf beuelch m. g. h. h. Hannsen durch Kitzscher. Im Ostermarckt.

* Leimbachs Rechnung 1493 B. b. 4147.

iii β. li gl. hat vmschaw vf ansynnen Contz Malers vssgeben furlon vnd zerung von den Moren von Augspurg biss gein Nurinberg.

* Hans Hunds Rechnung 1493/4 B. b. 4150.

x gulden Cuntz Maler aus beuelch m. g. Hern zu Wittemberg.

* Ostermarckt 1494 B. b. 4137.

xx gulden Kuntz maler.

* Neujahrsmarkt 1494 B. b. 4137.

vii β xxi gl. Contz maler vf Rechnung.

* Konrad Königs Rechnung 1494/5 B. b. 4152.

x fl. Cuntz maler geben vf meinen gnädigen Herrn Arbeit, das er Iren gnaden thun sol zum lochaw.

xxi gr. denn maler gesellen gebenn zur lochaw, wegen meines gnädigen Herrn Herczog Hannsen, vf beuel seiner Gnaden durch Kitscher.

x reinisch gulden Cuntz maler gebenn von wegenn m. g. Herrn Herzcog Hansenn hat er sein gnaden etlich golt vnd silber zu Rendegkenn zu Erfurt gekaufft.

xlii gulden Cuntz Maler geben vf Rechnung.

i β iii gl. Cuntz Maler vff rechnung geben zu lochaw Joh. Bapta.

* Leimbachs Rechnung Dorothee—Exaudi 1495 B. b. 4152.

xvi β i gl. Cuntz Maler vnd seinem Weib vff rechnung geben Inn seinem Abwesen.

* Hans Leimbachs Rechnung Exaudi 1494 bis Om. sanct. 1495 B. b. 4155.

i β Contzen Malers weybe vf Rechnung geben Im Michelssmarkt Im xcv.

* Leimbachs Rechnung omn. Sanct. 1495 bis Convers. pauli 1496 B. b. 4147.

iiii β xxx gl. Contz maller vf Rechnung geben.

* Hans Kammerknechts Register 1485 Coburg B. b. 4156.

xxvii gulden Cuntz Maler geben von Wapen meiner gnedigen Herrn vf beuel Er Hansen Hunds vnnd Rentmeisters die bejde Ein gut Wissen haben.

* Leimbachs Rechnung Onm. Sanct.—Lucas 1496 B. b. 4147.

ii β Contz maler von denselben wapen (die Melcher Kartenmaler druckte) auszustreichen geben.

* Leimbachs Rechnung Exaudi—Allerheiligen 1497 B. b. 4147.

ici fl. v gl. Cuntzen maler zcalt laut seiner Rechnung vdalrici Im xcvii jar vnd ist darin gerechet ic fl. for die Stuben zur loch.

xlii fl. für das Crucifix zu Torgaw mit dem das er vor entpfangen hat vnd xx fl. for xi geküntervet antlitz das alles In nechster Rechnung nit gerechnet ist (bestätigt 4162).

* Leimbachs Rechnung Jacobi—Palmarum 1499 B. b. 4165.

liii fl. ix gl. iiii Contz maler vf ein Zcettel, dar Inn In meyn gnedigster Herr das er Iren gnaden zu freiburg Im preisska gemacht icv fl. xxiii gl. schuld, seint, daran Im lii fl. bezcalt laut des Zcettel.

iii fl. Contz Maler Zerung zu meyn Gn. Hern nach Novitat Marie.

xxviii fl. xix Martin leublein vnd Contz Maler zcalt für iii Renndeckin haubold pflug, Contz am Ende vnd Sigmund grosen.

* Hans Leimbachs Rechnung Judica—Kilian 1500 B. b. 4171.

xxvi gulden der Cuntz Malerin for zwey bücher, beuelh mein gned Herrn zcalt vnnd ein tuch, vnnd das gein avgspurg gesandt.

xxvi gulden der Cuntz Malerin vor zwei bücher vff beuelch m. gn. Hern zcalt vnnd gen Augsspurg gesandt sampt eynem tuch.

vi gr. für ein passion buchleyn zcalt vnnd geyn Torgaw gesannt palmarum.

(Jacopo de Barbari.)

* Kunz Königs Rechnung auf dem kaiserlichen Tag zu Nürnberg 1488 (B. b. 4138) (?).

Item vi gl. von dem fass zu machen zu der taffel die mein gnediger Herr Herczog Friederich zu Nuremberg hat gekauft (?).

Item iii β xxx gl. geben meine gnedige Herrn dem Wahlen alle Jar vber sein solt, hat er itzund in Torgaw erhabenn (?).

Item xvi gl. zu malen von dem stugke, das zu der Taffil gehört, die mein gnediger Herr Herzog Friderich zu Nuremberg gekaufft hat Vnd zum Vogilgesange gegebenn (?).

* Steffen Strols Rechnung 1503 bis 1504 (B. b. 4185):

x fl. dem Weylischenn Maler Meister Jacob Mitwoch nach vincla petri zcu thorgaw vf beuelh pfaff.

xv fl. Maister Jacob dem weylischen Maler vf beuelh pfeff Sonntag nach Visit. Marie.

* Strols Rechnung von 1503 bis 1504:

xv fl. dem Weylischen Maler Meister Jacob zu Witt. vf beuelh pf. Sonntag nach Nativ Marie.

vi fl. meister Jacob dem Maler zcu der Nawnburck vfm Hoff vf beuelh pfeff.

xxx fl. Maister Jacob dem Maler zcu Witt. vf beuelch pfeff. zcu der Loch, Inn Sontag nach Lucie.

* Steffen Kammerschreibers Rechnung 1505 (B. b. 4187):

xxxii fl. v gl. dem platner zu Wittenb. für i Zcewch vnd Einn streuffdartzschen, ein hinder, i forder tail maister Jacob dem Maler laut Einer Zcettel vf bevehl pfeff. durch Heintz harnischmeister.

* Steffen Strols Kammerschreibers Ausgabe. Angefangen 1. Januar 1505 (B. b. 4188):

lxx fl. hat Marx Anspach zu Nvrnberck für Maister Jacob den weylischenn Maler auss geben, laud Einem zcettel, Als in m. g. Hern zcum Erstenn haben aufgenomenn, mit zcu gerechet zcu weymer Donerstag nach paulj Komf.

x fl. Maister Jacob dem Maler zcu Witt. In dem stublen Am Dinstag nach Invocauit zcu Witt.

* Leimbachs Rechnung Bartholomäi bis Concept. Marie 1505 (B. b. 4183):

xxx gulden dem Wellischen maler vf schrift m. g. Hern (bestätigt 4190).

xxx gulden dem Wellischen maler vf schrift m. g. Hern.

Steffen Strols Ausgabe Sonntag past. bis Visit Marie 1505 (B. b. 4188):

xx β maister Jacob dem weylischen Maler zu thorgaw . . . . . (?) montag nach Jubilate vf beuelh pfaff.

* Steffen Strols Ausgabe Visit Marie 1505 angefangen (B. b. 4188):

xv fl. maister Jacob dem weylischen Maler vf sein solt vnd Erbeydt mitwoch nach Cantate, ist das Erst gelt als ln m g. Herren habenn aufgenomen.

xx fl. maister Jacob dem maler zu Witt. zcu der loch auf Erbaydt Freytag nach Cruc. das ander gelt.

*Steffen Strols Ausgabe. Michaelis 1505 angefangen (B. b. 4188):

xxv fl. maister Jacob dem welschenn Maler vf sein solt vnd Erbait Zcu der Loch am Freitag. nach lucie bey seym Diener, In beywesen Meister Lucas Maler.

B. B. Amtsrechnungen Wittenberg. Bb. 2745.

Cuchen Register des wellischen malers So montags nach Jacoby biss vf martini Anno 1504.

Am montag nach Jacobi Anno xv^e quarto hat man Meister Jacoff den welschenn Moler Selb Ander zv speyssen angefangen.

Cwchenn	Vorrath	Speysekamer
ij gl. vor Rinthfleisch	ɩ Schops	iij vor semlen
ij gl. vor schweine brathen	xv huner	Inn disse wochen hat Er
ij gl. vor ij β vogell	ij Schroth	doctor Ravennas vnnd
i gl. vor weis kravth	vi Hecht	doctor Marschalgk ij mal-
iiij gl. vor ij β Eyere		zet zv gast gebetnn mit ij
		famulenn.

Suma xj gl.   Suma der wochen xiiij gl.

Sontag nach Petri ad vinculam.

Rindfleisch Gekröse, Schweynenen Brothenn, Vogell, Weiss Krauth Birnen, Eyer. iij gl. iij pf. vor Semlen.

Disse wochenn hat er Doctor Raveñas den Jüngeren vnnd Doctor marschalgk mit ij perssonen zu gestenn eynn mal Zeit gehabt.

Suma der Wochen xv gl. ij pf.

Sontagk nach Lawrentij.

Rindfleisch, Schweine clawen, schweinen Brathen, vogell (ɩ β), weiss kravth, Rwbenn, Eyer. — (Semlen).

Disse wochenn hat er viher Studenten vnnd den Moler meister albrecht mit dem weybe j molzit zu gast Gehabt.

(Grosse Zynnkanne xiiij gr. und zwei zinnerne schüsseln xxv gl. werden angeschafft) für zusammen 39 gl.

Suma der wochen lj gl. ij pf.

Sontag nach Assumptio marie.

2 doctores Rauennas und —? Zu Gast gehabt.

Suma der Wochen xiij gl. iiij pf.

Sontag nach Bartholomey. werden erwähnt v Eymer wein die Zeith. Gäste doctor Rauennas und doctor marschalgk ij molzeit Zu Gast.

Suma der wochen: xj gl. j pf.

Sontag Egydi.

Schweinebraten, Rindsfüsse, Rindfleisch, Fogell, 4 mandel Eier.

Diesse Woche dem probst ɩ malzeit, Doctor marschalgk und den rektor ij malzeit eyn magister ɩ malzeit zu Gast gebetenn.

Suma der wochen: xiij gl, iij pf.

Sontag nat Trinitate marie.

Doctor marschalgk vnnd Ravemias (sic) den Jüngern mit Zweien familien ij malzet zv Gast gehabt.

Suma vij gl. iij pf.

Sontag nach Cruce.

Hat Er den rektor mit den Famulenn Innt Sampth einetz andern magister zwue Molzith zu havss gebethenn.

Suma der wochen : xi gl. ı pf.

Sontag mavriti (22/9. ı5o4).

Disse wochenn hat der probst Doctor Ravennah doctor marschalgk ij molzet mit Sampth iij knechte mit lm gessen.

Suma xij gl. iiij pf.

Sontag nach Francisci. Ist meister Jacoff vonn der lochav wider kommen vnnd disse wochenn iij tage alhier gespeist wurden. Doctor Ravvenas drey Molzet Selbander sie Obenn gessen doctor marschalgk selbander ı Molzith. Suma der Wochen : vj gl. viij pf

Sontag Dionisi.

Der junge Ravennas mit sampth sseine Famulo ij Tage hir Obenn mit dem Mohler gessen. Idem Doctor Marschalig ij molzeit. .Suma der wochen xi gl. ij pf.

Sontag nach luce.

Der junge Ravenas Selband iiij Molzith Hie Oben gessen. Id. Doctor Marschalg Selbander ij Molzith. Suma der Wochen x gl. ij pf.

Sonntag nach xi M. virginis.

Doctor Ravennas der junge mit ı famulo iiij tage Oben gessenn. Item magstr. ı malzith. Suma xij gl. ı pf.

Sontag post Omn. Sanctor.

Doctor Ravennas der Junge mit ı famulo iiij tage mit Ime gessenn.

Suma xij gl. v pf.

Sontag nach Leonardi.

Doctor Ravennas iij tage mit Im gessen vd Famulo.

Suma ix gl. ix pf.

Suma Sumarum iij ß xxx gl. xj nav pf.

Ite x Eymer weyns die zeith vnnd her nach bis reminister.

Aa 23oo pag. 87. Brief des Kurfürsten Dienstag dem heiligen xiM Junckfrauwentag Anno dom. xvᶜxxj (15a1.) Erinnert dass sel. Maj. 2oo Gulden für Albrecht Thürer mit der Stadtsteuer verrechnet und will der Kurfürst die ıoo Gulden zahlen.

Aa 23oo pag. 88/89. Brief Tuchers. Samstag nach Dionisij 12 October 15a1. Stadtsteuer so meine freund und ‘ erber Rat jedem Röm. Kaiser und könig zu reichen jerlich verpflicht, Kurfürst auf 6 Jahre verschrieben erhalten von itzo kommenden St. Martinstag an zu rechnen. Mich bericht auch mein Freund Caspar Nützel zu Worms verschrieben. Ewer Churf. gnad hab auch dagegen zugelassen vnd bewilligt das von solcher jerlich statstewer Sixten Oelhafen 2oo fl. vnd albrechten Thurer Zu Nurmberg hundert gulden, die sy bey keyser Maximilian umb Ire getrev Dienst vnd vilfeltige vnbelonte arbeit erlangt vnd von yetziger Kr. my genugsam Befestigung daruber empfangen haben, alle Jar volgen vnd geraicht werden sollen.

(Albrecht Dürer.)

* B. Hundts Rechnung von 1489 (B. b. 4140, bestätigt B. b. 4141):
ii gulden dem Maler von Nüremberg zu Zwickau als·er m. g. h. deselbst abcontrawet Freitag nach Kiliani (?).

* In der Rechnung, welche Leimbach vom Dienstag nach Omnium Sanctorum bis Dienstag nach S. Lucas 1496 führt, heisst es (B. b. 4147, bestätigt 4160):
xxxv β an i* gulden eym Maler von Nürnberg für ein Newe tafel, die meyn gt. her H. Frid zu machen bestellt hat.
i β iii gr. furlon von derselben tafel von Nürnberg gein leiptzk.
i β furlon von derselben tafel von Leiptzk gein Wymar.

* Des Landrentmeisters Hans Leimbachs Rechnung von Trinitatis bis Katharina 1601 (B. b. 4175) führt folgenden Posten auf:
viii gl. furlon von einer taffel vnd fesslein mir von Navnbg gein Leipzg komen vnd fr. glait am Tag viti xv°i.

* An anderer Stelle lautet der Posten (B. b. 4176):
viii gl. furlon von einer taffel vnd vesslin mir von Nürnberg gein Leiptzk komen am Tag Viti xv°i jar.

* Und weiter:
x gl. furlon von einer taffel vnnd kasten gein torgau vff beuelh, türken (einem oft genannten Fuhrmann) geben.
iii fl. v β zcalt vnbehaven, dye er eym barbirer von dem Knaben, der eynn beyn gebrochenn bezcalt hat.

* Rechnung über den Schlossbau zu Wittenberg 1503 (Rg. S, Fol. 23 b Nr. 1).
xiii β Albrecht Maler von der gesnizten Stube vnd m. g. h. gemach zu malen.
viii β Albrecht Maler uff die Erbeit am gewelbe vnnd cleine porkirchen gethan.

* Leimbachs Rechnung Weihnachten 1501 bis Reminiscere 1502 (B. b. 4178).
ii fl. Friedrich Maler Jungen gen Nürnberg gesant bey Ketzel zu notturft vf be(fehl) pf(effingers) Sonnab(end) nach crucific. domn.

* Leimbachs Rechnung Ostern bis Bonifacius 1502 (B. b. 4175):
v fl. xvi β hat vnbehawen aussgeben vff schrifft m. gst. Hern für Cleyder des Maler Jungen am Heiligtumb mir zugesant.

* Leimbachs Rechnung Anung. Marie bis Bonifacius 1502 (B. b. 4178):
xxvi gulden vnbehawen zcallt, die Er Albrecht Dürrer vf schriff meins gnedigsten Hern geben vom Knaben, den er lernt vf beuelh seiner gnaden.

19

v gulden xvi β hat Unbehawen Vssgeben vf schrift meins gn. Hern für Cleider des Malers Junge, am Heiligthumb mir zugesanndt.

* Leimbachs Rechnung Bonifacius bis Lucas 1502 (B. b. 4175):

vii fl. bezcalt vmbhawen Viti, die er auf beuelh pfeffingers für den maler knaben aussgeben hat.

iii fl. viii β vi heller vmbhawen, die er lampti vff beuelh pfeffingers dem Maler knaben für cleydung geben hat.

iii fl. x gl. vi pf. Hansen Vmbhawen, hat er dem maler knaben für ein Sebastian, ein tryumpff vnd ein welsche karten geben.

* Leimbachs Rechnung Lucas 1502 bis Judica 1503:

xxvi fl. xx gl. ix pf. Vnbehawen bezalt, dy er vff meiner gst. Herrn schryfft von Würtzburg, des Maler knaben meister vnd ym geben Vnd gen Würtzburgk gefertigt.

* Leimbachs Rechnung Judica bis Trinitatis 1503 (B. b. 4182):

xx gulden dem Malerknaben vf beuelh.

* Leimbachs Rechnung Martini 1503 bis Trinitatis 1504 (B. b. 4183):

xxii fl. vf schrift pfeffingers dem maler geben Im Nawen Jarsmarckt 1504 (bestätigt 4184).

* Ebendaselbst weiter:

xxiiii fl. dem maler Im Ostermarkt vf schrift meins gnet. Herrn.

* Leimbachs Rechnung Martini 1503 bis Trinitatis 1504 (B. b. 4184, bestätigt 4183):

ic i fl. zalt Hans Umbhw zalt für ein tafell herein gesannt Dinstag nach letare, Als ic fl. dem maister vnd i fl. v gl. für die Druhen.

* Sonderausgabe H. Friedrichs 1506 (B. b. 4193):

xxxi fl. xv gl. v pf. tür vi verguldt flugel, für schrawben, schlos, bandt, Sper, Wachssen Dücher, strick, dar von zcu malenn vnd andere notorff zcu den Flügeln, welch gelt pawl goltschmidt von nornberg hat aussgeben vnd dem pfeff. berechet zcu Coburgk am Dinstag vigilia S. Judi.

* Leimbachs Rechnung Galli 1507 bis Valentini 1508 (B. b. 4198):

iii gulden furlon gein Wittenberg mit einer tafel Sonntag nach Valentini.

* Die Rechnung Pfeffingers (B. b. 4222) von 1513 bringt die Notiz:

v gl. Albrecht Dyrers knaben tranckelt, by deme er mir etzlich Newe In Kopffer gestochene stücklin, geschickt die von seintwegen meyn gn. Herrn zu bringen vnd schenken.

(Jan Mabuse.)

* (B. b. 4145):

viii gulden hab ich zcalt für ein pferdt dem Maler Maister Hansen ,sein frawen vss nyderlant zu holen vnd hab dan ander vor vmb (?) ....
Sma .... xxxviii gulden.

xl gulden geben Hans Maler, durch Peter bestalt, Im Nawen Jarssmarkt im xcii Jare.

xviii gulden Meister Jhan dem niderlendischen Maler vs beuelh Hans Hundts geben am Dornstag nach pentacostes.

* Hansen Hunds Rechnung (B. b. 4141) 1492:

xx gulden Meister Hansen dem Maler zu Torgaw vff Rechnung geben auss bevehl m. g. h. h. Fridrichs.

* (B. b. 4140):

xx gulden Meister Hansen dem Maler zu Torgaw vff Rechnung geben Sontag nach Mathei apostoli.

xx guldin dem Niderlendischen Maler Meister Johan vs beuelh m. g. Hern Hertzog Frid.

viii gulden Meister Johann dem Maler geben von fünff gemalte tücher, hat mein gnediger Herre Herczog Friderich von ym genommen vnd fürder meiner gnedigen Frawen von Lüneburg geschangkt vss beuelh Hans Hunds am Mitboch nach Inuocauit aus Müntz ii β xxxvii gl. iiii pf.

* Rechnung Konrad Königs von 1491/92 (B. b. 4144):

iii β xxx gl. Meister Hansen dem niderlendischen Maler vf Rechnung geben vs beuelh des Marschalgks Michel von Tentstet am Mittwoch nach Inuocauit.

x fl. meister Jhan dem Niederlendischen Maler vf Rechnung geben vs beuelh meiner g. Herrn Am Dornstag nach Oculi.

xx guldin meister Hannsen dem Niderlendischen Maler uff sein arbeit vss geheiss meines g. h. Herzog Am Mittwochen nach Quasimodogeniti.

* Hans Hunds Rechnung (B. b. 4141) 1492:

xxx gulden m. g. h. geben die hat sein g. Meister Johan dem maler vff Rechnung geben Sonabent nach lutie.

* Ostermarkts-Rechnung von 1492 (B. b. 4147):

xvii β xxx gl. Zcallt Maister Johann dem Maler Im Nawen Jarssmarkt alle Erbeyt lawter mit Im abgerechnet lawt sein zettl.

xvii β xxx gl. an l gulden Meister Johann dem Maler vf sein Jar Sold geben.

xii β Meister Johann dem Maler vf beuelh m. g. H. vff Rechnung geben.

* Markt-Rechnungen 1487—1498 (B. b. 4137) 1493:

l guldin Meister Johann Maler zcallt vf die Taffel.

* Hans Hunds Rechnung von Severi 1493 bis Margarethe 1494 (B. b. 4150):

xv gulden Meister Johann Maler vf Rechnung.

* Rechnung vom Neujahrsmarkt 1494 (B. b. 4137):

xlvi β liiii gl. Meister Johann dem Maler zalt an ccxxxiiii gulden, so hat Im Hanns Hundt xx geben, macht ccliiii fl. alle Erbeit lawter mit Im abgerechnet lawt sein Zettel.

* Ostermarkts-Rechnung von 1494 (B. b. 4147):

xvi β liiii gl. Meister Johann dem Maler x β xxx gr. Meister Johann Maler vf Rechnung geben im Ostermarkt Im xciiii (1494).

* Hans Hunds Rechnung von 1494 (vergl. Schuchardt, Luc. Cranach S. 42):

viii fl. für ein gemalt tuch, da die heiligen drey König anstehen.

ii fl. xxvi gl. für ein Dafel daran der printz und der printzen conterfeit sein.

iiii gulden für zwei gemalte tucher vf dem einen steht der english grus, vf dem andern Sand Anna vnd sant Cristof.

xiiii gulden für v gemalte tücher eins vnser lieben frawen bilde, das ander sand Gorg, das drit vnsers hern gefangnus, das viert ein bancket dz funft mit einem bade.

* Neujahrsmarkt 1494 (B. b. 4150):

xlvi β liiii gr. Meister Johann dem Maler zcallt . . . . also alle Erbeyt lawter mit Im abgerechet Im Nawen Jarssmarckt lawt seiner Zettel.

x β xxx gl. . . . Meister Johann Maler vf Rechnung . . . .

* Exaudi 1494 bis 1495 (B. b. 4152):

lxxii β ix gl. . . . Meister Johann dem Maler zalt vff den abent petrj paulj Im xciiii Jar von meiner gn. Hern wegen alle arbeyt lautter mit Im abgerechnet, hat Inn eine Sume gemacht laut seinen vbergebenn Zetl cccxliiii gulden, der hat Im Her Hans Hundt v geben vnd der Rentmeister vor xxx gulden, bleibt noch dy abgeschribenn Summa.

* B. b. 4156. (1495):

xlviii gulden hat pfeffinger hanssenn Talner (Tahmer?) vonn Meister Jhann malers wegen geben, sol der Rentmeister mit Im abrechen nach laut seiner Zcettelnn.

Rechnung Leimbachs von Dorothee bis Exaudi 1495 (B. b. 4152):

x β xxx gl. . . . meister Johann Malern sein solt zalt Im ostermarckt vnd ist also alles solds, der Im die vier Jar versprochen gewesenn, ganz vergnugt vnd man dirft Im vortan kein solt nit geben.

*Leimbachs Rechnung aus dem Frühjahr 1495 (B. b. 4152).

xlvi fl. i gl. vi pf. . . . Meister Johann Maler im Ostermarkt zalt laut alle Erbeyt mit Im abgerechnet, von petrj paulj im xciiii bis vff ostern Im xcv, nach laut seinen Zetl, die In einer Summa macht iclxxxiii gulden, daran hat Im Er Hans Hundt xx Gulden vnd der Rentmaister vor xxxi gulden bezalt.

* (B. b. 4147), 1494.

xiiii β an xl guldin Meyster Johann Malern zu Zcerung vnd ein Wechsel briefe gein krackau am Montag nach Margarethe.

*xv β xiiii gl. hat Meister Johann denselben wechselbrief zu kracken entpfangen.

iii β xxx gl. an x guldin Meister Johann Maler zu Zcerung nach Venedig am Freitag Vigilia laurenti.

*Leimbachs Rechnung von Concept. Marie 1505 bis Vocem Jucunditatis 1506 (B. b. 4192):

xxvi gulden v gl. Peter Bestaltzen Zcalt die Er für meins gt. Hern maler zu Antorff vssgebin hat.

(Hans von Speier).

* ı fl. Meister Johann Maler vf Rechnung geben zu Torgaw Exaudi Im xcvii Nemlich xv β xiiii vom Vischmeister vnd vi β vss der laden. (Bestätigt B. b. 4161.)

* Dann heisst es in der Rechnung von 1497, ohne dass der Zahlort ersichtlich wäre (B. b. 4163):

xvii β xxx gl. Meister Johann Malern vf arbeit vnnd Rechnung geben Montag nach oculi Im xcvii.

* In der Rechnung von Sonntag Exaudi bis Allerheiligen tag 1497 (B. b. 4147) dagegen ist dieser wieder in Leipzig.

xl fl. Meister Johann Maler vf Rechnung geben vnd dem goldsleer zu leiptzk von seinetwegen Zcalt im Michelssmarckt Im xcvii (bestätigt B. b. 4162).

* Hans Leimbachs Rechnung vom heil. Palmtag bis zum Ulrichstag 1499 (B. b. 4168) sagt:

lxii fl. xiii gl. durch lorentz kellern Meister Johann Maler vf Rechnung geben vf beuelch des Landtvoits.

* Leimbachs Rechnung von Mittwoch nach dem Frauentag 1500 bis Sonntag Trinitatis 1501.

i fl. Meister Johan Molers Knab zu farb mit gein der der (?) Loche zu tragen lucie.

* Leimbachs Rechnung von Sankt Kilian bis Mitwoch lieber Frauen conception 1500 unter dem Stichworte: Vssgab den Handtwergkleutten:

xx fl. Meister Johann Maler vf Schrifft meines gn. Herrn vff sein arbeytt.

(Hans von Speier).

* xx gulden hab ich hansen vmbhawen zalt die er, vff beuehl, spetten (Petern?) zu N. aussgericht vnd zalt hat Hansen von Speier maler.

* Rechnung Leimbachs vom Neujahrsmarkt 1495 bis Dorothee desselben Jahres (B. b. 4152):

xi β xii gl. Meister Johann Maler vf Rechnung geben zu leiptzk . . . nemlich Im selbs xx gulden vnnd dem goltslager xii gulden.

* In der Rechnung von Montag nach Pauli Convercationis bis Sonntag nach Exaudi 1496 (B. 4147).

xlii gl. meister Johann Maler zcallt vf ein Zettel darinn Im meyn gnedigsten Herren l gulden schuldig waren seind Dornstag nach occuli, haben Im Ir gnaden xlviii gulden zcalln lassen vnd die zwen ich bezallt.

xxxv β . . . hab ich vf beuelh m. g. h. Meister Johann zu Nurinberg zcallt vnd Talner von seinetwegen geben, die er meyn gt. Hern schuld, soll man Im an seiner arbeyt abrechnen Act. Ostern Im xcvi.

* Rechnung von Sonntag nach Exaudi bis Dienstag Omnium Sanctorum 1496 (B. b. 4147):

v xv gr. Meister Johann Maler vf Rechnung durch den schosser zu Wymar Vigilia Maria Magdalene (bestätigt wird dies durch B. b. 4159).

* Bald nach dem Sonntag nach Kiliani 1496 zahlte Hans Leimbach (B. b. 4159):

vi β xviii gl. Meister Johann maler. Ferner:

vii β (?) Meister Johann Maler vf Rechnung Mittwoch nach Galli.

* Zum Michaelismarkt in Leipzig 1496 (B. b. 4147):

vii β an xx guldin durch pfeffinger Meister Johan maler vf Rechnung geben Mittwoch nach galli.

vii β xliii gl. für ein gewelb zu leiptzk In Sant pauls kirchen vnd für ein wapen hat ix ℔ kupfer, zumalen vnd zuuergulden. Dieser Posten wird bestätigt (B. b. 4159) durch die Abschrift der Rechnung.

* Rechnung Hans Leimbachs von St. Thoma dem h. Zwölfboten 1496 bis Exaudi 1497 (B. b. 4161):

ii fl. i gl. dem Schosser von Weymar zcallt fürlon von des Malers gereth genn Torgaw, Trinitatis Im xcvi.

iiii fl. vi gl. demselben Schosser zcallt fürlon von Meister Johann Maler vnd ettlichen Decken gein leipzk vf H. Jorgen hochzeit.

* Rechnung vom Sonntag St. Thomae des Zwölfboten 1496 bis Sonntag Exaudi 1497 (B. b. 4147).

lxi fl. Meister Johann Maler zcalt laut einen Zett. für m. gst. vnd g. Herren gemacht Act am Sonnabint nach Estomichi nemlich xli fl. i gl. vnd xx fl. Im vorgelihn. (Bestätigt B. b. 4161).

(Hans Molner).

Leimbachs Rechnung Trinitatis bis Martini 1503 (B. b. 4813):

ii fl. xvi gl. Hans maler vff befelh Eva Veitha für ein wichsen pildth, für Wachs, Machlon, greth am Tag Agapiti 1503.

* Rechnung von Sonntag Jacob dem h. Zwölfboten bis Palmarum 1499:

iiᵉ fl. Meister Johann Maler vf Rechnung geben (?).

ii fl. vi gl. Hannsen Maler für mendlin vnd ii Ermel meines gt. Hern farb zu malen.

* Leimbachs Rechnung von 1491—1494 (B. b. 4145):

viii gl. zalt Hans Maler von den Mendlen die Hofgewand als s. g. zu Leipzig waren p. cost. 92.

* Rechnung Leimbachs von 1490 bis 1495 (B. b. 4152):

xviii gl. meister Hansen dem Maler zu Leiptzk zalt von viii menlenn zu malenn die man den Ambtluten sich vf den Winter darnach zu cleiden zugeschickt hat, Dornstag nach Elizabeth.

* Ebenderselbe Posten erscheint in Leimbachs Rechnung 1505 (B. b. 4189):

iiii gulden Hansen Molner dem Maler zu leiptzk von 1 menlin die Hoffarbe zcu malen geben.

* Und in einer zweiten aus diesem Jahre (B. b. 4183):

viii gl. von iiii menlin in Hoffarbe zu malen den amptleuten geschickt.

* Leimbachs Rechnung Martini 1503 bis Trinitatis 1504 (B. b. 4184):

ii fl. xviii dem moller von leiptzk zcu Zcerung vnd zcu uortrinken geben als er etlich tag uf erfordern meiner gnet. Hern vss Vassnacht zcu torgaw gelegen.

Mittwoch nach Concept. Marie 1505 bis Sonntag (B. b. 4183): Vocem iucunditatis 1506 notirt Leimbach:

xv gl. fürlon der dreien Moller von leiptzk gein Ilburg die Zceidt In Spiegels sachen.

* Steffan Stroel in seiner Rechnung von 1503 (B. b. 4185):

ii fl. Fridrich Maler zcu nottorff Sonntag nach blasy vf beuelh pfeff.

vii fl. Fridrich Maler vnd Seinen Knechtenn von lichtmes biss auf Dinstag nach Oculj.

v fl. xii Fridrich malers Knechten gelonet . . . Dinstag oculj biss auf Sonntag peste.

ii fl. vii gl. Fridrich malers Knechten Sonntag Jubilate.

ii fl. vi gl. Fridrich Malers Knecht vf vier wochen, ye ein Wochen xii gl. vnd seyn auff pfingstenn par Entricht.

i fl. xix gl. Friedrich Malers Knechten . . . nach Viti.

vii fl. iii gl. Fridrich Malers Knechten Sonntag nach Jacoby.

vi fl. xiiii gl. Friedrich Malers Knechten Iren lon Sontag nach Nativ. Mariae.

iii fl. Fridrich Maler zcu Nottorff vnd In seiner kranchayt verziert zcu Witt. Sonntag nach Nativit. Marie.

vi fl. für blau farb Friedrich Maler zcu Witt. zcalt am Dinstag nach Concept. Marie vff beuelh pfeff.

xii fl. iii gl. Friedrich Malers zwayen Knechten . . . . sind ihres Lons par Entricht biss auf Weihnachten.

ii fl. Fridrich maler vnd seyn Jungenn zu Nottorff vf beuelh pfeff. Dinstag nach Concept Marie.

vii fl. Fridrich Maler zu Witt. zcu thorgaw für ii puch silbers, i puch zwisch golt i ꝑ pergrim vnd x ꝉ pleyweiss vf beuelh pfeff. Donerstag nach Lucie.

* Steffan Stroels Ausgabe Sonntag past. bis Visit. Marie 1505 (B. b. 4188):

vii fl. v gl. ludwich (ausgestrichen) Fridrich Malers Knechten Irenn solt hinderstellich als er ist weggezcogen, dem ein x wochenn ye i wochen x gl., dem andern viii wochen, Iyn iii wochen viii gl. zcu torgaw sonntag Jubilate.

Hans Keimbachs Rechnung von Prisce Virgini bis Bartholome 1505 (B. b. 4183):

xii gulden Fridrichen maler vf beuelh zcu Silber vnd golt Dornstag nach Vincenti anno quinto.

(B. b. 4189 wiederholt diesen Posten.)

(Hans Burgkmair).

* «Sonderausgab Kurfürst Friedrichs» Visit. Mariä 1506 (B. b. 4193):

lxxxi fl. dem maler zu Auspurgk Hans purkmar für ein taffel gen Witt. daran soint veyt vnd sand sebastian gemalt vnd ander merterer.

* Leimbachs Rechnung von Concept. Marie 1505 bis Vocem Sacunditatis 1506 (B. b. 4183) wiederholt (B. b. 4192):

iii fl. gulden Vnbehaw zcalt hat er von einer tafel von Augsspurg gein Nurinberg vnd von Nurinberg gein leiptzk zcu füren gebin.

* Leimbachs Rechnung Sonntag Prisc. Virg. bis Bartholome 1505 (B. b. 4189):

iii gulden zalt furlon Vmbhaw zcalt von einer tatel vnd einem Sarck von Augssburg gein Nurinberg vnd von Nurinberg gein Leiptzk·

(Lucas Cranach).

* Rechnung von «Sonntag pste bis Mitwoch visit. Mariae» 1505 (B. b. 4188).

xl fl. lucas maler vonn Cranach zcu Natoff (Notdurft) vf beuelh pfeff. als In m. g. Hern zcu dinst habenn Inngenommen montag nach Jubilate zcu thorgaw.

* Rechnung, Sonntag Michaelis angefangen, 1505 (B. b. 4188).

x fl. xv gl. for x ß iii vth. (Viertel) blaw glasurt farb maister lucas zcalt Zcu der Loch vf beuelh m. g. Hern durch Hirsch Donerstag nach concept. Mar. virg.

* Rechnung von 1505 (B. b. 4183).

1 gulden Meister Lucas dem Maler von Wittenberg vf befelh Johannis bapta 1505.

Siehe diesen und einige weitere Posten bei Schuchardt a. a. O. Bd. I, S. 47.

* Rechnung von 1505 (B. b. 4183, bestätigt 4190).

xvii guld. xv gl. für iiii bücher fein golt vnd ein buch silber Lucas maler aussem Michelsmarckt zugeschickt.

* Rechnung von 1508 bis 1509 (B. b. 4198).

ic gulden golt Lucas Cranach meins g. H. maler durch Peter Bstolzn vnd adam monter Zcalt zu Antorf des monden Octobris Im sechsten tag.

* Rechnung von 11 Jungfrauen 1508 bis Convers. Pauli 1509 (B. b. 4204).

lxxx gulden Meister Lucas m. g. H. maler geben Im Newen Jarssmarkt anno xvc nono vff pfeffingers schrift.

xv gulden Mattis flemer furlon gein Torgav von ii vassen, die lucas Maler alher eingemacht vnd von iii lagel Süssewein.

* Rechnung von 1508 bis 1509 (B. b. 4204, bestätigt B. b. 4198).

iiii gulden xv gl. vii pf. Furlon von lucas malers vas von antorf gein Mentz, von Mentz gein Franckfort vnd von Franckfort gein Torgaw.

* Rechnung von 1508 bis 1509 (B. b. 4198).

lxxx gulden Meister lucas dem Maler geben vf pfeffingers schrifft Im Newen Jahrssmarkt 1509.

* Rechnung von 1509 (B. b. 4198), obigen Posten bestätigend.

xv gulden Mattis flemer furlon gein Torgav von ii vassen die lucas maler alhir eingemacht vnd von iii lagel Süssewein.

* Rechnung von 1509 (B. b. 4207).

Lucas Maler erhält for 11 fl. «fein golt» in Büchern Silber «Zcwischs golt» 40 kannen kadlofram (?).

* Rechnung von 1509 (B. b. 4205).

xl gl. lucas Maler zu farb geben.

* Michaelismarkt, Leipzig 1511 (B. b. 4213).

xiiii fl. iii gl. Lucassen Maler von Cranach für etzlich erkauffte stück . . .

* Ostermarkt 1511 (B. b. 4212).

xlvii fl. xiiii gr. vi pf. Lucas granach m. g. Herrn Hoffmaller geantwort zu betzalung Etlicher bücher golts . . .

* Michaelismarkt 1512 (B. b. 4216).

xl fl. xiii gl. meister lucas granach Vinsr g. H. maller zu wittenbg ze entrichtung etlich hynterstellig arbeit.

* Ostermarkt 1512 (B. b. 4215).

xl fl. meister lucas kranach vnsers g. Hern Maler zw Wittbg für eine gemalthe taffel die der Obermarschalk bei Ime bestelt vnd sein fürstlich (Gnaden?) die selbe zu entrichten, angeschaffen vnd furlon, berurtem obermarschalck geschank, geschen aut . . . weysung des Haylthums zu Wittenberg.

* Michaelismarkt 1511 (B. b. 4213).

xiiii fl. iii gl. Lucassen malr von Cronach for Etzlich erkauffte stück inhalts des Zcettel seiner Handschrifft vff s. beuel entricht.

* Neujahrsmarkt 1512 (B. b. 4214).

l fl. meister Lucas granach zu Wittberg vnsser gst. u. g. Hern mallher für Zcway vnser lieben frawen Bildenis, welche vnser gst. H. Her der churfürstl. vnserm g. Hern Hertzog Jorge vnd seiner gnad. malh. zu Eylburg an nawen Jarstag sso Ir f. g. bayeinander gewest, geschenckt. Act. Dinstage Im marckt lauts seiner Qwitang.

* Hertzog Hansenn Christ. beilager 1513 (B. b. 4226).

Aussgab maller arbayt für Renndecken, Stechdecken, Helmzeichen, ein gemelde, 80 fl., Wappen. Suma iclxv fl. xgl. (165 fl.)

*Neujahrsmarkt 1513 (B. b. 4217).

xvii fl. meister lucas maller für drey wappen meinem g. Hern Herzog Johanss gemacht vf angebung gangloffs von witzleuben seiner f. g. Cammerer Inhalts einer zcettel seiner Hantschriefft ffreitags In dem Nawen Jarsmarkte.

*Ostermarckt 1514 (B. b. 4239).

1 fl. Meister Lucassen von Cranach zu Wittenbergk vff arbeyt Inhalts seiner quitantzen.

vi fl. for ein cleines gemaltes teffelen vnnssers Hern Jhesu barmhertzigkeit für vnsern g. H. von Lucassen mahler zu wittenbergk erkaufft.

*Michaelismarkt 1514 (B. b. 4240).

xx fl. meister lucas von Cronach mahler zu Wittenberg von der arbeyt so er an dem thorm vffm schloss Thorgau gethan, solch geld hat er selbst sambstags In . . . ? entpfangen.

*Ostermarkt 1514 (B. b. 4239).

1 fl. Meister lucassen von Cranach zu Witbergk vf arbeyt Innhalts seiner quitantzen.

*Neujahrsmarkt 1515 (B. b. 4247).

lxx fl. Meister lucas cranach zu Wittenbgk vff abrechnung etlicher arbeyt.

*Michaelismarkt 1515 (B. b. 4251).

lx fl. meister lucas vf die Abrechnung der arbeit so . . . . . ? (unleserlich).

*Michaelismarkt 1515 (B. b. 4266).

lx fl. Meister lucassen Cranach Maler zu Wittenbergk vff arbeyt der thorm zu Wittenberg vnnd Torgaw vff rechung . . . . Solch geld hat meister Adolff fischer zu Wittenberg von seinetwegen gezalt empfangenn Act. Freitags Im marckt.

*Neujahrmarkt 1516 (B. b. 4258).

iicvii fl. xii gl. hannsen von thaubenheym vberantwort zu bezalung vnd entrichtung Meister Lucas Cranach zu Wittenberg vnnd meister Cristianus goldschmidt daselbst für Ire abgerechnet arbeyt. Mitboch nach lossgang des marks . . .

*Ostermarkt 1516 (B. b. 4262). .

x fl. xx(?) iii pf. ausslosung einem Furmann hat maister lucas von Cranach den maler von Thorgau gein leipzig fahrt.

icx fl. xviii gl. meister lucas Cranach von Wtgb Inclusis etzliche arbeyt für m. g. Hern Inclusis fünff gulden für ein Heylthumbkasten Inhalts sns bekenntniss.

ii gulden xvii gl. als meist. lucas in . . . . der borkirchen zu Wtbg gemacht . . . . (unleserlich).

*Neujahrsmarkt 1517 (B. b. 4272).

xviii fl. Lucas Maler zu Wittenberg for ein gemalt teffelein dye er meynen g. Herrn gemacht hat.

* Ostermarkt 1517 (B. b. 4273).

xii fl. für ein teffelein daran dye hailig Dreyvaltigkeit stehet maister lucas dem Maler zcalt.

x fl. demselben Maler von Zwaien Schlitten zu Malen.

* Rechnung von 1521 (B. b. 4309).

lxvi gulden lucas Malern von der orgel ym Schlos Weymer zu Molen.

* Rechnung von 1523, Michaelismarkt (B. b. 4321).

1 gulden lucas Malern zu Wittenberg.

* Schuchardt a. a. O., S. 74.

v gl. zcerung dem Maler nach Weymr.

xii guld viii gl. iii pf. (für allerlei Farben dem) Maler.

* Rechnung von 1523 bis 1524 (B. b. 4324).

v gulden Tranggelt Maister lucas dem Maler am Dornstage nach letare Zu weymer anno xxiiii.

* Steffan Stroels Ausgabe, Visit. Marie 1505 angefangen (B. b. 4188):

xxi fl. ix gl. an xx goldgulden an müntz Einem maler zcu kolnn sol m. g. h. ein taffel machen gen Witt. auf Erbaydt, hat Im pfeff. geben.

* Leimbachs Rechnung Bartholome bis Galli 1507 (B. b. 4198): ii gulden furlon mit zweien tafeln von Collen komen gein Wittenberg vnd mit denselben wein vnd lachs.

* Ussgabe vff die Reise zum heil. Lande 1492 (B. b. 4147): Item xi β xii gl. x β. for ein abkunterfeyt bild eym maler viii wochen Petter Stolz geben an xxii gulden x β.

* Ostermarkt 1491 (B. b. 4143): x guldin dem maler gesellen der den thurn zu Torgw gemallt hat vss geheyss meines gnädigen Hern Hertzog Friderichs.

* Herbstmarkt 1491 (B. b. 4137): x guldin dem malergesellen der den thurn zu Torgaw gemallt hat.

* Konrad König 1491 bis 1492 (B. b. 4144): xxi gulden dem maler gesellen, der den thurn alhie Im Sloss gemallt hatt Vnd Er Heinrich Löser Ritter vnnd Hans Hundt haben Im die verdinst for xi fl. hat er x fl. zw leiptzg auch daruff empfangen vnd ist par bezcallt.

* Hans Hunds Rechnung 1490 (B. b. 4140): v gl. eim Maler vonn Halle hat m. g. h. vier bilde entworffenn.

* Rechnung von St. Thomae 1496 bis Exaudi 1497 (B. b. 4147): iiii fl. Doktor Seeburg vnd wilden von eym Ratslag wider Hannsen von Honsperg der Elb halbenn zu Sachsen,

4 fl. denselben Docktoren zu einer Vor Erung, als sie vf dem gerichtstag zu Wittenberg wider Hornsperg der Elb halben gewesen seint.

iiii fl. ambrosi maler, der dasselbmal das wort geredt hat.

viii fl. viii gl. iii pf. Zerung Docktor Seeburg, Wilden, Ambrosi Maler ii nacht vnderwegenn . . . .

*Hans Hunds Rechnung 1492 (B. b. 4140):
vii gulden dem maler zu Halle geben, hat m. g. h zwo Rendeckn gemalt mit aller Zugehörunge.

*Konrad Königs Rechnung von 1494 bis 1495 (B. b. 4152):
i β lv gl. iiii pf. i h. vonn fünff Rendegkenn dem maler vonn Erffurt m. g. h. H. Hansenn vf die hochzeit gen Jhenne.

*Rechnung Weihnachten 1501 bis Reminiscere 1502 (B. b. 4177):
vi fl. dem Maler zu Stendal zcalt von v Deckin zu malen In der gesellen stechen zu Stendal.

*Rechnung von 1513 (B. b. 4222):
ii gulden vor ein gemaltes tüchlinn ssant Johans des Zwelfpot vom maller zu Müldorff kaufft vnd meyn gned. Hern bracht.

iii gulden dem Maler vonn Müldorff an seyner Zcerunge zu stewer geben, ist zu hilpurgk geboren vnd Itzund da hin grttn (geritten?), da vor er meym gn. Hern Etcwes gutes machen will.

*Leimbachs Rechnung Bartholomei bis Concept. Mariae 1505 (B. b. 4190):
xii gulden Cristoff maler von München vff beuelh Dolzks dafür er Im Michelsmarckt zcu Leipzk m. g. Hern, farbe, leym vnd anders laut einer Zcettel kauft.

xvii gulden demselben cristoff maler vf beulh hansen von Doltzks das er bey lucas maler gearbeit Zcu wittenberg.

xii gulden Christof Maler von Müncheu von lucas Malers wegen Im Michelsmarkt 1505 dafer er meyn g. Hern kauft.

xvii gulden demselbigen Christof Maler vf beuelh Doltzks hat bei Lucas Maler zcu Wittenberg gearbeit.

*Leimbachs Rechnung Trinitatis bis Martini 1503 (B. b. 4183):
xxx fl. durch Umhawen Michel Lauffer zcalt von Lantzhuth, sol mein g. Hern zwei taffel machen lassen.

*Leimbachs Rechnung Martini 1503 bis Trinitatis 1504 (B. b. 4183):
xxx fl. hat Vnbehaw Michel lauffer von Lantzhuth gebin vnd mir zugeschrieben.

*Leimbachs Rechnung Sonntag Prisce virg. bis Bartholomei 1505 (B. b. 4183):
iii guld. golt furlon zcalt von einer tafel vnd einem Sarck von Augspurg gein Nurimberg vnd von Nurimberg gein Leiptzk.

*Leimbachs Rechnung 11000 Jungfr. 1508 bis Bek. Pauli 1509 (B. b. 4204, bestätigt 4198):

xliiii gulden golt vnbehawen zu Nurenberg zcalt for ein tafel von lansshut.

ii gulden golt vnbehawen zcalt furlon von derselben tafel von lansshut bis gein Nurimberg.

* Neujahrsmarkt 1513 (B. b. 4217):

x fl. xvi gl. für denn pfeffinger aussgegeben für ein fenster in der liberay In das pauler closter zu Leipzig hat Bruder Marcus entpfangen Inhalts seiner quittung, welche beigelegt ist In der schachtel des gemeine capitel.

* Ostermarkt 1516 (B. b. 4262).

xxii fl. iiii gl. Meister claus dem Fenstermacher von ii fensternn mit venedianischen scheiben vnd ein fürstlich wappen, dass ein Vnnserm gnedigen Herrn von Anhald gein Dessau in seiner gnaden kirchen, dass andere den augustiner Möchen Zu Zcey (?) berg Inn chor . . . .

* Michaelismarkt 1516 (B. b. 4266).

iclxx fl. xii gl. ix pf. Ulrich Lintercher bürger zu Leiptzk für xlvi glas vnd anderes . . . . Wechs Meister Hanns der bavmeister zu Torgau . . . hat holenn lassen.

* Ostermarkt 1515 (B. b. 4248).

viii fl. xii gl. den Barfusser Brüdern zu Wittenberg für ein fenster dar Inne meines gnedigen Hern wappen verglasurt, hat Degenhart pfeffinger angesagt.

* Michelsmarkt 1511 (B. b. 4213):

xxx fl. steffan malher zu wittenberg (von anderer Hand:) dem maller, die Im vns g. Her . . . .

* Herbstmarkt, Leipzig 1487 (B. b. 4138):
Benedictus maller ii Schog xxx gl.

* Herbstmarkt, Leipzig 1487 (B. b. 4137):
Benedictus maller ii sshog xxx gr.

* Konrad Königs Rechnung 1494 bis 1495 (B. b. 4152):

xxi gr. denn maler gesellenn gebenn zur lochaw wegen mens gnedigen Herrn Herczog Hannsen vf beuel seiner gnaden durch Kitscher . . . .

* Leimbachs Rechnung Lucas 1502 bis Judica 1503:

xxii fl. dem Maler Im Nawen Jarsmargkt vf befehel pfeffingers für Farbe zcu der loch.

iii fl. für eynne lyndene Tafell dem Jorg Tyscher vff befehel des pfeffingers zu machen geben vnd gen Torgaw gesandt.

* Steffan Kammerschreibers Rechnung 1505 (B. b. 4187):

xxv fl. für ein gemalte taffel hat pfeff. zcu wiser (?) laufft m. g. Hern.

* Besunder Ausgab 1505 (B. b. 4187):

vi fl. zcu sand barbera taffel Ins closter gen Oschatz vater Jardian zcu weymer zcalt.

* Leimbachs Rechnung Galli 1507 bis Valentini 1508 (B. b. 4198):

iii gulden furlon gein Wittenberg mit einer tafel Sonntag nach Valentini.

* Rechnung von 1516 bis 1517 (B. b. 4268):

v gl. Zu eyner Zcerung gen aldenburgk Jacoff tartzmacher, dem Maler gesellen . . . .

* Rechnung von 1517 bis 1518 (B. b. 4277):

xii fl. Jacoff Coch dem Maler, Herman tartzschmachers Son seligen, welche er vff den Ostermarkt Zu leipzig anno xvc Decimo Nono wieder entrichten lauts eyner vbirgegebnen vorschreibung.

Illuministen, Kupferstecher, Holzschneider.

* Konrad König 1492/93 (B. b. 4146):

xiiii gulden dem Maller gesellen geben der Meyn gl. H. Herzog Frid. ettliche bvcher Illuminirt hat vss gehayss S. gnad.

* Leimbachs Rechnung 1493 (B. b. 4147):

xiii β xxviii gl. vi pf. hannsen Umbhawen zcallt an xxxviii gl x β für ein buechlin zu schreyben, Illuminiren, mit samat zu vberziehen vnd zu beslahen vf beuelh m. g. h. Fridr.

* Leimbachs Rechnung Exaudi bis Omnium sanctorum 1496 (B. b. 4147):

xxi gl. melcher Kartenmaler zu leiptzk vii schogk für Zway petbuecher m. g. h. hertzog hannsen gein torgaw gesant Im Michelssmarckt.

i β xxiiii dem buchtrucker zu leiptzk von den pullen des festes Sant Anne zu drucken geben.

* Leimbachs Rechnung Omn.-Sankt-Lucas 1496 (B. b. 4147):

i schog xlv gl. melcher kartenmaler . . . . von eym Stock zu graben vnd iic wegen zu drucken Elizabeta (bestätigt 4160).

xl gr. von meins g. h. h. Frid. bettbuechlin zu Illuminiren vnd zu binden geben.

* Leimbachs Rechnung St. Thoma 1496 bis Exaudi 1497 (B. b. 4147):

i fl. iiii Melcher Karten Maler geben von iic wapen zu Malen vnd zu drucken, die m. g. H. mit zur Ke. Mt. genomen haben (bestätigt 4161).

* Leimbachs Rechnung Jacobi bis Palmarum 1499 (B. b. 4165):

iclxxxv fl. vmbhawen zcalt für ein bettbüchlin meyn gt. Hern H. Frid. zu Nürnberg machen lassen.

vi fl. xv gl. für iii virtel Samat i ellen attlas i leynen sack einzubinden für glasur vnd ein laden zum selben buch.

* Rechnung on 1500 (B. b. 4171).

vi gl. for ein passion buchleyn zcalt vnnd geyn Torgaw gesanndt palmarum.

* Rechnung Weihnachten 1501 bis Reminiscere 1502 (B. b. 4177):

xii gl. für drey niderlendische karten hat Dolzk meyn gn. H. kauft zu geylhausen.

* Leimbachs Rechnung Katharine 1501 bis Blasien 1502 (B. b. 4175):

xvi fl. vmbhawen zalt die er einem illuminirer von einem puch m. g. h. hansen lustendey(?) geben hat.

* Besunder Ausgab 1505 (B. b. 4187):

x fl. Vlssner Illuminat. zcu nornberg geschickt bey paulen goltschmidt auf rechnn. vom m. g. hern bet buch zcu illuminiren.

* Leimbachs Rechnung Bartolome bis Galli 1507 (B. b. 4198):

xv gulden vnbehawen zcalt, die er Oelssnern von einem buch zuschreiben, zu Illuminiren vnd pergamen.

* Leimbachs Rechnung Bartolomei bis Galli 1507:

xv gulden vnbehawen Zcalt, die er Oelssner von einem buch zuschreiben zu Illuminiren vnd pgamen geben.

* Leimbachs Rechnung von Pauli Bekehr. bis Joh. d. Täufer 1509 (B. b. 4205):

lvi gulden vi β iiii pf. golt vnbehaw zcalt die er vf schrift pfeffingers Jurgen Glocken den Illuministen geben Eingezcogen v guld. xv s. (schilling) für ein hofcleyt (bestätigt 4198).

* Neujahrsmarkt 1516 (B. b. 4258).

xvi fl. für ein Virginall vnnsserm gnedigsten Herren durch ketzell zugeschicktt.

* Rechnung von 1522 bis 1523 (B. b. 4312).

xxxvi gulden Jorge Ritzel(?) zu Nornberg hat m. g. H. das Neu testament, welchs vff prgamin geschriben Illuminiren vnd einbinden lassen vberschickt in beysein graffendorffs zu weymer . . Dornstag visitationis Mariae anno xxiii.

Heiligtümer.

Reg. O. 213. pag. 1.

«Diss nachgeschrieben heyligthum hath bruder Jacopf meines g. H. beichtvad gebracht.» (ohne Abbildung).

pag. 2. Beim Blatte Anbetung in der Mitte, Schutzmantelbild und Katharina steht Rückseite: «Ditz Heyligthum hath Hertzog Rudolpf mit bracht von Constantz dor man gemeyne Conlium gehalten habt.

pag. 15. Horn mit Greifenklaue Bildt Sant Leupoldi steht:

In diss horn hab ich etzlich Heiligthumer gelegeth, weiss nicht ob pfeffinger anderss dor eyn haben wil, ist in Eynen Gangk verordenth.

Reg. O. 214. Vom 28. März 1511 ein Brief des Kurfürsten Friedrich an den Bischoff von Basel um Ablassung von «etlichst partikel namhaftigs Heilthumbs vom heiligen creutz bei Kolmar».

Reg. O. 214. Brief des Kurfürsten an Grafen Günther von Schwarzburg unt der Bitte um Ueberlassung von Reliquien aus dem

Kloster zu Ilmenau, welche der Ueberbringer des Briefes des Kurfürsten Beichtvater Bruder Jacobi Vogt mitbringen soll.

Reg. O. 214. Brief an den König Franz von Frankreich, Cardinal
von Mantua, Bischof von Paris, Erzherzogin Margaretha von Oesterreich, und dem Kapitel zu Utrecht der Heiligtümer nach Wittenberg
wegen.

Reg. O. 216. Anno 1522/23 Schriften ob die Heiligtümer der
neuen Zeitläuffte wegen noch ausgestellt werden sollen. Der Kurfürst
verordnet 1522 die Feierlichkeit soll unterbleiben, doch die Heiligtümer herausgesetzt werden und Jemand von Meistern dazu verordnet
damit keine Beschwerung geschehe, die Messe soll unterbleiben ebenso die Solemnität.

Sachsen-Ernestin. Gesamtarchiv, Weimar, Reg. O. 212.

In diessem register ist die Ordenung, in welcher das hochwirdige
h e y l t h u m z u W i t t e m b e r g montags nach Misericordias domini
jerlich gezeigt wirdet etc.

Der erste gangk

j vorgult brustbilde mit eyner gulden kronen mit vil guten edeln
steinen darjnne ein gross teyll von sand Sigmund.

ij ein gross schon pilde Santh georgii von perlein gemacht.

iij ein clein vorgulte Monstrancz mitten durchsichtig.

iiij ein clein monstrancz mit zweien scheublichten brillen.

v ein Monstrancz oben mit einer halben rossen ist ein cristallen
glass.

vj Zwen hirnschedel auss der gesellschaft sancte Ursule. Seyn
nicht eingefasset.

vij ein bilde unnser lieben frawen mermelsteine.

viij ein gross silbern Monstrancz im mittel ein straussey hat vil
geschmelcz am fuesse unnd unbekante wappen.

ix ein Cristallen glass oben eyn silbern blume unden ein vorgulten fuess geschmelcz zierlich.

x ein lang vorgult Kestlein mit Kristall durchsichtig.

xj ein Monstrancz kristallen in silber gefast oben ein Jaspis.

xij ein Monstrancz in form eines Hauses von perlenmutter.

xiij das bilde Sancte Dorothee.

xiiij ein gross brustbild S. Pauli.

Der ander gangk.

das köstlich gulden Creucz darynnen vil edel gestein.

ij ein vorgult monstrancz im mittel ein beryll.

iij ein gross silbern Crucifix vorgult mit den vier evangelisten.

iiij ein Cristallen monstrancz oben ein vergulte blumen.

v das bild S. Thome silbern.

vj ein bild Sancti Andree.

vij ein grosse gefierte tafel vorguldet.

viij ein klein vorgult Monstrancze mit edeln steinen.

ix ein klein Monstrancz vorguldet im mittel ein glesslein.

x ein vorgult Monstrancz uff der einen seytten ein vorgult rossen.

xj ein klein lange Monstrancz vorguldet oben ein duppel Crucifix im mittel ein knorrichte berill.

xij ein klein Monstrancz im mittel ein Cristall vorguldet.

xiij ein ganczer hirnschedel von der gesellschaft Sancti Mauricii ist nicht gefasst, dabey ein schwert.

xiiij ein schön Cristallen glas wol gemacht und vorguldet unden ein fuess mit geschmelcz.

Der dritte gangk.

j ein gross Cristallen Crewcz im mittel ein kostlich gamahn.

ii ein gross vergult Creucz unden am fuesse vier stein.

iij das bilde Sancte Valentini.

iiij das bilde Sancte Margarete.

v ein strawss ey in silber gefast oben sandt Georg bilde.

vj ein vorgulte Monstrancz im mittel durchsichtig oben ein rossen.

vij ein klein lang Monstrancz dorneben ein messer Sancti Laurencii.

viij das bilde Sancti Eulogie vorgult.

ix ein klein lange monstrancz oben ein Crucifix im mittel ein lange beryll.

x ein schon Cristallen glass in silber gefast uf yeder seytten ein trach unden am fuess geschmelcz unnd thier.

xi die rieb von Sant Sebalt in silber gefast vorguldet.

xij ein schon vorgult Monstrancze von einer perlen muter oben ein vorgult lewe am fuess vil geschmelcze.

xiij ein lang schwarz kestlein.

Der vierde gangk.

j am ersten ein vorgult bilde in eins Königs gestalt mit einer gulden kron, hat ein Konig von Frankreich etwan herzog Rudolffen herzogen zu Sachsen mit einem heiligen dorn gegeben. Davon anfencklich diez stift angefangen.

ij ein schon vergulte Monstrancz kostlicher erbeit ein gestalt eines bischofs Melchisedech.

iij ein grekischer Kelch auch von guten alden Figuren.

iiij Sandt Elizabet glass.

v ein klein vorgulte Monstrancz unden drey wappen.

vj ein klein vorgulte Monstrancz oben ein duppel Crucifix.

vij ein gulden Creucz mit etlichen guten steinen hat Herzog Ernst Churfürst pp hieher gegeben.

viij ein grosse kostliche guldene Monstrancz.

ix Sandt Wenczels arm.

x das bilde Sancti Wenczeslai.

xj Sandt Heinrichs arm.

xij Sandt Kunigunden arm.

xiij ein gemalte scatel.

xiiij ein vorgult becher oben mit einer berill.

Der funfte gangk,

j ein Silberer engell mit vorgulten flugeln.

ij ein silbern sarch mit den unschuldigen Kindlein.

iij ein Hewslein mit vil stucken heylthumbs ist schlecht gemacht.

iiij ein vorgult tefelein mit den heiligen drey Konigen von perlen
muter.

v ein vorgult Creucz mitten eyn Cristall mit unser lieben frawen
und Sand Johans ufn seitten.

vj ein vorgult tefelein inwendig ein Crucifix Helfenbein.

vij ein klein vorgulte Monstrancz ane fuess.

viij ein Monstrancz uf silber ercz gemacht oben ein Crucifix.

ix ein lang hulczen vorgult kestlein.

x ein lang swarcz kestlein mit silbern banden.

xj ein helfenbeinen bild unser lieben frawen syczend.

xij ein klein silbern bilde S. Johans ewangelisten.

xiij etliche scateln unnd kestlein.

xiiij ein brustbilde Sancti Petri wol verguldet hulczen.

Der sechste gangk.

j lang gulden Creucz ist zu Torgaw. Bibersteinisch.

ij ein lang silbern Cruczifix ist auch zu Torgaw.

iij ein schon silbern bilde unser lieben frawen.

iiij das vorgulte bild Sancte Anne.

v das bilde S. Johannis Baptiste.

vj das bilde S. Bartholomei.

vij das bilde Sancti Heronimi.

viij das bilde S. Sebastiani.

ix das bilde S. Anthonij.

x das bilde S. Barbare.

xi der newe silbern sarch.

xij ein vorgult Creucz mitten ein Cristall.

xiij ein vorgult pacifical mit sieben steinen, iij grun, iij braun
einer blaw.

xiiij die newe silbern Monstrancz mit funff heiligen dorn.

Der sibende gangk.

j das bilde Sancti Peter mit einem stuck seiner ketten.

ij das bilde Sancti Pauli.

iij das bilde Sancti Wolfgangi.

iiij das bilde Sancte Otilie.

v das bilde Sancti Pangracii.

vj das bilde Sancte Katharine.

vij ein strawss ey oben ein bild Sand Annen.

viij ein Monstrancz oben ein Crucifix mit etlichen steinen am fuess.

ix ein strawss ey darauf Sand Sebastiani bilde.

x ein alt silbern bilde unser lieben frawen ist zu Torgaw.

xj ein Strawss ey oben sand Barbare bilde.

xij ein Cristallen glass oben ein Creutz.

xiij ein pacifical mit acht brawnen steinen.

xiiij ein greyf klawen oben Sandt Thomas bilde.

Goldschmiede.

*Rechnung von 1487 (B. b. 4138).

Item dem Goltsmyde zu Zcwigkav meister Jurge . . . ein messer beslagenn 1 sschog xxiiii gl.

*Rechnung von 1488 (B. b. 4141).

xliiii gulden ann golde vii gl. sein Zu einer ketten kommen, die hat der goltschmidt zu Zwickav gemacht.

*Rechnung von 1489 (B. b. 4140, bestätigt 4141).

v gulden Jorgen goltschmidt von Zwickaw von einer gulden ketten zu machen.

*Rechnung von 1489 (B. b. 4140).

xxviii gulden von Zwen Ringen dem goltschmidt von Zwickau auss entpfel m. g. H. abgekaufft, der ein Ring mit einer demut lilien, der Andere mit einem spitzigenn demut vnd rubin, Donnerstag nach Viti.

*Neujahrsmarkt, Leipzig 1489 (B. b. 4137).

Meister Jorgen dem Goltsmide von Zcwickaw für kleinere Arbeiten v sshog 1 gl.

*Rechnung von 1489 bis 1490 (B. b. 4142).

x guldin R. Jurg Goldschmid von Zwickaw geben, hat m. g. H. Herzcog Fridrich ein spenichen vnd ein ketten gemacht.

*Rechnung von 1491 (B. b. 4141).

Jorge, Goldschmidt v. Zwickau wird häufig genannt.

Rechnung von 1491 (B. b. 4140).

vi gulden Jorge Goltschmidt von Zwickaw auf Arbeit.

v gulden (desgl.).

iiii gulden (desgl.).

ii gulden (desgl.).

*Rechnung von 1491 bis 1492 (B. b. 4144).

iii β. xxx gl. Jorig Goldschmid von Czwigkaw hat meyn g. H. ein mostrantz gemacht, die sein gnad m. g. H. v. Magdeburg will geben. gescheen am Montag nach palmarum.

*Rechnung von 1493 (B. b. 4140).

xv gulden iii gl. Jorge Goltschmidt von Zwickaw auf Rechnung.

xx gulden (demselben), die sein zu der ketten kommen.

*Rechnung des Hans Kammerknecht von 1495 (B. b. 4156).

xiiii fl. vor Ein armbant ... Herzog Friedrich hat der goltsmidt Meister Jurge in der Stadt sein gnaden gemacht.

*Rechnung von 1506 (B. b. 4197).

Jorg goltschmit zu coburg, damit er m. g. Hern etlich niderlendische trinkgeschir vergult hat.

*Rechnung von 1517 bis 1518 (B. b. 4277).

xvi fl. vii gl. Hansin goltschmidt zu Zwickau ffür etliche arbayt.

xliii fl. xvi gl. Meister Hansen dem Goltschmidt zu Zwickau für etlich arbait.

*Rechnung von 1489 bis 1490 (B. b. 4142).

xvii schog xlv gr. vi pf. Lorenntz Goltschmidt geben ... vff sein erbeit.

viii guldin Lorentz Goltschmit vf rechnung.

icxxxi guldin xiii gl. Lorentz dem Goltschmid geben vor Erbeit.

*Rechnung von 1490 (B. b. 4140, bestätigt B. b. 4141).

viii gulden lorentz goltschmidt von Dresen soll m. g. H. ein gulden leffel daraus machen. Ist m. g. frawen von Bayern worden Montags nach briccy.

*Rechnung von 1490 (B. b. 4140).

x gulden lorentz goltschmidt vf Rechnung.

*Rechnung von 1491 (B. b. 4141).

iciiii gulden vii gl. m. g. H. darauss hat sein gnade ein gulden ketten Machen lassen montags Nach Palmarum, dieselben keten hat sein gnade m. g. H. H. Hanssen zu Nürnberg geben.

*Rechnung von 1491 (B. b. 4140, bestätigt B. b. 4141).

xx gulden lorentz goltschmidt Meinn g. H. die lang guld. Ketten lenger zu machen.

*Rechnung von 1491 bis 1492 (B. b. 4144).

v gulden Lorenz Goldschmid von einer gulden ketten zumachen.

Dise hernach geschriben stuck hat lorentz goldschmidt meyn g. H. H. Hannsen vor eym Jahr gemacht vnd ytzt Erst bezcallt nach lawt einer Zcettel, gescheen am Fritag nach Miser. dom.

iiii gl. for i quint. buchstaben zu eim gestick.

xi lot meym g. H. H. Hansen an ein Degen, macht vii gulden.

*Ostermarkt, Leipzig 1492 (B. b. 4147).

ii β. xxvii gr. Lorentz dem Goldschmid von eym Nawen Sigill m. g. H. Hertzog Hannsen zu Graben vnd zu machen zu torgaw.

*Rechnung von 1492 (B. b. 4140, bestätigt 4141).

lxxxv gulden xvi gl. Lorentz Goltschmidt geben zur Verrechnung.

*Rechnung von 1492 (B. b. 4141).

xxx gulden Lorentz goltschmid soll ein gulden ketten darauss machen.

* Rechnung von 1492 bis 1493 (B. b. 4146).

xxii fl. x gr. Lorentz Goldschmid for ettlich Erbeyt hat er m. g. Hern Hertzog Hannsen gemacht.

xi gulden vii gl. lorentz goltsmide geantwort .... Die cleine nawen kethenn damit zu erlengen.

* Rechnung von 1493 (B. b. 4147).

xv β. xlv gl. zcallt Lorentz Goldschmid . . . abgerechet zu torgaw.

* Rechnung von 1493 (B. b. 4140).

xciii gulden xviii habe Ich Lorentz Goltschmidt an xii mark v lot Silber verrechnet.

* Rechnung von 1493 bis 1494 (B. b. 4150)

Zu Torgav. vi fl. lorenntz goldschmid, dauon hat er m. g. H. die klein keten erlengt, die sein gnaden in der kappn fürt.

* iiii fl. Lorentz Goldschmid, daraus sol er m. g H. den Zubrochen reif vmb den arm Wider furnawen.

* Rechnung von 1493 (B. b. 4150).

xv β. xlv gl. zcallt Lorenntz Goldschmid vnd mit Im alle Erbeyt lauter abgerechet zu Torgau am sonnabint nach anthoni laut sein Zettel.

* Rechnung von 1493 bis 1494 (B. b. 4150) (51 ?).

icxviii fl. xi gl. vi pf. lorentz goldschmid geben.

* Rechnung von 1494 bis 1495 (B. b. 4152).

xlv β. xlx gl. vi pf. Lorentz goltschmidt zu torgaw zalt als Er Hans Hundt vnnd Krytscher mit Im abgerechnett haben.

* Rechnung von 1495 (B. b. 4152).

xii β. lvii gl. Lorentz Goltschmidt.

* Rechnung von 1495 bis 1496 (B. b. 4157).

iiiic gulden . . . . Lorentz Goltschmidt geantwort, daraus sol er beiden m. g. Hern zwei Kedenbant machen.

* Rechnung von 1495 bis 1496 (B. b. 4158).

iiiic guld an iiic hungrisch gulden lorentz Goltschmidt geantwort, daraus sol er beiden m. g. vnnd Hern zwei Kedenband machen Sonnabend nach Judica.

* Rechnung von 1496 bis 1497 (B. b. 4147).

iiiicxi fl. Lorentz Goldschmid In Torgaw zcalt Walburgi im xcvii, die Im m. g. H. laut einer Zettel die Er Hans Hundt mit Im aberechet, schuldig bliben seint.

* Rechnung von 1499 bis 1500 (B. b. 4170).

xvii fl. v gl. xi pf. dem Goltsmid zu Torgaw.

* Rechnung von 1509 (B. b. 4197).

xv ung. gulden . . . die seint zu den gegossen gulden die lorentz goltschmit gegossen komhen.

* Ostermarkt 1512 (B. b. 4215).

icx fl. lurentz werder goltschmid zu torgau for das regall positiue durch hansen geyssel küchenschreiber zugeschickt.

* Rechnung von 1517 bis 1518 (B. b. 4277).

x fl. Trangkgeld lorentz goldschmidt zu Torgau.

*Rechnung von 1506 (B. b. 4193).

v fl. vii gl. iii pf. dem goltschmid maister Hanssen von thorgaw für goldene und silberne Zcaichen vfs Heyltum.

*Rechnung von 1493 (B. b. 4150).

lii gl. vi hat Vmbhawen zcallt Christoff schurlin for ein Armbant m. g. H. H. Friedriche.

*Rechnung von 1492 bis 1493 (B. b. 4146).

xxi gl. Claus Goldsmide zu Weymar geben vonn etlichen Kappen vnnd Degcken, Gispegken zu bessern.

*Rechnung von 1492 (B. b. 4140).

xiiii gl. dem goltschmidt zu Weimer geben, hat m. g. H. Ein guld. Ring mit Zweien spitzigen Demuthen vorsatzt . . . Sonntags am Abent Elizabeth.

*Rechnung von 1489 bis 1490 (B. b. 4142).

v vngrisch guldin Er wolfgang geben zu einem kelch zu vberguldin

*Rechnung von 1491 bis 1492 (B. b. 4144).

iii β. xxxi gl. von Er wolffgangs kelch, der Zum Altar zv vnnser frawen gehort, den mein g. H. Hertzog Friedrich hat machen lassen vnd gestifft. Darzu hat man meister petter den Goldschmid geben xxx. lott silbers vnd hat er da Zv geben vii lot, ye ein lot für ix gl. Vnd das machlon ist auch der Zv gerechet zu den andern lotten, geschehen am Frytag nach Lucie virginis.

*Rechnung von 1492 bis 1493 (B. b. 4146).

xxiii gl. Peter Goltsmide geben, hat mein gned. H. Herz. Friedrich ein Marienbilde In ein Swertknopf gemacht. wigt 1 lot 1 quentin.

*Rechnung von 1494 bis 1495 (B. b. 4152).

xxvi gl. ii pf. i. h. peter goltsmidt gebenn . . . denn machlonn vnde zu uorgolden vonn Dreyenn Degken vbir kopf, dar Inn nawe schrauben gemacht, sind zu worffen wurden als Herzcog Heinrich vonn lüneburg mit seiner gemahl alhir gewest ist vnde vf Montag nach Estomichi bezalt.

* Neujahrsmarkt, Leipzig 1488 (B. b. 4138).

Mathis Goltsmydt vonn Dressdenn viii β. v gl. vf rechnunge.

*Rechnung von 1487 (B. b. 4138).

Vff hewte Montag nach Erhardi hat Cuntz Königk . . . mit mathis goltsmyde von Dressdenn abgerechnet von wegen meyner gnedigen Hern alle arbeyt, die er mein gnaden gethan hat zu Wymar vf des frewichennes wegkfertigung vnnd ander arbeyt . . . (er erhält zu völliger Vergnügung) xii β. xxix gl. (und xl gl. die er) In der herberg vorzcert als er zu Torgaw (2 Wochen lang zur Abrechnung) gewest.

*Ostermarkt, Leipzig 1487 (B. b. 4137).

v schog lvii gl. Mattis goltsmide von Dressden vf rechnunge

*Ostermarkt, Leipzig 1487 (B. b. 4138).

v β. lxii **Mathes goltsmyde** vonn Dressden vf Rechnung vmb seine gethane arbeyt an xvii gulden.

* Rechnung von 1493 (B. b. 4150).

xv β. xxiiii gl. Zcallt lucas Stofmel zu Leipzig für ein schillt henslin, des pfallntzgraven Diener worden, wigt iiii mk for yde mk xi fl.

* Rechnung von 1493 (B. b. 4147).

lxxxi β. xxii gl. iiii pf. dem Vockern zcallt zu Augspurg für ein gulden kettin.

* Rechnung von 1495 bis 1496 (B. b. 4158, bestätigt B. b. 4157).

icv guld xx gl. an xxxvii hungrisch gulden ix henr nobel xvi alt kron x lewen xv alt Reinisch gulden meisters lucas der Ko. Ke. Mt. goltschmid sambt anderm zubrochen golt geantwort zu nordling mitboch nach dem cristage, daraus hat er m. g. H. H. Friderich ein gulden Keten gemacht.

* Rechnung von 1501 (B. b. 4175).

xxxii fl. iiii pf. Vmbawen Zalt die er lucas kathen (?) goltsmid an dem Silbern Anthoni zalt hat.

* Rechnung von 1499 bis 1500 (B. b. 4170).

icxv fl. zalt vf befelh m. g. H. Jobst Yssig (?) für ein Kleynadt dasselb dem pfleger gein Coburg gesant vfs peilager des von Henneberg zur Nawenstat zuschencken.

* Rechnung von 1499 (B. b. 4169).

vii fl. iii ort hat. Vmbhaven Zcalt Tyssen Jorian (?) for ein pacem. viii fl. id. for ein parillen.

* Rechnung von 1499 (B. b. 4168).

viiii fl. vmbhave zcalt für iic. Weinstain kauft vnd dareyn geslagen ein kleynat m. g. H. Hetzg. Fridr.

* Rechnung von 1500 (B. b. 4173).

xlii fl. an vngerischen vnnd reinischen golde dem goltsmid curd von Zwigkav zcu die l dymonten vnd l rubyn in kasten zu sezen.

xxiiiii fl. dem goltsmyde dauon zcu lone.

(Paul Möller.)

* Rechnung von 149! (B. b. 4145).

iiicliii gulden hab ich vmbhaven zalt, die er laut der Zettl von Silbergeschirr vnd etlich schusseln tzcu gemacht, aussgebn hat vnd zalt.

xiiii gl. zalt für ein laden wollen vnd tücher, darein die vier Silbern pild gemacht sein gewest, die M. g. hrr von Maidburg worden sein.

* Rechnung von 1493 (B. b. 4150).

xv β. xviii gl. i pf. hat vmbhav . . . zcalt for ein vergult pacem vf beuelh meins g. H., wigt iii mk iiii lot ii q. Die barill wigt iii lot i q., die mk lauter for xiiii guldin vnd Barill vnd futter xv β.

* Rechnung von 1493 (B. b. 4147).

vii β. xlv. gl. dasselbmal Zcallt fur ein Vergult becherlin.

* Rechnung von 1493 (B. b. 4150, bestätigt B. b. 4147).

xviii β. liii gl. Zcallt zu Nürnbg für vii silbrin pecher, wogen vi mk iiii lot iii qu, die mk for viii fl. x β.

* Rechnung von 1496 (B. b. 4159).

xlvi β. iii gl. ix pf. für ein Silbern pild Sanct Anna zu Nurmbergk zcallt durch vmbhaven, wigt ix fund i lot ii qu, die mk for xiiii gulden.

* Rechnung von 1499 bis 1500 (B. b. 4170).

imlxxxv fl. vf befelh meines gn. Hern Hzog Fridrichen für die Cleynat vfs beilager m. g. H. Herz. Hansen für sein gnaden bestalt m. g. frawen zu schencken.

* Rechnung von 1500 (B. b. 4173).

iiiicxx fl. Hansen Umbhaven zcalt für xci silbern Schüsseln for m. g. frawe wegen, wegen lii mark viii lot kost die mark viii fl.

icvi fl. vxii β. vi heller für zwey Silber Becken vmbhaven zcalt eins thails vorgult, die mk für ix gulden, auch m. g. frawen.

vcxvi fl. viii β. ix heller vmbhawen zcalt für l dymont l rubyn vnd icii lot perrnlein.

* Rechnung von 1500 (B. b. 4174).

lxxviii guld vii β. durch vnbehawen tzalt für ein Silbern bildt ist m. g. Herrn v. Magdeburg vnd wigt vii m iii lot . . .

* Rechnung von 1501 (B. b. 4175).

ix fl. xiii gl. v pf. vmbhaven zalt, die er an den xviii Silbern pechern Hansen Lochern vbern der Im Pfeffinger geh. aussgricht.

* Rechnung von 1501 (B. b. 4175).

lxxxiii fl. vii gl. x pf. vmbhaven zalt, die er paul golsmid vf mein schreiben vor x mk vnd vi lot iii q Silber vf befelh h. F. aussgeben hat.

icvii fl. x gl. vmbhaven zalt dem goltsmid von gold. † vom Fuss vnd machlon vber das er vor empf. geben hat.

xxxv fl. vmbhaven zcalt, die er paull Moller dem goltschmid geben hat.

* Rechnung von 1501 bis 1502 (B. b. 4177).

xcix fl. xi gl. iii h. Meister paulus Muller goltschmit zu Nürmberg zcalt vf beuelh pfeff. zur loch, machlon von dreyen silbin bilden s. Maria S. petter vnd Sant paul, hat pfeffinger also mit Im abgerechnet.

xvi fl. demselben goltschmit für silbern Leuchtern.

v fl. hat meyn g. H. demselben goldschmit an seine Zcerung, als er hin zu torgav gewest, zu Stewr geben vf beuelh pfeff.

xx fl. iiii gl. zcalt paulus Müller Goldschmit v. Nürnbg. von eym Silbrin Rochfas.

i fl. vi gl. für Trinkgeld und für das Futter.

iii fl. i ort zu xlviii Silbrin vorgult Stefft demselben goltschmit zcalt zu erfordt.

i fl. i ort for i Silbern vorgult Sandt Jörgen m. g. Herrn zu Jhena kaufft.

*Rechnung von 1502 (B. b. 4175).

xlvii fl. xiii β. viii pf. hanssen Vnbehawenn für Zceppter wegen iiii m v lot ii pf., kost dye m xi fl.

*Rechnung von 1502 (B. b. 4175, bestätigt B. b. 4179).

l fl. vnbehawen befolhen dem goltschmydt vff die heiligenn, die er Herz. Hanssen macht, zu geben vinc. petrie Anno 20.

*Rechnung von 1502 bis 1503 (B. b. 4281).

l fl. dem Goltschmydt vonn Nurmberg vff befehel meyns g. Herren Herczogen Johanssen vff das Silbern pyld Sandt Johans S. marc. vnd Jude Vnd hab ym vor auch l fl. geben vnd verrechent.

xv fl. dem Goltsmyde zu Nurnberg von dem Silbern sant Johanns Wygt als er sagt x m ix lot i qut., ii fl. für futter vnd Sack vnd viii fl. darauf verguldt Freytag nach Inuocauit.

*Rechnung von 1503 bis 1504 (B. b. 4184).

ii fl. xii gl. furlon für meister pauell den goltschmidt gein Torgav.

*Rechnung von 1503 bis 1504 (B. b. 4183, bestätigt B. b. 4184).

lxxx fl. schreibt wolf gerperssdorffer hab Er pauell goltschmidt vff beuelh geben.

*Rechnung von 1505 (B. b. 4187).

xxx gl. iiii gl. Meister pauls goltschmidt von Nürnbg von sand wolffgang, sant Katerina pangracii . . . ii brustbild, etzlich ketten ring vnd halspandt von xxxi mr silber . . . machlon . . .

x fl. Vlssner Illuminat. zcu nornberg geschickt bey paulen goltschmidt auf rechnn. (reynn?) vom m. g. Hern bet buch zcu illuminieren.

*Rechnung von 1505 (B. b. 4189).

iclxxiiii fl. an golt vf schriftlich beuelh Pauel goltschmidt zcu Nurmberg . . . Mitwoch nach Urbani 1505.

*Rechnung von 1505 (B. b. 4183).

iclxxiiii gulden an gold vf schriftlich beuelh paueln goltschmidt zcu Nurinberg durch leonhart prawn vssgericht, Mitwoch nach Urbani 1505.

*Rechnung von 1505 bis 1506 (B. b. 4192).

iclx fl. Meister pauel dem goltschmide von Normberg an xx m xiii loet Silber.

*Rechnung von 1506 (B. b. 4193).

xxiii fl. pawlen goltschmidt von Nornbg zcalt für viii guld. ring.

xxvii fl. v gl. iii pf. für iiii messen leuchter Ins stifft gein Witt. Zcur begenckniss haben iiicviii ℔ gewogen.

iiii fl. for xxx silbrenn vergult Crevtzlen an ein Paternostr, haben gewogen iii loet.

i fl. for zwey paternostr von schwortzenn betstein, sein pawl goltschmitz gewesen.

iii fl. for vi silbren verguldt knopf vnnd ein silbrenn verguldt maryenbildt an ein paternoster iii lot gewogen.

v fl. for i silbren verguldt bisenkopf.

x fl. for i achatin steyn ist aussgeschnitten vnd in silber gefast.

. . . . dis alles hat pfeff. paulen goltschmidt vnd wolff fechter abkaufft von nornberg vnd ime Zcu gerechn. zcu coburg am Abent S. 7. Judi (?).

*Rechnung von 1506 (B. b. 4183).

i fl. xii gr. furlon vf paul goltschmids schrift von ein Vass vonn Nurrnberg hereinkomen corpis cristi 6 to.

*Rechnung von 1507 (B. b. 4198).

ii gulden furlon von eym vas vnd pell (?), hat die Volckmarin von Nurmberg herein geschickt Im Michelsmarckt, Solln Silbern pilde Innen sein

*Michaelismarkt, Leipzig 1511 (B. b. 4213).

xliiii fl. zway silbernn vorgulte Buckecher sso pfeffinger von paulussen müller goltschmid m. g. H. erkaufft.

*Ostermarkt 1511 (B. b. 4212).

xiiii fl. for ein gehenge, das ist ein gulden straell (?) mit einem Rubin hertzen tzway schmarallen und demuten versatzt von clavs therer von Nürmberg durch paulussen Goltschmidt erkauft.

*Michaelismarkt 1512 (B. b. 4216).

xiii fl. for ein kelch mit ein kupfern für das obertail silbern, allenthalben vbirgult gein der locha von Meister paulus moller goltschmidt von Nürnbg erkaufft.

*Ostermarkt 1512 (B. b. 4215).

xlii fl. v gl. meister paulus goltschmidt zu Nürnberg for becher.

*Neujahrsmarkt 1512 (B. b. 4214).

Schanck von Wolffhawer vorgoldeter Silb. Kelch, wegt II m., von Paulus Müller.

*Michaelismarkt 1512 (B. b. 4216).

Paul Müller liefert grosse Zwifechtige schewern.

*Rechnung von 1513 (B. b. 4222).

ix fl. für ein goldenes Kettchen an paulus Müller, goltschmid zu Nürnberg.

iiii gl. vorbemeltenn paulus muller goltschmid zu Nürnbg vor ein guldens ketlein.

iiii gl. vor ein silbern vnd getretten patter Noster ein gantzer Rosinkrantz mit vorgultin vndermerk vnd Eynem anhengenden Hertzin...

i gl. vor ein Ruhenden (?) Pater nostr vor die pestilentz gemacht.

*Michaelismarkt, Leipzig 1513 (B. b. 4225).

Edelsteine for 49 fl. bei Paulus Müller, Goldschmied zu Nürnbg gekauft.

iclxi guld ix gl. paulus moller goltschmidt von Nürnberg.

*Ostermarkt 1514 (B. b. 4239).

lxxvii fl. ii gl. Paulus Moller goltschmidt zu Nurnbergk for ein silbern pilt Sancti Andree hat gewogen ix m und die m für xii fl. für silber gelt vnd machelon abgerechet Welchs Im gantzer summa icviii fl. erstiegt.

Das ins Closter Bemsehe geschickt.

* (B. b. 4239): vnnd solch pildt hat vnnser gnedigster Her Inn das Closter zu Bemsehe (?) Inn Beyerlandt gelegen durch potten ere (?) zu geben bevohlen.

iiii fl. Paulus Moller for ein ketten vorgult . . .

ii fl. ein Stein mit Kreuz v. Paul Müller.

* Bei Paulus Moller werden erkauft iiii fl. 1 kette.

iii fl. 7 gl. für 8 Weysszker.

2 fl. Stein mit Ring.

* Michaelismarkt 1515 (B. b. 4252).

iiclxi fl. xix gl. pauels Moller goltschmidt von Nornberg an dem Claynot zur Helfft das beyde mein gnedigst vnd gnediger Herren vff des Konigs zu Dennemargk ehelich beilager durch er Hans von der plawnitz vnd er plipsen von feilitzsch yn Dennemarkt geschickt.

* Michaelismarkt 1515 (B. b. 4266).

1 fl. paulus Moller goltschmit.

lxx fl. vii gl. ix pf. für ein silbern kopff wigt iiii margk ix loth i qu die m für xiii gulden . . . vnnd denselbige silbern kopff will vnsser gnedigster Her dem bischof von Brandenburg schenckken.

* Michaelismarkt 1515 (B. b. 4251).

vii fl. etc. paulus Moller . . . für guld. Ringe.

lxxxix fl. ix gr. ii pf. für 8 silbern schahlen mit vorgulden füsssen vnd obenwendig die Render, haben x m ii loth Nurnbg Gewicht gehalten von Paulus Moller erkaufft.

iiclxii fl. xix gr. for 1 cleynodt halsspandt . . . . . durch paulus moller erkaufft.

lxi fl. ix gl. vi Paulus Moller goldschmid zu Nornbg vff etlich arbeit . . . iii silbern vorgulte becher credenz . . . . .

* Rechnung von 1515 bis 1516 (B. b. 4256).

xiiii fl. v gl. for ein eysern laden pauel moller goltschmidt von Nornberg zcalt.

* Neujahrsmarkt 1516 (B. b. 4258).

ii fl. iiii gl. paulus moller goltschmidt zu Nürnbgk für Drehege Zceugk auch vnserm gnedigstenn Hern durch ketzell zugeschickt.

* Ausgabe für die stifftung Wittenberg, Paulus Müller goltschmit.

lxxxvii fl. xv gl. für disse nachvolgende stücke für die stiftung wittenberg von paulus moller goltschmidt zu Nürnbergk durch pfeffinger in diesen markt erkaufft . . . nemlich

lxxxvii fl. für iiii kellich mit pathenen mit sampt aller Zugehörunge für vnsers gnedigen Hern porkirchen vf die altarä daselbst.

i fl. xv gl. futter und sack zu denselben kelichen.

* Neujahrsmarkt 1516 (B. b. 4260).

ii fl. für ein Missingen lichtschirm hat pauels Moller goltschmidt zu Nornberg . . . geschickt.

lx fl. für en vbirgulte Silbern Scheuern hat m. g. H. Degenhart Pfeffinger vf sein elich beylager geschenckt.

* Rechnung von 1502 (B. b. 4178, bestätigt B. b. 4175).

viiiiclxxxii gulden Marx goldschmidt von feuchters wegen für Cleynot die m. g. H. . . . zu Stendal vff dem beylager von ym genomen haben.

* Rechnung von 1515 bis 1516 (B. b. 4256).
Thomas Goldschmidt zu Weymar wird genannt.
* Ostermarkt 1516 (B. b. 4263).
ii fl. vii gl. Thomas goltschmidt zu Weymer vor etlich arbait.
* Rechnung von 1517 bis 1518 (B. b. 4277).
v fl. Thomas Goltschmidt Zu Weymar für etlich arbait.

* Rechnung von 1502 (B. b. 4175).
icxiiii fl. vii gl. Peter Stoltzen zcalt dye er Zu franckfort vff schrifft meyns g. Herrn wolff fechter für Sporn vnd Ring aussgeben hat.
* Rechnung von 1505 bis 1506 (B. b. 4192).
xxxiii fl. Wolffen fechter gebin . . .
* Rechnung von 1506 (B. b. 4193).
i fl. hat pfeff. Wolf fechter auf xvi ring gebenn mit demuet bundenn.
xxix fl. (demselben) für zwey silbren kendelein sampt der patenn.
v fl. for vi par messer hat pfeff. wolf fechtern vonn nornbergk abkaufft.
* Ostermarkt 1514 (B. b. 4239).
ix fl. for ii petschafftringlein für unsern gnedigsten Hern Hertzog fridrich vff befehl pfeffingers Wolffen fechter zalt.
* Ostermarkt 1515 (B. b. 4248).
iicxx fl. wolff fechtern von Nornberg für etlich hinderstelig claynot . . .
* Michaelismarkt 1515 (B. b. 4252).
xxxviii fl. für xiii gulden Ringe sein von wolff fechtern genommen.
* Neujahrsmarkt 1517 (B. b. 4272).
iclxxxv fl. wolffen Fechtern von Nornberg für etliche Ringe vnd ander Claynot . . .
* Rechnung von 1519 (B. b. 4293).
xxi fl. wolff fechtern von Norenberg an etlichen Claynotenn.
* Rechnung von 1522 bis 1523 (B. b. 4312).
lxv gulden ix gl. Wolffen fechter von Nornberg für etlich kruge mitwoch nach Fabiani et Sebastiani anno xxiii.
* Rechnung von 1523 bis 1524 (B. b. 4324).
icxxxviii gulden iiii gr. wolf fechtern von Nornberg, nemlich . . . . ketten . . . . turckisrinck . . . . andere ringe.
* Neujahrsmarkt 1524 (B. b. 4326).
xxxii gulden wolff fechtern von Nornbg for etlich claynot.
* Naumburger Petri Pauli-Markt 1525 (B. b. 4338).
xciii gl. v. pf. wolff fechtern zu Nornberg for etliche claynot.

* Rechnung von 1501 bis 1502 (B. b. 4177).

xviii meister Andre Wolfawer goltschmit von Nürnberg zalt für drey demut Ring von einen mit dreyen steyren m. g. H. hat pfefinger kaufft.
    * Rechnung von 1502 (B. b. 4175, bestätigt 4179).

xii fl. hanssen Vnbehawen zu Zcalen Vff befehel Meiner g. H. für Ring (?) laut eyner Zcedeln von Andres goltschmidt genommen zu Yssnach nach Bartholomei Anno dmi xvc2o̲.
    * Rechnung von 1501 bis 1502 (B. b. 4177).

vii fl. meister Andres dem goldschmidt von ii messkendeln zu machen.
    * Rechnung von 1502 bis 1503 (B. b. 4180).

lxxxviii fl. vff beuelh pfeffingers Wolffawer vor Cleynot Zcalt Im Nawen Jarssmarckte.
    * Rechnung von 1505 (B. b. 4188).

xii reinisch gulden . . . maister Endres Goltschmidt zcu torgaw damit ein Eyschalenn zcu m. g. Herrn gulden kopfleun sol vorgulden vnd etzlich silbren becher.
    * Rechnung von 1513 (B. b. 4222).

iiii fl. andressen wolffauer goltschmit zu Nürnberg — für ein goldenes Ringlein «mit eynem Demudt».
    * Ostermarkt 1514 (B. b. 4239).

i fl. v gl. for vi silbern vorgolte krewtzlein für unsern gnedigsten Herrn von Wolff Awrer von Nürnberg erkauft.

xv fl. Kette in Gold von Anressen Wolffawer zu Nürnbergk.
    * Rechnung von 1515 (B. b. 4259).

xxxix fl. Andres Wolfauer, goltschmidt Zu Nürnberg für disse nachvolgende erkauffte stücke.
    * Rechnung von 1515 bis 1516 (B. b. 4256).

lx fl. Andres Wolffaur von Nornberg vor Zwey gulden gehenge . . . eyn Cristoffel . . . ein Cristoffel (und nochmals) guldene kreuze . . . . Freitag nach Corpora Cristi anno dm 1516.
    * Ostermarkt 1516 (B. b. 4263).

xiiii fl. vii gl. vi pf. andres goltschmidt zu Torgau von eym Newen trometerschilt zu machen . . . .
    * Neujahrsmarkt 1516 (B. b. 4258).

xxxix fl. Andressen Wolfauer goltschmidt zu Nürnberg diesse nach volgende erkauffte stücke nemlich: pfeifflein, orlöffel, ringlein mit elendclauen in gold gefast, ring gewundenn.
    * Neujahrsmarkt 1517 (B. b. 4272).

xliiii fl. Andres Wolffauer von Nornberg für etlich claynot.
    * Rechnung von 1519 (B. b. 4293).

icl fl. Andres Wolffawer an etlichen Claynotenn.

    * Michaelismarkt 1512 (B. b. 4216).

lxxx fl. meistr christianus Dhurung Goltschmidt zu Wittenberg vff Zu forderung etlicher Arbeit (geliehen).
    * Michaelismarkt 1513 (B. b. 4225).

Meyster Christianus goltschmit von Nürnberg erhalt Silber für etl. Arbeit.

* Ostermarkt 1514 (B. b. 4239).

x fl. meister Christianus Goltschmidt zu Wittenberg.

* Michaelismarkt 1515 (B. b. 4251, bestätigt B. b. 4266).

1 fl. Cristianus Dhorung goldschmit zu Wtbgk. vff die abrechnunge seiner arbeyt.

* Neujahrsmarkt 1517 (B. b. 4272).

xxix fl. vii gl. Crispianus Goltschmidt zu Wittenberg Macherlon von eyner gulden ketten auch für vii goltgulden dye er zu drselben ketten gethan . . . .

* Rechnung von 1517 bis 1518 (B. b. 4277).

i fl. xvi fgl. vi pf. hat der Castener zu Coburg . . . geben einem fursbotten . . . gen Nornberg zu benedikt Braunsskern goltschmidt . . . .

lx fl. iiii pf. für die Messingen Rore Zu dem Neuen Rorbrun, haben iiiicx ℔. gewogen vnnd ander Zubehorunge Benedikt braunskern goltschmidt von Nornbergk entricht zu Weymar Sancti Galli Decimo octavo.

* Rechnung von 1522 bis 1523 (B. b. 4312).

xxxiii gulden v gl. x pf. für arbait Meister Hansen dem Goltschmidt von Coburg Wye Hans von graffendorff vnd Bastian schadt Cammerschreiber mit yme rechnung gehalten entricht zu Weymar am Sontage letare anno xxiii.

Gobelins und Stickereien.

* Rechnung von 1487 (B. b. 4138).

Item iii β. xvii gl. Meister Heinrich Krebs dem Seidenstigker zu Torgaw . . . von einem Ermel zu stigkenn . . . Drauf ist gestigkt ein Swein Jheger mit einem Spisse . . . .

* Neujahrsmarkt, Leipzig 1488 (B. b. 4138).

Jacoff Seidenstigker von Dressdenn vi β. uf sein arbeit geben.

* Rechnung von 1489 bis 1490 (B. b. 4142).

xiii gl. von den drey nawen teppichen zu sömen vnd zu nehen.

* Rechnung von 1493 (B. b. 4147, bestätigt B. b. 4150).

xxvi β. xv gl. für ein stuck Dapriss drey petter Stoltzen (peter bstoltzen) zcallt Im Ostermarckt, ist gein torgaw geantvort, an lxxv fl.

* Rechnung von 1496 (B. b. 4147).

v β. xv gl. . . . eym seydensticker von Nürmberg, der m. g. H. H. Hansen zu Coburg ettliche Erbeyt gemacht.

* Leimbachs Rechnung von 1495 bis 1496 (B. b. 4147).

v β. xxxvi gl. . . . for xii Stehelin bogen, was eyner mit eyner sawl, Johann Muntheyn zcalt.

* Hans Hunds Rechnung von 1495 bis 1496 (B. b. 4158, bestätigt B. b. 4157).

i m guld. hat Johan Munter für Dapristrei Im Niderland aus-
gebenn dz vns Hans Leimbach für empfehnne zu geschriben Montag
Nach leonhardj.

* Leimbachs Rechnung von 1496 (B. b. 4159).

vi gl. Botlohn gein torgav mit der Dapistrey zu meyn gt. Herrn
von Johann Munth komen nach trinitatis.

* Leimbachs Rechnung von 1499 (B. b. 4165).

xv gl. furlon von einer trwhen Tapistrei von torgaw gen Nürmberg.

i fl. furlon vmbhave zcalt von eym fas mit Dagistrey von Nürnberg gein freiburg.

* Leimbachs Rechnung von Jakob dem Zwölfboten bis Sonntag
Palmarum 1499 (B. b. 4165).

xx fl. dem Dapistrey Mann, der von Johann Muntheyn vf m. g.
H. anregn herauf gesant ist, wider abgefertigt, Purific. Marie.

* Leimbachs Rechnung von 11000 Jungfrauen 1499 bis Sonntag
Judica 1500 (B. b. 4170).

iiiicxcviii fl. viii gl. Johann muthen zalt for Tapistrey mit dem
furlon.

* Leimbachs Rechnung von 1500 bis 1501 (B. b. 4174).

iicxc gulden xv ß. for Tapistrey peter Bstoltz getzalt im Ostermarkt xvc primo.

* Rechnung von 1505 (B. b. 4187).

xxvii fl. for vi Mariae bild vf dy grawn messgewandt gen witt.,
eins für v fl.

iiii fl. for iiii Niederlendisch gemalte tücher hat Dolcks m. g.
Hern zcu leipzigk am nawen Jars markt kaufft.

i fl. peter seydensticker der vier bild zcu Wittg. auf dy weissenn
ornat gemacht hat.

* Ostermarkt 1514 (B. b. 4239).

i fl. v gl. für vi silbern vorgulten krewtzlen . . . von Wolf
Merer (?) von Nürnbergk erkaufft.

* Rechnung von 1516 bis 1517 (B. b. 4268).

iiii fl. viiii gl. Matt. Maurer, Seydensticker Zu Jhena (wird viel
beschäftigt).

Harnischmeister.

* Rechnung vom Leipziger Herbstmarkt 1488 (B. b. 4137).

Ewalt xxx gl. vor ein harnasch hubolde pfluge von geheiss m.
g. Hern Herzogenn Hannsenn.

* Neujahrsmarkt, Leipzig 1489 (B. b. 4137).

Ewalt dem Harnischmeister xviii schog xxxiii gr. vor yn rynn-
harnasch von geheiss myns gnedigen Hern Hertzogen Johann.

* Rechnung von 1491 (B. b. 4145).

xii gulden hab ich vmbhaven zalt, die er vf geheyss Ewalts
einem platner noch an etlich trav (?) puchelnn zu beczaln beuohlen hat.

* Rechnung vom Ostermarkt zu Leipzig 1492 (B. b. 4147).

xi β. xii gl. zcallt . . . Ebalt, m. g. Hr. Hertzog Hannsen Harnischmeister für ein stechzwg.

*Hundts Rechnung von 1493 (B. b. 4147, bestätigt B. b. 4150).

xiiii β. Ebald Harnischmeister, sein solt.

*Leimbachs Rechnung von 1493 (B. b. 4150).

xvii β. xxx gr. . . . Zcallt für ein Rennzeug mit aller Zubehörung
hat Ebalt Harnischmeister zu leiptzk kavft vnnd Ritzscher das Geldt
im Ostermarckt entpfangen.

*Rechnung vom Neujahrsmarkt, Leipzig 1494 (B. b. 4137).

xiiii β. Erbald Harnaschmeister Jarsold.

*Leimbachs Rechnung von 1496 (B. b. 4159).

icv sschog an iiic guiden for ein hawss zu Torgaw am Markt
geben vf beuelch m. g. H. Hansen, sein gnaden zu eyner Harnasskamer,
geschehen im Michelssmarkt An. xcvi.

*Steffan Strohls Rechnung von 1505 (B. b. 4188).

x fl. zcerung heintz harnischmeister an muntz, mit harnsch zcu
dem jungenn prinss in Denemarck von der loch gen hal geschickt.

*Rechnung von 1514 (B. b. 4241).

Soltt v fl. Erwaltt Harnaschmaister xl fl. sein Jarsoldtt.

*Rechnung vom Neujahrsmarkt 1516 (B. b. 4260).

xl Ewalt Heseler Harnischmeister zu Torgau.

*Rechnung vom Neujahrsmarkt 1523 (B. b. 4316).

xl gulden Ewalt Harnaschmeister zu torgau Jar Zcinss vff leben lang.

*Rechnung von 1496 (B. b. 4147).

iii β. xlii Albrechten des Römischen Königs Harnaschmeister vf
beuelh m. g. H. H. Hannsen durch vmbhawn zcallt.

*Leimbachs Rechnung von 1493 (B. b. 4150).

Ussgabe zu Venedig vnd yspruck.

iii β. li gl. laucas Gassner zallt für ein pallas, hatte er vff schrift
meins gt. Hern sein gnaden gein Yspruck gesent.

*Rechnung von 1492 bis 1493 (B. b. 4146).

xxix (ausgestrichen) gulden meim gnedigen Hern Herzcog Hannsenn bey kitzschernn geschickt, die hat sein gnad er Sigmundt vonn
Wolfsberg geschigkt gen Issbrugk, daselbst er solch gelt von seiner
gnade wegen vssgeben hat vor harnisch.

ii gulden Ludvig der Herzcogin vonn Issprugk botenn Trangelt,
hat mein gnedigen Hern Herzcogk Hannsen Harnisch alher bracht.

*Rechnung von 1505 (B. b. 4188).

xi fl. maister pawls vonn Issbruck für 1 stech zcewch vnd Etzlich
kunst die Er m. g. Hern gemacht, isst entloffen von weymar, vf beuelh
pfeff.

*Rechnung von 1487 (B. b. 4138).

xx Reinisch gulden dem platner zu landsshudt gebenn . . . vff ein
koryss vnd andernn harnisch mynn g. H. Herzog Friderich gescheen . . .

*Rechnung von 1489 bis 1490 (B. b. 4142).

xx R. guldin den plattnern von Landshwt, die gen Wittemberg geben, vss geheyss meiner g. Herrn, gescheen am Sonntag palmarûm ...

*Rechnung von 1489 (B. b. 4141, bestätigt 4140).

vi gulden x gl. iiii pf. i h. hat Leimpach dem Blatner von Landshut geben habe ich eadem (?) die bezcalt.

*Herbstmarkt, Leipzig 1490 (B. b. 4137).

Mattis platener von Landisshutt ... xii par puckeln an die elnbogen ... 1 Swert ... 1 par stechhanschu ... 1 clein Degenn.

*Rechnung von 1491 (B. b. 4145).

iiii guld. hab ich zalt dem Platner von Landsshut for zvo winden vf beuell m. g. H. hat merrettig genomen vnd geholt.

xliii gulden zalt mathes Platner für ein zceuge hat mistelbach vnd. Hund ....

x gulden demselben mates Plater gez. ist mein g. Herr zu lantzhut (dies?) males schuldig blib.

xiii gulden ... demselben geben, ist ... s. g. plater zu landsshut schuldig bliben.

iiii gulden denselben mathes plater geben ... tartzschenmacher zu lanzhut, ist M. g. H. schuldig blib.

ii gulden dem messersmidt daselbs, dis alles geb ich mates plater geben (!) ... Freitag nach Exaudi 92.

*Rechnung von 1491 bis 1493 (B. b. 4145).

lxxv gulden hab ich vf beuelh meines gt. H. H. Fridrich Mathesen Deutzschen zu Landzsshut für etlich hernasch m. g. H. Herz .... (unleserlich).

*Rechnung von 1493 (B. b. 4147).

xxiiii gl. hat Vmbhv Zcalt furlon von eym fesslin von matthes platter an m. g. H. hereyn gesant.

*Rechnung von 1493 (B. b. 4150).

xxiiii gl. hat Umbhav Zcallt furlon von eyn fasslin von Matthias plattner an meyn gt. Hrn hereyn gesant.

*Rechnung von 1494 bis 1495 (B. b. 4152).

iii β xxx gl. dem platner von landthut vf schrift m. g. Hern pfingsten im xciiii Jar.

xx gl. für Zwey Ren Eysen dem plater zu latzhuet, hat Schawnbg meinen g. H. H. Hansen geholt ....

*Rechnung von 1496 (B. b. 4147).

xxxvii sshog xxvi gl. dem vmbhawe für Ebalt Harnaschmeister zu landshutt vnd Nürnberg vssgeben.

*Rechnung von 1496 bis 1497 (B. b. 4147).

xiii fl. Grunwalt dem platter Zu Nurmberg durch vmbhav zcalt for ein Tartzschen m. g. H. H. Frid. hat Heintz Harnaschknecht genomen.

xxiii fl. ii gr. vmbhawe zcalt, die er vf schrift m. gt. H. vssgeben hat, nemlich iii fl. für i tratzschen, xx fl. for ii schurtz vnd zwey par ermel vnd ii gr. für ein fas derzu, hat Heintz Harnaschknecht entpfangen.

* Rechnung von 1499 (B. b. 4165).

iii fl. vmbhave zcalt furlon von einer harnaschtruhen gen Wymar.

* Rechnung von 1505 (B. b. 4190).

iiiic gulden Doktor schwencken für Hansen Unbehav anheissig wurd vnd bezcalt, die Vnbehav vf die besteltin Harnisch zcu Norinbergk aussgebin hat.

* Rechnung von 1505 bis 1506 (B. b. 4192).

ic gulden Vnbehav Zcalt, die er zu Normberg vf den Harnisch geben. So hab ich hieuor iiiic gulden in nechster Rechnung verechnit, die ich auch Vnbehav vf den Harnisch geben.

* Rechnung von 1505 (B. b. 4190).

iii guld. furlon von iii vas harnasch von Nurnb. gein leiptzk So hat Pauel Goltschmidt auch etwas darann entricht.

* Rechnung von 1505 (B. b. 4183).

iii gulden furlon Hansen moller vom Hoff von iii vas Harnisch von Nürnberg gein leiptzk zcu füren, hat von Pauel goltschmid auch etwas darauf entpfangen.

* Rechnung von 1506 bis 1507 (B. b. 4196).

200 gulden Hans Unbehawen für harnisch von Nornnberg vberschribenn.

* Rechnung von 1507 (B. b. 4199).

iclxxxxi gulden pauel molner goltschmidt von Nurinberg vf beuelh pfeffingers vnd Doltzks hinterstellig harnischgelt.

* Rechnung von 1507 (B. b. 4183).

iic gulden hab ich auf befelh vnd vilfaltig schreiben Hansen Umbhawen gen Nrnb. für Harnasch vberschriben Sonnabent nach vincenti.

* Rechnung von 1509 (B. b. 4198).

i gulden xxx gl. von demselben vas mit Helparten (vorher genannt, als durch Unbehau aus Nürnberg gesendet) ii vas Harnisch oder Rynzceug vnd ii korben furlon von leiptzk bis gein Torgau.

* Rechnung von 1509 (B. b. 4205).

im gulden golt vnbehav zu Nurinbg vf Harnisch geben vf beuelh pfeffinger vnd Doltzks (Doltzig).

* Michaelismarkt 1515 (B. b. 4251).

xx fl. Jorge ketzell bürger zu Nurnberg, die man Ime hinderstelg blieben an bezalung des Harnischs, so er In sant Michelmarck 1514 herein geschickt . . . .

Plattner.

* Rechnung von 1491 bis 1492 (B. b. 4144).

Dise hernach geschriben stuck hat Hans Mut bei den platter zw wittemberg vor mein g. Hern Hr. Friedrich machen lassen.

v gl. hat meyn g. Herr den blattners knechten Zv Wittemberg In die verckstat geschangkt, als beid mein g. Hern da gewesen seint.

ı gulden ii gr. for ı quint. vf den Harnasch vorgult.

iiii gl. for ı quint weyss fabery (?) vf den Harnasch.

ı gulden xv gl. für ii lot fabery. Daran hat Er Entpfangen ii margk silbers macht xiiii gulden. Vergult er ein Degen vnd die Huben, ı Armpanth, ı guldin ketten, ein langen Sweytzer Degen, ein Stein zu fassen u. a. mehr.

* Herbstmarkt zu Leipzig 1492 (B. b. 4147).

xxi β. dem Platter zu Wittemberg.

* Hans Hundts Rechnung 1492 (B. b. 4140).

icii gulden Ewald Harnischmeister geben, nemlich xl gülden für Ein Rennezeuck geben m. g. H. m. g. H. von Magdburg geschanckt vnd xl gl. sein daselbst vff weinnachten fellig gewest, xxii gulden an dem Renne Zeuck, den m. g. H. H. H. dem Bollacken geben hat am Mitwoch pseuto. Marie.

* Rechnung von 1492 bis 1493 (B. b. 4146).

xxvi guldin xvii gl. dem plattner Von wittemberg . . . . nemlich ı gulden für ii orn vf ein stirn, iii gulden für vi Swebscheiben anderss gemacht vnd polirt . . . . . . iii gulden für ein nawen Harnisch dem Bischoff von Magdeburg.

* Ostermarkt zu Leipzig 1493 (B. b. 4137).

lx guldin dem platter von Wittemberg vf schrift m. g. H. Hertzog Hannsen.

* Rechnung von 1493 (B. b. 4147).

xvi β. xvii dem platter v. Wittenberg zcalt . . .

iii β. xxx dem plattner zu Wittembg vf Rechung.

* Rechnung von 1493 (B. b. 4150).

xvi β. xxvii . . . dem platter von Wittemberg zcalt mit Im alle Erbeyt lavter abgerechet zu torgaw nach Innocentii . . . So hat man Im an den l guldin, die Im gelyhen, xx abgeslagen . . .

* Rechnung von 1493 bis 1494 (B. b. 4148).

xiiii β. den Handwercklewten, dem plattner zu Wittenberg vnd dem Maler von Amberg.

* Rechnung von 1493 bis 1494 (B. b. 4150).

ii gulden . . . die hat sein gnad lorentz goldschmid geben etwas an seiner gnaden Renzeug zu machenn vnd zu uorgulden.

viii guld lorentz Goldschmidt an vii hungrisch guld. geben m. g. h. die nawn Kappen damit zu uorgolden.

ii guld xiiii gl. lorentz goldschmid an ii hungrischen gulden henseln tromter (Trompeter), ein abentewer Keten damit zu uorgulden.

* Neujahrsmarkt zu Leipzig 1494 (B. b. 4137).

xlvii gulden platter von Wittemberg.

* Rechnung von 1495 (B. b. 4152).

x β. xxx gl. . . . zu Nurmberg durch Hansen vmbhaven dem platener zu Wittenberg vf rechung zalt.

xxviii β. xxi gl. dem platner zu Wittenberg nachlaut einer zetel mit Im abgerechnet im Ostermarckt xcv.

vii β. . . . den Platner Meister Hansen, hat Er Sebastian von Mistelbach Entpfangen.

*Rechnung von 1495 (B. b. 4155).

i β. iiii gl. dem platter Zu wittembrg vf Rechung geben durch vnbhaven zu Nürmberg Jacoby Im xcv.

xxiii β. xxix gl. dem platter zu Wittemberg vf meins g. Herrn Hertzog Hannsen Erbeyt Zcallt . . . . Nemlich lv gulden für ein kurrass, xi gulden für Zwen helss vnd ii stürn und xxiii für Leynvat, fültz vnd barchant.

i β. xxv gl. furlon Von eynem harnaschfass dem plattner zu Wittenberg von Nürnberg zugesandt.

*Rechnung von 1495 bis 1496 (B. b. 4157).

x gulten dem Plattner von Wittenberg vf Rechung Sonntag Trinitats.

*Rechnung von 1496 (B. b. 4147).

xv β. xxiii gl. . . . dem platter von Wittembg zcallt . . . . die man Im In seiner Rechnung schuldig worden war.

vii β. . . . dem platter von wittemberg vf Rechnung.

*Rechnung von 1496 (B. b. 4159).

xv β. xxiii gl. an xliii gulden xx g. dem plattner von Wittembg zcallt vf beuelch meyner gnedigsten Herren petri et pauli, die man In seiner Rechnung schuldig worden war.

*Rechnung von 1503 (B. b. 4187).

xxxii fl. v. gl. dem plater zcu wittemb. für i Zcewch vnnd Eine streuffdartzschen, ein hinder, i foder tail maister Jacob dem Maler laut Einer Zcettel vf bevehl pfeff. durch Heintz Harnischmeister.

*Rechnung von 1505 (B. b. 4189).

lxii Gulden dem platener zcu Wittenberg für ein Ren Zceug vnd anndere Harnisch vf schrift meins g. Hern Hertzog Hansen Freitags nach Inuoc. Anno quinto.

*Rechnung von 1505 (B. b. 4183).

lxii gulden dem platener zu Wittenberg for ein Ren Zceug vnnd andere hernsch vf schrift meins g. Hern Hertzog Hansen Freitags nach Innocauit Anno quinto.

*Rechnung von 1512, Ostermarkt (B. b. 4215).

xxx fl. meister Hansen platner zu Wittenbg. for zeughernsch durch Wolff hofener, der fucker (Fugger) faktor, Samstag nach Joh. baptiste 1511 gar entricht zu Nürnberg.

Leipziger Ostermarkt 1514 (B. b. 4239).

xliii fl. xiiii gl. Hanssen Ering dem plater zu Wittenberg for ein Rennzeug, welches vnser gnedigster Her dem Marggrafen Cazamirus von Brandenburgk hat machen vnd schenken lassen.

xliii fl. xiiii gr. Hansen Ering dem plater zu Wittenbergk für ein Renn Zeugk, welchen vnnser gnstr. Her dem Marggraf Cazamirus von Brandbug hat machen u. schenken lassen.

xi fl. dem Tartzschen macher zu Wittenbergk zu obemeltem Renn Zceugk.

* Rechnung von 1493 (B. b. 4150, bestätigt B. b. 4147).

xiiii β. an xl guldin dem platter von München zcallt für ein Rennzeug vf schrifft meines g. H. H. Frid. . . . .

* Rechnung von 1493 (B. b. 4150).

i β. xviii dem Platter zur Zcerung vnd furlon hereyn vnd wider-heym.

* Rechnung von 1489 bis 1490 (B. b. 4142).

xli guldin dem plattner (zu Erfurt) geben der Harnsch . . . selben Harnisch hat Hawpolt Pflug entpfangen.

* Leimbachs Rechnung von 1494 bis 1495 (B. b. 4155).

vii β. xxi gl. . . . dem platter zu Erffurt für mein gnedigen Herrn Hertzog Hannsen Zcalt vnd vf beuelh seiner Gnaden Ebalt Harnisch-meister geben.

xxiii β. xvi gl. . . . Dasselbmal dem Platter zu Erffurt für ein harnasch, Contzen vom Ende . . . geben.

* Rechnung von 1494 bis 1495 (B. b. 4152).

xlii gl. dasselbmal den plattener gesellen Tranggelt.

* K. Königs Rechnung von 1494 bis 1495 (B. b. 4152).

iii gl. vor ein Rugkel vnnd ellebogil dem plattner zu Erffurt ge-benn, ist meyn gn. Herrn Herzcog Hansen worden.

v β. xvii gl. iii pf. dem platner (zu Erfurt) for hernass . . . .

* Rechnung von 1496 (B. b. 4147, bestätigt B. b. 4159).

vi β. xviii gl. . . . dem platter von erffurt zcalt von Er Jhan von Schönbergs wegen for Harnasch vnd gliger.

xiii β. l gr. dem platter zu erffurt zcallt, hat Ebalt Harnasch-meister entpfangen laut einer Zettel für Streit Stirn (laut B. b. 4159 «Swerdt, Stirn»), geliger vnd sattel m. g. H. Hannsen worden sontags nach kiliani.

x β. li gl. dem plattner zr Erffurt zcalt . . . . . für ein kurbis, ist Wilhelm von prewss worden.

xviii β. dem platter zu Erffurt zcallt für Ernn Dietrichs von Sleynitz harnasch durch den gleitzman zu Erffurt.

* Rechnung von 1499 (B. b. 4168).

xi fl. zcallt zu weymer dem platter von Erfordt für Stuck vnd Hernasch vff beuelh Er Kaspar Spetten.

* Rechnung von 1496 (B. b. 4147).

xxxv β. . . . dem Bantzermacher petter Erentrich gelyhen uf beuelch m. g. H. Darauf er sich bewilliget hinder Ir gnade zu ziehen, soll Im zu Wittemberg oder Torgaw ein freye Herberg bestellen vnd soll alle Jare x gulden wider bezcalen Act. Ostermarkt In xcvi.

v β. xv gl. petter Erentrich dem Bantzermacher zu Stewr an der Zerung vnd furlon von Nürmberg vf beuelch meiner g. Herrn.

iii β. ix dem Bantzermacher von Torgaw vf beuelch Ernn Hansen Hundt Im Michelssmarckt.

i β. xlv. gl. dem bantzermacher von Torgaw vf beuelch meiner
gt. Herrn zu Stewer an seiner Zerung vnd furlon, als er hereyn gezcogen ist. Im vormals auch xv gulden geben vnd verrechet.

*Rechnung von 1496 bis 1497 (B. b. 4147).

i fl. dem Bantzermacher zu Torgaw zu Stewer an seinem fewer-
werck Walburgi Im xcvii, als Im dann Zugesagt ist worden.

*Rechnung von 1496 (B. b. 4159).

iii β. ix gl. dem Bantzermacher von Torgaw vf beuelch Ern
Hanssen Hunds.

*Rechnung von 1509 (B. b. 4198).

xlviii gulden furlon von zcweien vassen einem korb vnnd einem
kistgen dar Inne meins (!) verschiner Rynn vnd stechzceug hat Adam
monter von Antorf bis gein Leiptzk geschickt.

iii gl. von denselben vassen, als sie gar zufarn, zu leiptzk wider
zu binden.

*Rechnung von 1505 bis 1506 (B. b. 4193).

xx gulden Vnbehav zcalt, die Er vf schrift meins g. Hern eym
pantzermacher gein Weimer gesant, heist Arnolt.

*Rechnung von 1493 bis 1494 (B. b. 4150).

ii fl. . . . . Herman Dartzschenmacher . . . gebenn.

*Rechnung von 1494 bis 1495 (B. b. 4152).

viii gl. machlonn Hermann Tartzschenmacher geben . . . .

*Rechnung von 1496 bis 1497 (B. b. 4147).

xiii fl. dem platter zu Wymar für m. g. H. Hannsen laut einer
Zcett. sonnabints nach Judica.

*Rechnung von 1499 (B. b. 4165).

xl fl. dem plattner zu Wymar vf Rechnung gebn vf beuelh meines
g. H. Herzog Hannsen . . . .

*Rechnung von 1499 (B. b. 4168).

xl fl. dem Plattner zu wymar vf Rechnung geben vf beuelch m.
g. H. Hannsen.

*Rechnung von 1499 bis 1500 (B. b. 4170).

lxxxiiii fl. vf befelh m. g. H. Herz. Hannsen dem platner zu
Wymar hinderstellige schuld zalt.

*Rechnung von 1505 (B. b. 4183).

xxxiii gulden vii gl. Meister Welffgang dem platener zcu Wymar
vf beuelh meins g. H. Hertzog Hansen Zcalt Joannis bapte 1505.

*Michaelismarkt 1511 (B. b. 4213).

l fl. . . . . wolfgang Blatner zu Weymar für nachvorzaichneten
Harnisch, sso er mein gn. Hern Hertcg philipsen von brunswig gemacht hat, ge . . . .

*Rechnung von 1513 bis 1514 (B. b. 4229).

x fl. meister Wolffen den platner zu Weymar durch gangloff von Witzleben am Monng nach Jubilate zu Weymer geantwort.

*Rechnung von 1514 (B. b. 4242).

l fl. meister wolffen dem platner Zu weymar vff arbait, so er m. g. H. gemacht hat vff ansagen er Heinrichs von endt, Zalt des platners quitantz am mitwoch nach Johans baptiste zu weymar.

*Rechnung von 1515 bis 1516 (B. b. 4256).

xx fl. hat m. g. H. Meister Wolffen platner zu Weymar vff ein Rennzeug vff rechnunge geben lassen.

*Rechnung von 1517 (B. b. 4268).

xxx fl. v gl. für ein Rinnzceug maister wolffen platner zu Weymar zcalt Inclusis x gl. für ein Schlacvas darzu, hat mein gnediger Her Herzcog Heinrichen von Brunswig schlaen vnnd machin lassen . . . . Sambstag nach Sant Anthreenntag an decimo Septimo.

*Rechnung von 1517 bis 1518 (B. b. 4277).

xi fl. Maister Wolffen dem platner zu weymer for etlich haubt-harnisch, den Eynrossern . . . .

*Rechnung von 1523 (B. b. 4318).

xxviii gulden x gl. vi pf. meister wolffen dem plater zu weymar zcalt inhalts einer Zcettelnn.

*Rechnung von 1523 (B. b. 4319).

l gulden meister velflin (?) dem plattner zu Weymar für etlich arbeit, nemlich . . . acht Stelen Seteln zu beschlagen . . . ganz rück-krebs, kregen, hantschuch vnd hirnhauben, . . . armzeug, kurze puckeln.

*Rechnung von 1523 (B. b. 4320).

vii gulden für 1 Tartzschenn hantzen dem harnasch Jungen zcalt.

*Rechnung von 1523 (B. b. 4320).

xxx gulden für ein Neuen Renn Zceug vor ein Rorlitz (?) vbirley (?) veit platner zu weymar Zu weymar zcalt.

*Rechnung von 1524 (B. b. 4329).

xii fl. Meister Voit dem platnr für arbait hat Siegemundt harnasch knecht inhalts eyner Zcettel machenn lassenn.

*Rechnung von 1522 bis 1523 (B. b. 4312).

xxxi gulden ix gl. an xxx gulden in golt dem platner Zu augs-purg vff ein kuriss Dornstag nach quasimodogeniti anno xxiii.

*Rechnung von 1523 bis 1524 (B. b. 4324).

x gulden Zulon einem kerner von augspurg hat m. g. Jungen Hern ein kuriss bracht Zcalt zu Weymar am Sonntage nach lucie anno xxiiii.

ii gulden Tranggelt dem Jungen platner von augspurg hat m. g. H. etlich arbait sehin lassen Zalt am Tage utsupra.

vi gulden denselben platner Zcerung gein Weimar vnd wieder anheim uts.

lxxx gulden in golt zu entlicher Zcalung dem platner von augs-purg for ein kuris, hat in negstvorgehindem Copialbuch xxx gulden in golt auch empfangen, Zcalt am Tage uts. uff ansagen Johann Reitesels.

*Rechnung von 1509 (B. b. 4198).
ii gulden v. gl. furlon von einem vas harnisch von Colln gein Leipz mitwoch nach palm. (Noch viele Fässer Harnisch v. Nbg.)
*Rechnung von 1515 bis 1516 (B. b. 4256).
vii fl. dem platner zu Zwickau von er Sebastian von Mistelbachs kuriss wieder Zuzurichten.

Kandelgiesser.

*Rechnung von 1499 bis 1500 (B. b. 4170).
icxcviii fl. Peter kandelgisser Zalt for xiiicxxxix pfunt geslagen schüssel sein iiiic vnd gen torgaw aufs peilager gesant.
*Neujahrsmarkt 1524 (B. b. 4326).

vi gulden Blasius kendelgisser zu Zwickau für ... Zcynen flaschen
. . . . Zcynen schusseln.

Messerschmiede.

*Rechnung von 1490 (B. b. 4140).
viii gulden Allexander schlosser von swaben vff Erbeit vnd Rechnung.
*Rechnung von 1492 bis 1493 (B. b. 4146).
xxx gl. Swaben dem Messersmide geben vor Zwu Swertscheidenn vnd zcwu Degen scheiden vnde vor Swert knopff . . . .
*Rechnung von 1493 bis 1494 (B. b. 4150).
iii gulden dem Messerschmidt von Ihene uf arbeit vnd dz er gein Trogav zcihenn, sol er ab arbeitenn.
*Rechnung von 1517 bis 1518 (B. b. 4277).
vi fl. Windtvogel dem Messerschmidt Zu Weymar sein ym Zu Zwickau Ynn xviii Jar gelien.
*Michaelismarkt 1523 (B. b. 4321).
lx gulden Siegemundt den Hernaschknecht für ein Hauss in der Schlossgassen zu Weimar hat m. g. H. Windtvogel dem messerschmidt eingethan vnd dye arbait so er bayden m. g. H. machen werdet soll allezeit wieder in Ein . . . ? des Capitelbuchs ins Capitel vorlien gelt bracht werden . . . .

Münzschneider.

Ostermarkt 1512 (B. b. 4215):
lxx fl. In golde wendel izhoffer zu Insbruck In xvii tagen Im mertzen des Jars Jorgen Watzler daselbst entpfangen vnd ferner von wegen vnsers gst. u. g. Hern für nawe Müntz eysen stempfel sso vff

zweyn gulden groschen news schlags gemacht seyn von Kays. Mt. eisen
schneider zu Isbruck.

* Leimbachs Rechnung 1505 (B. b. 4189):

lxxx gulden Casper lindenast dem büchssen gisser vf die Arbeit
(im Ganzen kostet die Gussarbeit 513 Gulden 5 Groschen).

Teppiche.

1 gulden debich dorynnen der kayserlich maiestat mit dem kunig
und frawenzimmer steht.

dsgl.: heilige Geist oben auf die Dreyfaltigkeit mit Bileam und
auf beyden Seiten mit vier profeten.

desgl.: Historia v. Canticis des Königs und Königin mit ihren
Dienern und Frawenzimmer. «Tota pulchra es», am anderen Orte
«Faciens Tua».

desgl.: ein lustgarten mit mannen und frawen und sächsischer
und Churf. wappen rings umbher.

desgl.: ein mit eim Turnier.

desgl.: mit dem König Salomo m. fünf feldern Jungfrauen mit
der musica.

desgl.: die Krönung des Kaysers vom Babst mit ihre Dienern.
Goldfarb teppich wullen goldfarb darinnen der Kaiser in seiner Kron,
darnach ein riesen und kunig streit.

desgl.: Oelberg mit pfengniss Christi und Creutztragung mit der
Veronica.

desgl.: Keyser auf seine stuel und zwo Frauen chur Im mit vielen
jungfrawen.

desgl.: Königin.

desgl.: ab Imago misael mit dem kunig Nabuchadonosor.

desgl.: Kindbett einer Königin.

Aus Briefen Kurfürst Friedrichs. Weimar. Ernest. Gesamt.
Archiv. A. A. 2299. pag. 35.

«Gnedigster Herr Die Illuminatur des pedepuchleins So ewer F.
G. bey dem Elssner alhie zu Nurmberg Zumachen bestelt haben, ist
Aller Ding vnnd biss Zum ennde verfertigt das ich gesehen, vnnd sovil ich diesser Arbait verstand hab wirdet die ewren fürstlichen Gnaden
nit mispellig Erscheinen. Dat. 28. Septbr. 1507 (1509 ?). Anthoni Tucher
der Elter zu Nurmberg.»

A. A. 2299. pag. 41 u. pag. 47.

Briefe Anton Tucher des Aelteren zu Nürnberg worin Hans Hetzer
und Paulus Müller Goldschmiede, ferner der Goldschmied Endres
Wolffauer erwähnt werden.

A. A. 2300. pag. 48. Ao. 1512. Der Goldschmied Endris Wolffauer zu Nürnberg wird auf dem Wege von der Leipziger Messe von
Götz von Berlichingen und Hans von Redwitz ausgeplündert.

pag. 49. Des Plattners Heinrich Knopffs zu Nürnberg Hausfrau Güter von Danzig in Wittenberg aufgehalten; bittet Tucher den Kurfürst um Freigabe, «da die Frau jetzt Kindbetterin und mit vielen kleinen Kindlein versehen ist».

pag. 87 u. 88. Ao 1521. Briefe betr. Dürers jährlich zu bewilligende 100 Gulden.

A A. 2311. 1536. Briefe an Jakob Herrebrot Faktor zu Antwerpen. Der Kurfürst moniert die Lieferung der bestellten Tapisserien, Herrebrot soll dafür 500 Goldgulden vorstrecken «bemelten unserem Tapisseriemeister». Diese 500 Gulden sollen zu Leipzig wiederum zurückerstattet werden. Ein Brief vom 13. Januar 1536 moniert ebenfalls die Tapisserien. «Damit dieselbigen Tapisserien bis zur vesten stadt eysenach gefurt und gebracht werden.» Er soll schicken, was er fertig habe. Dabei die Quittung:

«Ich Hanns freydmer Jakob gerpratz Diner pekenn mit Diser meiner hannd geschrifft das ich empfannen hab von dem erbarn und achparn pastian schade Kurfürst zu Sachsenn kamer schreyber nemlich fünff hundert gulden in mintz von wegen wilhelm mertzen zu antorf umb solch 500 ff. sag ich gemelten pastian kamerschreyber jetzt ledig und los. Das Zu mēner sicherheit hab ich mit disser meine hant geschrifft gedruck mein gewonlich petzijr der geben ist zu Dorina (?) am Donnerstag nach dem Neu Yar An 1531.»

D. 146. Inventaria 1496. Verzeichnis aller Kleinod und was ich Hans Hund in mein gn. Herrn laden gehabt, das mir von sein gnaden zuvor waren befohlen, das ich dann . . . . . degenhart pfeffinger überantwortet habe.

Item ein gros guld ketten die lorentz goltschmid gemacht hat.

ketten zu Nürnberg, Torgau und Augsburg gemacht.

Item ein guld Ketten meister lucas des königs goltschmid gemacht.

Item ein guld Ketten selzams forms, lorenz goltschmid gemacht.

ein zerbrochen Heftlein mit 3 perlen, die sten hat Jörg schneider in m. gn. Herrn gestick gesitzt.

ein guld Puchlein mit geschmelzten Buchstaben.

1 silb. gross Petschaft Ring aus Nürnberg gemacht.

1 silb. löffel mit einem vergülten Frewlein.

1 silb. uns lieb frauenbild Sand Jorgs bild und Sand Sebastian alles vergult.

1 guld geschmelzten Hund.

Etzlich silbern vergult knopf vnnd karnollsteyn hat mein gnedigster Herre mit vom Heiligen land bracht und der knopf zu venedisch gemacht.

D. 150. 1525. erhalten Hans von Dölzik (Kämmerer) cristoff von Falkenstein Hofmarschall und Hans Taubenheyn altes Silber und geschmolzenes (Schneeberger Brand) um es nach Nürnberg zu bringen und neues Esssilber daraus machen zu lassen.

D. 151. 1527. Silbergeschirr von Johan Secretari und Hansen Viol empfangen aus dem gewelb zu Torgaw.

3 gross vergult scheuren (scheuer = becher) verdeckt zwo mit lewelin hat jeder ein schiltlein Zwischen den vordern fuessen mit dem wappen Sachssen, der dritte auch mit einer lewlin in (den vordren fuessen mit dem Schilt der Chur zu Sachsen.

Ferner mit Wappen von Bayern, München, Leipzig, Laubwerk mit Lintwurmen dazwischen, Wappen von Wittenberg, Meidburg, Hall, Weyda, Zwickau; dorumb um einen Buchstaben: R. I. M. E. geschrieben Creitzburgk, ferner Gilpehausen.

Becher mit Wappen von Mülhausen, Olsnitz, Meckelburgk und zwiefach geschrieben W.

ein eichel mit W gezeichnet.

CC. gezeichnet.

Aa. 2298. pag. 3. Brief des Kurfürst Friedrich an Andreas Kaltenhauser nach Nürnberg und dessen Antwort betr. Hant- oder Pirschbüchsen mit Pulverhorn. Zubehör. Nebenbei schreibt der Kurfürst: wenn du krammets fogell bekommen kannst schicke mir etliche Schock. Montag nach St. Jacobstag 1501.

pag. 6. Im Briefe von Joh. Hertzog an d. Schösser zu Coburg dat. Hommelsheim mittwoch am Abent Elisabet. 1502 wird ein Cantzleischreiber Veit Kaltenhäuser ein Vetter des Nürnberger erwähnt werden noch 2 Hantbüchsen in Nürnberg bestellt. (Bestellt nebenbei für 3 Gulden Pfeffer Kuchen.)

Aa. 2300 pag. Brief Kurfürst Friedrichs an den Bürgermeister und Rat der Stadt Nürnberg betr. der fälligen Stadtsteuer «So unns die Königs kais. Majest zu Begleich ettlichr unsr Schulden auf 10 Jahrelang» ohne Datum.

Aa. 2300. pag. 67. Brief des Anton Tucher d. elter. Mittwoch St. Johannistag 1522 alles dem Hans Kraft Eyssenschmijd (Groschen) «dass er 5 od. 6 Tage statig darob gesessen» vnd zwey paar neue eyssen gemacht.

Aa. 2300. pag. 72. Brief Tuchers Freitag St. Dionisientag 1517.

Item So ist jez ein Jünger Maister ein sporer Herkomen Sich nyder gesetzt und seine Meisterstück gemacht darauf er dann Meister worden ist vnd So die Selben stück meyns ansehens Saüber und mit fleiss gemacht sind welche stück ich von Ime angenomen hab. Nemlich ein par sporen ein par Agraff ein par ketten und ein Rosspiss» etc. schickt sie dem Kurfürsten.

Aa. 2300. pag. 76. Brief Tuchers Montag nach Leonhardi 1517; schreibt sobald er das Buch erhalten hätte, schicke er es sofort dem Kurfürsten.

Aa. 2300. pag. 90. Tucher Dienstag nach Andre 1522 bedankt sich beim Kurfürsten, «mir vberschickten eingepunden puch des Newen Testaments» schreibt dann dass er betr. der Annaberger Müntz für 600 fl. bei sich in Verwahrung habe, da Hanns Krafft etwas mit

Kranckheit belach gewesen. So sich aber itzo dselb gemiltert ist es in steter Arbeit dieselben münz gar zuvolenden und auff künfftig Weyhnachten ein gut antzal zubraiten. Schreibt dann dass jemand hier sein moge dieselbe abzuholen. Montag nach Thoma 1522 erhält Krafft wieder von Tucher Silber bei funffzig Marck. Tucher hat ihm hiermit den Rest des vorhandenen Silbers gegeben, das neue hat er noch nicht erhalten und hat nun 1600 fl. müntz in seiner Verwahrung, 200 Marck Silber sollen ferner gesandt werden.

Aa. 2301. Brief an Wilibald Pirkheimer Nürnberg 1514. Der Kurfürst bittet um Zusendung von Bücher.

Reg. O. 214. Brief des Conrat Höss Diener des verstorbenen Bischofs zu Utrecht vom 11. März 1521 überbringt 3 illuminierte Bücher für die Bücherei.

Aa. 2305. Brief des Kurfürsten Aldenburg Sonnabent in d. heilg. Pfingstwochen Anno 1518 an Georg Ratzel in Nürnberg.

Der Kurfürst überschickt zwei Muster eins auf Papier und das andere hulzern und begehrt du wollest vnns zu Nuremberg zum foerdrlichsten, nach dem papierenen Muster zwey Schlenglein zu giessen bestellen, Masse auf dem Papier angegeben, aber der Hacken an der Seiten nit gemacht werden soll, und dass zu jedem ein hulzern Kasten oder gefäss gemacht werde. In der Rechnung Seite 3 heisst es : Item von puch zu pischlagen dem goldschmid dass silber wigt iij marck 1 lot 33 fl. 13 gl.

Aa. 2305. pag. 4 und 5. 1524. Brief Ketzels an den Kurfürsten wegen Kleinods wonach er ein Muster vom Kurfürsten erhalten, mit Diamantbuchstaben, ferner Diamantkreuz. Ketzel überschickt ein Buch das er für den Kurfürsten hat illuminieren lassen.

Aa. 2307. Brief Caspar Nützel d. Elter. z. Nurnberg an Kurfürst 27. Mai 1524 dass «dann wir dem Erzherzog auch orator Ka. mt auch dem Kardinal vnd andern Kurfürsten Fürsten und Herrn hie unser gemütt dahin angezeigt das wir got was got / vnd dem Kaiser was dem Kaiser zugehor gegen wollen, vnsere pfarrer hie haben vor das sacrament nun hinfür wie das von Cristus ist eingesezt menigklich zu kirchen werden zu gehen tragen damit gewisslich anfahen auch die mess deutsch lesen und thun teglich vil Zeremonien ab, und gut Exempel tragen» etc.

Aa. 2298. Briefwechsel des Kurfürsten Friedrich mit Andreas Kaltenhauser in Nürnberg.

Wir Wilhelm v. Gott. Gnaden Hertzog zu Sachsen Schuldschein dat. Weimar dem Freitag nach Conventione Pauli 1478 dass er 679 Gulden an Jacob graland und Nikl steden? Bürger zu Nürnberg für Sannt und gulden Ring welche wir von ihnen gekauft haben. Nächstkommende Leipz. Ostermesse Zu Zahlen verpflichtet.

Aa. 2299. pag. 6. Brief Anton Tucher der elter zu Nürnberg an d. Kurf. vom Jahre 1508 erhielt durch Vermittlung Degenhart Pfeffinger 12 Stück Silber «dandr gulden und silberner müntz machen lassen

soll», «vnd von wegen der Stempfel die H a n s K r u g zu machen den
beuellh» etc. wegen zu viel Arbeit jetzt noch nicht gemacht aber soll
in kurzer Zeit geschehen, er will Ew Gnaden ein Muster zuschicken.

Aa. 2299. pag. 9. 1508. Brief Tuchers an Friedrich. Hannsen Krug,
diser arbeit des stempfel grabens Münz mit «angesicht euer gnaden
pildnus» «Und es sodann E. g. Camerer Degenhart von Pfeffingerod er
E. gl m a l e r mit der Zeit gen Nurenberg komen würden, soll bey
uns kein vleis verwynden gedachten Krug neben denselben pfeffinger
vnnd maler Zubereden». E. G. maler soll das pildnus für den H. Krug
schicken.

Aa. 2299. pag. 34. Brief Tuchers an den Kurf. freitag nach
Mauricii 1509. «dabey gnedigster furst und herr bin ich von H a n n -
s e n K r u g bericht dass er p a u l s s e n m u l n e r g o l d s c h m i d
heuolhn» seine verdienste halber um die stempel und Eisen mündlich
E.f.G. anzupreisen etc. wird von Tucher Belohnung empfohlen.

Aa. 2299. pag. 41. Anthoni Tucher 1519 Dezember ein Ueber-
schlagszettel.

Item dem Steffan Zabler für Hofgewant	ff. 40	β	10
dem Hans Unbehawe	» 964	»	6
Paulss Müller Goldschmid.	» 350	»	—
Georg Ketzel	» 300	»	—
10 silberne schüssel hat paul Müller gemacht	» 160	»	—

KÜNSTLERVERZEICHNIS.

———

FRIEDRICH DER WEISE.
Kupferstich von Albrecht Dürer. 1524.

Friderious dei gratia dux saxonie sacri romani imperij archi
marschalcus et princeps elector: romanorum rege maiestatis
imperij regiminis locum tenens ✥

WAPPEN DES KURFÜRSTEN FRIEDRICH.
Perikopen. Jena. Universitätsbibliothek.

STATUE DES KURFÜRSTEN FRIEDRICH DES WEISEN
in der Schlosskirche in Wittenberg.

STATUE DES HERZOGS JOHANN
in der Schlosskirche in Wittenberg.

GRABPLATTE DER HERZOGIN ELISABETH VON SACHSEN
in der Paulinerkirche in Leipzig.
(Aus Bau- und Kunstdenkmäler des Königreich Sachsen Heft XVII

GRABDENKMAL DES KURFÜRSTEN FRIEDRICH
von Peter Vischer d. J. in der Schlosskirche in Wittenberg.

ALLEGORIE AUF DIE REFORMATION VON PETER VISCHER D. J.
Weimar. Goethe-Museum.

GRABPLATTE DER HERZOGIN MARGARETE
von Peter Mühlich. Weimar. Stadtkirche.

BRONZEBÜSTE KURFÜRST FRIEDRICH DES WEISEN
von Hadrianus Florentinus. Dresden. Albertinum.

ALTARFLÜGEL. WERKSTATT MARTIN SCHONGAUER.
Schweinitz. Kirche.

ALTARFLÜGEL. WERKSTATT MARTIN SCHONGAUER.
Schweinitz. Kirche.

FLÜGELALTAR. JAN GOSSAERT GEN. MABUSE.
Dresden. Königl. Gemälde-Galerie.

CHRISTUS VON JACOPO DE BARBARI.
Weimar. Museum.

MINIATUREN AUS DEM GÄNSEBUCH VON JAKOB ELSNER.
Nürnberg. Lorenzkirche.

MINIATUREN AUS DEM GÄNSEBUCH VON JAKOB ELSNER.
Nürnberg. Lorenzkirche.

MINIATUR AUS DEM GÄNSEBUCH VON JAKOB ELSNER.
Nürnberg. Lorenzkirche.

MINIATUR VON JAKOB ELSNER.
Nürnberg. Missale der Familie von Kress.

EINBANDDECKEL DER PERIKOPEN.
Miniatur von Jakob Elsner. Jena. Universitätsbibliothek.

MINIATUR VON JAKOB ELSNER. PERIKOPEN.
Jena. Universitätsbibliothek.

MINIATUR VON JAKOB ELSNER. PERIKOPEN.
Jena. Universitätsbibliothek.

MINIATUREN VON JAKOB ELSNER. PERIKOPEN.
Jena. Universitätsbibliothek.

JERUSALEM UND DIE HEILIGEN STÄTTEN.
Gemälde von Jakob Elsner. Gotha. Museum.

NIEDERLÄNDISCHE MINIATUR.
Jena, Universitätsbibliothek.

NIEDERLÄNDISCHE MINIATUR.
Jena. Universitätsbibliothek.

NIEDERLÄNDISCHE MINIATUREN.

NIEDERLÄNDISCHE MINIATUREN.
Jena. Universitätsbibliothek.

SPALATIN. CHRONIK.
Weimar. Staats - Archiv.

SPALATIN. CHRONIK.
Weimar.   Staats - Archiv.

SPALATIN. CHRONIK.
Weimar.   Staats - Archiv.

SPALATIN. CHRONIK.
Weimar.   Staats - Archiv.

SPALATIN. CHRONIK
Weimar. Staats - Archiv.

WITTENBERGER HEILIGTÜMER. ZEICHNUNG.
Weimar. Staats-Archiv.

WITTENBERGER HEILIGTÜMER. ZEICHNUNG.
Weimar. Staats-Archiv.

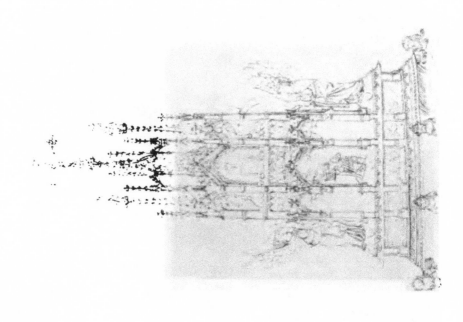

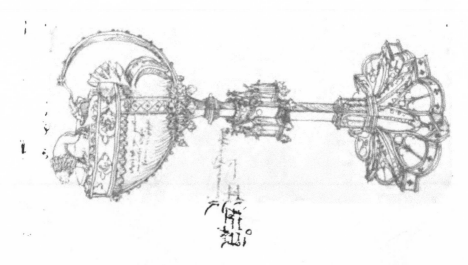

WITTENBERGER HEILIGTÜMER. ZEICHNUNGEN

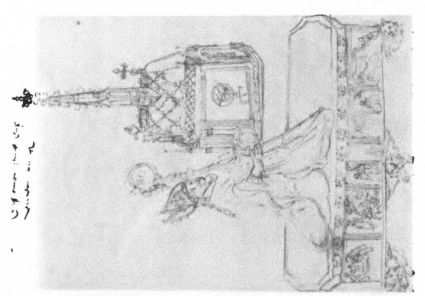

WITTENBERGER HEILIGTÜMER. ZEICHNUNGEN.
Weimar. Staats-Archiv.

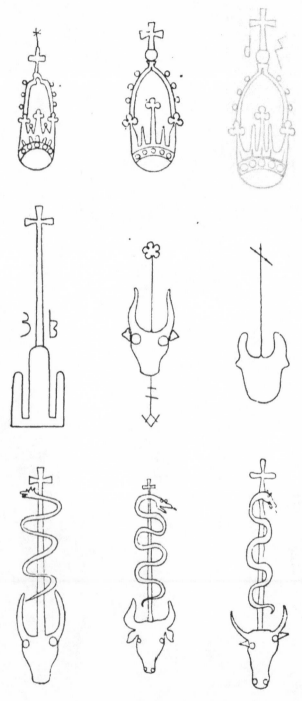

WITTENBERGER WASSERZEICHEN.

CPSIA information can be obtained
at www.ICGtesting.com
Printed in the USA
LVHW101150171122
733128LV00055B/135